TEMERAIRE
테메러르
Victory of Eagles 5

독수리의 승리

나오미 노빅 장편소설 | 공보경 옮김

노블마인

CONTENTS

- 등장인물과 용 · 6
- 1807년 영국과 프랑스 지도 · 9

제1부 · 11
제2부 · 163
제3부 · 399

지은이의 말 · 513
옮긴이의 말 · 515
연대표 · 519

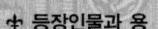

등장인물과 용

영국

펜이팬 사육장 용들

테메레르 셀레스티얼 품종. 수컷. 헤비급.(비행사 — 로렌스 대령)
젠티우스 롱윙 품종. 수컷. 공군에서 복무하다가 나이가 많아 퇴역. 백내장으로 시력이 좋지 않음. 엑시디움의 아버지.
마제스타티스 파르나소스 품종. 수컷. 헤비급 대형 용.
레쿠에스캇 리갈 코퍼 품종. 수컷. 헤비급 대형 용. 펜이팬 사육장에서 몸집이 제일 큼.
발리스타 체커드 네틀 품종. 암컷. 헤비급 대형 용.
아르마티우스 체커드 네틀 품종. 수컷. 헤비급 대형 용.
칼세도니 옐로 리퍼 품종. 수컷. 미들급. 노란색 바탕에 하얀 줄무늬가 있음.
글라디우스 옐로 리퍼 품종. 수컷. 미들급.
디리지온 옐로 리퍼 품종. 미들급. 깃발 담당.
벤티오사 옐로 리퍼 품종. 미들급. 깃발 담당.
벨로시타스 앵글윙 품종. 수컷. 미들급.
팔리아티아 앵글윙 품종. 암컷. 미들급.
페르사이티아 말라카이트 리퍼와 라이트급 파스칼 블루의 잡종. 암컷. 미들급. 연푸른색 바탕에 연초록색 줄무늬가 있고 등에는 드문드문 척추 돌기가 돋아 있음. 청록색의 가느다란 다리. 신경이 날카롭고 머리가 굉장히 좋음.
몬시 윈체스터 품종. 수컷 라이트급 소형 용. 몸통과 날개는 진한 자줏빛.
리들리 윈체스터와 또 다른 용의 잡종. 수컷. 몸에 노란색 줄무늬가 있음.
민노우 그레이 코퍼와 샤프스피터, 가르드 드 리옹의 피가 섞인 잡종. 암컷. 푸른 점이 흩뿌려진 황갈색 몸통에 밝은 오렌지색 눈동자.
프리카티오 그레이 코퍼 품종. 수컷 소형 용.
릭투스 그레이 코퍼 품종. 수컷 소형 용.

영국 공군 소속 용과 비행사
이스키에르카(카지리크 품종. 암컷. 불을 뿜는 능력이 있음) — 존 그랜비 대령
엘시(윈체스터 품종. 암컷. 라이트급 소형 용) — 홀린 대령
아르카디, 게르니, 린지, 레스터 등(투르케스탄 출신 야생용들) 관리자 겸 비행사 — 타르케 대령
엑시디움(롱윙 품종. 수컷) — 제인 롤랜드 대령
막시무스(리갈 코퍼 품종. 수컷. 헤비급 대형 용. 라에티피캇의 새끼) — 버클리 대령
릴리(롱윙 품종. 암컷) — 캐서린 하코트 대령
메소리아(옐로 리퍼 품종. 암컷) — 서튼 대령
임모르탈리스(옐로 리퍼 품종. 수컷) — 리틀 대령
모르티페루스(롱윙 품종. 수컷) — 세인트 저메인 대령
오르케스티아(앵글윙 품종. 암컷) — 첸터 대령
데바스타티오(윈체스터 품종. 수컷) — 밀러 대령
셀레리타스(말라카이트 리퍼 품종. 수컷 라간 호수 기지의 훈련 교관)

기타 인물

로이드 영국 펜이팬 사육장의 책임자.
달림플 장군 영국 육군 소속의 장성. 총사령관.
웰즐리 장군 영국 육군 소속의 장성. 훗날의 웰링턴 공작.
넬슨 제독 트라팔가르 전투를 승리로 이끈 영국의 전쟁 영웅.
나폴레옹 보나파르트 프랑스의 황제.
뮈라 원수 프랑스의 육군 원수. 나폴레옹 황제의 처남.
탈레랑 프랑스의 정치가이자 외교관.

그랑 슈발리에 헤비급 대형 용. 프랑스 어로 '몸집 큰 기사'라는 뜻.
프티 슈발리에 헤비급 대형 용. 프랑스 어로 '몸집 작은 기사'라는 뜻.
플레르 드 뉘 헤비급 대형 용. 프랑스 어로 '밤의 꽃'이라는 뜻. 야행성.
샹송 드 게르 헤비급. 프랑스 어로 '전쟁의 노래'라는 뜻.
드팡되르 브라브 헤비급. 프랑스 어로 '용맹한 수호자'라는 뜻. 갈고리 모양의 꼬리.
플람므 드 글로와 미들급. 프랑스 어로 '명예로운 화염'이라는 뜻. 불을 뿜는 능력이 있음.(해당 용의 이름 — **아첸다레**)
파피용 누아 미들급. 프랑스 어로 '검은 나비'라는 뜻. 몸통에 푸른색과 초록색 줄무늬가 있음.(해당 용의 이름 — **리베르테**)
페셰르 쿠롱 중형 용. 프랑스 어로 '왕관을 쓴 어부'라는 뜻.
페셰르 라예 라이트급 소형 용. 프랑스 어로 '줄무늬 어부'라는 뜻.
샤슈르 보시페르 소형 용. 프랑스 어로 '사나운 사냥꾼'이라는 뜻.
가르드 드 리옹 라이트급. 프랑스 어로 '리옹의 보초'라는 뜻.
루아 드 비테스 라이트급. 프랑스 어로 '속도의 왕'이라는 뜻.
포 드 시엘 라이트급 소형 용. 프랑스 어로 '하늘의 머릿니'라는 뜻.

✣ 1807년 영국과 프랑스 지도

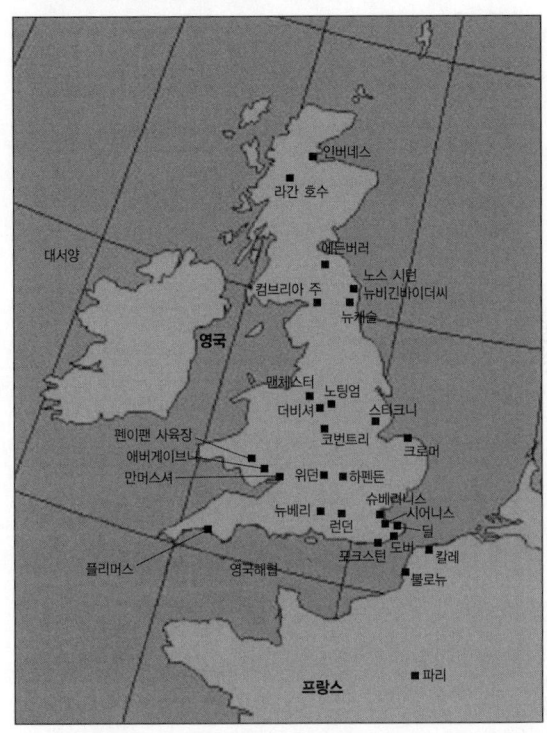

✣ 1807년 영국 런던 시와 주변 지역 지도

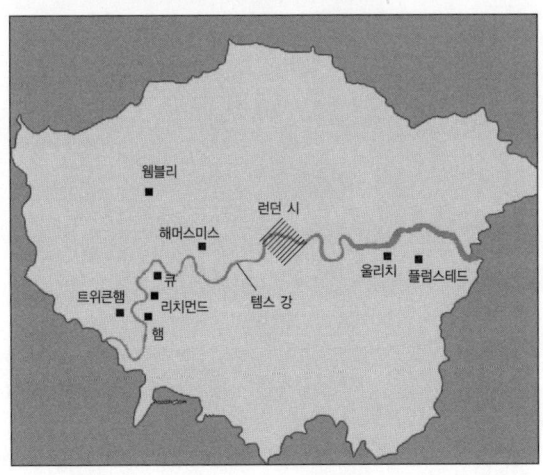

제1부

1

이곳은 중앙에 있는 산의 이름을 따서 펜이팬 사육장이라 불렸다. 황무지를 굽어보며 황량한 몰골로 서 있는 그 산은 뾰족뾰족하고 단단한 바위로 이루어졌고 가장자리를 따라 마치 도끼날처럼 날카로운 얼음들이 박혀 있었다. 겨울이 코앞에 닥친 차갑고 축축한 웨일스의 가을, 사육장의 용들은 무기력하게 누워 꾸벅꾸벅 졸고 있었다. 그들은 먹이 외에 다른 사안엔 관심도 없었다. 수백 마리에 달하는 용들은 사육장 곳곳, 제 몸이 들어갈 만한 동굴이나 튀어나온 바위 아래 거처를 정하고 살아갔다. 그들에겐 아무런 명령도 하달되지 않았다. 끼니때마다 어김없이 먹이를 제공받는다는 사실만 빼면 그다지 안락한 생활은 아니었다. 사육장 주변의 풀을 베어 맨땅을 드러낸 경계선에는 밤마다 횃불이 켜졌다. 용들이 밖으로 나가지 못하게 막기 위해서였다. 경계선 너머로 용들의 출입이 금지된 마을의 불빛이 유쾌하게 반짝거렸다.

펜이팬 사육장에 도착하자마자 사냥을 나갔다가 돌아온 테메레르는 커다란 동굴 하나를 거처로 삼았다. 그 안을 청소한 뒤 풀을 깔고 양 날개를 퍼덕여 공기를 순환시켰지만 동굴 안의 습기는 좀처럼 빠지지 않았다. 그가 본능적으로 추구하는 품위 있는 보금자리와는 거리가 멀었으나 이 정도 불편쯤은 얼마든지 참아낼 수 있었다. 그러나 프랑스에 전염병 치료약을 건넨 그의 행동에 대해 이곳 용들이 아무런 칭찬도 해주지 않자 마음이 편치 않았다.

테메레르는 자신과 로렌스의 행동이 옳았다고 확신했다. 분별 있는 자라면 그들의 행동에 어떤 이의도 제기해서는 안 될 것이다. 그래도 혹시 이 사육장의 용들에게 비난을 받거나 업신여김을 당할 때를 대비해 마음을 굳게 먹고 자신을 변호하기 위해 세련되고 논리적인 주장을 미리 준비해두었다. 사실 프랑스 용들에게 전염병을 퍼뜨리고자 한 영국 정부의 조치는 매우 비겁한 것이다, 나폴레옹을 치려면 정정당당하게 맞서 싸워야지 용들을 고의로 병들게 하는 저열한 전법을 구사해서는 안 된다, 그런 더러운 꼼수를 쓰지 않고서는 영국 용들이 프랑스 용들을 이길 수 없다는 것이냐 등등.

"전염병 확산으로 죽어나가는 건 프랑스 용들만이 아닙니다. 프랑스가 관리하는 사육장에 갇힌 프러시아 친구들도 감염될 것이고 나아가 중국 용들까지 병에 걸릴 수 있습니다. 그건 마치 배가 고프지도 않으면서 다른 용의 먹이를 빼앗는다거나 쓸데없이 남의 알을 깨부수는 것과 다를 바 없는 행위라고 봅니다."

테메레르는 동굴 벽을 바라보면서 중얼중얼 연습했다. 사육장 관리인들은 모래 석판을 내주지 않았다. 메모를 대신 해줄 승무원도 없고, 어떤 식으로 논리를 펼치는 것이 좋을지 조언해줄 로렌스도 곁에 없었다. 그래서 테메레르는 그 내용을 잊지 않기 위해 몇 번이고 반복해서 연습했다. 이 정도의 논리로 설득할 수 없다면, 애초에 그 치료약을 영국으로 가져온 것이 바로 자신과 로렌스, 막시무스, 릴리를 비롯한 그의 편대원들이니 그것을 어느 나라에 나눠주든 자신들이 결정하는 게 당연하다고 말할 작정이었다. 그리고 아프리카를 지나면서 테메레르 자신이 그 전염병으로 앓아눕지 않았다면 그곳에서 자라는 버섯이 전염병 치료약이라는 사실조차 알 수 없었을 것이다.

그러나 그런 연습은 할 필요도 없었다. 이곳 용들은 테메레르를 비난하지도 영웅으로 떠받들지도 않았다. 테메레르로서는 자신의 공로를 알아주길 기대하는 마음도 없진 않았으나, 이곳 용들 대부분은 그런 쪽에 별 관심이 없었다.

퇴역한 늙은 용들은 그나마 최근의 전쟁 상황에 약간의 호기심을 나타내기는 했다. 그러나 그들 역시 현 상황보다는 과거에 자기네가 참여한 전투 이야기를 하는 것을 더 좋아했다. 그 외에 다른 용들도 최근의 용 전염병에 대해 분노를 표출하긴 했으나 그 관심은 이 지역 내에 한정되어 있었다. 즉 그들은 친구들이 전염병에 걸려 죽은 것, 치료약이 영국에 도착하기까지 너무 오랜 시간이 걸렸다는 것에는 가슴 아파했지만 프랑스 용들도 감염되었고 테메레르와 로렌스가 프랑스에 치료약을 전해주지 않았다면 타국의 수천 마리 용들까지 떼죽음을 당했을 것이라는 점에는 무관심했다. 영국 해군본부 위원회 위원들이 프랑스에 치료약을 건넨 로렌스와 테메레르의 행위를 반역으로 규정하고 로렌스에게 사형을 언도했다는 사실에도 심드렁한 반응들이었다.

이곳 용들은 그저 먹이를 제때 받아먹는 데만 관심이 있었다. 먹

이는 부족함 없이 조달되었고 거처도 편치는 않지만 퇴역 용들이 복무 중에 견디며 살던 조악한 환경에 비하면 그리 나쁠 것도 없었다. 용 누각에 대해 들어보았거나 지금보다 훨씬 편하게 생활할 수 있을지도 모른다는 생각을 하는 용은 한 마리도 없었다. 누군가 용알을 괴롭히는 일도 없었다. 암컷 용이 알을 낳기 무섭게 사육장 관리인들이 가져가 극진히 돌보았는데, 겨울철에는 짐마차 안에 짚을 깔고 알을 올려놓은 뒤 뜨거운 물병을 곁에 놓아두고 모직 담요를 덮어 알의 온도가 떨어지지 않게 신경을 썼다. 용들은 자기가 직접 알을 품는 것보다 관리인에게 맡기는 편이 훨씬 안전하다는 사실을 잘 알고 있었다. 그래서 비행사를 거부한 야생용들도 대개 관리인에게 순순히 알을 내주었다. 또한 이곳에서는 정해진 시간 없이 하루 중 아무 때나 먹이가 나오기 때문에 용들은 사육장에서 멀리 떨어진 곳까지 가볼 수도 없었다. 먹이 나오는 시간을 알리는 종소리를 듣지 못할 정도로 멀리 갔다가는 식사 시간을 놓쳐 종일 굶어야 하니까 말이다. 그런 이유로 사육장 용들의 교류 범위는 넓지 않았고, 사육사들이 특별히 멀리서 데려온 용을 제외하고는 다른 사육장의 용들이나 공군 소속 용들과 교미를 하는 일도 없었다. 이곳 용들은 자신들의 영토에서 자발적으로 죄수 생활을 하는 것이었다. 테메레르는 씁쓸했다. 로렌스만 아니면 자신은 이런 생활을 결코 견뎌낼 수 없을 것이다. 지금은 오직 로렌스를 위해 참고 또 참았다. 여기서 얌전하게 살지 않으면 영국 정부가 로렌스를 교수형에 처해버리고 말 테니까.

처음에 테메레르는 무리에 섞이지 않고 홀로 지냈다. 거처로 삼은 동굴은 전망이 괜찮았지만 천장이 낮아 몸을 구겨 넣어야 간신히 들어갈 수 있었다. 그러다가 뒷벽으로 난 구멍을 발견했는데, 그 너머를 살펴보니 안쪽에 훨씬 큰 공간이 있었다. 테메레르는 신의 바람으로 뒷벽을 부수고 천천히 조심스럽게 거처를 넓혀나갔다. 필요 이상으로 느릿느릿 작업을 진행했는데 이 일을 하는 동안만큼은 잡념이 들지 않았기 때문이다. 차라리 이 일에 며칠이 걸렸으면 하고 바랄 정도였다. 뒷벽을 무너뜨려 공간을 넓히고 큰 방을 만든 뒤에는 암석 부스러기와 씹다 버린 오래된 뼈, 거치적거리는 뭉우리돌 들을 빼냈다. 그리고 몸이 미치지 않는 구석진 곳에 있는 부스러기까지 깨끗이 후벼냈다. 그런 뒤에는 계곡에서 거친 뭉우리돌 몇 개를 가져와 먼지 구름을 일으켜가며 동굴 벽에 대고 문질러 벽을 매끈하게 만들었다.

먼지 때문에 재채기가 났지만 테메레르는 멈추지 않았다. 조악하고 지저분한 구멍에서 살고 싶지 않아서였다. 천장에서 종유석을 떼어내고 바닥에 돌출된 돌들을 밟아 부쉈다. 어느 정도 만족스러운 수준이 된 뒤에는 숲과 계곡에서 멋진 바위 몇 개와 오래전에 생명을 다해 하얗게 말라비틀어진 나뭇가지들을 그러모아 곁방 벽에 배치했다. 연못과 분수까지 갖춰놓으면 더 좋겠지만 여기까지 물을 끌어와 흐르게 하는 방법을 알 수가 없어서 포기했다. 대신 동굴 앞에 보이는 린이팬포 호수의 돌출된 곳을 자신만의 것이라 여기며 만족하기로 했다.

테메레르는 동굴 입구 옆의 바위에 중국어와 영어로 자신의 이름을 새겨 넣는 것으로 공사를 마무리했다. 테메레르(TEMERAIRE)의 'R'을 새기기가 조금 힘들었는데 다 해놓고 보니 숫자 '4'의 좌우를 뒤집어 놓은 것처럼 되고 말았다. 대략 거처 정돈을 끝내고 나자 또

다시 숨 막히게 지루한 일상이 이어졌다. 동굴 입구로 햇볕이 들기 시작하면 일어나서 잠깐 운동을 하고 꾸벅꾸벅 졸다가 사육장의 가축 담당자들이 울리는 종소리에 맞춰 먹이를 먹고, 다시 조금 졸고 난 뒤 운동을 하고 거처로 돌아와 잠을 잤다. 그게 일과의 전부였다. 한번은 혼자 사냥을 나갔다가 먹이 먹는 곳에 가지 않았는데 그날 늦게 작은 용이 사육장 책임자인 로이드와 의사 한 명을 태우고 날아왔다. 테메레르가 병이 난 건 아닌지 확인하러 온 것이다. 의사의 진찰이 끝난 뒤, 로이드는 사육장 밖 남의 토지에서 밀렵을 해서는 안 된다고 테메레르를 나무랐다. 말투가 하도 엄해서 테메레르는 로렌스의 신상에 무슨 일이 생겨서 이러는 건 아닌지 불안한 마음까지 들었다.

사실 로이드는 테메레르를 반역죄를 저지른 용이라 여기지도 않았고 특별히 신경을 쓰지도 않았다. 그는 자신의 직분에만 충실한 자로, 용들이 사육장 밖으로 나가지 않고 제때 먹이를 먹으며 교미를 해주는 것으로 만족했다. 테메레르가 추구하는 품위라든지 금욕 따위엔 관심도 없었다. 그래서 평범하지 않은 테메레르의 행동도 단지 까탈을 부린다고만 여겼다.

로이드는 종종 농담하듯 테메레르에게 말을 건넸다.

"자, 오늘은 상큼한 앵글윙 숙녀가 찾아왔단다. 아주 괜찮은 암컷이야. 끝내주는 저녁 시간을 보낼 수 있을 것 같지, 응? 우선 송아지 고기부터 한 점 뜯고 교미할래? 그래, 그러자. 그게 좋겠어."

그가 저 혼자 묻고 대답하는 동안 테메레르는 가만히 앉아 듣기만 하다가 지겨워지면 입을 열어 한마디 했다.

"아니, 송아지 말고 사슴 고기가 먹고 싶은데, 날것 말고 불에 구워서 가져다주면 좋겠어."

그러나 그와 같은 테메레르의 요구는 한 번도 받아들여지지 않았다.

교미를 미루는 것이 더는 허용되지 않자 테메레르는 결국 사육사의 지시에 따랐다. 사육사들은 이 용 저 용 데려다가 테메레르에게 붙여놓았는데, 어머니가 아셨다면 결코 찬성하지 않으셨을 것이다. 리엔이 알았으면 가장 모욕적인 방식으로 콧방귀를 뀌었겠지. 그렇다고 암컷 용들에게 무슨 하자가 있어서 테메레르의 마음이 불편한 건 아니었다. 그들은 모두 좋은 용들이었다. 그러나 대부분은 아직 한 번도 알을 낳아본 적 없었고, 몇몇은 전투에 참여해본 적도 그 외에 흥미로운 활동을 해본 적도 없었다. 그처럼 미흡한 점을 보상할 만한 적절한 선물이라도 가져왔어야 할 텐데 대개가 그런 준비를 해오지 않았다. 테메레르가 그 점을 지적하면 암컷들은 당황하기 일쑤였다. 별볼일 없는 용인 척하며 대충대충 교미를 할까도 생각했지만 그것도 뜻대로 되지 않았다. 그래도 해군본부의 지시로 에든버러에서 날아온 말라카이트 리퍼 품종의 벨루사와 만났을 때는 좀 나았다. 벨루사는 자신의 이름을 걸고 참전해본 적은 없지만 테메레르에게 매듭이 지어진 작은 깔개 하나를 쭈뼛거리며 선물로 내놓았다. 테메레르가 처음에 냉담하게 굴자 벨루사의 비행사가 조달해 온 게 분명했다. 그 깔개는 테메레르의 제일 큰 발톱 하나를 덮을 만한 크기였다.

테메레르는 어색해하며 말했다.

"멋진 깔개네. 매듭도 잘 지어져 있고 색깔도 아주 아름다워."

테메레르가 깔개를 동굴 입구의 작은 바위 위에 걸쳐놓자 잔뜩 주늙이 든 벨루사가 견디지 못하고 외쳤다.
"아, 미안해요. 비행사가 내 뜻을 전혀 이해하질 못해서. 내가 교미하기 싫어서 그러는 줄 알고 하는 말이……."
벨루사는 당황해서 별안간 입을 다물었다. 더 듣지 않아도 벨루사의 비행사가 무슨 말을 했을지 짐작할 수 있었다. 듣기 좋은 말을 하진 않았을 것이다. 기분이 상하긴 했지만 벨루사가 직접 무례한 말을 한 것도 아니니 그동안 준비해둔 반박의 연설을 할 필요도 없었다. 그래서 테메레르는 내키지 않는 마음을 억누르고 지시대로 벨루사와 교미를 했다. 이곳에서 조용히 참고 지내야 하니까. 어떤 식의 말썽도 일으키지 않고 고분고분하게 굴어야 하니까.
테메레르는 로렌스에 대해서는 가급적 많이 생각하지 않으려고 애썼다. 로렌스 생각에 골몰하다가는 자신이 어떤 행동을 할지 예측할 수 없어서였다. 로렌스가 잘 지내는지 어떤 대우를 받으며 사는지 전혀 모르는 상황이라 테메레르는 마음속 깊이 불안감을 간직한 채 하루하루를 견뎌야 했다. 쉽지 않은 일이었다. 펜던트와 작은 금사슬은 수중에 있고 발톱씌우개는 이곳에 오기 전 에밀리 롤랜드에게 맡겨두었다. 에밀리는 발톱씌우개를 안전하게 잘 보관해줄 것이다. 예전 같으면 로렌스와 잠시 떨어져 있더라도 그가 자신을 잘 돌보며 안전하게 지내리라 믿을 수 있었다. 로렌스가 쓸데없이 위험한 일을 하려고 나서지만 않으면 그의 안전을 크게 염려할 필요는 없었으니까. 가끔 위험한 행동을 해서 테메레르를 애태우긴 했지만 말이다. 그런데 지금 상황은 그때와 크게 달라졌다. 해군본부에서는 테메레르에게 말 잘 듣고 얌전히 굴면 로렌스를 교수형에 처하지 않겠다고 약속했다. 하지만 테메레르는 그들이 약속을 충실히 지킬 것인지 믿을 수가 없었다. 일주일에 한 번씩은 당장 도버나 런던으로 날아가야 할 것만 같은 충동이 일었다. 가서 그들이 로렌스를 죽이지는 않았는지 물어보고 확인해야 한다는 생각이 들었다. 하지만 막상 날개를 치고 하늘로 날아오르려 하다가도 어쩔 수 없이 주저앉았다. 자신이 관리 불가능한 용으로 인식된다면 영국 정부로서는 로렌스를 더 이상 살려둘 필요가 없어질 터였다. 그러니 답답하더라도 얌전하고 다루기 쉬운 용으로 보여야 했다.

사육장에 온 지 3주째 되던 날, 도저히 견딜 수 없게 된 테메레르는 이곳을 떠나 로렌스를 찾아보리라 결심했다. 그런데 그때, 로이드가 어떤 신사를 모시고 다가왔다. 로이드는 큰 목소리로 그 신사에게 주의를 주었다.

"제 말 명심하셔야 합니다. 귀중한 동물이니 화나게 만들지 말고, 말에게 하듯 상냥하고 천천히 부드럽게 말씀하셔야 해요."

그것만으로도 충분히 기분이 나빴는데 로이드가 그 신사를 '다니엘 살콤 목사'라고 소개하자 테메레르는 격분했다.

"아, 당신!"

당황한 살콤에게 테메레르가 계속해서 쏘아붙였다.

"그래, 댁이 누군지 난 아주 잘 알아. 댁이 왕립학회에 보냈다는 지독히 멍청한 편지를 나도 읽어봤거든. 내가 앵무새나 개처럼 행동할 줄 알고 보러 온 모양이군."

살콤은 변명을 주절거리다가 애써 별일 아니라는 듯한 표정을 짓더니 준비한 질문을 읽어 내려갔다. 운명예정설에 관한 터무니없는 질문이었다.

"닥쳐. 성 아우구스티누스도 댁보다는 그 설에 대해 설명을 잘했을 거야. 아무리 설명을 잘해도 말 안 되는 내용이긴 마찬가지지만. 어쨌든 난 서커스단의 동물처럼 댁한테 쇼를 보여줄 생각은 전혀 없어. 논어를 읽어본 적도 없는 무식한 자하고는 말을 섞는 것조차 성가시니까."

테메레르는 마지막 말을 덧붙이면서 속으로 '로렌스는 빼고'라고 중얼거렸다. 적어도 로렌스는 학자인 척하면서 자기가 잘 알지도 못하는 이에 대해 모욕적인 편지나 써대는 인간은 아니니까 말이다.

"용이 수학을 이해하지 못한다고 한 댁의 주장에 대해 한마디 하지. 내가 댁보다 수학을 훨씬 잘해."

그리고 테메레르는 발톱으로 흙바닥에 직각삼각형을 그린 뒤 두 개의 짧은 변에 길이를 나타내는 숫자를 써넣었다.

"자, 이 도형에서 빗변의 길이를 말해봐. 답을 말해야 나랑 대화할 수 있어. 못 풀겠으면 그만 가봐. 어디 가서 용에 대해 아는 척일랑 말고."

간단한 도형 문제지만, 테메레르가 런던 기지의 파티에서 그 문제를 냈을 때 신사들은 답을 말하지 못하고 당황했었다. 그 일을 계기로 테메레르는 영국 남자들이 모두 수학을 잘할 것이라는 환상에서 깨어났다. 살콤 목사 역시 수학에는 큰 관심을 두지 않고 살았는지 그 도형을 빤히 쳐다보기만 했다. 그는 얼굴뿐만 아니라 머리가 훌렁 벗어진 정수리까지 벌겋게 달아오르더니 로이드를 매섭게 노려보았다.

"자네가 이 동물에게 이런 문제를 내게 만든 게로군. 자네가 미리 지시를 해서……."

로이드가 어이없어하며 입을 딱 벌리자 살콤도 방금 자신이 한 말이 말도 안 된다는 걸 깨달았는지 서둘러 덧붙였다.

"그게, 그러니까 자네가 누군가에게 이런 문제에 대해 듣고 나서 이 동물에게 가르쳐준 게 아니냔 말이야. 나를 당황하게 만들도록……."

"아닙니다, 목사님."

로이드가 항변했지만 소용없었다. 화가 치밀어 오른 테메레르는 저도 모르게 고함을 내지를 뻔했다. 마지막 순간에 간신히 참고 으르렁거리기만 했는데도 살콤은 곧장 줄행랑을 쳤다. 팁을 못 받을까 걱정이 된 로이드도 살콤을 부르며 뒤따라갔다. 로이드는 살콤을 데려와 얼간이처럼 테메레르를 쳐다보게 한 대가로 이미 돈을 받아 챙긴 모양이었다. 테메레르는 고함을 내지르지 않은 게 후회되었다. 차라리 두 놈 다 호수에 처넣어버릴걸.

잠시 후 화가 가라앉자 테메레르는 우울해졌다. 그제야 살콤과 얘기를 하는 편이 나았다는 생각이 들었다. 테메레르가 아무리 천천히 알아듣기 쉽게 말을 해도 로이드는 책을 읽어주기는커녕 바깥세상에 대한 어떤 정보도 말해주지 않은 채 그저 미치고 펄쩍 뛰게 만드는 소리나 지껄여댔다.

"자꾸 생각할 필요 없어. 사서 걱정하는 것만큼 분별없는 짓은 없거든."

그러나 살콤은 무식하긴 해도 자신과 대화를 나눌 용의가 있었으니 잘 구슬리기만 했으면 최근 전쟁 상황이라든지 신문에 실린 소식에 대해 말해주었을 수도 있었다. 어쩌면 신문에 테메레르 자신에 대한 기사가 실렸을 수도 있는데!

테메레르가 먹이 먹는 곳에 웅크리고 앉아 그런 생각을 할 때, 헤비급 용들은 점심식사를 거의 마쳐가고 있었다. 그중 제일 덩치가 큰 리갈 코퍼 한 마리가 잘근잘근 씹은 피 묻은 회색 양털 뭉치를 퉤 뱉어내고 거하게 트림을 한 뒤 자신의 동굴을 향해 날아갔다. 그 용이 떠나자 들판의 탁 트인 풍경이 눈에 들어왔다. 이어서 미들급과 라이트급, 그리고 그보다 덩치가 작은 우편배달 체급의 용들이 서둘러 들판으로 내려와 서로를 시끄럽게 불러가며 양과 소를 나눠 먹었다. 그들이 승강이를 벌이며 주변을 뛰어다니는 동안 테메레르는 웅크린 채 꼼짝도 하지 않았다. 고개를 들어 그들을 바라보지도 않았다. 청록색의 가느다란 다리를 지닌 미들급 암컷 용이 테메레르 바로 앞에 자리를 잡았다. 그 용은 먹이를 한가득 물고 양의 뼈를 오도독오도독 씹으며 말을 걸었다.

"네가 낸 그 문제에 대해 생각해봤는데, 삼각형의 각도가 90도일 때 제일 긴 변의 길이의 제곱은 나머지 두 변을 각각 제곱해서 더한 값과 같아. 네가 그린 게 직각삼각형이라면 말이야."

그 용은 요란한 소리를 내며 먹이를 삼키고 주둥이를 혀로 핥아 닦은 뒤 말을 이었다.

"사소한 도형을 흥미롭게 관찰했더구나. 어떻게 그 도형이 그런 성질이 있는 걸 알았어?"

테메레르는 중얼거리며 대답했다.

"내가 알아낸 게 아니야. '피타고라스의 정리'라는 건데, 교육받은 자라면 다 알아. 난 로렌스한테 배웠어."

로렌스를 떠올리자 테메레르는 한층 더 우울해졌다. 암컷 용은 다소 건방진 투로 "흐음" 하는 소리를 내더니 휙 날아가 버렸다.

다음 날 아침, 그 암컷 용은 초대받지도 않았는데 테메레르의 동굴을 찾아와 코끝으로 그를 쿡 찌르며 떠들었다.

"내가 고안해낸 공식이 하나 있는데 너도 관심이 있을 것 같으니 얘기해줄게. 이 공식을 이용하면 어떤 합계도 계산해낼 수 있어. 피타고라스가 이 공식에 대해 들으면 무슨 말을 할지 궁금하구나."

"그건 네가 고안해낸 게 아니야. 이항정리라는 건데, 아주 오래전에 양후이가 공식으로 만들었어."

안 그래도 하루종일 할 일도 없는데 이렇게 빨리 잠에서 깨버리자 짜증이 난 테메레르는 대충 대꾸하고는 날개 밑에 머리를 묻고 다시 잠을 청했다.

그걸로 됐겠지 싶었는데 나흘 뒤 테메레르가 호숫가에 누워 있을 때 그 암컷 용이 다시 나타났다. 그 용은 약이 바짝 올라 씩씩거리며 테메레르 옆에 내려섰는데, 어지간히 화가 났는지 입에서 단어가 마구 뒤엉켜 나왔다.

"이봐, 이번엔 내가 아주 새로운 공식을 발견했으니까 들어보라고. 특정한 자리에 오는 소수, 즉 그게 열 번째 소수라고 할 때, 그 소수는 그 자리를 차지하는 수의 값에 항상 근접하게 되어 있어. 상수 p를 지수로 제곱하면 동일한 값에 도달하지. 상수 p는 굉장히 흥미로운 수야. 내가 그걸 발견했으니 내 이름을 따서······."

그 용이 설명하는 바를 알아차린 테메레르는 은근히 무시하는 투로 말허리를 잘랐다.

"아니, p가 아니라 e지. 자연로그에 대해 말하고 있구나. 그런데 나머지 소수들에 적용해보면 네 이론은 타당하지 않아. 열다섯 번째 소수를 예로 들어봐도······."

테메레르가 잠시 말을 멈추고 머릿속으로 암산을 하는 동안 그 용은 의기양양하게 말했다.

"내 이론이 맞잖아."

그러고는 스무 개 정도의 예제를 들어 계산을 해 보였다. 결국 테메레르는 이 짜증나는 용의 주장이 옳다고 인정할 수밖에 없었다.

그 용은 가슴을 크게 부풀리며 뻐겼다.

"너는 내 이론을 피타고라스나 양후이가 먼저 발견한 거라고 못 하겠지? 외부에 있는 다른 용들한테도 물어봤는데 그들 이름을 들어봤다는 용은 아무도 없었어. 공군 기지나 사육장에 그런 용은 살지 않는다더라고. 그러니까 나한테 사기 칠 생각 마. 게다가 양후이 같은 이상한 이름을 가진 용이 있다는 건 말이 안 돼."

테메레르는 기가 죽고 피곤한 상태였지만 지독하게 지루한 생활을 하고 있었기에 그 용을 상대할 마음이 생겼다. 그래서 화를 내지 않고 차분히 답했다.

"양후이는 용이 아니야. 피타고라스도 마찬가지고. 그들은 아주 오래전에 죽었어. 피타고라스는 그리스 인이고 양후이는 중국인이야."

그러자 그 용은 미심쩍어하며 물었다.

"그럼 그들이 그 이론들을 고안해냈다는 걸 넌 어떻게 알았는데?"

"로렌스가 책을 읽어줘서 알았지. 책에서 읽은 게 아니면 넌 그걸 어디서 배웠어?"

"혼자 생각해서 알아낸 거야. 여기선 달리 할 일도 없거든."

그 용의 이름은 페르사이티아였다. 말라카이트 리퍼와 라이트급 파스칼 블루를 실험 삼아 교배해 만든 잡종이었는데, 사육사들의 바람보다 덩치가 크고 속도가 느리며 신경이 날카로웠다. 몸 색깔도 전투 시 위장에 적합하지 않았다. 연푸른색 바탕에 연초록색 줄무늬가 있고 등에는 드문드문 척추 돌기가 돋아 있었다. 한때 안장을 찼다는데, 이 사육장에서 안장을 찬 경험이 있는 다른 용들에 비해 나이도 많지 않았다. 페르사이티아는 스스로 비행사를 포기했다고 했다.

"딱히 내 비행사가 싫은 건 아니었어. 그는 내가 어렸을 때 방정식 푸는 법도 가르쳐줬거든. 그런데 난 전투에 나가야 할 필요성을 못 느끼겠더라고. 왜 내가 전투에 나가 총을 맞고 적의 발톱에 상처를 입어야 하는지, 어떤 설명을 들어도 납득이 되지 않았어. 내가 전투를 거부하자 비행사는 더 이상 나를 원치 않게 된 거야."

아무렇지 않게 말했지만 페르사이티아는 그 말을 하면서 테메레르의 눈을 피했다.

테메레르가 말했다.

"편대 전투 때문에 그런 거라면 네 잘못이라고는 말 못 하겠다. 편대 전투는 무지 따분하니까. 중국에선 다들 내가 전장에 나가는 걸 좋아하지 않았어. 내가 속한 셀레스티얼 품종의 용들은 원래 전투를 하지 않는다더라고."

페르사이티아는 동경하는 눈빛으로 말했다.

"중국은 정말 멋진 곳 같구나."

테메레르는 그 말에 이의를 제기하지 않았다. 한편으론 가슴이 아팠다. 로렌스가 찬성만 했으면 지금쯤 그들은 베이징에 머물며 청의원의 정원에서 한가롭게 산책을 하고 있을 텐데. 그곳의 가을 풍경은 아직 감상하지 못했다.

말이 없던 테메레르가 갑자기 고개를 들었다.

"조금 전에 '외부에 있는 다른 용들한테도 물어봤는데'라고 했지? 그게 무슨 뜻이야? 우린 여길 나갈 수 없잖아."

"물론 못 나가지. 몬시한테 내 점심 절반을 떼어주고 부탁했어. 몬시가 사육장 근처의 브레콘으로 날아가서 순환 근무를 하는 우편배달 용들한테 내 질문을 뿌려놓았지. 그리고 그런 이름을 가진 용에 대해 아무도 들어본 적 없다는 답을 갖고 오늘 아침에 돌아왔어."

흥분한 테메레르는 얼굴 주변의 막을 세웠다.

"아…… 아, 부탁인데 몬시가 누군지 말해줘. 로렌스가 어디 있는지 알아다주면 달라는 건 뭐든지 준다고 해. 일주일 동안 내 점심을 다 가져가서 먹어도 좋다고."

몬시는 윈체스터 품종의 용으로 헛간에서 부화하자마자 마음에 안 드는 비행사 후보를 떼어버리고 공군에서 탈출했다고 했다. 그후 사육사들이 몬시를 간신히 달래서 사육장 안에 들여놓았고, 몬시 자신도 무리를 지어 사는 습성을 지닌 까닭에 사육장에서 다른 용들과 함께 사는 편이 낫겠다고 판단을 내렸다고 했다. 덩치가 작고 진한 자줏빛을 띤 몬시는 멀리서 보면 여느 윈체스터 용들과 차이가 없어서 사육장 밖에서도 별로 눈에 띄지 않았고, 먹이 먹는 곳에 매일 나오지 않아도 주의를 끌지 않았다. 그래서 놓친 끼니를 때울 수 있게만 해주면 다른 용들의 부탁을 곧잘 들어주는 편이었다.

좋아라하며 페르사이티아를 따라온 몬시가 테메레르에게 말했다.

"흠, 네가 교미할 때 특식으로 받는 기름기 많고 맛있는 소들 있잖아, 그중에 한 마리만 줘. 그걸로 라쿨라에게 제대로 식사 대접을 한번 해야겠어."

그러자 페르사이티아가 끼어들며 날카롭게 말했다.

"강도가 따로 없군."

하지만 테메레르는 개의치 않았다. 특식의 의미가 저녁 시간의 비참하고 거북스러운 교미임을 알기에 테메레르는 사육사들이 가져오는 그런 소들이 그다지 맛있게 느껴지지 않았다. 테메레르는 거래 조건에 합의하는 뜻으로 고개를 끄덕였다.

몬시가 미리 경고를 했다.

"하지만 꼭 답을 알아낸다는 보장은 못 해. 영국 내 모든 공군 기지와 아일랜드까지 그 질문이 퍼지게 하고 답을 얻으려면 수주일이 걸릴 수도 있어. 그렇게까지 해도 결국 아무 소식도 전해 듣지 못할 수도 있고."

테메레르는 나지막하게 말했다.

"내 비행사가 죽었으면 어떤 식으로든 얘기가 돌 거야."

뱃머리를 뚫고 하갑판으로 들어온 포탄이 북소리를 내며 지나갔다. 동시에 갑판 바닥의 널빤지가 캐스터네츠처럼 따다다닥 쪼개지면서 배 벽에 날아와 박혔다. 하갑판의 구금실 앞을 지키던 어린 해병대원은 위에서 울리는 집합 나팔 소리를 들으며 두려움에 부들부들 떨었다. 한편으론 아군을 돕기 위해 뭔가를 하고 싶지만 구금실이나 지키는 하찮은 임무를 수행하고 있으니 자신의 신세가 한탄스럽기도 할 것이다. 아무짝에도 쓸모없이 구금실 안에서 시간이나 때워야 하는 로렌스도 마찬가지 기분이었다. 느긋하게 굴러온 포탄은 구금실 앞에 이르렀다. 그 순간, 로렌스가 말릴 새도 없이 어린 해병대원은 포탄을 막는답시고 발을 쭉 내밀었다.

충동적으로 그런 행동을 했을 때 어떤 결과가 초래되는지 로렌스는 전장에서 익히 보았다. 그 포탄은 해병대원의 발을 날려버리고 계속 굴러와 구금실 문의 위쪽 경첩을 날렸다. 그리고 구금실 문을 일그러뜨린 뒤 단단한 떡갈나무 벽에 5센티미터 깊이로 박혔다. 경첩이 떨어져 미친 듯이 흔들리는 구금실 문을 밀어젖히고 밖으로 나온 로렌스는 목도리를 벗어 해병대원의 발목을 감아주었다. 어린 해병대원은 포탄에 잘려나가고 남은 피투성이 발목을 멍하니 바라보고 있었다. 어떻게든 달래서 최하 갑판으로 내려가게 해야 했다.

"상처 부위가 깨끗하니 나머지 부분은 이상 없이 잘 아물 거다."

로렌스는 위로의 말과 함께 그를 군의관들 손에 맡겼다. 머리 위에서 포탄이 작렬하는 소리가 끊임없이 들려왔다.

고물 쪽 사다리를 타고 올라가자 혼란에 휩싸인 포열 갑판이 눈에 들어왔다. 동쪽을 향한 뱃머리의 비쭉비쭉하게 벌어진 구멍으로 대낮의 햇살이 비쳐들자 대포에서 터져 나온 연기와 먼지가 빛을 받아 반짝거렸다. 배가 요동을 치며 움직이는 동안 '고함치는 마사'라는 이름이 붙은 대포의 도르래 장치가 떨어져 나가는 바람에 해군 다섯 명이 분리된 포대를 붙잡고 고정하려 안간힘을 쓰고 있었다. 그대로 뒀다간 언제라도 대포가 갑판을 가로질러 굴러가 군인들을 깔아뭉개고 배의 난간을 부숴버릴 수 있는 상황이었다.

포병대 지휘관은 놀란 말을 달래듯 대포에게 말했다.

"자, 자, 얌전히 있어. 얌전히……."

그러다가 그는 연기를 내뿜는 뜨거운 포신에 양손이 닿자 질겁하고 움츠렸다. 포병대 지휘관의 얼굴 한옆은 얇은 나무 파편이 잔뜩 박혀 고슴도치 같았다.

연기가 치솟고 붉은 햇빛이 비치고 있어 아무도 로렌스를 알아보지 못했다. 얼굴이 잘 보이지 않으니 모두 그를 구금실의 죄수가 아닌 선원인 줄 알 터였다. 로렌스는 외투 주머니에 든 비행사용 장갑을 착용하고는 포신의 입구를 잡고 힘껏 밀었다. 두꺼운 가죽 장갑을 꼈는데도 포신의 열기 때문에 손바닥이 화끈거렸다. 마침내 포신은 쿵 소리를 내며 홈 안으로 들어갔다. 대포를 밧줄로 묶은 나머지 해군들이 전력질주를 하고 난 말처럼 부들부들 떨며 그 주변에 둘러섰다.

아직까지 이 배에서는 적군을 향해 대응사격을 하지 않고 있었고 뒷갑판에서 명령도 하달되지 않았다. 포문을 내다보았지만 시야에 들어오는 배도 없었다. 로렌스가 손을 대고 있는 난간 쪽에서 격렬하게 삐걱거리는 소리가 났다. 배가 바람에 지나치게 가까이 다가갔을 때 나는 나지막한 신음 같기도 했지만 지금까지 들어보지 못한 낯선 소리였다. 선체 옆으로 치는 파도의 모양도 괴상했다. 로렌스는 이 배, 즉 골리앗 호를 구석구석 잘 알았다. 소년 시절 이 배에서 소위로 4년, 중위로 2년 복무했고 이 배를 타고 나일 강 전투에도 나갔다. 그는 이 배가 내는 소리에 대해 누구보다 잘 알았다.

로렌스는 포문 밖으로 머리를 내밀고 살펴보았다. 적군의 배가 이 배를 향해 발포하기 위해 뱃머리를 돌리고 있었다. 멋지게 정비된 36문짜리 소형 범선이지만 단독으로 골리앗 호와 맞서기엔 역부족일 터였다. 골리앗 호의 현측 절반도 감당하기 힘들 테니까. 로렌스는 골리앗 호의 함장이 왜 돛대를 고물 쪽으로 경사지게 하지 않는지, 왜 반격 명령을 내리지 않는지 이해할 수 없었다. 위쪽에 설치된 함수포에서 나지막하게 우르르 울리는 소리가 들려왔다. 함수포 정도로는 저 소형 범선을 상대할 수 없을 텐데. 그러다가 배 앞쪽을 살펴본 로렌스는 경악했다. 거대한 작살이 배의 옆구리에 박혀 있었다. 고래 사냥이라도 하듯 선체를 뚫고 들어온 작살 끄트머리는 정교하게 구부러져서 배의 나무에 단단히 박혔다. 작살과 연결된 줄은 크게 굽이치며 하늘 높이 이어졌고 거대한 헤비급 프랑스 용 두 마리가 그 줄을 잡아당기고 있었다. 예전 평화 시기에 영국에서 프랑스로 팔려가 그곳에서 부화한 나이 많은 파르나소스 용 한 마리와 그랑 슈발리에 한 마리였다.

작살은 그것 하나만이 아니었다. 두 용은 그 외에 작살 줄 세 개를 더 잡아당기고 있었는데, 하나는 뱃머리 쪽, 나머지 두 개는 고물 쪽과 연결되어 있었다. 발밑에서 배가 흔들거리고 두 용이 높은 곳에 떠 있어서 자세히 보이지는 않았지만 줄이 모두 안장에 끈으로 묶여 있고 용들이 그 끈들을 힘껏 잡아당겨 골리앗 호의 뱃머리가 바람 속에서 옴짝달싹 못한다는 것은 알 수 있었다. 골리앗 호의 돛은 모두 역풍을 받고 있었고 두 용의 고도가 너무 높아서 여기서 구형(球形) 포탄을 쏜다 해도 용들에게 명중할 수 없었다. 갑판에서 엄청나게 쏘아대는 후추총 때문에 그중 한 마리가 재채기를 했지만 날개를 몇 번 치자 후추가 닿는 범위에서 벗어났다. 그리고 두 용은 골리앗 호를 더욱 세게 끌어당겼다.

로렌스 옆에 있던 중위가 소리쳤다.

"도끼! 도끼 가져와!"

지시에 따라 갑판장들이 쩔그렁거리며 무기를 잔뜩 들고 와서 해군들에게 손도끼와 단검, 장검 등을 나눠주었다. 무기를 받아 쥔 이들은 이 배를 옴짝달싹 못하게 하는 작살의 줄을 끊기 위해 포문으로 향했다. 갈고리 끝에 무기를 연결해 포문 밖으로 늘어뜨리고 흔들어보았으나 갈고리와 작살까지 거리가 60센티미터나 되어서 힘주어 휘둘러도 작살의 줄을 끊기 어려웠다. 누군가 포문 밖으로 나가 줄을 직접 잘라야 하는 상황이었다. 그러나 적의 소형 범선이 다시 접근하고 있으니 포문 밖 선체로 기어 내려가면 적의 시야에 완전히 노출될 터였다.

아무도 선뜻 움직이려 하지 않았다. 로렌스는 앞으로 나서며 무기 더미에서 날카로운 단검을 집어 들었다. 그제야 로렌스의 얼굴을 쳐다본 중위는 그가 구금실에 갇혀 있던 죄수임을 알아봤지만 아무 말도 하지 않았다. 포문 쪽으로 걸어간 로렌스는 포문 밖으로 양어깨를 밀어 빼냈다. 그러자 곧 뒤에서 여러 명이 그의 발목을 잡아주었다. 중위가 다시 지시 내리는 소리가 들리고 이어서 위쪽 갑판에서 로렌스를 향해 밧줄 하나가 내려왔다. 로렌스는 그 밧줄을 잡고 선체에 몸을 기대며 중심을 잡았다. 걱정스러운 표정으로 그를 내려다보는 수많은 얼굴. 아는 이는 없었다. 잠시 후 두 명이 더 밧줄을 잡고 난간 너머로 내려와 다른 작살 옆에 자리를 잡았다.

로렌스는 작살 줄을 향해 힘차게 칼을 휘둘렀다. 한 번 내려칠 때마다 줄이 조금씩 잘려나갔다. 그 줄은 각각 세 가닥으로 된 굵은 밧줄 세 개를 촘촘히 엮고 범포 오라기로 감싼 것으로서 굵기가 성인 남자의 손목만 했다. 작살 줄을 자르는 동안 선체에 기댄 로렌스는 적선의 대포에 표적이 되고 있었다. 여기서 죽는다면 교수형을 당하는 것보다는 가문의 수치를 조금이나마 덜 수 있을 것이다. 해군본부에게 로렌스는 테메레르의 발목을 옭아매기 위한 수단에 불과했다. 세월이 흘러 테메레르가 많이 진정된 모습을 보이면 해군본부는 쓸모가 없어진 로렌스를 교수형에 처하고 말 것이다. 그때까지 수년의 세월이 흐를 테고 로렌스는 지상의 감옥 혹은 군함의 구금실에 갇힌 채 그 존재조차 잊혀가겠지.

 작정을 하고 그런 생각을 한 것은 아니었고 죄책감 때문도 아니었다. 작살 줄을 끊는 동안 불현듯 떠오른 상념일 뿐이었다. 로렌스는 바다를 등지고 있어 적선의 모습을 볼 수 없었다. 그 너머에서 벌어지는 더 큰 규모의 전투도 그의 시야에는 들어오지 않았다. 그의 눈앞엔 도료를 칠한 골리앗 호의 뱃전, 포탄을 맞아 갈라지고 터진 뱃전만이 있을 뿐이었다. 윤기가 흐르던 뱃전은 나무 파편과 소금기로 거칠어졌고 차가운 바닷물이 치고 올라와 로렌스의 등에 물거품을 뿌려댔다. 멀리서 대포 소리가 우렁차게 들려왔으나 골리앗 호의 포문은 아직 조용했다. 화약과 포를 아껴두었다가 적시에 쏘려고 준비하는 듯했다. 지금 로렌스의 귀에 제일 크게 들리는 것은 각자 자신이 맡은 작살 줄을 끊느라 끙끙대며 힘을 쓰는 다른 해군들이 내는 소리였다. 별안간 그중 한 명이 놀란 비명을 내지르며 쥐고 있던 밧줄을 놓고 파도가 격렬히 휘몰아치는 바다로 추락했다. 주변을 돌아보니 몸집이 작고 비행 속도가 화살처럼 빠른 프랑스의 우편배달 용 샤슈르 보시페르가 골리앗 호의 선체를 향해 작살을 던지려 하고 있었다. 조금 전 그 해군은 그걸 보고 놀라 떨어진 것이었다.

 샤슈르 보시페르가 마상 창 시합에 나온 기사처럼 쥐고 있는 작살은 무게중심을 잡기 위해 안장의 컵 모양 장치에 밑동이 끼워져 있었고 용의 등에 탄 프랑스 공군 두 명이 그 장치를 떠받치고 있었다. 잠시 후 그 작살은 쿵 하고 둔탁한 소리를 내며 로렌스가 매달린 곳 가까이에 날아와 박혔다. 샤슈르 보시페르의 꼬리가 후려친 짭짤한 바닷물이 로렌스의 얼굴 높이까지 솟아올라 코로 들어가고 목 뒤로 넘어갔다. 로렌스는 숨이 막혔다. 그 순간, 골리앗 호에서 해병대원들이 일제사격을 퍼부었고 샤슈르 보시페르는 작살 줄을 뒤로 끌며 재빨리 배에서 멀어졌다. 작살의 미늘은 선체를 꿰뚫을 정도로 깊이 박히지는 않았다. 앞서 작살을 꽂으려는 시도가 수차례 있었기에 원래 깔끔하게 도료가 칠해져 있던 선체는 온통 얽은 자국투성이였고 방금 꽂힌 작살만 해도 십여 개에 달했다.

로렌스는 팔로 얼굴을 문질러 바닷물을 닦아내고 옆 밧줄에 매달린 해군에게 소리쳤다.

"계속 잘라! 젠장, 어서!"

그리고 칼질을 계속했다. 마침내 작살 줄을 이루는 아홉 가닥의 밧줄 중 하나가 끊어지면서 거친 섬유가 빗자루처럼 펼쳐지며 단도 날에서 멀어졌다. 로렌스는 서둘러 두 번째 가닥을 썰기 시작했으나 칼날이 벌써 무뎌지고 있었다.

소형 범선은 골리앗 호를 향해 계속 대포를 쏘았다. 그러다가 가까이에서 물소리가 나서 돌아보니, 소형 군함에서 발사된 포탄 하나가 파도 위를 두 번, 세 번 스치며 날아오고 있었다. 소년이 호수 위에 돌멩이를 던져 물수제비를 뜨는 것처럼. 로렌스는 그 포탄이 곧장 자신을 향해 날아오는 것 같다고 생각했다. 다행히 포탄은 옆으로 날아와 박히며 뱃머리에 구멍을 냈다. 열린 포문마다 눈보라가 휘몰아친 것처럼 나무 파편이 튀고 골리앗 호 전체가 삐걱거렸다. 로렌스 쪽으로도 나무 파편이 튀어 두 다리가 벌 떼에 쏘인 것처럼 따가웠다. 신고 있던 양말은 삽시간에 피로 물들었다. 로렌스는 작살 손잡이를 잡고 매달린 채 칼질을 계속했다. 프랑스 측 소형 범선은 북소리를 내며 연이어 발포했고 구형 포탄이 골리앗 호를 향해 계속 날아왔다. 포탄에 맞을 때마다 골리앗 호는 속이 뒤집힐 정도

로 거세게 흔들렸다.

로렌스는 날이 무뎌진 단도를 주머니에 찔러 넣은 뒤, 하나 남은 작살 줄 가닥을 마저 자르고자 새 칼을 내려달라고 소리쳤다. 그 순간 남아 있던 가닥이 떨어져 나갔다. 해군들은 로렌스를 다시 배 안으로 끌어들였다. 포문 안쪽으로 들어온 로렌스는 비틀거리다가 다리에서 흘러내리는 피에 미끄러져 무릎을 꿇고 넘어졌다. 올 풀린 양말은 피에 푹 젖어 있었다. 재판 때부터 지금까지 쭉 입고 있는 제일 좋은 반바지도 구멍이 숭숭 나고 피로 얼룩졌다. 부축을 받아 벽에 기대앉은 로렌스는 단도로 셔츠를 찢어 제일 깊은 상처가 난 부위를 싸맸다. 다들 맡은 임무를 수행하느라 그를 군의관에게 데려다 줄 여유가 없었다. 선체에 꽂힌 나머지 작살의 줄이 차례로 잘려나가자 골리앗 호는 마침내 제 뜻대로 움직일 수 있었다. 흐릿하고 붉은 빛 속에서 로렌스는 해군들이 각자 맡은 대포 주변에 서 있는 모습을 보았다. 다들 땀과 때에 시커멓게 찌든 얼굴로 이를 드러낸 채 갈라진 입술과 잇몸에 피를 흘리며 복수의 기회를 노리고 있었다.

갑자기 아래쪽에서 비나 우박이라도 떨어지는 것처럼 후두두둑 소리가 들렸다. 프랑스 용들이 도화선이 짧은 소형 폭탄을 던진 것이다. 갑판의 널빤지 사이로 번개처럼 번쩍거리는 빛이 보이더니 폭탄 몇 개가 사다리를 타고 굴러 내려와 포열 갑판에서 펑펑 터졌다. 섬광분의 뜨거운 열기와 하얀 불꽃에 두 눈이 타버릴 듯 고통스러웠다. 잠시 후 골리앗 호는 프랑스의 소형 범선이 보이는 위치로 방향을 돌렸고 마침내 발포 명령이 떨어졌다.

침묵을 지키던 골리앗 호의 포문에서 대포가 작렬했다. 포탄이 발사되는 굉음과 연기, 지옥 같은 불꽃은 모든 이성을 앗아가 아무 생각도 할 수 없었다. 재장전을 위해 잠시 발포가 중단된 틈을 타서 로렌스는 포문으로 다가가 바깥을 내다보았다. 소형 범선이 포탄에 맞아 부러진 앞 돛대를 흘수선 아래 질질 끌면서 비틀비틀 멀어지고 있었다.

그러나 골리앗 호에서는 환호성이 울려 퍼지지 않았다. 후퇴하는 소형 범선을 지나 전진하자 영국 해협이 눈앞에 펼쳐졌는데, 그곳에서 봉쇄 작전을 수행 중인 영국 군함들이 적에게 집중 공격을 받는 모습이 보였다. 비교적 가까운 곳에 떠 있는 74문짜리 영국 군함 '아부키르 호'와 위대한 '술탄 호'가 일단 눈에 띄었다. 두 군함에도 작살이 꽂혀 있었고 프랑스의 헤비급 용 세 마리와 미들급 용 네 마리가 작살과 연결된 줄을 잡아당기는 중이었다. 두 군함은 연기가 자욱하도록 총과 대포를 쏘았지만 상공에 떠 있는 프랑스 용들에게 미치지 못했다.

항구에서 빠져나온 프랑스 전열함 여섯 척이 소함대를 호위하며 아부키르 호와 술탄 호 사이로 유유히 지나갔다. 백 척 이상의 바지선과 어선, 황동 삭구를 단 뗏목배 등으로 구성된 소함대는 군인들을 잔뜩 태운 채 뱃머리의 삼색기를 펄럭이며 영국으로 향했다. 바람을 등진 데다가 해류의 도움까지 받고 있어 속도가 꽤 빨라 보였다.

영국 해군이 옴짝달싹 못하는 동안 영국 공군의 용들만이 전진해 오는 적들을 막아내려 애쓰고 있었다. 그러나 프랑스 군함들이 소함대 위쪽 상공에 일정한 간격을 두고 대포를 쏘고 있어 적을 막아내기가 쉽지 않았다. 매캐한 향이 코를 찌르는 후추탄 종류의 포탄이었는데 프랑스가 어디서 그만한 양의 향료를 조달했는지 의아할 정도였다. 소함대 위를 뒤덮은 맵고 시커먼 연기를 배경으로 프랑스 군인들이 쏘아대는 소총의 붉은 불꽃이 반딧불이 떼처럼 반짝거리며 영국 용들의 접근을 막아냈다. 소함대의 배 한 척이 가까운 곳을 지나고 있어 로렌스는 그 배에 탄 프랑스 군인들의 모습을 볼 수 있었다. 그자들은 젖은 수건 또는 헝겊으로 얼굴을 가리거나 방수포 아래 모여 앉아 있었다. 다급해진 영국 용들은 강하를 시도했으나 매운 연기층을 뚫지 못하고 도로 날아올랐다. 직접적인 공격이 어려워지자 영국 용들은 공중에서 폭탄을 떨어뜨렸는데 고도가 너무 높아 정확도가 현저히 떨어졌다. 폭탄 열 개를 떨어뜨리면 아홉 개는 넓은 바다에 풍덩풍덩 빠지고 겨우 하나가 프랑스 배 근처에 떨어져 파도를 일으키는 식이었다. 게다가 몸집이 작은 프랑스 용들이 영국 용들 주변을 맴돌며 조롱을 퍼붓고 악을 쓰며 괴롭혔다. 프랑스 용의 수는 어마어마하게 많았다. 로렌스는 그 정도 규모의 용들을 본 적이 없었다. 프랑스 용들은 새 떼처럼 공중을 맴돌며 모였다 흩어지기를 반복하면서, 장엄한 편대비행을 하는 영국 용들에게 공격 기회를 내주지 않았다.

영국 용들 가운데 덩치가 큰 리갈 코퍼 한 마리가 보였다. 막시무스인 듯했다. 붉은색과 오렌지색, 황금색이 섞인 몸통이 푸른 하늘을 배경으로 눈에 확 띄었다. 리갈 코퍼는 양옆에 옐로 리퍼들을 두 줄로 거느리고 편대의 선두에서 날고 있었고, 릴리의 모습은 보이지 않았다. 멀리서 희미하게 리갈 코퍼의 고함이 들리는가 싶더니 곧 그 리갈 코퍼가 편대를 이끌며 프랑스의 라이트급 용 십여 마리를 향해 돌진했다. 적들 사이를 뚫고 프랑스의 대형 군함을 공격하려는 것이었다. 잠시 후 리갈 코퍼의 편대가 떨어뜨린 폭탄 여러 개가 목표물에 명중했는지 프랑스 군함에서 불꽃이 피어올랐다. 리갈 코퍼의 편대는 적들의 공격을 피하기 위해 다 같이 방향을 틀었으나 옐로 리퍼들이 당하고 말았다. 옐로 리퍼 한 마리는 배에 상처를 입어 선홍색 피를 흘렸고, 또 다른 한 마리는 몸이 기울어진 채 비틀거리며 날고 있었다. 영국의 소형 범선 몇 척도 소함대를 공격하고자 호위함들을 뚫고 적군 내부로 들어갔으나 곧 엄청난 포화에 휩싸였다. 영국 측이 소함대에 속한 배 십여 척을 침몰시켜도 바다에 빠진 프랑스 군인들 중 절반 정도는 주변의 다른 프랑스 배에 올라타 목숨을 건지고 있었다. 소함대의 배들이 서로 거의 붙다시피 하면서 이동하고 있었기 때문이다.

로렌스 옆에서 중위가 날카롭게 외쳤다.

"전원 발포 준비!"

이제 골리앗 호는 방향을 돌려 소함대를 추격했다. 프랑스의 마제스티외 호와 에로 호 사이를 지나면서 3톤에 달하는 대포를 일제히 발사할 작정인 것이다. 로렌스는 골리앗 호의 돛들이 바람을 적절히 담고 있는 것을 느낄 수 있었다. 골리앗 호는 오랫동안 붙잡혀 있다 놓여난 경주마처럼 돛을 전부 펴고 빠른 속도로 나아갔다. 로렌스는 다리를 만져보았다. 출혈은 이미 멎은 듯했다. 그는 절뚝거리며 대포 옆 빈자리로 걸어가 발포 작업을 도왔다.

포문 밖으로 소함대의 선두 그룹이 영국 해변으로 향하는 모습이 보였다. 선두 그룹의 수송선들이 해변에 있는 영국 군인들에게 대포를 쏘는 동안 라이트급 프랑스 용들은 상공을 맴돌며 자기네 배들을 보호했다. 잠시 후 프랑스 병사 하나가 해변에 깃발을 꽂았다. 깃발에 그려진 황금색 독수리가 햇빛을 받아 불이라도 붙은 듯 번쩍였다. 결국 나폴레옹의 군대가 영국 땅에 상륙하고 만 것이다.

2

몬시를 통해 로렌스의 행방에 대한 질문을 퍼뜨리고 난 후, 테메레르는 답이 오기를 초조하게 기다렸다. 바깥소식을 접하는 게 불가능하다고 포기하고 있을 때보다 이렇게 불안해하며 기다리니 심적 고통이 훨씬 컸다. 어쨌거나 조만간 소식이 당도할 것이다. 지금까지는 로렌스의 생사 여부가 불분명했기에 일단은 이 세상에 그가 존재할 거라고, 살아 있을 거라고 기대할 수 있었다. 테메레르의 바람은 오직 그뿐이었다. 좋은 소식이라 해도 로렌스가 여전히 투옥 중이라는 게 고작이겠지만 아무것도 모르는 것보다는 나을 터였다. 그날 하루, 시간은 느릿느릿 흘러갔다. 이렇게 목이 빠지게 기다리는데 끔찍한 답이 오면 어떻게 하지. 상상하기조차 싫은 일이 로렌스에게 벌어졌으면 어쩌지. 구름으로 가득한 잿빛 하늘 아래 지독한 안개에 둘러싸이기라도 한 것처럼 테메레르의 마음은 불안하기 짝이 없었다.

신경을 분산할 만한 것이 필요했으나 페르사이티아와의 대화 말고는 달리 할 일이 없었다. 그 용과의 대화는 가끔 짜증이 나긴 해도 흥미로웠다. 페르사이티아는 자신을 위대한 천재로 여기고 싶어했다. 아직까지 글쓰기의 개념을 파악하지 못해서 그렇지 실제로 대단히 똑똑한 용이었다. 훨씬 앞 단계까지 순식간에 생각이 미치며 전혀 새로운 개념을 도출할 때도 많아서 테메레르를 당황하게 만들기도 했다. 페르사이티아가 그런 식으로 도출한 개념은 예전에 읽은 책에도 나오지 않는 내용이라 테메레르는 반증을 들거나 논박할 수도 없었다.

페르사이티아는 자신이 만들어낸 이론에 자부심이 대단해서 테메레르가 예전에 누군가가 먼저 그 이론을 만들었다고 알려주면 왈칵 성을 냈다. 또한 사육장의 계층 구조에도 불만이 많았는데, 자신의 뛰어난 지능을 감안하지 않는 구조라는 이유에서였다. 미들급 용인 까닭에 자기는 황무지 아래쪽에 있는 불편하고 좁아터진 동굴에서 살아야 한다며 끊임없이 투덜거렸다. 그 동굴은 전망도 형편없고 그저 비나 피할 수 있는 곳이라 했다.

듣다못해 테메레르가 제안했다.

"좀더 나은 동굴로 옮아가면 되잖아? 네 거처 바로 위 절벽 면에 괜찮은 동굴들이 꽤 있던데. 그리로 옮기면 훨씬 편할 거 아냐."

"말다툼하기 싫어서 그래."

페르사이티아는 이렇게 얼버무렸지만 그건 앞뒤가 맞지 않는 말이었다. 페르사이티아만큼 말다툼을 좋아하는 용도 없었다. 게다가 빈 동굴로 거처를 옮기는데 왜 말다툼이 일어난다는 것인지 테메레르는 당최 이해가 되지 않았다. 페르사이티아는 더 이상 그 문제를 거론하기 싫다는 듯 화제를 돌려버렸다.

그 무렵 기억할 만한 일이라고는 일주일 내내 쉴새없이 비가 내렸다는 것뿐이었다. 강풍을 동반한 비는 동굴마다 입구를 흠뻑 적시고 바닥까지 스며들었다. 덕분에 사육장 용들의 몰골은 말이 아니었다. 테메레르는 곁방과 큰 방이 갖춰진 동굴에서 살고 있어 그런 고생을 하지 않아도 되었다. 밖에서 비를 맞고 들어와도 곁방에서 물기를 털어내고 몸을 말린 다음 동굴 안쪽 큰 방에 들어가 편히 쉴 수 있었다.

몸집이 제일 작은 용 몇몇과 강가의 움푹 팬 굴에 사는 우편배달 체급의 용들은 집이 완전히 물에 잠겨버렸다. 온몸이 흠뻑 젖고 진흙투성이가 된 용들이 가여워서 테메레르는 그들을 불러 비가 내리는 동안 자신의 동굴에 머물게 해주었다. 물론 동굴에 들어오기 전에 몸에 묻은 진흙을 깨끗이 씻고 들어와야 한다는 조건으로. 그 용들이 거처를 정말 잘 꾸며놓았다며 칭찬을 아끼지 않아서 테메레르는 기분이 좋아졌다. 그리고 마침내 비가 그치자 용들은 각자의 거처로 돌아갔다. 며칠 후 테메레르가 수심에 잠긴 채 홀로 로렌스 생각을 하고 있는데 동굴 입구에 커다란 그림자가 드리워졌다.

리갈 코퍼 품종의 대형 용 레퀴에스캇이었다. 그 용은 곁방으로 머리를 들이밀더니 초대도 받지 않은 주제에 테메레르가 머무는 큰 방으로 쏙 들어왔다. 그리고 방을 둘러보고는 만족스럽다는 듯 고개를 끄덕였다.

"과연 듣던 대로 괜찮군."

"고맙습니다."

혼자 있고 싶었지만 상대의 칭찬에 테메레르는 긴장을 다소 누그러뜨렸다. 그리고 손님에 대한 예의를 갖춰야 한다는 생각이 들어 덧붙였다.

"앉으시죠. 차를 대접하지 못해 죄송스럽습니다."

"차?"

레퀴에스캇은 멍하니 되물었으나 딱히 대답을 기대하지는 않는 투였다. 대신 동굴 구석구석에 코를 대고 혀를 내밀어 냄새를 맡았다. 마치 제 집인 양 구는 그 태도에 테메레르는 기분이 상해서 얼굴 주변의 막을 곤두세우며 딱딱하게 말했다.

"제가 손님 맞을 준비를 아직 못 했습니다."

눈치껏 그만 가달라는 뜻으로 한 말이었다.

그런데 레퀴에스캇은 말귀를 못 알아들은 건지 나가기 싫어서 그런 건지, 동굴 뒷벽에 퍼질러 앉아 말했다.

"흠, 이봐. 우리가 교환을 좀 해야겠어."

"교환요?"

당황한 테메레르는 그 뜻을 바로 알아듣지 못했다. 그러다가 곧 동굴 교환을 뜻하는 말임을 알고는 덧붙였다.

"난 그쪽이 쓰는 동굴을 갖고 싶지 않은데요. 물론 그 동굴이 별볼일 없다는 뜻은 아닙니다만 이 동굴을 나한테 맞게 수리해놨거든요."

그러자 레퀴에스캇이 설명했다.

"이제 여기가 내 동굴보다 훨씬 커졌잖아. 비가 내릴 때도 내 동굴보다 지내기가 훨씬 낫고 말이지."

그러다가 푸념조로 덧붙였다.

"내 동굴은 이번 주 내내 물이 고여서 동굴 뒤쪽까지 다 젖어버렸어."

"그렇다면 더더욱 왜 댁이랑 동굴을 교환해야 하는지 모르겠는데요."

당혹스러워하던 테메레르는 마침내 레퀴에스캇의 방문 목적을 간파하고는 놀라고 화가 나서 얼굴 주변의 막을 활짝 펼쳤다.

"아니 이런, 이제 보니 형편없는 용이네. 감히 손님 행세를 하며 내 거처에 들어와 싸움을 걸어요? 이렇게 비열한 행동은 살면서 처음 봅니다. 리엔 같은 용이나 하는 짓을 하다니."

그리고 날카롭게 덧붙였다.

"이제 그만 나가세요. 내 동굴을 갖고 싶으면 어디 빼앗아보든지. 언제든 상대해주죠. 지금 당장 결투를 하든지 내일 새벽에 하든지 합시다."

레퀴에스캇은 슬슬 달래기 시작했다.

"이봐. 우리 흥분하지 말자고. 젊은 친구라 상황 파악이 곧장 안 되는 모양인데, 결투라니 무슨! 전혀 그럴 필요 없어. 나는 세상에서 가장 평화를 사랑하는 용이야. 어느 누구와도 싸우고 싶지 않아. 내가 말솜씨가 없어서 뜻이 제대로 전달 안 된 것 같은데 난 자네 동굴을 빼앗으려는 게 아니야. 자네도 여기 있어봐서 상황을 알겠지만……."

그러나 테메레르는 그가 말하는 상황이라는 게 무엇인지 이해되지 않았다. 레퀴에스캇이 말을 이었다.

"……이건 체면의 문제야. 자네는 여기 온 지 한 달밖에 안 됐는데 제일 좋은 동굴을 갖고 있잖아. 자네가 여기서 제일 덩치 큰 용도 아닌데 말이지."

레퀴에스캇은 보란 듯이 주둥이로 제 옆구리를 슬쩍 긁으며 거대한 몸집을 뽐냈다. 그는 막시무스와 라에티피캇을 제외하고 테메레르가 지금까지 본 중 가장 큰 용이었다.

레퀴에스캇이 말을 이었다.

"이곳에서 우린 모두가 편안하게 살 수 있게 규칙을 정해놓았어. 쓸데없이 결투 따윌 해서 평화를 깨뜨리고 싶어하는 용은 아무도 없다고. 동굴을 놓고 싸움질을 하는 건 성질 더러운 놈들이나 하는 짓이니까. 네 동굴이나 내 동굴은 둘 다 크고 멋있어. 그렇지만 미묘한 차이가 있으니 구분을 지어야겠지."

"웃기는 소리! 사람들이 꼬박꼬박 대주는 먹이를 먹고 할 일 없이 빈둥거리다 보니 게을러져서 결투조차 않고 남의 동굴을 거저 뺏겠다는 거잖아요."

그리고 테메레르는 최대한 모욕적으로 들리게 덧붙였다.

"이제 보니 겁쟁이로군요. 나도 당신처럼 겁쟁인 줄 알고 온 모양인데 잘못 짚었습니다. 당신이 무슨 짓을 한다 해도 내 동굴을 내줄 생각은 없습니다."

레퀴에스캇은 서글픈 일이라는 듯 고개를 절레절레 저었다.

"이런, 화를 내는 걸 보니 내가 제대로 설명을 못 한 게로군. 내가 그리 영리한 용이 아니라서 말이야. 어쨌든 네가 내 말을 곧이 믿으려 하질 않으니 위원회를 소집하는 수밖에 없겠다. 성가시긴 하지만 위원회에서 발언하는 것도 네 권리니까."

레퀴에스캇은 몸을 일으켜 세우고는 이런 말을 덧붙여 테메레르의 기분을 확 상하게 했다.

"그때까지는 이 동굴에서 살아. 모두에게 위원회 소집을 알리려면 하루 정도 걸리거든."

테메레르는 분노로 몸을 떨었고 레퀴에스캇은 유유히 동굴 밖으로 걸어 나갔다.

잠시 후 테메레르 곁으로 다가온 페르사이티아가 걱정스러운 얼굴로 말했다.

"아까 그 용의 동굴도 이곳에서 제일 좋은 편에 속해. 네가 여길 수리해서 쓰기 전까지 우리 모두 레퀴에스캇의 동굴을 최고로 쳤어. 그러니 너도 그 동굴이 마음에 들 거야. 여기보다 더 쾌적하게 꾸밀 수도 있을 것이고. 결투를 하기 전에 직접 가서 그 동굴을 한번 살펴보지그래?"

그러나 테메레르는 분을 삭이지 못했다. 아니 삭이고 싶지 않았다. 비참하게 웅크리고 있는 것보다는 분노하는 편이 나았다. 동굴 수리를 다 마쳐서 딱히 할 일도 없는 터에 관심 쏟을 거리가 생겨 한편으론 기쁘기도 했다.

"거기가 금과 램프로 가득한 알리바바의 동굴이라 해도 난 싫어. 이건 원칙의 문제야. 내가 그의 체중에 미치지는 못하지만 잠자코 앉아서 괴롭힘을 당하진 않겠어. 내가 그 동굴로 옮아가서 멋지게 수리해놓으면 그는 또 찾아와서 교환하자고 할 거야. 아니면 다른 덩치 큰 용이 나를 그 동굴 밖으로 몰아내려 하겠지. 그러니 동굴 교환 따윈 아예 하지 않겠어. 그 위원회는 어떤 용들로 구성되어 있지?"

"제일 덩치 큰 용들이랑 롱윙 한 마리. 참고로 롱윙인 젠티우스는 성가시다며 웬만해선 자기 굴 밖으로 나오려 하질 않아."

"모두 레퀴에스캇의 친구들이겠군."

그러자 테메레르의 동굴 입구 쪽에 내려앉은 몬시가 말했다.

"여기 용들 모두가 레퀴에스캇을 마음에 들어 하는 건 아니야. 그는 너무 많이 먹어. 사육장에 먹이 공급이 부족할 때도 덜 먹는 법이 없지. 다만 그가 여기서 덩치가 제일 크니까 모두 찍소리도 못하는 것뿐이야. 다툼이 발생하면 힘이 센 용이 자기가 원하는 동굴을 차지하는 게 여기 규칙이거든. 그러니 자연히 나머지 용들은 자신이 속한 체급 이상으로 큰 동굴을 가질 수가 없어. 그런 규칙이 없으면 너도나도 남의 동굴을 탐내면서 매일같이 싸움을 벌일걸."

그러자 페르사이티아가 씁쓸한 표정으로 테메레르에게 말했다.

"내가 뭐랬어. 정말이지 부당한 일이 한둘이 아니라니까. 체중이 얼마나 나가느냐, 할퀴고 물어뜯고 소란을 떨어대는 솜씨가 얼마나 좋으냐가 여기선 제일 중요한 자질로 취급돼. 정말로 중요한 재능 따위는 안중에도 없고 말이지."

테메레르가 말했다.

"몸집에 따라 동굴을 배정하는 건 어느 정도 현실적인 방식이니까 이해할 수 있어. 그렇지만 내가 이 동굴을 차지하고 수리까지 마친 뒤에 나타나서 자기 마음에 든다며 내놓으라는 건 말이 안 되잖아. 내가 오기 전에는 이 동굴을 거들떠보지도 않았으면서. 레퀴에스캇이 나보다 체중은 더 나갈지 몰라도 더 강한 건 아니야. 그가 플레르 드 뉘의 공격을 받아가며 단독으로 소형 범선을 침몰시킨 적 있는지 묻고 싶군그래. 그의 조상들이 흙구덩이에서 굶주릴 적에 내 조상들은 중국에서 학자로 일하셨어."

그러자 몬시가 무미건조하게 말했다.

"네 말도 일리가 있지만 레퀴에스캇은 위원회의 용들이랑 다 아는 사이야. 넌 그렇지 않잖아. 네가 대형 용 십여 마리랑 한꺼번에 싸워 이길 수 있는 것도 아니고. 이렇게 말해서 미안하지만, 널 보고 '오호, 레퀴에스캇과 대적할 만한 용이 나타났군'이라고 생각할 용은 하나도 없을걸. 넌 레퀴에스캇보다 몸집도 작고 말라 보여."

"난 안 말랐어. 흠, 그러고 보니 좀 말랐나?"

테메레르는 걱정이 돼서 목을 길게 빼고 자기 몸을 돌아보았다. 막시무스나 레퀴에스캇과 달리 테메레르의 등은 가시돌기 하나 없이 매끈했다. 영국 용의 기준으로 볼 때 체중에 비해 몸이 길어서 말라 보일 수도 있겠다 싶었다. 테메레르가 말했다.

"그래도 레퀴에스캇은 불을 뿜거나 산을 뿌리지 못하잖아."

"넌 할 수 있고?"

"아니. 그렇지만 난 신의 바람이라는 능력이 있어. 로렌스는 그게 불이나 산보다 훨씬 유용하다고 했어."

그 순간 그게 어쩌면 로렌스가 자신을 편애해서 한 발언인지도 모른다는 생각이 들었다. 어리둥절한 표정의 몬시와 페르사이티아에게 신의 바람이 어떤 식으로 작용하는지 설명하는 것도 쉽지 않았다.

"특별한 방식으로 고함을 지르는 건데…… 그러려면 일단 아주 깊이 숨을 들이마셔야 해. 그럼 목 안쪽이 조여드는 느낌이 들지. 그리고…… 고함을 내지르면 나무든 뭐든 앞에 있는 건 다 부서져."

테메레르는 어색하게 말을 맺었다. 설명을 하고 보니 신의 바람이 매우 따분하고 쓸모없는 능력인 듯 들렸다. 그래도 그는 힘주어 덧붙였다.

"신의 바람에 휩싸이면 대단히 고생을 하게 돼. 바로 내 앞에서 신의 바람 공격을 받은 자들이 어떤 반응을 보이는지 직접 봤거든."

페르사이티아가 정중하게 말했다.

"흥미롭구나. 소리의 작용에 대해 가끔 궁금하긴 했어. 내친김에 실험을 좀 해보면 좋겠다."

그러자 몬시가 말했다.

"그런 실험이 위원회를 상대하는 데 그리 도움이 될 것 같진 않은데."

테메레르는 생각에 잠기며 자기 옆구리에 대고 꼬리를 탁 쳤다. 그리고 싫지만 어쩔 수 없다는 투로 말했다.

"그래, 몬시 말이 맞아. 이건 정치적으로 풀어야 할 문제야. 리엔이나 했을 법한 일을 해볼 수밖에 없겠어."

다음 날 아침 테메레르는 로이드를 붙잡고 물었다.

"로이드, 오늘은 배가 많이 고프네. 그래서 말인데 여분의 소를 좀 내줄 수 있을까? 동굴로 가져가서 이따가 또 먹으려고."

로이드는 반색을 했다.

"듣던 중 반가운 소리구나. 내주고말고."

사육장 용의 건강관리에 도움이 되는 요청이니 들어주지 않을 이유가 없었다. 로이드는 곧장 부하들에게 소를 더 가져오라고 지시했다. 기다리는 동안 테메레르는 지나가는 말인 듯 아무렇지 않게 물었다.

"당신, 젠티우스의 새끼들을 기억하려나 모르겠네?"

잠시 후 테메레르는 젠티우스의 거처 앞에 내려섰다. 늙은 롱윙 젠티우스는 흐릿한 눈을 살짝 뜨고 수상쩍어하는 표정으로 그를 바라보며 물었다.

"무슨 일이냐?"

젠티우스의 동굴은 그리 크지 않았지만 산중턱 아래에 있어 편안하고 건조했다. 굽이쳐 흐르는 지류를 내려다보고 있기 때문에 목이 마르면 날갯짓할 것도 없이 언덕 아래로 미끄러져 내려가 물을 마신 뒤, 햇볕이 내리쬐는 동굴 앞 크고 편편한 바위로 기어 올라오면 되었다. 지금 젠티우스는 그 바위에 누워 꾸벅꾸벅 졸고 있었다.

테메레르가 머리를 숙이며 입을 열었다.

"좀더 일찍 찾아뵀어야 하는데 이렇게 늦게 와서 죄송합니다. 저는 지난 삼 년간 도버에서 엑시디움과 함께 복무했습니다……."

젠티우스가 기억을 못 하는 것 같아 테메레르는 덧붙였다.

"젠티우스 님의 셋째 자녀 말입니다."

"아, 그래. 엑시디움."

고기 냄새를 맡은 젠티우스가 혀를 날름거리자 테메레르는 그의 앞에 쇠고기를 내려놓았다. 몬시가 작은 발톱으로 큰 뼈를 발라내서 준비해준 것이었다.

"존경의 표시로 약소하나마 선물을 준비했습니다."

젠티우스의 표정이 밝아졌다.

"아, 넌 참 trés gentil한 용이로구나."

trés gentil은 '괜찮은'이라는 뜻의 프랑스 어인데 젠티우스의 발음은 아주 형편없었다. 하지만 테메레르는 고쳐주려다가 말았다. 그의 기분을 상하게 해서 좋을 게 없을 테니까. 젠티우스는 쇠고기를 입에 넣고 남은 이로 천천히 우물우물 씹더니 추억에 잠긴 표정으로 중얼거렸다.

"이럴 때 내 첫 번째 비행사는 '정말 친절하구나'라고 말했었지. 내 동굴에 들어가서 그분의 초상화를 갖고 나오너라. 조심해서 다뤄야 한다."

그 초상화는 인물을 평면적으로 그린 그림이었다. 세월의 흐름을 비롯한 여러 요인으로 색이 많이 흐려지긴 했지만 한눈에 보기에도 상당히 못생긴 편에 속하는 여자였다. 그래도 액자만큼은 금으로 되어 있고 매우 훌륭했으며 크고 두껍기까지 했다. 테메레르는 두 발톱 사이에 액자를 조심스럽게 끼우고 들어 올린 뒤 햇빛이 비치는 쪽으로 가지고 나왔다. 백내장으로 눈이 흐릿해진 젠티우스에겐 금테 액자에 담긴 흐릿한 그림으로밖에 보이지 않을 테지만 그래도 테메레르는 그의 머리 쪽으로 액자를 가져가서 보여주며 진심을 담아 말했다.

"참 아름답네요."

젠티우스가 슬픔에 잠긴 표정을 지었다.

"매력적인 여자였지. 내 머리가 그녀의 손보다 작던 시절, 내게 첫 먹이를 주었어. 신선한 간이었는데, 누구나 알에서 나와 처음 먹은 고기 맛을 최고로 치는 법이지."

"그럼요."

테메레르는 나지막하게 맞장구를 치며 시무룩한 표정으로 시선을 돌렸다. 자신과 달리 젠티우스는 강제로 비행사와 떨어져 사는 것도 아니고 비행사의 행방을 모르는 것도 아니었다.

테메레르는 액자를 조심스럽게 들고 도로 동굴 안에 가져다두었다. 젠티우스는 자신이 참전한 전투에 대한 기나긴 이야기를 늘어놓았고 테메레르는 귀를 기울였다. 후추탄이 발명되었을 무렵 프러시아 군과 힘을 합쳐 싸운 전투였다고 했다. 예상치 못한 후추탄의 공격을 받으면 얼마나 끔찍한 기분인지 테메레르도 잘 알았다. 젠티우스와 어느 정도 공감대가 형성되었다 싶었을 때, 테메레르는 레퀴에스캇의 부당한 행동에 대한 이야기를 꺼냈다. 젠티우스는 고개를 절레절레 흔들었다.

"품위 있는 행동이라곤 할 수 없지. 특히 요즘 같은 때엔 더욱 그렇고."

"그렇게 말씀해주시니 다행입니다. 제 생각도 그렇거든요. 하지만 저는 아직 어린 용이라 젠티우스 님 같은 현명한 분의 조언 없이 혼자서 판단하기가 어려웠습니다."

그리고 테메레르는 좋은 생각이 떠올라 덧붙였다.

"이런 식이라면 앞으로 레퀴에스캇은 다른 용의 금이나 보석까지 자기 마음에 든다며 모조리 내놓으라고 할 겁니다. 당연한 수순이겠죠."

그 말은 젠티우스를 자극하기에 충분했다. 그는 비행사의 초상화가 담긴 금테 액자라는 나름 멋진 보물을 소유하고 있었으니까. 젠티우스의 표정이 어두워졌다.

"네 말이 틀리다곤 볼 수 없겠구나. 물론 리갈 코퍼의 덩치에 맞는 동굴을 윈체스터가 차지하게 내버려둘 수는 없어. 그랬다간 사육장 안에서 말썽과 언쟁이 끊이지 않을 테고 조만간 사람들이 개입해서 사태를 악화시킬 테니까. 사람들은 앵글윙이 리퍼보다 더 쓸모 있다고 여기지. 앵글윙은 개체 수가 많고 집단을 지어 사는 습성이 있어 관리하기 수월하다는 이유로 말이다. 그 밖에도 사람들은 온갖 괴상한 생각들을 하고 있어. 네 체중과 신분에 맞는 동굴을 빼앗으려는 레퀴에스캇의 행동과는 성질이 다른 것이긴 하지만."

젠티우스는 잠시 뜸을 들이다가 고상한 말투로 물었다.

"이제 넌 편대에 소속되어 있지 않은 거냐?"

"예. 지금은 공식적으로 소속되어 있지 않습니다. 예전엔 아르카디를 비롯한 여러 용을 거느리고 전투에 나갔죠. 라에티피캇의 새끼인 막시무스와는 같은 편대에서 비행을 했습니다."

"라에티피캇이라. 그래, 훌륭한 용이지. 보스턴의 식민지 주민들과 싸움이 난 1776년에 함께 복무했었어. 당시 우리 진지 위쪽에 포병대가 있었고……."

결국 테메레르는 위원회 모임에 출석하겠다는 젠티우스의 확답을 받아냈다. 자신의 거처로 돌아온 테메레르는 첫 시도에서 성공을 거두었기에 꽤 만족스러워하며 페르사이티아에게 물었다.

"또 누가 위원회 소속이지?"

페르사이티아가 명단을 읊기 시작했을 때 동굴 한쪽 구석에 앉아 있던 노란색 줄무늬의 윈체스터 잡종 용 리들리가 테메레르에게 조언했다.

"마제스타티스와 얘기해봐."

그 말에 페르사이티아가 신경을 곤두세웠다.

"테메레르가 그렇게까지 해야 할 필요는 없을 것 같은데. 마제스타티스는 평범한 용이잖아. 위원회 소속도 아니고."

그러자 민노우가 리들리를 거들고 나섰다.

"우리 모두 전염병에 걸리고 먹이 공급도 부족했을 때 마제스타티스는 내가 먹이를 얻어먹을 수 있게 해줬어."

민노우는 진흙처럼 우중충한 색깔의 암컷 야생용으로 그레이 코퍼와 샤프스피터, 가르드 드 리옹의 피가 섞인 잡종이었다. 그래서 눈이 밝은 오렌지색이고 몸통도 단색이 아니라 푸른 점이 흩뿌려진 황갈색이었다.

다른 용들도 조그맣게 웅성거리며 민노우의 말에 동의했다. 그 용들은 조언을 하고 의견을 내놓기 위해 테메레르의 동굴로 모여든 것이었다. 큰비가 내렸을 때 이 동굴에서 신세를 지며 테메레르와 안면을 튼 용들, 그리고 레퀴에스캇의 횡포에 이미 피해를 입었거나 앞으로 피해를 당할지도 모른다고 생각하는 용들이 대부분이었다. 특히 몸집이 작은 용들은 테메레르의 문제 제기에 큰 관심을 보였다.

민노우가 덧붙여 말했다.

"마제스타티스가 위원회에 몸담고 있지 않은 건 그러고 싶지 않아서일 뿐이야. 그는 파르나소스 품종의 용이라고."

페르사이티아는 싸늘하게 응수했다.

"플람프 드 글로와 품종이라고 해도 별로 상관없었을걸. 마제스타티스는 늘 퍼져서 잠만 자니까."

몬시는 테메레르를 머리로 툭 받으며 중얼거렸다.

"육 년 전에 마제스타티스한테 이론 오류를 지적받아서 저러는 거야."

그러자 페르사이티아가 흥분해서 말했다.

"단순한 계산 실수였어! 나도 곧 그 오류를 발견하려던 참이었단 말이야. 그땐 그저 좀더 중요한 문제에 신경 쓰느라……."

테메레르는 말허리를 잘라 그들의 언쟁을 중단시켰다.

"그의 거처는 어디지?"

사육장의 정치 싸움에 관심이 없다니 분별력 있는 용이리란 생각이 들었다.

테메레르가 찾아갔을 때 마제스타티스는 듣던 대로 잠을 자고 있었다. 마제스타티스의 동굴은 다른 용들의 거처에서 한참 떨어진 곳에 있었고 그리 넓지도 않았다. 그런데 자세히 보니 동굴 뒤쪽에 조심스럽게 돌무더기를 쌓아 그 안쪽의 넓은 공간을 들여다볼 수 없게 해놓은 것이었다. 눈동자를 넓히면 돌더미 너머 어두운 공간, 산중턱 안쪽으로 깊게 이어지는 통로가 보일 듯했다.

테메레르는 깔끔하게 몸을 말고 예의 바르게 앉아 기다렸다. 그런데 10분, 아니 5분이 지나도록 마제스타티스가 잠에서 깨어날 기미를 보이지 않자 테메레르는 헛기침을 했고, 잠시 후 한 번 더 세게 헛기침을 내뱉었다. 그러자 마제스타티스는 한숨을 푹 쉬며 눈도 뜨지 않은 채 말했다.

"아직 안 갔냐?"

테메레르는 얼굴 주변의 막을 곤두세웠다.

"아, 주무시는 줄 알았는데 저를 무시하려고 자는 척한 거였군요. 안 그래도 곧 갈 겁니다."

"흠, 그냥 앉아 있어."

마제스타티스는 머리를 들고 잠기운을 떨치느라 하품을 했다.

"내가 깰 때까지 기다려야 할 만큼 중요한 볼일로 온 게 아니라면 굳이 일어나고 싶지 않아서 그랬다. 그게 다야."

미덥지 않지만 테메레르는 그의 생각을 존중하며 말했다.

"대화를 나누는 것보다 잠자는 걸 더 좋아하신다면 나름 현명한 판단이겠네요."

"몇 년 있어봐라, 너도 나처럼 될 테니."

"아니, 그럴 리는 없을 겁니다. 논어에 이르기를, 훌륭한 용은 하루에 열네 시간 이상 잠을 자지 않는다고 했습니다."

그리고 착잡한 어조로 덧붙였다.

"이대로 하는 일 없이 계속 여기 갇혀 살아야 한다면 또 모를까."

"그런 생각이라면 왜 공군 기지로 가지 않고 여기 있는 거지?"

테메레르가 그간의 사정을 얘기하자 마제스타티스는 이야기꾼의 말을 듣듯 적정 수준의 관심만 보였다. 얘기를 다 들은 후 마제스타티스는 아무 판단도 내리지 않고 침착하게 말했다.

"너도 지독하게 운이 나빴구나, 불쌍한 놈."

"그러는 당신은 왜 여기 살고 있죠? 나이도 심하게 많아 뵈지 않는데 정말 그렇게 계속 잠만 자고 싶어요? 예전엔 비행사도 있었을 것이고 전투에도 나가봤을 거 아닙니까?"

마제스타티스는 어깨를 으쓱하듯 한쪽 날개 끝을 슬쩍 들어 올렸다 내렸다.

"그래, 비행사가 있었지. 그를 어디 두고 왔는지 이미 잊었지만."

"잊었다고요?"

"그게, 물통 안에 남겨둔 것 같은데, 지금도 거기 앉아 있으려나 모르겠네. 그가 어디로 갔는지는 나도 몰라."

레퀴에스캇의 횡포에 대한 설명을 듣고도 마제스타티스는 크게 관심을 보이지 않았다. 그저 한숨을 쉬며 이렇게 말했을 뿐이었다.

"그까짓 문제로 이렇게 소란을 떨어대다니, 아직 어리구나."

"어린 용이긴 하지만, 어떻게든 조치를 취해볼 수 있는데도 매사에 무관심하게 굴면서 다른 용의 행패를 묵과하진 않을 겁니다."

테메레르는 이렇게 받아치고는 마제스타티스의 동굴 뒤쪽을 날카롭게 응시하며 덧붙였다.

"그리고 저만 편하자고 문제 제기를 한 것도 아니란 말입니다."

마제스타티스는 눈을 가늘게 뜨긴 했지만 동요하지 않았다.

"너 때문에 모두가 곤란해질 것 같구나. 지금까지 여기선 큰 다툼도 없었고 다친 용도 없었어."

"그렇다고 편안하게 지내는 것도 아니죠. 각자 자기 거처를 더 멋지게 수리할 수 있는데도 그렇게 하지 않아요. 공들여 꾸며봤자 어차피 자기보다 힘센 용에게 빼앗길 테니까요. 한번 자기 거처로 정해진 동굴은 쭉 그 용의 소유여야 합니다. 재산처럼요."

다음 날 오후, 테메레르는 위원들을 앞에 두고 이런 주장을 펼쳤으나 쉽게 공감을 얻어내지 못했다.

그날은 강한 서풍이 불기 시작해 마지막까지 남아 있던 비구름을 쓸어버리고 겨울처럼 청명한 하늘을 드러냈다. 용들은 산맥 한가운데 있는 거대한 공터에 모여들었다. 그곳은 둥글넓적한 바위로 가득했고 햇빛이 잘 들어 따뜻했다. 마제스타티스와 젠티우스도 위원회 모임에 참석했다. 거처에서 여기까지 날아오느라 지쳐버린 젠티우스는 시커먼 바위에 드러누워 회의 내내 꾸벅꾸벅 졸고 가끔 혼잣말을 중얼거리기도 했다. 레퀴에스캇은 몸집을 최대한 크게 보이려고 공터 절반에 걸쳐 몸을 쭉 뻗으며 퍼질러 앉았다. 테메레르는 그의 상스러운 태도를 경멸하며 깔끔하게 몸을 말고 앉아 얼굴 주변의 막을 자랑스럽게 펼쳤다. 속으로는 발톱씌우개가 있으면 좋았을걸, 오래된 실크로드를 따라 차려진 시장에서 본 머리 장식물이라도 있었으면 한층 강렬한 인상을 줄 수 있었을 텐데 싶었다.

테메레르가 발언을 하는 동안, 용들 사이에서 웅성거림이 일었다. 그러자 몸집이 거대한 체커드 네틀 품종의 암컷 용 발리스타가 가시 돌기가 박힌 꼬리로 바닥을 여러 차례 내리치며 정숙을 요구했다. 회의적인 시선들 속에서도 테메레르는 꿋꿋이 주장을 펼쳐나갔다.

"한번 차지한 동굴은 끝까지 그 용의 소유가 되게 하자는 제 주장에 동의하신다면, 거처를 좀더 멋지게 꾸미는 기술을 알려드리겠습니다. 약간의 수고를 통해 여러분 모두 멋진 동굴을 소유할 수 있을 겁니다."

고집불통의 늙은 파르나소스 용 한 마리가 말했다.

"너 같은 철부지 어린 용이나 바위랑 나뭇가지로 동굴 꾸미는 걸 좋아하지."

여러 용이 그 말에 동의하며 코웃음을 쳤다.

테메레르는 곧장 반박했다.

"이대로도 상관없고 지금의 동굴에 만족하신다면 굳이 제 의견에 동조할 필요 없겠죠. 다만 어느 누구도 다른 용이 공들여 꾸며놓은 동굴을 빼앗는 짓을 해서는 안 됩니다. 저는 등신처럼 제 거처를 강탈당하진 않을 겁니다. 찍소리 못하고 순순히 넘겨주느니 차라리 부숴버리고 말겠습니다."

그러자 발리스타가 말했다.

"자, 자, 진정들 합시다. 동굴을 부수겠다느니 어쩌느니 위협조로 악을 쓸 필요 없어요. 이쪽 의견은 충분히 들었으니 레퀴에스캇의 말을 들어보기로 하죠."

레퀴에스캇이 입을 열었다.

"흠, 저 녀석은 분쟁을 일으키기 좋아하는 성격인가 봅니다. 다들 나를 잘 아실 테니까 간단히 말하겠습니다. 뭐 오만을 떨자는 것은 아닙니다만, 사실 내 마음에 드는 동굴은 언제나 내 차지였습니다. 이렇게 반대 의견이 나올 줄은 생각도 못 했다니까요. 난 싸움을 좋아하지 않고 다른 용을 다치게 만들고 싶지도 않아요. 보시다시피 이 어린 용은 감당도 못 하는 주제에 싸움판을 벌이려고 설치고 있을 뿐……."

분노한 테메레르가 받아쳤다.

"하! 증명할 수도 없으면서 그따위 소릴 지껄이면 안 되죠. 댁 같은 큰 용을 때려눕힌 게 한두 번인 줄 아십니까?"

레퀴에스캇은 커다란 머리를 절레절레 흔들었다.

"너는 싸움을 목적으로 만들어진 용이 아니라던데 다 헛소문이었나? 페르사이티아가 그런 말을 하고 돌아다니던데."

페르사이티아는 화가 나서 소리쳤다.

"난 그런 적 없어!"

발리스타가 발언권도 없이 끼어든 페르사이티아를 준엄한 눈으로 쳐다보자 다른 작은 용들이 얼른 페르사이티아의 입을 틀어막았다.

테메레르는 침착하게 설명했다.

"셀레스티얼은 그야말로 최고 중의 최고라 할 수 있는 품종입니다. 중국에는 여기보다 용의 수가 훨씬 많기 때문에 우리 셀레스티얼들은 국가적 위기 상황이 아니면 전투에 나가지 않습니다. 소소한 전투에 내보내기엔 너무나도 귀한 용이니까요. 그래서 우린 위급할 때만 전투를 하고, 일반적인 전투엔 평소 군 복무를 하는 용들이 나가는 겁니다."

그러자 레퀴에스캇은 별것 아니라는 투로 말했다.

"아, 중국이라. 어쨌든 친구 여러분, 이 문제의 핵심은 사실 대낮처럼 자명합니다. 여기서 최고 용은 바로 나니까 내가 제일 좋은 동굴을 차지하는 게 당연하죠. 그런데 저 어린 용이 딴죽을 걸면서 동굴을 안 넘기겠다는 겁니다. 이럴 때는 원래 결투밖에 방법이 없지만 그랬다가는 상대 용이 다치게 되고 모두 당황하겠죠. 위원회를 만든 것도 이런 문제를 해결하기 위해서입니다. 서로 발톱을 세우며 싸울 필요 없게요. 여러분이 우리 둘 중 누가 옳은지 잘 판단해주시리라 믿습니다."

테메레르가 말했다.

"저 역시 제가 '최고 용'이라는 것을 알지만 굳이 입 밖에 내어 말하진 않겠습니다. 제 논리 역시 간단합니다. 한번 내 것으로 정해진 동굴을 남이 빼앗는 게 부당하다는 겁니다. 위원회는 덩치 큰 용들의 편의를 도모하고자 나머지 용들의 권리를 짓밟기 위해서가 아니라 공정한 문제 해결을 위해서 존재해야 한다고 봅니다."

덩치 큰 용들로 구성된 위원회는 테메레르의 말에 별로 동조하는 눈치가 아니었다. 발리스타가 말했다.

"자, 양쪽 의견을 충분히 들었습니다. 그럼, 테미리어……."

발리스타는 테메레르의 이름을 멋대로 테미리어라 발음하며 말을 이었다.

"……이런 식의 문제 제기는 우리 모두 원치 않으니까……."

테메레르가 끼어들었다.

"왜 문제를 제기하면 안 된다는 겁니까? 그럼 우리더러 어쩌라는 건데요?"

그 말에 작은 용 몇 마리가 저희끼리 날개를 비벼가며 소리 죽여 웃었다. 발리스타는 근엄하게 헛기침을 하며 대답했다.

"어쨌든 우린 싸움이 발생하는 걸 원치 않으니 이쯤 해두고 자네의 비행 역량을 선보이는 게 좋겠어. 자네 능력을 직접 봐야 이 문제를 깔끔하게 해결할 수 있을 것 같으니까."

"제 말은 그런 뜻이 아니잖습니까! 내가 몬시처럼 작은 용이라도……."

그런데 주변에 둘러선 작은 용들 사이에 몬시의 모습이 보이지 않자 테메레르는 고쳐 말했다.

"저기 있는 민노우처럼 작은 용이라 해도 문제 제기의 핵심은 같습니다. 현재 제 동굴은 이전에 아무도 사용하지 않았고 원하지도 않던 동굴이란 말입니다."

그러자 레퀴에스캇은 양 날개를 펄럭이며 나름 타당한 논리라는 듯 말했다.

"전엔 그게 제일 좋은 동굴이 아니었으니까."

테메레르는 화가 나서 콧방귀를 뀌었다. 발리스타가 서둘러 정리에 나섰다.

"좋아요, 좋습니다. 어쨌든 지금 바로 비행 능력을 보죠. 싫다면 할 수 없지만."

더는 참을 수 없었다. 테메레르는 땅을 박차고 용수철처럼 날아올라 몸을 나선형으로 회전하며 빠르게 고도를 높였다. 그리고 편대비행의 수직 낙하법을 선보였다. 쏠쏠하지만 이런 비행법을 보여줘야 저들이 만족할 것이기 때문이었다. 테메레르는 비행 훈련 기술을 보여준 다음 날개를 치며 뒤로 날았고, 잠시 공중에서 정지 비행을 하다가 곧장 낙하했다. 비행 기술을 과시하는 동작에 불과했으나 저들의 요구에 따라야 하므로 하는 수 없었다. 테메레르는 바닥에 내려서며 말했다.

"이제 신의 바람을 보여드리겠습니다. 바위가 잔뜩 무너져 내릴 테니 모두 저 바위 면에서 멀찌감치 떨어져 있으세요."

큰 용들은 투덜거리며 짜증스러운 표정으로 꼬리를 질질 끌면서 뒤로 물러났다. 테메레르는 그들의 불만스러운 시선에 개의치 않고 가슴을 활짝 펴며 여러 차례 깊은 숨을 들이마셨다. 최대한의 역량을 보여줄 셈이었다. 그런데 뒤늦게야 그 바위 면이 그의 동굴을 이루는 부드럽고 하얀 석회암처럼 푸석푸석하지 않다는 것, 그리 쉽게 부서져 내릴 만한 재질이 아니라는 것을 깨달았다. 시험 삼아 그 앞으로 다가가 발톱으로 긁어보았는데 단단한 회색 바위엔 발톱 자국이 거의 남지 않았다.

발리스타가 재촉했다.

"뭐 하는 건가? 모두 기다리는데."

어쩔 도리가 없었다. 테메레르는 바위 면에서 뒤로 물러선 뒤 숨을 더 들이마셨다. 그런데 그 순간 머리 위쪽에서 다급하게 날개 치는 소리가 들렸다. 곧이어 몬시가 테메레르 바로 옆에 착륙했다. 몬시는 숨을 헐떡이며 발리스타에게 다급히 소리쳤다.

"중지! 중지해요!"

레퀴에스캇이 인상을 찌푸리며 물었다.

"왜, 무슨 일인데?"

"닥쳐, 뚱땡아!"

레퀴에스캇의 머리 크기밖에 안 되는 몬시가 감히 그렇게 말하자 용들은 눈을 가늘게 떴다. 몬시가 말을 이었다.

"지금 막 브레콘에서 오는 길인데, 개구리 같은 프랑스 놈들이 영국 해협을 건너왔다고 합니다!"

용들이 마구 웅성거렸다. 젠티우스도 놀라서 나지막하게 쉿쉿거렸다. 사방이 시끌벅적해진 가운데 몬시는 테메레르를 돌아보며 말했다.

"잘 들어, 네 비행사 로렌스에 대한 소식을 입수했어. 그는 골리앗 호라는 군함에 감금되어 있었는데…….”

"골리앗 호! 나도 아는 배야. 전에 로렌스에게 들은 적 있어. 정말 잘됐다, 잘됐어. 그 배는 지금 봉쇄 작전을 수행 중이야. 나도 그 배의 대략적인 위치는 알아. 도버에 있는 용에게 물어보면 정확한 위치를 알 수 있을…….”

"이런 소식을 전하게 돼서 유감이지만, 달리 돌려 말할 방법도 없으니 그냥 말할게. 오늘 아침 해협을 건너온 프랑스 놈들이 그 배를 침몰시켰대. 지금 그 배는 바다 한가운데 가라앉았을 거야. 침몰되기 전에 빠져나온 사람은 한 명도 없다더라고.”

테메레르는 아무 말도 할 수 없었다. 그저 목구멍 안쪽에서 무시무시한 진동이 치솟아 올랐다. 테메레르는 고개를 돌리고 고함을 내질렀다. 천둥처럼 거대한 소리를 내며 터져 나온 신의 바람에 놀라 모두 입을 다물었다. 테메레르 앞에 있던 바위 면이 마치 거울처럼 쩍쩍 갈라졌다.

3

 밤 11시가 넘은 시각, 그들은 도버 항구에 보트를 댔다. 옷이 젖어 오한이 들었지만 땀이 계속 났다. 양손에 물집이 잡히도록 쉴새없이 노를 저어 온 까닭이었다. 그들은 몸을 벌벌 떨며 부두로 올라섰다. 과다 출혈로 정신을 잃은 푸젯 대령은 들것에 실린 상태였고 망볼 사람이라곤 열아홉 살의 프라이 대위밖에 없었다. 나머지 상급 장교들은 모두 사망했다. 프라이는 어찌할 바를 모르는 눈빛으로 로렌스를 쳐다보고는 살아남은 부하들을 둘러보았다. 전부 노를 젓느라 몹시 지친 상태였고 패배감에 휩싸여 입을 꾹 다물고 있었다. 그들은 로렌스를 방치하고 있었다. 결국 로렌스는 조용히 프라이 대위에게 일깨워주었다.

 "해군기지 사령관."

 프라이는 얼굴을 붉히며 헛기침을 하고는 옆에 있던 호리호리한 어린 소위에게 지시했다.

 "미드 소위, 죄수를 해군기지 사령관에게 데려가서 어떻게 처리할지 지시를 받도록."

로렌스는 해병대원 두 명의 감시를 받으며 미드 소위의 뒤를 따라갔다. 그들은 부둣가의 거리를 지나 그곳 해군기지 사령관의 사무실로 향했다. 사무실 안팎은 온통 혼란의 도가니였다. 침몰하기 직전의 골리앗 호보다도 더 정신 사나운 모습이었다. 마지막 순간 양옆에서 대포 공격을 받고 돛대가 부러진 골리앗 호는 온통 연기에 휩싸인 채 불길이 화약고를 향해 넘실넘실 퍼져나갔고, 갑판 위엔 대포가 사납게 굴러다녔다. 그런데 지금 이 사무실 앞 복도는 연기와 불, 대포 대신 온갖 소문과 추측이 넘쳐나고 있었다.

누군가 복도를 지나며 말했다.

"프랑스 군 오십만 명이 상륙했다는데……."

50만이라니 말도 안 되는 숫자였다. 공포에 질린 자들이 크게 부풀려 퍼뜨린 소문일 것이다. 그 옆에 있던 자가 말했다.

"벌써 런던을 점령했대. 영국 선원 천만 명을 포로로 잡았다더라고."

그건 현실적으로 가능한 숫자였다. 나폴레옹이 템스 강 어귀의 항구 한두 곳을 점령하고 정박 중인 상선들을 포획했다면 그 정도 규모의 선원들을 확보했을 수도 있었다. 그만한 규모의 전리품이라면 불타는 난로에 석탄을 들이부은 것처럼 나폴레옹의 영국 침공을 한층 가속화할 터였다.

미드 소위는 강제 징집된 사람들 사이를 뚫고 사무실로 들어가 명령을 내려달라고 요청했다. 그러자 해군기지 사령관은 분노에 찬 목소리로 말했다.

"그 반역자 놈을 끌고 나가서 두들겨 패든 어쩌든 마음대로 해. 내 눈앞에서 썩 치워."

밤하늘에 구름 한 점 없건만 창밖에서는 폭풍이 칠 때처럼 거대한 소음이 들려왔다. 청원을 하러 온 이들이 사무실로 마구잡이로 밀고 들어와 로렌스는 미드 소위를 놓치지 않기 위해 그의 팔을 붙잡아야 했다. 열네 살도 채 되지 않아 보이는 미드 소위는 영양부족 증세를 약간 보이고 있었다.

미드가 어쩔 줄 몰라 하자 로렌스는 자기가 알아서 감방을 찾아내어 그 안에 들어가 문을 잠그고 있어야 하는 건가 하는 생각이 들었다. 그때 억센 코밑수염을 기른 날씬한 몸매의 젊은 대위 하나가 사람들을 밀치고 로렌스 쪽으로 다가왔다. 그는 로렌스를 경멸에 찬 시선으로 훑어보더니 말했다.

"이자가 그 반역자인가? 이쪽으로 와."

그리고 옆에 서 있던 두 해병대원에게 내뱉었다.

"너희 두 놈은 이 반역자가 혼잡을 틈타 도망치지 않게 잘 잡고 있어."

대위는 강제 징집된 이들이 복도에 내려놓은 낡은 몽둥이 하나를 집어 들고 이리저리 휘저으며 길을 열었다. 마침내 그들은 거리로 나섰다. 미드는 고마워하며 총총걸음으로 그 대위의 뒤를 따랐다. 대위는 거리 두 곳을 지나 낡아빠진 채무자 구류소로 그들을 데려갔다. 창문마다 창살이 박혀 있고 황폐한 마당에 줄로 매어둔 마스티프 맹견이 목 놓아 짖어대고 있었다. 창살 안에서 사람들은 금방이라도 폭동을 일으킬 듯 아우성을 쳐댔다. 문을 두드리자 구류소 소장이 나와 우는소리를 하며 죄수를 받아줄 수 없다고 했다. 그러나 대위는 그의 말을 하나하나 반박했고 결국 구류소 안으로 밀고 들어가는 것으로 자신의 뜻을 관철시켰다. 작고 지저분한 다락방으로 일행을 데리고 올라간 대위는 로렌스에게 차갑게 내뱉었다.

"이 정도면 분에 넘치는 대우를 해주는 거다."

그러고는 다락방 문을 열어젖혔다. 그가 세게 밀어붙이는 바람에 로렌스는 지저분한 바닥에 나뒹굴 뻔했다. 로렌스는 잠시 그를 쳐다보다가 상인방에 부딪히지 않게 몸을 숙이며 다락방 안으로 들어갔다. 등 뒤에서 곧 문이 닫혔다. 문 너머로 대위가 두 해병대원에게 문 앞에서 보초를 서라고 지시하는 소리가 들려왔다. 구류소 소장이 불만스럽게 투덜거리는 소리가 대위의 뒤를 따라 층계 아래로 이어졌다.

지독하게 추웠다. 흔들리는 배의 진동에 익숙해진 터라 구부러지고 울퉁불퉁한 널빤지로 된 바닥이 낯설게 느껴졌다. 방 안에는 손수건만 한 크기의 네모난 창문 하나가 있어 그리로 공기와 빛이 들어왔다. 자욱한 연기 냄새가 났다. 볼 수 있는 것이라고는 지붕 아래에 비친 불그스름한 빛뿐이었다.

로렌스는 좁은 침대에 걸터앉아 두 손을 내려다보았다. 지금쯤 해변을 따라 전투가 진행되고 있을 것이다. 도버 북동쪽의 딜 시에 상륙한 프랑스 군은 템스 강 어귀를 돌아 북쪽으로 진군하고 있겠지. 50만까지는 아닐 것이다. 교두보 확보에는 그리 큰 규모의 보병대가 필요치 않으니까. 일단 교두보를 확보한 뒤엔 나머지 육군을 최대한 신속하게 영국에 상륙시키겠지.

영국 해군이 철통같이 지키고 있으니 프랑스 군이 영국 땅을 밟는 데는 상당한 시간이 걸리리라 예상했었다. 그러나 오늘 목격한 프랑스 군의 작전 행동을 보면서 로렌스는 자신이 잘못 생각했음을 깨달았다. 프랑스 군이 먹이 공급이 용이하고 움직임이 빠른 라이트급 용들을 대규모로 동원해 영국의 대형 용들을 공격하게 한 것은 일반적인 공군 전술을 뒤집는 작전이었다. 그동안 프랑스의 대형 용들은 영국 군사력의 핵심인 군함을 공격했다. 예나 전투에서 리엔이 프랑스 군을 진두지휘하며 보여준 놀라운 공격 전술과 같은 것이었다. 그러니 이번 나폴레옹의 영국 침공에 리엔의 조언이 큰 영향을 미쳤음은 의심할 필요도 없었다.

일전에 로렌스는 예나 전투에 관해 해군본부에 보고를 올린 바 있었다. 그런데 이번에 영국군이 이렇게 어이없이 깨지는 것을 보니, 그의 반역 행위가 보고의 가치를 훼손하고 신뢰도를 떨어뜨린 게 분명했다. 비통하기 짝이 없는 일이었다. 적어도 제인이라면 그의 보고 내용을 고려해 작전을 세우리라고 희망을 품었다. 물론 그를 용서하진 않겠지만 적어도 그의 반역이 오로지 타국의 용들에게 치료약을 전하기 위해서였음은 알아주리라 믿었다. 그러나 지금까지 전투 상황을 지켜본 결과 영국 용들은 기존의 편대비행법에 얽매인 채 한물간 공중전 전술을 구사할 뿐, 변화된 모습이라곤 없었다.

창밖의 소음이 파도처럼 커졌다가 잦아들기를 반복하고 있었다. 근처 어딘가에서 유리가 박살나는 소리, 여자의 비명이 들렸고 붉은 빛이 점점 강해졌다. 로렌스는 잠을 청하려고 침대에 누웠다. 그러나 밖에서 연이어 들려오는 귀가 먹먹해질 정도의 소음 때문에 깊은 잠을 이룰 수 없었다. 선잠을 자는 동안 불타는 골리앗 호에서 본 장면들이 꿈속에서 이리저리 뒤섞였다. 불길 속에서 배의 갑판은 검고 윤이 나는 용의 가죽으로 바뀌었고 비늘이 불에 타며 뒤틀리고 바스러졌다. 로렌스는 숨을 헐떡이며 눈을 뜨고 벌떡 일어나 앉았다. 침대 옆에 작고 더러운 물 항아리가 놓여 있었다. 목이 타서 죽을 정도가 아니라면 결코 마시고 싶지 않은 지저분한 물이었다. 그는 두 손에 물을 떠서 얼굴을 적셨다. 손가락을 타고 그을음과 때가 섞인 시커먼 물이 흘러내렸다. 도로 드러누웠다. 밖에서는 비명이 한층 커져가고 있었고 연기 냄새도 지독해졌다.

시간이 지나도 연기는 옅어질 기미를 보이지 않고 점점 진해졌다. 그을음의 장막이 도시 전체를 둘러싼 듯 목구멍 안쪽까지 따끔거렸다. 아무도 음식을 넣어주지 않았고 보초들의 목소리도 들리지 않았다. 로렌스는 감방 안을 서성대기 시작했다. 한쪽 벽에서 맞은편 벽까지는 네 걸음, 벽에서 침대까지는 세 걸음이었다. 그는 보폭을 좁게 해서 일곱 걸음으로 초조하게 왔다갔다했다. 뒷짐 진 팔은 구형 포탄이라도 매단 듯 무거웠다. 다섯 시간 동안 쉬지 않고 노를 저은 탓이었다.

초조하게 시간을 보내다가 이렇게 걷기라도 하니 기분이 좀 나아지는 것 같았다. 도시가 불타고 있으니 그가 여기서 할 일은 이 도시와 함께 불타 사라지는 것뿐이었다. 그게 아니라면 여기서 16킬로미터쯤 떨어진 곳에 있는 나폴레옹의 군대에 포로로 잡혀가겠지. 혹시 그가 죽는다 해도 테메레르는 알지 못할 것이다. 더 기다릴 필요가 없어진 뒤에도 테메레르는 계속 사육장에 머물다가 프랑스 군에게 잡혀갈지도 모른다. 리엔과 확실히 손잡은 나폴레옹이 테메레르의 안전을 보장해줄 가능성은 별로 높지 않았다. 리엔이 테메레르를 죽여야 한다고 부추길 것이고, 나폴레옹도 중국 국경 밖에서 셀레스티얼의 지배자는 자신뿐이어야 한다는 생각에 테메레르에게 자비를 베풀지 않을 테니까.

문밖의 보초들을 잘 설득하면 여길 나갈 수 있을지도 몰랐다. 그들 역시 어서 여길 빠져나가고 싶을 테니 말이다. 그러나 자신에게 이 다락방을 나갈 권리가 있는지 스스로를 납득시키기가 어려웠다. 프랑스에서 영국으로 돌아오자마자 로렌스는 군사법원에 회부되어 유죄 판결을 받았다. 타당한 법적 절차에 따라 내린 판결이었고 로렌스도 각오한 일이었다. 그는 양심에 따라 이미 스스로 유죄 판결을 내린 뒤였으나, 법원에서는 끊임없이 증거를 끄집어냈다. 반역자에 대한 혐오감으로 표정이 굳은 장교들이 배심원으로 참석했다. 모두 해군 장교였고 공군은 한 명도 없었다. 대신 공군들은 로렌스의 반역 행위에 연루되었을지 모른다는 혐의를 받고 차례로 법정에 소환되었으며 명예에 손상을 입었다. 특히 페리스가 큰 타격을 받았다. 법정에서는 로렌스가 적어도 직속 부관인 페리스에게는 계획을 미리 털어놓았을 것이라 추측하며 그를 몰아붙였다.

얼굴을 찌푸린 채 창백하고 비참한 모습으로 자리에 앉은 페리스는 로렌스 쪽은 쳐다보지도 않았다. 검사가 비웃으며 말했다.

"이자는 피고와 그의 용이 사라진 것을 알고도 한 시간 동안이나 경보를 울리지 않았고, 피고가 남겨둔 편지도 곧장 개봉하지 않았습니다. 그 점이 매우 수상쩍으며……."

당시 런던 기지에 있었다는 이유로 체너리도 소환되었다. 버클리와 리틀, 서튼도 차례로 불려왔다. 캐서린과 제인을 소환하지 않은 것은 그녀들을 군사법원에서 어떤 식으로 대해야 할지 알 수 없어서였을 것이다. 그녀들을 증인석에 세웠다면 자기네가 더 당황했을 테니까.

체너리는 반항적인 태도로 검사에게 말했다.

"난 그 일에 대해 눈곱만큼도 아는 게 없었다니까요. 다른 공군들도 마찬가지였을 겁니다. 로렌스를 아는 이라면 그가 사전에 다른 공군에게 그 일에 관해 발설했을 리 없다는 것을 확신할 수 있어요. 어쨌든 해군본부에서 전염병에 걸린 용을 프랑스로 보낸 건 참으로 추잡한 짓거리였습니다. 내가 이런 발언을 했다고 교수형에 처하고 싶으면 얼마든지 하십쇼."

그들은 체너리를 교수형에 처할 수 없었다. 증거도 부족하고 그의 용이 필요했기 때문이다. 그러나 그런 배경이 없는 페리스는 결국 공군에서 쫓겨나고 말았다. 로렌스가 자기 혼자 저지른 일이라고 줄기차게 주장했지만 그 말은 받아들여지지 않았다. 결국 페리스 대위의 경력과 인생은 끝장났다. 일전에 로렌스는 페리스의 모친과 형제들을 만난 적 있었다. 유서 깊고 자부심이 강한 가문이었다. 페리스는 일곱 살 때 집을 떠나 줄곧 공군에 몸담았는데 이런 일로 강제 퇴역을 당하다니. 같은 공군이라면 페리스의 무죄를 절대적으로 확신하고 지지할 테지만 그와 개인적으로 아는 사이도 아니고 친분도 없는 해군들은 가차 없이 페리스의 군복을 벗겼다. 그게 다 자기 탓임을 알기에 로렌스는 너무도 가슴이 아팠다.

하지만 로렌스의 신념은 결코 흔들리지 않았다. 자신의 행동에 대해서는 어떤 변명의 여지도 없지만 해야 할 일을 했다는 확신이 있었다. 마음은 결코 편치 않았으나 후회의 고통은 없었다. 후회할 만한 일을 저지르진 않았으니까. 나폴레옹 전쟁과 아무런 연관도 없는 만여 마리의 용들이 오직 영국의 이익을 위해 죽어나가는 것을 두고 볼 수는 없었다. 로렌스는 법정에서 이러한 신념을 밝혔다. 아울러 상부의 명령에 복종하지 않은 일, 해병대원을 공격한 일, 치료약을 훔쳐 적에게 넘겨준 일까지 모두 자백했다. 로렌스는 자신이 저지른 죄를 담담히 인정했으나 테메레르를 훔쳤다는 혐의에 대해서만은 이의를 제기했다.

"테메레르는 국왕 폐하의 소유물도 아니고 멍청한 짐승도 아닙니다. 자신의 의지로 자유롭게 결정한 것입니다."

당연히 로렌스의 이의는 받아들여지지 않았다. 법정 밖으로 끌려 나갔다가 다시 불려 들어온 뒤 로렌스는 사형을 언도받았다.

다만 형 집행은 연기되었다. 얼마 뒤 간수들은 감방에 갇힌 로렌스를 끌어내 검은 장막을 씌운 사륜마차에 태웠다. 장막 때문에 숨이 막혔고 바깥을 내다볼 수도 없었다. 한참 동안 덜거덕거리며 달리던 마차는 시어니스에서 멈췄다. 그곳에서 로렌스는 루시다 호로 끌려갔고 얼마 후 골리앗 호로 이송되어 구금실에 갇혔다. 그에게 숨이 붙어 있게 하려는 조치일 뿐 다른 이유는 없었다. 어차피 교수형을 당할 몸이지만 차라리 죽는 게 나을 정도로 괴로운 나날이었다. 골리앗 호를 타고 다니는 동안 로렌스가 프랑스 측에 잡혀가지 않고 살아남으면 해군본부는 그를 도로 끌어내 수직으로 세운 관에라도 처넣을 것이 분명했다.

로렌스는 미래를 선택할 수 없는 처지였다. 프랑스에 치료약을 건넬 때 이미 선택을 했으니까. 법정에서 그의 명줄을 조금 더 연장해 주긴 했지만 그의 목숨은 더 이상 그의 것이 아니었다. 이제 와서 이 다락방을 탈출한다면 중국으로 도망치거나 나폴레옹의 제안을 받아들여 프랑스에 머무는 것과 다를 바 없게 된다. 로렌스는 다락방을 나갈 수 없었다. 그는 반역의 죄를 저질렀고 그 죄를 갚을 방법도 없기에 문을 바라보기만 할 뿐 열 수가 없었다.

잠깐 내린 비가 창문을 씻어냈다. 창밖의 연기도 한층 옅어졌다.

로렌스는 창가로 다가가 창밖을 내다보았다. 잿빛 어둠뿐 아무것도 보이지 않았다. 연기에 가려 해가 떠올랐는지 아닌지도 알 수 없었다. 새벽이 조금 지난 시각이려니 짐작할 뿐이었다.

그때 손잡이가 달각거리더니 다락방 문이 열렸다. 돌아선 로렌스는 문 너머에 서 있는 남자를 가만히 바라보았다. 익숙하지만 전혀 예상치 못한 얼굴, 오랜 여행으로 고단함이 밴 야윈 얼굴, 동양인의 특징이 살아 있는 얼굴이었다. 타르케가 입을 열었다.

"대령님의 건강 상태가 많이 나쁘지 않아야 할 텐데요. 나와 함께 나가시죠. 곧 여기까지 불길이 미칠 것 같습니다."

문밖을 지키던 보초들은 온데간데없었다. 술에 취해 거리를 헤매던 남자 둘이 현관홀에 누워 자고 있을 뿐, 채무자 구류소는 텅 비어 있었다. 로렌스는 그 남자들의 다리를 넘어 아침을 향해 걸어 나갔다. 먼동의 미광이 창백하고 옅은 연기 속에서 부두와 인근 바다를 표류했다. 거리에는 깨진 유리와 슬레이트, 시커멓게 탄 나무들이 어지럽게 널려 있었고 쓰레기가 어마어마하게 쌓여 있었다. 우울한 표정의 청소부 두 명이 길 가운데를 따라 내려가며 비질을 했으나 그 정도로는 어림도 없었다.

타르케는 로렌스를 곁길로 이끌었다. 그곳엔 안장과 고삐가 벗겨진 말의 사체가 길을 가로막으며 드러누워 있었다. 젓갖을 맨 어린 황조롱이가 말 옆구리에 올라앉은 채 살점을 뜯어 먹으며 만족스러운 듯 울어댔다. 타르케가 손을 내밀며 휘파람을 불자 황조롱이는 곧장 그에게 날아왔다. 타르케는 황조롱이에게 두건을 씌우고 어깨 위에 앉히며 말했다.

"파미르 고원에서 돌아온 지 삼 주 되었습니다. 영국 공군을 위해 파미르 고원의 야생용 열두 마리를 데려왔는데 시기를 잘 맞춘 것 같네요. 제인 롤랜드 대장님이 내게 대령님을 데려오라고 지시하셨습니다."

그들은 낡은 뒷길을 따라 걸어갔다. 마을은 점령군에게 약탈당한 듯 보였다. 성한 창문과 현관문은 모두 단단히 잠겨 있었고 그중 일부는 널빤지까지 대어놓아 지나가는 이를 사납게 노려보는 듯했다.

"그런데 어떻게 알고 온 겁니까? 내가 이 마을에 있는지 어떻게 알고……"

"대령님이 이 마을에 있다는 건 별로 어렵지 않게 알아냈습니다. 앞바다의 난파선 구조선들이 골리앗 호의 보트가 어디로 갔는지 알더라고요. 아마 내가 대령님보다 먼저 여기 와 있었을 겁니다. 대령님이 어떤 감방에 갇혔는지 알아내는 게 훨씬 힘들었죠. 어리석게도 나는 먼저 이곳 해군기지 사령관에게 이걸 받으러 갔었습니다."

타르케는 접힌 서류 꾸러미를 보여주며 말을 이었다.

"그자라면 나에게 인도해야 할 죄수의 행방을 알리라 여긴 거죠. 그런데 그는 나를 두 시간 동안 홀에 세워놓더니 그 뒤로 사무실에서 한 시간이나 나와 언쟁을 벌였습니다. 이 서류에 서명을 하고 내게 건네준 뒤에야 대령님이 어디 있는지 모른다고 하더군요. 그때는 이미 항구가 불타고 있었습니다."

이윽고 두 사람은 우편배달 용들의 기지로 쓰이는 공터에 도착했다. 몸집이 작은 게르니가 초조해하며 그들을 기다리고 있었다. 게르니는 타르케를 보자마자 다급히 쉭쉭거렸다. 타르케는 로렌스가 거의 알아듣지 못하는 복잡한 두르자크 어로 대답했다. 그는 빈약한 삭구를 이용해 게르니의 등에 올라타면서 로렌스에게 잡고 올라오라는 뜻으로 한옆의 손잡이 두 개를 가리켰다.

"여길 빠져나가는 게 그리 쉽진 않을 겁니다. 해변에 나폴레옹의 군대가 쫙 깔려 있고 프랑스 용들은 내륙으로 향하는 중이거든요."

타르케의 말에 로렌스는 프랑스 군의 규모가 어느 정도냐고 물었다.

"믿기 어렵겠지만 대략 오만 명쯤 됩니다. 용은 이백 마리 정도고요. 영국 공군은 남은 육군을 이끌고 울리치로 후퇴했습니다. 왜 그렇게 얌전히 물러났는지 모르겠습니다. 나폴레옹을 기쁘게 해주려고 그런 건지 어떤 건지, 나중에 장군들에게 한번 물어나 보세요."

"데리러 와줘서 고맙습니다."

울리치의 영국군 본영과 이곳 시어니스 사이에 나폴레옹의 군대 절반이 주둔하는 상황에서 여기까지 날아오느라 타르케는 큰 위험을 감수했을 터였다.

타르케의 외투에 대령 계급을 나타내는 금색 줄이 붙은 것을 보고 로렌스가 물었다.

"영국 공군에 복무하기로 한 겁니까?"

육군에서는 군의 필요에 따라 일반인이 장교로 임관하는 일이 비일비재했으나 용이 군인의 계급을 결정하는 공군에서는 드문 일이었다. 그러나 현재 공군엔 야생용들과 두르자크 어로 자유로이 대화가 가능한 이가 거의 없으니, 영국으로선 타르케가 꼭 필요했다. 타르케가 정식 공군 장교로 복무하게 된 것도 그런 이유에서일 것이었다.

타르케는 어깨를 으쓱하며 대답했다.

"당분간은요."

로렌스는 이 불타는 도시에서 풍자적인 농담을 건네는 게 적합하지 않은 줄 알면서도 우스갯소리로 말했다.

"이번에는 댁이 사리사욕을 위해 그런 선택을 했다고 비난하는 이가 아무도 없겠군요."

"그래도 이번 선택에 좋은 점이 하나 있습니다. 정복자와 운명을 겨뤄볼 수 있다는 것 말입니다."

로렌스는 공군에서 자기를 불러들인 이유가 무엇인지 굳이 묻지 않았다. 5만 명의 프랑스 군이 이 땅에 상륙했으니 영국 정부는 테메레르가 필요해졌을 테고, 몹시 마땅찮지만 비행사인 로렌스를 도로 불러다 쓸 수밖에 없는 것이다. 현실적이고 일시적인 필요에 의한 결정일 뿐, 개인적 혹은 법적으로 로렌스의 죄를 사면하려는 뜻은 전혀 없을 터였다. 어쨌든 이제 타르케는 의용군이 아니라 정식으로 영국 공군이 되었다. 게르니가 바닥을 차고 날아오르자 세찬 바람 때문에 더는 대화를 나눌 수가 없었다.

늦가을의 서늘하고 상쾌한 기운을 품은 하늘은 구름 한 점 없이 맑고 푸르렀다. 비행하기에 더없이 아름다운 날씨였다. 그런데 이륙한 지 30분도 채 되지 않아 게르니가 갑자기 급하게 고도를 낮추더니 벌벌 떨며 소나무 숲 사이의 좁은 공터로 내려갔다. 로렌스의 눈엔 별다른 게 보이지 않았다. 저 멀리 점 몇 개가 떠 있긴 했지만 정처 없이 날아다니는 새들 같았다. 로렌스는 타르케와 함께 숲 가장자리로 걸어가 나무 그늘에 몸을 숨기고 들판 쪽을 내다보았다. 잠시 후 땅에서 날아오른 두 형체가 이쪽 방향으로 날아오는 모습이 보였다. 회색에 갈색이 섞인 덩치 큰 용 두 마리가 느긋하고 자신만

만하게 활공하고 있었다. 프랑스의 헤비급 용들 중 가장 몸집이 크고 영국의 리갈 코퍼보다는 약간 작은 그랑 슈발리에였다. 그들은 막 농장을 털고 오는 참인지 다소 흐트러진 모습이었고, 배 쪽 그물에 각각 소 십여 마리가 담겨 있었다. 놀란 소들은 간간이 구슬프게 울며 허공에 발길질을 해댔다.

그랑 슈발리에 두 마리는 프랑스 어로 유쾌하게 서로를 부르며 지나갔다. 일상 회화인 데다 말하는 속도가 빨라서 로렌스는 대화 내용을 알아들을 수 없었다. 그 용들이 무슨 말인가를 하자 승무원들이 왁자하게 웃음을 터뜨렸다. 두 용의 그림자는 질주하는 구름처럼 빠르게 지나갔고 잠깐 동안 해를 완전히 가렸다. 게르니는 나뭇가지 아래서 꼼짝도 하지 않은 채 눈알만 움직여 머리 위로 날아가는 거대한 용들의 모습을 좇고 있었다.

이제 그만 다시 날아오르자고 설득했지만 겁에 질린 게르니는 말을 듣지 않았다. 소나무 사이에 몸을 구겨 넣고 잔뜩 웅크린 채 먹을 걸 좀 갖다달라고 했다. 어두워지기 전까지는 이륙할 생각이 없는 듯했다. 저녁이 되면 프랑스의 야행성 용 플레르 드 뉘가 날아다닐 텐데. 그러나 로렌스는 플레르 드 뉘를 피해야 하니 지금 이륙하는 게 좋다고 말할 수 없었다. 그랬다간 게르니가 해가 진 뒤에도 꼼짝하지 않으려 할 것이었다. 타르케는 어깨를 으쓱하고 권총을 점검한 뒤 근처 농가들이 있는 쪽으로 걸어가며 말했다.

"슈발리에들이 소를 전부 잡아가진 않았겠죠."

농가마다 살펴보았으나 소나 양은 물론 사람 그림자도 보이지 않았다. 운 나쁜 병아리 몇 마리만 이리저리 돌아다닐 뿐이었다. 타르케는 익숙하게 황조롱이를 풀어 병아리를 한 마리씩 잡아들였다. 그 정도로는 게르니의 점심으로 어림도 없지만 아무것도 먹이지 못하는 것보다는 나을 터였다. 그러다가 마구간에서 태평스럽게 짚 사이를 코로 헤집고 있는 작은 돼지 한 마리를 찾아냈다. 그 돼지는 조금 전에 위기를 가까스로 모면했지만 이제 더는 죽음을 피할 수 없었다.

게르니는 요리해서 달라는 요구를 할 만큼 식성이 까다롭지도 인내심이 많지도 않아서 돼지를 받자마자 날것으로 먹기 시작했다. 돼지의 췌장은 황조롱이 차지였고, 타르케와 로렌스는 나뭇가지를 약간 모아 쌓고 불을 피워 병아리를 구웠다. 불을 피우는 동안 적의 눈에 띄지 않게 손을 계속 휘저어 연기를 흐트러뜨려야 했다. 소금이 없어 고기 맛이 맹맹했지만 배를 채우기엔 충분했다. 그들은 살을 다 발라 먹고 찌꺼기를 땅속 깊이 묻은 뒤 기름투성이가 된 두 손을 풀숲에 대고 닦았다.

이제 해가 지기를 기다리는 일뿐이었다. 아직 정오도 되지 않았고 시간은 기어가듯 느릿느릿 흘렀다. 땅바닥이 차갑고 딱딱해서 앉아 있기도 힘들었다. 퇴비로 쓰기 위해 모아둔 나뭇잎들이 사방에서 축축하게 썩어가고 있었고 한기를 품은 바람에 손가락과 발이 얼어붙었다. 두 사람은 추위를 쫓으려 연신 발을 굴러댔다. 그래도 로렌스는 갑갑하지 않아 좋았다. 자기 뜻대로 일어나 잡목 숲 가장자리로 걸어가서 불어오는 바람을 맞을 수 있었으니까. 줄 맞춰 정돈된 평온한 갈색 들판, 끝없이 넓은 하늘을 향해 가지를 한껏 뻗어 올린 길쭉하고 하얀 자작나무들. 오래간만에 느껴보는 자유였다.

타르케가 옆으로 다가와 섰다. 그의 표정이나 태도는 달라진 게 없었다. 전에도 말수가 적었고 지금도 마찬가지였다. 반역자가 아닌 온전한 자신으로서 누군가와 함께 이렇게 서 있을 수 있다는 것, 그

것은 자물쇠와 철창문의 부재만큼이나 로렌스에게 해방감을 안겨주었다. 법정에서 여러 사람에게 비난받는 동안에는 그리 힘든 줄 몰랐는데, 여기 이렇게 서서 생각해보니 당시의 심적 고통이 상당한 것이었음을 알 수 있었다.

타르케가 말했다.

"대령님을 찾지 못한 걸로 해드릴 수도 있습니다."

그 제안에 로렌스의 의지가 강하게 흔들렸다. 곧장 거절하지 못하다니, 참담하고 부끄러울 따름이었다. 이대로라면 그는 이 나라에서 어떤 자유도 누리지 못할 것이다. 지독한 연기 냄새, 군함 밑에 괸 더러운 물의 악취가 아직도 목구멍 안쪽에 진하게 남아 있었다.

타르케가 말을 이었다.

"군 복무에 대한 내 생각은 대령님의 생각과 분명 다를 겁니다. 그렇지만 나로서는 대령님이 왜 영국 왕을 위해 목숨까지 내놓겠다는 것인지 이해가 안 됩니다."

로렌스는 나지막하게 대답했다.

"명예를 위해서죠."

"목숨을 부지하는 것보다 죽음으로써 명예를 더 잘 지킬 수 있다고 보신다면 나름으로 타당성 있는 이유겠지요. 하지만 이 세상은 영국 왕과 나폴레옹에 한정되어 있지 않습니다. 영국이나 프랑스 어느 한쪽에 소속되지 않는다면 죽는 편이 낫다고 여길 필요는 없다는 뜻입니다. 대령님과 테메레르는 다른 곳에서도 얼마든지 잘 살 수 있습니다. 다른 지역에도 문명이란 것이 엄연히 존재한다는 점을 기억해주셨으면 합니다."

그러고는 차분히 덧붙였다.

"영국 국경 너머 살 만한 곳이 몇 군데 있습니다."

"나 역시…… 그런 가능성을 전혀 염두에 두지 않았다고는 못 하겠습니다. 나는 아무래도 상관없지만 테메레르를 위해 그런 쪽으로 생각을 해봤습니다. 하지만 영국에서 도망치면 결국 나는 진짜 반역자가 된다는 생각이 들더군요."

잠시 뜸을 들이던 타르케가 말했다.

"대령님은 반역자가 맞습니다. 영국 정부의 뜻대로 교수형을 당한다 해도 반역에 대한 사죄 표시는 될 수 있겠지만 죄책감까지 덜 해지진 않을 겁니다."

타르케가 비난의 감정이 섞이지 않은 담담하고 무뚝뚝한 말투로 사실을 지적하자 로렌스는 한 방 세게 얻어맞은 기분이었다.

로렌스는 어떻게 대답해야 할지 알 수 없었다. 타르케의 말이 옳았다. 아무리 '나는 이 나라를 사랑한다. 반역을 저지를 것이냐 용들의 떼죽음을 묵과할 것이냐, 라는 극단적인 선택의 기로에서 그나마 덜 사악한 선택을 했을 뿐이다'라고 외쳐봤자 소용없었다. 반역의 동기는 중요하지 않았다. 이 전쟁에서 살아남는다 해도 그는 죽을 때까지 감방 신세를 면치 못할 것이고 테메레르는 사육장에서 외로이 살게 될 것이다. 반역의 가장 큰 대가는 바로 그것이었다. 그런데도 로렌스는 타르케의 제안에 답변을 할 수 없었다.

그들은 한참 동안 말없이 그 자리에 서 있었다. 마침내 타르케는 고개를 저으며 로렌스의 어깨에 한 손을 얹고 말했다.

"날이 어두워지는군요."

제인은 흔들림 없이 말했다.

"예, 내가 데려오라고 했습니다. 그러니 다들 헛기침을 해대면서 넌지시 둘러말할 필요 없습니다. 까놓고 말해 데리고 잘 남자가 필요했으면 야영지에 널린 게 젊고 잘생긴 군인들인데, 그들을 불러다가 내게 봉사하라고 명령하면 되지 뭐 하러 생고생을 해가며 로렌스를 데려오라고 했겠습니까?"

대담한 말에 기가 질린 장군과 장관 들이 웅성거림을 멈추자 제인은 방해받지 않고 하던 말을 계속했다.

"만일 프랑스가 로렌스를 포로로 잡으면 그들은 셀레스티얼 두 마리를 보유하게 됩니다. 그 두 마리가 가까운 혈족이라 직접 교배할 수 없다고 판단되면 이종 교배를 시키겠죠. 각각 그랑 슈발리에와 교미를 시키고 그렇게 해서 얻은 새끼들을 교미시키는 방법 말입니다. 그럼 한 세대 내에 프랑스는 셀레스티얼의 특성을 온전히 가진 새끼 용들을 보유하게 되고 우리 영국에는 셀레스티얼이 한 마리도 없게 됩니다. 지금껏 우린 테메레르의 피를 이어받은 알을 단 하나도 얻어내지 못했습니다. 프랑스에 잡혀가는 꼴을 보기 싫으시면 차라리 로렌스를 마차에 가두고 보초를 붙여놓든지 하세요. 하지만 여러분에게 분별력이라는 게 있다면 로렌스와 테메레르를 참전시키는 편이 나을 겁니다."

장군 전용 막사의 분위기는 그리 좋지 않았다. 모든 대화는 프랑스 군의 영국 상륙이라는 대재앙으로 계속 회귀하고 있었고 로렌스에 대한 논의도 물리도록 진행된 상태였다. 또한 현재 제인은 도버 기지의 사령관이 아니었다. 샌더슨이 제인의 상관으로서 도버 기지의 사령관 역할을 수행하고 있었다.

로렌스는 굳이 물어보지 않아도 그 이유를 알 수 있었다. 처음부터 영국 정부는 제인을 도버 기지 사령관으로 앉히고 싶어하지 않았다. 필요에 따라 어쩔 수 없이 그리 했을 뿐이었다. 그리고 그런 조치가 실수였음을 인정하기 싫어서라도 웬만해선 현상 유지를 하려 했을 것이다. 결과적으로 제인이 로렌스의 반역에 연루되었을지도 모르니 나름 죗값을 치르게 해야 한다는 생각을 하지 않았다면 그들도 제인을 사령관 자리에서 몰아내지 못했을 터였다.

로렌스도 샌더슨이라면 약간 알았다. 그와 별다른 친분은 없지만 같은 기지에서 복무하다 보니 자연스럽게 얘기를 듣게 되었다. 샌더슨은 파르나소스 품종 용의 비행사로서 도버에서 별도로 대규모의 편대를 지휘했다. 샌더슨은 전투 경험은 많지만 그리 뛰어난 장교가 아니었고 현재 도버 기지를 이끌어나가는 일에 몰두할 여건도 아니었다. 샌더슨의 용 아니모시아가 여러 차례 치료약을 먹었음에도 전염병의 후유증에서 벗어나지 못하고 있었다. 그 때문에 샌더슨이 지레 죽을 지경이었다. 아니모시아가 병을 앓는 동안 예순이 다 된 나이의 샌더슨은 자지도 먹지도 않으려 했다.

샌더슨은 천막 한구석에 앉아 눈 위쪽의 베인 상처에서 흘러나오는 피를 접은 붕대로 한번씩 닦아내고 있었다. 장군들이 제인에게 소리치는 동안 샌더슨은 아무 말도 하지 않았다. 이마에서 흘러나오는 선명한 피와 대조되어 안색이 더욱 창백해 보였고 몹시 지친 모습이었다.

해군본부 측 인사가 제인에게 말했다.

"대단하군. 반역자와 그의 통제 불가능한 짐승을 우리 측 방어선 한가운데로 내보내잔 말인가? 차라리 여기 전신기를 설치하고 우리의 작전 계획에 대해 나폴레옹에게 전보를 쳐서 다 알려주지그래."

제인이 받아쳤다.

"여러분이 바다에서 서둘러 백기를 들고 후퇴하지만 않았어도 나폴레옹이 이렇게 빨리 우리 땅에 상륙하진 못했을 겁니다. 지금까지 파악하기로 나폴레옹은 백 마리 이상의 용을 끌고 왔습니다. 해군본부의 신사 분들께서는 나폴레옹이 프러시아와 이탈리아를 뼈까지 발라내 그 나라의 용들마저 확보했다면 우리가 그 소식을 못 들었을 리 없다고 주장하시는데, 현 상태로 보아 나폴레옹은 프러시아와 이탈리아의 용들까지 끌고 온 게 분명합니다. 우린 그렇게 할 수도 없으니 사용 가능한 모든 용을 소집해서 써야 합니다. 공군의 용들 중 여섯 마리는 전투 중에 큰 부상을 당해 앞으로 한 달은 쉬어야 하고, 이번에 파미르 고원에서 들여온 야생용 중 네 마리는 전장에서 도망쳐버렸습니다. 그런데도 셀레스티얼을 사육장에 묵혀두고 있으니 이렇게 멍청한 짓거리가 어디 있겠습니까?"

"왜 우리가 이 입 사나운 여자의 장광설을 계속 들어야 하는 건가?"

누군가 이렇게 말하자 제인이 응수했다.

"정확히 말해 여러분은 내 말을 듣지 않고 있습니다. 지금부터라도 귀 기울여 들어주시기 바랍니다. 샌더슨, 이런 말을 해서 미안합니다만 어쩔 수 없군요. 당신은 훌륭한 편대 리더지만 도버 기지 사령관의 책무를 감당하지 못하고 있습니다."

"그래요, 그럼요, 롤랜드."

샌더슨은 멍한 표정으로 이렇게 대답하고는 이마에 흘러나온 피를 붕대로 닦았다.

그러자 뒷자리에서 어떤 장군이 매섭게 입을 열었다. 여위고 날카로운 얼굴에 코가 독수리 부리처럼 단호해 보이는 장군이었는데 그의 가슴에는 바스 훈장이 달려 있었다.

"우리 모두 롤랜드 대장의 말을 경청해야 합니다. 여러분이 도버 기지 사령관 자리에 유능한 인재를 앉히지 못했기 때문에 결국 나폴레옹이 이 땅에 상륙한 거란 말입니다. 어제의 실수를 바로잡지 않고서는 나폴레옹과 싸워 이길 수 없습니다."

그러자 또 다른 이가 나섰다.

"그렇다면 포틀랜드를 불러다가……."

그러나 바스 훈장을 단 장군이 그의 말허리를 잘랐다.

"포틀랜드의 이름을 무슨 부적이나 되는 듯이 읊어대지 좀 맙시다. 포틀랜드는 넬슨을 대신해 지브롤터 쪽을 맡고 있는데 그쪽도 덴마크만큼이나 형편이 좋지 않아요. 앞으로 한 달간은 넬슨이나 포틀랜드를 이리로 소환할 수 없습니다. 그때까지는 제인 롤랜드 대장에게 도버 기지의 지휘를 맡길 수밖에 없습니다."

장관 한 명이 로렌스를 가리키며 반발했다.

"웰즐리 장군, 저자에 대한 롤랜드의 의견에 힘을 실어주다니 제정신인지 의심스럽군요."

웰즐리는 경멸에 찬 눈으로 로렌스를 아래위로 쏘아보며 말했다.

"제정신 맞습니다. 일일이 남에게 자문을 구하지 않아도 이 상황에서 내가 어떤 의견에 힘을 실어줘야 하는지 명확히 알고 있지요. 저자는 감상주의잡니다. 일을 저지르고 돌아와 자수까지 하다니, 그렇지 않습니까? 빌어먹을 낭만주의자지요. 하지만 지금 그게 대수입니까? 교수형 집행은 나중에 해도 됩니다."

제인은 로렌스를 자신이 쓰는 천막으로 데려갔다. 천막 안 탁자 앞에 앉아 있던 부관이 일어서자 제인이 말했다.

"아니, 나갈 것 없어, 프레트. 쓸데없는 소문이 퍼져나가게 두느니 증인을 앞에 두고 얘기를 나누는 편이 낫지."

제인은 포도주를 잔에 따른 뒤 로렌스에게 등을 돌리고 들이켰다. 로렌스는 제인의 결정에 이의를 제기할 수 없었지만 둘만 있으면 좋겠다 싶었다. 다른 사람 앞에서는 편하게 속내를 얘기하기 어려울 듯했다. 제인은 잔을 내려놓고 책상 너머에 놓인 의자에 앉았다. 그리고 로렌스를 처다보지도 않은 채 지친 목소리로 입을 열었다.

"내일 우편배달 용을 타고 펜이팬 사육장으로 가. 테메레르가 그곳에 있어. 데려올 수 있겠나?"

"예, 물론입니다."

"자네가 전투에서 혁혁한 공을 세우지 않는 한, 저들은 전쟁이 끝난 뒤 자네 목을 매달려고 할 걸세."

"처벌을 피하고 싶었으면 프랑스에서 돌아오지도 않았을 겁니다. 제인……."

제인이 날카롭게 말했다.

"롤랜드 대장이라고 부르게."

그녀는 잠시 침묵을 지키다가 덧붙였다.

"자넬 비난하고 싶진 않아, 로렌스. 우리 정부가 한 짓이 얼마나 추악한지는 자명하니까. 자네 처지를 두둔하고 싶지만 나로선 나폴레옹의 용들과 싸우는 와중에 저 빌어먹을 귀족 나리들과 언쟁까지 할 수는 없어. 프레트가 자넬 장교 천막으로 안내해주고 잠잘 곳도 찾아줄 걸세. 식사는 장교 천막에 가서 해. 내일 펜이팬으로 출발하는 것 잊지 말고. 돌아와서는 샌더슨 대장 휘하에서 편대비행을 하도록. 이상."

제인이 고갯짓을 하자 프레트가 헛기침을 하며 천막 입구의 천을 열어젖혔다. 로렌스는 고개 숙여 인사를 하고 천천히 물러나왔다. 움켜쥔 주먹에 이마를 대며 입을 굳게 다무는 제인의 모습을 보고, 로렌스는 차라리 보지 말걸 싶어 마음이 한층 울적해졌다.

로렌스가 프레트와 함께 커다란 장교용 천막에 들어서는 순간 분위기가 사뭇 냉랭해졌다. 다행히 그 안에서 친한 사람을 만나는 불상사는 일어나지 않았다. 친분도 없는 대령들이 내뱉는 말은 못 들은 척하면 그만이었다. 그보다는 딱히 적대시하는 것도 아니면서 시선을 피하는 자들의 침울하고 거북해하는 표정이 더 보기 괴로웠다.

이 정도는 각오했었다. 그런데 도버 기지의 장교 휴게실에서 두 번 정도 보았을 뿐인 한 장교가 갑자기 다가와 손을 잡으며 반가워하자 로렌스는 적잖게 당황했다. 헤스터필드 대령이었다.

"악수를 해도 되겠습니까?"

손을 잡혔으니 거절할 수도 없는 노릇이었다. 헤스터필드는 로렌스를 잡아끌고 천막 안 구석진 자리로 데려가 동료들에게 인사시켰다.

작고 초라한 탁자 주변에는 장교 여섯 명이 앉아 있었다. 그중에는 프러시아 인 두 명이 섞여 있었다. 한 명은 단치히에서 로렌스와 안면을 튼 폰 파일이라는 자였고, 다른 한 명은 자리에서 일어나 로렌스와 악수하며 디헤른 대령의 사촌이라고 자신을 소개했다. 디헤른 대령은 예나 전투 때 로렌스와 한편이 되어 싸운 프러시아 군인이었다. 그 두 프러시아 장교는 나폴레옹이 제안한 포로석방선서 수락을 거부하고 단치히에서 탈출해 영국군에 합류한 망명자들이었다.

프레위트 대령은 처음 보는 자였는데, 수개월 전 정부의 다급한 소환 요청을 받고 영국으로 돌아왔다고 했다. 그전까지 핼리팩스 기지에 소속된 까닭에 그의 윈체스터 용은 전염병에 감염되지 않았다. 퀘벡 지역 내에서 순환 근무를 했기 때문에 급진적인 정치 견해를 피력하고 싶어도 들어줄 사람이 없었는데 영국에 돌아온 뒤로는 자유롭게 의견을 표출하고 있다 했다.

자조적인 웃음을 지으며 프레위트가 말했다.

"내 시나 예술에 대한 비난보다는 정치적 견해에 대한 비난을 견디는 게 쉽죠. 그래서 후자를 택한 겁니다. 이쪽은 라투르 대령입니다."

프랑스의 왕당파 라투르는 영국으로 망명해서 장교로 복무 중이었다. 헤스터필드를 비롯해 나머지 두 장교 레이놀즈와 구노는 프레위트와 정치적 견해가 같았다. 물론 프레위트보다는 표현의 강도가 약했지만. 얘기를 나누면서 로렌스는 이 일곱 명의 장교들이 자신의 행동을 지지하는 것이 우연이 아님을 알게 되었다. 이들은 로렌스가 프랑스에 치료약을 전해준 일을 놓고 천막 안의 나머지 장교들과 이미 한차례 언쟁을 한 뒤였다.

레이놀즈는 로렌스의 손목을 잡아 탁자에 대며 말했다.

"우리 정부가 한 짓은 사악한 살해 행위일 뿐, 달리 변명의 여지가 없어요."

눈에 힘을 주고 지나치게 진지한 표정으로 로렌스를 바라보는 것이 잔뜩 취한 것 같았다. 로렌스는 뭐라고 해야 할지 알 수 없었다. 그도 레이놀즈와 같은 생각으로 죽을 각오까지 해가며 프랑스에 치료약을 전했으나 낯선 이에게 이렇게 칭찬을 받자고 한 일은 아니었다.

바로 옆 탁자에 앉아 혼자 술을 마시던 어떤 장교가 깐죽거리며 끼어들었다.

"적국에 이로운 짓을 했으니 그런 걸 바로 반역이라고 하는 거다."

앞에 놓인 위스키 병에 술이 절반 정도 남은 걸로 보아 어느 정도 취기가 오른 듯했다.

주변에서 어떤 자가 맞장구를 쳤다.

"옳소. 맞는 말이오."

천막 안에는 술병이 넘쳐났고 분노에 차 있거나 낙담한 장교들도 많았다. 이런 상황에서 반역 운운하는 것은 싸움을 걸겠다는 뜻이었다. 로렌스는 레이놀즈에게 잡힌 손을 빼냈다. 이만 실례하겠다고 말하고 다른 탁자로 가고 싶었으나, 프레트가 프레위트 일행에게 로렌스를 넘겨주고 자리를 뜬 데다가 이런 분위기에서 다른 무리에 합류할 수도 없었다. 로렌스는 도발하는 장교들에게 말했다.

"그런 말은 삼갔으면 좋겠군요."

그러나 소용없었다. 레이놀즈는 위스키를 마시던 장교와 이미 언쟁을 벌이고 있었다. 그들의 목소리가 천막 안에 쩌렁쩌렁 울려 퍼졌다. 로렌스는 이를 악물고 듣지 않으려 했으나 귀를 틀어막을 수도 없는 노릇이었다.

위스키를 마시던 장교가 말했다.

"저 반역자를 당장 밖으로 끌어내 목을 매달고 시체를 끌어내려 사지를 찢어야 마땅해. 저 반역자와 같은 의견이라면 댁도 마찬가지 꼴을 당해야겠지……."

"이런 고루하기 짝이 없는……."

둘은 잔뜩 흥분해서 자리에서 일어섰다. 레이놀즈는 구노가 건성으로 말리는 손을 뿌리치며 그 장교에게 고함을 질렀다. 그들의 목소리가 어찌나 큰지 주변의 다른 대화가 모두 묻힐 정도였다.

로렌스는 자리에서 일어나 레이놀즈의 어깨를 잡고 찍어 눌러 도로 자리에 앉혔다. 그리고 나지막하고 단호하게 말했다.

"대령, 이런 식의 언쟁은 내게 전혀 도움이 안 됩니다. 그만두세요."

그러자 레이놀즈와 싸우던 장교가 말했다.

"그래, 그 말이 맞다. 반역자에게 겁쟁이가 되는 법이나 잘 배워두라고."

로렌스는 몸이 굳어졌다. 그는 자신에게 쏟아지는 비난에 분개할 자격도 없었고 반역자라는 낙인이 찍힌 것에 대해 스스로 변호할 권리도 없었으나 겁쟁이라는 말은 도저히 참기 어려웠다. 그러나 비행사들 사이에 결투가 금지되어 있지 않다 해도 로렌스는 그자에게 결투를 신청할 수 없었다. 이미 이 나라에 큰 손실을 끼쳤는데 작은 손실일지라도 더 끼쳐서는 안 되었다. 로렌스는 입을 꾹 다물었다. 목구멍 안쪽까지 쓴맛이 돌았으나 그자를 돌아보지 않았다. 이미 그 장교는 무례할 정도로 로렌스에게 가까이 다가서서 술 냄새 나는 뜨거운 입김을 어깨 너머로 불어대고 있었다.

레이놀즈는 로렌스의 손아귀에서 벗어나려고 몸을 뒤흔들며 그 장교에게 받아쳤다.

"여기 퍼질러 앉아 술이나 푸는 주제에 이 사람한테 겁쟁이라고 욕할 자격이 있냐? 동족인 용 수만 마리가 우리 정부에서 퍼뜨린 전염병균으로 개처럼 죽어 자빠지는데 네가 좋아라하고 있으면 네 용이 너를 퍽이나 존경하겠구나."

"적어도 그중 한 마리는 죽어 마땅한 용이라고!"

순간 분노한 로렌스는 레이놀즈를 잡은 손을 놓고 돌아서서 그 장교를 주먹으로 때려눕혔다.

술에 취한 장교는 비틀거리다가 탁자를 짚고 넘어졌다. 위스키 병이 그의 몸 위로 떨어지고 싸구려 술이 흙바닥에 뿌려졌다. 잠깐 동안 천막 안에 침묵이 깔렸으나, 마치 모두 몸싸움이 시작되기를 기다렸다는 듯 의자를 집어던지기 시작했다.

언쟁은 난투극으로 변해버렸고 내 편 네 편 할 것 없이 뒤엉켜 싸웠다. 로렌스는 한 탁자에 앉아 술을 마시던 장교 둘이 천막 구석에서 드잡이를 하는 모습을 보았다. 이 혼란 속에서도 몇 명이 로렌스를 골라내어 사납게 달려들었다. 그중 옷에 용의 검은 피가 묻은 장교는 로렌스가 도버 기지에서 본 적 있는 비행사였다. 친분이 있는 사이가 아니라서 이름이 얼른 떠오르지 않았다. 그의 이름이 제프리 윈들이라는 것을 기억해낸 순간, 그자는 주먹으로 있는 힘껏 로렌스의 턱을 가격했다.

발꿈치까지 부르르 떨렸다. 입 안에서 이가 갑자기 다물어지면서 볼 안쪽 살을 씹는 바람에 골까지 뻐근할 지경이었다. 천막 기둥을 잡으며 간신히 몸을 가눈 로렌스는 윈들이 또다시 달려드는 순간 의자를 집어 들고 휘둘렀다. 윈들은 의자에 걸려 넘어지면서 천막 기둥을 들이받았다. 로렌스보다 20킬로그램 정도 체중이 더 나가는 자라서 그 충격으로 천막 지붕이 크게 기울어졌다.

분노로 얼굴을 일그러뜨린 장교 두 명이 로렌스에게 달려들었다. 흥분해서 마구 날뛸 정도로 술에 취했지만 손발을 제대로 쓰지 못할 만큼은 아니었는지 그들은 로렌스의 팔을 잡고 근처의 탁자로 밀어붙였다. 로렌스는 쥠쇠 달린 장화에 올 풀린 긴 양말을 신은 상태라 움직임이 자유롭지 못했고 주변에 집어 들 만한 물건도 없었다. 장화의 무게도 얼마 나가지 않아서 걷어차도 별 충격을 주지 못했다. 두 장교는 로렌스를 탁자 위에 눕히고 찍어 눌렀다. 그중 하나가 날이 무딘 식사용 칼을 꺼내 들었다. 점심식사 때 사용했는지 고기 기름이 잔뜩 묻어 있었다. 로렌스는 탁자 가장자리를 발꿈치로 찍으며 간신히 몸을 일으켜 잡힌 어깨를 빼냈다. 짧고 사납게 내리꽂힌 칼끝이 아슬아슬하게 옆으로 비껴가며 로렌스의 남루한 외투를 찢었다.

삐걱거리며 흔들리던 천막 기둥이 마침내 쓰러지고 말았다. 천막 천이 장교들을 내리덮어 천막 안에 일대 혼란이 일었다. 로렌스는 잡힌 팔을 마저 빼냈으나 천막 천에 짓눌려 옴짝달싹할 수가 없었다. 천의 무게가 상당해서 약간이라도 들어 올려야 숨을 쉴 수 있을 정도였다. 그가 몸을 옆으로 굴려 탁자에서 벗어났을 때 또 다른 손이 그의 팔을 잡아당겼다. 로렌스는 무작정 그 손을 발로 걷어찼고 그자와 함께 쓰러지며 흙바닥에 굴렀다. 그자가 천막 가장자리를 머리 위로 걷어낸 덕에 로렌스는 밖으로 나올 수 있었다. 돌아보니 그랜비였다.

그랜비가 말했다.

"이런, 맙소사."

뒤를 돌아보니 천막 절반이 무너져 그 안에 장교들이 꾸물거리며 갇혀 있었다. 술을 마시지 않은 덕에 난투극에 휘말리지 않은 자들은 천막 안의 무너지지 않은 곳에서 랜턴을 집어 들고 밖으로 나왔다. 몇몇은 무너진 천막 위에 물을 뿌려대고 있었다. 그 아래에서 연기가 새나오는 걸로 보아 불이라도 붙은 모양이었다.

로렌스가 그들을 도우려 천막 쪽으로 가려 하자 그랜비가 말렸다.

"여길 어서 피하는 게 나을 겁니다."

그랜비는 야영지 한옆의 좁은 길로 로렌스를 데려갔다. 어두워서 발밑이 잘 보이지 않았다. 용들의 공터 쪽으로 향하는 듯했다.

그들은 울퉁불퉁한 길을 따라 말없이 걸어갔다. 체력이 많이 떨어진 로렌스는 헐떡이는 숨을 고르려 애썼으나 쉽지 않았다. 새삼 자신이 바보 같다는 생각이 들었다. 술 취한 장교의 입을 통해 듣기 전까지는, 공군 장교들마저 자신에게 이렇듯 지독한 반감을 품고 있으리라고는 생각지 못했다. 그자들은 테메레르를 사용하지 못하는 한이 있더라도 로렌스의 목을 매달고 싶어했다. 그러니 전 세계의 용들을 전염병에 감염시켜 고통스럽게 죽이려 한 영국 정부는 오죽하겠는가. 저 장교들도 테메레르를 적국—프랑스든 중국이든 그 어떤 나라든—에 넘기느니 차라리 죽이고 싶을 것이다. 테메레르를 죽여 없애는 것이 반역 행위라 해도 저들은 양심의 가책조차 느끼지 않으리라. 이제 그들에게 테메레르는 골칫덩어리 짐승에 불과할 테니.

어둠 속에서 그랜비가 불현듯 입을 열었다.

"테메레르가 고집을 부렸다는 생각이 들더군요. 프랑스에 치료약을 전해준 일 말입니다."

잠시 뜸을 들이던 로렌스가 대답했다.

"그렇다네."

그러나 그는 테메레르의 날개 뒤에 숨고 싶지 않았다.

"테메레르도 어쩔 수 없이 그런 결단을 내린 걸세. 내가 먼저 하자고 나섰어야 하는데 테메레르의 뜻을 따르게 되어 오히려 부끄럽지.

테메레르와 프랑스로 간 것이 내 의지가 아니었다고는 생각하지 않았으면 좋겠네."

"아뇨, 저는 그저 대령님이 앞장서서 그런 일을 하실 분이 아니라서 드린 말씀입니다."

그랜비의 생각이 옳았다. 위로랍시고 한 말이겠지만 로렌스의 마음은 편치 않았다. 그러다가 감정이 격해지면서 숨이 턱 막혔다. 외로움, 그리고 향수병과 비슷한 그리움이 밀려들었다. 테메레르가 사무치게 보고 싶었다. 석 달 전 로렌스는 테메레르의 날개 밑에 누워 영국에서의 마지막 밤을 보냈다. 북부 지역의 산맥이었는데, 그때는 이미 반역을 저지른 뒤였다. 그곳에서 영국 해협을 날아 건너기 전에 몇 시간 눈을 붙였다. 그 뒤 프랑스에서 영국으로 돌아와서는 둘 다 고통의 시간을 보냈다. 로렌스가 여러 감방을 전전하는 동안 테메레르는 야생용과 퇴역 용들로 가득한 사육장에 갇혀 있어야 했다. 친구도 없이 얼마나 외롭고 힘들까. 사육장은 군의 명령 체계도 통하지 않고 기강도 잡혀 있지 않으니 다른 용들과의 싸움을 피할 수도 없을 텐데.

로렌스와 그랜비는 다시 침묵을 지키며 공터를 차례로 지나갔다. 제분소처럼 우르르 울리는 용들의 숨소리가 길 양옆에서 들려왔다. 용들은 식사를 끝내고 잠들었고 승무원들은 랜턴 몇 개만 켜놓고 안장을 수리하고 있었다. 대장장이의 망치 소리가 가볍게 울려 퍼지는 가운데 안장용 기름의 그을음 냄새가 코를 찔렀다. 어둠 속에서 한참을 걸어 마지막 공터를 지난 뒤 그들은 가파른 산비탈을 오르기 시작했다. 야영지가 한눈에 내려다보이는 언덕 꼭대기에 이르자, 가시돋기 박힌 몸통을 느슨하게 말고 숨 쉴 때마다 뜨거운 증기를 훅 훅 뿜으며 자고 있는 이스키에르카의 모습이 보였다. 이스키에르카 주변 여기저기에는 야생용들이 누워 있었다.

발소리를 들은 이스키에르카가 눈을 살짝 뜨고 잠에 취한 목소리로 그랜비에게 물었다.

"전투는 아직 시작 안 했어?"

"아직은 아니야, 예쁜아. 계속 자렴."

이스키에르카는 한숨을 쉬며 눈을 감았다. 누가 왔나 하고 고개를 든 승무원들은 로렌스와 눈이 마주쳤고, 로렌스와 그랜비를 번갈아 쳐다보다가 말없이 바닥으로 시선을 떨어뜨렸다. 그중에는 로렌스가 데리고 있던 장교와 사병 들도 있었다. 그들이 그랜비 밑에서 복무한다니 다행이었다. 어색한 분위기를 감지한 로렌스가 그랜비에게 말했다.

"나는 여기 머물지 않는 편이 좋겠네."

"무슨 말씀입니까. 저는 남의 눈치나 살피는 별볼일 없는 놈이 아니니 상관없습니다."

그랜비는 로렌스를 자기 천막 안으로 데리고 들어갔다. 이스키에르카의 몸에서 쉴새없이 뿜어나오는 뜨거운 열기로 천막 안은 불이라도 피운 듯 아늑했다.

천막에 들어서자마자 그랜비가 시무룩하게 말했다.

"사실 어제부로 제 처지는 더 이상 난처해질 것도 없게 됐습니다. 이스키에르카가 어지간히 버릇이 없어야죠. 편대비행 시 자리를 제대로 지키지도 않고 신호에 따르려고도 하지 않습니다. 야생용들을 멋대로 끌고 돌아다니질 않나……."

그랜비는 어깨를 으쓱하고 바닥에 놓인 술병을 집어 들었다. 로렌스의 잔과 자신의 잔에 술을 채운 뒤 그랜비는 그답지 않게 술을 단숨에 들이켰다. 그리고 손등으로 입가를 닦으며 말했다.

"순찰 업무는 그럭저럭 하는 편이에요. 적이 있나 없나 살펴보러 가자고 하면 따로 달래지 않아도 지시를 잘 따르니까 특별히 거슬릴 게 없죠. 다만 함대 전투 시에는 말을 안 듣습니다……. 그렇다고 이스키에르카가 쓸모없는 용이라는 뜻은 아닙니다. 야생용들을 끌고 나가서 적의 일급 군함 한 척과 소형 범선 세 척을 포획한 적도 있고 프랑스 용 십여 마리를 멀리 쫓은 적도 있거든요. 다만 군율을 지키려 하지 않는 게 문젭니다. 제 지시를 못 들은 척하고 편대 오른쪽에서 멋대로 이탈하는 바람에 대열 안쪽의 용 두 마리가 큰 부상을 입기도 했어요. 공군에서 이스키에르카를 포기할 수만 있었으면 그 일로 전 강제 퇴역 당했을 겁니다."

그랜비는 빈 잔을 들고 빠르게 말을 쏟아내며 좁은 천막 안을 서성댔다. 특별히 필요해서 하는 말이라기보다 초조한 속내를 메우려는 것인 듯싶었다.

"공군의 명성에 먹칠하는 짓이죠. 제가 이렇게 용의 버릇을 잘못 들인 형편없는 장교가 될 줄은 몰랐습니다. 용을 제대로 길들이지 못하는 건 멍청한 장교들이나 하는 짓인 줄 알았는데 말입니다. 육군과 해군도 우릴 비웃어요. 비웃을 만도 하죠. 공군 대장들까지 해군 가락에 맞춰 춤을 춰야 하는 지경인데, 어린 공군들이 지켜보는 앞에서 이스키에르카가 말을 듣지 않으니 창피해서 부하들에게 앞으로 더 잘해야 한다는 말도 못 할 지경이고……."

그랜비는 별안간 말을 멈추고 비참한 표정으로 로렌스를 쳐다보았다. 혼잣말처럼 떠들어대다가 앞에 듣는 이가 있다는 것을 불현듯 깨달은 모양이었다.

"자네 잘못이 아닐세."

로렌스는 해군 시절 자신의 모습이 떠올랐다. 당시엔 로렌스도 공군들은 사납고 저돌적인 난봉꾼에 불과하며 그저 용을 다루기 위해 필요한 존재일 뿐 통제되지 않는 자들이라 여겼다. 또한 기회만 있으면 법과 권위를 무시하니 존경받을 가치도 없는 녀석들이라 생각했다.

로렌스는 잠시 생각 끝에 말을 이었다.

"우리 인간들이 필요 이상으로 많은 자유를 누려서 용들은 그만큼 자유를 누리지 못하고 있어. 용들이 이 전쟁에 무슨 이해관계가 있겠나? 비행사인 우리들을 기쁘게 해주려고 전장에 나가 싸우는 것뿐이지. 국가에서 용에게 먹이를 공급하는 것도 입 닥치고 말이나 잘 들으라고 하는 것이잖은가. 우리 공군들은 국가의 허락을 받았다는 이유로 용들에게 해서는 안 되는 짓을 하고 있어. 용들이 우릴 아낀다는 점을 이용해서 그들을 꼼짝없이 복종하게 만들지. 결국 그런 식으로 용을 조종하는 건 용들에게 아무런 득이 안 돼. 오히려 용들의 삶에 해악을 끼칠 뿐이지."

"그러지 않으면 이 나라를 지켜야 한다는 개념을 용들에게 어떻게 이해시킬 수 있겠습니까? 지금처럼 용을 관리하지 않으면 이 나라는 프랑스 놈들에게 유린당하고 용알마저 모조리 빼앗길 겁니다."

"중국 용들은 자유의지로 나라를 지켜. 아프리카 용들은 국가에 강한 애착이 있고. 국가관이란 억지로 주입해서 되는 게 아닐세. 용의 이성과 감성에 호소할 수 있어야 해. 지금 영국 용들이 인간들과 달리 영국이란 나라에 자연스러운 애착을 보이지 않는 건 그들 잘못이 아니라 우리 탓인 게지."

 그날 밤 로렌스는 그랜비의 천막 안에서 담요를 깔고 잠을 잤다. 그랜비의 침대를 차지하고 싶진 않았다. 쌀쌀한 늦가을에 뜨끈한 천막 안에서 잠이 들고 한여름처럼 땀을 흘리며 깨어나니 색다른 기분이었다. 바깥으로 나온 로렌스는 밤새 눈이 쌓인 야영지를 내려다보았다. 회색 천막들이 눈에 덮여 하얗게 변했고 땅도 질척해졌다.
 이스키에르카가 로렌스를 바라보며 말했다.
 "돌아왔군요."
 언제 일어났는지 벌써 식사를 마친 이스키에르카는 시커멓게 불에 탄 먹이 찌꺼기를 뒤척이면서 느릿느릿 움직임이 일기 시작한 야영지를 뿌루퉁한 눈으로 바라보았다. 그러더니 잘난 체하며 말을 이었다.
 "테메레르는 어디 있죠? 비행사인 당신을 이렇게 형편없는 몰골로 만들어놓다니."
 로렌스는 뭐라 할 말이 없었다. 누덕누덕한 외투에 솔기가 벌어지기 시작한 더러운 신발, 올이 풀어진 양말까지, 그야말로 비참한 모습이었으니까.
 "그랜비, 로렌스한테 당신이 갖고 있는 네 번째로 좋은 외투를 빌려줘."
 이스키에르카는 로렌스의 어깨 너머로 이렇게 말하고는 로렌스를 내려다보며 덧붙였다.
 "테메레르한테 전해줘요. 그랜비가 더 좋은 옷을 빌려드리지 못하는 형편이라 내가 아주 미안해하더라고."

그러나 지금 그랜비가 입은 외투가 바로 그 네 번째로 좋은 외투였다. 나머지 외투 세 벌은 금몰과 보석으로 과도하게 치장되어 전장에서 착용하기에 부적합했다. 모두 이스키에르카가 작정하고 전리품 사냥을 한 결과물이었다. 사실 그랜비가 외투를 빌려준다 해도 로렌스의 몸에 맞지 않을 터였다. 로렌스는 그랜비보다 어깨가 10센티미터 정도 더 벌어졌고 그랜비는 키가 그만큼 더 컸다. 그랜비는 버클리 쪽으로 부하를 보내 옷을 빌려오게 했다. 잠시 뒤 어린 훈련생이 접은 외투와 장화를 들고 이스키에르카의 공터로 걸어왔다.

로렌스가 말했다.

"아, 시포로구나. 잘 지내는 걸 보니 마음이 놓인다. 네 형도 건강하지?"

그동안 로렌스는 디마니와 시포 형제에게 무슨 일이라도 생겼을까 봐 걱정하고 있었다. 디마니와 시포는 아프리카에서 로렌스 일행이 전염병 치료약을 찾게 도와주었고 그들과 함께 영국으로 왔다. 로렌스는 그들 형제가 영국에서 살아갈 수 있게 훈련생 신분으로 만들어주었으나 얼마 지나지 않아 두 아이를 더 이상 지원해주지 못하는 처지가 되고 말았다.

시포는 올해 초만 해도 영어를 한마디도 할 줄 몰랐는데 지금은 놀라울 정도로 완벽한 영어를 구사하며 또박또박 대답했다.

"예, 대령님. 형은 아르카디를 위해 일해요. 버클리 대령님이 여기 오신 걸 환영한다고 전해달라셨어요. 융통성 없이 굴지 말고 편하게 와서 막시무스에게 얼굴 좀 보여달라고도 하시던데요."

로렌스가 막시무스의 공터로 찾아가 두 형제의 뒤를 봐줘서 고맙다고 인사하자 버클리는 특유의 퉁명스러운 말투로 대답했다.

"대령 혼자만 그들에게 신세를 진 건 아니잖습니까. 그 애들이 버림받을까 봐 걱정할 필요 없어요. 저 빌어먹을 야생용들이랑 자유롭게 대화가 가능하니 공군에서 그들은 없어서는 안 될 존재지요. 우리와는 비교가 안 될 정도로 야생용 언어를 잘한다니까요. 특히 디마니는 영어보다 야생용 언어가 더 유창합니다. 그 정신 사나운 언어를 하다가 현기증이나 나지 않길 바랄 뿐이죠. 내가 시포를 내 밑에 두겠다고 했을 때 해군본부에서 말이 많았지만 결국 내 고집대로 했습니다. 아홉 살이 될 때까지 기다렸다가 시포를 소위로 진급시킬 생각입니다. 여기는 내 소관이니 진급 문제도 내가 알아서 할 겁니다. 여기 두면 쓸데없는 말썽에나 휘말릴 테니, 전쟁터에 데리고 나가 프랑스 놈들과 싸우게 하는 편이 낫지요."

막시무스는 지난번에 봤을 때보다 많이 좋아 보였다. 석 달 동안 해변에서 꾸준히 먹이를 공급받으며 예전 체중을 거의 회복한 듯했다. 막시무스는 로렌스를 향해 머리를 숙이고 나름 은밀히 소곤거렸다.

"테메레르에게 릴리랑 내가 그 약속을 잊지 않았다고 전하세요. 테메레르가 요청하기만 하면 언제든 함께 싸울 준비가 되어 있다고, 대령이 교수형을 당하게 두고 보지 않을 거라고요."

로렌스는 거대한 리갈 코퍼를 올려다보았다. 막시무스의 승무원들은 몹시 걱정스러운 표정들이었다. 반역을 의미하는 그 말이 여러 공터에 걸쳐 울려 퍼졌기 때문이다.

버클리는 콧방귀를 뀌었다.

"저런 소릴 한두 번 한 게 아니에요. 대놓고 떠들어댔어요. 정부 측 인사들이 대령을 제대로 된 육지의 감옥 대신 군함의 구금실에 박아둔 것도 어쩌면 이 녀석 때문인지도 모릅니다. 그러니까 미안해할 거 전혀 없습니다. 이제 대령과 대령의 미친 용이 솜씨를 발휘하면 돼요. 녀석을 데리고 와서 프랑스 놈들을 확확 쓸어버리라고요. 성가시게 교수형 집행 따위 할 필요 없게 말입니다."

불가능에 가까울 정도로 낙천적인 버클리의 충고를 뒤로하고 로렌스는 명령서를 소지한 채 우편배달 용들이 머무는 공터로 향했다. 버클리의 옷과 신발을 빌린 덕에 그나마 덜 초라한 모습이었다. 버클리는 땅딸막하지만 어깨가 떡 벌어진 체격이라 그의 외투는 크긴 해도 로렌스가 입기에 괴상할 정도는 아니었다. 장화 안쪽에도 짚을 약간 넣었더니 그럭저럭 신을 만했다. 겉모습을 가다듬었음에도 로렌스에 대한 여느 공군들의 대우는 달라지지 않았다. 로렌스는 십여 마리의 우편배달 용들이 전갈과 명령서를 전하기 위해 모여 있는 공터로 들어섰다. 로렌스가 자기소개를 하자 우편배달 용들을 총괄하는 지휘관이 "저기서 기다리세요"라면서 그를 공터 바깥에 세워두었다. 그리 멀지 않은 곳에서 그 지휘관이 장교들과 얘기하는 모습이 보였다. 그들 중 로렌스를 태우고 펜이팬으로 가고자 하는 이는 아무도 없었다. 그가 기다리는 동안 전갈 네 통이 들어와 우편배달 용 네 마리가 공터를 출발했다. 한 시간쯤 후 해군본부에서 새로운 명령서를 갖고 온 윈체스터 한 마리가 공터에 착륙했고, 그제야 우편배달 용 지휘관이 로렌스에게 다가와 말했다.

"됐습니다. 비행사와 용을 확보했습니다."

로렌스가 다가가자 그 윈체스터의 비행사가 군모에 손을 대고 경례했다.

"좋은 아침입니다, 대령님."

전에 로렌스 밑에서 지상요원 지휘관으로 있던 홀린이었다. 홀린은 윈체스터 용을 돌아보며 말을 이었다.

"엘시, 대령님께 다리를 내드려. 그쪽에 끈이 있으니 잡고 올라오시면 됩니다, 대령님."

로렌스는 한결같은 홀린의 태도에 고마움을 느끼며 엘시의 등에 올라탔다.

"고맙네, 홀린. 펜이팬으로 데려다주게."

"알겠습니다, 대령님. 그리로 가는 길은 잘 알고 있습니다. 출발하기 전에 뭐 좀 먹을래, 엘시?"

엘시는 물통에 박은 머리를 들고 물을 뚝뚝 떨어뜨리며 대답했다.

"아니. 펜이팬에 가면 맛있는 소를 먹을 수 있는데 뭐. 거기 가서 먹을래."

비행 중에 그들은 별로 대화를 나누지 않았다. 윈체스터 품종의 용은 덩치가 워낙 작고 빨라서 용을 탄 게 아니라 마치 혼자 힘으로 날아가는 듯한 착각이 들 정도였다. 강한 바람이 카라비너 끈의 한계를 끊임없이 시험했다. 물집이 잡힌 로렌스의 두 손은 가죽 안장을 잡고 있는 동안 점점 더 아려왔다. 그들은 갈색 풀줄기와 눈으로 덮인 뿌연 들판을 뒤로하고 빠른 속도로 날아갔다. 고도가 높아 산소가 희박했다. 차가운 공기가 로렌스의 얼굴을 스치며 피부를 갈라 터지게 만들었고, 습기가 외투 목깃 안쪽으로 스며들어 닳아빠진 셔츠 안의 피부가 얼얼했다. 하지만 로렌스는 아무래도 상관없었다. 그저 조금이라도 더 빨리 날아가기만 바랄 뿐이었다. 펜이팬과 거리가 좁혀지면서 마음이 자꾸 급해졌다.

저 앞 언덕에 굿리치 성이 모습을 드러냈다. 홀린은 그 성 옆으로 지나가며 '명령서를 갖고 이동 중인 우편배달 용'이라는 뜻의 신호용 깃발을 펼쳐 들었다. 성에서 알았다는 뜻으로 신호포를 쏘았고 그 소리는 이내 저만치 멀어졌다.

펜이팬 산맥이 조금씩 가까워졌다. 해가 질 무렵 엘시는 마지막 가파른 산등성이를 넘어 사육장의 먹이 먹는 곳으로 향했다. 그곳의 넓고 단단한 땅은 가축의 피로 시커멓게 얼룩져 있었고 주변 절벽마다 용의 동굴들이 뚫려 있었다. 마침내 엘시가 바닥에 내려섰다. 가축우리는 텅 비었고 문이 활짝 열려 있었다. 횃불은커녕 아무 소리도 들리지 않았다. 용은 한 마리도 없었다.

4

 밤사이 동굴 입구 위쪽에는 고드름 여러 개가 빛나는 이빨처럼 길게 자라났다. 해가 뜬 지금 그것들은 리듬감 없이 불규칙적으로 또닥또닥 소리를 내며 바닥의 돌로 떨어지고 있었다. 테메레르는 이따금 눈을 뜨고 고드름의 길이가 짧아지는 모습을 멍하니 바라보다가 눈을 감고 고개를 푹 숙였다. 이제 테메레르에게 이 동굴을 비워달라고 요구하거나 방해하는 용은 없었다.
 발톱으로 돌바닥을 긁는 소리에 테메레르는 고개를 들었다. 작은 용 한 마리가 동굴 입구에 내려서는 참이었다. 그 용의 등에서 바닥으로 미끄러져 내려온 로이드는 흙이 잔뜩 묻은 장홧발로 깨끗한 돌바닥을 더럽히며 터벅터벅 걸어 들어왔.
 "어허, 이봐. 왜 그렇게 꿀꿀한 표정이냐? 아리따운 암컷이 널 기다리는데. 맛있고 기름기 많은 어린 수소 한 마리를 먹으면 기운이 불끈 솟아오를 거다."
 지금까지 테메레르는 로렌스를 해치려 한 자를 제외하고 인간을 죽이고 싶다는 충동이 든 적 없었다. 전투야 물론 흥분되는 일이므로 좋아했지만 순전히 화가 난다는 이유로 살인을 생각해본 적은 없었다. 그런데 로렌스의 죽음을 알게 된 지금, 로이드가 저렇듯 얄밉게 말하고 있으니 정말이지 죽이고만 싶었다.

"닥쳐."

테메레르가 말했으나 로이드는 계속 주절거렸다.

"오늘 밤 널 위해 특별히 준비한 먹이인데……."

테메레르는 목을 길게 빼고 로이드를 똑바로 내려다보며 나지막하게 말했다.

"내 비행사가 죽었단 말이다."

그제야 말귀를 알아들었는지 로이드는 낯빛이 창백해지며 입을 다물었고 그 자리에서 꼼짝하지 않았다. 테메레르는 그를 가만히 노려보았다. 김이 샜다. 로이드가 열 받게 만드는 소릴 한마디만 더 했다면, 늘 하던 기분 나쁜 짓거리를 한 번만 더 했어도……. 하지만 로렌스는 그가 로이드를 해치는 것을 원치 않았을 것이다. 절대로 원치 않았을 것이다. 테메레르는 쉭쉭거리며 길게 숨을 내뱉고는 머리를 뒤로 빼고 도로 웅크리고 앉았다. 긴장이 다소 풀린 로이드가 자신 없는 목소리로 입을 열었다.

"이봐, 뭔가 착오가 있었겠지. 그런 소식은 전혀 듣지 못했어. 네 비행사가 죽었으면 내 귀에 벌써 말이 들어왔을걸."

다시 화가 치밀었으나 조금 전과는 달리 그 낯설고 날카로운 감정은 이내 무디어지고 피로가 밀려왔다. 로이드가 어서 꺼져주길 바랄 뿐이었다.

테메레르는 쓸쓸해하며 말했다.

"내 비행사가 타이번의 사형집행장에서 교수형을 당했다 해도 당신은 나한테 그가 살아 있다고 말했겠지. 그래야 내가 당신 지시에 따라 먹이를 먹고 교미도 할 테니까. 이제 그만두겠어. 지금까진 로렌스를 죽게 하지 않으려고 모든 걸 참아왔지만 더는 못 참아. 내가 먹고 싶을 때 먹고 내키지 않으면 먹지 않겠어. 내가 원하는 상대가 아니면 교미도 하지 않을 거야."

테메레르는 로이드를 태우고 온 작은 용에게 말했다.

"이자를 데리고 가줄래? 내게 미리 묻지 않고서는 이자를 여기 데려오지 말라고 다른 용들에게도 전해줘."

작은 용은 불안한 표정으로 고개를 끄덕이고는 깜짝 놀라 반항하는 로이드를 움켜쥐고 날아갔다. 테메레르는 똑…… 똑…… 똑…… 떨어지는 고드름의 물소리를 벗 삼아 눈을 감고 몸을 웅크렸다.

몇 시간 뒤 페르사이티아와 몬시가 일부러 태평하게 굴면서 테메레르의 동굴 앞에 내려섰다. 그들은 갓 도살한 소 두 마리를 들고 동굴 안으로 들어와 테메레르 앞에 내밀었다. 테메레르가 날카롭게 내뱉었다.

"배 안 고파."

"아, 너한테 갖다줄 거라고 했더니 로이드가 주더라고. 남은 건 우리 먹으랬어. 여기서 먹어도 괜찮지?"

몬시는 명랑하게 말하며 첫 번째 소를 쭉 잡아 찢었다. 뜨끈하고 축축한 피 냄새에 식욕이 동한 테메레르는 본능적으로 꼬리를 움찔했다. 페르사이티아가 두 번째 소를 발톱으로 쿡 찌르는 순간, 테메레르는 저도 모르게 그 소를 잡아 물었다. 몇 번 씹어 꿀떡 삼킨 뒤에는 몬시와 페르사이티아가 먹다 남긴 첫 번째 소도 가져다 먹었다.

그러고는 먹이 먹는 곳으로 내려가 세 번째, 네 번째 소까지 연이어 먹어치웠다. 먹는 동안에는 아무 생각도 느낌도 들지 않았다. 먹이 먹는 곳 가장자리에 모여 선 작은 용 몇 마리가 걱정스러운 눈빛으로 테메레르를 바라보았다. 테메레르가 소를 더 먹으려고 주변을 둘러보자 작은 용 두 마리가 날아올라 소 한 마리를 앞으로 몰아왔다. 아무도 테메레르에게 말을 걸지 않았다. 배를 채운 테메레르는 강을 따라 지칠 때까지 날다가 아무도 없는 곳에 착륙해 물을 마셨다. 진눈깨비 내리는 날씨에 고된 장거리 비행이라도 한 것처럼 관절 마디마디가 쿡쿡 쑤셨다.

혼자서 최대한 깨끗하게 몸을 씻은 뒤 테메레르는 동굴로 돌아와 생각에 잠겼다. 페르사이티아가 흥미로운 수학 문제를 갖고 찾아왔지만 테메레르의 관심은 다른 곳에 있었다.
"아니, 지금은 수학 얘길 하고 싶지 않아. 몬시를 찾게 도와줘. 전쟁이 어떻게 진행되는지 알아야겠어."
테메레르는 페르사이티아의 안내로 몬시가 있는 곳을 찾아 날아갔다. 몬시는 다른 윈체스터 용들 및 몸집이 작은 야생용들과 산중턱의 초원에서 게임을 하며 놀고 있었다. 나뭇가지들을 바닥에 던져놓은 뒤 하나도 떨어뜨리지 않고 제일 많이 줍는 용이 이기는 게임이었다.
테메레르의 갑작스러운 방문에 몬시는 깜짝 놀란 표정이었다.
"글쎄, 나도 잘 모르는데. 여기까지 쳐들어오진 않을 테니 우리랑 관계없잖아. 프랑스 용들이랑 그 비행사들은 모두 스코틀랜드 쪽으로 올라가고 있을걸. 이 근처에선 전투를 하지 않을 거야."

테메레르가 말했다.

"우리랑 관계있어. 여긴 우리 영토인데 프랑스가 그걸 탈취하려 하잖아. 네 동굴을 빼앗으려는 것과 마찬가지, 아니 그 이상이라고 할 수 있어. 그들은 동굴뿐만 아니라 우리가 가진 모든 걸 빼앗을 테니까."

다른 작은 용들은 테메레르의 말에 관심을 보이며 나뭇가지를 바닥에 내려놓고 가까이 다가왔다.

몬시가 물었다.

"그래서 어떻게 하자는 건데?"

공군 소속의 우편배달 용들이 하늘을 사방으로 가로지르며 빠르게 날고 있었다. 그날 오후가 다 가기 전에 몬시를 비롯한 윈체스터 용들은 테메레르가 듣고자 하는 소식을 잔뜩 갖고 돌아왔다. 그들이 보고한 숫자는 조금씩 차이가 났지만 그건 별로 중요하지 않았다. 핵심은 나폴레옹이 이끄는 엄청난 규모의 군대가 영국에 상륙하여 런던 부근에 집결해 있다는 것, 프랑스 군을 이 땅에서 몰아낼 만한 대규모 전투가 아직 시작되지 않았다는 것이었다.

"나폴레옹의 군대가 해안에 쫙 깔렸대. 친구들 말로는 프랑스의 다부 원수가 런던 남쪽 켄트 지역으로 쳐들어갔고 르페브르 원수는 이쪽 지역을 따라 이동 중이래."

몬시는 말을 마치며 흙바닥에 대충 그린 지도에서 런던 서쪽의 시골 지역과 웨일스 부근을 가리켰다.

테메레르가 말했다.

"아, 르페브르는 나도 아는 자야. 예전에 단치히를 포위 공격했었어. 리엔이 와서 군을 지휘하기 전까지 우릴 단치히 밖으로 끌어낼

만큼 세찬 공격을 하지 못한 걸 보면 그리 똑똑한 자는 아닌 것 같아. 영국 육군은 어디쯤에 있어?"

그 질문에는 민노우가 대답했다.

"모두 런던 근처로 후퇴했어. 앞으로 이 주일 내에 그쪽에서 대규모 전투가 있을 거라던데."

"그럼 더더욱 한시도 지체할 수 없겠군."

그들은 위원회 소집을 요청했고 모두 신속히 공터에 모여들었다. 큰 용들은 지난번 모임 때보다 테메레르를 상당히 존중해주는 분위기였다. 발리스타가 테메레르에게 말했다.

"비행사를 잃었으니 자네가 지금 그렇게 분노하는 것도 무리는 아니야. 그래서 말인데 영국 정부 측에 다른 비행사를 받아들이겠다고 말하고······."

"아뇨."

테메레르는 몸 전체가 부르르 떨릴 정도의 공명을 내며 대답했다. 순식간에 전부 입을 다물었다. 테메레르는 잠시 다른 곳으로 시선을 돌렸다가 말을 이었다.

"잘 알지도 못하는 다른 비행사를 받아들일 생각 없습니다. 내가 로이드의 소도 아니고 굳이 비행사를 태우고 다닐 이유가 없어요. 나는 주체적으로 싸울 능력이 있으니까요. 그 점은 여러분도 마찬가지입니다."

레퀴에스캇이 말했다.

"뭘 위해 싸운다는 건데? 프랑스가 이겨도 그들은 우릴 귀찮게 하지 않을걸. 달라지는 건 영국인이 아니라 프랑스 인이 우리 알을 가져가 보살핀다는 것뿐이야."

용들은 웅성거리며 옳소, 맞소, 하며 맞장구를 쳤다.

몬시도 푸념조로 거들었다.

"지금까지 테메레르 너는 영국 해군본부가 얼마나 부당한 짓을 했는지 계속 얘기했잖아. 그들이 우리에게 자유를 주지 않는다고 불평했으면서 왜 그들을 돕겠다는 거야?"

"해군본부나 영국 정부를 돕자는 게 아니야. 이 나라는 영국인의 것이기도 하지만 우리 영토이기도 해. 우리 모두의 것이라고. 나폴레옹이 이 나라를 빼앗으려 하는데 우리가 사육장에 퍼질러 앉아 소나 축내면 나중에 불평을 할 자격도 없어."

레퀴에스캇이 반박했다.

"불평할 게 뭐가 있지? 우린 원하는 걸 모두 갖고 있는데."

테메레르는 경멸조로 대답했다.

"그럼 댁은 축축하고 기분 나쁜 남의 동굴이나 뺏으면서 그렇게 사세요. 겨울에도 습기랑 추위를 피할 수 있는 용 누각에서 잠잘 생각 같은 건 해보지도 않았을 테니까. 더 나은 걸 본 적이 없기 때문에 갖고 싶은 걸 다 갖고 산다고 착각하는 줄도 모르고. 그런 식이니 사육장이나 공군 기지에 평생 매여 사는 것이죠."

테메레르는 다른 용들에게 중국의 용 누각과 아프리카에 있는 용의 도시에 관해 좀더 자세히 설명한 다음 덧붙였다.

"유티엔에는 상업에 종사하는 용들도 있습니다. 그런 용들은 보석을 몇 무더기씩 쌓아두고 살아요. 로렌스는 그게 주석이랑 유리일 뿐이라고 했지만 그래도 엄청 예쁘더라고요. 그리고 아프리카 용들은 금을 아주 많이 갖고 있어서 자기네 승무원 전부를 치장해주고도 남을 정도예요."

그 말에 약간이라도 부러움의 한숨을 내쉬지 않는 용은 없었다. 작은 보물이라도 소유한 일부 용들은 자기 것을 새삼 내려다보았고 나머지 용들은 그 보물을 탐내며 바라보았다.

"내가 듣기엔 어째 다 번지르르한 허풍 같은데."

레퀴에스캇의 말에 테메레르는 아무렇지 않게 응수했다.

"그럼 댁은 여기 남아서 내 동굴이나 차지하든지요. 내 동굴은 용 누각에 비하면 발끝에도 못 미치지만 말이에요. 어쨌든 우리가 나폴레옹을 물리치고 전리품을 차지했을 때 댁의 몫은 없습니다. 몬시가 댁보다 금을 더 많이 소유하게 될 거예요."

젠티우스가 별안간 몸을 일으키며 말했다.

"전리품이라! 나도 전에 전리품 획득에 일조한 적 있어. 그 일로 내 비행사는 전리품의 14분의 1을 받았고, 그걸로 초상화를 그리게 해서 금테 액자에 넣어 내게 주었지."

모두 젠티우스의 액자에 대해 잘 아는 터라 그제야 고개를 끄덕이고 웅성거리며 수긍하는 분위기였다. 본 적도 없는 나라의 보석 얘기보다 훨씬 효과적이었다.

발리스타는 한결 부드럽게 꼬리로 땅을 내리치며 말했다.

"자, 자, 모두 조용히 해주세요. 우리들 중 프랑스 측이 승리해 이 땅을 차지하길 바라는 용은 없으리라 생각합니다. 공군에 복무한 용이라면 한번쯤은 프랑스 군과 싸워본 적 있을 겁니다. 문제는 안장을 착용하지도 않고 비행사를 태우지도 않은 우릴 영국군이 원하지 않는다는 거죠. 무작정 전장을 어슬렁거릴 수는 없어요. 그랬다간 적들에게 포위당해 포탄 공격을 받을 테니까. 우리 같은 대형 용들에게도 포탄은 상당히 위협적이에요."

테메레르가 말했다.

"아무 때나 나가서 각개로 생각 없이 싸운다면 그런 꼴을 당하겠죠. 그렇다 해서 우리가 굳이 비행사를 태울 이유는 없다고 봅니다. 안장을 차지도 공군을 등에 태우지도 않으면 적들이 우리 몸에 올라탈 수 없으니 유리한 입장이 됩니다. 우리 나름의 군대를 조직하고 우리만의 전술을 짜보자는 게 제 생각입니다. 혼자 힘으로 날지도 못하는 인간들이 우리에게 물어보지도 않고 멋대로 만들어낸 허접한 전술 말고요. 우린 당연히 그들보다 나은 전술을 짤 수 있을 겁니다."

"흐음."

발리스타는 망설이는 투였으나 대부분의 용은 설득력 있는 주장이라며 찬성하는 분위기였다.

레퀴에스캇이 말했다.

"글쎄. 나름 훌륭한 생각이긴 하지만 현실적이지 않아. 전투에 나가 보물을 얻는 건 좋은데 우리 점심은 날마다 어떻게 조달하지?"

다음 날 아침, 식사 시간에 맞춰 사육장의 용들은 한꺼번에 먹이 먹는 곳에 착륙했다. 우리 안에 풀어둔 소들이 큰 소리로 울며 식욕을 자극했고 향긋한 풀 냄새가 입맛을 돋웠다. 그러나 테메레르와 행동을 같이하기로 한 용들은 이리 뛰고 저리 뛰는 소들을 향해 주둥이를 내밀지 않았다. 당황한 가축 담당자들은 소 떼를 용들 앞으로 몰아왔고 눈치를 살피다가 로이드를 돌아보았다.

로이드는 곤혹스러운 표정으로 용들 사이를 오가며 달래기 시작했다.

"자, 어서들 와서 먹어."

거의 애원하는 투였다. 테메레르는 로이드가 가까이 오길 기다렸다가 머리를 숙이며 물었다.

"로이드, 소들은 어디서 가져와?"

로이드는 힘이 쭉 빠진 표정으로 테메레르를 올려다보며 하던 말을 계속했다.

"이봐, 어서 와서 이 소를 먹어보라니까."

말투 때문에 명령이라기보다는 '먹어주지 않겠니?'라는 애원처럼 들렸다.

테메레르가 반발했다.

"날 '이봐'라고 부르지 마. 내 이름은 테메레르니까 앞으론 이름을 확실히 부르든가 끝에 '씨'를 붙이든가 해. 남에게 공손하게 말을 걸려면 그렇게 해야지."

"어, 아."

로이드는 제대로 알아들은 표정이 아니었다.

테메레르가 다시 물었다.

"프랑스 군이 쳐들어왔단 소식은 들었겠지?"

로이드는 안심시키려는 투로 대답했다.

"아! 아무것도 걱정할 필요 없어. 그들은 이 근처엔 오지 않을 테니까. 소를 빼앗길 염려 따윈 없어. 앞으로도 매일 소 떼를 몰고 올 테니 실컷 먹어. 소를 아껴둘 필요는 전혀 없다고. 이봐……."

테메레르는 머리를 들고 조그맣게 고함을 질러 로이드가 입을 다물게 만들었다. 그 진동으로 먹이 먹는 곳 저 끝에 있는 산비탈에서 눈덩어리들이 무너져 내렸다. 많은 양은 아니었고 두께 30센티미터 가량의 눈이 땅바닥에 깔리며 테메레르의 발톱에 흩뿌려졌다.

테메레르는 머리를 낮춰 로이드를 한 눈으로 노려보며 경고했다.

"씨를 붙이라니까."

그러자 로이드는 조그맣게 말했다.

"테메레르 씨."

만족한 테메레르는 바닥에 궁둥이를 대고 앉아 설명을 시작했다.

"우린 여길 뜰 거니까 소 떼를 매일 여기로 몰아올 거란 말은 할 필요 없어. 우리 모두 나폴레옹을 물리치러 갈 거야. 가는 길에 먹어야 하니 소 떼를 가져갈 것이고."

로이드는 얼른 이해가 안 되는 모양이었다. 용들이 모두 사육장을 떠나 돌아올 생각이 없다는 것을 로이드에게 확실히 이해시키는 데 거의 한 시간이나 걸렸다. 로이드는 얼굴이 굳어지면서 그러지 말아 달라고 울부짖기 시작했다. 갑작스러운 태도 변화에 테메레르는 놀라고 당황스러웠다. 로이드는 몸집이 너무나도 작은데, 그런 그의 청을 끝까지 거절하는 것은 마치 약자를 괴롭히는 듯 여겨졌다.

그러나 테메레르는 마음을 굳게 먹었다.

"그만 해. 로이드, 우린 당신을 해칠 생각도 없고 당신의 음식이나 재산을 뺏고 싶지도 않아. 그러니 당신도 이런 식으로 우릴 붙잡고 늘어질 권리는 없어. 우린 여기 머물고 싶지 않을 뿐이야."

로이드는 눈물이 그렁그렁한 채로 말했다.

"어떻게 그런 식으로 말하냐? 너희가 여길 떠나면 난 일자리를 잃어. 그뿐인 줄 알아? 여긴 내 인생이 걸려 있어. 너희가 사육장을 나가 멋대로 돌아다니며 농부들의 가축을 약탈하면……."

"우린 약탈할 생각 없어. 그래서 아까 소들을 어디서 가져오느냐고 물은 거잖아. 정부에서 우리에게 공급하는 거니까 그 소들은 어차피 우리 거잖아. 그러니 그 소를 들고 다른 데 가서 먹어도 상관없다고 보는데."

로이드는 그의 부하들을 돌아보며 말했다.

"소 공급처는 도처에 깔려 있어. 매주 가축 상인들이 가축 떼를 몰고 오는데 매번 다른 농장에서 가져와. 공급처가 하나가 아니라 웨일스 전역에 걸쳐 있단 말이다."

"아."

테메레르는 머리를 긁적였다. 산맥 너머 어딘가에 굉장히 큰 규모의 가축우리가 있고 그곳에서 소 떼를 꺼내 이리로 가져오는 것이리라 추측한 것이다.

잠시 후 결심이 선 테메레르가 다시 입을 열었다. 좋은 생각이 떠올랐다.

"당신들이 우릴 좀 도와줘야겠어. 소를 공급하는 농장에 가서 소 떼를 몰고 나와 우리가 가는 길을 따라와. 그럼 아무도 당신들을 책망하거나 일자리를 빼앗지 못할 거야. 우리 뒤를 따라오면 우릴 놓아준 게 아닌 셈이니까."

그러나 가축 담당자들은 테메레르가 내놓은 방안을 곧장 납득하지 못하고 항의하기 시작했다. 그들 중 몇몇은 돌봐야 할 가족이 있다고 했다. 어쨌든 전장에 나가고 싶어하는 자는 아무도 없었.

테메레르가 말했다.

"말도 안 되는 소리. 우리와 마찬가지로 당신들도 프랑스 군과 싸워야 할 의무가 있잖아. 당신네 정부가 이 나라를 꾸려가고 있으니까. 전투에 필요하다면 정부에서 당신들을 강제 징집이라도 할 거야. 전에 바다에서 강제 징집된 군인들을 봤는데 억지로 끌려나온 자들이라 그런지 별로 보기 좋지 않더군. 그럴 바엔 자발적으로 나가는 편이 낫지."

테메레르는 가축 담당자들이 왜 전장에 나가고 싶어하지 않는지 이해되지 않았다. 어딜 가더라도 이 사육장만큼 갑갑하고 기분 나쁜 곳도 없을 텐데. 여기서 빈둥거리는 것보다는 전투를 하는 편이 훨씬 낫지 않은가.

"나폴레옹이 이 나라를 전부 차지하면 당신네한테도 좋을 게 없어. 그렇지 않더라도 용 한 마리 없는 사육장에 멍청히 남아 있는 걸 알면 정부에선 더 이상 당신들한테 급료를 주지 않겠지. 하지만 우릴 따라온다면 전투에서 획득한 전리품을 나눠 받을 수 있어."

'전리품'이라는 단어는 용들뿐만 아니라 사람들에게도 마법적인 위력을 발휘했다. 한옆에 모여 논의를 한 가축 담당자들은 어떻게 처신해야 자기네에게 이익이 되는지 확신이 서는 분위기였다. 사육장에 끝까지 남아 있으면 분명 나중에 정부에게 책임 추궁을 당하겠지만 용들을 따라가면 용을 지키는 의무를 다하지 않았다는 비난만은 피할 수 있을 것이었다. 적어도 여길 떠나 있으면 정부 측 인사들도 자기네를 어쩌진 못할 터였다.

마침내 로이드는 논의한 결과를 내놓았다.

"다음 주까지 준비할게. 그러니 일단은 소를 먹고 좀 자두는 게……."

"우린 지금 떠날 거다."

말허리를 자르며 몸을 일으킨 테메레르는 큰 소리로 지시했다.

"선발대 이륙! 먼저 아침거릴 들고 출발하도록!"

사육장 생활을 시작한 이래 처음으로 먹이를 제일 먼저 먹게 된 몬시와 작은 용들은 신나게 날아올라 소 떼를 덮쳤다. 약간 정신 사나운 면이 없지 않지만 소를 먹으며 비행하면 그만큼 시간을 아낄 수 있었다. 민노우는 소머리를 뜯어 먹고 날개 끝을 흔들며 외쳤다.

"자, 어서들 가자!"

민노우를 비롯한 우편배달 체급의 용들은 미리 계획한 항로를 따라 폭풍처럼 빠르게 북동쪽으로 날아갔다.

작은 용들의 모습을 바라보던 레퀴에스캇이 푸념조로 물었다.

"이제 먹어도 되는 건가?"

테메레르가 대답했다.

"예, 모두 식사하세요. 반만 먹고 나머지 반은 비행하면서 먹어야 합니다. 안 그러면 비행 중에 배가 고파져서 속도가 떨어질 테니까요. 로이드, 우린 애버게이브니 쪽으로 갈 거야. 어딘지 알지?"

"내일까지 그리로 소 떼를 몰고 가는 건 무리라니까."

하지만 테메레르는 불평을 듣는 데 진력이 난 상태였다.

"어쨌든 최대한 빨리 몰아서 우리와 간격을 좁혀. 그동안 우리는 그럭저럭 버텨볼 테니까. 나폴레옹의 군대가 이동하는 모습을 본 적 있어. 아마 그들은 일주일 내에 런던으로 쳐들어갈 거야. 그러니 우리도 일주일 내에 런던에 도착해야 해."

"여기서 런던까지는 이백사십 킬로미터가 넘어."

"그러니 더더욱 빠르게 이동해야지."

말을 마친 테메레르는 땅을 박차고 날아올랐다.

5

 로렌스는 텅 빈 사육장에 망연자실하게 서서 여러 차례 테메레르의 이름을 불러보았다. 그러나 절벽에 부딪쳤다가 돌아오는 메아리만 울려 퍼질 뿐이었다. 붉은색을 띤 작은 다람쥐 한 마리가 그 소리에 잠시 멈춰 서서 로렌스를 빤히 쳐다보다가 이내 가던 길을 갔다. 잠시 후, 주변을 둘러보러 간 엘시가 로렌스 뒤에 착륙했다. 홀린이 말했다.
 "날개 끄트머리 하나 보이지 않네요. 거처는 찾은 것 같습니다……."

 엘시는 홀린과 로렌스를 태우고 산중턱 깊숙한 곳의 어느 동굴로 데려갔다. 날이 어두워지고 있어서 로렌스는 동굴 바로 옆의 바위에 손가락을 대고 그곳에 새겨진 문자를 만져보았다. 테메레르의 이름이었다. 테메레르가 여기 있었다는 것, 이런 표식을 남길 정도로 상태가 양호했다는 것만을 짐작할 수 있었다. 그들은 횃불 하나를 만들어 들고 동굴 안을 살펴보았다. 안쪽은 지나칠 정도로 깨끗해서 테메레르가 더는 여기 거주하지 않는다는 것을 확실히 알 수 있었다. 가축 뼈다귀나 찌꺼기조차 없었다.

프랑스 군이 영국에 상륙한 지 이틀째니 가축 담당자들이 직무를 팽개치고 여길 떠나버렸는지도 모를 일이었다. 정기적인 소 공급이 끊기자 남은 먹이를 모두 소진한 용들은 주린 배를 채우기 위해 사육장을 떠나 사방으로 날아갔을 수도 있었다.

홀린이 위로의 말을 건넸다.

"테메레르는 영리한 녀석이니 미리 걱정할 필요는 없을 겁니다. 그리고 용들이 여길 떠난 게 그리 오래되진 않은 듯합니다. 가축우리 근처에 흩어진 소뼈의 상태를 보니까 오늘 아침에 먹은 것 같더라고요."

로렌스는 고개를 저으며 나지막하게 말했다.

"미련하게 마지막까지 여기 남아 있진 않았어야 할 텐데. 그 많은 용이 사육장을 떠났으니 아마 일단은 주변 지역의 농장을 털었을 거야. 테메레르는 덩치가 커서 작은 용보다 먹이를 많이 먹어야 하는데."

그러자 엘시가 초조해하며 말했다.

"나도 작은 용이지만 뭔가 먹긴 해야겠어요. 그런데 여긴 먹을 게 하나도 없어요."

그들은 사육장에서 제일 가까운 곳에 있는 '레크리드'라는 마을로 갔다. 그리고 그곳에 사는 키 작은 노파에게 양 한 마리를 사서 엘시에게 주었다. 노파는 이 마을이 사육장 용들에게 털리지 않은 건 순전히 운이 좋아서라고 말했다. 엘시가 외양간 뒤에서 차분하게 양을 잡아먹는 동안 노파는 로렌스에게 말했다.

"오늘 아침에 용들이 전부 동쪽으로 날아갔다우. 까마귀 떼라도 지나가는 것처럼 삼십 분간 하늘이 온통 새까맸다니까. 꼭 우리 마을을 덮치려는 줄만 알았지 뭐유. 아주 무시무시했어."

낙담한 로렌스는 돌아서며 말했다.

"홀린, 자네가 어떤 명령을 받았는지 모르겠지만 아무래도 여기서 정확한 정보를 얻기는 어려울 것 같네. 테메레르가 먹이를 찾아 날아간 거라면 어디로 갔는지 알아내긴 어려울 거야."

"흠. 저는 대령님과 함께 테메레르를 데려오라는 명령을 받았습니다. 아직 다른 명령은 받은 바 없고요. 그러니 내일 더 찾아보는 게 좋겠습니다. 테메레르의 몸통 색깔이 그리 흔한 색도 아니니 찾을 수 있을 겁니다."

수십 마리씩 무리 지어 시골 지역을 가로지르는 용들 사이에서 테메레르를 목격한 사람을 찾기란 쉽지 않을 터였다. 그 부근을 돌아다니며 물어보니 무시무시한 용들을 목격했다는 사람은 한둘이 아니었다. 하지만 어떤 이유로 용들이 사육장을 나와 돌아다니는지 아는 이는 없었다. 특히 몸통이 검고 얼굴 주변에 막이 있는 용을 보았냐는 물음에는 아무도 긍정적인 답변을 해주지 않았다.

그들은 엘시를 타고 50킬로미터쯤 더 날아가 그곳 마을 사람들에게 물어보았다. 그중 용감하다 못해 호전적이기까지 한 농부가 말하기를, 자기는 용들이 찾아왔을 때 지하실에 숨어 있지 않았다고 했다. 거대한 용이 그의 소 네 마리를 먹어치운 뒤 전쟁에 필요한 물자 징발이라며 나중에 정부에서 소 값을 계산해줄 거라 했다는 것이다. 그 용이 비용 상환을 위해 떡갈나무에 표시를 해주었다는 말에 로렌스는 혹시나 테메레르가 아닐까 하는 희망을 품었다. 그러나 나무껍질에 새겨진 것은 중국 글자가 아니라 서툰 'X' 표시였고 그 밑에 발톱 네 개로 할퀸 자국이 나 있었다. 창턱에서 그들을 내려다보던 그 집 맏아들이 말했다.

"마치 불처럼 빨강과 노랑이 섞인 색깔의 용이었어요."

곧 소년은 어머니의 손에 잡혀 창 안쪽으로 끌려 들어갔다.

근처 만머스셔 지역의 대저택에 들러 물어보니 그 집 상급 하녀는 불안한 표정으로 답을 해주었다. 용 열 마리가 그 집 사유지의 호숫가에 내려와 물을 마시고 사슴을 잡아먹은 뒤 호숫가에 열 개의 깔끔한 X 표시를 남겨놓았다는 것이다.

"그것들 몸통 색이 검정이었는지 빨강이었는지, 초록색이나 노란색 점이 있었는지 없었는지는 기억도 안 나요. 내 밑의 하녀들 절반이 기절하고 나도 숨 쉬기조차 힘들 정도로 놀랐거든요. 그런데 그것들 중 한 마리가 저택 쪽으로 다가오더니 문 안을 들여다보며 커튼이 있냐고 물어보더라고요. 빨간 커튼요. 우린 무도회실에 걸린 커튼을 모두 떼어다가 문밖으로 던져버렸죠. 용들은 그 커튼을 집어 들고 날아갔어요."

커튼이라니, 로렌스는 당황스러웠다. 용들이 은 접시를 요구했다면 차라리 이해할 수 있었다. 어쨌든 사육장의 용들은 떼로 이동 중인 듯했다. 징발할 때 정중하게 양해를 구하는 것을 보면 그들 중에 테메레르가 끼어 있거나 적어도 테메레르의 영향을 받은 것 같았다. 중국에 있을 때 본 것과 유사한 행동이었기 때문이다. 중국 용들은 상인이나 목동에게 물건을 산 뒤 추후 지불 조건으로 널빤지에 서명을 했다.

다음 날 로렌스와 홀린은 X 표시가 된 널빤지 여러 개를 갖고 있는 어떤 농부를 만났다. 농부는 의외로 그리 속상한 표정이 아니었다. 어제 용들이 와서 자기 소 네 마리를 먹어치웠는데 오늘 아침 어떤 남자들이 소 떼를 몰고 지나가면서 그에게 네 마리를 보상으로 내주었다고 했다. 이 말을 하며 농부는 들판에 서 있는 잘생긴 식용우 네 마리를 가리켰다. 솔직히 그 소들은 원래 농부가 소유하고 있던 수척하게 마른 소들보다 훨씬 품질이 좋았다.

만머스셔 지역의 '펜이클로드'라는 곳에서 그들은 용 일곱 마리를 목격했다는 이를 찾았다. 랜도고 강 근처에 용 네 마리가 착륙하는 모습을 보았다는 이도 있었는데, 그자의 말로는 그중 한 마리가 검정색이었다고…… 검정색이 확실하다고 했다. 어느 여관 휴게실에 들어가 물어보니 열 마리를 보았다는 사람, 스무 마리를 보았다는 사람, 백 마리를 보았다는 사람 등등 입에서 나오는 숫자가 제각각이라 도저히 믿음이 가지 않았다. 로렌스와 홀린은 그곳을 뒤로하고 엘시와 함께 날아올랐다. 그 뒤 엘시는 몇 킬로미터 더 날다가 풀이 마구 잡아 뜯긴 목초지에 로렌스와 홀린을 내려놓았다. 물가에서 한참 아래쪽인 목초지에는 깔끔하게 파낸 구멍이 있었다. 용들이 대변 처리를 위해 만든 것이었는데 그 안에 담긴 변은 냄새가 채 가시지 않은 상태였다. 적어도 용 몇 마리가 이곳에 머물렀다는 것을 짐작할 수 있었다.

홀린이 로렌스의 기운을 북돋워주려 말했다.

"점점 용들에게 가까워지는 것 같은데요."

그러나 다음 날, 그들은 엘시를 타고 몇 시간이나 크게 원을 그리면서 사람들에게 묻고 또 물었지만 그곳 사람들은 용을 본 적 없다고 했다. 용들이 한꺼번에 공기 중으로 사라져버린 것만 같았다.

테메레르는 작전 지시를 내렸다.

"내일이면 프랑스 군 진영에 꽤 가까워질 테니까 오늘부터는 날이 어두워진 뒤에 비행하기로 하죠. 가급적 소리를 내지 말고 날아야 합니다. 불빛이 보이거나 소 냄새가 나는 쪽으로는 날지 말라고 모두에게 전하세요. 우리 냄새를 맡으면 소들이 날뛰고 울부짖으며 소란을 피울 테니까요."

모두 고개를 끄덕였다. 테메레르는 바닥에 대고 있던 궁둥이를 들고 몸을 일으킨 뒤 소 떼를 가둬둔 우리를 살펴보았다. 꿍쑤가 무척 그리웠다. 그의 요리가 특별히 먹고 싶어서가 아니었다. 이제 맛 따윈 상관없었다. 다만 꿍쑤가 여기 있었으면 용 다섯 마리당 소 한 마리씩을 배분해서 소에 쌀과 채소를 섞은 수프를 만들어 주린 배를 채워주리란 생각에서였다.

펜이팬 사육장이 있는 웨일스 지역에서 점점 멀어질수록 상황이 조금씩 꼬이기 시작했다. 로이드는 소 떼를 멀리까지 몰고 가는 것은 비용이 너무 많이 든다고 했다. 그의 말처럼 이동 중에 소들에게 계속 먹이를 대주어야 하고 무엇보다 빠르게 이동시킬 수 없었다. 소들은 병에 걸려 더는 살도 찌지 않고 맛없게 변해가고 있었다. 그런 상황에서 마제스타티스의 제안은 큰 도움이 되었다. 용들이 먼저 농가에서 소를 외상으로 사먹고 뒤따라오는 로이드 일행이 몰고 온 소로 그 값을 치르게 하자는 제안이었다. 그러나 테메레르 일행이 목적지를 향해 가면서 농가에서 소들을 집중적으로 징발한다면 프랑스 군의 귀에 그 소식이 들어갈 우려가 있었다. 그 무렵 프랑스의 르페브르 원수가 지휘하는 군대도 농가에서 소들을 잡아들이느라 여념이 없었다.

몬시가 말했다.

"로이드랑 가축 담당자들이 소 떼를 우리 쪽으로 몰고 오는 건 그리 좋은 생각 같지 않아. 차라리 우리가 왔다갔다하면서 직접 소 떼를 나르는 게 어떨까 싶어."

페르사이티아가 한마디로 일축했다.

"그 방법은 효율적이지 못해. 소 공급을 위해 더 먼 거리를 비행하면 도중에 그만큼 더 많은 먹이를 소비해야 해. 그건 낭비야. 게다가 전투보다는 소를 나르는 데 시간이 더 걸릴 거야."

젠티우스가 수심에 잠긴 표정으로 고개를 저으며 말했다.

"내 세 번째 비행사는 전쟁에서 제일 중요한 게 바로 병참선이라고 했어."

젠티우스는 너무 늙어서 시력이 좋지 않아 더는 비행을 하기 어려웠고 체력도 쉽게 떨어지는 편이었는데도 전투에 합류하겠다고 고집을 부렸다. 노쇠한 용이라 젊은 시절보다 체중이 많이 줄어든 덕분에 다른 헤비급 용의 등에 타고 이동할 수 있었다. 다른 용들 역시 부대 내에 롱윙이 있다는 사실만으로도 안심하는 분위기라 테메레르는 굳이 말리지 않았다.

먹이 공급 문제가 확실히 해결되지 않았으나 비행법 개발은 꽤 진전이 있었다. 테메레르와 페르사이티아는 여러 가지 비행 방법을 고안해 선보였고 발리스타는 대단히 영리한 방식이라며 인정해주었다. 몬시를 비롯한 윈체스터 용들은 아슬아슬할 정도로 적의 진영 가까이까지 접근해서 프랑스 군에 관한 소식을 잔뜩 물어왔다. 테메레르는 좀더 안전하게 적을 염탐하는 방법을 고안해내려 고민 중이었다. 또한 진영을 조직화해서 최대한 공간을 적게 차지하게 만들었는데, 작은 용이 큰 용 위에서 잠을 자는 방법도 그중 하나였다. 그렇게 하면 체온 유지에도 효율적이었다. 그 외에도 첫날 어설프게 야영하다 얻은 경험을 바탕으로 식수를 공급하는 강에서 가급적 멀리 떨어진 곳에 변소 구멍을 파야 한다는 것도 배웠다.

쉽지 않은 여정이었다. 함께 사육장을 나온 용들 중 다섯 마리는 갈증을 견디지 못하고 냄새 나는 물을 마시고는 탈이 났다. 몇 마리는 계속되는 이동이 지겹다며 무리를 떠나버렸는데 그들은 모두 공군에 복무한 적 없는 야생용들이었다. 그러나 그렇게 떠난 야생용 몇 마리는 혼자 힘으로 먹이를 찾기 어렵다는 것을 깨닫고는 무리로 되돌아왔다. 그러자 병참선은 더욱 중요한 문제로 대두되었다.

테메레르가 말했다.

"소 떼에게 아편을 먹이면 그물에 넣고 한꺼번에 이동시킬 수 있습니다. 하지만 더 좋은 생각이 있어요. 아시다시피 프랑스 군도 농가의 소들을 계속 약탈하고 있습니다. 그러니 우리는 이미 확보한 소들은 따로 모아두고, 프랑스 군이 보유한 소를 먼저 빼앗아 먹는 게 어떨까 싶은데요. 그럼 우리 대신 프랑스 군이 새로 소들을 잡아 모으느라 고생하겠죠. 이 방법을 쓰면 우린 적들과 싸우면서 먹이도 확보할 수 있을 겁니다."

괜찮은 전략이라며 모두 동의했다. 사실 테메레르에게 그 전략은 먹이 확보를 위한 방법이라기보다 적과의 싸움을 정당화하기 위한 구실이었다. 그는 미치도록 싸움이 하고 싶었다. 폭력에 대한 충동. 일시적인 것이 아니라 장기적이고 규모가 큰 전투, 폭발적인 전투를 치르고 싶은 갈망이 내면에서 꿈틀거렸다. 그리고 그 갈망을 표출하고 싶어 안달이 났다. 페르사이티아와 몬시는 걱정스러운 눈으로 테메레르를 바라보았다. 가끔 테메레르는 잠이 들려다 말고 갑자기 벌떡 일어났는데, 그럴 때면 다른 용들은 일찌감치 멀찍이 떨어진 곳에 납작 엎드려 그의 눈치를 살폈다.

작전 회의를 마친 뒤, 젠티우스는 테메레르가 근처에 없는 것을 확인하고 입을 열었다.

"저렇게 울적해하는 건 건강에 좋지 않을 텐데. 너희는 모를 거다. 훌륭한 비행사와 함께하다가 그 비행사를 잃은 기분. 보물을 전부 도둑맞은 것보다도 훨씬 견디기 어려운 법이지. 그래서 요즘 테메레르가 한번씩 괴상하게 구는 거야. 지금 그 녀석이 원하는 건 오직 전투뿐일 게다. 속에 쌓인 걸 풀려면 피를 봐야 하니까."

그랬다. 테메레르는 전투를 열망했다. 자신의 삶을 스스로 선택하며 살고 있지 못하다는 느낌, 방관자처럼 산다는 이 느낌이 정말 싫었다. 전투를 통해 그런 느낌을 씻어낼 수 있다면 당장이라도 나가 싸우고 싶었다.

그러나 자신은 부대를 이끌고 있으니 임의대로 행동해서는 안 되었다. 부대원들이 멋대로 굴면서 멍청한 승강이나 벌이게 내버려둘 수 없었다. 테메레르는 전투를 갈망하는 만큼 전략 개발에 몰두하려 노력했다. 그래도 충동을 가라앉히기 힘들 때면 훌쩍 날아올라 혼자 있을 수 있는 곳으로 갔다. 그리고 바닥에 웅크리고 앉아 머리를 옆구리에 대고 날개로 덮은 뒤《프린키피아 마테마티카(Principia Mathematica, 수학원론)》에 나오는 내용을 읊조렸다. 로렌스가 여러 차례 읽어준 내용이라 모두 암기하고 있었다. 나지막하게 목소리를 낮추고 중얼중얼 암송하다 보면 마치 비 내리는 날 로렌스가 그의 날개 밑에 안전하게 앉아 그 책을 읽어주는 것 같은 기분이 들었다.

마침내 테메레르는 더 이상 전투 욕구를 억누를 필요가 없게 되었다. 다음 날 아침 정찰을 나간 민노우와 리들리가 새로운 소식을 잔뜩 갖고 진영으로 돌아왔다. 두 용은 빠르게 날아온 속도를 감당하지 못하고 땅 위에서 펄쩍펄쩍 뛰다가 멈춰 섰다. 리들리가 숨을 헐떡이며 보고했다.

"돼지가 엄청 많아. 프랑스 군 진영 뒤쪽에 있는 가축우리에 잔뜩 있는데 그중 몇 마리는 조랑말만 하더라고."

젠티우스가 한쪽 눈을 살짝 뜨며 생각에 잠긴 목소리로 말했다.

"돼지라. 언제 먹어도 맛이 좋지."

로이드도 거들었다.

"돼지는 관리하기도 쉬워. 야영할 때 숲에 풀어두면 알아서 먹이를 찾아 먹으니까 너희가 배고플 때 숲에 들어가서 잡아먹으면 돼. 몰고 다니기도 편하고."

그러자 민노우가 말했다.

"지금 돼지들을 지키는 건 늙은 슈발리에 두 마리뿐이야. 덩치는 크지만 게을러터졌어. 정찰할 때 보니까 아주 곯아떨어져 있더라고."

테메레르는 흥분이 돼서 품위 따윈 잊고 땅바닥을 꼬리로 내려치고 싶었지만 애써 참으며 침착하게 말했다.

"좋아. 로이드, 당신은 부하들을 데리고 몬시랑 윈체스터들과 함께 움직여. 우리 헤비급 용들이 먼저 공격을 개시하고 주의를 흐트러뜨릴 테니까 그 틈을 타서 돼지 떼를 우리 진영으로 몰아다줘."

그리고 돌아서서 땅바닥의 흙을 꼬리 끝으로 편편하게 훑으며 말을 이었다.

"민노우, 프랑스 군 야영지가 어떤 식으로 배치되어 있는지 알려줘."

그날 저녁 테메레르의 부대는 저녁 시간이 되기 두 시간 전에 출발했다. 미노우와 리들리가 프랑스 군 진영에 플레르 드 뉘가 없더라고 했기 때문에 적들이 잠든 밤에 기습하기로 한 것이다. 그래야 돼지들을 모조리 탈취당한 뒤에도 추적하기가 어려울 테니까. 먼저 큰 용들이 출발하고 작은 용들이 뒤를 따르기로 했다. 테메레르는 잠시 생각한 끝에 체커드 네틀 품종의 용 아르마티우스의 등에 젠티우스를 태우고 대열의 맨 앞에서 날게 하기로 결정했다. 아르마티우스 양옆에는 발리스타와 마제스타티스, 그 뒷줄에는 레퀴에스캇을 중심으로 양옆에 깃발을 든 옐로 리퍼 두 마리를 배치했다.

붉은색 벨벳 커튼을 묘목에 묶어 만든 깃발이라 그리 우아하진 않았으나 진짜 군부대라면 깃발은 필수였다. 또한 테메레르가 알기로 붉은색은 상서로운 색이었다. 일단 이륙한 뒤 돌아보니, 붉은색에 오렌지색이 섞인 몸통의 레퀴에스캇 양옆에서 옐로 리퍼들이 깃발을 펼쳐 들고 비행하는 모습이 꽤 그럴듯했다. 바람을 받아 펄럭이는 깃발을 바라보며 모두 얼굴이 밝아졌다. 깃발을 든 옐로 리퍼들은 무척 뿌듯하고 자랑스러운 표정으로 날고 있었다. 매사에 투덜거리는 레퀴에스캇조차 양옆을 돌아보며 테메레르에게 말했다.

"흠, 꽤 그럴듯하구나."

테메레르는 뻣뻣하게 고개만 끄덕일 뿐 입을 열지 않았다. 잔뜩 흥분한 상태라 목소리가 제대로 나올지 알 수 없었다.

해가 등 뒤로 거의 넘어갈 때쯤 테메레르의 부대는 프랑스 군 진영 가까이에 도착했다. 천막 사이사이에 요리용으로 피워놓은 자그마한 모닥불들이 빛을 내고 있었다.

테메레르가 말했다.

"젠티우스, 내가 고함을 지를 테니까 제일 먼저 날아와요. 와서 그냥 모습 한번 보여주고 대포 근처에 독을 뱉은 다음 아르마티우스와 함께 우리 진영으로 돌아가 있어요. 당신이 독을 뱉는 모습을 다시 보여주지 않아도 적들은 우리 중에 롱윙이 있다는 걸 알고 두려워할 겁니다. 그다음 우리가 본격적으로 적들을 치러 들어가는 거죠."

"허허! 이 나이에 다시 전투를 하게 되다니. 새끼 용 시절로 돌아간 기분이로구나."

말을 마친 젠티우스는 날개를 살짝 퍼덕이며 움직일 준비를 했다. 테메레르는 무리에서 떨어져 나와 단독으로 프랑스 군 야영지 쪽으로 향했다. 그리고 고도를 크게 높인 뒤 상공에서 정지 비행을 했다. 아직 달이 뜨지 않아서 적들은 그를 보지 못할 것이다. 기분이 묘했다. 적들에게 이토록 가까이 접근했음에도 아직 싸움을 시작하지 않았다는 것, 스스로 선택한 시기에 전투를 시작할 수 있다는 것이 어쩐지 어색했다. 지금까지는 항상 다른 누군가가 먼저 적진을 향해 돌진하고, 테메레르와 나머지 편대원들이 그 뒤를 따르는 식이었다. 잠시 생각에 잠길 필요가 있었다. 부대원들을 고려해야 하고 적들의 상황도 파악해야 했다. 불현듯 민노우와 리들리가 미리 보거나 소리를 듣지 못한 다른 수많은 프랑스 용들이 근처에 머물고 있을지 모른다는 생각이 들었다. 그 용들이 갑자기 전투에 끼어들어 형세가 일변할지도 모른다. 그렇게 되면 테메레르의 부대는 패배할 테고 모든 것은 리더 역할을 맡은 테메레르 탓이 될 터였다. 패장이 되고 마는 것이다.

정신이 번쩍 들었다. 다른 전투 때와는 상황이 사뭇 달랐다. 이제라도 되돌아가서 다른 용들의 의견을 물어보는 것이 좋겠다 싶기도 했다. 북서쪽을 돌아보니 부대원들이 지상의 나무나 들판보다 훨씬 어둡고 거대한 그림자의 모습으로 날아오는 것이 보였다. 부대원들은 최대한 천천히 날갯짓을 하며 살짝 날아올랐다가 강하하는 식으로 비행 중이었는데 직선 비행이 아닌 커다란 호를 그리며 날고 있었다. 전부 테메레르의 신호를 기다리는 중이었다. 이럴 때 약간의 조언이라도 얻을 수 있으면 좋으련만…….

그러나 지금 여기서 테메레르는 철저히 혼자였다. 몸이 떨렸지만 겁을 먹어봤자 소용없는 일이었다. 어느 누구에게도 도움받을 수 없는 상황이니 홀로 결단을 내려야 했다. 흙과 돌을 쌓아 만든 야트막한 바리케이드 너머 언덕이 하나 보였고 그 언덕 너머 공터에 슈발리에 두 마리가 잠들어 있었다. 바리케이드를 따라 프랑스 군 보초들이 한가롭게 거닐고 있었고, 야영지 곳곳에 흩어진 모닥불과 말들도 보였다. 그 순간 바람이 살짝 불었다. 테메레르의 체취가 회오리바람에 묻어갔는지 말들 중 한 마리가 머리를 쳐들고 불안해하며 나지막이 울었다. 또 다른 말은 발굽으로 바닥을 긁으며 머리를 치켜들었다.

근처에서 저녁을 먹던 프랑스 군인이 말들을 달랬다.

"Ce n'est rien, ce n'est rien.(아무것도 아니야. 아무것도 아니라니까.)"

테메레르는 로렌스를 생각하며 숨을 한껏 들이마셨다. 그러고는 힘껏 고함을 내지르며 전투의 시작을 알렸다.

고함은 한참 동안 계속되었다. 슈발리에들이 몸을 벌떡 일으켰다. 그들은 눈을 뜨는 것보다 앞서 날개를 펼쳤고 사납게 악을 쓰며 고함에 응수했다. 그리고 고함을 내지른 용을 찾으려고 머리를 이쪽저쪽으로 돌렸다. 천막에서 나온 프랑스 군인들이 슈발리에 쪽으로 달려가는 모습이 보였다. 테메레르는 어깨에 금줄을 붙인 프랑스 인 비행사가 슈발리에에 탑승하는 모습을 바라보았다. 승무원들을 반밖에 못 태운 상태였지만 슈발리에들은 일단 이륙했고 나머지 군인들은 지상에서 뛰어올라 안장을 움켜쥐었다.

"Je suis là!(나 여기 있다!)"

테메레르는 이렇게 외치며 날개를 뒤로 치면서 야영지에서 물러났다. 그리고 한 번 더 소리쳤다.

"Me voilà!(여기 있다고!)"

슈발리에들은 공중을 선회하다가 소리가 들리는 쪽을 향해 이빨을 드러내고 날아왔다. 테메레르는 정지 비행을 하며 기다리다가 적들이 다가오는 순간 날개를 접고 고도를 확 떨어뜨렸다. 슈발리에들이 옆으로 스쳐 지나갔고 그들의 등에서 라이플 소총이 불꽃을 뿜으며 작렬했다. 곧이어 젠티우스가 거대한 날개를 펼치고 날아왔다. 젠티우스는 프랑스 군 야영지를 우아하게 내리 덮치며 일렬로 놓인 대포 10문에 강한 산성을 띤 독을 뿌렸다.

야영지 내에 비상경보를 알리는 종소리가 미친 듯이 울려 퍼지는 가운데 횃불이 켜졌다. 프랑스 군인들은 서둘러 줄을 맞춰 서며 방어 태세를 취했고 몇 안 되는 말들은 비명을 지르며 버둥거려 기수를 애먹였다. 이어서 레퀴에스캇과 발리스타, 마제스타티스가 천둥처럼 포효하며 적진을 향해 날아가 발톱과 꼬리로 천막, 말뚝, 모닥불을 마구 잡아 뜯고 헤집었다. 테메레르는 억누를 수 없는 짜릿한 쾌감과 흥분을 느꼈다. 불붙은 야영지에 테메레르 부대의 붉은 깃발이 꽃처럼 피어났다.

　테메레르는 얼굴 주변의 막을 활짝 펼치며 밑으로 내려와 레퀴에스캇의 대열에 합류했다. 그들은 쉴새없이 야영지를 헤집어놓았고 삼베와 밧줄을 비롯해 발톱에 잡히는 물건은 무엇이든 집어 들었다. 그리고 포탄의 사정거리를 벗어날 정도로 고도를 높인 뒤 몸을 떨치며 쥐고 있던 물건들을 일제히 내던졌다.

　그것은 페르사이티아의 아이디어였는데, 폭탄이 없는 테메레르의 부대로서는 꽤 괜찮은 공격 방법이었다. 페르사이티아는 이렇게 말했었다.

　"천막들을 집어서 뭉친 다음에 후추탄용 대포에 던지면 돼."

　그 방법은 꽤 효과가 있었다. 테메레르 등이 집어던진 천막 대부분은 뭉쳐진 상태 그대로 지상에 떨어졌으나 그중 하나가 운 좋게 펼쳐지면서 기다란 후추총을 들고 조준 중이던 보병대를 확 덮었다. 보병대는 총검을 위로 치켜들어 마구 찔러댔으나 그럴수록 더 심하게 천과 뒤엉켰다.

　테메레르가 기뻐하며 외쳤다.

　"와! 효과가 있어! 페르사이티아, 저기 좀 봐……."

　그러나 페르사이티아의 모습은 보이지 않았다. 찾으러 돌아다닐 시간이 없기에 테메레르는 곧장 다시 공격에 몰두했다. 슈발리에들은 반격하기 위해 비행 방향을 바꿨으나 곧장 반격을 하지 않고 머뭇거렸다. 젠티우스가 뿌린 독이 땅바닥에서 지글거리며 연기를 뿜어내는 데다가, 사방이 어두운 가운데 야영지에서 솟아오르는 불길에 테메레르와 마제스타티스, 레퀴에스캇, 발리스타의 배가 붉은 빛을 띠자 겁을 먹은 것이다. 헤비급 용 네 마리가 나란히 떠 있으니 그릴 만도 했다. 테메레르는 재빨리 머리를 돌리고 외쳤다.

"칼세도니! 돌아가서 저들 뒤를 공격해!"

칼세도니를 비롯한 옐로 리퍼들과 미들급 용들은 한데 모여 공격 신호가 떨어지기를 기다리는 중이었다. 대열에서 자기 위치를 지키기 위해 공중에서 빙빙 돌고 있던 칼세도니가 얼른 알아듣지 못하고 물었다.

"뭐라고?"

테메레르는 다급히 지시했다.

"슈발리에들을 공격하라고! 빙 돌아가서 저들 뒤에서 공격해! 우리 쪽으로 몰아와!"

"아, 알았어!"

칼세도니와 리퍼들은 곧 한꺼번에 날개를 치며 슈발리에들 뒤쪽으로 날아갔다.

"제2열!"

테메레르가 외치자 짧은 2열 횡대를 이루며 대기 중이던 앵글윙과 그레이 코퍼 들이 일제히 날개를 치며 앞서 테메레르 등이 공격한 지점을 향해 비스듬히 가로질러 날아갔다. 미들급, 라이트급이라 속도가 매우 빠르고 비행 기술이 뛰어나서 아무리 좋은 조건에서도 총이나 대포로 쏘아 맞히기 힘든 용들이었다. 게다가 프랑스 군인들은 모든 대포를 다른 방향의 헤비급 용 쪽으로 겨눈 상황이라 프랑스 측으로서는 결코 좋은 발사 조건이 아니었다.

그런데 앵글윙들이 직진으로 날아가는 대신 허영기를 내보이며 잔재주를 부렸다. 벨로시타스와 팔리아티아를 비롯한 몇몇 앵글윙들은 비행 도중 별안간 방향을 틀어 반대 방향으로 물러났다가 다시 전진하는 식으로 복잡한 교차 비행술을 선보였다. 전투에 적합지 않은 그 쇼를 보며 테메레르는 눈살을 찌푸렸다. 필요 이상으로 비행 시간을 늘리면 총이나 대포에 맞을 가능성이 높아진다. 그렇게 되면 테메레르를 비롯한 헤비급 용들이 전투에 몰두하지 못하고 그들을 구하러 나서야 할 것이었다.

이기적인 행동이 분명했다. 계획대로 했으면 슈발리에와 눈부시게 멋진 싸움을 할 수 있었을 텐데. 슈발리에들은 공격보다는 방어에 여념이 없었다. 옐로 리퍼들이 둘씩 조를 이뤄 슈발리에들의 양 옆구리로 달려들었다. 슈발리에가 반격하면 또 다른 옐로 리퍼 두 마리가 반대 방향에서 치고 들어갔다. 옐로 리퍼들이 밑에서 날아올랐으므로 슈발리에의 등에 탄 프랑스 군인들은 표적을 맞히기 어려웠다.

"저런."

테메레르는 기분이 좋지 않았다. 매우 깔끔하긴 했지만, 그가 원한 전투 방식은 아니었다.

그래도 그레이 코퍼들만은 효과적으로 움직여주었다. 앵글윙들이 쓸데없이 교차비행을 하며 법석을 떠는 동안, 라이트급의 그레이 코퍼들은 땅바닥에서 천막 기둥이나 묘목 등을 잡아채 야영지를 마구 쓸고 다니며 군인과 천막을 쓰러뜨리고 불길을 이리저리 퍼뜨렸다.

마제스타티스가 긴 발톱으로 야영지 한쪽을 가리키며 외쳤다.

"저들이 대포를 쏘려고 한다!"

프랑스 포병대원 십여 명이 혼란한 와중에도 대포의 방향을 맞추고는 후추탄을 쏘려고 목표물을 조준하고 있었다.

테메레르가 다급히 소리쳤다.

"모두 피해! 벨로시타스! 팔리아티아! 아, 말을 안 듣네!"

결국 두 앵글윙은 멋대로 행동한 대가를 치르고 말았다. 대포에서 발사된 후추탄이 그들 머리 쪽에서 터진 것이다. 앵글윙들은 날카로운 비명을 내질렀다.

테메레르가 말했다.

"서둘러야겠어요, 마제스타티스. 우리가 제일 빠르니까……."

"흠, 나도 여기서 가만히 구경만 하진 않겠어."

레퀴에스캇이 이렇게 말하며 따라나섰다. 테메레르는 이미 고함을 지르며 급강하하고 있었다.

"대포는 내가 맡으마."

마제스타티스도 이렇게 외치며 고도를 낮추고는 뜨거운 대포를 몸으로 들이받아 쳐내면서 무시무시한 긴 발톱으로 포병들을 베어 냈다.

테메레르는 곧장 앵글윙들에게 날아가 날카로운 말투로 고도를 높이라고 지시했다. 그리고 제일 심한 부상을 입은 벨로시타스를 밑에서 어깨로 부축했다. 얼굴에 정통으로 후추탄을 맞은 벨로시타스는 상태가 말이 아니었다. 황금색을 띤 머리에는 온통 검고 빨간 후추가 붙어 있고 눈과 콧구멍은 끔찍할 정도로 부풀어 올라 앞을 보지도 못했다. 눈물 콧물로 범벅된 얼굴을 하고 벨로시타스는 애처롭게 울었다.

뒤따라 내려온 레퀴에스캇은 체중에 비해 지나치게 빠른 속도로 내려오는 바람에 알맞은 지점에서 멈추지 못했다. 속도를 줄이느라 두 날개를 쫙 편 레퀴에스캇은 야영지를 휩쓸고 지나가면서 군인들과 용들을 사방으로 쳐냈고 발톱과 꼬리로 야영지 한가운데를 깊게 후벼 팠다.

테메레르는 자신의 다리로 날아온 천막 몇 개와 프랑스 군인 두 명을 떨쳐내고 악을 썼다.

"이륙하라! 모두 당장 이륙해!"

그리고 대포 옆에 쌓인 탄약 상자와 포탄 더미를 향해 신의 바람을 내질렀다. 피라미드처럼 쌓인 구형 포탄들이 덜덜 떨다가 무너져 내려 사방으로 굴러갔다. 구르는 포탄에 깔린 프랑스 군인들의 다리가 마구 뭉개졌다. 혼란의 도가니 속에서 용들은 일제히 날아올랐다.

"봐, 봐! 여기 좀 봐! 말을 붙잡았어!"

그레이 코퍼 프리카티오가 고도를 높이며 이렇게 외치고는 발톱으로 움켜쥔 말을 흔들어댔다.

테메레르가 소리쳤다.

"지금이 먹을 때냐!"

막상 이렇게 외치고 나니 애초에 이곳을 공격한 목적이 떠올랐다. 주변을 살펴보았다. 용들의 그림자가 돼지 떼 근처에 잔뜩 모여 이리저리 움직이고 있었고 가축우리 문은 활짝 열린 채 덜렁거렸다.

"돼지를 확보했다!"

테메레르의 외침에 모두 환호성을 올렸다. 이어서 테메레르가 덧붙였다.

"이제 돌아가자!"

그러자 마제스타티스가 말했다.

"왜?"

"왜라뇨?"

"우리가 왜 가야 하는데?"

마제스타티스는 이렇게 되물으며 야영지 저 끝을 가리켰다. 거동이 가능한 프랑스 군인들이 부상자들을 실은 짐마차를 끌면서 동쪽으로 달아나고 있었다. 슈발리에 두 마리도 방향을 돌려 자기네 부대를 따라 날아가는 중이었다. 불길에 휩싸인 야영지는 정복자들의 차지가 되었다.

다음 날 아침 테메레르는 약간 그은 포신을 내려다보며 말했다.
"흠, 훌륭한 포신이긴 한데 이걸로 뭘 어째야 할지 모르겠네."
그러자 몬시가 제안했다.
"다음번 전투 때 적의 머리에 떨어뜨리자."
젠티우스가 나섰다.
"신중해야지. 이런 포신을 아무렇게나 던질 생각을 하다니. 우릴 위해 틀을 만들고 대포를 발사해줄 사람들이 필요해. 제대로 된 포병대 말이다. 그리고 우릴 위해서도 그렇고 저들을 위해서도 의사 몇 명은 있어야겠어."

저들이라 함은 전투 끝에 붙잡힌 프랑스 군 포로들을 뜻했다. 그들은 부상 때문에 도망치지 못한 자들이었다. 포로의 수는 그리 많지 않았다. 테메레르의 부대원들이 야영지의 불을 모두 껐을 때쯤 부상자들은 대부분 사망한 상태였다.

로이드와 가축 담당자들은 천막 하나를 세워 포로들에게 배정했다. 죽은 프랑스 군인들은 그 자리에 방치되어 있었다. 테메레르의 바람과 달리 전투에는 그리 오랜 시간이 소요되지 않았다. 부대원들의 움직임이 일사불란하지 않았지만 결과적으로는 꽤 만족스러웠다. 테메레르는 프랑스 군인들의 죽음이 전혀 유감스럽지 않았다.

이번이 아니더라도 어차피 그 군인들과 또 싸워야 할 것이고 그들은 이 나라에 쳐들어온 침략자들이므로. 그래도 죽은 사람들 각각에 대해서는 안됐다는 생각이 들었다. 시체를 내려다보는 테메레르의 얼굴에 슬픔이 깃들었다.

하지만 야생용들은 대부분 별다른 동정심을 나타내지 않았다. 야생용 두 마리는 죽은 프랑스 군인들을 먹자고 제안하기까지 했다. 테메레르는 소름이 끼쳐서 얼굴 주변의 막을 쫙 폈고 다른 용들 역시 쉭쉭거리며 질색했다. 결국 군인들의 시체를 먹자는 제안은 받아들여지지 않았다.

젠티우스가 말했다.

"그런 얘기는 더 할 필요 없어. 하지만 시체들을 여기 그냥 버려둬선 안 돼. 죽은 적에 대한 예의가 아니야. 그들도 열심히 싸웠으니까."

결국 리퍼 두 마리가 6미터 정도로 약간 깊게 바닥을 파서 구덩이를 만들었다. 그런 뒤 우편배달 체급의 작은 용들이 시체를 모아 구덩이에 넣고 흙으로 메웠다. 칼세도니는 적에 대한 존중의 의미로 그나마 불에 덜 탄 프랑스 국기를 가져다가 흙무더기에 꽂았다. 그들은 다 같이 머리를 숙이고 잠시 경건하게 묵념한 뒤 돼지를 잡아먹었다.

그러고는 모두 야영장 구석구석을 뒤지기 시작했다. 대부분의 물건은 불에 타버렸지만 금속으로 된 냄비라든지 쇠쇠, 포탄은 온전히 남아 있었다. 그러다가 리들리는 시커멓게 탄 상자의 잔해 속에서 단단한 금덩어리 하나를 찾아냈다. 상자에 든 금화 더미가 불에 녹으며 만들어진 것이었다. 리들리가 코끝으로 금덩어리를 굴리며 전부 볼 수 있는 곳으로 가져오자 모두 감탄하며 목을 빼고 그것을 내려다보았다. 어느새 날이 밝아 아침 햇살을 받은 금덩어리가 찬란하게 빛났다.

레퀴에스캇이 탐욕스러운 눈으로 금덩어리를 바라보며 테메레르에게 물었다.

"흐흠, 이걸 어떻게 나눌 생각이지?"

"생각해봤는데 일단 안전한 곳에 보관했다가 전쟁이 끝나면 이런 금덩어리를 비롯해서 그동안 모은 보물들로 멋진 누각 여러 채를 짓는 게 좋겠어요. 우리 모두 자기가 원하는 때 그 용 누각을 사용하는 거예요. 그 편이 보물을 잘게 나눠 각자에게 나눠주는 것보다 이익이에요. 각자 받은 몫으로는 누각의 자재 일부도 제대로 구입하기 어려우니까요. 누각을 짓고 남은 보물로는 각자의 몸집에 맞는 크기로 훈장을 만들어 목에 걸기로 하고요."

모두 테메레르의 생각에 동의했다. 한참 논의한 끝에 그들은 용 몇 마리―리들리와 칼세도니, 또 다른 옐로 리퍼 한 마리, 앵글윙 한 마리―를 펜이팬의 사육장으로 보내 안전한 곳에 금덩어리를 보관하게 하기로 결정했다. 금덩어리 무게가 그리 많이 나가지 않아서 리들리 혼자서도 충분했지만 소중한 보물인 만큼 호위를 붙이는 편이 타당하다고 여긴 것이다.

리들리 일행이 펜이팬으로 출발한 뒤, 나머지 용들은 훨씬 열정적으로 야영지를 뒤졌고 그 결과 온전한 상태의 대포 하나를 찾아냈다. 대포 대부분은 망가진 상태였다. 불에 타거나 산에 부식되지 않은 대포들은 프랑스 군인들이 도망치기 전에 화문을 막아 못 쓰게 만들어놓았다. 그런데 지금 발견한 대포는 무너진 천막 밑에 깔려 있던 탓에 멀쩡하게 남아 있었다. 포신 바깥 면에 옴폭옴폭 파인 자국이 있고 포대의 바퀴 가장자리가 불에 그슬리긴 했지만 꽤 괜찮은 12파운드 포였다. 대포 옆에는 포탄도 많이 쌓여 있었다. 야영지에서 약간 떨어진 곳에 화약을 잔뜩 실은 짐마차가 있어서 화약도 충분히 확보할 수 있었다.

테메레르는 군함에 탔을 때 대포가 발사되는 모습을 수차례 보긴 했지만 그 과정까지는 완벽하게 알지 못했다.

"사람들한테 물어본다 해도 군인이 아닌 이상 대포 쏘는 법을 모를 텐데. 페르사이티아라면 어떻게 알아낼 수도……."

테메레르는 이렇게 중얼거리다가 주변을 둘러보았다. 페르사이티아는 다른 용들처럼 야영지를 뒤지지 않고 물웅덩이 근처에 웅크리고 앉아 있었다.

테메레르는 페르사이티아에게 다가가며 물었다.

"다쳤어?"

페르사이티아는 퉁명스럽게 대답했다.

"당연히 안 다쳤지."

"그런데 왜 거기 앉아만 있어. 쓸 만한 게 있나 찾아보지 않고. 아까 금덩어리도 찾았어. 어쩌면 다른 보물이 더 있을지도 몰라."

"글쎄, 어차피 내 몫은 없을 테니까. 난 전투에 참여하지 않았거든."

테메레르는 감정이 상했다. 자신의 지휘가 공정하지 않았다는 생각은 들지 않았다. 헤비급 용들을 제일 먼저 전장에 투입한 것은 그들이 적에게 가장 큰 타격을 줄 것이기 때문이었다.

"누구나 전투에 참여할 기회가 있었어."

페르사이티아는 시선을 돌리고 날개를 몸에 더욱 바짝 붙이며 툴툴거렸다.

"날 비웃고 기분 나쁜 소리나 할 거면 저리 가. 내가 싸움을 원하지 않는 건 내 사정이지 다른 용이 관여할 바가 아니야."

"난 비웃은 적 없어. 자꾸 그렇게 뾰족하게 굴지 좀 마! 난 네가 전투에 참여하지 않은 줄도 몰랐어."

그제야 페르사이티아는 움찔하며 사과의 말을 중얼거리더니 다른 용들을 쳐다보며 말했다.

"하지만 저들은 알아."

"지금 이렇게 투덜거릴 거면서 전투에는 왜 안 나갔는데? 네가 원하기만 했으면 기회는 얼마든지 있었잖아."

"싸우고 싶지 않았어. 그러니까 날 겁쟁이라고 부르고 싶으면 마음대로 해. 상관없어."

"흠."

테메레르는 바닥에 궁둥이를 대고 앉았다. 딱히 뭐라고 해야 할지 알 수 없었다. 그는 잠시 주저하다가 말했다.

"내가 미안하다고 사과해야 하는 건가?"

겁쟁이 취급을 받는 건 정말이지 불쾌한 일일 터였다. 테메레르의 개념 속에서 겁쟁이란 정정당당히 싸워서 얻을 수 없는 물건을 훔쳐서까지 가지려고 하는 아주 재수 없는 것들이었다. 그러나 페르사이티아는 그런 짓을 할 용이 아니었다.

테메레르가 말했다.

"너는 언쟁을 꺼리지 않는 성격이잖아."

"언쟁이랑은 다르지. 언쟁을 하다가 총이나 대포에 맞거나 날개가 찢기거나 가슴에 포탄을 맞는 일은 일어나지 않으니까. 전에 어떤 용이 포탄에 맞는 걸 봤는데, 정말이지 끔찍했어."

"맞아. 그래서 움직임이 빨라야 하는 거야. 포탄을 날쌔게 피해야지."

"말도 안 되는 소리 마. 머스켓 소총에서 발사된 총알보다 빠르게 움직일 수 있는 용은 세상에 없어. 총에 맞고 안 맞고는 순전히 운에 달린 거야. 운이 나쁘면 총알을 피할 생각도 하기 전에, 심지어는 누군가 자길 겨냥하는지 알아채기도 전에 총에 맞고 마니까. 움직임이 엄청나게 빠르다면 적들이 소총을 발사하려고 하기 전에 뒤로 내뺄 수는 있겠지. 그럼 전장에서 죽지 않고 살아날 확률도 높아져. 하지만 아예 대포나 총 앞에 다가갈 일이 없으면 목숨이 위태로워질 가능성도 없지. 난 그리 빠른 용이 아니니까 죽지 않으려면 이럴 수밖에 없어."

테메레르는 생각에 잠기며 발톱 한옆으로 이마를 긁적였다.

"중국에서는 전투에 나가는 용들이 따로 있어. 그 밖의 용들 대부분은 학자로서 학문에 정진할 뿐 전투엔 관심도 없지. 그런 용들을 별볼일 없는 것들이니 겁쟁이니 하며 욕하는 이는 아무도 없어. 내가 보기에 너는 학자 체질인 것 같다."

페르사이티아가 고개를 들자 테메레르가 덧붙였다.

"나머지 용들이 신나게 싸웠으니까 됐어. 싫은데 억지로 나설 필요는 없어."

페르사이티아는 표정이 조금씩 밝아졌다.

"내 생각도 그래. 하지만 다른 용들이 나더러 아무것도 안 하면서 부대에 붙어 있다고 할까 봐 걱정돼. 여기선 싸우는 것 말고는 할 일이 없잖아."

"대포 사용법을 알아내면 되지. 그걸 알아내면 아주 유용할 거야. 그 외에도 전투 시 도움이 될 만한 좋은 방법을 개발하는 역할을 네가 맡아주면 좋겠어. 다른 용들은 그런 걸 잘 못하니까 네가 하면 되지."

테메레르가 제안한 역할은 페르사이티아에게 딱 들어맞았다. 그날 저녁 페르사이티아는 영국인 십여 명을 포병대원으로 삼아 저녁 늦게까지 대포 사용법을 알아내는 작업에 몰두했다. 그 사람들은 지역 민병대 출신으로 밤사이 무슨 일이 일어났는지 알아보기 위해 오늘 아침 초조한 표정으로 머스켓 소총을 소지한 채 전장을 찾아온 이들이었다. 나중에 서른 명이 더 테메레르의 부대를 찾아왔다. 그 민병대원들은 전장에서 유쾌하게 펄럭이는 붉은 깃발을 보고 일단 마음을 놓았다. 또한 60마리에 달하는 용들의 수발을 드는 데 지친 로이드와 그 부하들, 가축 담당자들이 쌍수를 들고 환영하면서 거듭 설득하자 결국 테메레르의 부대에 합류하기로 했다.

민병대원들은 처음엔 페르사이티아를 몹시 겁냈으며 설득에 간단히 넘어갈 멍청이들도 아니었다. 하지만 로이드가 나폴레옹을 저지해야 할 필요성에 대해 화려한 설교를 늘어놓은 데다 페르사이티아도 말과 태도를 부드럽게 하자 결국 이 부대에 들어올 결심을 했다. 페르사이티아와 민병대원들은 그날 하루 꼬박 대포 발사 기법을 연구했다.

페르사이티아는 민병대원들에게 머스켓 소총의 발사 원리를 꼬치꼬치 캐물었고, 군함에 타보았거나 함대 전투에 나가 큰 대포가 발사되는 모습을 본 자들에게 그 과정을 상세히 물었다. 그렇게 얻은 지식을 바탕으로 민병대원들에게 포구를 청소하게 하고 마개를 밀대로 밀어 넣는 작업을 지시했다.

그런데 문제가 약간 있었다. 모두 대포 발사 과정을 조금씩 다르게 기억하는 까닭에 좀처럼 진도를 나갈 수 없었다. 결국 페르사이티아는 대포 발사에 대한 여러 사람의 의견을 모으고 표로 만든 뒤 제일 많은 이가 지지한 과정들을 채택하기로 했다. 저녁 시간쯤 페르사이티아가 이끄는 조사 팀은 첫 구형 포탄을 쏘아 올렸다. 포탄은 쿵 소리를 내며 야영지를 가로질러 날아갔다. 돼지고기를 배불리 먹고 꾸벅꾸벅 졸던 용들은 그 소리에 기겁을 했다.

그날 저녁, 페르사이티아는 생각에 잠긴 채 중얼거렸다.

"이동 방법을 알아내면 대포를 갖고 날아다니며 공격할 수 있을 텐데."

예전의 자신감을 완전히 회복한 페르사이티아는 자신만만하게 논의에 임하며 저녁 늦게까지 작업을 계속하려 했다. 그러나 보조하던 민병대원들은 극도로 지친 나머지 겁까지 상실하고는 크게 반발했다. 그들은 페르사이티아에게 너무 힘들다면서 먹고 잠 좀 자게 해달라고 요구했다.

그들을 쉬게 한 뒤 페르사이티아는 테메레르를 찾아와 말했다.

"레퀴에스캇이라면 가능할 거야. 대포를 등에 얹고 다녀도 될 만큼 몸집이 크고 힘도 세니까. 다만 대포 발사 후의 반동이 문제지."

"다음 공격을 어디서 어떻게 할지 그것도 문제야."

테메레르는 이렇게 말하며 몬시가 가져온 정보에 귀를 기울였다. 그러고는 지도에 해당 사항을 기입하면서 프랑스 군의 다음 행동을 예측할 방법이 없는지, 프랑스 군을 또 다른 전투로 끌어내려면 어떻게 해야 할지를 고민했다.

6

홀린이 말했다.

"대령님, 이런 말씀 드려도 될지 모르겠습니다만, 테메레르가 사육장에서 이렇게 여러 날을 두고 멀리까지 돌아다니는 걸 보면 무작정 배회하는 건 아닌 듯합니다. 아무래도 대령님을 찾으러 나선 것 같습니다."

"내 생각도 그래."

테메레르가 도버로 갔다면 나폴레옹 군대의 품으로 곧장 날아가 안기는 것과 다름없었다. 그렇다면 로렌스는 더 이상 테메레르의 행적을 쫓아서는 안 되었다. 제인이 로렌스를 감방에서 빼낸 이유가 프랑스 측이 테메레르의 비행사인 그를 잡아가지 못하게 하기 위해서였으니까. 이미 로렌스는 영국군 본영에 도착해야 하는 날로부터 나흘, 융통성 있게 계산한다 해도 사흘이나 늦은 상태였다. 런던을 향해 진격 중인 나폴레옹의 군대와 싸우기 위해 제인이 모든 공군력을 필요로 하는 시기에 여기서 이렇게 늑장을 부리는 것은 제인을 곤란하게 만들 터였다.

이 상황에서 어떻게 처신해야 옳은

지 로렌스는 잘 알고 있었다. 영국군 본영으로 돌아가 임무에 실패했다고 보고하고 테메레르에 대한 소식이 들려오기를 기다려야 한다. 테메레르에게 무슨 일이 일어났는지도 모르는 채 계속 감방에 갇혀 있어야 하겠지. 그런 생활을 과연 견뎌낼 수 있을지는 알 수 없었으나 다른 도리가 없었다. 여기서 더 꾸물거리는 것은 홀린을 위해서도 못 할 짓이었다. 예전에 로렌스 밑에서 복무했다는 이유로 홀린의 명예가 크게 실추되고도 남았을 텐데 이번 일로 그의 경력까지 망칠 수는 없었다. 로렌스는 이미 제인과 페리스를 비롯해 여러 공군의 명예에 두루 흠집을 냈다. 그것으로도 모자라 홀린까지 망칠 수는 없었다.

홀린이 제안했다.

"하루만 더 있다가 돌아가기로 하죠. 영국군 본영이 있는 울리치 쪽으로 가면서 테메레르를 찾아보면 될 겁니다. 가는 길에 프랑스군에 대한 정보도 수집하면 더 좋겠죠. 장군들도 그런 정보를 원할 테니까요."

거부해야 마땅했다. 홀린이 객관적이고 현실적으로 판단해서 한 제안이 아니라 순전히 로렌스에 대한 우정에서 호의를 베푼 것이니까.

몹시 갈등하던 로렌스는 그 제안이 영 잘못된 것이 아니라는 쪽으로 마음을 돌리고는 염치없지만 제안을 수용하기로 했다.

"고맙네, 홀린. 자네 생각대로 하기로 하지. 본영 쪽으로 곧장 날아가면서 둘러보세."

그는 테메레르가 영국 육군의 주력 부대가 울리치에 머문다는 얘기를 듣고 그리로 갔을지도 모른다고 마음을 달랬다. 어쩌면 테메레르는 벌써 울리치에 도착해서 로렌스를 기다릴 수도 있었다. 아니,

그것은 지나치게 낙관적인 기대일 터였다. 로렌스가 어디 있는지 안다면, 아니 로렌스의 소재에 대해 아주 작은 단서라도 있다면 테메레르는 곧장 그에게 날아왔을 것이다. 절대 기다리고 있을 리 없었다. 아프리카에서도 테메레르는 뚜렷한 단서 하나 없이 대륙 절반을 가로질러 날아와 낯선 땅 한가운데 붙잡혀 있는 로렌스를 찾아냈다. 전쟁 중이라 영국 전체를 샅샅이 뒤져야 한다 해도 결코 포기할 녀석이 아니었다. 어쩌면 그를 찾아 돌아다니다가 부상을 입었을지도 몰랐다.

로렌스와 홀린은 엘시를 타고 날아가면서 어느 정도 규모 있는 가축 떼를 보유한 농가, 우편배달 체급의 용이 착륙할 만한 공터가 있는 마을을 볼 때마다 착륙해서 사람들에게 물어보았다. 그러나 검은 용을 보았다는 이도, 단서가 될 만한 정보를 주는 이도 없었다. 잔뜩 성질이 난 어떤 목동이 이렇게 말했다.

"양을 스무 마리나 잃었습니다. 용이 아니라 프랑스 군인들이 가져갔어요. 양을 그놈들 눈에 띄게 둔 게 죄지요."

로렌스는 의아해하며 물었다.

"프랑스 군이 여기까지 왔단 말입니까?"

이곳은 런던 서부 지역이었다. 비록 소규모지만 프랑스 군이 벌써 이렇게 깊은 내륙까지 진군했다니 놀랍고 당황스러웠다.

"그 염병할 놈들이 어제 여길 지나가면서 마을을 약탈했어요. 험한 말을 내뱉어서 죄송합니다만 이게 욕이 안 나올 수가 없는 상황이라서요. 우리 집에서 제일 좋은 암양 세 마리랑 종마까지 가져갔습니다. 멍청한 제 아들놈이 제때에 언덕 위 숲에 숨겨두질 않는 바람에. 하지만 프랑스 군이 이렇게 빨리 여기까지 올 줄 누가 알았겠어요?"

로렌스와 홀린은 트위큰햄 시의 시장을 만나 프랑스 군대가 근처에 있음을 확인할 수 있었다. 시장이 말했다.

"놈들이 이 지역을 싹 털어갔네. 마을 청년들은 프랑스 놈들과 싸우겠다며 북쪽의 리치먼드로 갔어. 그곳에 민병대가 있다더군. 그 민병대는 용도 보유한 모양인지, 우편배달 체급의 용 한 마리가 여길 찾아와 마을 청년들을 데려갔어. 그 뒤로는 우리도 아직 소식을 들은 바 없네. 아무튼 이 부근에 멋대로 돌아다니는 용이 있다는 얘긴 들어보지 못했어. 프랑스 군인들 눈에 띄지 않게 가축들을 잘 숨겨놓을밖에 별도리가 없지."

시장은 친절하게도 로렌스와 홀린에게 점심식사를 대접했다. 그는 엘시에게 내준 염소 값은 받았지만, 식사 대접에 감사한다며 홀린이 돈을 내밀자 손사래를 쳤다. 시장과 시장 부인, 사교계에 진출한 지 몇 년 되어 보이는 그 집 맏딸이 식사 자리에 함께했다. 로렌스는 예의를 차리느라 식사 중에 몇 마디 하기는 했지만 마음의 짐이 너무 무거워 편안하게 대화할 수가 없었다. 프랑스 군이 이곳까지 와 있다는 정보를 얻었으니 더는 지체할 수 없었다. 한시라도 빨리 울리치의 장군들에게 정보를 전해야 했다.

그 집 맏딸이 말했다.

"프랑스 군의 독수리 깃발을 본 사람들이 있대요. 조지가 민병대에 합류하러 가기 전에 얘기해줬어요. 햄 시에 사는 소년들이 독수리 깃발 두 개를 봤대요."

불길한, 너무나도 불길한 소식이었다. 나폴레옹의 주요 부대 주둔지에서 멀리 떨어진 이곳에 프랑스 군 2개 연대가 와 있다는 것은 부근에서 어느 프랑스 원수가 군단을 지휘하고 있다는 뜻일 터였다. 프랑스의 각 군단을 이끄는 원수들은 개별적으로도 능력이 출중해서 나폴레옹의 손 노릇을 하기에 부족함이 없었다. 한마디로, 독사처럼 위험한 자들이었다. 런던의 서부에 해당하는 이곳은 전략적으로 중요한 지역은 아니지만 목축이 발달한 곳이었다. 프랑스 군은 용들에게 꾸준히 먹이 공급을 하기 위해 이곳이 필요한 모양이었다. 로렌스는 고개를 들고 물었다.

"근처의 프랑스 군대에 기병대도 있었답니까?"

그러나 이미 다른 화제를 중심으로 대화가 진행 중이었다. 홀린은 그 집 맏딸에게 여기로 오는 도중에 본 여러 장소에 대해 얘기하고 있었다. 결례를 범했음을 깨달은 로렌스는 서둘러 사과했다.

"이런, 미안합니다."

그러자 갑작스러운 질문에 당황한 그 집 맏딸, 즉 젊은 숙녀가 머뭇거리며 말했다.

"아…… 어쩌죠. 조지가 그런 얘길 했는지 기억이 나지 않네요."

시장이 대신 대답했다.

"기병대는 없었을 걸세. 우리 가축들을 약탈할 때 프랑스 군인들은 걸어서 왔거든."

나폴레옹이 공군을 중심으로 전력을 편성했다면…… 그것이 무엇을 의미하는지 로렌스는 확실히 알 수 없었다. 전쟁 전술에 관한 상식을 완전히 뒤엎는 전력 편성이라는 것만은 분명했다. 당시 전쟁에서는 철저히 조직화된 기병대와 보병대를 핵심으로 하고, 후추탄을 쓰는 포병대가 그들을 지원하며 적군 용들의 공격을 막아내는 식으로 전투를 진행하는 것이 일반적이었다. 하지만 이미 나폴레옹은

50마리 이상의 용들을 선발대로 1805년에 영국 해협을 건너온 적 있었다. 당시 추가로 날아온 용들까지 합해 총 백여 마리의 프랑스 용들이 영국을 향해 날아오는 바람에 영국 측은 크게 놀랐었다.

식사를 마친 로렌스는 먼저 밖으로 나가 홀린이 나오길 멍하니 기다렸다. 점잖게 서 있었지만 로렌스의 머릿속은 온갖 생각이 가득했다. 잠시 후 홀린이 젊은 숙녀―이름을 들었지만 로렌스는 기억하지 못했다―를 데리고 나와 엘시 쪽으로 다가갔다. 그 숙녀가 엘시를 만나보고 싶다고 요청한 것 같았다. 엘시는 초조해하는 숙녀를 흥미롭게 바라보았다. 인간의 암컷이라고는 좀처럼 여성적으로 차려입는 법이 없는 여성 비행사들밖에 못 봐서 엘시는 무척 신기해했다. 그 숙녀는 엘시를 조심스럽게 쓰다듬으며 손수 만들었다는 우유를 넣은 흰 젤리를 내밀었다. 엘시는 기뻐하면서 나름으로 예의를 차려 접시에 담긴 내용물을 두 번에 걸쳐 혀로 쓱쓱 핥아 먹었다. 그러고는 연신 감탄했다.

"와, 접시가 정말 예쁘네요."

엘시는 숙녀가 접시를 도로 가져가려 하자 몹시 아쉬워했다. 가장자리에 빨강과 파랑으로 화려한 그림이 그려져 있고 은장식이 가미된 그 접시가 무척 마음에 드는 모양이었다. 엘시는 목을 쭉 빼고 접시를 내려다보며 덧붙였다.

"이렇게 예쁜 건 본 적이 없어요."

"그냥 낡은 건데…… 내가 직접 그림을 그려 넣은 접시야. 마음에 든다니 선물로 줄게."

그러자 엘시는 얼른 홀린에게 말했다.

"이 접시를 보관해줘. 깨끗이 씻어서 가방에 안전하게 넣어주면 좋겠어."

엘시가 만족할 때까지 접시를 씻고 가방에 챙겨 넣는 데 30분이 소요되었다. 그동안 엘시는 고개를 끄덕이며 접시의 앞면과 뒷면이 모두 아름답다며 칭찬을 했다. 그러나 머릿속이 복잡한 로렌스의 귀엔 그들의 화기애애한 대화가 윙윙거리는 소음으로밖에 들리지 않았다. 마침내 로렌스는 어렵게 입을 열었다.

"홀린, 이제 그만 출발해야 할 것 같은데."

그러자 숙녀가 말했다.

"그런데 저기 오는 용을 기다리셔야 되는 것 아닌가요?"

그러고는 손으로 방향을 가리켰다. 어떤 용 한 마리가 그들이 서 있는 곳을 향해 날아오고 있었다.

밀러 대령이 말했다.

"잘하는 짓입니다. 참 잘하는 짓이에요. 나흘 전에 본영에 도착했어야 할 사람들이 여기 있다니 어이가 없군요. 홀린 대령, 복귀하기로 한 날이 한참 지났는데 아직까지 여길 어슬렁거려요? 죄수를 사교 모임에 참석시키기까지 하다니 제정신입니까?"

홀린은 얼굴이 벌게지면서 날카롭게 받아쳤다.

"내가 잘못을 저질렀다면 책임 추궁을 할 권리가 있는 분들께 직접 사정 설명을 하면 될 일입니다. 상부의 명령을 받고 용을 데리러 펜이팬 사육장에 갔었습니다. 그런데 가서 보니 사육장에서 일하는 자들은 직무를 팽개치고 사라져버렸고 용들도 모조리 흩어진 뒤였습니다."

밀러는 하도 놀라서 거드름을 피우는 것마저 잊었다.

"뭐라고요? 용이 전부 없어졌다고요? 그것들이 어디로 갔는데요? 뭘 먹으면서 돌아다닌답니까?"

밀러의 용은 우편배달을 하는 윈체스터 품종으로 이름은 '데바스타티오'라 했다. 같은 윈체스터 품종이지만 엘시에 비해 몸집이 작았다. 사실 엘시는 다른 윈체스터들보다 몸집이 큰 편이었다. 우편배달 용을 맡은 다른 신참 비행사들에 비해 홀린은 용에게 어떤 먹이를 얼마나 주는 게 좋은지 잘 알았고 대형 공군 기지의 가축 담당자들과도 대부분 친한 사이라서 특별히 좋은 가축을 받아 엘시에게 먹였다. 그 덕분에 엘시는 최적의 건강 상태로 성장할 수 있었다.

화려한 동작으로 착륙한 데바스타티오는 아주 점잔을 빼며 마지막 몇 걸음을 걸어왔다. 그런데 가까이 와서 보니 엘시가 자기보다 크자, 가슴을 쫙 펴면서 은근슬쩍 흙더미 위에 올라섰다. 엘시는 왜 저러나 하고 쳐다보다가 데바스타티오에게 물었다.

"내 접시 보여줄까?"

밀러 대령이 홀린을 붙잡고 그간의 여정에 대해 꼬치꼬치 캐물으려 하자 로렌스가 날카롭게 가로막았다.

"이러고 있을 시간 없습니다. 이 근처에서 프랑스 군인들을 목격했다는 얘기가 있으니 서둘러 본영으로 가서 정보를 전해야 합니다."

"여기에 프랑스 군이 들어왔다는 건 우리도 이미 압니다. 민병대와 두 번 전투를 했다는 말도 들었습니다. 어떤 똑똑한 민병대 지휘관이 이 지역 청년들을 규합해서 군대를 조직했답니다. 그 민병대는 웸블리에서 프랑스 놈들을 잘근잘근 밟아놓았고, 어젯밤엔 할스든에서 프랑스 군과 싸워 이겼다더군요. 내가 여기 온 것도 그 때문입니다. 그 지휘관을 정식 장교로 임관하라는 육군의 명령서를 민병대에 전달하기 위해서죠."

약간 뒤에 물러서 있던 숙녀가 말했다.

"아! 할스든에서 민병대가 이겼다고요? 조지가 그 민병대에 들어가 있을 텐데. 어머니에게 이 소식을 전해야겠어요."

그녀는 돌아서다 말고 다시 그들 쪽을 바라보더니 왼발을 빼고 무릎을 살짝 굽혀 인사를 했다. 그리고 어색하게 손을 살짝 들었다. 홀린은 그녀에게 다가가 그 손을 잡고 머뭇거리며 입을 맞추었다.

"젬슨 양, 돌아오는 길에 꼭 다시 들르겠습니다."

홀린의 말에 그녀는 얼굴이 발그레해지며 대답했다.

"그러시길 바랄게요."

간신히 그 말을 한 뒤 젬슨 양은 돌아서서 달아나듯 집으로 들어갔다. 홀린은 상기된 얼굴로 돌아서며 말했다.

"로렌스 대령님, 이 근처에 프랑스 군이 주둔 중이라는 사실을 본영에서 이미 안다고 하니 우린 조금 더 테메레르를 찾아보는 게 어떨까요? 우리 소재에 대해서는 밀러 대령이 직접 장군들께 보고하라고 하고요."

그러자 밀러가 반발했다.

"아니, 안 돼요. 그건 안 됩니다, 홀린. 당신이 받은 명령서에는 이 세상 구석구석을 헤매고 다니라는 게 아니라 사육장에 가서 그 용을 데려오라는 내용이 적혀 있지 않습니까? 정해진 시일 내에 용을 찾지 못했으니 본영으로 돌아가야죠. 본영에서 장군들이 그 용을 계속 찾아보라고 하면 그때 다시 나오든가요. 사육장 용들이 모조리 흩어졌다는 소식을 당장 전해야 하니까 일단은 나와 함께 돌아갑시다. 도중에 적의 공격을 받을 수도 있으니 두 용에 나눠 타고 가야 한쪽이 공격을 받더라도 나머지 한쪽이 장군들께 정보를 전할 거 아닙니까? 백여 마리나 되는 용들이 멋대로 돌아다니면서 소를 먹듯 사람들을 먹어치울지도 모르는데, 도대체 무슨 생각으로 지금까지 복귀하지 않았는지 모르겠군요. 저 반역자의 하찮은 목숨을 구하려고 그런 건지 모르겠지만⋯⋯."

그 말에 홀린은 흥분했다.

"밀러 대령⋯⋯."

로렌스가 나섰다.

"그만두게, 홀린. 이런 상황에서 논쟁의 중심이 되고 싶진 않네. 용들이 사방으로 흩어진 뒤 얼마 되지 않아 사육장에 도착했기 때문에 나는 테메레르를 금방 찾을 수 있을 줄 알았어. 그래서 이렇게까지 시간을 지체하며 돌아다녔지만 결국 찾지 못했지. 호의는 고맙지만 더는 자네에게 폐를 끼치고 싶지 않아. 그만 돌아가세."

마음을 굳게 먹은 로렌스는 어서 이 곤란한 상황을 끝내야 한다는 생각뿐이었다. 조금이라도 빨리 본영으로 돌아가야 홀린과 엘시가 피해를 덜 입을 것이다. 지금까지 홀린과 엘시를 붙잡고 있는 것만으로도 충분히 이기적인 일이었고, 홀린이 받은 명령서의 내용에 위배되는 행동이었다. 테메레르를 찾았으면 그런 잘못쯤은 용서받을 수 있겠지만 결과적으로 찾지 못했으니 홀린은 비난을 면치 못할 터였다. 오래전 그랜비가 한 말이 생각났다. 로렌스 당신은 어렸을 때부터 공군에서 자라난 사람이 아니라서 공군의 분위기를 잘 모른다던 그 말. 그랜비가 옳았다. 해군에 복무하다가 군율이 느슨한 공군으로 오면서 로렌스는 갑자기 얻은 자유를 적절히 제어하지 못하고 방종을 저지르고 말았다. 군인으로서 기강이 흐트러진 것으로 볼 수밖에 없었다.

 로렌스는 훌린을 따라 줄을 잡고 엘시의 등에 올라탄 뒤 끈으로 몸을 고정했다. 자책감 때문에 마음이 더욱 무거웠다. 비행하는 동안 로렌스의 눈에는 주변 풍경이나 길이 하나도 들어오지 않았다. 차가운 바람에 정신이 멍해질 뿐이었다. 데바스타티오는 잘난 척을 하느라고 일부러 엘시를 한참 앞질러 날아갔다. 엘시의 몸에는 두 명이 타고 있고 제 몸에는 밀러 대령밖에 타고 있지 않아 가능한 일이었다. 데바스타티오의 그런 행동 덕분에 엘시와 훌린, 로렌스는 기습 공격을 면할 수 있었다. 상당한 간격을 두고 날아가는 두 용을 내려다보던 프랑스 용 프티 슈발리에가 앞장서서 날던 데바스타티오를 내리 덮친 것이다.

 불시에 습격을 당한 데바스타티오는 비명을 지르며 곤두박질쳤다. 프티 슈발리에의 발톱에 날개와 옆구리가 찢겨 피가 흘러나왔다. 데바스타티오는 양 옆구리가 불룩해지도록 쉿쉿 하고 숨을 크게 들이마시며 추락 속도를 늦췄지만 좌우 균형을 맞추지 못하고 비스듬히 기울어진 채 날개를 퍼덕였다. 한 마리를 일단 확보했다고 여긴 프티 슈발리에는 이내 방향을 돌려 엘시 쪽으로 날아왔다.

 그 용의 품종명이 '프티 슈발리에(프랑스 어로 '몸집 작은 기사'라는 뜻—옮긴이주)'인 것은 그랑 슈발리에(프랑스 어로 '몸집 큰 기사—옮긴이주)에 비해 작다는 뜻일 뿐, 분류상으로는 헤비급 대형 용에 속했다. 한눈에 봐도 체중이 18톤은 나가 보였다. 프티 슈발리에는 데바스타티오의 피로 얼룩진 발톱을 날카롭게 세우며 엘시에게 위협적으로 고함을 질러댔다. 프티 슈발리에에게 거의 따라잡힌 엘시는 숨을 할딱이며 다급히 방향을 돌린 뒤 몸을 홱 틀어 거꾸로 날았다. 그 바람에 안장 끈에 몸을 고정한 로렌스와 홀린도 잠시 동안 거꾸로 매달려 있어야 했다. 다시 몸을 원래대로 돌린 엘시는 그 거대한 용의 배 아래쪽을 지나갔다. 순간 프티 슈발리에의 배 쪽 승무원들이 일제히 라이플 소총을 발사했고, 총알들은 말벌 떼처럼 윙윙 소리를 내며 로렌스와 홀린의 머리 위로 날아갔다.

엘시는 몸에 두 명이나 태우고 있어 최고 속도를 낼 수 없었다. 그에 반해 프티 슈발리에는 갑절의 힘을 내며 안정적으로 추격을 해왔다. 시간이 지날수록 체력 좋은 프티 슈발리에가 유리해질 테니 지금 따돌리지 못한다면 결국 붙잡히고 말 것이었다. 프티 슈발리에는 빠른 속도를 유지하면서도 앞으로 한 시간 정도는 여유롭게 따라올 듯했다. 로렌스는 엘시의 옆구리 아래 지상을 내려다보았다. 뒤에서 거대한 그림자가 바짝 추격해 오고 있었다.

프티 슈발리에의 그림자는 질주하는 구름처럼 빠른 속도로 엘시의 작은 그림자를 쫓아왔다. 언덕의 굴곡을 따라 오르내리고 산비탈에 어둠을 드리우며 흘러가는 대형 용의 그림자에 사슴들이 놀라 나무 사이로 도망쳤다. 지상의 들판과 언덕이 엄청난 속도로 멀어지는 가운데 프티 슈발리에의 그림자는 전혀 흔들림 없이 추격을 계속했다. 귓가를 스치는 바람이 어찌나 센지 엘시의 목에 바짝 붙어 엎드려 있었지만 외투가 벗겨질 것만 같았다. 비행 속도는 25노트(시속 약 46킬로미터―옮긴이주) 정도 될 것 같았다.

뒤에서 프티 슈발리에의 으르렁거리는 소리가 들려왔다. 로렌스는 강한 바람 때문에 고개를 들어 뒤를 돌아볼 수 없어서 드넓은 농지와 길로 둘러싸인 사각형의 눈 덮인 들판에 선연하게 그려진 그림자로 추격자와의 거리를 짐작할 따름이었다. 다급해진 엘시는 있는 힘을 다해 속도를 내보려 했지만 뜻대로 되지 않았고 그림자의 간격은 천천히 무자비하게 좁혀졌다.

그때, 프티 슈발리에의 그림자 뒤쪽에서 제3의 그림자가 나타났다. 그 그림자는 처음에는 작은 점으로 보였으나 급속도로 커지더니 마침내 프티 슈발리에의 그림자를 덮어버렸다. 그리고 하늘이 무너지는 듯한 무시무시한 포효와 함께 거대한 리갈 코퍼가 프티 슈발리에의 등을 내리찍었다. 붉은색에 황금색이 섞인 엄청난 몸집의 리갈 코퍼는 프티 슈발리에의 등짝을 움켜쥐고 거침없이 찍어 눌렀는데, 조금 전 프티 슈발리에가 데바스타티오에게 쓴 기습 방법 그대로였다.

두 헤비급 용은 으르렁거리고 사납게 발길질을 하며 곤두박질쳤다. 그 와중에 프티 슈발리에의 몸에 탑승한 프랑스 군인 두 명이 지상으로 추락했고 탄약과 폭탄, 라이플 소총도 우수수 떨어졌다. 로렌스는 리갈 코퍼의 승무원들이 어떻게 한 명도 떨어지지 않고 버티는지 의아했다. 그런데 자세히 보니 리갈 코퍼는 안장을 착용하고 있지 않았다.

그제야 엘시는 겨우 숨을 헐떡이며 속도를 늦췄다. 큰 호를 그리며 방향을 전환한 엘시는 거대한 용들이 싸우는 모습을 바라보면서 가쁜 숨을 들이마셨다.

"아, 살았다……. 저 커다란 용한테서 못 벗어나는 줄 알았네."

그러자 홀린이 말했다.

"새로 나타난 리갈 코퍼에게서 도망쳐야 할 일이 일어나지 않았으면 좋겠구나."

로렌스도 같은 생각이었다. 저 리갈 코퍼는 프티 슈발리에보다 체중이 7, 8톤은 더 나가 보였다. 리갈 코퍼는 프티 슈발리에의 양어깨에 앞발톱을 깊게 박아 넣고 뒷다리로 몸통을 사납게 할퀴었다. 그용이 프티 슈발리에를 위아래로 잡아 흔들어서 프랑스 소총병들은 발을 고정하지 못해 소총을 제대로 조준할 수 없었다. 아무렇게나 발사된 총알들은 당연히 빗나가고 있었다.

그 리갈 코퍼는 야생용의 방식으로 적을 공격했다. 편대 전투 동작에 비해 조잡하지만 각개전투에서는 저런 광포한 동작이 더 큰 위력을 발휘했다. 마침내 프티 슈발리에는 미친 듯이 비명을 내지르면서 발작적으로 몸을 뒤흔들어 리갈 코퍼에게서 벗어났다. 그 결과 프티 슈발리에의 양어깨에는 계급장의 줄처럼 각각 세 줄로 길쭉하고 깊은 상처가 남았다. 프티 슈발리에는 리갈 코퍼를 뒤로하고 허둥지둥 도망치기 시작했다.

싸움에서 이긴 리갈 코퍼는 양 날개를 활짝 펼쳤다. 태양을 등지고 있어 선명한 붉은빛이 하늘을 가득 메우는 듯했다. 리갈 코퍼가 도망치는 프티 슈발리에를 향해 의기양양하게 포효하자 마치 수많은 천둥이 한꺼번에 치는 것 같은 묵직한 울림이 사방에 퍼져나갔다. 리갈 코퍼는 엘시 쪽을 돌아보더니 못마땅한 표정으로 투덜거렸다.

"넌 대체 여기서 뭐 하는 거냐? 저렇게 큰 놈을 꽁무니에 달고 다니다니 제정신이 아니로구나."

엘시가 주저하며 대답했다.

"일부러 달고 온 건 아니고요. 저 용이 갑자기 우릴 습격해서 데바스타티오가 부상을 입었어요."

"아, 일행이 있었어?"

리갈 코퍼는 머리를 돌려 땅을 살폈다. 조금 떨어진 곳에 있는 작은 숲 사이로 데바스타티오가 몸을 질질 끌며 기어 들어가고 있었다. 적을 피해 몸을 숨기기 위해서였다. 원시라서 먼 거리의 물체도 잘 보는 리갈 코퍼는 잠깐 주변을 훑어보고 말했다.

"하, 저기 있군."

그 용은 데바스타티오 쪽으로 훌쩍 날아가 쿵 소리를 내며 육중하게 착륙했다. 그리고 데바스타티오의 상처를 살펴보며 말했다.

"오늘 아침에 이 근처를 돌아다니지 말라는 지시를 받았을 텐데. 저렇게 덩치 큰 프랑스 용들이 군인들을 수송하느라 이쪽 길로 왔다 갔다할 거라고 내가 미리 말했잖아. 이런, 상처가 깊네. 치료하려면 애먹겠다."

별안간 밀러가 나섰다.

"우린 그런 말 들은 적 없어!"

이렇게 소리친 밀러는 혹시라도 리갈 코퍼의 비위를 건드렸다가 밟혀 죽을까 봐 얼른 옆으로 한 걸음 물러섰다.

리갈 코퍼는 깜짝 놀라 머리를 뒤로 젖히고는 눈을 가늘게 뜨며 내려다보았다. 그래도 잘 안 보이는 모양이었다.

"거기 사람이냐? 맞나? 이런, 이제 보니 너 안장을 찼구나."

그리고 엘시를 돌아보며 덧붙였다.

"너도 찼네."

밀러가 또 나섰다.

"당연하지!"

목숨을 구해준 용에게 고마운 줄도 모르는지 아니면 용기가 대단한 건지 몰라도 밀러는 퉁명스럽게 말을 이었다.

"그런데 넌 왜 멋대로 돌아다니는 거지? 사육장 밖으로 왜 나왔어?"

"흠, 난 설명에는 소질 없으니까 나랑 같이 가서 우리 부대 지휘관이랑 얘길 해봐."

밀러가 의아해하며 물었다.

"지휘관? 민병대와 함께 전투에 참여하고 있는 건가?"

"그래. 민병대도 우리랑 같이 있어. 어서 가자고."

그리고 리갈 코퍼는 데바스타티오에게 말했다.

"넌 내 등에 타."

코를 훌쩍거리며 상처 부위를 혀로 핥던 데바스타티오는 그 커다란 용의 등에 비틀거리며 올라탔다. 잠시 후 리갈 코퍼는 엄청난 도약력으로 땅을 박차며 고도를 확보했고 육중하게 날개를 치며 날아갔다. 엘시가 걱정스러운 표정으로 그 뒤를 따랐다.

느긋하게 날던 리갈 코퍼는 곧 비행을 마치고 깔끔하게 정돈된 커다란 야영지의 가장자리에 착륙했다. 놀랍게도 수많은 용이 공터 안에 누워 있었다. 대형 가축우리에는 커다란 흑돼지가 가득했다.

리갈 코퍼는 나무 사이로 난 넓고 깨끗한 길을 따라 야영지 중앙으로 터벅터벅 걸어갔다. 그런데 갑자기 작은 윈체스터 한 마리가 튀어나와 길을 가로막았다. 그 윈체스터 역시 안장을 차고 있지 않았다.

"멈춰. 암호를 대라!"

그 말에 리갈 코퍼가 성의 없이 대답했다.

"나야. 몰라? 그리고 여기 이 두 용도 나랑 같이 왔으니까 괜찮아."

윈체스터는 고집을 부렸다.

"안 돼. 누구든 암호를 대야 해. 안 그러면 소리칠 거야."

리갈 코퍼가 머리를 숙이고 빤히 쳐다보며 콧방귀를 뀌자 윈체스터는 얼른 말을 바꿨다.

"물론 너는 예외지."

그러고는 폴짝 뛰어 길옆으로 물러났다.

이곳 민병대의 지휘관은 안장을 착용하지 않은 용에 편견이 없는 모양이었다. 로렌스는 그저 놀라울 뿐이었다. 어떻게 저런 용들을 민병대에 받아들여 병력으로 사용할 생각을 했을까. 전직 공군 출신이거나 공군에 연고가 있는 자, 혹은 공군 기지 근처에 살던 자인지도 모른다는 생각이 들었다. 사육장 용들을 민병대로 받아들임으로써 그 지휘관은 용들이 시골 지역을 배회하며 약탈하지 못하게 막았고 민병대의 병력도 증강했다. 윈체스터를 보초로 세워둔다는 것이 괴상하긴 했지만, 생각해보니 용이 보초를 서는 곳에는 적군의 정찰병들이 감히 얼씬거리지도 못할 것이었다.

밀러는 데바스타티오와 함께 리갈 코퍼의 등에 앉아 있었다. 그는 부상당한 자기 용을 쓰다듬고 달래느라 이곳 용들이 안장을 착용하지 않는다는 점을 걸고넘어질 여력이 없는 듯했다.

리갈 코퍼도 안장을 차지 않고 민병대에 소속되어 있다는 점에 별로 신경 쓰지 않는 듯했다. 길을 따라 걷는 동안 리갈 코퍼는 고개를 흔들며 중얼거렸다.

"앞으로 어떻게 될지는 잘 모르겠지만, 그래도 용 누각 같은 것에 대해 얘기하다 보면 기분이 참 좋아지거든."

그 말에 로렌스는 혹시나 하는 희망이 생겼다.

리갈 코퍼는 야영지 중앙에 있는 공터로 들어서며 외쳤다.

"테메레르, 널 만나러 온 자들이 있어!"

검은 용이 커다란 머리를 돌려 그들을 바라보는 순간, 로렌스는 카라비너 끈을 풀고 엘시의 등에서 뛰어내렸다.

테메레르가 부대원들에게 말했다.

"독수리 깃발을 확보하니 기분이 참 좋네요."

너도나도 깃발 씻는 일을 돕겠다고 나섰다. 먼지를 깨끗이 씻어내자 깃발의 독수리 문양이 황금색으로 찬란하게 빛났다. 솔질까지 마무리하고 보니 독수리가 그려진 프랑스의 군기는 무척 멋있어 보였다. 테메레르는 나중에 이 깃발을 전리품으로 팔려면 무척 아까울 것 같다는 생각이 들었다. 깃발을 바라보는 다른 용들의 눈길에서도 같은 기분임을 느낄 수 있었다.

테메레르는 말을 이었다.

"하지만 앞으로도 지금까지처럼 수월하게 승리를 거머쥘 거라 여겨서는 안 됩니다. 아직까지 우린 프랑스 용들 중 극히 일부와 전투를 했을 뿐입니다. 프랑스 용들 대부분은 군인들을 실어 나르느라 현재 전투에 참여하지 못하고 있습니다. 조만간 우리는 그들까지 전부 상대해야 할 겁니다."

페르사이티아가 나섰다.

"좋은 생각이 있어. 앞으로 전투를 몇 번 하면서 이 방법을 시험해 보면 좋겠는데……."

갑자기 등 뒤에서 레퀴에스캇이 부르는 소리가 들렸다.

"테메레르……."

뒤를 돌아본 테메레르는 레퀴에스캇의 등에 부상당한 윈체스터

한 마리가 업혀 있는 것을 보았다. 그 뒤를 따라 총총걸음으로 따라오는 암컷 용의 등에는 예전에 테메레르의 지상요원 지휘관이던 홀린이 타고 있었다.

레퀴에스캇은 계속 무슨 말인가를 했고 페르사이티아도 후추탄에 대해 어쩌고저쩌고 설명을 했지만 그 순간 테메레르의 귀에는 아무 소리도 들리지 않았다. 그저 윙윙거리는 소음으로 들릴 뿐. 저 앞에서 로렌스가 다가오고 있었다. 로렌스는 죽었는데, 어찌 된 일인지 입을 열어 말하고 있었다.

"테메레르, 맙소사! 지난 닷새 동안 널 계속 찾아다녔어!"

테메레르는 불안해하며 물었다.

"하지만 당신은 죽었잖아?"

한 번도 유령을 본 적 없는 터라 테메레르는 유령을 만나면 재미있겠다는 생각을 가끔 했다. 그런데 막상 보니 전혀 재미있지 않았다. 살아 있을 때와 똑같은 모습인 로렌스를 보니 두렵기까지 했다. 한편으로는 당장이라도 앞발을 내밀어 로렌스를 끌어안고 언제까지나 안전하게 지켜주고 싶었다.

로렌스가 말했다.

"내가 죽긴 왜 죽어. 여기 살아 있잖아."

테메레르는 고개를 숙이고 로렌스를 자세히 살펴보았다. 혀를 내밀어 냄새를 맡아본 뒤 아주 조심스럽게 앞발을 내밀어 로렌스를 감싸고 들어 올렸다. 아, 앞발에 단단히 잡히는 이 감촉. 로렌스는 살아 있었다. 죽지 않은 것이다. 테메레르는 기쁨의 환성을 터뜨리며 로렌스를 단단히 감싸 안았다.

"아, 로렌스. 다시는 어느 누구한테도 당신을 빼앗기지 않겠어."

제2부

7

"싫어. 그자들이 당신을 바다에서 익사시킬 뻔했잖아. 물론 고의가 아니었고 부주의해서 그런 거지만, 어쨌든 다시는 그 작자들한테 당신을 돌려보내지 않을 거야. 게다가 난 여기 부대원들을 책임져야 하기 때문에 돌아갈 수 없어."

로렌스는 테메레르의 고집스러운 눈빛을 보며 더는 설득해봤자 소용없다는 것을 알았다. 그래도 한 번 더 말해보았다.

"정규 부대에서 너를 다급히 원하고 있어. 그러니 여기 지휘관을 만나 얘길 해봐야겠다."

"지휘관은 바로 나야."

테메레르는 진지한 표정이었다. 로렌스는 주변을 에워싼 테메레르의 앞발 위로 올라서서 공터를 찬찬히 둘러보았다. 상급 장교는 한 명도 보이지 않았다. 로렌스 일행을 이리로 데려온 거대한 리갈 코퍼를 비롯해 흐릿한 오렌지색 눈을 반쯤 감은 채 졸고 있는 늙은 롱윙, 몸집 큰 체커드 네틀, 파르나소스, 그리고 그보다 약간 작은 용들 모두 안장을 착용하지 않았다. 그 용들은 호기심 어린 눈으로 로렌스를 내려다보았다.

그리고 그 너머로 다른 용들도 잔뜩 보였다. 한마디로 이 야영지는 용들로 가득했다. 수십 마리에 달하는 옐로 리퍼들이 한데 모여 자고 있고, 그들의 등 위에는 우편배달 체급의 용들과 라이트급 용들이 드러누워 있었다. 몇몇 남자들이 울타리 안에 있는 돼지 떼와 소들을 관리하고 있었는데 조악한 민간인 복장인 것으로 보아 공군 장교 신분은 아닌 듯했다. 또한 백여 명의 민병대원들이 여러 문의 대포 옆에 서 있는 모습이 보였다. 민병대원들의 붉은 외투는 물이 빠져 적갈색으로 변했다. 그 외에 민간인 외투를 입은 지원병 몇 명이 그 사이에 끼어 있었다. 이 부대에 사람이라고는 그들뿐이었다.

로렌스는 천천히 입을 뗐다.

"민병대원들이구나."

"응. 로이드랑 가축 담당자들이 어디로 가야 저들을 데려올 수 있는지 알려줬어. 대포 발사에 필요해서 근처 마을에서 데려왔는데 꽤 괜찮은 사람들이더라고. 일단 우리 부대에 자리를 잡고, 우리가 자기네를 잡아먹지 않을 거란 걸 믿고 나서는 역량을 제대로 발휘하고 있어."

"세상에……."

이곳 사정을 알면 해군본부 위원회의 위원들이 어떤 반응을 보일지 짐작이 되고도 남았다. 영민한 젊은 지휘관이 이끄는 조직적이고 질서정연한 민병대를 예상하고 있을 텐데. 해군본부 귀족들의 뜻에 따르고 싶어하지 않는, 안장도 착용하지 않은 용들로 구성된 민병대라니. 그것도 영국에서 제일 고집 센 용이 이끄는 부대라니 기가 막힐 것이다.

로렌스는 밀러가 가져온 명령서의 내용에 대해 머뭇거리며 설명했다. 가만히 듣고 있던 테메레르가 밀러에게 머리를 들이대며 말했다.

"뭐, 별로 복잡할 것도 없네요. 민병대 지휘관이 사람일 때만 장교 임관을 허락한다는 내용은 안 쓰여 있잖아요?"

밀러는 테메레르에게 시선을 고정한 채 더듬더듬 대답했다.

"그건 아니…… 아니지만…… 그래도……."

"그럼 됐어요. 기꺼이 장교 임관을 받아들이겠다고, 내 연대를 책임져야 하니 당분간은 로렌스와 본영으로 돌아갈 수 없어 죄송하게 생각한다고 편지를 써서 보내야겠군요. 내 이름으로 편지를 써서 보내면 본영에서도 불평하지 않을 겁니다. 어쨌든 당장 그쪽에 경고를 해줘야 합니다. 이틀 내에 나폴레옹이 런던으로 쳐들어갈 테니까요."

테메레르는 나폴레옹의 런던 진군이라는 충격적인 정보로 단번에 대화의 화제를 돌렸다. 처음에 로렌스는 머릿속이 혼란스러워 아무 생각도 할 수 없었다. 그러다가 문득 테메레르가 용의 잣대로 거리를 가늠한 것인지도 모른다는 생각이 들었다. 영국 해안 상륙에서 런던 침공에 이르기까지 수많은 병력과 말, 군수품을 이송하는 데 수반되는 어려움을 고려하지 않은 채 시간 계산을 했는지도 몰랐다. 영국군의 저항이 없다면 나폴레옹은 런던으로 소규모 군대를 진군시킬 수 있을 테지만 곧장 전투에 투입 가능한 대규모 군대를 그렇게 단시일에 런던으로 보내는 것은 불가능할 터였다. 로렌스는 그렇게 믿었다. 아니, 그렇게 믿고 싶었다. 하지만 바르샤바에서 작렬하던 프랑스 군의 대포를 생각하면 영 불가능한 일도 아닐 듯했다. 당시 프랑스 군은 프로이센이 예상한 시기보다 한 달 이상 빨리 바르샤바에 진군해 있었다.

로렌스는 초조해하며 테메레르에게 물었다.

"확실해?"

"우린 르페브르 원수의 군단을 쭉 지켜봤어. 오늘 아침 명령을 받고 곧장 이동 준비를 하더니 온종일 런던 쪽으로 군인들을 실어 나르더라고. 레퀴에스캇이 봤대."

"레퀴에스캇?"

"아까 봤잖아. 당신을 이리로 데려온 용."

"덩치가 커서 적진 가까이 갔다간 곧장 눈에 띄었을 텐데?"

리갈 코퍼를 정찰병으로 쓰다니, 로렌스는 잘 이해가 되지 않았다.

"아, 레퀴에스캇은 몸을 숨길 필요도 없어. 보다시피 섣불리 달려들 용도 없으니까 프랑스 용들이 전투태세를 갖추기 전에 그쪽 진영에 접근할 수 있거든. 안장도 차지 않았고 몸에 태운 사람도 없으니 프랑스 군인들에겐 사육장에서 도망쳐 나와 무리를 찾아다니는 용으로 보이겠지. 그래서 프랑스 군인들은 레퀴에스캇을 유혹해서 자기네 진영에 머물게 하려고 소까지 먹여. 우리로선 레퀴에스캇의 먹이를 해결하는 셈이고, 레퀴에스캇은 적의 동태를 샅샅이 살필 수 있지."

레퀴에스캇이 끼어들어 로렌스에게 말했다.

"그런데 내가 보니까 그놈들이 런던 쪽으로 가더란 말입니다. 출발 전에 그들은 자기네를 공격한 우리 부대를 찾으러 다녔는데 우린 위장을 해서 두 번이나 그들의 눈을 속여 넘겼죠. 그러더니 얼마 안 있어 놈들은 상부의 명령을 받았는지 여길 뜨기 시작했습니다. 소들을 제일 먼저 보내더군요."

레퀴에스캇이 우울한 목소리로 말을 맺자 밀러가 코웃음을 쳤다.
"놈들의 눈을 속였다고? 잘도 그랬겠군."
"가능했겠는데요."
홀린은 이렇게 말하며 공터 한쪽을 가리켰다. 로렌스는 그곳에 독수리 문양의 프랑스 군기가 꽂힌 것을 보았다. 깃발에는 프랑스 어로 '13연대'라고 쓰여 있었다. 홀린은 로렌스를 바라보며 말을 이었다.
"프랑스 군이 이틀 내로 런던을 침공할 것이라는 정보를 어서 본영에 전해야겠습니다. 제가 엘시랑 먼저 가서……."
밀러가 홀린의 말을 잘랐다.
"빌어먹을 헛소리 좀 마시오. 댁이 지금 전해야 하는 정보는 사육장에 도로 몰아넣어야 할 용 예순 마리가 바로 여기 있다는……."
테메레르가 한 걸음 다가와 머리를 들이밀고 노려보자 밀러는 더 이상 말을 잇지 못했다. 테메레르가 살벌한 목소리로 말했다.

"나폴레옹이든 댁의 상관인 장군들이든 우릴 강제로 사육장에 몰아넣을 수는 없습니다. 공군 소속의 용들에게 지시해 우릴 몰아넣으라고 하면 될 줄 아는 모양인데, 그 용들 역시 그런 짓이 얼마나 어리석은지 곧 깨달을 겁니다. 만일 깨닫지 못한다면 내가 직접 그들에게 설명하겠습니다. 그럼 아마도 그 용들은 공군을 나와서 우리에게 합류하겠다고 할 겁니다."
그런 상황에서 기꺼이 테메레르에게 합류하겠다고 할 용들이 누구누구인지 로렌스는 아주 잘 알았다. 만일 그리 되면 테메레르의 연대는 롱윙 두 마리와 리갈 코퍼 두 마리를 확보할 터였다. 물론 그 중 롱윙 한 마리는 실제 전투에 참여하기엔 나이가 너무 많긴 하지만 말이다. 미들급 용과 우편배달 체급의 용들까지 두루 갖춰진 상

태에서 기존의 헤비급 용 다섯 마리에 그 두 마리가 더 추가된다면, 테메레르의 연대는 현재 영국 내에 주둔 중인 공군 용을 모두 합한 것과 비슷한 규모를 갖출 것이다.

여기까지 예상이 되는지 안 되는지 모르겠지만, 테메레르의 말에 밀러는 얼굴이 창백해지면서 입을 다물었다. 로렌스는 구석진 곳에 자리를 잡고 앉아 테메레르가 불러주는 대로 편지를 써 내려갔다.

신사 분들께,
장교 임관을 기쁜 마음으로 수락하는 바입니다. 81연대라는 명칭이 아직 사용되지 않고 있다면 우리가 그것을 사용하고 싶습니다. 라이플 소총은 필요 없습니다. 화약과 대포, 포탄 역시 풍족하게 확보한 상태입니다.

……로렌스는 장군들이 이 편지를 받고 어떤 반응을 보일지 충분히 예상되었다.

그러나 소와 돼지, 양은 더 많이 필요합니다. 확보하기가 더 쉽다면 염소라도 무방합니다. 로이드를 비롯한 우리 측 가축 담당자들은 지금까지 열심히 일을 해주고 있으니 그들의 노고를 알아주시고 칭찬해주셨으면 합니다. 하지만 우리 수가 워낙 많다 보니 가축 담당자를 몇 명 더 보내주시면 매우 유용하겠습니다.

옆에서 목을 길게 빼고 편지를 들여다보던 또 다른 용이 말했다.
"후추. 후추도 보내라고 해. 참, 삼베도 많이 필요해."

노르스름한 몸통에 회색 줄무늬가 있는 미들급 암컷 용으로 이종교배로 만든 품종인 듯했다.

"아, 맞다, 후추."

테메레르는 맞장구를 치며 필요 물품 목록에 덧붙였다.

아울러 케인스와 꿍쑤, 내 발톱씌우개를 보관 중인 에밀리 롤랜드, 그 외에 내 예전 승무원을 모두 이리로 보내주십시오. 부상자들이 있으니 의사도 몇 명 필요합니다. 도싯을 포함해 용 의사 몇 명도 보내주십시오.

그리고 여러분은 현재 주둔 중인 곳에 더 이상 머물지 않는 게 좋을 것이며……

편지를 받아쓰다 말고 로렌스가 말했다.

"테메레르, 상관들에게 이런 식의 문투를 쓰면 안 돼."

본영에서 민병대의 지휘관이 용인 것을 알면 장교 임관 지시를 즉시 철회할 것이고 이 편지의 문투를 물고 늘어지며 반발할 것이라는 말이 목구멍까지 올라왔으나, 긴급한 소식을 한시라도 빨리 전하는 것이 우선이기에 로렌스는 입을 다물었다. 한계가 있긴 하겠지만 제인이라면 테메레르의 편지 문투를 이해해줄 것이다.

테메레르는 의아해하며 말했다.

"하지만 그들은 그곳에 머물면 안 돼. 본영에는 군인 수가 충분하지 않고 근처에 지원해줄 부대도 없잖아. 영국군은 이동속도도 빠르지 않으니 피하려면 서둘러야 해."

그래도 로렌스는 테메레르를 설득해 문투를 약간 부드럽게 하기로 했다.

거의 모든 병력을 집결한 나폴레옹은 화요일에 여러분이 머무는 지역을 칠 것입니다. 프랑스 군은 용들이 직접 군인들을 수송하므로 이동속도가 매우 빠릅니다. 그에 반해 영국의 증원부대들은 이동속도가 느리니 제때 본영에 도착하지 못할 것입니다. 제 연대의 우편배달 체급 용들이 본 바로는, 행군 중인 영국 군부대는 하루에 24킬로미터밖에 이동하지 못한다더군요.

테메레르는 마땅찮아하며 말했다.
"이렇게 에둘러 말했다가 후퇴해야 한다는 말뜻을 못 알아들으면 어떻게 하지?"
"알아들을 거야. 확실해."
본영의 장군들은 테메레르의 편지에 담긴 내용을 믿으려 하지도 않을 것이고 테메레르의 조언에 어떤 반응도 보이지 않을 것이다. 그러나 테메레르에게 굳이 그런 말을 하고 싶진 않았다.
로렌스는 테메레르의 편지가 아무 결과도 가져오지 못하리라 예상했는데 약간은 빗나갔다. 그 편지는 난감한 쪽으로 일을 내고 말았다. 다음 날 아침, 테메레르의 팔을 요 삼아 자고 있던 로렌스는 그를 둘러싼 날개 바깥쪽에서 사납게 악쓰는 소리가 들려 깨어났다. 로렌스는 땅에 발을 디딜 수조차 없었다. 밑으로 내려서려는 순간 테메레르가 얼른 그를 낚아채서 등 위의 펜던트 사슬이 있는 곳 바로 옆에 얹은 것이다. 그런 뒤에야 테메레르는 몸을 일으켜 앉았다. 야영지 경계선 쪽에서 보초를 서던 우편배달 체급의 용 두 마리가 날다시피 뛰어와 헐떡거리며 보고했다.

"테메레르, 저 암컷 용이 암호도 대지 않고 막무가내로 밀고 들어와서……."

"난 멍청한 암호 따위 대지 않아도 돼."

이스키에르카는 이렇게 말하며 공터 안으로 터벅터벅 걸어 들어왔다. 그리고 뒷다리와 궁둥이를 바닥에 대고 몸을 둘둘 말고는 자기가 한 말을 강조하기 위해 불을 한 번 슬쩍 뿜으며 콧방귀를 뀌었다. 그 뒤를 따라 아르카디와 그 부하 용들이 난리법석을 떨며 공터로 들어왔다.

테메레르는 퉁명스럽게 물었다.

"뭐 하러 왔어?"

이스키에르카가 왜 소란을 떨고 잘난 척을 하며 여기까지 밀고 들어왔는지 테메레르는 이해할 수가 없었다.

이스키에르카는 당연한 걸 왜 묻느냐는 투로 대답했다.

"전투하러 왔지. 계속 기다렸는데 벌써 나흘이나 지나도록 본영에선 전투를 할 생각도 않잖아. 그러면서 날 아무 데도 못 가게 했어."

아직도 성질이 나는지 이스키에르카는 쉭쉭거리며 다시 한 번 연기를 훅 내뿜고는 말을 이었다.

"갑갑해서 잠깐 사냥 좀 다녀왔더니 장성들이 와서 내 소중한 그랜비한테 잔소리를 해대잖아."

"흠, 곧 그쪽에서 전투가 수차례 벌어질 테니까 돌아가 있어."

"아니, 그렇지 않을걸. 본영 쪽은 전투 준비가 안 되어 있어. 그쪽에선 앞으로 일주일 뒤에나 전투를 할 거라고 하던데. 듣자 하니 네 부대는 벌써 두 번이나 전투를 했다며? 네가 보낸 편지에 곧 전투가 벌어질 거란 내용이 써 있다고 해서 같이 싸우자고 온 거야. 그리고 전투에서 이겨 나폴레옹을 밟아놓은 다음엔 네 피를 이어받은 알을 하나 낳아줄 테니까 그렇게 알아."

테메레르는 벌컥 성질을 냈다.

"뭐라고! 친절하기도 해라! 영광이다그래!"

"내가 너보다 훨씬 부자인 데다가 불을 뿜는 능력도 있으니 넌 나랑 교미해야 마땅하지."

"너랑은 안 해. 나를 제외하고 네가 이 세상에 딱 한 마리 남은 용이라고 해도 싫어. 차라리 자손을 안 두고 말지."

"몰랐니? 넌 아직 자손이 없어. 너랑 교미한 용들 중에 알을 낳은 용이 한 마리도 없거든. 그래서 내가 특별히 호의를 베풀겠다는 거야."

그리 기분 좋은 소식은 아니었다. 테메레르는 놀라서 살짝 뒷걸음질을 쳤다. 그리 열정적으로 교미에 응하지 않은 것이 사실이지만, 자신이 꽤 괜찮은 수컷이라 교미 요청이 많은 거라 생각하면 기분이 썩 나쁘진 않았었다. 자신의 피를 이어받은 알들이 얼마나 많이 나왔을지 한번씩 생각해보기도 했다. 그런데 알이 하나도 없다니, 이해되지 않았다. 무척 당황스럽기는 했지만 그렇다고 이스키에르카에게 알을 낳게 해주고 싶은 생각은 전혀 없었다.

이스키에르카는 새치름하게 주둥이로 날개를 매만지며 몸을 쭉 뻗어 모두의 시선을 끌었다. 이스키에르카의 안장에는 휘황찬란한 장식물들이 잔뜩 달려 있었다. 그중 사슬 몇 개는 물론 진짜 금은 아니겠지만 황금색으로 빛났고, 사슬 중간 중간에는 색유리로 된 조각까지 끼워져 있었다. 테메레르는 독수리 깃발 옆에서 로렌스, 타르케와 나지막한 목소리로 얘기 중인 그랜비를 의식하지 않을 수 없었다. 그랜비는 금몰이 잔뜩 달리고 천의 질도 매우 훌륭한 초록색 벨벳 외투를 입고 있었다. 허리에는 칼을 두 자루나 찼는데, 하나는 단검이긴 했지만 둘 다 칼자루에 훌륭한 장식이 되어 있고 윤기 나는 가죽으로 만든 멋진 칼집에 들어 있었다. 차림새가 그렇게 멋진데도 이상하게 그랜비의 표정은 밝지 않았다. 그에 비해 로렌스는 몸에 맞지도 않는 초라한 외투 차림이었다.

테메레르의 연대원들은 이스키에르카와 아르카디 일당을 바라보며 감탄해 마지않았다. 테메레르가 보기에 아르카디와 그 부하들은 빛나는 장식물들을 각자의 안장 여기저기에 걸쳐놓아 꼭 게으른 해적 떼 같았다. 아르카디의 등에 원래 자기 승무원인 디마니가 타고 있는 것을 보고 화가 난 테메레르가 디마니에게 나무라듯 물었다.

"네가 왜 아르카디를 타고 있지?"

디마니는 고개를 들고 그를 올려다보며 대답했다.

"아르카디가 영국 군인들의 깃발 신호를 못 알아들어서 내가 알려주고 있어. 신호 내용을 말해준 다음, 그 깃발 신호를 따를지 말지 결정해. 가끔 깃발 신호로 잘못된 지시가 내려오기도 하거든."

이스키에르카와 아르카디 일당은 디마니 외에 테메레르의 예전 승무원들을 한 명도 데려오지 않았다. 먹을거리는 물론이고 쓸모 있는 것이라곤 하나도 가져오지 않았다. 그들은 이 야영장에서 무엇을 먹을지 어디에서 잠을 잘지도 미리 계획하지 않고 무작정 쳐들어와서는 기존의 질서를 무시하는 행동을 서슴지 않았다. 야생용치고는 몸집이 커서 미들급에 준하는 린지는 옐로 리퍼 한 마리를 밀어내고 그 자리를 차지하려 했다. 화가 난 리퍼들이 쉭쉭거리며 린지를 비난하자 아르카디 일당은 악악거리며 리퍼들에게 달려들었다. 결국 테메레르가 고함을 내질러 그들의 입을 다물게 하고 따로 떼어놓아야 했다.

테메레르는 단호하게 말했다.

"너흰 여기 새로 왔으니까 알아서 빈자리를 치우고 거처로 써."

"아, 그거야 쉽지."

이스키에르카는 이렇게 대답하고는 아르카디에게 두르자크 어로 명령을 내렸다. 아르카디가 제 부하들을 당장 옆으로 비켜나게 하자 이스키에르카는 공터 가장자리의 한 구역에 대고 불을 확 뿜었다. 낙엽이 불에 타 바스러지고 나무줄기의 껍질이 총포라도 쏘는 듯 펑, 탁 소리를 내며 떨어져 나갔다. 오래전에 죽은 소나무 한 그루가 우지직 탁탁 소리를 내며 횃불처럼 불타오르자 연대원들은 놀라서 꺽꺽거리며 펄쩍 뛰어 물러났다.

테메레르가 소리쳤다.

"그만둬! 야영지 안에서 멋대로 불을 뿜지 마! 사방에 화약이 있는데 우릴 모두 죽일 작정이냐? 불 끄고 불탄 나무들을 뽑아서 치워."

아르카디 등은 뿌루퉁한 표정으로 흙을 퍼얹어 나무에 붙은 불을 껐다. 그러나 이스키에르카는 가만히 앉아서 하품을 하며 구경만 했다. 기존 연대원들은 깊은 인상을 받은 표정으로 이스키에르카를 바라보았다. 언짢아진 테메레르가 불만을 토로했으나 기분 나쁘게도 페르사이티아는 동조하지 않았다.

"저 불 뿜는 용을 잘 쓰면 정말 유용하겠어."

그러고는 방금 머릿속에 떠오른 생각이라며 이스키에르카를 활용할 몇 가지 비행법을 땅바닥에 그려 테메레르에게 보여주었다.

그랜비는 지친 표정으로 이마에 얼룩진 땀을 손으로 닦아내며 로렌스에게 말했다.

"본영의 장군들은 보고 내용을 전혀 믿지 않더군요."

놀랄 일도 아니었다.

"짐작하셨겠지만 테메레르의 편지 내용에 대해 듣자마자 이스키에르카는 당장 여기로 와서 합류해야 한다고, 안 그러면 테메레르가 전승의 모든 영광과 전리품을 독차지할 거라고 난리를 쳤습니다. 자기도 프랑스 군의 독수리 깃발을 갖고 싶다나요. 보시다시피 이스키에르카가 어떤 결정을 내리면 아르카디와 그 부하들은 세상 끝까지라도 그 뒤를 따릅니다."

아르카디는 여전히 투르케스탄 출신 야생용들의 리더지만, 전투력에서 자신보다 우위인 이스키에르카를 특별히 상관으로 대우했다. 이스키에르카를 따라다니면 온갖 보물이 수중에 떨어지니 상관 대우를 해주지 않을 이유가 없었다.

"이스키에르카와 아르카디 등이 본영을 뜨자마자 롤랜드 대장님은 곧 상황 파악을 하시고 명령서를 지닌 우편배달 용을 뒤따라 보내셨습니다. 정찰 임무를 맡긴다는 내용의 명령서였죠. 그렇게 해주신 덕분에 저는 항명 장교 신세는 벗어났습니다만……."

그랜비는 어찌할 바를 모르고 자기 손만 내려다보았다.

로렌스가 나지막하게 물었다.

"본영에선 프랑스 군의 공격에 대비가 안 되어 있다는 건가? 전혀?"

"본영에서는 병력도 제대로 확보되지 않은 상황이라 대비책을 마련할 수도 없습니다. 롤랜드 대장님이 제일 가까운 곳에 있는 부대를 용들 몸에 태워 본영으로 실어오자고 설득하셨지만 육군 장군들이 꿈쩍을 안 해요. 육군들을 용에게 태우려 했다간 집단 항명이 일어날 거라면서요."

옆에 서 있던 타르케가 한마디 했다.

"용을 타고 이동하느니 차라리 후퇴하자고 하겠죠."

그랜비가 우울하게 맞장구쳤다.

"아마도요."

로렌스는 착잡한 심정이었다. 적의 상륙을 막지 못해 해안에서 런던 근처까지 후퇴한 것은 어쩔 수 없었다 쳐도, 총 한번 쏴보지 못하고 적에게 런던을 내준다는 것은 도저히 있을 수도 없는 일이었다.

아르카디 일행이 야영지 내에 자리를 잡은 것을 확인한 뒤 로렌스는 테메레르에게 다가가 물었다.

"혹시 네가 잘못 판단했을 가능성은 없어?"

테메레르는 차분하게 대답했다.

"프랑스 용들은 자기네 군인들을 영국 육군이 주둔 중인 런던 쪽으로 옮기고 있어. 소 떼라면 여기가 훨씬 풍족하니 그들이 런던 쪽으로 이동하는 건 먹이 확보 때문이 아니라는 얘기지. 원한다면 몬시랑 윈체스터 들한테 프랑스 군인들이 어디까지 가 있는지 알아보고 오라고 할 수도 있어."

테메레르가 그 생각을 실행에 옮기기도 전에 엘시가 야영지 안으로 다급히 날아 들어왔다. 엘시는 땅바닥에 미끄러지듯 착륙하며 소리쳤다.

"서둘러! 서둘러야 해! 프랑스 군이 내일이 아니라 오늘 밤에 영국군 본영을 칠 거래!"

엘시의 등에서 급하게 기어 내려온 홀린이 로렌스에게 말했다.

"사실입니다, 대령님. 본영에서 한 시간 거리도 안 되는 곳에 프랑스 군이 집결하는 걸 정찰병들이 봤답니다. 그들 진영에 플레르 드 뉘 열 마리도 있다고 합니다."

테메레르는 곧장 연대원들에게 이동 명령을 내렸다. 그날 로렌스는 용 민병대가 얼마나 빨리 이동하는지 직접 확인할 수 있었다. 제일 먼저 음매음매 우는 소 떼가 먼지 구름을 일으키며 길을 따라 이동을 시작했다. 공중에서 작은 용 몇 마리가 지켜보는 가운데 가축 담당자들이 소 떼를 둘러싸고 막대기로 이리저리 치며 몰고 갔다.

테메레르는 수석 가축 담당자를 따로 불러 지시를 내렸다.

"하펜든에서 기다리고 있어. 나중에 우리가 직접 그리로 가거나 소 떼를 추후 이동시킬 장소와 경로에 대해 전갈을 써서 보낼게. 우리한테서 소식이 없더라도 소들을 안전하게 지키고 있어. 프랑스 군이 못 가져가게 해야 해."

"예, 알겠습니다."

수석 가축 담당자는 앞머리에 손을 대고 깍듯하게 경례를 붙였다. 그러고는 앞서 걸어가는 부하들에게 활기찬 목소리로 소리친 뒤, 가만히 서 있는 노새를 발로 걸어차 출발시켰다.

민병대원들은 몇 안 되는 천막을 걷어 대충 접어 뭉친 뒤 말뚝을 비롯한 천막 설비 용품, 조리 도구, 구형 포탄이 가득 담긴 큰 솥들과 함께 커다란 천 안에 집어넣었다. 중형 용들은 대포를 하나씩 잡고 날아갔고, 민병대 군인을 비롯한 나머지 인력은 소형 및 초소형 용에 올라타고 밧줄로 몸을 대강 고정했다.

테메레르가 설명했다.

"수송 인원이 적으니까 안장은 필요 없고 저렇게 밧줄로만 몸을 묶어도 돼. 저들도 안장에 매여 책상다리를 하고 앉아 가는 것보다는 밧줄로 몸을 고정하고 두 다리를 쫙 편 채 앉는 게 편하대."

용 민병대의 지휘관으로서 테메레르는 엄격하게 이동 과정을 감독했다. 그러면서 자신이 맞게 지휘하는지 확인받으려는 듯 한번씩 로렌스를 흘끔흘끔 쳐다보았다. 로렌스의 생각에는 별문제 없어 보였다. 차례로 날아오른 용들은 먼저 출발한 가축 떼를 따라가다가 하강하여 무리에서 뒤처진 소나 살진 돼지를 집어 올렸다. 그리고 다시 고도를 높이며 공중에서 점심을 해결했다. 몸에 온통 피가 튀기는 했지만 비행 중에 먹이를 먹는 것 자체는 별로 힘들어 보이지 않았다.

"자, 이제 우리도 출발해야겠다."

테메레르는 이렇게 말하며 로렌스를 앞발로 집어 목 뒷덜미에 얹었다. 그리고 힘차게 도약하며 날아올랐다. 이륙한 지 한 시간도 채 되지 않았는데 어느덧 시야에는 지상의 황량하고 지저분한 들판밖에 보이지 않았다.

최대한 서둘러 본영 쪽으로 가야 했기에 그들 부대는 빠른 속도를 유지했다. 그런데 로렌스가 보기에 용들은 줄을 맞춰 비행하는 것이 아니라 아무렇게나 날면서 수시로 위치를 이리저리 바꾸었다. 소형 용들은 높은 곳에서 비행하다가 한번씩 하강하여 대형 용의 등에 내려앉아 휴식을 취하곤 했다. 로렌스는 황갈색의 작은 암컷 용 한 마리가 테메레르의 등에 갑자기 내려와 앉는 바람에 그 사실을 알게 되었다. 암컷 용은 가쁜 숨을 몰아쉬며 테메레르의 등을 잡더니 머리를 쭉 내밀고 로렌스를 이리저리 뜯어보았다.

잠시 서로를 쳐다보기만 하다가 로렌스가 조심스럽게 입을 뗐다.

"윌 로렌스라고 합니다."

용이 대답했다.

"아, 나는 민노우라고 해요. 말 놓으세요. 내가 호기심이 좀 많아서 초면에 실례했습니다. 테메레르가 당신이 죽은 줄 알고 어찌나 낙심하던지, 뭔가 특별한 사람인 줄 알았거든요."

이렇게 직접 보니 특별할 게 없어 보인다는 투였다. 울컥한 테메레르가 고개를 돌려 그들 쪽을 바라보았다.

"로렌스는 세상에서 제일 훌륭한 비행사야. 우린 세상의 모든 용을 전염병에서 구했고 그 일로 영국 장군들과 언쟁 중이야. 지금 우리가 훌륭한 물건들을 소지하지 못하는 것도 그 일 때문이야."

로렌스는 작은 용을 돌아보았다. 물론 '작은' 용이라는 것은 상대적인 개념이었다. 그 용은 머리 무게만으로도 로렌스의 체중과 맞먹을 정도였으니까. 로렌스가 민노우에게 물었다.

"비행사 같은 동료가 있으면 좋겠다는 생각은 안 해봤어?"

"친구들이 있으니까 비행사는 필요 없어요. 안장도 마찬가지고요. 비행 방향을 놓고 지시를 받는 것도 절대 사양하고 싶어요."

이렇게 대답한 뒤 민노우는 테메레르에게 말했다.

"물론 너 같은 대형 용들을 공군에 복무시키려면 비행사랑 안장이 필요하겠지. 그렇지 않으면 어떤 말로 을러도 지시를 따르지 않을 테니까. 나이 많은 우편배달 용들한테 하도 얘기를 들어서 난 공군 체질이 아니라는 걸 오래전에 깨달았어. 공군에 복무하는 용들을 보니까 비행사가 죽으면 낙담해서 정신을 못 차리더라고. 나중에 내세울 거라곤 안장을 찬 자국밖에 없고. 자, 쉬었으니 다시 날아볼까나. 나 간다."

민노우는 테메레르의 등에 내려왔을 때처럼 별다른 인사 없이 휙 날아올라 곧장 앞쪽으로 향했다.

주변을 둘러본 로렌스는 다른 소형 용들도 이런 식으로 종종 대형 용의 등에 내려앉아 휴식을 취하며 난다는 것을 알았다. 혼란스럽게 비행하는 듯 보인 것도 그 때문이었다. 대신 헤비급 대형 용들은 레퀴에스캇의 속도에 맞춰 자기 위치를 지키며 날았다. 레퀴에스캇이 대형 용들 중 제일 느리기 때문에 그의 속도가 기준이었다. 힘이 넘치는 미들급 용들은 가끔 무리에서 떨어져 나와 들판으로 급강하했다가 소나 돼지, 양을 집어 들고 올라와서는 자기들도 먹고 대형 용들에게 나눠주기도 했다.

테메레르가 설명했다.

"이렇게 하면 도중에 멈출 필요가 없어. 목적지에 도착해서도 배고플 일 없고. 레퀴에스캇마저 배고프단 소릴 별로 안 해. 보란 듯이 괜히 투덜거리긴 하지만."

옆에서 날던 레퀴에스캇이 머리를 돌려 테메레르를 쳐다보며 말했다.

"괜히 투덜대는 게 아니야. 건강이 좋았을 때 난 체중이 이십육 톤이나 나갔었어. 그런데 지독한 감기를 앓고 난 뒤로 아직까지 냄새도 잘 못 맡아."

영국 용들이 앓은 악성 전염병의 후유증을 말하는 것이었다. 그 전염병은 리갈 코퍼들에게 특히 큰 타격을 주었다. 감염된 리갈 코퍼들은 모두 몸무게가 확 줄어서 치료 후 원래대로 회복하는 데 상당히 오랜 시간이 걸렸다. 레퀴에스캇의 몸집이 감염 전에는 지금보다 훨씬 컸다니, 어느 정도였는지 상상조차 되지 않았다.

울리치로 향하는 동안 그들은 어떤 방해도 받지 않았다. 정찰 나온 프랑스 용 몇 마리가 있었지만 그들은 테메레르의 부대를 보자마자 방향을 바꿔 줄행랑을 쳤다. 그 용들은 자기네 진영으로 돌아가 영국 용들의 이동 소식을 전했을 것이다. 워낙 대규모 부대다 보니 적의 눈에 띄지 않고 목적지까지 도착하기를 바라는 것은 무리였다. 정찰 용들이 가져온 정보를 듣고 나폴레옹이 울리치 공격 시기를 늦추길 바랄 뿐이었다.

이윽고 테메레르의 부대는 큐와 해머스미스를 지나 템스 강을 건너 런던 시 상공으로 날아 들어갔다. 갈색 리본처럼 구불구불한 템스 강은 가장자리가 얼어 반짝거렸고 눈이 얇게 깔려 있었다.

홀린은 엘시를 대열 앞쪽으로 이동시킨 뒤 신호용 깃발을 꺼내 들었다. 곧 지상에서 알았다는 뜻으로 신호포를 쏘았다. 런던 시민들이 거리로 달려 나와 용 민병대를 환영했다. 멀리서 조그맣게 들렸지만 환호성은 용 민병대의 기운을 북돋워주었다.

테메레르가 대열 앞쪽을 향해 소리쳤다.

"디리지온, 벤티오사! 지상에서 우리 깃발을 볼 수 있게 앞쪽으로 날아가!"

지시를 받은 두 옐로 리퍼는 몸에 고정한 붉은 벨벳 커튼을 휘날리며 대열 앞으로 튀어나갔다.

20분쯤 더 날아가자 울리치의 영국군 본영이 모습을 드러냈다. 진흙과 눈으로 덮인 야영지에는 붉은 외투의 바다가 펼쳐져 있었다.

대규모의 육군 병력이었다. 테메레르는 길을 한눈에 내려다보기 위해 고도를 크게 높인 뒤 숨을 들이마시고 약하게 신의 바람을 내질렀다. 차가운 공기 속에서 옅은 흰 구름이 떨림판 구실을 하면서 거대한 고함의 진동에 맞춰 잔물결처럼 흔들렸다. 마치 한여름에 단단한 땅이나 모래 위에 피어오르는 아지랑이 같았다. 진동은 곧 사라지고, 지상의 공터에 있던 영국 공군 소속의 용들이 고개를 들고 용민병대를 올려다보며 기쁨의 함성을 내질렀다. 테메레르는 본영의 왼쪽에 해당하는 플럼스테드 부근의 넓은 들판에 연대원들을 착륙시켰다.

테메레르는 지상으로 내려가며 말했다.

"로렌스, 내가 직접 가서 얘기를 나누고 싶다고 장군들에게 전해 줘. 본영 한가운데 있는 큰 천막이 장군용 천막인 것 같은데 그 옆에 내가 착륙할 장소를 마련해주면 돼. 말들도 미리 치워두라고 하고."

"미리 말해두겠는데, 장군들은 너를 그리 반기지 않을 거야. 널 맞이하려고 천막 주변을 치우는 일도 하지 않으려 할 거다."

"그런 식으로 나오면 우린 여길 떠나면 돼. 자기네끼리 나폴레옹과 싸우든지 말든지. 우리더러 여기 와달라고 한 건 저 장군들이잖아. 도움이 필요하면서 우릴 노예 취급해서는 안 되지. 장군들이 소 공급을 거부하더라도 우리끼리 그럭저럭 먹이 문제를 해결할 수 있어."

로렌스는 망설였다. 테메레르의 주장을 반박하며 충성의 의무를 언급하고 싶었지만 그것은 논리적으로 옳지 않았다. 테메레르와 그 휘하의 용들은 영국 국왕에게 충성 맹세를 하지도 않았고 군 복무에 대한 정당한 보수를 지급받은 적도 없으니 충성의 의무를 들먹인다는 것은 이치에 맞지 않았다. 로렌스는 지금 자신의 의무에 대해서도 확신이 서지 않았다. 테메레르는 연대원들을 데리고 여길 떠나도 되지만, 그는 장군들이 남으라고 지시하면 남을 수밖에 없었다. 여기서 육군들을 보조하거나 교수형을 당하거나 둘 중 하나일 것이다. 의무에 충실하려는 자신 때문에 테메레르가 발목을 잡혀 뜻대로 행동하지 못할까 봐 두려웠다.

로렌스는 지난번에 불려 들어온 장군 천막으로 들어섰다. 별로 달라진 게 없었다. 사자 문양이 그려진 천막 안에는 탁자 여러 개를 붙여 만든 대형 탁자 위에 큰 지도가 펼쳐져 있었다. 지도 위에는 용과 병력을 나타내는 작은 조각들과 여러 가지 표시 도구가 놓여 있었다. 그 천막 옆에 작은 천막 하나를 덧대어 뒷방으로 쓰고 있었는데, 문 대신 달아놓은 천 사이로 나지막하게 말소리가 들려왔다. 불평하는 목소리와 겁에 질린 목소리, 단호한 목소리 등. 좌중을 압도하며 낭랑하게 울리는 제인의 목소리도 들렸다. 로렌스는 엿듣지 않으려 애쓰며 말없이 탁자 옆에 서 있었다.

탁자 주변에서는 야윈 몸집에 웃음기 하나 없는 젊은 장교들이 모여 작업 중이었다. 장교들은 냉정하고 경멸 가득한 눈빛으로 로렌스를 쏘아보고는 하던 일을 계속했다. 한참 후 육군 장군 한 명이 뒷방에서 나와 로렌스에게 차갑게 내뱉었다.

"저 용들을 전투에 참여시킨다면 자네가 지은 죄를 용서해주지."

로렌스는 그런 제안이 전혀 달갑지 않았다.

천막 안 한쪽 구석에 서 있던 젊은 장교들 중 한 명이 고개도 들지 않고 중얼거렸다.

"젠장, 치욕이 따로 없군."

뒷방에서 뒤따라 나온 웰즐리 장군도 로렌스를 구슬렸다.

"자네가 전투 시작 한 시간 전까지 저 용 예순 마리를 본영에 소속시킨다면, 반역죄를 용서하고 교수형을 면하게 해주겠네. 로렌스 자네가 얼마나 대단한 재앙의 천재인지는 모르겠지만, 우리가 아닌 나폴레옹을 적으로 삼은 게 맞다면 우리로선 굳이 자넬 교수형에 처할 필요가 없지. 이만하면 용들을 복종시킬 수 있겠나?"

"장군님. 제가 용들을 데려온 게 아니라 용들이 저를 데려온 겁니다. 저들 중 제 말에 따르는 용은 테메레르뿐······."

"그 용이 자네 말을 따른다면 그걸로 충분해. 난 지금 말장난으로 시간 낭비하고 싶은 기분이 아니야. 자네가 이 임무를 수행하지 못하면 교수형밖에 남은 게 없어. 내가 전장에 나가 총에 맞아 죽기 전에 임무를 수행하게."

그런 뒤 웰즐리는 탁자에서 종이 한 장을 집어 들고 서둘러 몇 줄 써 내려갔다. 읽는 사람 마음대로 해석해도 무방할 정도로 마구 휘갈겨 쓴 명령서였다.

로렌스는 명령서를 받아 들었다. 목숨과 자유, 의무감이 마음속에서 이리저리 뒤엉켰다. 이렇게 혐오스러운 방법으로 회유하고 협박해준 웰즐리에게 차라리 고맙다는 생각이 들었다. 덕분에 그의 명령을 좀더 쉽게 거부할 수 있었으니까.

"죄송합니다, 장군님. 바라시는 대로 해드릴 수 있다는 약속은 못 하겠습니다. 저한테는 그만한 힘도 없습니다. 용 민병대의 리더와 대화를 나누고 싶으시다면 테메레르와 직접 만나 얘기하십시오. 그러지 않으시면 테메레르는 물론 그 휘하의 용들도 장군님들 뜻에 복종하지 않을 겁니다."

"맙소사! 나폴레옹이 우리 문간까지 와 있는데 나더러 야영장을

1.6킬로미터나 가로질러 가서 용들을 달래라는 말인가? 사람도 아닌 용을?"

"달래실 필요 없습니다. 다만, 방금 본영에 도착한 민병대 지휘관에게 어떤 예우를 하는 것이 적절한지는 장군님께서 더 잘 아실 겁니다. 프랑스 군에 대한 본영의 공격 계획에 대해서는 제가 아는 바가 없으니 어떻게 말씀을 못 드리겠습니다. 그저 테메레르가 장군님들을 만나 대화를 나누고 싶어하니, 장군 막사 옆에 착륙에 필요한 공간을 마련해주시고 이곳 말들이 용 냄새를 맡고 달아나지 않게 잘 묶어두시면 됩니다."

웰즐리는 코웃음을 쳤다.

"공격 계획이라고? 그런 건 없어. 우리보다 차라리 그 용이 더 잘 알겠지."

그러고는 천막 안쪽 한옆에 서 있는 젊은 장교를 돌아보며 말했다.

"로울리! 나가서 말들을 묶어놓고 그 용이 착륙할 수 있게 천막 옆을 치워놔. 공간이 얼마나 필요하지?"

웰즐리는 대답도 듣지 않고 곧장 회의가 진행 중인 천막 뒷방으로 들어가 버렸다. 로렌스는 로울리를 따라 밖으로 나가며 말했다.

"착륙하려면 평방 사십육 미터 정도의 공간이 필요합니다."

"거참, 소처럼 둔해서 착륙이 어설픈 모양이군."

로울리는 못마땅한 표정으로 구시렁거렸다. 그는 부하들에게 천막 몇 개를 치우고 말뚝에 매어둔 말들을 다른 곳으로 옮기라고 지시한 뒤 로렌스에게 한마디 덧붙였다.

"그 용이 장군님이 아끼는 말을 잡아먹으면 당신 목은 무사하지 못할 거요."

로렌스는 대꾸하지 않고 테메레르의 연대가 머무는 공터로 서둘러 걸어갔다. 공터에 들어서려던 그는 깜짝 놀라 멈춰 섰다. 언제 소식을 들었는지 그의 예전 승무원 몇 명이 벌써 그곳에 와 있었다. 본영에서 하던 일을 팽개치고 몰래 빠져나온 듯했다. 작업 중이던 펠로우스와 그 옆에서 풀무를 들고 서 있던 블라이스가 고개를 들며 로렌스에게 인사했다.

"대령님."

키가 껑충하게 커서 청년이 다 된 앨런도 상기된 얼굴로 자리에서 일어나 모자에 손을 대며 경례를 붙였다. 안 본 사이에 키가 5센티미터는 더 자란 것 같았다. 에밀리 롤랜드도 와 있었다.

"제군들."

로렌스는 고맙기도 하고 당황스럽기도 해서 그 이상 뭐라 말을 할 수 없었다. 펠로우스와 블라이스, 앨런은 안장이나 갑옷 손질을 하는 게 아니라 테메레르의 백금 펜던트를 손보고 있었고, 에밀리는 테메레르의 보석 박힌 발톱씌우개를 들고 서 있었다.

발톱씌우개는 테메레르가 중국에 있을 때 선물로 받은 것이었다. 금과 은으로 동양식 문양이 정교하게 새겨져 있고 자그마한 준보석이 박힌 대단히 아름답고 화려한 장식물이었다. 테메레르는 발톱씌우개를 끼우고 커다란 진주와 사파이어로 장식된 펜던트를 착용한 뒤, 작은 금과 진주 목걸이까지 펜던트의 사슬에 걸었다. 장식물 사용이 지나쳐서 보완 작용이 아닌 역작용을 일으켰다. 허영기가 넘쳐 보였다.

테메레르는 치장에 앞서 승무원들에게 윤기가 날 때까지 솔로 박박 문질러 몸을 씻겨달라고 했다. 그리고 문과 철책에 사용되는 광택성의 검은 도료를 상처 부위에 칠하게 했다. 로렌스는 마음이 무척 아팠다. 예전에 프랑스와의 전투에서 다친 가슴 쪽 상처가 제일 눈에 띄었다. 당시 표면이 뾰족뾰족한 포탄에 맞아서 치료 후에도 보기 흉하게 상처가 남았고 그 자리의 비늘 여러 개가 오그라졌다.

목욕과 치장을 마친 테메레르는 커다란 분장실용 거울을 앞에 두고 자신의 모습을 최대한 꼼꼼히 살펴보았다. 한 번에 1.5미터씩밖에 몸통을 비춰볼 수 없었지만 그래도 열심히 들여다보면서 얼굴 주변의 막에 반짝이는 장식용 사슬까지 걸쳐보았다.

로렌스가 다가가자 테메레르가 말했다.

"이 장식용 사슬은 이스키에르카가 빌려준 거야. 난 원래 남의 장식물을 빌려 걸치고 내 것인 척하는 성격이 아니지만, 우리 연대가 아직 훈장을 만들지 못해서 이 사슬로 대신해보려고."

장군들의 반응이 어떨지 짐작이 되고도 남아 로렌스는 침울한 목소리로 조언했다.

"별로 좋은 생각이 아닌 것 같은데. 남에게 빌린 장식품으로 치장하면 어색해 보일 뿐이야. 혹시 잃어버리거나 망가지기라도 하면 고스란히 빚으로 남고."

"아, 맞는 말이야. 안 하는 게 좋겠다. 에밀리, 이 사슬 좀 벗겨줘."

테메레르는 아까워서 한숨을 쉬며 마지못해 머리를 밑으로 숙여 장식용 사슬을 빼게 했다.

사실 어떻게 치장해도 상관없을 터였다. 잠시 후 테메레르는 무거운 침묵이 깔린 울리치 본영으로 날아가 장군용 막사 옆 공터에 착륙했다. 놀란 말들의 울음소리도 압도적인 정적 속에 잦아들었다.

천막 밖에서 대기 중이던 로울리는 날아 내려오는 테메레르를 보고 고동색의 좁은 콧수염을 기른 얼굴이 창백하게 질렸다. 공간을 넉넉하게 마련해놓지 않아서 테메레르는 꼬리를 말아 올린 채 내려서야 했다.

"아, 온 건가?"

웰즐리는 이렇게 말하며 천막 밖으로 나오다가 걸음을 멈추고 고개를 위로, 위로, 까마득히 위로 치켜들었다. 그리고 더는 아무 말도 하지 않았다. 이렇게 가까이서 대형 용을 보는 게 처음일 테니 그 용의 장식물에 박힌 보석 따위는 눈에 들어오지도 않을 것이다. 해군이라면 용 수송선에서 대형 용을 접할 기회가 있었겠지만, 줄곧 육군에 몸담아온 웰즐리는 우편배달 체급의 용보다 큰 용은 가까이서 본 적이 없을 것이었다.

테메레르는 흥미로운 표정으로 웰즐리를 내려다보며 말했다.

"연대장 테메레르 대령입니다."

"그런가?"

웰즐리는 목소리를 가다듬고 말을 이었다.

"여럿의 입을 다물게 하기에 아주 효과적이겠어. 로울리, 천막 안에 계신 분들께 나와서 용 민병대의 연대장을 만나시라고 해."

그 말이 끝나자마자 한 남자가 천막 밖으로 서둘러 걸어 나왔다. 장교가 아니라 수수한 진갈색 양복 차림의 신사였다.

"웰즐리 장군. 이런 말을 하게 돼서 미안합니다만, 내각에서는 이 전례 없는 상황이 초래할 위험을 크게 우려하고 있습니다. 한마디 하자면……."

하지만 신사는 하던 말을 끝맺지 못했다. 테메레르가 와 있는 줄 모르고 그 말을 하며 천막 밖으로 나오던 그는 낌새가 이상하자 눈동자를 옆으로 위로 굴렸고, 마침내 검은 비늘과 매끄럽고 날카로운 발톱을 보았다. 점점 표정이 굳어진 신사는 고개를 들어 테메레르를 올려다보고는 입이 딱 붙어버렸다.

웰즐리는 만족스러워하며 그 신사를 슬쩍 잡아 눌러 접의자에 앉혔다.

"아뇨. 그 한마디는 하지 않는 게 좋겠습니다, 자일스. 거기 그냥 앉아 있어요. 로울리, 어서 들어가서 다들 나오시게 하라니까."

눈높이를 맞추려고 머리를 밑으로 내린 테메레르는 온몸을 부들부들 떠는 자일스에게 말을 걸었다.

"실례합니다만, 내각의 일원이시라니 미리 한 말씀 드려야겠습니다. 우리 용들에게 투표권을 보장하고 군 복무 시 봉급을 지급해주십시오."

직업군인들조차 겁을 집어먹을 상황인데 자일스는 오죽했으랴. 그때 제인이 천막 밖으로 걸어 나오며 긴장된 분위기를 단박에 깨뜨렸다.

"크리스마스 파티라도 열린 줄 알고 화려하게 꾸민 거냐? 이건 복스홀 가든의 연극이 아니라 전쟁이야."

테메레르는 민망해하며 대꾸했다.

"예의를 갖추려고 신경 좀 쓴 것뿐이에요."

"뽐내려고 그런 거겠지."

그런 대화를 나누고도 제인이 테메레르에게 잡아먹히거나 짓밟히지 않자 다른 이들도 조금씩 대담해지는 분위기였다. 웰즐리가 바라는 것 이상으로. 애초에 웰즐리가 테메레르를 이리로 불러들인 것

은 특별히 그의 의견을 참조하고 싶어서가 아니라 용을 내세워 위협
적인 분위기를 조성하고 자신의 제안을 관철하기 위해서였다.

현재 영국군 본영이 어떤 위험에 직면해 있는지는 논란의 여지가
없었다. 정찰대의 보고와 전갈을 통해 프랑스 군의 움직임에 대한
정보가 수시로 본영에 도착하고 있었다. 2개 편대 병력에 해당하는
플레르 드 뉘들이 이곳 영국군 본영으로 쳐들어와 내일 아침까지 밤
새 폭격을 한 다음, 프랑스 육군이 밀고 들어와 남아 있는 영국군을
마저 몰아낸다는 것이었다.

영국군 본영이 있는 이곳은 군사적으로 꽤 유리한 지점이었다. 육
군 장군들은 다음번 전투 시기를 결정하는 주도권을 잡고자 해안에
서 이곳까지 군을 후퇴시켰다. 영국을 침략한 이상 나폴레옹이 런던
을 장악하려 할 것이 분명했기 때문이다. 예전에도 나폴레옹은 전략
적인 가치가 없는 곳임에도 비엔나와 베를린으로 입성했다. 그저 적
국의 궁전을 차지하고 서서 자기 것인 양 느껴보고 싶어서였다. 군
사적인 필요에 의한 진군이 아닌 개인적인 만족을 위한 행동이었다.
런던은 대형 은행이 많이 모여 있으니 런던을 차지하면 영국 침공에
필요한 금과 은을 잔뜩 확보할 수 있고, 영국을 남북으로 갈라놓을
수 있었다. 템스 강을 통해 해안에서 전쟁 물자를 잔뜩 들여올 수도
있으니 나폴레옹에게 런던 확보는 중요한 사안일 터였다.

그런 점을 예상했기에 영국군은 울리치와 옥슬리스 우드 사이의
남쪽 제방에 본영을 구축했다. 본영에서는 런던으로 이어지는 도버
대로(大路)가 한눈에 보였고 프랑스 군이 이용할 가능성이 있는 모
든 길을 가로질러 바리케이드를 설치할 수 있었다. 프랑스 군이 용
을 이용해 엄청나게 빨리 이동하고 있지만 그 바리케이드 때문에라

도 대규모 프랑스 육군의 진군은 어느 정도 지연될 수 있었다. 나폴레옹이 바리케이드를 피하기 위해 도버 대로 쪽으로 오지 않고 템스 강 아래쪽에서 런던으로 군을 이동시킨다면, 영국군은 적군의 후방을 공격할 기회를 얻는다. 그런데 나폴레옹은 그런 예상을 보기 좋게 뒤엎어버렸다. 방해물을 피해가는 대신 주요 도로를 따라 군을 진군시켜 오늘 밤 영국군 본영을 쑥대밭으로 만들려 하고 있었다.

현재 영국군 본영은 적군보다 높은 지역에 있다는 이점이 있고, 튼튼한 농가들을 비롯해 바리케이드 및 방비 시설로 쓸 만한 오래된 돌벽과 울타리도 확보한 상태였다. 적군에게 쉽게 밀리지는 않을 것이었다.

총사령관으로서 본영의 지휘를 맡은 늙은 장군 휴 달림플 경이 천막 밖으로 걸어 나왔다. 목이 굵고 관자놀이 아래로 금발 머리가 흘러내린 그 장군이 입을 열었다.

"우린 이곳을 지켜낼 것이다. 이렇게 유리한 지역을 적에게 내주는 것은 너무나도 어리석은 짓이니까."

웰즐리가 냉정하게 물었다.

"어쩔 수 없이 여길 적에게 내줘야 한다면 어찌시겠습니까?"

본영 왼쪽의 습지는 눈으로 더욱 질척해져 있었다. 이런 날씨에 이곳을 지켜내기란 쉽지 않을 터였다.

달림플 장군이 대답했다.

"나폴레옹의 군대가 예상보다 훨씬 빨리 진군해 오고 있지만, 혼란에 빠져 허우적대기만 해서는 문제 해결이 안 돼. 프러시아도 우왕좌왕하다가 당했잖은가. 그들은 나폴레옹의 전략에 휘말려 하루에도 열 번씩 진영의 위치를 바꾸고 변덕을 부려댔지."

가만히 듣고 있을 수가 없어 로렌스가 나섰다.

"장군님, 죄송합니다만 한 말씀 올리겠습니다. 장성들의 결단력 부족이 프러시아의 패배를 초래한 것은 부정할 수 없는 사실이지만, 그들은 허허벌판에서 용들의 공격을 받았기 때문에 더더욱……."

달림플이 말허리를 잘랐다.

"용을 보지 못하게 기병대의 말에게 곁눈가리개를 씌우자는 자네 의견은 보고서로 읽었네. 그러니 나대지 말고 가만있어. 자네가 보고한 내용 중 필요한 부분은 받아들였고 기병대의 말에 두건까지 씌웠어. 나폴레옹이 겨우 용 몇 마리로 우릴 밟아놓을 생각인가 본데 잘못된 판단임을 깨닫게 해줄 생각이야."

빈정거리는 말투로 보아 그는 로렌스가 현 상황을 우려한다는 것을 믿지 않는 듯했다.

또 다른 장군이 말했다.

"이번에 나폴레옹은 군대의 이동속도를 높이느라 혈안이 돼서 분별력마저 상실한 것 같더군요."

그 장군은 한마디 하고 나서려는 제인 쪽을 냉랭하게 쳐다보며 말을 이었다.

"정찰병들은 물론 여러 용의 말을 들어봐도 나폴레옹은 아직 자신의 군대 전체를 이 부근에 집결하지 못한 게 확실합니다. 군인 수가 삼만 명이라던가. 아무튼 오만 명은 되지 않는다고 하더군요. 그 정도면 우리가 소집 군대나 증원부대까지 동원하지 않아도 나폴레옹의 병력에 크게 밀리지는 않지요."

제인이 말했다.

"여기 죽치고 있다가 아침까지 폭격을 당하고 나면 그게 얼마나 근시안적인 생각인지 깨달을 겁니다. 정찰병들이 현재 이 부근에 집결한 프랑스 군대의 병력이 삼만 명 정도라 보고하기는 했지만 다른 부대가 추가로 합류하지 않는다고 어떻게 보장하겠습니까?"

옆에 서 있던 육군 장군 하나가 제인에게 호전적으로 내뱉었다.

"그래서 저 용 민병대의 지원을 받지 않으면 안 된다는 겁니까? 반역자로도 모자라 제어 불가능한 용 예순 마리까지 받아들이라고 끊임없이 주장하시는군요. 프랑스 용들이 우리 머리 위로 구형 포탄을 떨어뜨리는 동안 우리가 아무것도 하지 않고 멍하니 있을 줄 아십니까? 오늘 밤에 투입이 불가능하다면 저 용 민병대는 앞으로도 우리에게 전혀 쓸모가 없을 겁니다."

테메레르가 끼어들었다.

"웨일스에서 이리로 오는 동안 프랑스 군대를 많이 봤습니다. 해가 떠 있는 동안이라면 플레르 드 뉘를 막아내는 데 문제가 없습니다만 밤에는 어렵습니다."

달림플 장군은 얼굴을 찌푸린 채 고개도 들지 않고 말했다.

"어렵다고? 전투에서 이기는 건 원래 어려운 일이다."

그러고는 고갯짓으로 부관을 불러 로렌스에게 지도 한 장을 내주게 했다.

"자네는 용 민병대를 데리고 본영에서 1.6킬로미터 떨어진 곳으로 가서 진을 치고 있게. 내일 아침까지 그곳에서 플레르 드 뉘의 접근을 막고……."

테메레르가 나섰다.

"참으로 멍청한 작전이군요. 우리가 본영에서 1.6킬로미터나 떨어진 곳에 가 있으면 플레르 드 뉘는 우리가 있는 곳을 빙 돌아서 본영으로 쳐들어갈 겁니다."

달림플은 로렌스를 흘끗 돌아보며 말했다.

"르페브르의 후방 부대와 두 번 전투를 해보더니 이젠 우릴 가르치려 드는군. 내 생각 같아선 당장 네놈들을……! 빌어먹을, 명령에 나 따라. 시키는 대로 하란 말이다! 기회를 얻은 것에 감사하진 못할 망정……."

테메레르가 반박했다.

"내가 지금 그 명령에 따른다면, 여러분은 내 연대원들을 데려다 쓸 수 있겠죠. 그동안 르페브르는 더 많은 먹이를 확보할 테고요. 내일이면 나폴레옹은 여러분을 재기조차 불가능하게 자근자근 밟아 놓을 겁니다. 이렇게 어리석은 작전이 어디 있습니까? 왜 내가 바보 같은 명령에 따라야 하는데요?"

조금 전 호전적인 태도로 나선 육군 장군이 말했다.

"시키는 대로 하지 않으면 네 비행사를 교수형에……."

"매클레인 장군!"

제인이 소리쳐 그자의 입을 틀어막았으나 이미 늦고 말았다. 테메레르는 목구멍 깊숙한 곳에서 으르렁거리는 소리를 내며 얼굴 주변의 막을 빳빳이 세우고는 머리를 낮춰 그 육군 장군을 노려보았다.

매클레인의 말은 평소 육군 장성과 장교 들이 회의 중에 하던 말이 순간적으로 튀어나온 것이라고밖에 볼 수 없었다. 테메레르의 목구멍에서 흘러나오는 기묘한 진동이 공기 중에 퍼져나갔다. 안면 좀 텄다고 함부로 경멸의 말을 내뱉은 매클레인은 순식간에 얼어붙었다. 광택이 나는 커다란 검은 머리에 가로 길이 30센티미터에 달하는 두 눈, 세로로 찢어져 램프처럼 빛나는 홍채가 코앞에 와 있으니 그럴 만도 했다. 테메레르의 입 안에는 톱니처럼 깔쭉깔쭉한 이빨들이 가득했고 제일 작은 이빨이 성인 남자의 손만 한 크기였다. 장성과 장교 들은 이 생물이 앞발을 한 번 슬쩍 휘두르기만 해도 자기네 목숨이 다 날아간다는 사실을 새삼 다시 깨달은 듯했다. 하지만 로렌스에게 테메레르는 전혀 위협적으로 느껴지지 않았다. 개와 몸집이 비슷하던 새끼 때부터 키워왔기 때문이다.

"로렌스는 영국 정부에 충성을 맹세하고 의무를 다하겠다고 약속했으니 당신들이 교수형을 시킨다 해도 묵묵히 받아들이겠죠. 나로선 도저히 이해가 안 되는 일이지만."

잠시 입을 다물었던 테메레르가 나지막하고 성난 목소리로 말을 이었다.

"그래서 난 로렌스를 억지로 데리고 도망치지 못했습니다. 로렌스의 뜻을 거스르는 건 옳지 않으니까요. 하지만 이제 다시는 로렌스와 떨어져 지내지 않을 겁니다. 혹시라도 당신들이 나 몰래 로렌스를 처형하면, 나는 친구들을 데리고 이 나라를 떠나겠어요. 중국으로 돌아가겠다는 게 아니라, 나폴레옹에게 가서 내 영토를 차지해도 좋다고 말하겠습니다. 당신들을 모두 죽여달라는 조건으로요. 그리고 나폴레옹에게 지원을 아끼지 않을 겁니다. 그러니 한 번만 더 그런 식으로 위협해보세요. 절대 가만있지 않을 테니."

로렌스는 참담한 심정이었다. 예상했어야 했다. 비행사인 용싱 왕자가 죽었을 때 리엔도 중국을 떠나 자신의 의지로 나폴레옹에게 갔다. 테메레르와 서방 세계에 대한 분노와 경멸로 마음이 가득 찬 리엔은 훗날 유럽의 제왕이 된 나폴레옹이 중국까지 쳐들어올 수 있다는 점은 고려하지도 않았다.

테메레르의 경우, 그동안 공군에 복무하며 영국 정부에 대한 충성심이 손톱만큼이라도 생겼을 수 있었다. 그러나 해군본부 측이 치료약을 독점하고는 서방 세계의 모든 용을 전염병에 감염시켜 죽이려는 계획을 실행했을 때, 그리고 프랑스에 치료약을 전한 죄로 자신은 사육장에 갇히고 로렌스는 사형선고를 받았을 때, 테메레르의 마음속에서 충성심 따윈 깡그리 사라져버렸을 것이다. 그동안 영국 정부는 로렌스의 목을 손아귀에 쥐고 테메레르를 조종했으나 그 방법은 하도 자주 써서 약발이 다되고 말았다.

로렌스는 자신이 교수형을 당한다면 테메레르가 자유로이 중국으로 돌아가는 것이 아니라 영국의 적인 프랑스로 가겠다고 하자 비통한 심정이었다. 방금 테메레르가 내뱉은 말 때문에 장군들은 로렌스와 테메레르를 더더욱 경멸할 것이다. 어쩌면 로렌스가 처형을 면하려고 테메레르를 통해 그런 위협을 가한 것이라 오해할 수도 있었다. 나폴레옹이 영국 땅을 밟고 있는 동안에는 저들도 테메레르를 자극하지 못하겠지만, 필요에 의해 참고 있을 뿐이지 전쟁이 끝나면…….

달림플은 테메레르의 공적을 평가 절하했지만 로렌스는 생각이 달랐다. 지휘관으로서 경험을 쌓거나 훈련받은 적도 없는 테메레르는 오직 불굴의 의지로 그 자리에 섰다. 사육장에서 잘 먹고 잘 살던 예순 마리의 게으른 용들을 설득해 참전케 했고, 프랑스 군을 상대로 한 전투에서 이미 두 차례나 승리를 거두었다. 르페브르가 나폴레옹 휘하의 원수들 중 최고는 아니라는 점, 르페브르의 군단이 용들을 대규모로 거느리고 있지 않다는 점, 테메레르의 연대가 상대한 것은 그중 일부 부대에 지나지 않는다는 점을 감안하더라도 지금까지 테메레르가 연대원들의 힘을 결집하고 먹이를 원활히 공급해온 공적은 인정해야 마땅했다. 하지만 지금 이 자리에 있는 영국 육군 장성과 장교 들은 근시안적인 자들이라 아마도 테메레르와 그 휘하의 고집스러운 용들을 모조리 죽여 없애고 싶은 심정일 것이었다. 직접 죽이지 못한다면 조금 전 테메레르가 한 말을 빌미로 암살 계획을 추진할지도 몰랐다.

침묵 속에서 로렌스가 나지막하게 입을 열었다.

"테메레르…… 그런 말을 하면 안 돼. 넌 이제 정식 장교가 되었으니 이분들은 네 상관이야. 명령이 마음에 안 든다고 위협을 하거나 으르렁거리는 것은 옳지 않아. 네가 한 말을 취소해."

여전히 화를 풀지 못한 테메레르는 목소리를 낮추며 말했다.

"명령 때문에 으르렁거린 게 아니야."

그래도 테메레르는 로렌스가 시키는 대로 머리를 뒤로 뺐고 장군과 장교 들은 그제야 비로소 숨을 들이마셨다. 테메레르가 말을 이었다.

"명령 내용이 멍청하기 짝이 없긴 하지만 그것 때문에 화가 난 건 아니라고. 앞으로도 명령 때문에 으르렁거리는 일은 없을 거야. 다만 누구든 내게서 당신을 빼앗아서 교수형을 시키려고 하면 언제든 이렇게 할 거야. 그 이상의 짓도 할 수 있어. 말려도 소용없어."

"저렇게 나올 줄 알았다니까……."

매클레인이 조그맣게 중얼거리자 웰즐리가 곧장 저지했다.

"빌어먹을. 매클레인, 열 받게 만드는 소리 좀 집어치워요."

웰즐리는 다른 이들이 말없이 떠는 것을 보고는 이때다 싶어 제안을 내놓았다.

"지금까지의 정찰 보고는 모두 헛소리일 뿐입니다. 나폴레옹이 충분한 병력을 확보하지 못한 상태라니 말도 안 되지요. 나폴레옹도 위던에 영국 군인 사만 명과 대포, 군수품이 있는 걸 알 텐데 병력이 부족한 상태로 오늘 밤 영국군 본영을 치려 하겠습니까? 분명 넉넉한 병력을 확보한 상태겠죠. 그것도 모르고 나폴레옹과 전투를 했다간 그에게 전승 기록을 하나 더 추가해주는 꼴밖에 안 됩니다. 멍청한 짓이 따로 없는 겁니다."

달림플이 받아쳤다.

"그래서 어떻게 하자는 건가? 런던으로 진군해 오는 나폴레옹을 멍하니 쳐다보면서 길가에서 손이라도 흔들자는 건가?"

"프랑스 군이 영국 땅에 상륙한 게 사흘 전입니다. 그때 우린 이미 런던을 빼앗긴 것과 다름없습니다. 이 주일 전 넬슨이 군함 스무 척을 몰고 코펜하겐으로 출발했을 때 나폴레옹은 영국 침공의 기회를 잡은 겁니다. 그러니 지금이라도 빨리 대비책을 세우고 행동에 옮겨야 합니다. 일단 오늘 밤 당장 군대를 북쪽으로 이동시키십시오. 지금까지 술 마시고 도박하고 창녀나 쫓아다니며 일주일간 빈둥거렸으니 잠 좀 줄이고 행군을 시켜도 될 겁니다."

침묵을 지키던 자들은 그제야 입을 열고는 패배주의에 젖어 항복하겠다는 거냐고 불만을 터뜨렸다. 웰즐리는 언성을 높이며 하던 말을 계속했다.

"잃을 게 뻔한 곳을 지키려고 탄약과 병력, 용을 낭비한다면 우리야말로 반역죄를 저지른 죄인으로 교수형을 당해야 마땅합니다. 우린 스코틀랜드로…… 스코틀랜드와 그 주변의 산맥 쪽으로 후퇴해야 합니다. 나폴레옹에겐 이 나라 전체를 장악하면서 동시에 영국 해협까지 제어할 만한 병력이 없습니다. 그러니 앞으로 한 달만 나폴레옹에게 영국을 내줍시다. 그동안 나폴레옹은 병력과 용들을 동원해 런던을 차지하고 라간 호수까지 진격해 오겠죠. 그래도 크리스마스 무렵엔 우리도 십만 명의 병력을 확보할 수 있으니 적당한 시기를 택해 나폴레옹을 치면 됩니다. 공격 시기를 우리가 정하잔 말입니다."

누군가가 소리쳤다.

"나폴레옹은 런던을 쥐어짜고 이 나라를 피폐하게 만들 텐데……."

"그러니까 당장 런던으로 사람을 보내서 그곳 상인들과 은행가들에게 자산을 챙겨 런던을 빠져나가게 해야 합니다. 벌써 그들 중 절반은 국왕 폐하를 따라 에든버러로 피난을 갔습니다. 런던에 남은 자들도 북부로 피신시켜야 합니다."

또 다른 누군가가 말했다.

"그 나머지 상인과 은행가 들에게 알아서 하라고 하면, 아마 런던에 남아 있다가 나폴레옹과 악수를 나눌 겁니다."

제인이 나섰다.

"런던에 남고 싶으면 남으라고 하세요. 이대로라면 우린 나폴레옹에게 패할 수밖에 없으니 그들에게 뭐라 지시할 수도 없는 처지입니다. 스코틀랜드로 후퇴하자는 웰즐리 장군의 의견은 지금까지 나온 의견들 중 그나마 쓸 만하네요. 매클레인, 우린 테메레르가 거느린 예순 마리의 용들이 꼭 필요합니다. 유용하게 쓸 수 있는 용 민병대를 구형 포탄처럼 아무렇게나 내던져놓을 순 없어요. 일주일 안에 용 민병대를 유용하게 쓸 수 있는 방법을 고안해내겠습니다. 크리스마스 무렵엔 좀더 익숙하게 이들을 다룰 수 있겠죠. 당장 내일이 문제입니다만, 테메레르의 말대로 용 민병대를 본영에서 멀찌감치 떨어진 곳에 머물게 해선 안 됩니다. 본영 가까이 있게 하면 그들이 알아서 플레르 드 뉘를 막아낼 겁니다.”

테메레르가 끼어들었다.

“이제야 마음에 드는 의견이 나왔군요. 나폴레옹의 군대가 규모가 좀 크다고 해서 우리가 내일 그들에게 이기지 못할 이유는 없다고 봅니다. 이대로 후퇴하는 건 겁쟁이들이나 할 짓이죠.”

로렌스는 착잡한 심정이었다. 테메레르의 말은 장군들에게 호응을 이끌어내지 못하고 있었다. 로렌스도 후퇴하자는 제안은 마음에 들지 않았지만, 장군들은 뚜렷한 전투 계획도 세워놓지 않았고 프랑스 군을 맞아 싸울 준비도 안 되어 있었다. 게다가 후퇴 말고 전투를 해야 한다고 목소리를 높이는 장교들은 대부분 고급스러운 옷차림인 데다 그동안 잘 먹고 지내서 뚱뚱한 것이 야전용 휴대식량으로는 장기간 버텨내기 힘들 것 같아 보였다.

제인이 테메레르에게 말했다.

“아, 이런 피에 굶주린 녀석 같으니라고. 가슴을 쭉 내밀고 도전적으로 논쟁하는 건 그리 좋은 태도가 아니야. 자세를 바로 해. 지금 우리에게 무엇보다 필요한 건 분별력이니까.”

테메레르는 몸을 슬쩍 웅크리며 항변했다.

“가슴을 내밀며 말한 적 없어요. 충분히 분별력 있게 굴고 있다고요. 아무튼 여기서 후퇴한다 해도 군인들을 도보로 이동시키는 한 여러분에게 이로울 건 하나도 없습니다. 프랑스 군이 곧장 뒤쫓아 와서 공격할 테니까요. 프랑스 군은 하루에 팔십 킬로미터를 이동합니다."

"말도 안 돼."

누군가 이렇게 말하자 테메레르가 설명했다.

"르페브르 휘하의 팔천 명 병력은 화요일 아침에 뉴베리 근처에 집결해 있었는데 그다음 주 월요일에는 딜 시에 와 있었습니다. 그러니 그들이 하루에 팔십 킬로미터는 거뜬히 이동한다는 계산이 나오는 겁니다."

그 순간, 완벽한 침묵이 깔렸다. 후퇴냐 아니냐를 놓고 논쟁하다가, 후퇴를 하더라도 적에게서 벗어날 수 없다는 얘기를 들으니 모두 말문이 막힌 것이다.

잠시 후 제인이 입을 열었다.

"흠, 현재 나폴레옹의 병력은 우리 본영의 병력보다 많으니 일단은 우리가 불리합니다. 하지만 우린 용 민병대까지 합해 헤비급 용을 스물네 마리나 보유하고 있고, 나폴레옹 측은 플레르 드 뉘를 제외하면 헤비급 용이 열 마리밖에 없지요. 우리가 그들보다 빨리 군인들을 이동시키려면……."

육군 대령 한 명이 제인의 말을 가로막았다.

"한마디로 육군들을 용의 몸에 태우고 후퇴하자는 말이군요. 그게 가능할지 어디 두고 봅시다."

테메레르가 말했다.

"제 연대원들이 머무는 곳에 와보시면 우리가 사람들을 어떻게 몸에 싣고 이동하는지 직접 보실 수 있을 겁니다. 본영의 육군들을 모두 실어 나르려면 시간이 좀 들더라도 수송용 안장을 만들어야 합니다. 그게 무엇인지는 로렌스에게 설명을 들으시면 알 겁니다. 수

송용 안장은 밧줄에 비해 사람들을 대량으로 수송하기에 아주 편리합니다. 물론 육군들이 천막으로 만든 자루나 배 쪽 그물에 들어가 앉는 것을 꺼리지 않아야 하겠지만요."

어떤 장군이 말했다.

"당연히 꺼리겠지."

그러자 웰즐리가 받아쳤다.

"그런 자들을 군인이라 할 수 있습니까? 제일 먼저 탑승을 거부하는 자를 총으로 쏴버리면 나머지는 조용히 말을 들을 겁니다."

분위기가 후퇴론 쪽으로 너무 기울자 달림플 장군이 버럭 소리쳤다.

"비겁한 후퇴 계획 따위는 그만 집어치워! 우린 여기 남아서 싸운다! 웰즐리 장군, 내일 진영의 오른쪽을 맡아 적들이 막사 쪽으로 밀고 들어오지 못하게 하시오. 버라드 장군은 진영 왼쪽을 맡고 있다가 프랑스 군의 힘이 빠졌다 싶으면 집중 공격해서 언덕 위쪽으로 밀어 올려 중앙에 있는 주력 부대와 맞붙게 하시오."

작전 지시를 받은 웰즐리는 뺨이라도 맞은 것처럼 표정이 굳어졌다. 전투의 주도권을 다른 장군에게 내주고 비중이 작은 임무를 맡아서 그런 모양이었다. 그는 대놓고 반발하지는 않았지만 손가락 끝으로 칼자루를 툭툭 치며 불쾌한 심기를 드러냈다.

달림플이 말을 이었다.

"그리고 롤랜드 대장, 저 빌어먹을 짐승들이 플레르 드 뉘와 싸우지 않겠다고 하면……."

테메레르가 성질을 내며 달림플의 말허리를 잘랐다.

"싸우지 않겠다고 말한 적 없습니다! 언제든 적과 싸울 준비가 되어 있지만, 우릴 본영에서 1.6킬로미터나 떨어진 곳에 머물게 하면 플레르 드 뉘를 막을 수 없다고 한 겁니다! 플레르 드 뉘는 야행성이라 야간 시력이 좋지만 우린 그렇지 못합니다. 그러니 우리가 본영에서 먼 곳에 머물면 플레르 드 뉘들은 우리가 있는 곳을 빙 돌아서 본영을 공격하러 올 겁니다. 그들이 날아올 법한 길목을 막고 있어 봤자 소용없다는 뜻입니다."

달림플은 지시를 내릴 때마다 테메레르가 순순히 받아들이지 않고 토를 달자 짜증이 났다.

"너희는 플레르 드 뉘들이 날아오는 소리를 들을 수 있잖아?"

"우리 귀에 플레르 드 뉘의 날갯짓 소리는 옐로 리퍼와 아주 비슷하게 들립니다. 날개 치는 속도도 동일하고요."

로렌스는 눈을 껌벅였다. 처음 듣는 얘기였다. 용들이 플레르 드 뉘의 날갯짓 소리를 잘 구분하지 못하리라고는 생각도 해보지 못했다. 다른 장교들의 표정을 보니 그들도 마찬가지인 모양이었다. 30년 이상 비행사로 경력을 쌓은 제인도 놀란 표정이었다.

테메레르가 덧붙였다.

"공중에 떠서 날아다니며 듣지 않는 이상, 날개 치는 소리가 어느 정도 거리에서 들려오는지 구분하는 것도 사실 쉽진 않습니다. 주변에 다른 프랑스 용들도 날아다니는 데다가 여러 마리가 한꺼번에 날개를 치고 지나가면 그게 플레르 드 뉘인지 뭔지 알 수 없어요. 그렇게 멍청히 길목을 지키고 있다가 나중에 본영에 와보면 본영은 이미 플레르 드 뉘의 공격으로 엉망이 되어 있겠죠. 여러분은 우리가 임무를 다하지 못했다고 비난할 테고요. 정말 우리가 플레르 드 뉘를 막아주길 바란다면 그러라고 말하세요. 본영에서 얼마만큼 떨어져 있으라는 말만 하지 말고요. 우리가 본영에 머물면서 임무를 수행하게만 해주면 됩니다."

8

 로렌스를 교수형에 처하겠다는 위협에 종지부를 찍기는 했지만 테메레르는 장군들과 나눈 대화가 썩 만족스럽지는 않았다. 장군들은 그리 똑똑하지 못했다. 로렌스가 상관들에 대해 뭐라고 말하든 간에, 상관이라면 적어도 테메레르가 혼자 고안해내는 것보다 더 나은 판단을 하고 합당한 명령을 내려야 마땅했다. 장군들 중 일부는 병력이 충분치 않다는 이유만으로 후퇴하자고 주장하기까지 했다.
 테메레르는 다른 용들에게 말했다.
 "내각에 소속된 사람에게 우리가 투표권과 급료를 원한다고 말해뒀어. 그가 거절하지 않았으니까 우리 요구가 관철될 가능성이 있다고 생각해. 그리고 장군들도 아주 분별력이 없는 건 아니라서 우리가 원하는 방식대로 플레르드 뉘들을 처리하라고 허락했어. 그러니까 이제 어떤 식으로 적의 공격에 대응할지 작전을 짜보자."
 페르사이티아는 곰곰이 생각하느라 꼬리 끝을 앞뒤로 휙휙 저으며 입을 열었다.

"우리가 본영에서 플레르 드 뉘들을 상대하기로 했으니 그 용들이 이쪽으로 와야 하는 상황이잖아. 그러니 일단 우리 쪽이 유리하다고 할 수 있어. 본영에 모닥불을 잔뜩 피워놓으면 플레르 드 뉘들의 모습을 조금이라도 볼 수 있으니까 그들이 쳐들어오자마자 곧장 쫓아버릴 수 있을 거야."

로렌스가 말했다.

"너희가 야영지 위쪽에 떠 있으면 플레르 드 뉘들은 너희와 싸울 것도 없이 본영에 폭탄만 잔뜩 던져놓고 돌아가겠지. 그들은 특별히 목표물을 조준해서 던지는 게 아니라 본영을 망가뜨리는 데 중점을 둘 거다."

테메레르가 말했다.

"본영 주변을 둥글게 둘러싸는 형태로 우리 용들을 배치하면 어떨까? 헤비급 용들이 일정한 간격으로 본영을 가로질러 날아다니면서 상공을 감시하는 거야. 그럼 플레르 드 뉘들이 날아오자마자 알 수 있고, 놈들을 붙잡아서 따끔한 맛을 보여줄 수 있어. 그들을 쫓아버리는 데 그리 오래 걸리지 않을 거야."

제인 롤랜드 대장이 반박했다.

"그랬다간 밤새 체력을 소진해서 내일 한 마리도 온전히 날아다니지 못하겠지. 나폴레옹은 낮에는 쓸모없는 플레르 드 뉘 열 마리를 보내서 우리 측 헤비급 용들의 발을 묶어놓는 것이니 싼값에 큰 이익을 올리는 거야. 그러니 지금 상황에서 그 방법은 타당하지 않아. 너희들의 체력을 허투루 쓸 순 없어. 오늘 밤 헤비급 용들은 모두 먹이를 먹고 곧장 잠을 자둬야 해. 내일이 전투일인데 너희는 이미 여기까지 비행해 오느라 체력을 많이 소모했잖아."

제인의 말은 일리가 있었다. 테메레르는 받아들이고 싶지 않았지만 인정할 수밖에 없었다. 헤비급 용으로서 작전 회의에 참석해야 마땅한 레퀴에스캇이 어느새 코까지 골며 자고 있었다. 테메레르 자신도 전투를 앞두고 있어선지 평소보다 먹이가 입에 당겼다. 테메레르는 한숨을 쉬며 제인의 뜻에 동의했다.

"그렇지만 소형 용들만 내보내서 덩치 큰 플레르 드 뉘 열 마리를 상대하게 할 수는 없습니다. 내일 전투에서도 소형 용들이 필요해요. 우리 대형 용들끼리 전장에 나갔다간 나폴레옹이 자기네 소형 용을 모두 풀어서 우릴 공격할 거예요. 내 연대원들이 몸에 승무원들을 태우지 않아 거리낄 게 없기는 하지만 프랑스 소형 용들에게 둘러싸이면 제대로 공격하기 힘들어요."

테메레르의 말에 제인은 쥠쇠로 볼을 긁으며 생각에 잠겼다가 의견을 내놓았다.

"흠, 플레르 드 뉘들의 공격을 막을 만한 여력이 없다면 차라리 본영이 그들 손아귀에 들어간 듯 속임수를 쓰면 되겠구나."

제인은 곧 계획을 실행에 옮기기 시작했다. 육군 장군들이 반대하고 나섰으나 그들도 다른 도리가 없음을 알고는 제인의 계획에 따르기로 했다. 군인들은 춥다고 투덜거리면서도 지시에 따라 본영에 피워둔 모닥불을 모두 껐고 천막을 접어 치웠다. 미들급 용들은 본영 옆에 있는 큰 숲에 들어가서 흙을 쌓아 방화선을 준비했다.

뿌루퉁한 얼굴로 앉아 있던 이스키에르카가 테메레르에게 말했다.

"재미없어. 전투를 해야지 이게 뭐야. 게다가 난 잠 따윈 자고 싶지도 않아."

속으로는 이스키에르카와 같은 기분이었지만 테메레르는 조용히 타일렀다.

"지금 자두지 않으면 내일 전투에 나갈 수 없어. 시간도 얼마 없으니 서두르자. 해가 벌써 졌잖아. 날이 어두워진 뒤에 우리 진영에 불과 연기가 가득한 걸 보면 플레르 드 뉘들이 낌새를 챌 수도 있어."

"어제는 나무에 불붙이지 말라더니."

이스키에르카는 툴툴거리며 날아올라 미리 사각형으로 표시해둔 본영 옆 숲의 한 구획에 불을 뿜었다. 나무에 불이 붙기 시작했다. 미들급 용들이 그 구역 주변의 나무들을 모두 뽑고 흙을 쌓아 방화선을 만들어두었기 때문에 불길은 정해진 구역 밖으로 나가지 않았다. 불이 타오르자 기분 좋은 열기가 뿜어져 나왔다.

"테메레르."

어느새 기분 좋게 꾸벅꾸벅 졸던 테메레르는 로렌스가 부드럽게 목을 쓰다듬으며 부르자 고개를 들고 물었다.

"안 잤어. 이제 우리 차례지?"

곧장 이륙한 테메레르는 아직 불꽃을 뿜어내는 구역을 꼼꼼히 살펴보았다. 불붙은 나무들이 방화선 쪽으로 쓰러지면 불길이 퍼져나가 숲을 전부 태워버릴 수도 있기 때문에 내키는 대로 신의 바람을 쓸 수가 없었다. 테메레르는 조심스럽게 다가가 그 구역 안쪽으로 신의 바람을 살살 내질렀다. 불에 바짝 탄 나무들이 가볍게 부서져 내렸고, 빛나는 주황색 연기 속에서 불꽃이 춤을 추었다. 마치 작은 불꽃놀이라도 하는 것 같았다.

테메레르는 로렌스에게 말했다.

"흠, 나무들을 좀더 타게 놔뒀다가 쓰러뜨리는 게 더 쉬울 것 같긴 한데. 그렇다고 혼자 못 하겠다는 말은 아니야."

"힘을 아껴둬야 하니까 한 번만 더 돌아보고 오자. 나무 몇 그루쯤은 남겨둬도 별문제 없을 거야. 앨런, 신호를 보내."

테메레르가 한 바퀴 더 돌고 난 뒤, 미들급 용들이 템스 강 바닥에서 짐마차를 삽으로 삼아 퍼온 젖은 흙을 불타는 구역에 쏟아 부었다.

그 구역은 젖은 흙으로 뒤덮이고 불에 타 쪼개진 나무 그루터기가 비쭉비쭉 튀어나와 있어 나중에라도 야영지로 쓰기엔 부적합했다. 이 난장판을 치우지 않고서는 어떤 부대도 여기서 편안히 쉬지 못할 것이다. 젖은 흙으로 덮었지만 몇 군데는 아직 불이 꺼지지 않아 나뭇조각들이 우지직 딱딱 소리를 내며 타고 있었다. 군인들은 불길이 퍼져나가지 않게 그 주변에 흙을 파두었고, 삽질을 한 뒤 천막 몇 개를 설치했다. 하늘에서 보니 그럴듯해 보였다. 제인의 부하들은 붉은 외투와 일반 외투, 반바지에 짚을 채워 만든 인형들을 천막 옆에 배치해 그 구역을 진짜 본영처럼 보이게 했다. 플레르 드 뉘들의 공격을 유도해서 폭탄을 소모하게 하고 진짜 본영을 지키기 위한 유인 구역이었다.

페르사이티아는 몇 걸음 뒤로 물러나 예리한 눈길로 그 인형들을 바라보며 중얼거렸다.

"마음에 드는군. 아주 가까이 내려와 보지 않는 이상 알아채기 힘들겠어. 하늘에서 빠른 속도로 날면서 보면 가짜 본영인 줄 모를 거야."

제인이 말했다.

"이 방법이 플레르 드 뉘들에게 먹히길 바랄 수밖에. 자, 이제 너희들은 모두 먹이를 먹고 잠을 자. 로렌스, 자네 밑에 있던 장교들을 데려올까?"

"그들이 이미 다른 용 쪽에 자리를 잡았으면 그 자리를 잃게 만들고 싶지 않습니다. 그렇지만 대장님 결정을 따르겠습니다."

테메레르는 의아한 표정으로 고개를 갸우뚱하며 로렌스 쪽으로 귀를 쫑긋 세웠다. 말투가 아무래도 이상했다.

먹이를 먹기 위해 대기하는 동안 테메레르는 걱정스럽게 물었다.

"로렌스, 기분이 안 좋아?"

가축 담당자들은 가축우리 안쪽에 서서 먹이 배급량을 협의하고 있었다. 그러면서 울타리 바깥에서 참을성 있게 기다리는 예순 마리의 용들을 한번씩 근심스러운 표정으로 바라보았다.

조금 전 작전 회의를 마치고 난 뒤로 로렌스가 너무 조용해서 테메레르는 불안했다.

"이제 우린 함께 있을 수 있잖아. 곧 나폴레옹도 무찌를 수 있어. 전투가 끝난 뒤엔 장군들도 우리가 제대로 임무를 수행했다는 걸 알게 될 거야. 생각해봤는데, 장군들이 왜 그렇게 사악한 짓을 했는지 알 것 같아. 고의로 전염병을 프랑스에 퍼뜨린 일 말이야. 육군이든 해군이든 장군들은 지는 걸 무척 두려워해. 그들은 그리 똑똑하지 않으니 질까 봐 겁이 나서 그런 나쁜 짓을 한 걸 거야. 그래도 이번에 자기네가 해결하지 못하는 문제를 우리한테 맡긴 것도 그렇고, 결국 우리가 알아서 임무를 수행하게 허락한 걸 보면 아주 사리판단을 못한다고 볼 수는 없겠지."

잠시 후 로렌스가 입을 열었다.

"나 때문에 너까지 우울해할 것 없어. 다시 너랑 함께 있게 되었고 전투도 같이 나갈 수 있어서 나도 무척 기뻐. 다만 지나친 자신감을 경계하라고 충고하고 싶구나. 기대가 크면 실망도 큰 법이야."

그리고 로렌스는 거의 혼잣말을 하듯 나지막하게 덧붙였다.

"프러시아가 프랑스에 패한 것도 지나친 자신감 때문이었어."

"그들은 상황 판단이나 대처가 너무 느렸어. 그 점은 여기 있는 장군들도 마찬가지지만. 이제 우리가 여기 있으니 크게 걱정할 필요는 없을 거야. 당분간은 이리저리 서둘러 옮아 다닐 필요도 없을 거고. 그런데 먹이가 왜 이렇게 안 나오지? 무슨 문제라도 생겼나?"

테메레르는 목을 길게 빼고 울타리 너머를 살폈다. 가축 수가 넉넉하지 않은 것이 문제였다. 가축우리 안에 남은 소는 여든 마리가 채 되지 않았고, 그마저도 공군 소속의 용들과 나눠 먹어야 했다. 테메레르는 당황한 가축 담당자들에게 지시했다.

"수프를 만든 다음 뼈를 굽고 잘게 부숴 넣어. 그렇게 하면 수프에서 구수한 맛이 나서 목구멍으로 넘기기 쉬우니까. 곡물이랑 채소도 넣어."

그리고 로렌스를 돌아보며 물었다.

"꿍쑤는 어디로 간 거야?"

"모르겠어. 내가 개인적으로 고용한 사람이지 정식 승무원 신분이 아니라서 알아내기 힘들어. 그동안은 내가 경황이 없고 서신 왕래를 할 수 있는 상황도 아니라서 챙기지 못했어. 다른 일자리를 찾았겠지. 어디서든 잘해내고 있을 거야."

테메레르는 새삼 화가 치솟는 모양이었다.

"이런 식으로 내 승무원들이 뿔뿔이 흩어질 줄은 몰랐어. 이럴 줄 알았으면 프랑스에 치료약을 전해주러 갈 때 꿍쑤랑 승무원들을 전부 데리고 갈걸. 하긴 그랬으면 그들 모두 반역자가 되었겠지. 그들 중 일부는 프랑스에 가기 싫어했을 수도 있고."

"그래. 어쨌든 꿍쑤 일을 상기해줘서 고맙구나. 당장 연락해봐야겠다. 꿍쑤가 어디로 갔는지 알아보고 미뤄둔 편지도 보내야지."

"내일이 지나면 시간은 얼마든지 있잖아."

로렌스는 잠시 머뭇거리다가 대답했다.

"이런 일은 전투가 시작되기 전에 미리 처리해두는 편이 좋아, 테메레르."

가축 담당자들이 그럭저럭 만들어 내온 수프는 맛이 없었지만 모두 배가 고파 주는 대로 먹었다. 고기와 채소는 덩어리 몇 개로 뭉쳐 바닥에 가라앉아 있었고 심하게 물렁거렸으며 향도 없었다. 맛있게 먹은 용은 젠티우스뿐이었다. 젠티우스는 평소보다 두 배는 더 먹었고 맛이 훌륭하다며 칭찬을 아끼지 않았다. 남은 수프가 더 있었으면 그것마저 먹겠다고 했을 것이다.

레퀴에스캇은 내키지 않는 표정으로 수프를 먹으며 말했다.

"제대로 된 먹이하고는 많이 다르군."

테메레르가 말했다.

"내일 프랑스 군과 싸워 이긴 다음 그들 진영으로 가서 가축을 가져오면 돼요. 로렌스가 꿍쑤를 찾아서 데려온다고 했으니 잔치를 열 수도 있을 거예요. 꿍쑤는 중국의 황궁에서 용들이 먹는 것과 같은 아주 맛있는 음식을 만들어 내올 겁니다."

"그냥 신선한 소나 한 마리 먹었으면 좋겠다."

갑자기 쿵 소리가 나면서 그들 앞에 막시무스가 착륙했다. 그 진동에 근처의 나무들이 부르르 떨었다. 레퀴에스캇은 몸을 일으켜 세우고 양어깨를 펴며 경계 태세를 취했다.

막시무스 역시 "흐흠" 하고 중얼거리며 레퀴에스캇을 향해 몸을 꼿꼿이 세웠다.

테메레르가 기뻐하며 소리쳤다.

"왔구나! 릴리도 여기 있어? 네 건강은 좀 어때?"

"아주 좋아."

막시무스는 레퀴에스캇에게서 시선을 떼지 않은 채 건성으로 대답했다. 두 리갈 코퍼는 등줄기에 난 가시돌기를 빳빳이 세우고 서로를 노려보았다.

테메레르가 의아해하며 물었다.

"릴리는 어디…… 막시무스, 지금 뭐 하는 거야?"

야영지 바깥쪽에서 희미하게 부르는 소리가 들렸다.

"로렌스!"

앉아서 편지를 쓰던 로렌스가 고개를 들었다. 그 목소리가 계속 소리쳤다.

"로렌스, 망할 내 용을 야영지 밖으로 내보내요. 거기 다른 리갈 코퍼가 있잖습니까!"

상황 파악을 한 테메레르는 두 리갈 코퍼의 머리 위로 고함을 내질렀다. 막시무스와 레퀴에스캇은 머리를 쳐들고 눈을 껌벅이며 테메레르를 돌아보았다.

테메레르가 말했다.

"둘 다 그만둬요. 내일 전투가 있는데 뭐 하는 짓이야. 막시무스, 버클리가 저렇게 빨리 뛰어오지 못하게 말려. 저러다간 졸중으로 쓰러지겠다."

막시무스는 고개를 돌리고 버클리에게 말했다.

"뛰지 마. 뭘 일이 뭐가 있다고 그래?"

버클리는 비틀거리며 공터로 들어왔다. 테메레르는 그가 앉을 수 있게 나무 한 그루를 쓰러뜨렸다. 로렌스의 부축을 받아 나무에 앉은 버클리는 숨을 몰아쉬며 미심쩍은 표정으로 막시무스와 레퀴에스캇을 번갈아 쳐다보았다.

테메레르가 말했다.

"걱정할 거 없어요, 버클리. 저들이 싸우게 두지 않을 테니까."

그리고 두 리갈 코퍼를 향해 엄격하게 말했다.

"분별력 있게 좀 행동합시다."

막시무스가 변명을 늘어놓았다.

"싸우려고 한 건 아니야. 성장기 때를 제외하고 나만큼 큰 용은 처음 봐서 그랬어."

레퀴에스캇은 옛날을 회상하며 말했다.

"암컷들은 우리보다 커. 하지만 그건 별개의 문제지."

그러자 테메레르가 레퀴에스캇에게 말했다.

"글쎄요. 리갈 코퍼의 몸집은 그랑 슈발리에랑 비슷해 보이던데."

테메레르는 자신의 몸집도 리갈 코퍼에 크게 뒤지지 않는다고 생각했지만 자신과 비교해서 말하면 잘난 척하는 것처럼 보일 것 같아 그랑 슈발리에를 예로 들었다.

레퀴에스캇이 말했다.

"그것들은 우리랑 비교가 안 돼."

막시무스는 고개를 크게 끄덕이며 동의했다.

"맞는 말이에요. 그런데 테메레르, 먹이양이 충분치 않아서 걱정이야. 이렇게 맛없는 게 먹이로 나온 걸 보자마자 네가 돌아온 줄 알았어."

그리고 막시무스는 친밀하게 테메레르의 어깨를 머리로 툭 쳤다. 테메레르는 순간 비틀거렸으나 애써 넘어지지 않고 중심을 잡았다.

"내일은 훨씬 풍성하게 먹을 수 있을 거야. 프랑스 군 진영에 남은 가축 수가 많지 않더라도 우리가 이기면 그들 진영 너머로 갈 수 있으니까 그쪽에서 먹을 걸 찾아보면 돼. 그런데 릴리는 어디 있어?"

"스코틀랜드에. 캐서린이 알을 낳아서 비행을 못 하거든."

그때 버클리가 침울한 표정으로 로렌스에게 말했다.

"전에 이 얘길 안 한 것 같은데, 캐서린이 아들을 낳았습니다. 우리 공군에는 필요 없는 아이죠. 젠장, 태어날 때 체중이 4.5킬로그램이나 나가서 제 엄마를 거의 죽일 뻔했어요."

막시무스가 덧붙였다.

"그 알은 엄청 시끄러워."

로렌스가 버클리에게 물었다.

"둘 다 건강하죠?"

"편지도 쓰고 하는 걸 보면 많이 나아진 것 같긴 한데 그래도 아직 초주검 상태예요."

버클리는 몸을 일으키며 막시무스에게 말했다.

"빌어먹을 신경전은 다 끝낸 거냐? 롤랜드 대장의 계획이 효과를 보게 하려면, 본영 곳곳을 껑충거리고 돌아다닐 게 아니라 잠을 자야지. 벌써 어두워지고 있잖아. 이번엔 말없이 너 혼자 훌쩍 날아가지 말고 나도 데리고 돌아가."

"잠깐 테메레르를 보러 온 것뿐이라니까. 이제 봤으니 가야지."

막시무스는 이렇게 말하고는 구부러진 발톱을 내밀어 버클리를 태웠다.

"내일 전장에서 보자."

테메레르는 만족스러운 얼굴로 인사를 건네고는 몸을 둥글게 말고 잠을 청했다. 그런데 한 시간쯤 뒤 신경이 거슬리는 소리가 들려 잠에서 깼다. 괴상할 정도로 조그맣게 들리는 폭탄 소리, 지상에서 후추탄을 쏘아 올리는 소리였다.

테메레르는 고개를 들고 소리가 나는 곳을 바라보았다. 유인 구역이었다. 지상에서 영국 포병대가 간간이 쏘아 올리는 하얀 섬광분과 플레르 드 뉘들이 하늘에서 던진 폭탄에서 터져 나온 거대한 노란 불꽃 외에는 아무것도 보이지 않았다. 더 이상 대포 소리가 들리지 않을 때쯤, 소수의 라이트급 영국 용들이 하늘을 날아다니는 모습이 희미하게 보였다. 민노우를 비롯한 사육장의 야생용들이었는데, 그들은 잡종이라 다른 용들에 비해 그나마 야간 시력이 좋은 편이었다. 그들은 교대로 유인 구역 상공을 이리저리 날아다니며 반격을 하는 척했다.

로렌스가 말했다.

"얼른 다시 자."

테메레르는 머리를 숙여 로렌스에게 주둥이를 갖다 댔다. 혼자가 아니라는 것, 로렌스가 안전하게 옆에 있다는 것이 얼마나 좋은지 말로 표현할 수 없었다. 이대로 곧장 전장에 나갈 수만 있으면 훨씬 좋을 텐데.

"알았어. 다시 잘 거야."

테메레르는 이렇게 대답하면서도 속으로는 플레르 드 뉘들이 속임수를 알아차리고 유인 구역을 떠나 진짜 본영을 공격해 오길 바랐다. 그럼 당장 날아올라 싸울 수 있을 테니까. 하지만 플레르 드 뉘들은 까마득히 높은 곳에서 날고 있었고 자기네가 던지는 폭탄의 불꽃과 영국 포병대 대포의 포화, 특히 한번씩 얼굴 가까이에서 터지는 섬광분 때문에 눈이 부셔서 지상의 상태를 제대로 파악하지 못했다. 플레르 드 뉘들 앞에 섬광분을 터뜨리는 일은 소규모 승무원들을 몸에 태운 아르카디와 그 부하들이 맡고 있었다.

테메레르는 한숨을 푹 쉬고는 머리를 바닥에 댔다. 그리고 폭탄 터지는 소리에 간간이 움찔거리며 잠을 잤다.

새벽이 밝아오기 조금 전, 사방에 침묵이 깔려 로렌스는 잠이 깼다. 폭격이 멈춘 상태였다. 테메레르의 앞다리에서 뛰어내린 그는 큰 물통에 낀 살얼음을 깨고 차가운 물로 얼굴을 문질러 씻었다. 비누는 없었다. 유인 구역에는 여전히 연기가 피어올랐지만 그 위쪽 하늘은 깨끗하게 비어 있었다. 곧 날이 밝기 시작했다. 프랑스 군은 지금쯤 본격적인 전투를 위해 이쪽으로 이동 중일 것이다. 한 시간쯤 뒤에는 그들의 모습을 볼 수 있을 듯했다.

멀리서 다급한 종소리가 들려왔다. 본영 전체에 울려 퍼지는 그 소리를 듣고 잠이 깬 영국 용들이 집합하기 시작했다.

"이제 싸우러 나갈 시간이군."

테메레르는 고개를 들고 의기양양하게 말했다. 그리고 로렌스를 들어 올려 목 뒷덜미에 태웠다. 지금 테메레르가 찬 약식 안장은 로렌스와 앨런, 에밀리를 위해 펠로우스와 블라이스가 특별히 간소하게 만든 것으로 큰 띠와 작은 끈 몇 개로만 되어 있었다. 비행사와 소수의 승무원이 큰 띠에 카라비너로 몸을 고정할 수 있는 구조였다. 탑승자는 그들 셋이 전부였다. 로렌스는 에밀리를 그동안 복무하던 자리로 돌려보내야 할지 고민했다. 에밀리가 자기 밑에서 일하면 제인에게 불똥이 튈까 봐 걱정되었다. 그런데 에밀리가 지금껏 어떤 용을 위해 복무했는지 알 수가 없었다. 로렌스가 물었을 때 에밀리는 턱을 삐죽 내밀고 이렇게만 말했다.

"그냥 여기 있고 싶어요, 대령님."

다른 용 밑에서 복무할 때 깃발 담당 소위였냐고 묻자 에밀리는 고개를 저었다.

"아뇨, 제5망꾼이었어요. 별로 아쉽지도 않은 자리예요."

에밀리는 장래가 보장되어 있으니 크게 걱정할 필요는 없었다. 어머니인 제인이 퇴역하면 엑시디움을 물려받아 자동으로 진급이 될 터였다. 블라이스와 펠로우스도 지상요원 지휘관들이니 문제는 없을 것이다. 다만 앨런이 걱정이었다.

앨런은 우물거리며 말했다.

"아뇨, 대령님. 전 괜찮습니다. 공군에서는 제게 다시 비행 승무원 자리를 내주지 않았어요. 지상에서 서기 노릇을 시키더라고요. 그 일은 저한테 맞지 않아요."

로렌스는 속으로 서기 일이 차라리 앨런에게 맞을 텐데 싶었다. 앨런은 비행 승무원으로 일하기엔 동작이 굼뜨고 서툴러서 그 때문에 죽을 고비도 여러 차례 넘겨야 했다. 하지만 함께하고 싶어하는 앨런에게 물러나 있으라고 하는 것도 못 할 짓이었다.

냉기를 면하기 위해 바닥에 나뭇가지들을 좁게 쌓아놓고 테메레르 옆에서 자고 있던 앨런과 에밀리가 추위를 떨치며 비틀비틀 일어났다. 로렌스는 테메레르의 옆구리 너머로 손을 뻗어 그들이 올라올 수 있게 잡아주었다. 전에는 이 등에 승무원 수십 명이 탑승했는데 지금은 셋뿐이었다.

그때 아래쪽에서 강한 억양이 들어간 목소리가 소리쳤다.

"나도 같이 가요!"

잠시 후 디마니가 어느새 로렌스 옆에 서 있었다. 반대쪽 옆구리를 타고 올라온 것이다. 디마니는 무기를 잔뜩 들고 올라왔다. 찌르는 검 두 자루와 권총 두 자루, 일반 칼 두 자루. 모두 어울리지 않는 칼자루가 달려 있었다. 디마니는 어깨에 둘러맨 작은 폭탄이 든 자루를 허락도 구하지 않고 곧장 테메레르의 약식 안장에 묶었다.

"넌 저쪽에 가서 앉아."

디마니는 앨런에게 테메레르의 어깨 저쪽 끝, 망꾼용 자리를 가리키며 말했다. 앨런은 디마니보다 세 살이나 많고 키도 3센티미터는 더 컸지만 단호한 말투에 기가 질려 순순히 자리를 옮겼다.

로렌스가 디마니에게 물었다.

"넌 아르카디 쪽에서 복무하고 있잖니?"

"우린 테메레르의 승무원이에요."

'우리'라 함은 자신과 시포를 뜻했다. 로렌스가 아래쪽 공터를 내려다보니 시포가 펠로우스와 블라이스를 도와 수리용 연장을 챙기고 있었다. 테메레르가 전투하다가 안장 수리를 위해 내려올 때를 대비하기 위해서였다.

디마니가 말을 이었다.

"우리 둘 다요. 그렇게 말씀하셨잖아요."

그러자 테메레르가 머리를 뒤로 돌려 디마니를 바라보며 말했다.

"그래, 맞는 말이야. 로렌스, 지금 아르카디는 디마니가 필요 없어. 어젯밤에 유인 구역에서 전투를 했으니까."

아르카디가 자기보다 앞서 전투를 했다는 사실이 기분 나쁜지 테메레르는 날카롭게 말을 이었다.

"아마 늦게까지 잠을 잘걸. 그가 깨어났을 때쯤 우린 이미 전투에서 승리를 거두었을 거야."

결국 탑승자는 네 명이 되었다. 서른 명은 보통이고 수백 명까지 태울 수 있는 테메레르의 몸에 단 네 명만 탄 것이다. 그들 넷은 두꺼운 띠에 카라비너와 걸쇠로 몸을 고정했다. 그 띠는 비행 중에 미끄러져 빠지지 않게 테메레르의 목을 한 바퀴 돌아 양어깨에 걸게 되어 있었다. 탑승자들이 카라비너까지 모두 걸고 나자 테메레르는 다리를 일으켜 세웠다. 이제 로렌스는 숲 너머가 훤히 보였다. 프랑스용들이 길을 따라 벌 떼처럼 왔다갔다 움직이며 엄청난 규모의 군인과 대포를 이동시키고 있었다.

저런 움직임은 일찍이 예나 전투 때 본 적 있었다. 하지만 지금 영국군은 당시 프러시아 군과는 달리 프랑스 군 진영을 향해 대포를 발사할 준비를 착착 진행하고 있었다. 프랑스 군 진영이 완전히 자리를 잡기 전에 공격을 개시하기 위해서였다. 그 모습에 로렌스는 그나마 마음이 놓였다. 다만, 군인들이 진창길을 따라 직접 대포를 끌며 옮기는 까닭에 진행 속도가 더딘 것이 문제였다. 어느새 준비가 끝난 프랑스 포병대가 힘차게 대포를 쏘아 올렸다.

"우리가 아직 나서지도 않았는데 전투를 시작하려고 하다니."

테메레르는 이렇게 말하며 고함을 질러 아직까지 자고 있던 용들을 모두 깨웠다.

"적들이 이곳에 와 있다. 싸울 준비는 다 됐겠지?"

페르사이티아가 다가와 말했다.

"잠깐 기다려. 좋은 생각이 있어."

곧장 날아오른 페르사이티아는 잠시 후 발톱으로 쥐고 온 물건들을 바닥에 내려놓았다. 물에 젖어 축축하고 누덕누덕해진 인형들이었다. 어젯밤 플레르 드 뉘 유인 작전에 사용된 인형들인데 그중 몇 개는 군데군데 시커멓게 그을었고 연기가 피어오르는 것도 있었다.

페르사이티아는 자기 옆자리에 누워 자던 민병대 군인들을 깨우며 지시했다.

"이것들을 용들 몸에 밧줄로 묶어."

그들은 졸린 눈을 비비며 일어나 밧줄을 집어 들었다.

테메레르가 인형들 가까이에 주둥이를 대고 냄새를 맡으며 물었다.

"푹 젖었는데. 이걸로 어쩌려고?"

"이걸 몸에 묶으면 적들은 너희가 승무원들을 태우고 있는 줄 알 거야. 아, 도료도 필요해. 검은 도료 어디 있지? 그것도 당장 가져와. 안장 끈처럼 보이게 용들 몸에 검은 도료를 칠해야겠어."

테메레르가 말렸다.

"그럴 시간 없어."

"프랑스 용들도 아직 전투에 투입되진 않았잖아. 그래, 알았어, 알았다고. 그럼 헤비급 용들한테만 인형을 얹고 도료를 칠하기로 하자! 아직 모르겠어? 그렇게 하면 프랑스 공군들은 비행사랑 승무원들이 타고 있는 줄 알고 너희 등으로 잔뜩 뛰어내릴 거야. 하지만 막상 뛰어내린 뒤엔 손에 쥘 게 없다는 걸 알겠지. 너희는 몸을 한번 확 흔들어서 그놈들을 추락시키면 돼."

잠시 후 엑시디움을 타고 그들 옆에 착륙한 제인은 페르사이티아의 계획을 듣고 "아하!" 하며 만족감을 나타냈다. 민병대 군인들이 레퀴에스캇의 몸에 검은 도료로 가짜 안장 끈을 그려 넣는 모습을 보며 제인이 말했다.

"그래. 아주 훌륭한 계획이야. 놈들이 곧 눈치를 채겠지만 속임수인 게 드러나기 전까지는 너희 대형 용들 몸에 수십 명씩 뛰어내리 겠지."

그리고 테메레르를 비롯한 용 민병대를 돌아보며 말을 이었다.

"좋아, 제군들. 여기 너희들에게 내려온 명령서가 있다. 너희가 먼저 전장으로 출발해서 적들과 백병전을 수행한다. 프랑스 공군들 중 상당수가 너희 몸에 뛰어내릴 테니, 뒤에 전장에 투입되는 공군 소속의 용들은 그만큼 수월하게 프랑스 용들을 상대할 수 있을 거다. 나폴레옹은 해변에서 헤비급 용을 여덟 마리밖에 데려오지 못했다고 한다. 나머지는 먹이 공급이 여의치 않아 돌려보냈다는군."

테메레르가 물었다.

"대장님 지휘하의 편대가 전장에 투입된 다음에 우린 어떻게 해야 합니까?"

"너희는 고도를 낮추고 적의 보병대 측면을 공격해라. 너희가 상공에 떠 있는 동안 공군 소속 용들이 전장에 투입되면 서로 뒤엉키게 돼. 그러니 공군의 용들이 투입된 뒤 너희는 최대한 지상 가까이로 내려가 적의 보병대 측면을 공격해야 한다. 아울러 우리 측 포병대의 대포 사정거리에서 반드시 벗어나 있어야 한다."

"우리 롱윙들의 독이 몸에 튀지 않게 조심해."

엑시디움이 이렇게 덧붙이며 하늘로 날아올랐다.

그러자 아르마티우스의 등에 앉아 있던 늙은 롱윙 젠티우스가 중얼거렸다.

"우리도 독을 쓸 수 있어."

테메레르는 고개를 돌리고 로렌스와 세 승무원들에게 물었다.

"모두 안장에 몸을 단단히 묶었지?"

로렌스는 빌린 단검과 권총을 한 번 더 점검하고 대답했다.

"그래."

이윽고 테메레르의 연대는 거대한 바람을 일으키며 하늘 높이 날아올랐다. 이륙하는 동안 용들은 힘차게 고함을 질렀다.

나폴레옹이 거느린 프랑스 공군 '아르메 드 레르'는 예전에 예나에서 쓴 전술을 이번에도 쓰고 있었다. 소형 용들을 잔뜩 내보내 헤비급 용들을 공격하는 전술이었다. 로렌스는 주변을 돌아보았다.

서른 명의 프랑스 공군들이 한꺼번에 레퀴에스캇의 등으로 뛰어내리고 있었다. 열정과 용기로 뛰어내린 그들은 곧 레퀴에스캇의 등에 매달린 것들이 사람이 아니라 인형이며 안장 따윈 없다는 것을 알았다. 레퀴에스캇은 어깨를 흔들어 공군들을 몸에서 떨어뜨렸다. 그들은 무엇이든 움켜쥐려고 팔을 휘저었지만 잡을 것이 없었다. 그들 중 몇몇은 추락하면서 끔찍한 비명을 내질렀다. 그 소리는 곧 아득히 멀어졌.

갑자기 테메레르가 움찔하며 외쳤다.

"윽!"

로렌스가 돌아보니 테메레르의 등에도 프랑스 공군들이 뛰어 내려와 있었다. 테메레르가 몸을 흔들자 대부분 추락했지만 소위 한 명이 악착같이 남아 있었다. 소위는 테메레르의 몸통에 칼을 박아 넣고 칼자루를 꽉 쥔 채 버텼다. 곧 칼 한 자루를 더 뽑아 들고는 테메레르의 살을 찍어가며 기어 올라오기 시작했다. 테메레르가 따가

워서 신음을 냈다.

"윽, 으윽!"

로렌스는 주먹을 쥐었지만 안장에 몸이 묶여 있어 어떻게 해볼 도리가 없었다. 테메레르가 큰 안장을 찬 것이 아니라서 저 프랑스 소위뿐만 아니라 로렌스도 자유로이 돌아다닐 수가 없었다. 옆구리 위쪽에서 올라오기 시작한 소위는 테메레르의 엉덩이 부분까지 이르렀다. 그곳은 위치가 모호해서 테메레르가 발톱으로 후려쳐 떨어뜨릴 수도 없었다. 로렌스는 이대로라면 저자가 곧 테메레르의 척추를 칼로 찌르고 말 것임을 깨달았다.

"모두 큰 띠를 꽉 쥐고 있어."

로렌스는 세 승무원에게 이렇게 이른 뒤 앞에 대고 소리쳤다.

"테메레르! 우린 네 몸에 단단히 고정되어 있으니까 몸을 회전해서 놈을 떨어뜨려!"

그 말이 끝나기 무섭게 세상이 빙글빙글 돌았다. 거침없는 회전에 속이 울렁거렸다. 그 와중에 큰 띠를 쥔 로렌스의 두 손이 미끄러지고 말았다. 카라비너 끈으로 몸이 고정되어 있지 않았다면 그 역시 추락했을 것이다. 테메레르는 한 번, 두 번, 나선형으로 좁고 빠르게 회전하다가 원래대로 수평을 유지했다. 로렌스와 승무원들의 얼굴은 푸른빛이 돌 정도로 창백해져 있었다. 로렌스가 돌아보니 테메레르의 등에 칼 두 자루가 꽂혀 있고 옆구리를 따라 피가 흘러내렸다. 프랑스 소위는 보이지 않았다.

에밀리가 테메레르의 상처 부위를 가리키며 말했다.

"살이 찢어졌어요."

로렌스는 고개를 끄덕였다. 프랑스 군은 영국 용의 등에 뛰어내리는 방법이 먹히지 않고 자기네 공군들만 죽어나가자 더는 그 방법을 시도하지 않았다. 대신 집중적으로 라이플 소총 사격을 가하기 시작했다. 대형 용들이라 총알을 피하기가 쉽지 않았다. 그래도 페르사이티아의 작전은 여전히 큰 효과를 거두고 있었다. 인형을 태우고 도료로 안장 끈을 그린 영국의 헤비급 용들에게 대담하게 접근한 프랑스의 미들급, 라이트급 용들은 승무원들을 공격하려다 큰 타격을 받았다. 진짜 승무원을 몸에 태운 것이 아니기에 거리낄 것 없는 영국의 헤비급 용들은 프랑스 용들을 붙잡아 옆구리를 할퀴고 찼다. 프랑스 용들의 상처 부위에서 흘러나온 피가 차가운 공기 중에 뿌연 김을 뿜어냈다.

"이만하면 됐다고 깃발 신호를 올려, 앨런."

로렌스는 지시를 내린 뒤 몸을 앞쪽으로 바짝 기울이며 말했다.

"테메레르, 이제 여기서 빠져나가 적진 측면으로 접근해. 저들 진영 오른쪽에 약점이 드러난 상태야. 보이지?"

"아니."

테메레르는 꽉 잡아 쥐고 할퀴고 있던 프랑스 용 페셰르 쿠롱을 놓아줄 준비를 했다. 그 용은 앞뒤 분간 못 하고 맹목적으로 달려들었다가 크게 혼쭐이 나고 있었다. 테메레르는 지상을 내려다보고 적진의 상태를 파악한 뒤 말을 이었다.

"아, 이제 보여. 저들은 도랑에 막혀서 빠르게 움직이지 못하는군. 도랑을 빙 돌아야 이동할 수 있어."

"그래. 저들이 도랑을 돌아가기 전에 공격해야 해."

지상의 프랑스 군인들은 지나칠 정도로 밀집된 형태를 유지하며 진군했다. 덕분에 그들은 공중을 날아다니는 영국 용들의 표적이 되었다. 강한 측면 공격을 당하면 그 손실을 쉽게 메울 수 없을 것이었다.

"Alors, la prochaine fois vous feriez mieux d'y réfléchir à deux fois.(앞으론 한 번 더 생각하고 공격에 나서는 게 좋을 거다.)"

테메레르는 작은 페셰르 쿠롱에게 이렇게 훈계를 하고 마구 흔든 다음 놓아주었다. 그리고 연대원들을 향해 고함을 질렀다. 로렌스가 일찍이 들어보지 못한 특이한 고함 소리였다. 기묘한 가락을 띠고 오르락내리락하며 대기 중에서 굴절되는 그 소리에 용 민병대는 곧장 각개전투를 중단하고 테메레르의 뒤를 따랐다. 동시에 제인이 이끄는 공군의 정규 편대가 그 자리를 대신하기 위해 날아왔다.

테메레르가 몸을 살짝 기울여 비행하는 동안 로렌스는 카라비너 끈 안에서 상체를 살짝 돌려 주변을 둘러보았다. 안장을 찬 영국 공군 용들이 날아오고 있었다. 그 용들은 기존의 화살촉 모양 대형이 아닌 1열 대형을 유지했다. 라이트급, 우편배달 체급, 미들급 용들을 한 줄로 배치하고 중간 중간에 용 네 마리—앞줄에 미들급 용 두 마리, 뒷줄에 헤비급 용 두 마리—가 한 조를 이뤄 비행하는 식이었다. 마치 중간 중간 매듭이 지어진 긴 끈처럼 보였다. 붉은 황금빛 몸통의 막시무스도 끼어 있었다. 막시무스는 메소리아와 임모르탈리스, 그리고 또 다른 헤비급 용과 한 조를 이루어 우렁찬 고함을 지르며 날고 있었다.

공군 소속 미들급 용들은 발톱을 세우며 프랑스의 라이트급 용들 사이로 날아가 뒤에 오는 헤비급 용들이 밀고 들어올 수 있게 길을 텄다. 그리고 몇 마리 되지 않는 라이트급 용들이 적들을 할퀴며 뒤를 따랐다. 그들은 그런 식으로 1열 대형을 유지하며 프랑스 용들의 대열을 뚫었고 그 결과 적들을 위아래로 흩어놓을 수 있었다.

프랑스 군이 소형 용을 떼로 내보내 영국의 헤비급 용을 꼼짝 못하게 만드는 전략을 구사했다면, 영국 공군 소속의 용들은 1열 공격 형태로 적군을 약화시켰다. 영국 공군의 헤비급 용들은 어마어마한 양의 탄약을 실은 채 적진을 누볐다. 그들의 몸에서 폭탄과 강철 대못이 프랑스 보병대와 대포를 향해 검은 비처럼 쏟아졌다.

엑시디움이 보라색에 오렌지색이 섞인 거대한 날개를 펼치고 헤비급 용 두 마리의 호위를 받으며 급강하하는 모습이 보였다. 그 옆에서 나는 또 다른 롱윙은 날개 끝이 노르스름한 것으로 보아 모르티페루스인 듯했다. 두 롱윙이 내뿜은 독이 아침 햇살을 받아 반짝이며 지상으로 떨어졌다. 독이 떨어지는 자리마다 뜨거운 잿빛 연기와 고통스러운 비명이 터져 나왔다.

프랑스는 방어선의 빈틈을 장시간 방치하지 않았다. 흩어진 프랑스 용들을 곧 재집결하고, 출격 가능한 헤비급 용들을 모두 내보내 롱윙들을 쫓게 했다. 프티 슈발리에 세 마리와 드팡되르 브라브 두 마리, 오렌지색에 노란색이 섞인 대리석 무늬의 샹송 드 게르 한 마리로 구성된 프랑스의 헤비급 용들은 롱윙들을 따라 광포하게 하강했다. 그 여섯 마리의 체중을 모두 합하면 백 톤은 족히 나가기 때문에 다른 용들이 섣불리 끼어들어 밀쳐낼 수도 없었다. 엑시디움과 모르티페루스는 어쩔 수 없이 방향을 돌려 영국군 진영으로 돌아가야 했다. 영국의 헤비급 용들이 롱윙들의 퇴로를 확보하며 그 뒤를 따랐다. 빠른 속도로 추격해 온 프랑스 용들은 롱윙 등을 위협하여 전장에서 멀리 쫓아버렸다.

로렌스는 그 뒤로 어떻게 되었는지 더는 볼 수 없었다. 테메레르가 프랑스 보병대 위를 내리 덮치며 깜짝 놀랄 정도로 고도를 크게

낮춘 것이다. 용 민병대들은 어중간하게 배치된 프랑스 군인들을 후려치고 밟아댔다. 프랑스 군인들은 고르지 않은 지면에서 서로에게 가까이 붙어 서 있었기에 대포 조준조차 편하게 하지 못했다. 거대한 체커드 네틀 품종의 용 발리스타는 온몸으로 오른쪽 보병대를 깔아뭉개며 착륙한 뒤 가시돋기가 돋은 커다란 꼬리로 나머지 프랑스 군인들을 휩쓸었다.

테메레르가 지상 가까이에서 날고 있었기 때문에 로렌스는 앉은 자리에서 총을 뽑아 들어 프랑스 군인 네 명을 쏘아 맞혔다. 디마니와 에밀리도 권총으로 각각 두 명씩 해치웠고 앨런도 한 명을 처리했다. 적군이 빽빽이 모여 있어서 쐈다 하면 명중이었다. 지상에 있던 프랑스 군인들이 대담하게 뛰어올라 테메레르의 옆구리를 타고 기어오르자 로렌스와 세 승무원 모두 자리에서 일어나 칼을 빼들었다.

주변에서 날던 몬시가 잔뜩 흥분해서 소리쳤다.

"와! 저기 좀 봐! 독수리 깃발이야, 독수리!"

그 순간 젊은 프랑스 대위가 외쳤다.

"À moi! Vive l'Empereur!(나를 따르라! 황제 폐하 만세!)"

그 대위는 독수리 문양이 그려진 군기를 뽑아 들고 도랑으로 뛰어들었다. 나머지 보병중대원들도 재빨리 그 뒤를 따라 도랑으로 들어갔다. 그들은 몸이 젖는 것도 아랑곳하지 않고 한데 모여 무릎을 꿇고는 총검을 치켜들고 소총 사격을 시작했다.

"이런, 운이 안 따라주네."

테메레르는 이렇게 말하며 연대원들을 이끌고 뒤로 약간 물러났다. 로렌스의 생각은 달랐다. 지금 그들은 큰 희생 없이 프랑스 군 진영의 오른쪽 선봉대를 무너뜨렸다. 그것은 운이 따랐다고, 아니 최고의 행운이었다고 해야 옳았다. 연대원들 중 부상자가 있는지 살펴보니 몇 마리가 몸에 불이 붙었고, 몇 마리는 날개나 머리에 총을 맞고 본영 쪽으로 철수했으며 옐로 리퍼 한 마리는 하얀 갈비뼈가 드러나도록 총검에 배가 찢겨 동료들의 부축을 받으며 물러나고 있었다. 부상당한 용들과 야간 전투에 투입됐다가 본영에서 잠을 자는 용들을 제외하고 아직까지 40여 마리의 연대원들은 전장에 남아 있었다. 몇 시간 뒤에는 영국군 본영에서 자고 있던 용들도 일어나 전장에 뛰어들 것이었다.

결과적으로 초반 전투에서 프랑스 측에 결정적 타격을 입히지는 못했다. 공중전은 이제 안정권으로 접어들면서 지구전으로 돌입하고 있었다.

로렌스는 테메레르에게 충고했다.

"연대원들 중 일부를 후방으로 보내 휴식을 취하게 해."

그들은 이미 한 시간째 비행 중이었고 중간 휴식도 없이 체력 소모가 큰 방식으로 전투를 수행했다. 프랑스 군은 더 이상 큰 허점을 보이지 않았다. 테메레르의 연대원들은 빠른 속도로 나아가 틈이 보이는 대로 공격을 퍼부었으나 후추탄과 라이플 소총을 피해 다녀야 했기에 적진에 큰 피해를 입히기 어려웠다.

"이대로 계속 날면 지쳐서 속도가 떨어질 거야. 너희 움직임이 둔해지는 걸 포착하자마자 프랑스 용들은 그 기회를 이용하려 하겠지. 저기 봐, 적들도 교대를 하기 위해 전장을 떠나잖아."

로렌스의 말에 테메레르는 우울한 목소리로 답했다.

"이번 전투에선 전리품 획득이 녹록지 않다는 생각이 들어. 아직까지 독수리 깃발 하나, 대포 한 문 건지지 못했어. 방금 마제스타티스가 대포 한 문을 부숴놓긴 했지만 그건 망가졌으니 쓸모가 없어."

"너흰 생각보다 훨씬 잘하고 있어. 너희가 적진 오른쪽을 약화시킨 덕분에 오늘 종일 전투를 하는 아군의 보병대가 힘을 받을 거야. 성급히 승리를 거머쥐려 하지 마. 예나에서 전투가 얼마나 오랜 기간 이어졌는지 기억해봐."

로렌스가 한참 설득한 뒤에야 테메레르는 겨우 휴식을 취하러 가겠다고 대답했다. 로렌스가 리엔까지 들먹이지 않았으면 결코 말을 듣지 않았을 것이다.

"네가 지금 휴식을 취하지 않다가 기진맥진해졌을 때 리엔이 전장에 나오면 어쩌려고……."

"아! 리엔이라면 그러고도 남지. 그래, 당장 쉬어야겠어."

결심한 테메레르가 소리쳤다.

"발리스타! 나 대신 지휘를 맡아줘요. 나중에 리엔이 슬그머니 기어 나올지도 모르니 이만 가서 휴식을 취해야겠어요."

테메레르는 강굽이 너머에 있는 프랑스 군 전열 후방을 살피기 위해 목을 길게 빼며 중얼거렸다.

"리엔은 도대체 어디 숨은 거지?"

눈부시게 맑은 하늘에 햇빛이 쏟아졌으나 공기는 그리 따뜻하지 않았다. 붉은 눈동자와 하얀 피부의 리엔은 이런 날씨에 취약해서 위급한 상황이 아니면 전장에 나오지 않을 것이다. 그럼에도 로렌스는 테메레르를 쉬게 하기 위해 일부러 리엔을 들먹였다. 본영의 공터로 내려가는 동안 테메레르는 예상대로 기운이 쭉 빠지기 시작했다. 지상에는 그의 먹이로 죽은 말이 준비되어 있었다. 기병대 안장을 채 풀지도 않은 말이었다. 테메레르는 착륙하자마자 말을 게걸스럽게 먹어치운 뒤 곧 눈을 감고 잠들었다.

카라비너를 풀고 지상으로 내려온 로렌스는 다리를 쭉쭉 펴며 체조를 했다. 펠로우스와 블라이스가 약식 안장을 점검하는 동안 로렌스는 전투 중에 칼에 찔린 테메레르의 옆구리 쪽을 살펴보았다. 에밀리가 옆구리 위쪽에 박힌 칼 두 자루를 천천히 조심스럽게 빼내고 있었다. 칼을 뽑자 검은 피가 흘러나왔다. 그 아래 칼에 찔린 부위들은 이미 피가 말라붙었고, 머스켓 총알 여섯 개가 옆구리 안쪽 살에 박혀 있었다. 그런데 총상 중 하나가 아무래도 이상했다. 상처 부위의 살이 그대로 오그라져 붙은 것으로 보아 예전 전투에서 박힌 총알이 제거되지 않은 채 그대로 방치된 것 같았다.

로렌스가 지시했다.

"시포, 가서 케인스 씨를 불러와. 누군지 알지? 그래, 케인스 씨나 도싯을 찾아서 당장 데려와. 올 때 수술도구 가져오라고 하고."

그는 큰 물통 하나를 끌어다가 테메레르 옆에 놓고 올라서서 오래된 총상 자리에 손을 대보았다. 뜨끈하게 열이 나고 부어 있었다. 방금 전투를 끝내고 왔으니 근육에 열이 남아 뜨끈한 것인지도 몰랐다.

잠시 후 도착한 도싯은 안경을 쓰고 상처 부위를 살펴본 뒤 손가락 끝을 가져다 댔다. 그리고 확실한 진단을 내렸다.

"균에 감염됐군요. 시포, 수술용 칼이랑 부젓가락 준비해둬."

도싯은 시포가 내민 칼로 오그라든 상처 부위를 비늘과 지방층 아래까지 깊게 베어냈다. 누런 고름이 흘러나오며 역한 냄새가 풍겨 로렌스는 고개를 돌렸다. 도싯은 지체 없이 부젓가락을 절개 부위에 찔러 넣고는 안에 박힌 머스켓 총알을 끄집어냈다. 시커먼 총알이

고름으로 뒤덮여 번들거렸다. 자고 있던 테메레르는 주변의 나무들이 온통 흔들리도록 악을 쓰면서 움찔거렸다. 그 바람에 도싯과 시포, 로렌스는 바닥에 나가떨어졌다.

테메레르가 갑자기 수술을 하면 어떻게 하냐고 항의하자 도싯이 대답했다.

"거의 다 됐어. 몸에 박힌 총알을 즉시 제거해야 하는 이유가 뭔지는 너도 잘 알잖아. 잠에서 깨어 있는 상태로 수술을 받았으면 더 힘들었을 거다."

테메레르가 원망조로 말했다.

"깨어 있으나 자고 있으나 수술이 아프기는 마찬가지잖아. 미리 말이라도 해주고 시작하든가."

몸을 일으킨 도싯은 고집스럽게 테메레르 쪽으로 걸어가며 말했다.

"미리 말했으면 내가 총알을 제거하기도 전에 도망갔을 거면서. 불평 그만 해. 다른 총알들도 마저 빼내야지."

"하지만 난 다시 전투하러 가야 하는데."

테메레르는 도망가려고 핑계를 댔으나 도싯의 고집에 못 이겨 결국 고개를 숙이고 얼굴 주변의 막을 축 늘어뜨렸다. 도싯이 나머지 총알들을 빼내는 동안 테메레르는 계속 끙끙거렸다. 다행히 다른 총알들은 그리 깊게 박혀 있지 않았다.

로렌스는 테메레르의 머리를 쓰다듬으며 달랬다.

"곧 끝날 거야."

숲에 들어간 디마니가 작은 사슴 한 마리를 잡아 어깨에 둘러메고 돌아왔다. 테메레르는 사슴을 받아 들고는 수술이 진행되는 동안 마음을 가라앉히기 위해 조금씩 뜯어 먹었다.

그때 두꺼운 비단 천이 펄럭이는 듯한 소리가 나면서 엑시디움이 거대한 날개를 접으며 테메레르 옆에 착륙했다. 엑시디움의 승무원들도 상처 부위를 살피기 위해 서둘러 지상으로 뛰어내렸다. 발톱에 찢긴 자국이 몇 개 있고 머스켓 총알 하나가 박혀 있었다. 총알을 제거하는 동안 엑시디움은 신음 한번 내지 않고 태연히 앉아 있었다. 그 모습을 본 테메레르는 도싯이 절개 부위를 인두로 지지는 동안에도 입을 꾹 다물고 참았다.

그들 쪽으로 걸어오다가 에밀리를 발견한 제인이 말했다.

"너 여기 있었구나. 샌더슨이 휴가라도 준 거니?"

피에 물든 수술도구를 받쳐 들고 서서 도싯을 보조하던 에밀리는 어머니에게 발각되자 위축된 모습이었다. 하지만 곧 완강한 눈빛으로 대답했다.

"아니모시아는 한 번에 한 시간밖에 못 난단 말이에요."

그 모습을 보며 로렌스는 어찌 된 일인지 짐작이 갔다. 제인이 강등당한 일로 마음이 상한 에밀리는 어머니의 자리를 빼앗은 샌더슨 밑에서 복무하는 게 영 싫은 모양이었다. 그래서 기회가 오자 곧장 테메레르 쪽으로 달려온 것 같았다.

테메레르가 말했다.

"롤랜드 대장님, 우리한테 추가로 내리실 명령이 있습니까? 그게 아니면 우리도 대장님의 편대와 함께 전투하는 게 효과적일 것 같은데요. 보병대만 쑤시고 다니자니 재미가 없네요."

처음엔 격식을 차려 말한다 싶더니 어느새 평소 말투로 돌아가 있었다.

제인이 답했다.

"너희는 맡은 역할을 잘 수행하고 있어. 아직은 조급하게 밀고 나갈 때가 아니야. 지금 우리 쪽은 전력 배치가 꽤 잘된 상태라서 프랑스 군이 앞으로 나설 때마다 잘 막아내고 있어. 다소 힘들긴 하겠지만, 이대로라면 조만간 저들을 숲 쪽으로 몰아붙일 수 있을 거다. 달림플 장군의 판단이 옳았어. 내 생각이 짧았지. 이번이 저들을 공격하기에 좋은 기회였어."

"이대로 쭉 잘해낼 수 있을 것 같아요. 그래도 저들이 도망치기 전에 독수리 깃발을 하나만 더 빼앗고 싶긴 해요."

제인은 테메레르의 마음을 가라앉히려고 안장을 쓰다듬으며 말했다.

"이 전투에서 이기면 우린 독수리 깃발 이상의 것을 얻게 돼. 바로 나폴레옹이지. 그래, 나폴레옹이 지금 이곳에 와 있어."

로렌스가 자세히 설명해달라고 하자 제인이 덧붙였다.

"친위대와 함께 강굽이 너머에 있다더군. 애지중지하는 셀레스티얼 용과 함께 말이지. 대단한 용이라던데 한번 보기나 했으면 좋겠어."

테메레르가 침울하게 말했다.

"전투를 피해 숨어 있을걸요."

"나폴레옹이 친위대와 그 용을 마지막까지 아껴두는 거겠지. 하지만 그 정도로는 어림없어. 우리도 예비 병력이 있으니까. 이스키에르카를 비롯해서 야간 전투에 나간 용들이 곧 잠에서 깨어날 거야."

로렌스가 물었다.

"이스키에르카가 야간 전투에 나갔습니까?"

"그래. 새벽 무렵 내보냈지. 이스키에르카는 일단 발동이 걸리면 적들이 싸움을 그만두고 돌아갈 때까지 멈추지 않아. 그래서 내가 그랜비에게 해가 뜰 때쯤 이스키에르카를 깨워 유인 구역으로 출격시키라고 했어. 그때쯤엔 플레르 드 뉘들을 모두 쫓아버려야 하니까. 기운을 쓰고 나더니 지쳐서 다시 잠들었어. 잠에서 깨어나면 아주 팔팔할 거야. 우리가 바라는 바지. 나폴레옹은 프러시아에게 이긴 뒤 자만에 빠진 것 같아. 병력을 모두 동원하지 않아도 우릴 이길 수 있다고 생각한 걸 보면."

잠시 후 테메레르가 말했다.

"생각해봤는데, 그랑 슈발리에들은 다 어디 있는 거죠? 다부 원수는요? 전장에 다부가 거느린 군단의 깃발이 보이지 않던데."

로렌스가 대신 대답했다.

"그랑 슈발리에들은 프랑스로 돌아갔거나 프랑스 육군들을 영국 해변에 상륙시키고 있겠지. 다부 원수는······."

제인이 대답을 이었다.

"지난번 보고받은 대로라면 그자는 포르투갈에 있어."

테메레르가 말했다.

"흠, 여길 기준으로 서쪽 지역에 프랑스의 2개 부대가 주둔해 있었어요. 우린 그들을 공격하고 돼지 떼를 훔쳤는데 그들은 돼지 말고도 식량을 풍족하게 확보해두었더군요. 그리고 다부는 포르투갈에 있지 않아요. 이틀 전에 런던 북쪽에서 그자의 군단을 봤습니다."

"뭐라고?"

제인은 이렇게 외치고는 곧장 비행 명령을 내리며 엑시디움 쪽으로 달려갔다. 그리고 안장으로 뛰어 올라가 확성기를 손에 쥐었다.

소위들이 제인에게 카라비너 고리를 마저 채워주기도 전에 엑시디움은 땅을 박차고 날아올랐다. 제인이 확성기에 대고 외쳤다.

"경보! 비상경보! 북쪽에 적의 군단이 와 있다!"

엑시디움의 등에서 깃발 신호가 올라오자마자 다른 용들의 등에도 깃발이 올라왔다.

테메레르는 몸을 일으키고는 로렌스를 바라보며 날카롭게 물었다.

"대장은 도대체 뭘 걱정하는 건데?"

상황 파악이 된 로렌스는 가슴이 철렁했다. 그가 말했다.

"당장 이륙해. 어서. 여기서 최대한 멀리 도망쳐야 해."

테메레르는 곧장 날아올랐다. 나무와 언덕, 농가 들이 부드러운 지평선에 맞닿으며 뿌옇게 흐려질 때까지 고도를 높인 테메레르는 정지 비행을 하며 북쪽을 살핀 뒤 나지막하게 말했다.

"음. 이제 보이네."

용 30마리와 군인 2만 명으로 구성된 다부 원수의 군단이 영국군 본영의 후방을 향해 진군해 오고 있었다.

9

한 시간만 더 그 자리에 머물렀다면 영국군은 전방과 후방에서 밀고 들어오는 프랑스 군의 맹공격에 초토화되고 말았을 것이다. 테메레르의 말을 듣고 영국군이 곧장 전투를 중지하고 철수한 것은 옳은 판단이었다. 제인의 보고를 받은 달림플 장군은 육군에게 즉시 후퇴 명령을 내렸다. 웰즐리 장군이 이끄는 육군 부대는 후퇴하는 아군의 방패 노릇을 하며 나폴레옹의 군대를 맞아 피튀기는 전투를 수행했다.

영국 육군의 후퇴 과정은 혼란스럽기 그지없었다. 만 명의 병력이 행군 중 습지에 빠져 허우적대다 포로로 잡혔고 나머지는 불명예스럽게도 머스켓 소총과 장화만 챙긴 채, 혹은 그나마도 없이 북쪽 시골 지역으로 뿔뿔이 달아났다. 영국 용들은 풀이 죽은 채 대포를 들어 날랐다. 어깨 너머로 전장을 돌아볼 때마다 멀리서 추격해 오는 프랑스 용들이 보이자 테메레르는 분노하여 얼굴 주변의 막을 부르르 떨었다. 그래도 전장으로 돌아가자는 말은 하지 않았다. 그저 전장에서 눈길을 돌리고 고개를 푹 숙인 채 비행을 계속할 뿐이었다.

그날 저녁 무렵, 프랑스 용들은 추격을 그만두었다. 종일 전투에 참여했거나 다부 원수의 병력을 실어 나르는 일을 한 까닭에 체력이 한계에 다다른 것이다. 프랑스 용들은 한 마리씩 황혼의 빛 너머로 모습을 감추며 자기네 진영으로 돌아갔다.

로렌스가 테메레르의 목에 손을 얹으며 나지막하게 말했다.

"프랑스 군의 덫을 간신히 피했어. 네가 우릴 구한 거야."

옆에서 날던 이스키에르카가 툴툴거렸다.

"그래도 돌아가서 싸우는 게 옳아."

자다 깼는데 더는 전투를 하지 않는다는 말을 듣고 이스키에르카는 마구 화를 냈다. 테메레르가 이스키에르카를 설득하고 혼을 내서 겨우 나머지 용들과 함께 후퇴하게 만들었다.

"배고파. 이런 대포 따위 나르고 싶지 않아. 어깨 아프단 말이야."

이스키에르카가 계속 쫑알대자 테메레르도 성질이 났다.

"우리도 다 배고프거든. 불평 그만 해. 성가시게 굴지 좀 마."

"성가시게 군 적 없어! 네가 싸울 생각은 않고 도망이나 치니까……."

그때 그들 옆으로 날아 내려온 엑시디움이 이스키에르카에게 엄격하게 말했다.

"그만 해. 군인과 대포를 더 모으고 다시금 전열이 가다듬어졌을 때 전장으로 나가야 이길 수 있어. 그런 게 바로 전략이란 거다. 너도 그 정도는 알 나이잖니?"

말을 마친 엑시디움이 앞으로 휙 날아가자 이스키에르카는 툴툴대면서도 조금씩 화를 가라앉혔다.

그들 뒤로 한참 떨어진 곳에서 영국 보병대와 기병대 소속 패잔병들이 증원부대와 합류하고 군수품을 재공급받기 위해 방어 시설이 잘된 위던 벡('위딘'을 '위던 벡'이라고도 부른다—옮긴이주)의 중앙 군수품 집적소로 행군하고 있었다. 테메레르의 연대를 비롯한 영국 용들은 밤낮을 꼬박 비행하여 프랑스 용들이 도저히 쫓아오지 못할 정도로 거리를 벌린 뒤 아군 포병대의 안전을 확보했다. 농부들이 소 떼를 죄다 숨겨놓아서 먹을 것이 별로 없었다. 그렇다고 낮 동안 비행을 멈추고 사냥할 수도 없었다.

"맛은 포기하고 대충 배를 채우게 해야겠어."

제인은 이렇게 말하며 일단 용들을 중대 단위로 나눴다. 그리고 해가 질 때까지 비행을 계속하다가 어두워지면 사슴 정원이 포함된 넓은 부지에 착륙하여 야영을 하게 지시했다.

어두워지기 전에 노팅엄셔에 도착할 수 있을 것 같았다. 로렌스의 부모님이 사는 왈라톤 홀에는 사백 마리 이상의 가축이 있었다.

"자네는 다른 집으로 보내줄게."

제인의 제안에 로렌스는 고개를 저었다. 사실 그도 이 상황에서 집에 들르고 싶지는 않았다. 반역죄로 사형선고를 받은 채, 굶주린 용 스무 마리를 이끌고 가문의 부지에 착륙하는 것은 낯 뜨거운 일이었다. 하지만 도리가 없었다. 만일 그가 집에 들러 인사도 하지 않고 근처의 다른 가문이 보유한 부지에 착륙한다면, 그래서 다른 이가 이끄는 용들이 왈라톤 홀의 부지에서 배를 채우게 만든다면 그것은 비겁한 책임 회피일 터였다. 앨런데일 경이 그를 집 안에 들여놓지 않는다 해도 그것은 그분의 권리였다. 그리고 로렌스는 자신이 저지른 일에 대한 비난을 감수해야 할 의무가 있었다.

몇 시간 후 테메레르와 용들은 왈라톤 홀에 딸린 공터에 착륙했다. 용들은 깊게 한숨을 내쉬며 무거운 짐을 내려놓았다. 아무리 헤비급 용들이라도 16파운드 포 2문씩을 들고 50킬로미터가 넘는 거리를 비행하기란 쉽지 않았다. 힘 좋은 막시무스와 레퀴에스캇만 특별히 대포 4문씩을 들고 날았다. 테메레르는 한숨을 푹 쉬며 차가운 바닥에 몸을 쭉 뻗고 기다란 검은 뱀처럼 드러누웠다.

로렌스는 지친 표정으로 테메레르의 등에서 미끄러져 내려왔다. 장시간 용의 등에 앉아 있는 것도 고역이라 몸이 찌뿌듯했다.

제인이 물었다.

"자네가 직접 집에 가서 말할 건가? 프레트를 대신 보낼까?"

"아뇨, 제가 가겠습니다."

로렌스는 모자에 손을 대고 경례를 한 뒤 돌아섰다. 그가 주둥이를 쓰다듬으며 다녀오겠다고 말하자 테메레르는 자다 말고 눈을 살짝 뜨고 말했다.

"어머님께 안부 전해줘."

로렌스는 집을 향해 천천히 내키지 않는 걸음을 옮겼다. 집의 창문들은 대부분 컴컴했고 현관문 근처에 횃불 몇 개가 켜져 있었다. 제복을 입은 하인 둘이 머스켓 소총을 들고 현관문 앞에 초조하게 서 있는 모습이 보였다. 그들의 얼굴을 확인할 수 있을 정도로 가까이 걸어간 후 로렌스가 입을 열었다.

"괜찮아, 존스. 나야. 앨런데일 경은 집에 계셔?"

눈이 휘둥그레진 존스가 로렌스를 바라보며 대답했다.

"아…… 예. 도련님, 그런데……."

그때 현관문이 열렸다. 아버지가 나온 줄 알았는데 다시 보니 큰

형 조지였다. 조지는 잠옷에 가운을 걸쳤고 실내화를 신은 채였다. 뒤따라 나온 시종 하나가 조지의 어깨에 외투를 걸쳐주었다.

조지는 현관 앞 층계를 내려오며 말했다.

"맙소사, 윌이로구나."

그는 로렌스보다 여섯 살 많았다. 서로를 본 지 꽤 오랜만이었다. 조지는 그동안 살집이 많이 늘었지만 날카로운 말투는 여전했다.

조지가 하인들에게 말했다.

"그만 됐으니 다들 들어가봐."

조지는 입을 꾹 다물고 아무 말도 하지 않다가 하인들이 집 안으로 들어가 현관문을 닫고 나서야 로렌스를 돌아보며 꾸짖었다.

"도대체 여기서 뭐 하는 거니? 현관문으로 당당히 걸어오다니…… 생각이 없구나. 그런데…… 너…… 배가 고픈 거냐? 혹시 필요한 게 있어서……."

형이 말을 더듬는 것을 보고 로렌스는 상황 파악이 되어 얼굴이 벌게지며 씁쓸하게 내뱉었다.

"탈옥해서 돈을 구걸하러 온 줄 아나 본데 아니야. 가석방돼서 프랑스 군과 전투 중이야."

"가석방? 가석방돼서 전투 중인 녀석이 노팅엄셔 한가운데에 있는 이 집에 와 있다니, 믿을 소릴 해라."

로렌스는 속이 끓었다.

"거짓말 아니라니까. 같은 얘길 두 번 하고 싶지 않아. 그런데 형 생각에 아버지가 날 만나주실 것 같아?"

"아니. 네가 여기 와 있다는 것도 아버지께 말씀드리지 않을 작정이다. 아버지는 병환 중이셔, 월. 팔월부터 살이 이십 킬로그램이나 빠지셨어. 의사들이 안정을 취해야 한다고 하더라. 한 해라도 더 사시게 하려면 절대 안정을 취하게 해드려야 해. 재산 관리인을 직접 감독하지도 못하실 정도야. 내가 왜 이 집에 와 있을 것 같니? 아버지를 대신해서 여길 감독해야 하니까 온 거야. 혹시 돈이나 잠잘 곳이 필요하다면……."

로렌스는 기분이 이상했다. 아버지가 병이 나서 쇠약해지셨다니, 도무지 현실 같지가 않았다.

"나 혼자 온 게 아니야. 다른 공군들과 함께 왔어. 그래서 말인데 여기서 용들에게 먹이로 줄 사슴을 징발해야겠어. 지금은 용이 아홉 마리지만 아침이 되기 전까지 몇 마리 더 올 거야. 놀라게 하고 싶지 않아서 미리 말하려고 온 거야."

"아홉 마리……."

조지는 이렇게 중얼거리며 사슴 정원 쪽을 돌아보았다. 정원의 공터에 군데군데 켜놓은 횃불과 용들의 그림자가 보였다. 조지는 천천히 말을 이었다.

"그래, 거짓말은 아닌 것 같구나. 도대체 무슨 일이 일어난 거냐?"

로렌스는 전투 상황을 이야기하지 않을 수 없었다.

"우린 런던 시 밖에서 프랑스 군에 패해 후퇴 중이야. 우리 육군은 위던으로 가는 중이지. 나폴레옹이 전장에서 육군 만 명을 포로로 잡았고, 우린 지금 스코틀랜드로 가고 있어."

"세상에."

한참 침묵 속에 서 있던 조지가 다시 입을 열었다.

"그래서 저 숲에서 야영을 할 거냐?"

로렌스가 고개를 끄덕이자 조지가 말했다.

"흠…… 사슴은 얼마든지 징발해. 이 집 재산은 모두 국왕 폐하의 것이니까. 마구간이랑 농가도 있으니 편하게 써. 주방에서 먹을 것도 챙겨 보내줄게. 그리고 집 안에 너희 사령관이 쓸 방을 준비해놓으마……."

중언부언하던 조지는 마침내 거북해하는 표정으로 말을 이었다.

"……하지만 널 집 안에 들일 수는 없어, 윌. 미안하다."

"아니, 괜찮아. 당연히 못 들어가지."

로렌스는 자신과 동료들을 집 안에서 재워달라고 고집을 부릴 수도 있었다. 주민의 집에 숙영하는 장교는 그 집에 빈방이 있으면 사용할 권리가 있으니까. 로렌스는 제인을 집 안에 들여보내 자게 할 수는 있었지만 자신만은 도저히 들어갈 마음이 나지 않았다.

조지는 나지막하게 물었다.

"그런데…… 네 생각에 나폴레옹이 여길 지나갈 것 같니? 엘리자베스와 어머니 그리고 애들을 노섬브리아 쪽으로 피난 보내야 할지 어떨지 모르겠구나……."

"나폴레옹이 군인들을 보내 용들의 먹이로 쓸 소 떼를 가져갈 가능성은 있어. 하지만 나폴레옹의 군대는 이 지역이 아니라 해변을 따라 행군할 거야. 이 지역을 지나가려면 우리 군 주둔 기지를 뒤에 두고 행군해야 하는데 그렇게 하지는 못할 테니까."

피곤에 지친 로렌스는 손을 이마에 대고 말을 이었다.

"미안한데, 더는 해줄 수 있는 얘기가 없어. 가족들을 리버풀로 보내거나 배에 태워 핼리팩스로 보내지 않는 이상 여기보다 안전한 곳은 없을 거야."

조지는 고개를 끄덕인 뒤 돌아서서 계단을 올라갔다. 그리고 할 말이 남은 듯 현관문 앞에서 망설이다가 끝내 아무 말도 하지 않고 집 안으로 들어갔다. 그의 등 뒤로 현관문이 닫혔다.

로렌스는 용들이 머무는 야영지까지 홀로 걸어갔다. 해가 져서 어두웠지만 익숙한 길이라 헤맬 일은 없었다. 이따금 한숨 같은 바람이 불어와 바스락거리며 낙엽을 스칠 뿐, 벌레 소리 하나 들리지 않았다. 가까이에서 용의 체취와 연기 냄새가 났다. 공군 소속 용들에게 딸린 지상요원들이 모닥불을 피우고 천막을 설치하고 있었다. 그 안에서 자는 건 그리 편치 않을 것이다. 그래도 불을 얻기는 쉬웠다. 그랜비가 이스키에르카에게 부탁만 하면 되니까. 비행사들은 모닥불 주변에 모여 서서 언 손을 녹이며 내일 아침 어떤 경로로 이동할지 조용히 논의했다.

후퇴하는 공군의 뒤를 지키던 용들이 속속 도착했다. 땅바닥에는 야윈 사슴들이 축 늘어진 채 죽어 있었다. 먼저 도착한 용들이 그 사슴들로 배를 채우느라 여념이 없었다. 이스키에르카는 숲 위로 화염을 뿜어내며 신나게 사슴 사냥을 했다. 모두 만족해하는 가운데 숲에 사는 작은 동물들과 놀란 사슴들만 죽어났다. 쥐와 토끼, 참새 들을 비롯해 밀렵하러 들어온 마을 주민 몇몇도 올가미를 손에 든 채 숲 밖으로 도망쳐 나왔다.

제인이 비행사들에게 말했다.

"우린 스코틀랜드의 라간 호수로 가서 육군이 재집결할 동안 대기해야 한다. 시간이 오래 걸리겠지만 웰즐리 장군이 위던 벡에서 이만 명, 맨체스터에서 이만 명의 병력을 추가로 모을 예정이니 기다려야 해."

그때 롱윙 한 마리가 야영지에 착륙했다. 롱윙의 등 쪽에서 한 여자가 제인에게 물었다.

"그리로 가는 동안, 그리고 라간 호수에서 대기하는 동안 용들에게 먹이 공급을 제대로 할 수 있을까요? 모르트, 착하지. 나 좀 내려줘."

모르트는 모르티페루스의 애칭이었고, 방금 질문을 한 사람은 모르티페루스의 비행사 세인트 저메인 대령이었다. 그녀는 오랫동안 지브롤터에서 복무했기 때문에 로렌스와는 첫 대면이었다. 모르티페루스는 그녀를 모닥불 옆에 내려놓았다. 세인트 저메인은 키가 크고 뚱뚱한 편이었으며 얼굴이 고왔다. 대걸레가 연상되는 금발의 곱슬머리, 옅은 색 속눈썹에 푸른 눈동자. 루벤스의 그림에 나오는 여성의 모습 그대로였다. 그리 날씬한 편이 아닌 제인보다도 몸집이 두 배는 컸고 버클리보다 체중이 더 나가 보였다.

제인이 답했다.

"앞으로 몇 년은 그 지역 주민들이 사슴 수가 줄었다며 불평하겠지만 어쩔 수 없는 일이죠."

그때 갑자기 비명이 들려왔다. 집에서 랜턴과 음식 바구니를 들고 다른 하인들과 함께 언덕을 내려오던 하녀가 용들을 보고 비명을 지르며 기절한 것이다.

"흠, 이렇게 고마울 데가. 로렌스, 저들에게 우릴 대신해서 고맙다고 전해줘."

제인은 이렇게 말하며 비행사들을 보내 하인들의 손에서 음식 바구니를 받아 들게 했다.

로렌스는 언덕 위의 대저택을 두고 비행사들을 추운 야외에서 재우게 되어 낯을 들 수 없었다. 집에는 빈방이 수두룩해서 창문 대부분이 불이 꺼져 있었다. 그러나 그 점을 의식하는 사람은 로렌스뿐이고 다른 비행사들은 그저 반갑고 놀란 얼굴로 언덕을 걸어 올라가 음식 바구니들을 받아 들었다. 바구니마다 차가운 고기와 빵, 갓 삶아낸 달걀, 뜨거운 차가 담긴 항아리가 가득했다. 다른 하인들은 언덕 중반에서 더는 내려오지 않고 있는데 한 명만은 무럭무럭 김이 나는 큰 접시를 들고 비행사들과 함께 언덕을 내려왔다. 접시에서 동양의 매운 양념 냄새가 훅 풍겼다. 그가 모닥불이 비치는 곳까지 오기도 전에 로렌스는 그를 알아보았다. 테메레르가 고개를 들고 기뻐하며 말했다.

"꿍쑤, 여기 있었구나."

꿍쑤는 테메레르 앞에 엎드려 여러 차례 절을 올렸고 잠시 생각한 끝에 중국 왕자 신분인 로렌스에게도 절을 올렸다. 꿍쑤는 비행사들이 자기가 가져온 요리에 달려들어 맛있게 먹는 모습을 보며 표정이 밝아졌다.

로렌스가 물었다.

"잘 지내는 모습을 보니 반갑네. 어떻게 여기서 일하게 된 건가?"

"앨런데일 부인께서 호의를 베풀어주신 덕분입니다."

꿍쑤는 이렇게 대답하고는 테메레르에게 중국어로 그간의 사정을 이야기했다. 앨런데일 부인이 공군에 편지를 보내 로렌스의 수행원으로 있던 사람들의 명단을 확보한 뒤 이런저런 방법으로 그들이 살길을 마련해주었고 꿍쑤에게도 이 집에 일자리를 주었다고 했다.

테메레르는 꿍쑤의 말을 로렌스에게 통역해주며 만족스러운 표정으로 덧붙였다.

"다시 우리랑 일하고 싶대. 이제 우린 제대로 요리한 음식을 먹을 수 있게 됐어. 저 용들이 지금 먹는 사슴 고기를 내놓으면 꿍쑤가 곡물을 섞어 스튜를 만들어주겠대."

그 말을 들은 용들은 먹던 사슴을 얼른 자기들 가까이 끌어당기고는 서둘러 씹어 삼키기 바빴다.

언덕은 여전히 시끄러웠다. 기절한 하녀는 정신을 차린 뒤에도 제복 입은 하인 두 명의 부축을 거부하며 소란을 떨었다. 제복 입은 하인들은 어쩔 수 없이 그녀를 내버려두고 있었다.

소란을 잠재운 사람은 앨런데일 부인이었다.

"그만 해, 마사. 페일, 마사를 집으로 데려가서 사슴뿔로 만든 각성제를 좀 먹여."

앨런데일 부인은 털옷을 두른 채 야영지로 천천히 걸어 내려왔다. 랜턴을 들고 뒤를 따르던 제복 입은 하인은 야영지에 가까워질수록 꾸물거리며 뒤로 처졌.

앨런데일 부인은 야영지 가장자리에서 걸음을 멈췄다. 그녀는 테메레르가 알에서 깨어난 지 10주째였을 때 한 번 본 적이 있었다. 그때 테메레르는 성장을 완료하기 전이라 몸집이 지금만큼 거대하지 않았고 얼굴 주변의 막도 나오지 않은 상태였다. 성장이 덜 된 어린 용을 햇빛 속에서 대면하는 것과 헤비급 용 십여 마리에 살벌한 오렌지색 눈동자를 지닌 롱윙들을 이 어둠 속에서 마주하는 것은 사뭇 다른 경험일 터였다. 게다가 지금 용들은 먹이를 먹느라 입가가 온통 피투성이였고 비늘로 덮인 가죽이 흔들리는 모닥불에 번들거려 한층 무시무시했다.

로렌스는 어머니를 보자마자 자리에서 일어났다. 앨런데일 부인이 머뭇거리며 다가오는 동안 다른 비행사들도 서둘러 일어섰다.

"다시 뵙게 돼서 반갑습니다, 부인."

테메레르는 인사를 건넨 뒤 로렌스에게 소곤거리며 물었다.

"이렇게 인사하는 거 맞지?"

"맞단다."

앨런데일 부인이 로렌스를 대신해 대답하며 가까이 다가왔다. 테메레르는 마저 인사를 올렸다.

"음, 그리고 꿍쑤를 맡아주셔서 감사해요."

앨런데일 부인은 수심 가득한 얼굴에 억지로 미소를 지으며 로렌스를 향해 두 팔을 벌렸다. 로렌스는 말없이 허리를 굽혀 어머니를 안고 볼에 입을 맞췄다. 어머니는 전보다 안색이 많이 창백해졌고 윤기 없이 푸석푸석해진 피부에는 주름이 늘어 있었다. 머리카락은 은색으로 세어 있었다. 그녀는 미소를 거두고 기운에 부친 듯 로렌스의 팔에 의지하며 여러 비행사에게 말했다.

"모두 편안히 지내다 가시길 바랍니다. 집 안에 잠자리를 마련해드리려는데 어떠신지요……. 빈방이 많습니다."

아무도 곧장 대답을 하지 못했다. 하는 수 없이 제인이 나섰다.

"친절에 감사드립니다만 여기서 자도 괜찮습니다, 부인. 행군 중에 우리는 용들과 함께 잡니다. 프레트, 의자 내드려."

앨런데일 부인은 당황한 표정으로 제인과 로렌스를 번갈아 쳐다보았다. 더는 여성 비행사의 존재를 비밀로 할 수 없음을 깨닫고 로렌스가 말했다.

"어머니, 이쪽은 엑시디움의 비행사 제인 롤랜드 대장입니다. 롤랜드 대장님, 이쪽은 제 어머니 앨런데일 부인이십니다."

제인은 고개 숙여 인사를 한 뒤 악수를 하려고 손을 내밀었다. 침착함을 되찾은 앨런데일 부인은 온화하게 그 손을 잡았다. 프레트가 제인의 천막에서 야영용 접의자 여러 개를 가지고 나와 모닥불 옆에 놓자 앨런데일 부인과 제인은 그 접의자에 앉았다. 다리를 쭉쭉 펴고 야영지를 왔다갔다하며 체조를 하던 세인트 저메인은 방문객이 있다는 사실을 모르고 있다가 프레트가 접의자에 앉으시라고 권하자 말했다.

"고맙지만 서 있어도 괜찮아, 프레트. 내일도 종일 앉아서 가야 하잖아."

그러다가 앨런데일 부인 쪽을 흘끗 쳐다보고는 얼른 입을 다물었다. 어색한 침묵이 흘렀다. 앨런데일 부인은 제인과 세인트 저메인을 홀린 듯 바라보다가 주변의 다른 비행사들을 찬찬히 살폈다. 어머니는 바보가 아니니 야영지 안에 여성 공군들이 있다는 사실을 알아챘을 터였다. 제인의 승무원 중 한 명, 버클리 밑에서 복무하는 대위 한 명, 그 밖에도 몇몇 여성 중위와 소위 들이 야영지 여기저기에 서 있었다.

아무도 설명하지 않았고 앨런데일 부인도 묻지 않았다. 앨런데일 부인은 제인에게 점잖게 말을 건넸다.

"스코틀랜드로 가신다고 들었어요."

"예, 부인. 저희가 귀찮게 해드린 건 아닌지 모르겠습니다."

두 여인은 와인을 조금 따라 마시고 소소한 얘기를 나눈 뒤 서로에게 무례가 되지 않을 정도로 간단히 대화를 마무리했다.

그런데 요리된 먹이가 나올 때까지 할 일 없이 기다리고 앉아 있던 테메레르가 걱정스러운 얼굴로 대화에 끼어들었다.

"부인께서도 여기 계시지 말고 우리랑 같이 가시는 게 좋겠는데요. 나폴레옹이 여기로 쳐들어올 수도 있어요. 우리가 그자의 군대를 쓰러뜨릴 기회를 얻기 전에 혹시 그런 일이 생길까 봐 걱정되네요."

제인이 테메레르를 제지했다.

"민간인들을 마음대로 태우고 다닐 수는 없어. 민간인들을 안전하게 지키기 위해 나폴레옹과 싸우는 게 우리가 할 일이니까. 운이 나쁘면 나폴레옹의 군대가 이곳을 지나갈 수도 있고, 아닐 수도 있어. 어쨌든 조만간 우린 그자와 맞닥뜨릴 거야."

"다음번엔 그자와 제대로 싸워볼 수 있겠죠. 친구들을 반드시 안전하게 지킬 거예요."

앨런데일 부인은 테메레르에게 상냥하게 말했다.

"걱정해줘서 고맙지만 우린 너랑 같이 갈 수 없어. 이 상황에서 하인과 소작인을 버려두고 여길 떠나는 건 용서받을 수 없는 짓이란다. 여길 지키는 게 우리 임무야."

대화의 주제가 바뀌면서 앨런데일 부인은 제인에게 가족들이 안전한 곳에 대피해 있느냐고 물었다.

"챙길 가족이라곤 에밀리밖에 없습니다. 운이 좋아선지 늘 제 눈길이 닿는 곳에 두고 있지요."

제인은 이렇게 대답하며 야영 준비를 돕는 에밀리를 고갯짓으로 불렀다. 모닥불 쪽으로 걸어온 에밀리는 앨런데일 부인에게 고개를 살짝 숙여 인사하고는 말했다.

"지난번에 보내주신 선물 잘 받았습니다, 부인. 베풀어주신 친절에 감사드립니다."

다른 이들은 몰라도 로렌스는 어머니가 순간적으로 어쩔 줄 몰라 하고 있음을 알아챘다. 하지만 이내 앨런데일 부인은 전에 자신이 보낸 선물을 받은 어린 숙녀가 바로 이 아이임을 알아차렸다.

"아, 그 석류석 목걸이 마음에 들었니?"

앨런데일 부인은 에밀리의 얼굴을 아주 찬찬히 뜯어보았다. 로렌스는 가슴이 철렁했다.

작년에 런던에서 앨런데일 경은 테메레르의 승무원들 사이에서 에밀리를 보았다. 그런데 로렌스가 에밀리의 교육을 책임진다고 하자 아버지는 에밀리를 로렌스의 사생아로 오해하고 말았다. 그 뒤 앨런데일 경은 그 잘못된 결론을 아내에게 이야기했고, 그 바람에 앨런데일 부인도 에밀리의 장래에 깊은 관심을 갖게 되었다.

에밀리가 대답했다.

"아, 그럼요. 도버의 극장에 두 번인가 갈 일이 있었는데 그때 그 목걸이를 차봤어요."

"그런데 너도 공군 소속이니?"

그 정도는 물어도 될 권리가 있다고 여겼는지 앨런데일 부인은 제인을 대할 때와는 달리 직접적으로 질문했다. 묘한 분위기를 감지하지 못한 에밀리는 자랑스럽게 대답했다.

"예. 최근에 소위로 진급했습니다, 부인."

제인이 신중하게 끼어들었다.

"자, 잘난 척 그만 하고 가봐. 도싯이 널 찾잖아."

에밀리는 앨런데일 부인에게 꾸벅 인사를 하고 도싯에게 달려갔다. 앨런데일 부인은 에밀리의 뒷모습을 유심히 바라보았다.

용 의사 도싯은 용들을 치료 중이었다. 테메레르의 연대원들 중에도 몸에 박힌 머스켓 총알을 오래 방치한 용들이 있어서 총알을 제거하는 수술을 해야 했다. 도싯은 발리스타의 옆구리 상처 부위를 절개하고 있었는데 모닥불 반대편 쪽의 옆구리인 데다가 바람도 발리스타 쪽으로 불고 있어 다행이었다. 덕분에 앨런데일 부인은 무시무시한 수술 과정을 보지 않아도 되었다. 에밀리는 발리스타의 몸통을 빙 돌아 반대편 옆구리 쪽으로 모습을 감췄다. 앨런데일 부인은 고개를 돌리고 제인을 바라보며 걱정스러운 투로 말했다.

"아직 너무 어리군요."

"아, 저 애는 걸음마를 떼기도 전에 하네스를 착용했습니다. 하네스와 안장이 몸에 익게 만들기 위해 어릴 때부터 그런 식으로 훈련을 시작하죠. 나중에 제가 나이가 많아져 민첩하게 용을 오르내리지 못하면 제 딸이 엑시디움을 물려받을 겁니다."

앨런데일 부인과 하인, 하녀 들이 모두 돌아가고 용과 비행사 대부분이 잠든 뒤에도 제인과 로렌스는 모닥불 가에 앉아 있었다. 모닥불에서 타닥타닥 불꽃 튀는 소리가 그들이 나지막하게 나누는 대화를 남이 엿듣지 못하게 막아주었다. 저녁식사에 딸려 나온 와인을 몇 잔 마시고 나니 분위기도 많이 부드러워졌다.

제인이 입을 열었다.

"흠, 자네가 누구에게 배웠는지 알겠어. 노블레스 오블리주(높은 신분에 따르는 도리상의 의무—옮긴이주) 말이야. 오늘 보니 참 좋은 분인 것 같아. 그런데 에밀리에게 관심을 보이셔서 좀 놀라긴 했어. 혹시 그 애를 자네의 사생아로 생각하시는 건 아니지?"

어머니와 나눈 대화에서 제인이 이상한 낌새를 채지 못하길 바랐는데 아무래도 눈치를 챈 모양이었다. 로렌스는 하는 수 없이 에밀리에 대한 부모님의 오해를 털어놓았다. 로렌스가 우려한 것과 달리 제인은 얘기를 듣고 난 뒤 기분 좋게 웃음을 터뜨렸다. 로렌스는 속으로 무안하고 당황스러웠지만 이런 일로라도 제인이 한번 웃을 수 있어 다행이다 싶었다.

제인은 재미있어하며 말했다.

"사실대로 말씀드리지그랬어? 아, 그럴 수도 없었겠네. 대놓고 묻지 않으셨을 테니 자네도 대답할 기회가 없었겠지. 자네야 달군 부지깽이를 코앞에 들이밀어도 쓸데없는 소리를 해댈 사람이 아니니까……. 자네 부모님에 대해 이런 얘기를 하고 있다는 게 참 어색하군."

그러고 제인은 다시 말이 없었다. 침묵이 이어지자 분위기가 더욱 어색해졌다. 제인은 쥐고 있던 컵을 내려다보다가 두 손바닥 사이에 넣고 이리저리 돌렸다. 잠시 후 로렌스가 말했다.

"진심으로 사과드리고 싶습니다."

"그래. 하지만 자넨 엉뚱한 일을 놓고 사과하고 있어. 자네가 진짜 잘못한 일은 나한테 한마디 상의 없이 독단적으로 행동한 점, 그리고 '더는 당신에 대한 사랑을 이어갈 수 없게 되었습니다'로 시작하는 무시무시한 편지를 남긴 점이야. 서두가 그런 식이니, 상관이 아닌 연인에게 보내는 사죄의 편지로 인식되기에 충분했지. 자네가 일을 저지른 뒤 결국 난 그 편지를 제출해야 했고 해군본부의 여러 사람이 편지를 돌려가며 읽고 나를 심문했어. 일주일 동안 나는 해군본부 위원들 앞에 앉아 그들이 의심 가득한 투로 그 편지를 한 줄 한 줄 읽어 내려가는 소리를 들어야 했어. 그때 만약 자네가 눈앞에 있었으면 내가 직접 자넬 칼로 찌르고 말았을 거야. 결국 해군본부에서는 나를 강등시키고 샌더슨을 내 상관으로 앉혔지."

"제인. 제인, 이것만은 알아주시기 바랍니다. 당시 저는 어느 누구하고도 의논을 할 수 없었습니다. 그때 제가 당신과 의논했다면 아마도 당신은 지금 훨씬 곤란한 처지에 놓였을 겁니다."

"훨씬 곤란한 처지? 지금보다 곤란한 처지가 뭔데? 자네가 프랑스에 치료약을 건네는 문제를 놓고 나와 미리 상의를 했든 안 했든, 어차피 나는 의심받을 수밖에 없는 상황이었어."

"미리 말씀드렸으면 대장님은 저를 막으려 하셨겠죠."

"그래. 그리고 자네보다는 나은 결정을 내렸겠지. 라간 호수에서 일하는 계급 낮은 프랑스 인 하나를 매수할 수도 있었어. 그랬으면 그자는 한 달 안에 버섯 약간을 빼돌려 우리에게 넘겨줬을 거야. 라간 호수에서 복무하는 하인들이 전부 청렴결백한 줄 아나? 치료약을 프랑스로 보내기만 하면 나폴레옹이 백만 프랑이라도 지불할 텐데, 자네가 아니었더라도 그 하인들이 나섰을 거야."

로렌스가 움찔하는 것을 보고 제인은 잠시 생각에 잠겼다가 계속해서 말했다.

"그래, 그렇게 뒷구멍으로 일을 처리하는 건 자네 체질에 맞지 않겠지. 양심과 빌어먹을 명예 때문에 말이야."

"어떤 식으로 처리했든 반역 행위를 저지른 건 마찬가지였을 겁니다."

"그래. 하지만 미리 상의하고 내 충고를 따랐으면 지금처럼 고통스럽진 않았겠지."

제인은 손등으로 이마를 문지르고는 말을 이었다.

"아니, 진심으로 한 말은 아니니까 마음에 두지 마. 어차피 품위 있게 그 문제를 처리할 방법은 없었어. 이 나라에서 품위 따윈 이미 사라졌으니까. 그래도 자네가 원망스러워, 로렌스."

비난받아도 싸다는 생각이 들어서 로렌스는 고개를 푹 숙였다.

잠시 후 제인이 말했다.

"자네가 유종의 미를 거두기 위해 영국으로 돌아와 순교자 행세까지 한 덕분에 자넬 아끼는 사람들은 결국 자네의 교수형까지 지켜보게 됐어. 정부에서는 교수형만으로 성이 차지 않는다며 자네 사지를 밧줄로 묶고 가랑이를 찢어 죽이는 구식 형벌을 가할 수도 있겠지. 자넨 그런 상황에서도 마치 순교자 해리슨처럼 기꺼이 형을 받을 거고. 하지만 내 기분은 완전히 엿 같을 거야. 자네를 사랑하는 사람들은 모두 나와 같은 기분일 테지. 그중 누구는 분노를 억제하지 못하고 런던 시의 절반을 무너뜨려버릴 수도 있어."

다음 날 아침, 테메레르는 내각의 장관이나 육군 장군에게 자신의 주장을 다시 한 번 전달해서 확답을 받아야겠다는 결심을 굳히며 입을 열었다.

"내각의 장관이냐 육군 장군이냐를 놓고 고민 중이야. 하지만 걱정 마, 로렌스. 그 사람들도 내 주장을 거부할 만큼 바보는 아닐 테니까."

"사람들은 때로 굉장히 어리석은 면이 있어. 그러니 내가 처형당하면 프랑스로 가겠다는 결심은 하지 마. 그럼 내가 차분히 죽음을 맞이할 수 없을 거야. 내가 죽으면서까지 네가 이 나라에 등을 돌릴까 봐 두려워해야 하겠니? 겁쟁이처럼?"

"반항 한 번 하지 않고 고분고분 교수형을 받겠다는 뜻이라면, 난 당신이 차분하게 죽음을 맞이하게 하고 싶지 않아. 당신의 죽음은 당신뿐만 아니라 나까지도 불행하게 만들 거야. 당신이 죽고 없는 세상을 생각하면 너무 끔찍하고 무서워. 제정신으로 살아갈 수 없을 지도 몰라. 전에 당신이 죽은 줄 알았을 때 나는 사소한 잘못을 한 불쌍한 로이드를 죽여버리고 싶다는 마음까지 들었었어. 다시는 그런 기분 느끼고 싶지 않아."

"테메레르, 나는 어차피 네 곁을 떠나게 될 거야. 내 수명은 기껏해야 사십 년에서 육십 년 정도 남았지만, 넌 앞으로 이백 년은 더 살 테니까."

테메레르는 우울해하며 얼굴 주변의 막을 축 늘어뜨렸다. 이런 얘기는 더 이상 하고 싶지 않았다.

"그래도 그건 자연사니까 누굴 탓할 일이 아니잖아. 누가 당신을 잡아가서 죽이는 게 아니니까."

테메레르는 마음속으로 그 두 가지 죽음을 확실히 구분 짓고 있었다. 그리고 자연사라 해도 먼 장래의 일이니 미리 머리를 싸매고 고민하고 싶지 않았다. 그 문제는 그때 가서 어떻게든 해결해볼 생각이었다. 용도 2백 년을 사는데 방법을 찾다 보면 사람도 그 정도를 살게 만들 수 있을 것 같기도 했다.

몬시가 날아와 옆에 착륙하자 테메레르는 얼른 그쪽으로 고개를 돌렸다.

"테메레르, 노팅엄 성에 착륙한 용들은 지금 배를 주리고 있어. 그쪽은 모두에게 돌아갈 만큼 사슴 수가 넉넉하지 않았나 봐."

몬시의 보고에 테메레르가 답했다.

"그들한테 이쪽으로 와서 우리랑 같이 아침 먹자고 해."

그리고 옆에 보이는 거대한 구덩이를 가리켰다. 구덩이 바닥에는 이스키에르카가 불을 붙여 뜨겁게 달군 돌덩이들이 깔려 있고 그 위에 그릇 대용으로 방수 처리된 두꺼운 삼베가 놓여 있었다. 꿍쑤는 용들을 위해 밀에 사슴 고기, 채소, 말린 레몬을 넣고 걸쭉하게 끓인 죽을 만들어 삼베 안에 잔뜩 담아놓았다.

테메레르가 야영지의 용들에게 말했다.

"이제부터 우린 먹이를 이런 식으로 만들어서 나눠 먹어야 해. 너희도 인정하겠지만, 이렇게 죽으로 먹으니까 맛도 끝내주잖아."

레퀴에스캇이 투덜거렸다.

"뜨끈한 피가 도는 수사슴을 혼자 먹는 것만 할까."

"흠, 꿍쑤 말로는 수사슴이나 소 한 마리면 수프나 죽을 만들어 사흘 동안 먹을 수 있다던데, 그걸 한 번에 다 먹어치우고 남은 이틀을 쫄쫄 굶겠다면 그렇게 해요."

테메레르는 이렇게 평범한 문제를 논의하게 돼서 기뻤다. 그래서 일부러 로렌스와의 대화는 그 정도에서 끝냈다는 듯이 굴었다. 속으로는 그런 자신이 부끄러웠지만 일단은 죽음 얘기를 하지 않아도 되니 심란하던 마음이 편안해졌다. 테메레르는 로렌스가 임무 수행 중인 군인을 방해하는 법이 없다는 것, 할 일을 제쳐두고 잡담하거나 헛짓거리를 하는 장교들을 좋게 보지 않는다는 것을 잘 알았다. 그래서 조금 전의 그 죽음에 대한 골치 아프고 우울한 대화로 다시 돌아가지 않기 위해 먹이 문제로 고민하며 바쁜 척을 했다.

테메레르는 무슨 일이 있어도 로렌스의 처형을 막으리라 단단히 결심한 상태였다. 로렌스도 처형당해 죽는 걸 좋아할 리 없었다. 그전에 조금 행복하게 지내는 로렌스의 모습을 봐도 테메레르에겐 별로 위로가 되지 않았다. 로렌스를 지키기 위해서는, 누구라도 로렌스를 건드렸다간 무시무시한 일이 벌어질 것이라는 점과 자신은 그런 위협의 말을 취소할 의사가 전혀 없다는 점을 영국 정부 측에 명

백히 밝혀야 했다. 이런 생각을 하던 테메레르는 로렌스와 제인이 얘기를 나누는 곳을 곁눈질로 슬쩍 내려다보았다. 로렌스는 무척 피곤해 보였다. 양어깨가 축 처져 있지는 않았지만 어딘지 모르게 침울한 분위기를 풍겼다. 그와 죽음에 관한 심각한 대화를 나누다가 슬쩍 빠져나온 일 때문에 테메레르는 양심이 좀 찔리기는 했다.

그래도 지금 로렌스는 남부끄럽지 않은 옷차림이었다. 어젯밤 테메레르는 앨런데일 부인에게 조용히 부탁해서 부인이 집에 보관 중이던 로렌스의 물건들을 가져오게 했다. 따뜻한 소재로 만든 두꺼운 외투와 몇몇 소지품으로, 로렌스가 투옥될 당시 집에 보내진 물건들이었다. 테메레르는 로렌스를 지금보다 더 근사하게 꾸며주고 싶었지만 적어도 그가 다시 제대로 된 칼을 차고 발에 맞는 장화와 몸에 맞는 외투를 착용했다는 것만으로도 기뻤다.

그때 팔리아티아가 옐로 리퍼 너덧 마리와 그레이 코퍼 두 마리를 이끌고 착륙했다. 그들이 잔뜩 배가 고픈 표정이어서 테메레르는 애초에 자신이 사육장 용들에게 한 약속을 제대로 지키지 못하고 있음을 인식할 수밖에 없었다. 그들은 죽에 달려들어 서로를 밀쳐가며 시끌벅적하게 먹이를 먹었다. 다 먹고 나자 팔리아티아는 잔뜩 화가 난 어조로 테메레르에게 물었다.

"내일은 어디서 먹이를 구할 건데? 우린 재산도 먹이도 제대로 얻지 못했어. 네가 한 그럴듯한 약속은 다 어떻게 된 거지?"

갑작스러운 도전에 테메레르는 당황했다.

"나한테 딱딱거릴 것 없어. 우린 전투에서 패배했잖아. 나폴레옹이 그렇게 만만한 자였으면 어떻게 그 대단한 재산을 모았겠어? 이 정도 어려움은 예상했어야 하잖아. 어젯밤에 먹이가 충분하지 못한 걸 알았으면 미리 말을 하든지 했어야지. 미련하게 굶다가 이제 와서 불평을 늘어놓는 건 정말 못난 짓이야."

"넌 이런 어려움이 있을 거라고 우리한테 미리 말해주지 않았어. 나폴레옹을 그리 대단하게 평가하지도 않았고. 네 말대로 나폴레옹이 그렇게 엄청난 재산을 갖고 있다면 그를 패배시키는 건 당연히 어려운 일이겠지. 아마 우린 결코 그를 이기지 못할 거야."

그레이 코퍼 품종의 릭투스가 죽이 담긴 구덩이에서 머리를 쳐들며 거들었다.

"아마 누각이든 재산이든 우리 몫은 없을걸. 우린 테메레르 너하고는 달리 비행사를 보유할 일도 없고 언제든 공군에 복귀할 수 있는 처지도 아니니까. 그래, 어차피 전쟁이 끝나면 우린 사육장으로 돌아가서 예전이랑 똑같이 살게 될 텐데, 왜 죽기 살기로 싸우면서 총에 맞고 적의 발톱에 찢겨 부상을 당해야 하는지 그리고 누구를 위해 배를 주리면서까지 이 나라를 가로질러 날아가야 하는지 모르겠어."

팔리아티아와 함께 온 용들은 나지막하게 중얼거리며 동의의 뜻을 표했다. 다른 용들도 고개를 들고 테메레르가 어떤 대답을 내놓을지 흥미롭게 바라보았다.

화가 난 테메레르는 몸을 일으켜 세우고 앉으며 말했다.

"난 남의 뒤통수나 치는 용이 아니야. 날 그런 용이라고 욕하고 싶은 모양인데 에둘러 말할 것 없이 까놓고 말해."

지금까지 듣고만 있던 발리스타가 끼어들며 테메레르에게 물었다.

"흠, 우리가 전쟁에서 이기면 자넨 어떻게 할 생각인가? 자네가 이제 우리를 신경 쓸 필요 없게 되었다는 릭투스의 말도 일리는 있어. 자네는 약식이나마 안장을 찼으니 더는 우리처럼 안장을 차지 않은 용도 아니고, 충분한 수는 아니지만 승무원까지 확보했으니까."

그 말에 테메레르는 빳빳이 세운 얼굴 주변의 막을 늘어뜨렸다. 맞는 말이었다. 꿍쑤도 돌아왔고 케인스만큼 유능하진 않지만 도싯도 돌아왔으며 에밀리와 디마니, 시포, 펠로우스, 블라이스, 앨런까지 테메레르의 승무원으로 복귀했다. 이만하면 그럭저럭 모양새는 갖춘 것이다. 물론 안장과 승무원 소유 여부는 릭투스가 제기한 문제의 본질과 관계없기는 하지만 말이다.

테메레르가 지적했다.

"발리스타 당신도 전에 승무원을 보유한 적 있으니 다시 얻으면 될 거예요. 당신뿐만 아니라 다른 용들도 승무원을 둘 수 있습니다. 내가 지금 안장을 착용했다는 게 중요한 게 아니라, 여러분도 나처럼 안장을 찰 것이냐 말 것이냐가 문제의 핵심입니다. 공군 소속으로 안장을 차는 게 나을지, 사육장으로 돌아가 예전처럼 사는 게 나을지는 사실 고민할 필요조차 없는 사안이죠. 사육장 생활은 생각만 해도 치가 떨리게 지루하니까요. 한마디로 내가 지금 약식 안장을 차고 있다는 건 중요한 문제가 아니라는 겁니다."

"그래, 하지만……."

발리스타 옆에 누워 있던 마제스타티스가 발리스타의 말을 가로막으며 퉁명스럽게 내뱉었다.

"이봐, 보다시피 우린 모두 네가 하라는 대로 따르고 있어. 그런데 만일 영국 정부가 우리 입을 닥치게 하고 안장을 찬 공군 용들과 함께 전쟁에 투입시키는 조건으로 너한테 원하는 것을 들어주겠다고 하면 어쩔 거야? 우리 모두 영국 정부가 네 비행사를 교수형에 처하고 싶어한다는 걸 알아. 그런데 그들이 네 비행사를 살려주는 조건으로, 전쟁이 끝난 뒤 아무런 보상 없이 우릴 사육장에 처박으라고 하면 어쩔 거냐고?"

테메레르는 잠시 뜸을 들이고는 입을 열었다.

"일단, 난 무슨 일이 있어도 영국 정부가 로렌스의 목을 매달지 못하게 할 겁니다."

이 말을 하고 테메레르는 공터 저편에 가 있는 로렌스가 들었을까 봐 얼른 주변을 살폈다.

"저도 압니다. 영국 정부는 분명 초대형 용 누각과 엄청난 금을 내밀며 날 매수하려 들겠죠."

테메레르는 이마에 발톱을 대고 문지르며 신중하게 말을 이었다.

"우리 모두가 이룩한 업적을 놓고 그 대가를 나 혼자 받아 챙기는 말도 안 되는 일은 결코 일어나지 않을 겁니다. 우린 무엇이든 함께 나눠 가질 겁니다. 그래도 의심된다면 내가 장군들과 협상하러 갈 때 여러분 중 하나가 나와 함께 가서 그 과정을 지켜보는 게 좋겠습니다. 소형 용으로 하죠. 장군들과의 협상 결과를 모두에게 돌아다니며 알리기엔 소형 용이 알맞으니까요."

민노우가 나섰다.

"내가 같이 갈게. 난 안장을 차본 적도 없고 앞으로도 그럴 것 같지 않으니까, 그런 점에 대해 특별히 호의적으로 생각할 이유가 없다는 걸 모두 잘 알 거야. 그리고 난 장군을 직접 보고 싶어. 바로 앞에서 본 적이 없거든."

테메레르는 고개를 길게 빼고 로렌스와 제인을 찾았다. 그리고 현재 이 부대를 지휘하는 제인에게 장군들이 어디 있는지 물었다. 간단한 질문이라 생각했는데 제인은 이렇게 답했다.

"그게, 그렇게 간단하지 않아. 지금은 달림플 장군이 총사령관을 맡고 있지만 우리가 스코틀랜드에 도착할 때쯤 다른 장군으로 교체되겠지. 그러니 너희가 달림플 장군과 협상해서 어떤 대답을 받아낸다 해도 실효를 거두기 힘들어. 게다가 정부 측은 너희 요구를 묵살하기 위해서라도 너희와 협상한 달림플 장군을 다른 이로 교체하려 들 거야. 다만 정부 측 인사들이 조금이라도 분별력이 있다면 웰즐리 장군을 후임으로 앉히겠지. 그렇게 되면 다행이긴 한데, 너무 큰 희망은 품지 않는 게 좋아."

"그럼 난 누구랑 협상을 해야 하는데요? 이런 말까지 하고 싶진 않지만, 내 연대원들이 불만을 품기 시작했어요. 지금까지 고생만 실컷 하고 전투에도 패한 데다가 재산도 얻지 못했는데, 이 일을 계속할 때 무슨 이득을 얻을 수 있는지 알아야겠대요."

로렌스나 제인이 자신을 무능한 지휘관이라 여길까 봐 테메레르는 서둘러 덧붙였다.

"그렇다고 우리 용 민병대가 기강이 해이하다거나 그런 건 아니지만, 안장을 차지 않은 용들이다 보니 왜 이렇게까지 고생하며 정부를 도와야 하는지 회의가 드나 봅니다."

침묵을 지키던 로렌스가 제안했다.

"웰즐리 장군과 협상하는 게 좋겠다. 전쟁에서 지면 어차피 우리가 누구랑 협상했는지는 중요하지도 않게 될 거야."

제인도 고개를 끄덕이며 말했다.

"이 말은 해줘야겠구나. 일단 우리는 포병대를 안전하게 후퇴시킨 상태야. 이제 용 일부를 온 길로 되돌려 보내 위던에서 빠져나올 보병대를 호위하게 해야 해. 위던이 런던 가까이에 있고 나폴레옹이 보유한 엄청난 수의 용들이 그 근처에 있거든. 그리고 나폴레옹이 그 많은 용을 어디서 데려왔는지 알아냈어. 나폴레옹도 그가 정복한 지역의 용 사육장에서 야생용들을 빼내 쓰고 있는 것 같아. 그가 데리고 있는 셀레스티얼 용이 사육장 용들을 설득해 동굴 밖으로 나오게 만들고 있겠지. 테메레르 네가 펜이팬 사육장의 용들을 설득한 것처럼."

테메레르는 기분이 확 상했다.

"리엔이 왜 그렇게까지 수고를 했는지 모르겠네요. 나폴레옹이 온갖 요구를 다 들어주면서 용들을 위해 누각도 지어주고 보물까지 내주니, 어떤 용도 리엔한테 불평을 늘어놓지 않을 텐데 말이에요."

제인은 콧방귀를 뀌었다.

"글쎄다. 그 용이 얼마나 수고를 했든 간에, 아마 그 용 덕분에 나폴레옹은 단시일 내에 백여 마리의 용을 손에 넣었을걸. 여분의 용들이 생겼으니 프랑스 동쪽 국경선에 배치한 용은 한 마리도 따로 빼서 쓸 필요가 없었겠지. 그도 용을 여유 있게 확보했으니 그중 수십 마리를 내보내 위던에서 북쪽으로 행군할 우리 보병대를 공격하려 할 거다."

로렌스는 고개를 끄덕였다. 테메레르도 보병대가 처한 위험이 어느 정도인지 짐작되었다. 영국 보병대는 하루에 최대 30킬로미터밖에 이동하지 못하는 데다가 런던에 본부를 설치한 프랑스 군 소속 용들의 공격 가능 범위 안에 있으니 위던에서 스코틀랜드로 행군을 시작하면 일주일간은 적의 표적이 될 게 뻔했다.

제인이 말을 이었다.

"나폴레옹이 아무리 머리를 써서 습격한다고 해도, 우리가 안장을 차지 않은 용들을 보내 보병대를 호위하면 프랑스 군인들이 우리 용들의 등에 올라타 승무원을 인질로 삼는 불상사가 생기지 않겠지. 그래서 말인데, 테메레르 네가 연대원들과 함께 가서 보병대를 호위하는 게 좋겠어. 그리고 여기서 네 연대원들이 폭동을 일으키기 전에 위던에 가서 웰즐리 장군을 만나 연대원들의 처우와 보상 문제를 논의해봐. 나하고는 논의해봤자야. 난 너희에게 어떤 약속도 해줄 권한이 없거든. 내가 이 자리에서 너희들의 요구를 수용하겠다고 해도 나중에 정부에서 내 약조를 이행해주지 않을 테니까."

그리고 제인은 메마른 목소리로 덧붙였다.

"네 연대원들의 봉급 문제를 얘기할 때 공군 소속 용들도 같은 대우를 받을 수 있게 해주면 좋겠어. 엑시디움도 자기 몫의 재산을 조금이라도 갖게 되면 싫다 소리는 하지 않을 거야."

테메레르가 제인과 나눈 얘기를 연대원들에게 전하자 아르마티우스가 투덜거렸다.

"온 길로 되돌아가자니, 지긋지긋하군."

아르마티우스는 젠티우스를 등에 태우고 다니는 걸 그리 좋아하지 않았다. 하지만 레퀴에스캇을 제외하고 헤비급 중에 그 일을 감당할 수 있는 용이 아르마티우스뿐이라 어쩔 수 없이 맡는 것이었다.

테메레르가 말했다.

"그래도 대포를 들고 다니는 것보다는 낫잖아. 되돌아가는 동안은 천천히 비행할 거니까 지금보다는 도중에 먹이를 찾기가 수월할 거야. 게다가 위던에 가서 우리 봉급 문제를 확정 지으려고 해. 봉급이라는 건 전투를 계속 수행하지 않아도 매달 꼬박꼬박 지급되는 재산을 말하는 거야. 위던에 가는 김에 봉급 문제를 협상할 거니까 불평할 거 없어."

테메레르의 연대원 중 위던 쪽으로 가기로 한 이들을 제외하고 나머지 용들은 자신들도 함께 가서 직접 봉급 문제를 논의할 수 없는 게 불만인지 계속 기분이 가라앉아 있었다. 이스키에르카는 테메레르가 위던 쪽으로 가기로 했다는 말을 듣고는 곧장 선언했다.

"좋아, 나도 같이 갈래."

그랜비가 말렸지만 소용없었다.

같이 말려줄 줄 알았던 제인마저 테메레르의 기대를 저버리고 이렇게 말했다.

"아니. 말릴 것 없어, 그랜비. 이스키에르카를 스코틀랜드에 데리고 가서 정찰 임무를 맡겨봤자 지겹다고 소동이나 피울 테니까 테메레르에게 딸려 보내."

영국군 전체가 후퇴 중이기는 했지만 남쪽으로 비행하는 동안 테메레르는 기분이 차츰 좋아졌다. 남쪽으로 내려가 아주 머무는 것은 아니었지만 빼앗긴 영토를 다시 회수하러 가는 기분이 들기도 했고, 남쪽 지역이 프랑스 차지가 되었다는 것을 인정하지 않겠노라는 선언처럼 여겨지기도 했다. 스코틀랜드가 재집결에 안전한 곳이라고는 하나 테메레르는 스코틀랜드로 후퇴하는 것이 영 마음에 들지 않았다. 후퇴를 하더라도, 전장에서 쫓겨나다시피 나와서 프랑스 용들에게 바짝 추격당하며 북쪽 지역으로 도망치는 것은 모양새가 너무 좋지 않았다. 테메레르는 조만간 프랑스 군이 행군 중인 영국 보병대를 공격할 때 약간의 전투를 치러 다친 자존심을 조금이나마 회복할 수 있을지 모른다고 생각했다.

멀리서도 위턴은 눈에 확 띄었다. 위턴의 군수품 집적소를 둘러싼 벽은 회색의 두꺼운 화강암 벽돌로 지은 것이었고 모서리마다 세워진 하늘을 찌를 듯 뾰족하고 좁은 탑 안에는 후추탄이 잔뜩 들어 있었다. 기다란 미늘창과 끝이 화살촉처럼 뾰족한 작살창이 줄을 맞춰 벽 바깥쪽을 둘러싸고 잔뜩 꽂혀 있었다. 그 방비 시설 덕분에 대규모 군인들은 공중 공격을 받을 염려 없이 집적소에서 안전하게 잠을 잤다. 울리치 전장에서 후퇴한 보병대원 및 기병대원 들도 이곳에 모여 야영을 하고 있었다. 공격이 수월하지 않은 곳임에는 분명했지만 그 덕분에 테메레르는 연대원들을 이끌고 집적소 안 야영지의 구석진 곳에 착륙해야 했다.

웰즐리도 넓은 집적소 안에서 먼 거리를 걸어와 그들을 맞이해야 했기에 그리 달갑지 않은 표정이었다.

"젠장, 지금쯤 스코틀랜드에 있어야 할 너희가 여긴 왜 왔어? 너희 때문에 내 기병대의 말들이 발작을 일으키잖아."

웰즐리의 말에 테메레르는 기분이 상했다.

"우리가 여기 온 건 장군님의 부대를 보호하고 우리의 봉급과 권리에 대해 의논하기 위해섭니다. 아직까지 우린 어떤 보물도 받지 못했으니까요."

"뭐? 제기랄. 프랑스 놈들이나 이 땅에서 몰아내고 나서 변호사를 불러 그 일을 처리하게 해도 늦지 않아. 맙소사, 나폴레옹이 우리처럼 전투 때마다 이런 일로 용들과 입씨름이나 할 것 같으냐?"

"나폴레옹과 비교를 하니 드리는 말씀인데, 그는 파리에 용들을 위한 시장을 만들고 누각도 지어줬다더군요. 용들이 원하지도 않는데 사육장에 가둬놓는 짓은 하지 않는다 이 말입니다."

로렌스는 테메레르의 다리에 손을 얹으며 격앙된 감정을 진정시켰다. 다행히 테메레르는 마음을 가라앉히고 더는 반항적인 발언을 하지 않았다. 테메레르로서는 상관이 아무리 기분 나쁘게 굴어도 공손하게 대해야 한다는 것, 자명하고 정당한 문제를 얘기할 때도 대놓고 말하는 게 아니라 입을 열기 전에 몇 번 곱씹어봐야 한다는 것을 늘 기억하고 있기가 어려웠다.

"장군님, 우린 장군님 부대의 퇴로를 확보하라는 명령을 받고 왔습니다."

로렌스는 이렇게 말하며 제인 롤랜드 대장에게 받은 명령서를 내밀었다. 간단한 내용이었지만 악필로 갈겨쓴 것이라 테메레르는 그들 머리 위에서 내려다보면서도 읽을 수가 없었다.

웰즐리는 그 내용을 읽으며 인상을 찌푸리더니 결국 명령서를 확 구겨서 진흙 바닥에 던져버렸다. 그의 부관 중 하나가 다른 이가 주워가지 않게 얼른 그것을 집어 들었다.

웰즐리가 말했다.

"장군들 절반보다 이 여자가 훨씬 믿음직하다니, 이런 낭패가 있나. 그래, 그 암컷 중국 용이 나폴레옹을 위해 용들을 관리해준다고? 나폴레옹은 어떻게 그 용을 복종시킨 건가? 알에서 깨어났을 때 옆에 있지도 않았다던데."

테메레르가 대답했다.

"그 용은 워낙 속물이라 나폴레옹이 황제라는 이유로 따르는 것 같습니다. 게다가 나폴레옹을 통해 나를 괴롭히고 싶어서겠죠. 아주 재수 없는 용입니다."

"내가 보기엔 네가 지나칠 정도로 리엔을 싫어하는 것 같다, 테메레르."

로렌스는 이렇게 말한 뒤 웰즐리에게 설명했다.

"장군님, 그 암컷 용은 프랑스로 가기 전에 비행사를 잃었습니다. 상실감이 너무 커서 다른 때 같으면 자존심 때문에라도 수락하지 않았을 제안을 받아들인 게지요. 하지만 나폴레옹이 속임수를 써서 그 용을 얻은 건 아닙니다. 진실하고 깊은 애정으로 대우하고 대외적으로도 존중하고 있음을 보여주었기 때문에 그 용을 얻은 것이라 생각됩니다. 게다가 나폴레옹은 리엔의 충고를 받아들여 그가 데리고 있는 용들의 생활 조건을 크게 향상했습니다."

"그러니까 누구든 뇌물로 회유하고 여자 다루듯 살살 달래면 용을 얻을 수 있다는 말이지."

웰즐리의 말에 테메레르는 얼굴 주변의 막을 곤두세웠다. 테메레르는 자신이 리엔을 부당하게 미워한다고는 생각지 않았다. 그러나 지금 보니 로렌스의 설명대로 밀고 나가는 것이 자신을 비롯해 영국 용들의 처우 개선에 도움이 될 듯싶었다. 사실 리엔이 나폴레옹에게 협력하는 것은 선물 몇 개를 받았기 때문은 아니었다. 누군가가 예나 전투 때 리엔이 착용한 멋진 다이아몬드를 준다고 하면 테메레르도 마음이 흔들리지 않을 자신은 없었다. 그러나 엄밀히 말해 그 다이아몬드는 리엔이 나폴레옹을 돕기로 결정한 뒤에 하사된 선물이었다.

테메레르가 말했다.

"받을 자격이 되는 이에게 정당한 대가를 지불하는 것은 뇌물도 아니고 달래는 일도 아닙니다. 그런 맥락에서 보면, 정당한 대가를 지불받지 못하니 협력하고 싶은 마음이 들지 않는 것도 당연한 겁니다."

웰즐리가 테메레르에게 물었다.

"너 정도 되는 몸집의 용 한 마리에게 매년 먹이를 공급하는 데 이천 파운드가 들어가는데, 그 외에 무슨 돈을 더 달라는 거냐?"

"차라리 나한테 급료로 이천 파운드를 주십시오. 그 돈으로 먹이를 사먹고 따로 저축도 하며 살겠습니다."

"나 원, 노름으로 그 돈을 날린 다음엔 쫄쫄 굶고 다니다가 소를 훔쳐 먹겠지? 그런 일이 생기면 어쩔 건데?"

테메레르가 곧장 반박했다.

"나는 재산으로 노름할 생각 없습니다. 다른 용이 가진 재산이 탐나면 차라리 그 용과 결투를 하겠죠. 그렇지만 쓸데없이 결투를 하고 싶진 않으니 처음부터 노름에 손대지 않을 겁니다. 노름에서 운 좋게 이긴다 해도 손해를 본 다른 용들이 자기 돈을 되찾으려고 내게 싸움을 걸 테니 아예 노름은 안 할 겁니다."

"다른 용들도 과연 너처럼 분별력 있게 생각할까?"

로렌스가 나섰다.

"이렇게 하면 어떨까요, 장군님. 용 민병대에게 먹이는 기존처럼 공급하고 가외로 봉급을 지급하는 겁니다. 어차피 형식은 별로 중요하지 않습니다. 문제는 장군님께서 용들에게도 봉급을 받을 권리가 있다는 것, 용들도 사람과 똑같은 권리와 자유를 누릴 필요가 있다는 것을 인정하느냐 하는 것입니다."

"그런 걸 왜 나한테 와서 묻는 건가? 달림플 장군에게 가서 말하든지. 난 정부를 대신해 어떤 약속을 할 만한 권한이 없어."

"현재로서는 장군님이 차기 총사령관으로 임명될 가능성이 높습니다. 그렇게 되면 장군님이 용들과 약속을 하실 만한 권한도 생기는 것이고요. 장군님이 전투에서 승리하기 위해 용들의 협력을 이끌어내고자 하신 약속이라고 하면 추후에 정부에서도 그 약속에 이의를 제기하거나 무효화할 수 없을 겁니다. 그 약속을 해주시면 대규모 용 민병대가 우리 군에 협력하겠지만 그렇지 않으면 그들은 더 이상 여기 남아 있으려고도 하지 않을 겁니다."

웰즐리는 장화로 바닥을 탁탁 치며 잠시 생각에 잠겼다. 그리고 로렌스를 똑바로 쳐다보며 말했다.

"일단은 충분히 고려해보겠네. 그리고 자네 용에게 별도로 매년 이천 파운드를 지급하지. 더는 이런 문제로 시끄럽게 굴지 않겠다고 약속만 해준다면 말일세."

그러자 민노우가 테메레르의 어깨 너머에서 머리를 내밀며 말했다.

"하! 이럴 줄 알았어. 우리가 예상한 대로야. 너랑 네 비행사한테만 특별 보상을 제공하겠다는 거잖아."

웰즐리는 깜짝 놀라 뒷걸음질을 쳤다. 지금까지 그는 민노우가 테메레르의 등에 가만히 앉아 경청하는 줄 모르고 있었다.

"그래, 하지만 난 이 제안을 받아들이지 않을 거야."

테메레르는 이렇게 말하며 머리를 바짝 낮춰 웰즐리의 눈을 똑바로 쳐다보았다.

"그쪽에서 알아서 관용을 베풀 때까지 잠자코 기다릴 생각은 전혀 없습니다. 영국 정부의 관용이라는 게 어느 정도 수준인지 너무나도 잘 알기 때문이죠. 우리 용 민병대의 도움이 필요하시다면 그만한 대가를 지불하셔야 한다고 봅니다. 제시하시는 처우가 내가 생각하는 수준에 미치지 못한다면 난 그 사실을 연대원들에게 있는 그대로 전할 겁니다. 그럼 내 연대원들은 모두 여길 떠나버리겠죠. 나는 로렌스 때문에 여기 남기는 하겠지만 연대원들의 발목을 잡고 늘어지진 않을 생각입니다. 그리고 조금 전 말씀하신 그 제안은 정말이지 모욕적이군요."

테메레르는 머리를 들어 올리며 비난조로 덧붙였다.

"나는 장군님처럼 몸집이 작은 이와는 결투를 할 수 없는데 그런 모욕을 받으니 어찌할 바를 모르겠습니다."

그러자 웰즐리가 로렌스에게 말했다.

"자네와 자네 용은 그야말로 최악의 반역자들이로군. 자네는 이참에 존 폭스의 《순교자들의 책》에 이름을 올리려고 작정한 건가?"

테메레르는 화가 나서 콧김을 내뿜었다. 전에 로렌스가 그 책을 읽어준 적이 있어 테메레르도 내용을 알고 있었다. 그 책은 온갖 기분 나쁜 방식으로 처형당한 사람들에 대해 다루었다.

로렌스가 말했다.

"장군님, 자국의 용들에게 자유를 주고 그들을 국민으로 받아들인 국가를 보면 용들은 국가에 대해 비행사를 통한 간접적인 충성심이 아니라 직접적인 충성심을 보이며 국방을 튼튼히 하고 있습니다. 그런 방식을 채택하지 않은 적국은 공중전으로는 감히 그 나라를 넘볼 수도 없을 정도입니다. 이미 그에 관한 증거가 충분하니, 중국의 예를 굳이 들지 않더라도 잘 아시리라 생각되며……."

웰즐리를 따라온 어린 장교 중 하나가 무례하게 콧방귀를 뀌자 테메레르가 말했다.

"콧방귀 뀌지 마. 중국은 영국만큼 대포가 많지는 않지만 수천 마리의 용이 군 복무를 수행하고 있어."

그러자 웰즐리는 못 믿겠다는 투로 말했다.

"수천 마리라니 말도 안 돼."

테메레르가 곧장 대꾸했다.

"6,288마리의 용이 중국군에 복무 중이라고 내 어머님이 말씀하셨습니다."

순간 침묵이 흘렀다. 테메레르는 자신이 말한 숫자가 지나치게 정확해서 이상하게 들릴 것 같다는 생각에 덧붙여 설명했다.

"8이 행운의 숫자이기 때문에 끝의 수를 88로 맞춘 겁니다. 그 외에 공식적으로는 군 소속이 아니지만 필요시 전투에 투입할 수 있는 용들이 많습니다."

로렌스가 추가로 설명했다.

"현재 프랑스는 중국만큼 용의 수가 많지는 않습니다. 그런데 만일 리엔이 나폴레옹에게 중국의 용 사육 기술을 전수한다면, 프랑스는 자기네 영토와 인구수에 맞춰 중국과 같은 비율로 용을 확보할 가능성이 있습니다. 적어도 천 마리에 가까운 용을 공군으로 확보하겠지요. 향후 오 년 안에 그런 일이 일어나지 않는다는 보장이 없습니다. 영국이 용들을 지금처럼 취급하면서 과거의 방식만 고집한다면 오 년 뒤에 프랑스를 어떻게 상대하겠습니까?"

"빌어먹을, 여기가 정부 관료들의 회의실도 아니고 난 지금 비율이나 숫자에 대한 강의를 들을 기분이 아니야. 그래, 좋아. 용 민병대에게 지금처럼 먹이를 제공하고 그 외에 해군 병사의 급료에 준하는 봉급을 지급하지."

로렌스가 말했다.

"그럼 하루에 일 실링을 주시겠다는 건데, 해군 병사에게 그 돈이면 아내와 자식들 입에 겨우 풀칠을 하고 항구에서 술이나 좀 마실 수 있을 정돕니다. 용에게는 터무니없이 적은 돈입니다."

민노우가 끼어들었다.

"우린 작아서 잘 보이지도 않고 갖고 다니기도 불편한 작은 동전은 받고 싶지 않아요. 그런 동전은 갖고 있어봤자 정신만 사나울걸요."

테메레르도 고개를 끄덕였다.

"맞습니다. 또한 우리는 원하는 곳을 마음대로 다닐 수 있는 권리를 보장받고 싶으니 그 점도 같이 약속해주셨으면 합니다. 가고 싶은 곳에 마음대로 갈 수만 있으면 필요한 일자리를 구할 수 있을 것이고, 정부에서 지급하는 봉급이 적더라도 가욋일을 해서 먹고살 수 있을 테니까요. 지금 우리가 하는 이 협상 내용은 공군 소속의 용들에게도 마찬가지로 적용해주셔야 합니다."

웰즐리가 물었다.

"가외로 일을 해서 먹고살겠다고? 그건 마음대로 하든지. 용들이 다닐 수 있는 곳은 일단 따로 지정을 해야겠는데……."

웰즐리와 로렌스는 봉급 액수 및 용들이 자유로이 통행할 수 있는 곳을 지정하기 위해 목소리를 낮추고 한참 논의를 했다. 헤비급 용과 우편배달 체급의 용 등에게 각각 얼마씩 봉급을 주어야 하는지도 구체적으로 정해야 했다. 테메레르는 그들의 논의에 귀를 기울였지만 로렌스가 언급하는 지명들이 어디쯤이며 화폐 단위는 어떤 식으로 계산하는지 잘 알 수가 없었다. 테메레르가 돈에 대해 아는 것이라고는 자신이 차고 있는 펜던트의 가격이 만 파운드 정도라는 것뿐이었다. 파운드 외에 실링이나 펜스 같은 화폐 단위는 전혀 생소했다. 그런데 잠시 후 집적소의 본영에서 우편배달 체급의 용이 빠른 속도로 날아와, 울리치 전장의 패잔병들이 집적소 안에 모두 모였고 북쪽으로 행군할 준비를 마쳤다고 보고했다.

웰즐리가 말했다.

"더는 이 문제에 들일 시간이 없으니, 결론을 내지. 바스 로(路)와 그레이트 노스 로를 따라 위치한 스무 개 지역을 자유 구역으로 지정할 테니 용들은 거기서 잠을 자고 먹이를 제공받도록. 용 누각은 용들이 받은 봉급으로 짓게 해. 누각에서 장군들처럼 화려하게 살든지 말든지. 약속을 했으니, 이제 군율을 확실히 지키는 거다."

"예, 장군님."

로렌스는 웰즐리의 등에 대고 인사를 하며 경례를 붙였다. 웰즐리는 이미 돌아서서 급히 걸어가고 있었다.

로렌스가 테메레르와 미노우에게 영국 화폐 체계에 대한 설명을 시작하자마자, 수많은 용이 그의 말을 듣기 위해 서로 밀쳐가며 둥글게 둘러섰다.

"그럼 십 파운드로 소 한 마리를, 일 파운드 일 실링으로 금 한 조각을 살 수 있다는 건가?"

미노우가 묻자 테메레르는 머릿속으로 암산을 해가며 대답했다.

"그래. 그리고 이십 실링이 일 파운드니까, 헤비급 용은 일 년에 사백 파운드를 버는 셈이야……."

듣고 있던 용들은 모두 만족스러워하며 와글와글 떠들었다.

이스키에르카가 물었다.

"봉급이 어디 있는데? 어디 보여줘봐. 숫자 얘기나 들으려고 여기 온 게 아니란 말이야. 봉급이 무슨 재산이라도 돼?"

테메레르는 퉁명스럽게 대답했다.

"그야말로 확실한 재산이지. 우리가 다 너처럼 끝없이 전리품 욕심을 내면서 이리저리 돌아다니며 싸우고 소동 일으키는 걸 좋아하지는 않거든. 의무를 착실히 수행하는 용은 누구나 봉급을 받는 거야. 직업군인처럼. 공정한 대우를 받는 것이지."

이스키에르카는 계속 툴툴거렸지만 다른 용들은 테메레르의 말에 동조하며 협상 결과에 만족해했다. 그러나 로렌스는 속으로 영 꺼림칙했다. 나폴레옹의 군대가 런던으로 쳐들어가서 나라가 위기에 처했는데, 그 점을 악용해 비열한 뒷거래로 협상을 한 것 같아서였다. 게다가 프랑스 용들의 추격을 받는 상황에서 로렌스는 용들의 이익 추구를 위한 협상을 주도했다. 이는 전에 그가 저지른 이적 행위, 즉 프랑스에 치료약을 건넨 행위보다도 더 지독한 반역죄인 듯 여겨졌다.

로렌스는 흡족해하며 떠들어대는 용들에게 그만 조용히 하라는 뜻으로 말했다.

"자, 점심 먹어야지. 육군은 내일 해가 뜨자마자 행군을 시작할 테니 우리도 준비를 해야 해."

다음 날 동이 트자 용들은 아침식사를 마치고 하늘로 날아올랐다. 제일 먼저 출발한 보병 연대는 이미 길로 나선 지 오래였는데 이동속도가 어찌나 느린지 점심 무렵 레퀴에스캇이 이렇게 말할 정도였다.

"그래, 이게 바로 즐거운 비행이라는 거야. 숨을 헐떡이며 정신 사납게 서두르지 않아도 되니 얼마나 좋아."

테메레르는 그저 한숨을 쉴 뿐이었다. 그러다가 답답증이 치밀어 로렌스에게 물었다.

"저 앞으로 날아가서 육군들에게 우리 몸에 타고 조금만 이동하자고 하면 안 될까? 우리가 최대한 많이 태워서 이동시키는 거야."

"상부의 명령 없이는 안 돼."

용들이 행군 중인 육군 대열 쪽으로 멋대로 날아가면 온갖 어려움 끝에 재집결시킨 육군과 기병대 말들이 겁에 질려 사방으로 달아날 텐데, 그 모습을 보고 웰즐리 장군과 달림플 장군이 어떤 반응을 보일지 로렌스는 충분히 짐작할 수 있었다.

"너무 지루해. 이런 속도면 육군들이 오늘 밤 집결하기로 한 곳에 도착하기 전까지 우리끼리 세 번은 더 왕복할 수 있겠어. 일부는 네 번 이상도 왕복할 수 있을걸."

테메레르는 좋은 생각이 떠올랐는지 얼굴 주변의 막을 세우며 말을 이었다.

"레퀴에스캇을 비롯해 몇 마리만 육군 뒤를 따라가며 호위하게 하고 나랑 나머지 용들은 남쪽으로 돌아가서 나폴레옹을 조금이라도 골탕 먹이는 게 어떨까? 그가 만든 시설이든 뭐든 망가뜨려버리는 거야."

그리고 테메레르는 로렌스의 반응을 보려고 머리를 뒤로 돌렸다.

"지휘관으로서 할 소리는 아닌 것 같은데. 넌 웰즐리 장군에게 앞으로 연대원들과 더불어 군율을 잘 지키겠다고 약속했잖아. 그런 네가 군율을 어지럽히면……."

이렇게 말하던 로렌스는 자신이 군율 운운할 처지가 아님을 깨닫고는 입을 다물어버렸다. 자신은 군인의 의무에 대해 할 말이 없는 사람인데, 주저리주저리 떠든다면 테메레르에게 위선자로 보일 터였다.

테메레르는 유감스러워하는 투로 말했다.

"지휘관이라는 건 항상 좋기만 한 자리는 아닌 것 같아. 아마 이대로 계속 가다간 이스키에르카가 밤새 불만을 터뜨릴 거야. 이동속도도 느려터진 데다가 창피하게 후퇴나 하고 보물도 하나 얻지 못했다면서 비난을 퍼부을걸."

테메레르는 콧방귀를 뀌고는 주변을 둘러보다가 덧붙였다.

"그런데 이스키에르카는 어디 있지?"

골이 난 이스키에르카는 오전 내내 용 민병대 꽁무니에서 천천히 따라오고 있었다. 가끔 낮게 깔린 흰색과 회색 구름 속으로 휙 내려가 그 안에 불을 뿜어, 황금색과 진홍색, 보라색이 어우러진 불꽃을 만들어냈다. 그럴 때면 아침나절인데도 저녁놀이라도 깔린 듯했다. 그리고 보니 로렌스는 지난 두 시간 동안 이스키에르카가 그러고 노는 걸 본 기억이 없었다. 아르카디와 그 부하 몇몇도 보이지 않았다. 린지에게 물어봤지만 린지는 목을 한옆으로 돌리며 곤혹스러워할 뿐 사라진 용들의 행방에 대해서는 말이 없었다.

테메레르는 낌새를 채고 로렌스에게 물었다.

"어떻게 해야 그것들이 어디로 갔는지 린지가 말할까?"

테메레르는 용들을 데리고 근처의 넓은 목초지로 내려갔다. 다른 용들이 목초지에서 가축 떼를 몰아오는 동안, 남아 있는 아르카디의 부하들을 심문하기 위해서였다. 다른 용들이 몰아온 양을 잡으려고 린지가 앞발을 뻗자 테메레르는 일단 한 대 후려치며 말했다.

"아니, 사실을 실토할 때까지 넌 못 먹어. 사라진 용들 때문에 우린 아주 귀찮아지게 생겼어."

양 한 마리를 잡아 우물거리며 씹어 먹던 레퀴에스캇이 옆에서 중얼거렸다.

"이런 비행이라면 좋지. 육군들보다 앞서면 안 된다니까 천천히 날아도 되고 가끔 이렇게 간식을 찾아 먹을 수도 있으니 말이야."

로렌스가 침울해하며 대꾸했다.

"이제 이스키에르카를 잡으러 남쪽으로 오십 킬로미터를 내려갔다가 오늘 밤의 집결지까지 다시 백 킬로미터를 날아가야 하게 생겼는데 좋긴 뭐가 좋냐."

그러자 레퀴에스캇은 주둥이 주변을 핥으며 생각에 잠긴 목소리로 말했다.

"흠, 하긴 그러네요. 그래도 굳이 이스키에르카를 찾으러 가야 하는지는 잘 모르겠어요. 그 용이랑 떨거지들도 오늘 밤 우리가 어디서 집결하기로 했는지 알잖습니까. 그들 몸에 탄 사람들이 나침반도 갖고 있을 테니 그 용들이 새끼 용처럼 길을 잃었다 해도 잘 찾아올 겁니다. 우리끼리 집결지로 가서 그들이 오길 기다리는 게 낫죠."

테메레르는 로렌스에게 말했다.

"오랫동안 보이지 않으면 우리가 자기네를 찾아다닐 수밖에 없다는 걸 알 텐데. 아무래도 자기네끼리 프랑스 군을 찾아 싸우러 간 것 같아. 총이나 실컷 맞고 죄다 어디서 죽어가고 있겠지."

혹시 정말 그렇게 되었다고 해도 별로 마음 아프지 않을 것 같다는 투였다.

테메레르가 방금 한 얘기를 두르자크 어로도 말해주었으나 린지는 움찔하기만 할 뿐 여전히 입을 열지 않았다.

로렌스가 나지막하게 지적했다.

"테메레르, 이건 린지의 어리석음을 탓할 일이 아니야. 지금 린지는 지휘관인 네 권위에 도전하고 있어."

"아, 그래! 맞아!"

테메레르는 린지에게 로렌스의 말을 전한 뒤 덧붙였다.

"그러니까 어서 말해. 안 그러면 혼날 줄 알아."

그런데도 린지가 입을 꼭 다물고 있자 테메레르는 숨을 확 들이마시고는 린지의 머리 위로 신의 바람을 불었다.

겁에 질린 린지는 바닥에 납작 엎드리며 소리쳤다.

"파욤 제 렁!"

다른 용들도 놀라 펄쩍 뛰었다. 테메레르가 고함을 내지른 방향에 서 있던 나무들은 부르르 떨어댔고 낙엽 위로 도토리가 비처럼 후두두둑 떨어졌다. 나무에 앉아 있던 작은 새 몇 마리도 돌멩이처럼 바닥으로 떨어졌다. 꿍쑤가 얼른 달려가 죽은 새들을 주워 담는 동안 린지는 중얼거리며 이실직고를 했다. 이스키에르카와 아르카디 등은 프랑스 군 부대를 기습해 보물도 얻고 칭찬도 받겠다는 생각으로 런던으로 돌아갔다고 했다. 특별히 목표물을 정하고 간 것은 아니고, 그저 전투도 하고 싶고 전리품도 획득하고 싶어서인 모양이었다.

테메레르는 화를 가라앉히지 못해 몸을 부르르 떨고 숨까지 씩씩거리며 말했다.

"레퀴에스캇 말대로 그것들이 따라오든지 말든지 내버려두고 우리끼리 집결지로 가자. 나중에 이스키에르카가 독수리 깃발을 두세 개 빼앗아 올 수도 있겠지. 아르카디랑 그 부하들은 다 죽게 만들어 놓고 저 혼자 살아 돌아오겠지만."

로렌스는 테메레르가 큰 소리로 저주의 말을 하는 게 듣기 좋지 않았지만, 비행사인 그랜비의 명령도 무시하고 탈영한 이스키에르카는 이미 존중받을 자격을 박탈당한 것이니 뭐라 할 말이 없었다. 그저 테메레르가 내뱉은 저주의 말이 현실로 이루어지지 않기를 바랄 뿐이었다.

그런데 잠시 고민하던 테메레르는 이내 얼굴이 밝아지며 덧붙였다.

"어쨌든 이스키에르카를 잡아오지 못하면 상부에서 우리 탓을 할 테니 도로 남쪽으로 내려가야겠어. 어떻게 생각해, 로렌스? 이스키에르카는 불을 뿜는 능력이 있으니 모두 소중한 용이라고들 하잖아."

결국 테메레르와 로렌스는 연대원들을 거느리고 방향을 돌렸다. 그들은 사방을 경계하며 신속하게 런던 쪽으로 날아갔다. 지상에 내려다보이는 길은 텅 비어 있었다. 영국 군인들이 행군할 때 뿌옇게 일던 먼지는 이미 가라앉았고 추격해 오는 프랑스 군의 모습도 보이지 않았다. 들판에 나와 일하는 농부와 목동 들을 제외하고는 집 밖에 나와 돌아다니는 이가 거의 없었다. 나폴레옹의 침공으로 정치적 혼란이 야기되었다 해도 농부와 목동은 소 떼와 농작물에 소홀할 수 없기에 고개를 푹 숙인 채 최대한 서둘러 일을 하고 있었다. 늦은 오후 무렵이 되자 시골 지역에는 적막이 깔리고 사람 하나 돌아다니지 않았다. 태양도 이제 그만 피곤한 하루를 마치고 쉬러 가려는 듯 하품을 하는 것 같았다.

"몇 킬로미터만 더 가면 늘 하는 것처럼 불을 뿜으며 잘난 척을 해 대는 이스키에르카가 보이겠지."

테메레르는 툴툴거리며 중얼거리다가 갑자기 얼굴 주변의 막을 곤두세웠다. 저 멀리 작은 점 하나가 점점 그들 가까이 다가오며 커지고 있었다. 구름을 뚫고 다가온 그 점은 곧 날개를 펼치고 비행하는 용의 모습이 되었다.

게르니였다. 상처투성이가 된 게르니가 숨을 헐떡이며 전속력으로 날아왔다. 얼굴도 피범벅이었고 어깨로 얼굴의 피를 문질러 닦다 보니 그 피가 푸른색 몸통에 흘러 벽돌색 막처럼 얇게 덮여 있었다. 등에 타르케를 태운 게르니는 적의 공격병처럼 공중에서 테메레르의 등에 내려앉았다. 게르니는 이중 끈으로 된 간단한 안장을 착용한 상태였다. 테메레르의 등에 내려선 타르케가 게르니의 안장 끈에 묶인 허리께의 카라비너 고리를 풀어 테메레르의 약식 안장에 걸었다. 게르니는 작은 종처럼 땡땡거리며 시끄러운 소리를 내는 자기 안장 끈의 끝부분을 잡아 앞발에 여러 번 감아쥐었다.

테메레르는 머리를 뒤로 돌리며 물었다.

"그게 뭐야?"

"지난번 여행 때 내가 이스탄불에서 직접 만든 안장이야."

타르케는 테메레르에게 설명한 뒤 로렌스에게 말했다.

"이스키에르카가 적군에게 붙잡혔습니다."

그들은 타르케의 안내로 아르카디와 그 부하들이 숨어 있는 곳으로 향했다. 아르카디 일행은 높은 언덕 아래 움푹 팬 곳에 모여 몸을 움츠리고는 몸에 난 상처를 혀로 핥고 있었다. 언덕에 가려 길 쪽에서도 보이지 않고 오후 햇살의 그림자가 길게 드리워져서 공중에서 흘끗 내려다봐도 눈에 띄지 않는 곳이었다. 테메레르가 그들 앞에 착륙하자 아르카디는 양 날개로 제 몸통을 덮어 가리며 방어 자세를 취했다. 테메레르가 말했다.

"됐으니까 나한테 쉭쉭대지 마. 너도 잘 알겠지. 네 행동이 음, 그러니까…… 별볼일 없는 용들이나 하는 짓이라는 걸. 스스로 부끄러운 줄 몰랐으면 여기 이렇게 숨어 있을 필요도 없겠지. 보아하니 네 잘못에 대한 대가를 이미 치른 것 같구나. 잘못을 사과하고 다시는 이런 짓을 하지 않겠다고 약속해. 그만 쉭쉭대고."

타르케는 바닥에 쭈그리고 앉아 흙을 편편하게 고른 뒤 이스키에르카와 아르카디 등이 이동한 경로를 그려가며 로렌스에게 설명했다.

"이들은 정오가 되기 조금 전에 무리에서 이탈했습니다. 아주 지능적이었어요. 오전 내내 구름을 들락날락하면서 노래 부르고 소란을 떨다가 무리에서 서서히 떨어져 나갔습니다. 나와 승무원들이 그 사실을 깨달았을 때쯤엔 테메레르 쪽과의 거리가 너무 멀어져서 소리쳐도 들리지 않을 정도였습니다. 그랜비의 포수들이 조명탄 몇 개를 하늘로 쏘아 올렸지만 소용없었습니다. 그 뒤로 악운이 따르기 시작했죠. 런던을 향해 두 시간 정도 날아갔을 때쯤 프랑스 용들과 맞닥뜨렸습니다. 그 용들은 다부 원수의 전방 부대 소속으로 근처에서 소 떼를 모으던 중이었습니다. 그랑 슈발리에 두 마리와 헤비급 용 여섯 마리였는데 그 용들은 이스키에르카를 보고 곧장 날아왔습니다. 예순 명 정도의 프랑스 공군들이 순식간에 이스키에르카의 등으로 뛰어내렸죠. 그 사단이 난 뒤에야 아르카디는 내 지시에 따르더군요. 그래서 우린 간신히 도망칠 수 있었습니다. 하지만 그랜비는 이미 프랑스 공군들에게 붙잡힌 뒤였습니다. 그들은 그랜비를 병아리 움켜잡듯 잡아서 그랑 슈발리에의 등에 실었고 최고 속도를 내며 날아갔습니다. 이스키에르카는 욕을 퍼부으며 맹렬히 그들을 쫓아갔고요."

테메레르는 분노했다.

"애초에 그랜비를 이스키에르카에게 내주는 게 아니었어. 제대로 된 전투도 아니고 쓸데없는 짓거릴 하다가 그랜비를 잃어버렸잖아. 당장 가서 놈들한테 이스키에르카를 내주고 그랜비를 돌려받아야겠어. 그럼 속 시원하게 해결되는 거야."

하지만 로렌스와 타르케는 의미 있는 눈빛을 주고받았다. 이스키에르카가 아무리 고집 세고 말을 듣지 않아도 불을 뿜는 용인데 프랑스 군에 넘기는 것은 결코 속 시원한 해결책이 아니었다.

로렌스는 나지막한 목소리로 타르케에게 물었다.

"그들이 어디로 갔는지 봤습니까?"

"곧장 런던으로 가더군요."

10

테메레르가 로렌스에게 구시렁거렸다.
"난 지휘관인데 왜 여기서 기다려야 하는지 모르겠네."
"네가 장군이 된다 해도 덩치가 커서 이번 임무에는 나설 수 없어. 이십 톤이나 되는 용은 런던에 몰래 숨어 들어갈 수 없으니까. 그랜비를 빼내 오려면 우리끼리 가는 수밖에 없어."
"그러다가 당신이 붙잡히면 나도 이스키에르카처럼 몹쓸 짓을 한 용이 되는 거잖아. 내 임무는 당신을 안전하게 지키는 건데."
이스탄불에서도 한차례 이런 논쟁을 한 적 있었다. 그래서인지 테메레르도 새삼 완강하게 반대하는 게 아니라 불만을 표출하는 정도였다. 로렌스가 부드럽게 타일렀다.
"언쟁할 시간 없어. 우리가 얼마나 신속하게 움직이느냐에 그랜비의 자유와 목숨이 달려 있어."
테메레르는 얼굴 주변의 막을 늘어뜨리며 축 처져 엎드렸다. 심란한 마음을 달래려고 목초지의 짚을 발톱으로 잡아 뜯고 흙을 긁어모은 뒤 박박 긁어

됐다.

로렌스는 그 정도로 얘기가 마무리되어 다행이다 싶었지만 한편으로는 테메레르를 속이는 것이라 죄책감이 들기도 했다. 일반적인 상황에서라면 로렌스는 아무리 가고 싶어도 그랜비를 구하러 가지 못했을 터였다. 그랜비를 구하러 갔다가 자신이 붙잡히면 테메레르가 프랑스의 포로가 되어버리니까. 지금처럼 그랜비와 이스키에르카를 빼내 올 가능성이 희박한 상황이라면 더더욱 로렌스는 테메레르를 두고 가지 않을 것이었다.

그러나 지금은 일반적인 상황이 아니었다. 로렌스는 교수형을 언도받은 죄인이라 법률적으로 죽은 자와 다름없었다. 그는 자신의 목숨을 아껴둘 자격조차 없는 사람이었다. 게다가 그가 구출 작전을 수행하다가 포로가 되지 않고 차라리 총에 맞아 죽으면 테메레르를 영국에 붙잡아둘 수 있었다. 그 편이 영국과 테메레르를 위해 나았다. 테메레르는 웰즐리 장군과 약속했으니, 로렌스가 죽고 없더라도 그 약속에 매이게 될 것이다.

게다가 달리 구출 작전에 투입할 사람이 없었다. 위던에서 출발한 육군을 호위하는 용 민병대 중 승무원을 제대로 갖춘 용은 이스키에르카뿐이었는데, 그들은 모두 적군의 포로가 되어버렸다. 이스키에르카가 비행사인 그랜비는 물론 대위와 중위, 지상요원 들까지 모두 태우고 다녔기 때문이다. 지금 이 언덕 아래엔 로렌스가 데리고 있는 소수의 승무원과 야생용들과 일하는 몇몇 장교뿐이었다. 그 장교들 중에는 상급 장교인 던과 위클리도 있었는데, 전에 로렌스 밑에서 복무하다가 두르자크 어를 구사할 줄 안다는 이유로 야생용들 쪽에 배치된 자들이었다. 그 외에 몇몇 장교도 비슷한 이유로 두르자크 어 통역관을 겸해 야생용들 쪽에서 일하고 있으나 그들은 대부분 나이가 너무 어렸다. 열네 살 정도밖에 안 되는 그 장교들을 위험천만한 작전에 내보낼 수는 없었다.

그 장교들을 바라보며 타르케는 고개를 젓더니 로렌스에게 말했다.

"아무래도 우리 둘이 가는 편이 낫겠습니다."

타르케는 당분간 영국 공군으로 복무 중이었으나 이런 일까지 해야 할 의무는 없었다. 로렌스가 말렸다.

"당신은 굳이 이 임무를 하지 않아도……."

"물론 그렇죠."

타르케가 한쪽 눈썹을 올리며 이렇게 정중히 답하자, 로렌스는 달리 할 말이 없었다. 그저 고개 숙여 인사를 하고 그의 뜻을 받아들였다.

로렌스는 암녹색 외투를 벗고 블라이스의 가죽 작업복을 입었다. 작업복에는 큰 주머니가 여러 개 달려서 무기들을 숨기기에 좋았다. 그는 주머니에 권총 두 자루와 날카로운 칼 한 자루, 블라이스의 망치 하나를 집어넣었다. 타르케는 얼굴에 바르라며 흙을 한 줌 쥐여 주었다. 타르케는 일반 노동자로 보이게 이미 자신의 손과 손톱 밑에 흙을 잔뜩 묻혀놓았다.

던은 멀리서 곁눈질하며 두 사람이 떠날 준비를 하는 모습을 바라보았다. 가끔 다른 장교들을 흘끗거리며 망설일 뿐 아무 말도 하지 않았다. 겁이 나서가 아니었다. 로렌스는 예전에 그가 용기 있게 행동하는 모습을 익히 보았기 때문에 던이 망설이는 이유가 두려움 때문이 아님을 잘 알고 있었다. 그리 기분 좋은 이유는 아니었다. 던은 그저 로렌스와 같이 일을 하고 싶지 않을 뿐이었다. 지금 여기서 구출 작전에 협력한다 해도 던의 경력에는 전혀 해로울 것이 없었다. 오히려 던이 이 작전에 참여하지 않고 로렌스가 살아 돌아오지 못한다면 상급 장교로서 문책을 당할 수도 있었다. 그럼에도 오직 로렌스와 엮이고 싶지 않다는 이유로 던은 나서지 않고 있었다.

로렌스는 고개를 숙인 채 권총에 총알을 새로 장전했다. 망설이는 던 쪽은 더 이상 쳐다보지 않았다. 이런 대접을 받는 게 한두 번이 아니라 로렌스는 이제 크게 마음이 상하지도 않았다. 로렌스는 지금 자신의 처지가 풍랑 속에서 흔들리는 배와 같다고 여겼다. 바로 코앞이나 겨우 가늠할 정도로 짙게 내리덮인 어둠 속에서 위험한 항로로 접어든 배. 지금 자신은 밧줄을 당겨가며 가로 들보의 끝을 조종하고 있다. 뱃머리 쪽에는 바람이 불어가는 해안이 보이지만 사방이 캄캄해서 바람이 잘못 불면 암초에 부딪칠 수도 있다. 그렇지만 적어도 자신이 무엇을 해야 하는지는 안다. 그리고 자유의지로 그 일을 해내려 한다.

로렌스와 타르케가 10분 만에 준비를 마치고 출발하려는데 꿍쑤가 나무껍질로 만든 접시를 들고 다가왔다. 접시에는 작은 심장과 간이 꿰어진 꼬챙이가 두 개 놓여 있었다. 방금 도살한 짐승에게서 꺼낸 날것이라 김이 무럭무럭 났다. 로렌스가 의아해하며 쳐다보자 꿍쑤가 설명했다.

"이 안에 신의 바람이 담겨 있습니다. 행운을 가져다줄 겁니다."

테메레르가 린지를 혼내려고 내지른 신의 바람에 맞아 죽은 새들에게서 꺼낸 심장과 간인 것이다.

로렌스는 미신을 신봉하는 사람이 아니었지만 말없이 그것을 먹었다. 조금이라도 행운이 따르게 해준다면 거절할 이유가 없었다. 타르케도 자기 몫을 다 먹은 뒤 외투에 달린 망토를 거의 얼굴까지 내려 썼다. 그리고 두 사람은 길을 나섰다.

가축 상인의 수레 뒷자리에 나란히 앉아 가던 타르케가 로렌스에게 중국어로 말했다.
"벌써 그랜비를 프랑스로 보냈는지도 모릅니다."
"그 때문에…… 우리 해군이…… 위험에 처하지 않기를 바랄 뿐입니다."

로렌스도 더듬거리며 중국어로 대답했다. 그에게 중국어는 여전히 어려웠다. 테메레르가 몇 번이고 교정해주었지만 발음이 신통치 않아 상대방이 거의 알아듣기 힘든 수준이었다. 그래도 쉬운 말은 알아듣고 더듬거리며 대답할 수 있으니 비밀 대화라도 나눌 수 있어 다행이었다. 가축 상인이 호기심을 보이며 흘끗흘끗 그들을 뒤돌아보았기 때문에 영어로는 얘기를 나눌 수가 없었다. 그 상인은 징발당하기 전에 내다 파는 게 낫다는 판단을 하고 소 떼를 끌고 런던의 시장으로 향하는 중이었다. 그자는 2실링을 받고 타르케와 로렌스를 짐수레 뒷자리에 태워주었다.

타르케는 고개를 끄덕였다. 나폴레옹이 런던을 이미 장악했다면, 적어도 감옥을 차지하고 쓸 수 있을 정도가 되었다면 귀중한 포로인 그랜비를 감옥 안에 가둬두었을 것이다. 포화 속에서 이리저리 끌고 다니면 그랜비가 목숨을 잃을지도 모르고 그랬다가는 분노한 이스키에르카가 프랑스 군에 무차별 공격을 퍼부을 테니 말이다. 그 문제를 생각하는 동안에도 타르케와 로렌스는 조금이라도 빨리 런던에 도착하기를 바라고 또 바랐다. 그랜비가 런던에 잡혀 있는 동안 손을 쓰지 않으면 영영 그와 이스키에르카를 구출해낼 기회가 없을지도 모르니까.

테메레르를 타고 아르카디 등이 숨어 있는 곳까지 갔을 때는 80킬로미터를 단숨에 날아왔는데, 이 느릿느릿 굴러가는 짐수레에 몸을 싣고 하릴없이 런던을 향해 가자니 애가 탔다. 가는 동안 주변을 둘러보니 런던 교외 지역은 벌써 프랑스 땅이 된 듯 보였다. 수만 명의 프랑스 군인들이 자기네끼리 혹은 용에게 뭐라고 말을 하며 야영지를 구축하고 있었다. 프랑스 용들은 군인들을 도와 도랑을 파고 돌을 옮기고 길을 넓히는 일을 했다. 그곳 상점의 영국인 심부름꾼들은 애국심 따윈 내던지고 돈벌이에 혈안이 되어 상점과 야영지를 오가며 부지런히 음식과 술을 날랐다. 가만히 보니 음식보다는 술 배달이 더 많아 보였다. 심부름꾼들은 카랑카랑한 목소리로 서툰 프랑스 어를 구사해가며 장사에 여념이 없었다.

"일…… 프랑…… 입니다, 무슈."

타르케가 한창 건축 중인 건물들을 턱 끝으로 슬쩍 가리키며 말했다.

"그는 여길 완전히 개조하려는 모양입니다."

회반죽을 붓고 모서리마다 통나무를 박아놓은 건물 터에 용들이 크고 편편한 석판을 올린 뒤 몸으로 눌러 고정하고 있었다. 아직 벽까지 완성되지는 않은 상태였다. 그러다가 런던에 가까워졌을 때 로렌스는 거의 완성되어 사용 중인 건물을 보았다. 바로 용 누각이었다.

프랑스 용들이 누각의 3면을 둘러싸고 드러누워 잠들어 있고 그

사이의 빈 공간에 군인들이 들어가 누워 있었다. 누각을 사용하니 겨울에도 따뜻하게 잠을 잘 수 있을 것이다. 영국 군인들보다도 훨씬 따뜻하게 말이다. 이렇게 용 누각까지 짓는 것을 보니 장기간 영국을 점령하려는 모양이었다. 나폴레옹은 신속한 전투로 전승을 노리기보다는 진지를 확실히 구축해서 장기전으로 영국군의 진을 빼놓을 작정인 듯했다.

짐수레 뒤를 따라 가축 상인의 소 떼가 음매 울며 터벅터벅 걸어왔다. 가축 상인의 아들들이 뒤에서 소 떼를 몰고 있었다. 길의 먼지가 그들을 둘러싸며 자욱하게 피어오르고 썩은 풀 냄새가 풍겼다. 가축 상인에게 돈을 쥐여주고 끔찍하게 느린 속도를 참아낸 결과 로렌스와 타르케는 런던 시 안으로 쉽게 들어갈 수 있었다.

올더스게이트 로드를 지키고 서 있던 프랑스 하사관은 소 떼를 보고 얼굴이 확 밝아졌다. 그자는 가축 상인과 그 동행들에게 대충 한두 가지 질문을 한 뒤 스미스필드(육류 시장이 있는 런던 시의 한 구역—옮긴이주)와 도살장 쪽을 가리키며 그리로 가라고 했다. 그곳부터는 소 떼와 가축 상인의 아들들이 앞장섰다. 로렌스와 타르케는 조금 더 짐수레 뒷자리에 머물렀다. 그리고 소 떼와 가축 상인의 아들들이 시장 입구로 향하는 모퉁이를 돌아갈 무렵 타르케가 로렌스의 팔꿈치를 살짝 치며 신호를 보냈고 두 사람은 신속하고 소리 없이 짐수레에서 내려 좁은 골목으로 들어섰다.

일단은 뉴게이트 감옥을 살펴볼 생각이었다. 선술집에서 로렌스는 사람들에게 동전 몇 푼을 쥐여주고 온갖 소문을 얻어들었다. 대부분은 근거 없는 뜬소문이고 그들의 임무와 별 관계도 없는 것이었다. 그러다가 나폴레옹이 켄싱턴 궁전에 머물고 있으며 부자연스러울 정도로 하얀 몸통에 무시무시한 빨간 눈을 가진 용이 하이드 공원에 거대한 뱀장어처럼 드러누워 있다는 정보를 얻어들었다. 사람들은 나폴레옹이 부리는 그 용에 대해 얘기하며 소름이 끼친다면서 몸서리를 쳤다.

좀더 운이 따른 타르케는 상당히 도움이 될 만한 정보를 입수했다. 뉴게이트 감옥에 포로들이 몇 명 갇혀 있기는 하지만 오늘 새로 수감된 자는 없다는 것이었다. 그리고 묻지도 않았는데 사람들은 이스키에르카로 추정되는 용에 대한 얘기를 떠들어댔다. 그 용도 하이드 공원에서 목격되었는데 소 두 마리를 먹어치운 뒤 이 도시 전체를 불태우려는 것처럼 엄청난 불길을 쏟아냈다고 했다. 두 사람은 밖으로 나와 거리의 청소부들에게도 물어보았다. 그중 한 청소부가 오늘 뉴게이트 감옥으로 끌려온 영국 비행사나 승무원은 한 명도 없었다고 확언을 해주었다.

타르케가 말했다.

"이 말이 위로가 될지 모르겠습니다만, 여기 있는 프랑스 용들 중 오늘 해안 쪽으로 간 용은 없는 모양입니다. 이스키에르카가 하이드 공원으로 들어온 뒤 대형 용들은 여기서 꼼짝도 하지 않았다는군요. 그랜비를 아직 프랑스로 보내지 않은 게 확실합니다."

로렌스는 잠시 생각한 끝에 말했다.

"아마 그를 켄싱턴 궁전에 가둬뒀을 겁니다."

"우리로선 잘된 일이죠."

"어리석은 소리 같겠지만 일전에 나폴레옹과 만나 얘기를 나눈 적이 있어서 그의 성격을 좀 압니다. 나폴레옹은 이상할 정도로 적군을 회유하는 걸 좋아하는 것 같더군요. 회유 가능성이 영 없어 보이는 상황에서도 자기는 포로를 설득할 수 있다고 굳게 믿고 있었습니다. 이번에도 마찬가지일 겁니다. 이 기회에 그랜비를 설득해 프랑스 군에 복무시키려 하고 있겠죠."

타르케는 어깨를 으쓱했다.

"그럼 우리도 그 기회를 이용해야겠군요. 그랜비를 다른 곳으로 옮기기 전에 빼내야겠습니다."

그들은 날이 어두워졌을 때쯤 런던의 메이페어 변두리에 다다랐다. 군데군데서 도시의 삶이 조용히 계속되고 있었다. 맥줏집의 온기와 신선한 맥주 냄새가 지저분한 자갈길로 흘러나왔고 닫힌 덧문 안쪽에서 불빛이 새어나왔다. 피난이 내키지 않아서 혹은 피치 못할 사정이 있어 런던을 떠나지 못한 사람들이 남아 있는 것이었다. 상류 사회 사람들이 거주하는 구역에 이르자 이곳 지리에 익숙한 로렌스가 앞장서서 걷기 시작했다. 그는 아버지의 저택, 친구들과 정치적 지인들, 해군 시절 알고 지낸 전우들의 집 앞을 차례로 지나갔다. 그 집들은 모두 덧문이 내려져 있고 새어나오는 불빛 하나 없이 캄캄했다. 로렌스는 망설이지 않고 걸음을 재촉했다. 정적이 깔린 거리엔 버려진 집이 수두룩했고 파괴되고 약탈당한 흔적들이 보였으나 이미 예상한 바라 로렌스는 동요하지 않았다. 그러나 메이페어의 도버 거리에 도착해서는 놀라지 않을 수 없었다. 어느 대저택 문 앞에 시중꾼 열 명이 늘어서 있고 그 저택 앞길은 사륜마차로 붐비고 있었다. 잘 차려입고 동반자를 대동한 젊은 숙녀들, 영국 신사들, 프랑스 장교들이 마차에서 내려 저택 현관 층계를 올라가고 있었고 저택 안에서는 음악 소리와 시끌벅적한 웃음소리, 음식을 내오고 치우느라 접시가 짤그랑거리는 소리가 밖으로 흘러나왔다.

어이가 없어 길옆 가로등 불빛 아래 멍하니 서 있는 로렌스를 타르케가 어두운 그림자 속으로 끌어당겼다.

"당장은 이 거리를 지나가기 어렵겠습니다."

타르케의 말에 로렌스는 곧바로 대답할 수가 없었다. 분노로 숨이 막힐 지경이었다. 손님으로 초대받아 간 적은 없지만 그 저택이 리버풀 출신의 하원의원 소유라는 것 정도는 알고 있었다. 그 하원의원은 가끔 로렌스의 아버지인 앨런데일 경을 지지하는 표를 던졌을지도 모르는 사람이었다. 간신히 분노를 가라앉힌 로렌스는 타르케를 따라 그 저택에서 몇 집 건너 아래쪽에 있는 어느 집 앞에 멈춰 섰다. 닫힌 덧문 사이로 약한 불빛이 새어나오는 것으로 보아 그 집에도 사람이 사는 듯했지만 집 안에서는 아무 소리도 들리지 않았다. 적어도 이 집에서는 정복자들을 환영하는 파티가 열리고 있진 않은 모양이었다. 두 사람은 그 문 옆에 서서 저택 앞의 환한 불빛이 꺼지기를 기다리기로 했다. 이 집 문 옆에 서 있으면 하인이나 마부로 보일 테니 프랑스 군인들의 이목을 끌지는 않을 것이다. 이 집 사람들이 이미 잠자리에 들었다면 당분간은 남의 주목을 끌까 봐 걱정할 필요가 없을 터였다.

그들은 추위를 쫓으려 발을 굴러가며 한 시간 정도 그 앞에 서 있었다. 또 다른 마차가 당도해서 승객들을 토해낼 때마다 두 사람은 그 집 측면의 어두운 그림자로 뒷걸음질해 몸을 숨겼다. 시간이 지날수록 로렌스는 점점 화가 치밀었다. 파티 중인 저택의 열린 발코니 문 너머로 뜨거운 쇠고기 냄새와 프랑스 어로 노래를 부르는 소리가 흘러나오고 프랑스 장교와 왈츠를 추는 영국 숙녀의 모습이 보였다. 로렌스와 타르케가 기다리는 동안 그 저택 앞에 모여선 마차들의 수는 거의 줄지 않았다. 국왕 폐하가 스코틀랜드로 피신해 있고 영국 군인 수천 명이 목숨을 잃거나 포로가 된 지금 적군을 맞이해 흥청망청 파티나 벌이다니.

그때 말을 탄 프랑스 군인들이 거리를 따라 내려왔다. 높은 모자를 쓰고 화려한 군복을 차려입은 나폴레옹의 친위대였다. 그들은 길을 열라고 고함을 치며 저택 앞에 모여 있는 마차와 말 들을 한옆으로 밀어붙였다. 마부들이 항의했지만 아랑곳하지 않았다. 친위대가 열어놓은 길로 문에 금색 독수리가 그려진 마차가 들어섰다. 마차는 대문을 지나 저택의 현관 앞에 이르렀고 친위대는 현관 층계 앞 양옆에 도열했다. 로렌스는 마차에서 내린 나폴레옹이 양옆의 친위대 사이로 현관 층계를 오르는 모습을 보았다. 앞에 술이 달린 군용 장화를 신고 바지에 기다란 가죽 외투를 입고 있었다. 금몰과 금단추로 장식되고 진한 검정색으로 염색한 외투기는 하지만 파티장의 응접실보다는 비행에 어울리는 차림이었다. 프랑스의 육군 원수 중 한 명이며 나폴레옹의 처남이기도 한 뮈라가 나폴레옹과 함께 층계를 올랐다. 그들이 들어서자 현관 안쪽에서 환영의 박수가 쏟아졌다.

"구역질나는군."

근처에서 나지막하게 중얼거리는 소리가 나자 로렌스는 깜짝 놀라 주변을 둘러보았다. 로렌스가 저택 앞을 지켜보는 동안, 그가 서 있는 집 앞에 마차 한 대가 멈춰 섰고 그 마차 문을 열고 두 신사가 내려와 있었다. 그들은 로렌스와 타르케 사이에 서 있었다. 타르케는 집 측면의 그림자 속으로 이미 모습을 감춘 뒤였다.

조금 전에 구역질난다고 중얼거린 신사가 다시 말했다.

"해밀턴 부인도 저 파티에 참석할 거라던데, 자네 알고 있나?"

"그 여자뿐만 아니라 런던에 남은 상류 계급 부인들 절반이 참석한다더군."

로렌스는 방금 대답한 두 번째 신사의 목소리가 묘하게 귀에 익었다. 그 신사가 별안간 로렌스를 향해 언성을 높이며 물었다.

"이봐 거기. 거리에서 어슬렁거리며 뭘 그렇게 구경하고 있지? 무슨 연극 구경이라도 온 줄 아나? 구경꾼들까지 모여들어 저것들 기를 살려줄 필욘 없어."

로렌스는 그가 누군지 알아보고는 가슴이 철렁했다. 버트럼 울비. 앨런데일 경 친구의 아들이며 로렌스와는 서로 이름이나 아는 정도였다.

울비는 로렌스와 한때 사귄 에디스 갈맨과 결혼했다. 그것만으로도 울비와 로렌스의 사이가 좋지 않을 이유는 충분했지만, 사실 그 일이 있기 전에도 두 사람은 별로 친하지 않았다. 울비는 노름꾼이었고 무슨 복인지 돈 많은 가문에서 태어나 낭비도 심했으며 로렌스와는 교류하는 범위가 달라 친분을 쌓을 기회가 없었다. 에디스 같은 여자를 아내로 선택했다는 것 외에 좋은 점이라고는 눈 씻고 찾아봐도 없는 자였다.

대답이 없자 울비는 인상을 찌푸리며 다가왔다. 로렌스는 가로등 불빛에서 벗어나 있고 얼굴에 흙까지 발랐지만 가까이서 보면 정체가 들통 나고 말 것이었다. 의도적이든 아니든 울비가 소리라도 지르면 저 저택 앞에 서 있는 친위대 중 열 명은 이리로 뛰어올 게 뻔했다.

로렌스는 두 걸음 만에 울비 옆으로 다가서며 그의 팔을 잡고 한 손으로 입을 틀어막았다. 그리고 놀라서 쳐다보는 울비에게 나지막하게 속삭였다.

"아무 말도 하지 마시오. 내 말뜻 알겠습니까? 소리 내지 말아요. 알아들었으면 고개를 끄덕여요."

그 옆에 있던 신사는 "너 대체 뭐야……"라고 말하고는 더 이상 소리를 내지 못했다. 뒤에서 다가온 타르케가 그를 붙잡고 손으로 입을 틀어막은 것이다.

울비가 고개를 끄덕이자 로렌스는 천천히 손을 치웠다. 하지만 울비가 곧장 입을 열어 "윌리엄 로렌스? 세상에, 댁이 대체 어떻게 여길……"이라고 했기에 로렌스는 다시 그의 입을 틀어막을 수밖에 없었다.

그 집 문이 열리고 제복 입은 하인이 당황스러운 표정으로 밖을 내다보았다.

"집 안으로 들어가요. 어서. 빨리!"

남의 이목을 끌까 봐 로렌스는 이렇게 말하며 얼른 울비를 현관 층계로 밀어 올렸다. 그들이 밀고 들어오자 하인은 어리둥절해하며 뒤로 물러섰다. 로렌스 바로 뒤에서 타르케가 울비의 동행을 붙잡고 들어왔다. 로렌스는 그 동행이 '서튼리즈'라는 이름의 신사임을 어렴풋이 기억해냈다.

안으로 들어서자마자 타르케는 서튼리즈를 놓아주고 얼른 현관 문을 잡아당겨 닫았다. 서튼리즈가 놀랐다기보다는 의아해하는 목소리로 물었다.

"도대체 무슨 일이지? 강도인가?"

제복 입은 하인이 종을 당기는 줄 쪽으로 가려고 하자 로렌스가 날카롭게 말했다.

"아니, 종 울리지 말고 가만히 있어. 제발 더 이상 소란을 떨어 일을 복잡하게 하……."

로렌스는 말을 맺지 못했다. 가운을 입고 테 없는 모자를 쓴 에디스가 층계를 내려오고 있었다.

"여보, 조용히 좀 해줄래요? 제임스가 지금 막 잠들었단 말예요."

그러고는 이내 어색한 침묵이 흘렀다. 울비가 거드름을 피우며 침묵을 깨뜨렸다.

"어찌 된 일인지 제대로 설명을 해보시오, 로렌스. 도대체 무엇 때문에 내 집에 쳐들어온 거요?"

로렌스는 잠시 뜸을 들이다가 대답했다.

"설명할 것도 없습니다. 저택 앞에 있는 프랑스 군의 주목을 끌지 않기 위해 집으로 들어가자고 한 겁니다. 우린 발각되면 안 되는 사람들이니까요."

그리고 로렌스는 자기도 모르게 허리춤에 찬 권총으로 손을 가져갔다.

'울비, 이 빌어먹을 멍청한 자식. 프랑스 군이 점령한 런던 한가운데에 아내와 자식을 내버려두고 있다니.'

로렌스는 자신이 울비를 비난할 권한이 없음을 잘 알고 있었으나 힐난하듯 묻지 않을 수 없었다.

"도대체 왜 런던을 떠나지 않은 겁니까?"

이층 층계를 절반쯤 내려온 에디스가 대신 대답했다.

"우리 애가 홍역을 앓고 있어."

에디스는 침착한 표정이었지만 층계 난간을 쥔 손에 힘이 잔뜩 들어가 있었다.

"의사가 애를 데리고 돌아다니면 안 된다고 해서."

그녀는 잠시 입을 다물었다가 조용히 덧붙였다.

"프랑스 군은 우릴 괴롭히지 않았어. 어떤 장교가 와서 질문을 하긴 했지만 예의 바르게 굴더라."

그러자 울비가 말했다.

"우릴 오해할까 봐 하는 말인데 우린 프랑스 지지자가 아니오. 그런데…… 내가 듣기로…… 로렌스 댁은……."

로렌스는 그에게 자신이 처한 상황을 얘기해줄 마음이 전혀 없었다.

"무슨 얘길 어떻게 들었는지 모르겠군요. 어쨌든 당신들을 귀찮게 한 점에 대해 진심으로 사과드리겠습니다. 하지만 우린 급한 임무를 수행하는 중이고, 그것은 현관홀에서 논의해도 될 만한 사안이 아닙니다."

그러자 서튼리즈가 말했다.

"그럼 거실로 들어가서 얘기합시다. 비밀 임무라, 멋지군요. 이 도시가 아주 자기네들 것인 양 활개 치고 다니는 역겨운 프랑스 놈들에게 한 방 먹이고 싶던 참인데 잘됐소."

서튼리즈는 혀가 꼬일 정도는 아니지만 술을 꽤 마신 듯했다. 울비도 약간 취해 있었다. 취기 때문인지 울비는 의심을 잔뜩 품고 한층 호전적인 태도로 로렌스에게 재차 대답을 요구했다.

"분명히 말하는데 더 확실한 대답을 내놓으시오. 이대로는 못 보냅니다. 사정 설명을 하지 않으면 소리를 지르겠소. 이런 시기에 길에서 사람을 잡아끌고 들어와서는 비밀 임무 타령을 하며 내빼려 하다니. 중국인까지 꽁무니에 달고 다니면서 뭐 하는 거요?"

타르케는 그가 낼 수 있는 가장 싸늘하고 귀족적인 말투로 입을 열었다.

"실례합니다만, 우린 아직 서로 통성명도 하지 않았습니다."

"이런, 댁은 신사인 것 같은데 중국인처럼 변장하고 뭐 하는 겁니까?"

서튼리즈는 특별한 변장 기술이라도 발견할 줄 알았는지 타르케의 얼굴을 뚫어져라 쳐다보았다.

잠시 주의가 분산된 틈을 타 로렌스는 울비의 팔을 잡고 나지막하지만 날카로운 말투로 말했다.

"멍청하게 굴지 말아요. 우리가 이 집에 있는 걸 알면 프랑스 군은 당신도 첩자로 취급할 것이고, 당신 부인도 같이 의심받을 거란 말입니다. 내 말뜻 알아들어요? 우리가 여기 왔었다는 것조차 잊어버리고 사시오. 하인들 입단속도 잘 하고. 우리가 여기 머무는 시간이 길어질수록 당신과 당신 가족도 위험에 처할 겁니다."

울비는 팔을 비틀어 몸을 빼낸 뒤 로렌스를 돌아보며 싸늘하게 말했다.

"누굴 바보로 아나 본데, 난 반역 죄인의 말을 곧이곧대로 믿을 만큼 멍청하지 않소. 그래요, 나도 댁에 대한 소문을 들어 알고 있소. 게다가 지금 댁은 나폴레옹이 런던으로 진군해 온 다음 날 거리를 살금살금 돌아다니다가 내게 들킨 거잖소. 그러면서 국왕 폐하를 위해 일하는 척하다니."

"내가 거짓말쟁이에 프랑스 쪽에 붙은 첩자라고 칩시다. 그럼 지금 당신은 내 임무를 방해한 것이니 난 당장 당신을 체포당하게 만들 수도 있겠군요. 어느 쪽으로 생각하든 날 조용히 보내줘야 할 거요."

"난 겁쟁이가 아니오. 댁이 지금 저 코르시카 놈을 위해 더러운 일을 처리하는 거라면 댁의 몸뚱이에 구멍을 내서라도 막고야 말겠소. 그 일로 감옥에 가도 상관없소, 빌어먹을."

분위기가 격해지자 에디스가 끼어들었다.

"여기서 이러지들 말고 거실로 들어가세요. 이러다 애가 깨겠어요."

모두 그 말에 따를 수밖에 없었다.

서튼리즈는 브랜디 여러 잔을 마신 뒤 안락의자에 앉아 코를 골며 잠이 들었다. 에디스가 일부러 술을 계속 따라줘서 그렇게 만든 것이다. 남자들을 거실로 들여놓자마자 방으로 올라간 에디스는 서둘러 옷을 갈아입고 내려와 곧장 잔에 술을 따라 주었다. 울비는 아내가 내민 술잔을 무심코 받아 들었다가 잠시 술잔을 바라보더니 탁자에 내려놓으며 단호하게 말했다.

"난 커피로 부탁할게, 여보."

그러고는 팔짱을 낀 채 서서 커피가 준비되기를 기다렸다.

로렌스는 회중시계를 들여다보았다. 밤 11시. 나폴레옹과 그의 수많은 측근이 저쪽 저택의 파티에 참석 중이니 지금이야말로 켄싱턴 궁전에 숨어들 절호의 기회이며 일분일초가 아까운 상황이었다.

타르케는 로렌스와 눈을 마주치자 고갯짓으로 울비 쪽을 가리키며 "저 남자에게 말이 있으니 빌려 타면 됩니다"라고 속삭였다. 로렌스로서는 도저히 받아들이고 싶지 않은 제안이었다. 달리 대안이 없는 줄은 알지만 자신과 타르케의 목숨을 울비의 손에 맡겨야 하는 이 상황에 심한 거부감이 들었다. 울비의 하인들이 거실 문밖에서 엿듣고 있지 않으리란 보장도 없었다.

그들 모두는 침묵 속에서 어색하게 서 있었다. 서튼리즈가 드르렁 거리며 코를 고는 소리만 나지막하게 들릴 뿐이었다. 하녀 하나가 커피포트와 잔 여러 개를 들고 들어와 탁자에 하나씩 천천히 내려놓으며 주인 내외와 두 남자를 흘끗거렸다. 참으로 괴상한 모임으로 보였을 것이다. 울비는 야회복 차림이었고, 에디스는 코르셋도 입지 않고 허리선이 높은 얇고 부드러운 면포 소재의 아침용 가운만 입은 채였다. 조금 전 방으로 올라간 에디스는 옷장에서 아무 옷이나 대충 꺼내 입은 게 분명했다. 군데군데 흙이 묻은 거친 작업복 차림의 타르케와 로렌스에게선 소와 부두 냄새가 풍겼다.

에디스가 하녀에게 말했다.

"고마워, 마사. 내가 따를 테니까 그만 나가봐."

하녀가 거실 문밖으로 나가자 에디스는 탁자로 몸을 기울이고 잔에 커피를 따라 울비와 로렌스에게 내주었다. 그리고 잠시 망설이다가 한 잔을 더 따라서 타르케에게 건넸다.

신사를 대하듯 커피를 따라주어야 할지 망설이던 에디스의 모습에 타르케는 한쪽 입꼬리를 올리며 미소를 지었다. "고맙습니다"라고 말하며 단숨에 커피를 마신 그는 잔을 탁자에 내려놓고 문 쪽으로 걸어가 문을 열어젖혔다. 문 앞에서 서성대던 하녀와 제복 입은 하인이 얼른 물러갔다. 타르케는 로렌스를 돌아보고 시계를 가리키며 의미심장한 눈빛을 보낸 뒤 거실 문을 닫고 현관홀 쪽으로 걸어갔다. 이제 아무도 거실 문 앞에 다가와 엿듣지 못할 것이다.

로렌스는 진한 커피를 한 모금 마시고 잔을 내려놓았다. 여닫이 창문 밖은 캄캄했다. 창문 양옆에 달린 연푸른색 벨벳 커튼은 금색

장식 술이 달린 우아한 끈으로 묶여 있었다. 로렌스는 저 끈으로 울비를 잡아 묶고 바닥에 쓰러뜨린 뒤 달아나고 싶다는 충동이 일었다. 하지만 그랬다가는 울비가 곧장 소리를 지를 것이다. 그리고 에디스를 그런 곤란한 지경에 빠뜨리고 싶지도 않았다.

울비가 말했다.

"자, 어서 말을 해보시오. 더 기다릴 생각 없소, 로렌스. 계속 이렇게 시간을 끌면서 대답하지 않으면 하인을 불러다가 내일 아침까지 댁을 지하실에 가둬놓게 하겠소."

로렌스는 화가 치밀어 욕이 나오려 했지만 입술을 꽉 깨물며 참았다. 울비가 부당하게 구는 것이 아님은 로렌스 자신이 잘 알고 있었다. 울비로서는 로렌스에게 호의적으로 대할 이유도, 그의 말을 믿어야 할 이유도 없었다. 울비에 대한 로렌스의 속내도 마찬가지였다.

마침내 로렌스는 짤막하게 답했다.

"우린 아침까지 여기 있을 여유가 없습니다. 오늘 낮에 영국인 장교가 프랑스 군에 붙잡혔는데, 그는 용의 비행사라서……"

"그게 뭐 어쨌다는 거요? 만 명도 넘는 영국 장교가 포로가 되었다는 소식은 나도 어제 들어 알고 있소."

울비의 말투에서 씁쓸함과 슬픔이 묻어나왔다. 로렌스도 같은 기분을 느꼈다.

"그 비행사의 용도 포로 신세가 되었습니다. 그 비행사는 사실 그 용을 고분고분 잡아두기 위한 인질입니다. 문제는 그 용이 영국에 단 한 마리밖에 없는 불 뿜는 용이라는 거죠."

에디스가 갑자기 말했다.

"아! 오늘 아침에 나도 그 용을 봤어요. 하이드 공원에 착륙하던데."

로렌스는 고개를 끄덕였다.

"그 비행사가 아직 켄싱턴 궁전에 잡혀 있을 가능성이 있습니다. 이제 우리가 얼마나 다급한 상황인지 이해됩니까? 나폴레옹이 지금 파티에 참석 중이니……."

울비가 그의 말허리를 잘랐다.

"난 바보가 아니라니까. 그런데 왜 하필 댁이랑 저 괴상한 자 둘이서만 이 임무를 수행하는 건지 모르겠군."

"이런 임무엔 능력 부족인 자 열 명보다 제대로 일을 할 줄 아는 두 명이 나서는 게 낫지요. 이 임무를 수행할 만한 사람이 우리 둘밖에 없는 상황이라 어쩔 수 없었습니다. 이제 질문은 그만 해요. 당신이 제기하는 온갖 반박에 대꾸해줄 시간 없습니다. 지금 제대로 알지도 못하면서 일부러 우릴 방해하는 거라면 큰 실수 하는 겁니다. 이런 식으로 붙잡혀 있을 바엔 차라리 거리로 나가 나폴레옹의 친위대와 대면하겠습니다."

울비는 결정을 내리지 못하고 망설였다. 그러자 에디스가 차분히 입을 열었다.

"윌, 지금 진실을 얘기하는 거라고 성경에 대고 맹세할 수 있겠어?"

로렌스가 맹세했지만 울비는 여전히 의심을 풀지 않았다. 그러자 에디스는 남편의 팔을 잡고 말했다.

"여보, 난 어린 시절부터 윌과 친구로 자라왔어요. 윌은 아마 어쩔 수 없는 이유로 반역죄를 저질렀을 거예요. 성경에 맹세해놓고 거짓말할 사람은 아니에요."

"하지만 너무 갑작스러운 일이라 좀 혼란스럽군."

울비는 퉁명스럽게 답한 뒤 탁자로 걸어가 잔에 커피를 더 따랐다. 초조한 분위기 속에서 긴장해서 그런지 울비는 잔이 놓인 윤기 나는 나무 탁자에 커피를 흘렸다. 울비는 크림도 넣지 않고 커피를 몇 모금 들이켠 뒤 딸그락 소리를 내며 잔을 내려놓았다. 그러고는 별안간 로렌스에게 물었다.

"그러니까, 댁은 지금 그 장교를 구하러 왔다 이거요?"

의심이 걷힌 대신 열정이 담긴 말투였다. 로렌스에겐 울비의 바뀐 태도가 오히려 더 위험하게 느껴졌다.

로렌스는 잠시 뜸을 들인 뒤 답했다.

"그래서 말인데 우리에게 마차와 말을 빌려주면……."

"아니, 그건 안 되고, 내가 직접 두 사람을 마차에 태우고 가겠소. 홀랜드 경의 저택 부지가 켄싱턴 궁 정원과 이어져 있소. 홀랜드 경의 저택에서 팔백 미터가 조금 안 되는 거리요. 그분의 하인들이 나를 자주 봐서 알고 있으니 내가 같이 가는 게 좋을 거요. 정말로 켄싱턴 궁전에 숨어 들어갈 작정이라면 내가 거기까지 데려다줄 수 있소. 하지만 지금 댁이 한 말이 다 거짓이고 다른 꿍꿍이가 있다는 게 드러나면, 같이 마차를 타고 가는 마부와 하인 둘과 힘을 합쳐 그 대가를 톡톡히 치르게 해주겠소."

에디스가 움찔하는 걸 보고 로렌스가 말렸다.

"울비, 어리석은 생각 말아요. 이런 일을 해본 적도 없지 않습니까?"

울비는 비꼬는 듯한 말투로 받아쳤다.

"내가 아는 신사 분의 집까지 마차에 태워 데려다주고 그분의 정원에서 산책을 좀 하는 건데 뭐 어려운 일이라고. 그 집까지는 이 킬로미터밖에 안 된단 말이오. 어렵지 않게 해낼 수 있는 일이오."

"그다음엔 어쩔 생각입니까? 우리가 궁전으로 침투해서 그랜비를 빼낸 뒤엔 곧 프랑스 군의 고함과 비명이 뒤따를 텐데?"

"켄싱턴 정원에 대해서는 내가 댁보다 훨씬 잘 알고 있소. 거길 빠져나오는 건 아마 내가 댁들보다 잘할 거요. 또 반대할 이유가 있소? 얼마든지 기다릴 테니 얘기해보든지. 지금 급한 건 로렌스 당신이지 내가 아니지 않소."

울비는 옷을 갈아입으러 위층으로 올라갔다. 그는 마부에게 마차를 대기시키라고 한 뒤, 예방 차원에서 제복 입은 하인 둘에게 로렌스와 타르케를 지키게 했다.

거실 한쪽 구석에 서 있던 로렌스가 에디스에게 나지막이 말했다.

"남편 좀 말려봐."

에디스는 허리께에 팔을 엇갈려 잡고 두 손으로 팔꿈치를 쥔 채 로렌스를 돌아보았다.

"내가 뭐라고 하길 바라는 건데? 남편한테 겁쟁이가 되라고 말할 순 없어. 어차피 이렇게 하는 게 너한테도 도움이 되잖아?"

로렌스는 그 말을 부정할 수 없었다. 에디스는 고개를 저으며 입술을 앙다물고는 시선을 돌렸다. 로렌스는 더 이상 할 말이 없었다.

에디스는 목소리를 낮추며 우울하게 덧붙였다.

"내가 이런 식의 두려움을 느낄 일이 다시는 없을 줄 알았는데."

그러나 로렌스는 에디스가 개인적인 감정으로 판단을 흐릴 여자가 아니라는 것을 알고 있었다. 그 자신도 마찬가지였다.

울비가 계단을 내려오는 것을 보고 로렌스는 에디스에게서 약간 떨어진 곳으로 가서 섰다. 울비는 에디스에게 다녀오겠다고 말하고는 아내의 손을 꼭 잡고 조용히 얘기를 나눴다. 그리고 입을 맞췄다.

그 모습을 무미건조하게 바라보는 타르케에게 로렌스가 말했다.

"이런 혼란스러운 일을 겪게 해서 미안합니다."

"현실적으로 볼 때 차라리 잘된 일입니다. 문장이 그려진 마차를 타고 당당히 거리로 나서면 어느 누구도 감히 마차를 세우고 검문하지 않을 겁니다. 혹시 운이 나빠 들킨다 해도 그 일로 교수형을 받는 건 저 남잡니다. 그건 저 남자와 저 남자를 위해 울어줄 부인과 자식이 걱정할 일입니다. 물론 대령님은 저 부인과 그 자식에게 전혀 무관심하게 굴 수 없겠지만요."

로렌스는 속을 들여다보인 것 같아 마음이 편치 않았다. 그 뒤 홀랜드 경의 저택까지 가는 30여 분 동안 울비와 함께 마차 안에 앉아 있자니 속이 더욱 갑갑해졌다. 마차 안에서 로렌스와 울비는 아무 대화도 나누지 않았다. 에디스에게 구혼을 거절당한 남자와 에디스의 남편이 서로에게 무슨 할 말이 있겠는가. 로렌스는 이 상황에 어울리지도 않는 뒤죽박죽된 감정이 자꾸만 치솟아 올라 더더욱 입을 굳게 다물었다.

로렌스의 눈에 울비는 늘 변변찮은 존재였다. 그는 울비를 낭비심한 게으름뱅이로만 여겼다. 하지만 공정하게 말해 울비는 스스로 경력을 쌓을 필요성과 자극이 없었을 뿐이었다. 그의 위치에서 할 수 있는 일이라고는 돈을 펑펑 쓰는 것뿐이었으니 노름꾼에 이기적인 겁쟁이로 자신의 이미지를 굳힌 것이다. 하지만 울비는 어디 내

뇨도 부끄럽지 않은 여자를 아내로 맞으면서 자신의 입지를 새로이 다져가고 있었다. 게다가 오늘 밤 울비가 보여준 행동은 겁쟁이라면 도저히 할 수 없는 것이었다. 이 나라가 당한 수모에 분통이 터져 술을 퍼마신 뒤라 판단력이 흐려지고 쓸데없는 고집을 피우기는 했지만 울비의 인격에 흠을 낼 정도는 아니었다.

 에디스도 잘 사는 듯 보였다. 행복한 얼굴은 아니었다. 그러나 프랑스 군이 집 앞에 돌아다니고 현관홀에서 남편과 남자들이 실랑이를 벌이는 상황에서 어떤 여자가 행복한 표정을 지을 수 있겠는가. 로렌스가 보기에 에디스는 스스로 선택한 지금의 삶에 만족하는 것 같았다. 그녀는 후회 없는 삶을 살고 있었다.

 로렌스는 진심으로 에디스의 행복을 바랐다. 새삼 질투를 느끼는 것도 아니었다. 다만 에디스에게 행복을 가져다준 사람이 자신이 아니라 울비라는 사실에 마음이 편치 않을 뿐이었다. 로렌스는 에디스를 행복하게 해주지 못했다. 에디스가 지금보다 좋은 혼처를 놓친 것도 어떻게 보면 로렌스 탓이었다. 해군 시절 로렌스가 그녀를 끝도 없이 기다리게 만들었으니까. 그리고 서로 마지막으로 만났을 때 에디스는 전혀 즐겁지 않은 표정이었다. 로렌스가 공군으로 소속을 바꾼 데다 이기적이고 무례하게 굴었기 때문이다. 결국 그날 에디스는 로렌스에게 이별을 선언했다. 로렌스는 차창 밖을 내다보는 울비를 돌아보았다. 에디스가 후회할 일이 무엇이 있겠는가? 오히려 로렌스의 손아귀에서 벗어나 평범한 남자의 아내로 행복을 누리며 살게 된 것을 자축해야 하리라.

 이윽고 마차가 멈춰 섰다. 홀랜드 경의 저택은 불이 꺼져 있었다. 하인이 졸린 눈을 비비며 마차 뒤에서 내려와 말고삐를 쥐자 말들은 뜨거운 입김을 뿜으며 불안하게 발을 굴렀다. 또 다른 하인이 마차 문을 열어주자 울비는 마차에서 내려서며 그 하인에게 말했다.

"그래, 나도 홀랜드 경의 가족이 다른 곳으로 떠났다는 걸 알아. 말들을 안정시켜놓고 저택으로 가서 개빈스를 불러와. 그와 얘기를 해야겠어."

개빈스라는 자가 마차 쪽으로 다가오자 울비는 최대한 아무렇지 않게 자신이 여기 남아 있는 이유와 이 저택을 방문한 이유에 대해 설명했다.

"그래서 신선한 공기나 좀 쐬며 산책을 해야겠다고 생각했네. 메이페어엔 조명이 너무 많아 별을 볼 수 없거든……. 이 저택의 정원에 들어와 별을 구경하면 딱 좋겠다 싶었지. 홀랜드 경께서 딱히 싫어하지 않으시리라 생각되네만……."

프랑스 군이 거리를 돌아다니는 지금 지저분한 옷차림의 남자 둘을 거느리고 한밤중에 찾아와 이런 요청을 하는 것은 사실 괴상하기 짝이 없었다. 그러나 술을 마시고 찾아와 종종 이상한 요구를 하는 신사들에게 익숙한 개빈스는 고개를 끄덕일 뿐이었다. 속으로 당황했다고 해도 워낙 훈련이 잘된 하인인지라 속내를 드러내지 않는지도 몰랐다.

개빈스가 말했다.

"혹시 정원을 넘어가서 산책하실까 봐 드리는 말씀인데, 정원의 동쪽 끝부분으로는 너무 가까이 가지 마세요. 그쪽에 용 여러 마리가 잠들어 있습니다."

"아, 알았네."

로렌스와 타르케를 이끌고 홀랜드 경의 저택 정원으로 들어선 뒤 울비는 목소리를 낮추고 물었다.

"그 용들 사이를 어떻게 지나갈 작정이오?"

타르케는 개빈스에게 건네받은 랜턴의 불을 훅 불어 끄며 대답했다.

"옆으로 걸어서 지나가야지요."

로렌스가 울비에게 말했다.

"더는 같이 가주지 않아도 됩니다. 이미 큰 도움을 받았습니다, 울비……."

"난 겁나지 않소."

울비는 성난 표정으로 이렇게 말하고는 앞장서서 걸어가기 시작했다.

타르케는 고개를 절레절레 저었다. 그러다가 로렌스가 쳐다보자 조용히 말했다.

"명성 높은 장교를 따라다니는 일도 쉽지는 않군요. 그 장교가 용기 있는 남자를 좋아하는 여인과 사귄 사람이니 말입니다."

하지만 로렌스는 울비가 에디스에게 인정받으려고 또는 로렌스에 대한 막연한 경쟁심 때문에 이번 일에 따라나선 것이라고는 생각하지 않았다.

"분별력 있는 남자라면 내 명성 따윈 결코 탐내지 않을 겁니다."

"그래도 대령님은 겁쟁이란 소리 듣지 않고 살았잖습니까. 저 울비라는 자는 지금까지 늘 그런 말을 듣고 살았을 테고요."

저택 주변의 정원은 향기로운 삼나무 숲이 우거져 있고 그 너머로 잎이 다 떨어진 떡갈나무와 플라타너스 숲이 이어졌다. 나무마다 하얇게 서리가 내려앉아 있었다. 숲을 지나자 땅 서리에 흙이 얼부푼 넓은 목초지가 나왔다. 장화로 풀을 밟자 모래라도 밟는 듯 버석버석 소리가 났다. 그들이 이곳에 들어온 목적이 정말 별 구경을 하기 위한 것이라면 오늘만큼 별을 보기 좋은 날도 없을 터였다. 구름 한 점 없이 맑고 차가운 밤하늘엔 바람마저 잠잠했고 달도 없었다.

켄싱턴 궁전의 정원으로 이어지는 목초지의 길 위에는 프랑스 용들이 여기저기 드러누워 코를 골아가며 평화롭게 자고 있었다. 물레방아 바퀴가 돌아가는 듯한 그 소리, 4백 미터 밖에서도 들릴 정도인 코 고는 소리를 평화롭다고 표현해도 좋다면 말이다. 전투에 주로 사용되는 헤비급 용은 가슴속의 빈 공간에서 울려 나오는 공명이 코 고는 소리에 섞여 있는데 이 목초지의 용들은 그렇지 않았다. 주변에 사람의 모습은 보이지 않았고 모닥불도 피워져 있지 않았다. 소형 용과 우편배달 체급의 용들인 모양이었다. 이렇게 작은 용에는 승무원 없이 비행사 한 명만 딸려 있었다. 그 비행사들은 지금 각자 자기 용의 옆구리에 박혀 자고 있을 것이다.

이론적으로 말하면 잠든 용들 옆으로 살금살금 지나가는 일은 그리 어려울 게 없었다. 로렌스도 떼로 모여 있는 용들에게 많이 익숙했고, 베이징의 거리와 용 누각에서 커다란 용들이 몸을 웅크린 채 잠든 모습을 본 터라 처음엔 그리 어렵지 않은 일이라 생각했다. 그러나 불빛 하나 없는 목초지에서 공기를 휘젓는 용들의 거대한 숨소리를 들으며 앞으로 걸어가자니 자신도 모르게 오금이 저리고 등을 따라 소름이 쫙쫙 끼쳤다. 그는 일행과 함께 목초지에 드문드문 자라는 나무들 사이로 발걸음을 옮겼다.

용들은 다른 맹수와 달리 생각할 줄 아는 생물이기 때문에 자기를 죽이기보다는 포로로 잡으려 할 것임을 로렌스도 잘 알았다. 머릿속으로는 그런 생각을 하며 마음을 가라앉히려 했지만 그의 본능은 좀처럼 두려움을 떨쳐내지 못했다. 이 주변에는 십여 마리의 용들이 잠들어 있었다. 하지만 캄캄한 어둠 속이라 그는 용들의 움직임을 잘 알아볼 수가 없었다. 일반적인 동물의 세계에서라면 이 용들은 로렌스를 잡아 먹이로 삼으려 했을지도 모른다. 용들의 몸집이 작다는 사실 때문에 로렌스는 한층 더 불안했다. 차라리 대형 용이라면 인간 따윈 먹이로 취급하지도 않을 것이다.

로렌스는 냉정하게 이성적으로 생각하자고 자신을 타이르며 혼자 고개를 끄덕였다. 그러나 머릿속의 논리는 본능적인 두려움에 짓눌려버렸다. 밤하늘에 보이는 시커먼 윤곽은 용의 몸뚱이 같고 낙엽이 바스락거리는 소리만 들려도 용의 공격을 알리는 전조인 듯했다. 하지만 멈출 수는 없었다. 계속 걸어가야 했다. 로렌스는 혹시 나뭇가지에 부딪쳐 소리가 날까 봐 손을 앞으로 뻗어 살살 휘저으며 어둠 속을 걸어갔다.

바로 앞에서 걷는 울비의 숨소리가 지나치게 크게 들렸다. 울비는 거칠고 짧은 숨을 몰아쉬며 때때로 비틀거리기도 했다. 앞장서서 길을 이끄는 타르케는 흔들림 없이 걷고 있었다. 로렌스는 발걸음에 맞춰 호흡을 조절해가며 일행 뒤에 따라붙었다. 차라리 맹인이었으면 겁이 덜 났으리란 생각까지 들었다.

그 순간, 주변에서 무언가 살짝 움직이는 느낌이 들었다. 로렌스는 얼른 양옆을 살피고 걸음을 멈춘 뒤 눈을 크게 뜨고 사방을 둘러보았다. 하지만 어두워서 잘 보이지 않았다. 별이 빛나는 밤하늘을 배경으로 거대한 검은 덩어리가 몸을 움직이고 있었다. 그 검은 덩어리가 있는 자리에는 별이 없기 때문에 그것이 용임을 짐작할 수 있었다.

로렌스는 얼른 앞으로 걸어가 울비를 멈추게 했고 작은 목소리로 타르케를 불러 자기 쪽으로 오게 했다. 그들은 바닥에 엎드린 채 귀를 쫑긋 세웠다. 용 한 마리가 커다란 입을 벌리고 하품을 한 뒤 프랑스 어로 뭐라고 중얼거렸다. 그리고 날개를 펄럭이며 강한 바람을 일으키고는 휙 날아올랐다. 세 사람은 날개 소리가 들리지 않을 때까지 꼼짝하지 않았고 그 뒤로도 잠시 동안 그 자리에 머물렀다. 매의 눈길을 피하기 위해 몸을 움츠린 유약한 토끼 같은 모습이었다. 사방에 정적이 깔린 뒤에야 그들은 다시 앞으로 걸어가기 시작했다.

한참 후에야 그들은 목초지를 지나 나무들이 줄지어 서 있는 곳까지 갈 수 있었다. 그곳까지 오는 데 굉장히 오랜 시간이 걸린 것 같은 느낌이었다. 발아래 고운 자갈과 모래를 깔아 만든 길이 밟혔다. 홀랜드 경의 저택 부지 끝에 이른 것이다. 그 길 건너편에 켄싱턴 궁전의 정원을 둘러싼 울타리가 막다른 벽처럼 세워져 있었다. 길 양옆으로 멀리 반딧불이처럼 작은 불빛들이 보였다. 보초를 서는 프랑스 군인들이 분명했다. 하지만 지금 로렌스 일행이 서 있는 곳 바로 앞쪽에는 아무도 없었다. 보초들은 초소 근처에서만 한가롭게 거닐고 있었다.

타르케는 로렌스에게 울비와 함께 기다리라고 손짓한 뒤 울타리 쪽으로 향했다. 잠시 후 돌아온 타르케는 로렌스와 울비를 이끌고 자신이 발견한 지점으로 데려갔다. 울타리 벽 아래 야트막한 바위가 붙어 있고 두꺼운 느릅나무 가지가 드리워져 있어 타고 넘어가기 편한 곳이었다. 타르케가 미리 묶어놓은 밧줄을 보고 로렌스는 고개를 끄덕인 뒤 두툼한 가죽 앞치마를 벗어 울타리 위에 걸쳐놓았다. 그리고 밧줄을 한 손에 잡고 최대한 소리를 내지 않으려 애쓰며 울타리를 이루는 주목나무 사이에 발을 끼워 넣었다. 주목나무 바늘잎에서 향기로운 냄새가 풍겼다. 가죽 앞치마를 깔아둔 울타리의 편편한 꼭대기까지 올라간 로렌스는 조심스럽게 그 너머로 뛰어내렸다.

다음 차례는 울비였다. 그는 다소 시간이 걸렸는데, 숨을 몹시 헐떡이며 옷매무새가 엉망이 된 채 울타리를 넘어왔다. 품위 있는 자리에 어울리는 고급 사슴가죽 반바지가 찢어지고 피가 묻어 있었다. 마지막으로 타르케가 소리 없이 신속하게 울타리를 넘어왔다. 그들 앞에 펼쳐진 좁은 잔디밭 너머 켄싱턴 궁전이 보였다. 창문마다 불이 환하게 켜져 있고 그 안에서 사람들의 그림자가 이리저리 움직였다. 잔디밭에는 용 여섯 마리가 엎드려 있었는데 자세히 보니 우편배달 체급의 용들로 잠든 게 아니라 전갈을 받아 가기 위해 눈을 빛내며 기다리는 것이었다.

울비가 손으로 잔디밭 한옆을 가리키며 속삭였다.

"저게 마구간이오. 마구간 안으로 들어가면 측면에 문이 하나 더 있는데 그 문으로 들어가 좁은 틈새를 지나면 하인들이 쓰는 출입구 너머 주방으로 들어갈 수 있소."

마구간은 용들이 머무는 곳에서 최대한 먼 위치에 있었다. 말이 용을 두려워하기 때문일 것이다.

그들 셋은 살금살금 잔디밭을 지나 마구간 안으로 들어갔다. 그들을 보고 말들이 나지막이 울며 발을 굴렀다. 말들의 눈에 두려움이 담겨 있었다. 문 앞 잔디밭에 용들이 있으니 으레 그러려니 하는지, 아무도 특별히 신경 써서 마구간을 들여다보러 오지 않았다. 마구간 안에는 측면 외에 끝 쪽에도 문이 하나 있었다. 그 문을 나가 정원을 지나면 켄싱턴 궁전이었다. 타르케는 마구간 끝 쪽에 난 문으로 다가가 나무에 손가락을 대고 귀를 세웠다. 바깥쪽에서 남자들의 목소리가 들려왔다. 무뚝뚝한 말씨의 영어였다. 로렌스는 얼른 문틈으로 밖을 내다보았다. 일꾼 두 명이 전혀 즐겁지 않은 표정으로 거름이 담긴 수레를 끌며 마구간 쪽으로 오고 있었다.

그들이 가까이 오자 로렌스는 조용히 말했다.

"쉿. 영국을 사랑하는 사람이라면 움직이지 말고 소리도 내지 마시오."

두 일꾼은 깜짝 놀란 모습이었으나 그중 한 명이 목소리를 낮추며 대답했다.

"예, 분부대로 따르겠습니다."

필요 이상으로 굽실거리는 태도였다. 방금 대답한 노동자는 심한 외사시였고 양 팔뚝에 푸른 물이 든 것으로 보아 선원 출신이 분명했다. 그자는 같이 수레를 끌던 호리호리한 체격의 소년에게 인상을 확 찌푸려 보였다. 반항을 하려던 소년은 얼른 꼬리를 내리고 안절부절못하며 로렌스 일행을 흘끗흘끗 쳐다보았다.

로렌스가 말했다.

"오늘 이리로 끌려온 포로 한 명이 있을 텐데, 나이는 서른이 조금 안 되고 짙은 갈색 머리에……."

선원이 얼른 대답했다.

"아, 예. 왕이라도 되는 듯 경비병까지 대동하고 들어온 포로가 한 명 있었습니다. 그 포로를 늙은 코르시카 놈이 쓰는 침실 다음으로 제일 좋은 방으로 데리고 가더군요. 궁전 밖에서는 아주 한바탕 난리가 났었습니다. 그 포로의 용이 궁전 앞 정원에서 미친 듯이 울며 세상을 모두 태워버릴 듯 불을 뿜어댔거든요. 우린 그 용이 여길 다 태워버릴 줄 알았습니다. 그 용도 그렇게 말했고요. 생난리를 치다가 조금 전에야 겨우 진정됐습니다."

로렌스는 이스키에르카가 아직 있는지 확인하기 위해 위험을 무릅쓰고 마구간을 나가 궁전 건물 모퉁이까지 달려갔다. 모퉁이 벽 너머 정원 쪽을 내다보자 비참한 모습으로 웅크린 이스키에르카가 보였다. 정원을 장식한 조각품들은 모두 산산이 부서져 그 파편이 여기저기 쌓여 있었다. 이스키에르카는 더 이상 울부짖지 않았지만 가시 돌기에서 허연 증기를 뿜어가며 먹다 남은 쇠고기를 화풀이 삼아 잡아 뜯고 있었다. 그런데 이스키에르카는 혼자가 아니었다. 바로 옆에 리엔이 궁둥이를 바닥에 대고 꼿꼿이 앉아 말을 걸고 있었다.

"네 비행사는 포로석방선서를 하고 다시는 나폴레옹 황제에게 무기를 들고 저항하지 않겠다는 맹세를 해야만 네 곁으로 돌아올 수 있어. 네가 여기 누워 불만을 터뜨려봤자 아무 소용 없다니까. 공원 쪽으로 따라와. 거기 먹을 게 더 있어."

"그랜비 없이는 아무 데도 가지 않을 거야. 그리고 그랜비는 포로석방선서 따위 할 리 없어. 그랜비가 돌아오면 너와 네 황제는 물론 프랑스 놈들을 싹 죽여버리겠어. 내가 그렇게 하는지 못 하는지 두고 봐. 자, 여기 네 더러운 소가 있으니 갖고 꺼져버려!"

이스키에르카는 마구 잡아 뜯어놓은 쇠고기를 리엔에게 던졌다.

리엔은 언짢아하며 얼굴 주변의 막을 뒤로 싹 젖혔다. 그리고 발톱 끄트머리가 고기에 닿지 않게 조심하면서 흙을 약간 퍼서 고기 찌꺼기 위에 덮었다.

"비이성적으로 고집을 부리다니 유감이구나. 우리가 적이 되어야 할 이유는 없어. 어차피 넌 영국 용도 아니잖니. 넌 투르크 용이고, 오스만투르크의 술탄 황제는 영국이 아닌 프랑스와 동맹을 맺었어."

"술탄이 나랑 무슨 상관인데. 난 그랜비의 용이야. 그랜비가 영국인이니까 난 영국 편이라고. 그리고 난 프랑스 선박을 포획해서 삼만 파운드의 수입을 올렸어. 그러니 우린 적이 맞아."

"네가 우리 편이 되어준다면 만 파운드를 주마."

"하! 삼만 파운드를 버는 게 낫지. 전리품은 내 힘으로 얻을 거야. 내가 보기에 넌 변변찮고 겁 많은 용일 뿐이야!"

이스키에르카 주변에 있던 경비병들은 조심스럽게 뒤로 물러나고 있었다. 우편배달 체급의 프랑스 용 두 마리도 마찬가지였다. 그들 모두는 이스키에르카가 무슨 짓을 저지를지 몰라 불안해했다. 덕분에 이스키에르카가 있는 곳에서 궁전 건물이 있는 곳까지는 아무도 없게 되었다.

마구간으로 살금살금 걸어 돌아온 로렌스는 타르케에게 속삭였다.

"그랜비를 찾아서 밖으로 내보내기만 하면 되겠습니다. 창문 밖으로라도 내보내면 이스키에르카가 받을 수 있을 겁니다."

울비가 말했다.

"이런 넝마주이 같은 꼬락서니로 궁전에 들어가면 곧 발각돼서 난리가 날 텐데."

그러자 선원이 말했다.

"말씀 중에 죄송합니다만, 지금 마구간 위층 다락방에 프랑스 기병대 장교 여섯 명이 옷을 입은 채 잠들어 있습니다."

그 선원과 함께 온 소년은 초조해하며 마구간 문밖을 지켜보고 있었고 울비는 그 소년을 감시 중이었다.

선원이 계속해서 말했다.

"제 이름은 다비입니다. 하지만 거의 '야누스'라는 별명으로 불리죠. 소피 호에 같이 탄 어떤 군의관 놈이 붙여준 별명인데 꽤 학식이 있는 녀석이었습니다. 제가 외사시라서 고대 로마의 신인 야누스처럼 양쪽을 다 볼 수 있다나요. 뭐 어쨌든 선원 생활은 그럭저럭 할 만했습니다. 그런데 런던에 사는 제 계집이 어미를 잃고 병이 들었는데…… 그 여자에겐 태어난 지 삼사 개월밖에 안 된 젖먹이까지 딸려 있고…… 그래서 어쩔 수 없이 선원 일을 그만뒀습니다."

어설프게 변명조로 주절거리는 것이 여자가 하나가 아니라 여럿인 모양이었다. 그녀들을 배에 태우고 다닐 수 없으니 견딜 수가 없어 선원 생활을 그만둔 듯했다.

"좋아, 야누스. 받게."

로렌스는 그자에게 권총을 한 자루 내주었다. 그들은 문간에 매달린 채 흔들거리는 랜턴 불을 껐다. 그리고 타르케가 고갯짓으로 신호를 하자마자 차례로 사다리를 타고 마구간 다락방으로 올라갔다. 소리를 내지 않기 위해 장화마저 벗은 채였다. 타르케와 로렌스, 야누스는 건초 더미에 반쯤 파묻혀 곯아떨어진 프랑스 기병대원 여섯 명을 내려다보았다. 한옆에 모아놓은 사브르 검과 권총 들이 보였다. 로렌스가 접은 가죽 조각으로 기병대원 한 명의 입을 틀어막자마자 야누스가 그자의 양 발목을 잡았다. 타르케가 그자의 얼굴에 권총을 겨누고 있는 동안 로렌스와 야누스는 그자의 몸을 뒤집어엎고 끈으로 팔다리를 묶은 뒤 그 옆 건초 더미에 얹어놓았다. 그런 식으로 그들은 세 명을 차례로 처리했다.

그런데 네 번째 기병대원은 생각보다 눈을 빨리 떴다. 그자는 로렌스에게 잡히지 않으려고 누운 채 발버둥을 쳤고 그 바람에 나머지 두 기병대원도 잠이 깨서 굼뜬 동작으로 칼과 권총을 찾아 팔을 휘저었다. 하지만 타르케가 이미 그들의 사브르 검과 권총을 모아 치워버린 상태였다. 세 기병대원은 로렌스에게 해적처럼 달려들었다. 곧이어 짧지만 무지막지한 싸움이 벌어졌다. 3대 3으로 수가 같고 소리를 내면 안 되었기에 마음이 다급해진 로렌스는 단도를 빼들었다. 그리고 그의 허리를 잡고 늘어지는 기병대원의 목에 칼을 찔러 넣었다. 그자는 힘이 쭉 빠지며 멍한 눈으로 천장을 응시한 채 뒤로 쓰러졌다. 그자의 목에서 흘러나온 피가 건초를 흥건히 적셨다. 로렌스는 긴 칼을 꺼내 들고 야누스가 붙잡고 있는 또 다른 기병대원을 소리 없이 죽였다. 마지막 기병대원은 타르케가 해치웠다.

피 냄새를 맡은 말들이 또다시 발을 구르며 히히힝 울어댔다. 마구간에 있던 울비가 사다리를 밟고 올라와 다락방을 올려다보며 속삭였다.

"괜찮은 거요?"

그러고는 놀라서 입을 딱 벌린 채 아무 말도 하지 못했다. 로렌스는 심장이 세차게 두근거리는 것을 느끼며 짤막하게 대답했다.

"괜찮으니까 내려가서 문간에 있는 저 소년이나 잘 감시해요."

로렌스의 단호한 어조 때문인지 피가 낭자한 참상을 목격했기 때문인지 몰라도 울비는 말없이 지시에 따랐다. 로렌스와 타르케, 야누스는 끈에 묶인 기병대원 네 명을 바로 뉘어놓고 외투와 동체갑옷을 벗기기 시작했다. 살아 있는 기병대원들은 발버둥을 치며 반항했다. 그중 한 명은 옆에 죽어 누워 있는 동료들을 보고는 재갈을 문 입으로 나지막하게 신음 소리를 냈다. 죽은 이들과 친구 사이거나 형제일 수도 있을 것이다. 로렌스는 더 이상 그런 생각을 하지 않으려고 마음을 단단히 먹었다.

그런데 울비의 충격받은 표정이 눈앞에 어른거렸다. 군 복무의 잔인한 측면 중 하나가 이렇게 적을 죽여야 한다는 것이다. 괴롭지만 군인이라면 당연히 해야 할 의무기도 하다. 군인들의 세상은 민간인들이 사는 세상과 같지 않으니, 직업군인과 사교계의 신사가 다른 이유도 그 때문이다. 지금 로렌스는 켄싱턴 궁전의 마구간에서 손바닥에 온통 피를 묻힌 채 구출 작전을 수행 중이었다. 이는 여느 군사 작전만큼 중요하고 필요한 일이다. 어느 누구도 그 필요성을 부정할 수 없다. 이런 일이 파리나 이스탄불, 중국에서 일어나 신문에 그에 관한 기사가 났다면, 울비는 그 기사를 읽고 박수를 쳤을지도 모른다. 실제로는 피비린내가 진동하는 일이지만 본인이 직접 겪는 일은 아닐 테니까. 평화로운 정원이 내려다보이고 시큼하고 따뜻한 말 냄새가 풍기는 마구간 다락방에서 벌어지는 끔찍한 살육이라는 것을 실감하지 못할 테니까.

로렌스와 타르케, 야누스는 피가 지나치게 많이 묻지 않은 제복을 골라 입었다. 로렌스는 옷을 빼앗긴 기병대원들이 추위에 떨자 그들 몸에 말 덮개를 던져주었다. 어깨에 걸친 외투에 죽은 자의 온기가 남아 있어 마음이 편치 않았다. 로렌스는 사다리를 밟고 내려가 울비에게 남은 외투를 하나 내주었다.

그리고 소년에게 말했다.

"우리와 함께 가서 포로와 용을 구출하는 일을 하지 않겠다면 널 여기 묶어놓을 수밖에 없는데……."

소년은 세차게 고개를 저으며 차라리 자길 묶어서 다락방에 던져 놔 달라고 했다.

타르케가 말했다.

"삼십 분 정도 여유가 있습니다."

발각되기까지의 예상 시간을 말하는 것이었다. 로렌스의 생각엔 15분 정도밖에 여유가 없을 듯했다.

로렌스는 야누스에게 말했다.

"서둘러 궁전 안에 들어가되 뛰지도 말고 헤매지도 말아야 해. 포로가 어디 갇혀 있는지 아나, 야누스?"

"그게 말입니다, 하녀들이 우리 하인들을 데리고 궁전 안의 좋은 방을 구경시켜주는 일이 종종 있습니다. 제가 한두 번밖에 초대를 받지 못한 모자란 놈은 아니지만 그 포로의 방이 어딘지는 잘 모르겠습니다."

기병대원의 외투를 걸치고 어깨를 으쓱하는 야누스의 모습은 타르케보다도 어색해 보였다.

로렌스가 말했다.

"별로 어렵진 않을 걸세. 보초들이 지키는 방일 테지."

이윽고 네 사람은 궁전 안으로 침투했다. 로렌스와 울비가 앞장섰고 야누스와 타르케는 뒤에 섰다. 프랑스 군인들과 마주치더라도 보통 앞에 오는 이들만 흘끗 보고 뒷줄에 오는 이들은 잘 보지 않으니 최대한 의심을 덜 살 만한 외모인 로렌스와 울비가 앞에 선 것이다. 타르케는 동양인의 특징이 확연한 얼굴을 가리기 위해 재채기가 나오려는 사람처럼 손수건을 코와 입가에 댄 채 따라왔다. 그들 넷은 궁전의 뒤쪽 층계를 따라 위층으로 올라갔다. 그리고 층계참에서 대기하다가 앞서 간 야누스가 속삭이며 신호를 보내자 2층 복도로 걸어 나갔다.

가운데 복도를 사이에 두고 양옆에 방들이 배치된 구조였다. 여덟아홉 정도 되는 프랑스 경비병들이 어느 방문 앞에 서서 얘기를 나누고 있었다. 차림으로 보아 장교급인 듯했다. 궁전 건물 뒤쪽으로 창문이 난 방이었다. 그 방 안에 어쩌면 경비병들이 몇 명 더 있을 수도 있었다. 로렌스는 망설이는 기색 없이 그 경비병들이 모인 곳으로 걸어갔다. 경비병들은 방문 앞에 차려 자세로 서 있지 않고 복도에서 한가롭게 잡담을 나누었다. 그들 중 일부는 바닥에 퍼질러 앉아 카드놀이를 하는 중이었고 일부는 허리를 굽히고 구경 중이었다. 똑바로 서 있는 자는 몇 명뿐이었다. 맞은편에서 하녀가 빨랫감을 잔뜩 들고 복도를 따라 걸어왔다. 하녀가 경비병들 사이로 지나가는 순간, 능글맞은 프랑스 하사관 하나가 그녀의 허리를 팔로 감싸 안으며 희롱을 했다.

"손 치워요!"

하녀는 차갑게 내뱉으며 능숙하게 엉덩이를 흔들어 잡힌 허리를 빼냈다. 하사관이 우스운 꼴을 당하자 다른 장교들이 와자하게 웃음을 터뜨렸다. 경비병들 틈을 비집고 걸어 나온 하녀의 두 뺨은 분노로 붉어져 있었고 눈은 내리뜬 채였다. 하녀가 바로 옆으로 지나갈 때 로렌스는 얼른 손을 뻗어 시트 한 장을 집어 확 펼친 뒤 프랑스 경비병들 머리 위로 덮어씌웠다.

시트 안에서 곧장 고함이 터져 나왔다. 로렌스 일행이 시트에 갇힌 경비병들을 발로 차서 옆으로 쓰러뜨리자마자 방문이 약간 열리며 프랑스 군인 하나가 내다보았다. 그랜비가 갇힌 방이 분명했다. 타르케는 그 프랑스 군인을 총으로 쏜 뒤 문을 발로 차서 활짝 열었다. 소란이 나자 대기하고 있던 그랜비는 곧장 방 밖으로 뛰어나왔다. 볼이 까지고 팔에는 붕대를 싸맨 채였다.

"이렇게 고마울 데가! 총 주십쇼!"

그랜비는 이렇게 외치며 어깨에 매어놓은 붕대를 풀어 던져버렸다. 로렌스가 지시했다.

"건넛방 창문으로 나가!"

그 순간 총성이 울리며 울비가 로렌스의 품으로 쓰러졌다. 울비는 깜짝 놀란 표정이었다. 제비 날개 모양 외투 옷깃 아래 셔츠에 붉은 피가 번지고 있었다. 또다시 총성이 두 번 더 울렸다. 시트 안에 갇힌 경비병들이 아무렇게나 총을 쏘아댔고 그 바람에 시트에도 조그맣게 불이 붙었다. 하녀는 비명을 지르며 복도를 내달려 도망쳤다.

복도를 가로질러 맞은편 침실로 뛰어 들어간 그랜비가 창밖을 내다보며 소리쳤다.

"이스키에르카!"

이스키에르카를 움직이게 하는 것은 그랜비가 얼굴을 보여주는 것으로 충분했다.

울비의 두 눈에서는 이미 생명의 빛이 꺼져버렸다. 시신이 복도 바닥에 무겁게 늘어졌다. 옆에서 타르케가 재촉했다.

"로렌스!"

곧이어 타르케는 시트에 뒤엉켜 있다가 첫 번째로 빠져나온 프랑스 장교를 총으로 쏘았다.

로렌스가 내뱉었다.

"빌어먹을 자식."

그게 울비에게 한 말인지, 울비를 쏘아 죽인 프랑스 놈에게 한 말인지, 그 자신에게 한 말인지는 로렌스 본인도 알 수 없었다. 로렌스는 바닥에 웅크리고는 울비의 손가락에서 결혼반지를 빼냈다. 그리고 타르케와 야누스의 뒤를 따라 그랜비가 들어간 침실로 뛰어갔다. 그들 넷은 방문을 걸어 잠그고 옷장을 쓰러뜨려 바리케이드를 쳤다. 이 옷장이 잠시는 버텨줄 것이다. 하지만 더 기다릴 필요도 없었다. 이스키에르카가 발톱으로 미친 듯이 창문을 후벼 파고 있었다. 창유리와 돌 장식, 벽돌이 산산이 부서져 내렸다.

11

기다리고, 기다리고, 또 기다리는 건 정말이지 괴로웠다. 테메레르는 지상에서 서성대다가 혹시 무슨 신호라도 뜨지 않았나 싶어 날아오르기를 반복했다.

페르사이티아가 걱정스러운 어조로 물었다. 테메레르가 걱정하는 바와는 다른 종류의 것이었다.

"누가 오고 있지 않아? 프랑스 용 안 보여? 자꾸 날아오르지 좀 마. 누가 널 보면 어떻게 해. 그러다가 프랑스 용의 눈에 띄어서 싸우다가 다른 곳으로 자리를 옮겨야 할 상황이 생기면 어쩔 거야. 그럼 로렌스가 이리 돌아와도 우릴 못 찾을 거 아냐."

테메레르는 불안한 마음을 가라앉히려 애썼다. 페르사이티아의 말에 일리가 있음을 부정할 수 없었다. 페르사이티아가 진정하라며 소의 다리와 허리 부분을 내주었다. 별로 이목을 끌지 않는 작은 용들이 소리 없이 날아다니며 사냥해 온 먹이였다. 하지만 테메레르는 고개를 저었다. 식욕이 없었다.

축 처져 있던 아르카디는 어느새 다시 기가 살아서, 레스터가 잡아다준 양을 신나게 뜯어 먹으며 주절거렸다.

"우릴 공격한 프랑스 용들은 정말이지 비겁했어. 그런 식으로 기습을 하다니. 이제 와서 하는 말이지만 그것들은 죄다 겁쟁이야. 그러니 당장 런던으로 가서 이스키에르카를 구해 오자!"

테메레르가 말했다.

"말도 안 되는 소리 마. 런던에는 우리보다 네 배는 더 많은 프랑스 용들이 있어. 그들은 대포와 군인도 갖추고 있으니 우릴 거꾸러뜨리고 말 거다. 무작정 쳐들어가서는 그랜비를 빼내 올 수 없어. 그들이 그랜비를 총으로 쏠지도 몰라."

어쩌면 로렌스도 쏠지 모르지, 라고 테메레르는 속으로 덧붙였다. 아르카디의 제안은 무모하기 짝이 없었지만, 테메레르도 그런 생각을 전혀 하지 않는 것은 아니었다.

아르카디가 대꾸했다.

"그럼 이제 어쩔 건데? 만약 구출하러 간 이들이 돌아오지 않으면?"

"그들이 돌아오지 않으면……."

테메레르는 머뭇거리다가 말을 맺었다.

"……그땐 다른 방도를 생각해봐야지."

만약의 사태 같은 건 상상하고 싶지도 않았다. 전에 로렌스가 죽었다고 여겼을 때, 테메레르의 삶은 송두리째 흔들렸었다. 지금은 그런 생각만 해도 로렌스가 정말 죽은 것처럼 소름이 끼쳤다. 상상과 현실의 구분마저 모호하게 만들 정도의 큰 충격이기 때문이었다. 테메레르는 불길한 추측을 하는 것만으로도 정말 무서운 사건이 일어날 수 있다고 생각했다. 로렌스는 그런 건 어리석은 미신에 불과

하다고 말했지만, 테메레르는 조금이라도 위험을 초래할 만한 짓은 하지 않는 게 좋다고 여겼다.

젠티우스는 흐린 눈으로 아르카디를 노려보았다. 못마땅해하는 기색이 역력했다. 이스키에르카와 아르카디 일당 때문에 아르마티우스의 등에 올라탄 채 남쪽으로 도로 내려와야 한 것도 불만이었고, 이 불편한 야영지에서 계속 대기해야 하는 것도 언짢았다.

"저 망나니 같은 놈이 지금 뭐라고 지껄이는 거냐? 부끄러운 줄도 모르고."

젠티우스의 말에 테메레르가 대답했다.

"저 녀석은 절대 부끄러운 짓을 했다고 생각하지 않을 겁니다. 지금도 바보 같은 제안이나 하는 걸 보세요."

"흠, 무슨 말을 하건 신경 쓰지 마."

젠티우스는 목소리를 낮추며 덧붙였다.

"그런데 테메레르, 이런 말을 해서 네 걱정을 부추기고 싶진 않다만 네 비행사와 타르케가 돌아오지 않으면 우린 어떻게 해야 하는 거냐?"

테메레르는 얼굴 주변의 막을 축 늘어뜨렸다. 도저히 걱정을 억누를 수 없어 다시 하늘로 날아올랐다. 해가 지면서 동쪽 지평선 끝자락까지 어두워지고 있었다. 서쪽 지평선 가까이에는 물기를 머금은 흐릿한 달이 떠 있었다. 지상 여기저기 보이는 먼지 구름은 아마 소떼들이 있는 곳일 것이다. 로렌스의 흔적도 이스키에르카의 흔적도 보이지 않았다. 뒤를 돌아보니 안장을 착용한 윈체스터 한 마리가 날아오고 있었다. 엘시였다.

지상에 착륙한 엘시는 가쁜 숨을 내쉬며 말했다.

"아, 너희를 못 찾을 줄 알았어. 대체 여기서 뭐 하는 거야? 스코틀랜드는 이쪽 방향이 아니잖아. 너흰 런던 쪽으로 돌아가고 있어."

테메레르는 냉정하게 대답했다.

"우린 길을 잃은 게 아니야!"

테메레르는 엘시를 별로 좋아하지 않았다. 원래 홀린은 테메레르의 승무원으로 훌륭한 지상요원 지휘관이었다. 홀린 대신 펠로우스가 최선을 다해 일해주고 있지만 가죽에 안장을 얹는 방식이 세심하지 못했고 저녁마다 안장을 벗길 때도 신속하지 못했다. 요즘 테메레르는 정식 안장이 아닌 약식 안장을 차고 있긴 했지만, 펠로우스의 일처리 솜씨가 홀린만 못한 것은 사실이었다. 저녁에 적적해서 얘기나 좀 나눠보려 해도 둔한 펠로우스와는 대화의 재미를 느낄 수 없었다. 요는, 홀린만 한 지상요원 지휘관이 없다는 것이었다. 그런 홀린을 엘시에게 내준 게 테메레르는 두고두고 아쉬웠다.

테메레르가 거듭 말했다.

"우린 길을 잘못 들지 않았어. 로렌스와 타르케가 그랜비를 구해 올 때까지 여기서 기다리는 중이야. 이스키에르카가 프랑스 군에 잡혀갔거든."

홀린이 어깨에 작은 가방을 메고 엘시의 등에서 미끄러져 내려오며 물었다.

"이런, 세상에. 두 분이 언제 떠나셨는데?"

의기소침해진 목소리로 테메레르가 답했다.

"몇 시간 됐어. 로렌스는 도보로 가야 하니 저녁이나 되어야 런던에 도착할 거라고 말했어. 그랜비가 어디 잡혀 있는지 알아낸다 해도 날이 어두워지고 모두 잠든 뒤에야 구출 작전을 펼 수 있다더라고. 그러니 그들은 돌아올 시간을 넘긴 게 아니야. 아직은 괜찮아."

테메레르는 조금 전까지 안절부절못하며 수시로 하늘을 오르락내리락한 일은 굳이 언급하지 않았다.

홀린은 손으로 입가를 문지르며 말했다.

"급보를 가져왔는데 어쩐다······."

"크기가 어느 정돈데?"

홀린은 가방에서 접은 종이를 꺼냈다. 붉은 밀랍으로 봉인되어 있었다. 종이 크기가 테메레르의 눈에 보이지 않을 정도로 작지는 않았지만 그 안에 적힌 깨알만 한 글씨를 읽는 것은 무리였다.

"내용을 큰 소리로 읽어줘."

테메레르의 말에 홀린은 미안해하며 대답했다.

"그럴 순 없어. 너도 겉봉을 보면 알겠지만 수신자가 로렌스 대령으로 되어 있거든."

"중요한 사안이라면 로렌스도 우리가 그 내용을 알기를 바랄 거야. 게다가 그건 우리 연대 앞으로 온 거잖아. 내가 이 연대의 지휘관인 것을 모르고 실수로 로렌스 앞으로 보낸 것이겠지."

망설이던 홀린은 공터에 늘어서 있는 다른 공군들을 둘러보았다. 그들 중 대위급 이상의 장교는 하나도 없었고 모두 어찌해야 좋을지 모르겠다는 표정이었다.

페르사이티아가 나섰다.

"저 공군들은 쳐다볼 것도 없어요. 우리 연대로 온 명령서인 듯한데, 그 내용을 모르고서는 임무를 수행할 수 없잖아요. 그러니 우리한테 내용을 읽어주든가 도로 가져가서 웰즐리 장군에게 어떻게 해야 하는지 물어보든가 양단간에 결정을 내려요. 하지만 내 생각엔 쓸데없이 명령서 들고 왔다갔다하며 시간 낭비했다고 웰즐리 장군이 화낼 것 같군요."

어쩔 수 없다는 생각이 든 홀린은 어깨를 으쓱하고는 밀랍을 깨고 종이에 적힌 내용을 읽어주었다.

"한시도 지체 말고 코번트리 시를 향해 날아와 후퇴 중인 우리 육군을 호위하는 임무를 재개해야 한다. 빌어……."

홀린은 읽다 말고 헛기침을 한 뒤 마저 읽어 내려갔다.

"……빌어먹을 멍청이처럼 시답잖은 짓거리나 하며 돌아다니지 말고 즉각 임무 수행을 재개해야 할 것이다. 지난번에 우리가 나눈 협상 내용을 잊지 않았다면, 젠장맞을 용들에게 봉급을 받게 하고 싶으면 맡은 임무를 충실히 수행해야 한다."

테메레르는 화가 치밀었다.

"왜 우리가 아무 목적 없이 멋대로 돌아다닌다고 생각하는지 모르겠군. 이스키에르카가 적군에게 잡혀가지 않았으면 우린 충실히 호위 임무를 수행하고 있겠지. 하지만 지금 이스키에르카가 잡혀갔고 로렌스가 구출하러 갔잖아. 그러니 그들이 돌아오기 전까지 우린 여길 뜰 수 없어."

페르사이티아가 의견을 내놓았다.

"우리 중 일부만이라도 돌려보내 육군 쪽에 합류시키는 게 어떨까?"

"아니, 여기서 기다리다가 이스키에르카랑 아르카디, 그 부하 녀석들을 앞세우고 다 같이 날아가야 해. 또 말을 안 듣고 옆길로 샐지 모르니까."

테메레르가 방금 한 말을 아르카디에게 두르자크 어로 말해주자 아르카디는 콧방귀를 뀌었다.
"쳇, 우리한테 인간들 속도에 맞춰 아주 바닥을 기어가는 것처럼 느릿느릿 날게 만들지만 않았어도 이런 일은 일어나지 않았어. 너도 책임자만 아니었으면 우리처럼 행동했을걸. 게다가 우리 때문에 위험에 처한 것도 아닌데 육군들이 뭔 불평을 하겠어? 나폴레옹의 군대가 웰즐리 장군의 육군들을 추격하고 있었으면 우리가 런던으로 가는 길에 틀림없이 봤을 거야. 그런데 추격해 오는 프랑스 군대는 없었어."
테메레르가 받아쳤다.
"책임자가 아니었어도 난 너희처럼 멋대로 굴지 않아. 난 뚜렷한 이유도 목적도 없이 기분 내키는 대로 헤집고 다닐 정도로 분별력 없는 용이 아니니까."
"우리도 나름으로 이유가 있었어. 우린 모두를 위해 먹이를 조달할 계획이었다고. 프랑스 놈들이 마을 사람들한테서 훔쳐간 가축들을 도로 가져오려고……."
테메레르는 화가 치밀었다.
"거짓말 마! 린지가 다 털어놨어. 너흰 전리품을 획득하러 런던 쪽으로 간 거라고, 그 전리품을 다른 연대원들과 나눌 생각은 전혀 없더라고 하던데."
거짓말이 들통 나자 아르카디는 잠깐 거북해했지만 그뿐이었다.
"뭐, 그건 다 이스키에르카의 생각이었어."
아르카디가 남의 탓을 하며 꼬리를 휙 치자 테메레르는 어이가 없어 콧방귀를 뀌고는 홀린을 돌아보며 말했다.
"어쨌든 우리가 오늘 하루종일 길을 살폈는데 나폴레옹의 군대를 보지 못한 건 사실이야. 프랑스 군이 우리 육군을 쫓고 있었으면 이 스키에르카 때문에 남하한 우리 눈에 띄었겠지. 그러니 웰즐리 장군은 그 점을 걱정할 필요 없……."

테메레르는 말끝을 흐렸다. 웰즐리 장군은 걱정할 필요가 없지만 자신은 걱정해야 하는 상황임을 깨달은 것이다. 나폴레옹의 군대가 이 부근에 없다는 것은 지금 런던으로 진군하고 있지 않다는 것, 즉 이미 런던에 들어가 있다는 의미였다. 로렌스와 그랜비가 있는 런던에.

그렇지만 지금 테메레르로서는 안달복달하는 것 외엔 할 수 있는 일이 없었다. 지금 당장 런던으로 출발한다 해도 날이 완전히 어두워지기 전에 도착하지는 못할 터였다. 페르사이티아가 걱정하며 조언해주지 않아도 한밤중에 런던의 프랑스 군 진영으로 날아 들어가는 것이 미친 짓임을 테메레르도 잘 알았다. 밤에는 야행성인 플레르 드 뉘가 보초를 설 것이었다.

"일단 아침까지는 기다려야……."

테메레르는 말을 맺지 못하고 고개를 푹 숙였다. 런던에는 프랑스 군이 주둔하고 있을 것이고 대포까지 준비되어 있을 것이다. 런던으로 들어가봤자 아무런 소득도 올릴 수 없는 상황이었다.

"아침이 밝기 전에 돌아올 거야."

페르사이티아가 위로했으나 그 목소리가 어찌나 우울한지 자신도 그 말을 믿지 못하는 것 같았다.

테메레르는 홀린에게 말했다.

"웰즐리 장군에게 로렌스가 돌아오는 즉시 그리로 합류하겠다고 전해줘……. 나폴레옹의 군대가 북상하는 영국 육군을 추격하러 가고 있진 않은 것 같으니까 걱정할 필요 없다고도 말해주고."

테메레르는 희망적으로 덧붙였으나 어쩌면 이미 웰즐리 장군의 육군이 프랑스 군에게 공격당하고 있을지 모른다는 생각이 들기도 했다. 그러나 페르사이티아가 침울한 목소리로 말했다.

"프랑스 군이 북상했으면 우리가 못 봤을 리 없어."

홀린이 떠난 뒤 시간은 피가 마를 정도로 느릿느릿 흘러갔다. 테메레르는 불안하게 선잠을 자다가 바람이 살랑거리는 소리, 누군가 속삭이는 소리만 들려도 눈을 뜨고 어둠 속을 응시했다. 하지만 아무것도 보이지 않았다. 새벽이 오기도 전에 테메레르는 잠기운이 완전히 달아나 잘 수가 없었다. 불안해서 그런지 턱 아래쪽에서 목을 따라 가슴까지 찌르르 아팠다. 가슴에 울퉁불퉁하게 난 상처 자리도 쿡쿡 쑤셨다. 목을 구부려 가슴께를 문지르려 했는데 잘 되지 않았다. 목을 도로 쭉 뻗자 뼈에서 우두두둑 소리가 났다. 앞발을 안쪽으로 구부려 문질러보려 했지만 잘 닿지 않았다. 결국 테메레르는 한숨을 푹 쉬며 차가운 바닥에 엎드렸다. 지금 엎드려 있는 이 바닥이 라간 호수의 뜨끈한 돌이나 중국의 용 누각이면 얼마나 좋을까 하는 생각이 들었다.

멀리서 희미하게 오렌지색 불빛이 보이기 시작했다. 그런데 동쪽이 아닌 서쪽이니 일출일 리 없었다. 테메레르는 고개를 들고 소리쳤다.

"아, 아! 모두 일어나!"

그리고 곧장 날아올랐다. 저 멀리 이스키에르카가 한번씩 머리를 뒤로 돌리고 추격자들의 머리에 화염을 토해내며 날아왔다. 예닐곱 마리 정도 되는 프랑스 용들은 이스키에르카의 등에 프랑스 공군들을 뛰어내리게 하려고 기회를 엿보고 있었다. 이미 이스키에르카의 등에는 프랑스 공군이 몇 명 뛰어내려 싸움을 벌이고 있었다.

"로렌스!"

테메레르는 눈을 부릅뜨고 이스키에르카의 등에 로렌스가 있는지 살펴보았다. 하지만 거리가 멀어서 잘 보이지 않았다.

이스키에르카가 머리 위로 지나가자마자 테메레르는 고도를 확 높이며 추격자들을 가로막았다. 프랑스 용들은 테메레르에게 부딪치지 않으려고 날개를 뒤로 치며 물러났다. 테메레르는 입을 쩌억 벌리며 적들을 향해 천둥 같은 신의 바람을 쏟아냈다. 맨 앞에 있던 페세르 라예 수컷이 신의 바람을 정통으로 맞고 순간 비틀거리더니 눈에 핏발이 서면서 콧구멍에서 피를 콸콸 쏟아냈다. 그리고 부러진 연처럼 양 날개가 꺾인 채 지상으로 곤두박질쳤다.

마제스타티스와 발리스타가 곧 테메레르 옆으로 날아 올라왔다. 나머지 프랑스 용들은 모두 미들급이라 자기네가 밀린다는 것을 알고는 곧장 방향을 돌려 달아났다. 테메레르는 분기를 마저 풀 수 없어 허탈해하며 숨을 헐떡였다. 레퀴에스캇이 밑에서 올라오며 투덜거렸다.

"왜 이리 시끄러워? 전투를 하기엔 아직 너무 어둡잖아?"

테메레르가 말했다.

"싸울 필요 없게 됐어요. 다 도망갔어."

방향을 돌려 테메레르 옆으로 날아온 이스키에르카가 말했다.

"하, 겁쟁이들! 나 하나만 상대할 때도 제대로 공격할 생각을 못 하더라고."

머리를 뒤로 돌린 이스키에르카는 자기 등에 올라탄 프랑스 공군들을 무섭게 노려보며 물었다.

"그랜비, 괜찮아? 이것들 다 죽이면 안 돼?"

그랜비는 기진맥진한 목소리로 답했다.

"죽이지 마. 다 항복했어. 이젠 우리 포로야. 포로를 본영에 넘기면 두당 상금이 나와."

"상금 안 받아도 되니까 죽이고 싶은데. 이자들이 당신을 다치게 했잖아."

화가 치민 테메레르가 말했다.

"그랜비를 다치게 만든 건 너야! 기껏 비행사로 내줬더니만."

그러고는 이스키에르카의 등에서 얼른 로렌스를 집어 올리며 걱정스러운 표정으로 물었다.

"괜찮아?"

"그래."

로렌스는 간단히 답하고 입을 다물었다. 테메레르가 듣기엔 전혀 괜찮은 목소리가 아니었다. 어쩌면 다른 이들이 듣는 곳에서 다쳤다는 말을 하기 싫은 것일 수도 있다는 생각에 테메레르는 슬쩍 로렌스의 냄새를 맡아보았다. 피를 흘리는 것 같지는 않았다. 아직 해가 뜨지 않아서 로렌스가 어딜 다쳤는지 확실히 알 수 없었다.

잠시 후 로렌스가 말했다.

"당장 여길 떠나야 해. 저들이 더 많은 용을 끌고 올 거야. 게다가 우린 임무 수행을 너무 오래 태만히 했어. 육군 쪽에서 우릴 찾고 있을 거다."

"안 그래도 찾고 있더라고. 웰즐리 장군이 이치에 맞지도 않고 아주 무례한 명령서를 보내왔어."

테메레르는 로렌스를 목 뒷덜미에 앉힌 뒤 도로 영국 육군들이 행군 중인 곳으로 날아가며 말을 이었다.

"하지만 한 가지 소득은 있었어. 프랑스 육군이 모두 런던으로 진격했다는 걸 확인할 수 있었으니까. 그랜비는 어떻게 빼낸 거야?"

"누가 도와줬어."

로렌스는 이 말을 하며 손에 쥔 작은 물건을 내려다보았다. 이른 새벽빛에 그 물건은 희미한 금색으로 반짝거렸다.

머리를 뒤로 돌려 내려다보던 테메레르가 흥미를 보이며 물었다.

"전리품이야?"

"아니."

행군 중인 영국 육군 쪽으로 다시 날아가는 동안 별 사건은 일어나지 않았다. 비행시간이 상당히 길었음에도 이스키에르카는 말썽을 피우지 않았다. 성질을 많이 누그러뜨린 것은 아니었으나 그랜비를 몹시 걱정하면서 어떻게든 그랜비가 하자는 대로 맞춰주었다. 그래도 만일에 대비해 테메레르는 비행 대열을 재배치하여 바로 눈앞에 이스키에르카가 보이게 했다. 선원 야누스는 이스키에르카보다 탑승자 수가 적은 테메레르에게 옮아 탄 상태였다.

로렌스는 외투 안쪽 작은 가슴 주머니에 담긴 반지가 석탄처럼 무겁게 느껴졌다. 그는 양손으로 번갈아가며 그 주머니를 잡아 쥐었다. 혹시라도 강풍에 반지가 날아갈까 걱정되어서였다. 프랑스 기병대원에게서 훔쳐 입은 셔츠에 울비의 피가 차갑게 말라붙어 있어 무게가 한층 더 느껴졌다. 나중에 에디스가 남편의 부고를 어떤 식으로 접할지, 미망인이 된 그녀가 적군에게 점령당한 도시에서 어린

아들과 단둘이 어떻게 살아갈지 걱정이었다. 로렌스는 그런 생각을 하지 않으려 애썼으나 자꾸만 떠오르는 것은 어쩔 수 없었다.

야누스가 입을 열었다.

"그분은 참 용감한 분이었습니다, 대령님. 우리가 운이 나빴던 거죠."

로렌스는 고개를 끄덕였다. 수행해야 할 의무를 내팽개치고 런던으로 되돌아갈 수도 없는 일이었다.

그날 오후쯤 돼서야 그들은 웰즐리 장군의 군단을 따라잡았다. 그리고 남쪽으로 불어오는 차가운 바람을 맞으며 느릿느릿 육군 뒤를 따라갔다. 스코틀랜드에서 경험할 혹독한 겨울을 예고하는 바람이었다. 비틀비틀 행군하던 육군들은 목표 지점인 코번트리 시 외곽의 야영지가 가까워지자 조금씩 속도를 내며 발을 질질 끌고 걸어갔다. 그들을 기다리는 것은 눈이 얇게 덮인 채 돌덩이처럼 차갑게 얼어붙은 땅이었다. 진흙이 얼어붙은 터라 고르지 않은 길이지만 짐마차 바퀴는 덜거덕거리며 한층 수월하게 굴러갔다.

육군들이 야영을 준비하는 동안 공중에서 천천히 맴돌던 레퀴에 스캇이 말했다.

"왜 우리가 저 아래 멀쩡한 공터를 두고 계속 이렇게 날아야 하는 건지 모르겠네. 적군이 공격해 들어오더라도 저 공터에서라면 잘 보일 텐데. 지금까지 백육십 킬로미터를 날아오는 동안 프랑스 군은 보이지도 않았으니 공격받을 일도 없을 것 같지만."

"보병대가 자리를 잡을 때까지 착륙하면 안 돼요."

테메레르는 이렇게 답한 뒤 머리를 뒤로 돌려 로렌스에게 물었다.

"로렌스, 우리 이제 그만 착륙하면 안 돼?"

로렌스는 피곤에 지친 목소리로 대답했다.
"육군들은 우리보다 훨씬 힘들게 여기까지 걸어왔어. 이제 우리보다 더 열악한 환경에서 잠을 자야 할 거야. 그러니 우린 저들이 초소를 짓고 모닥불을 피울 때까지 지켜줘야 해. 저들이 아등바등 일하는 동안 우리가 공터에 내려가 느긋하게 쉬면 저들 사이에서 부러움과 불만이 터져 나올 거다."
"난 정지 비행을 할 수 있으니 그나마 낫지만 다른 용들은 같은 자리를 계속 맴돌아야 하니까 쉽지가 않아. 차라리 내려가서 육군들을 돕는 게 낫겠어. 모닥불을 피울 때 쓸 수 있게 나무를 뽑아줄 수도 있는데……."
그랬다간 육군들이 공포에 질려 난리가 날 것이라는 말을 하려던 로렌스는 육군들이 피로에 지쳐 느릿느릿 움직이는 모습을 내려다보며 생각을 바꿨다. 겁에 질려 죽을 지경이라 해도 달아날 기운조차 없을 것 같았다.

"그럼 작은 용들부터 내려 보내자."
로렌스의 말이 떨어지자 테메레르는 곧 게르니를 비롯해 몸집이 제일 작은 투르케스탄 야생용 몇 마리를 내려 보냈다. 그 용들은 숲에 들어가 고목을 뽑아서 바늘잎과 흙, 다람쥐를 털어낸 뒤 두세 그루씩 야영지로 들어 날랐다. 도랑을 만들기 위해 얼어붙은 땅에 삽질을 하던 병사들은 등 뒤에서 용들이 무엇을 하는지도 모르고 있다가 나무들이 바닥에 떨어지는 소리를 듣고서야 움찔했다. 그들은 손에 삽과 곡괭이를 움켜쥔 채 용들을 올려다보았다. 나무를 내려놓고 착륙한 레스터는 흥미로운 눈빛으로 병사들을 마주보다가 머리를 숙이고 두르자크 어로 무슨 말을 했다.

"저들에게 왜 땅을 파느냐고 묻고 있어."

테메레르는 로렌스에게 이렇게 알려주고는 "안 돼, 그러지 마!" 하고 소리치며 레스터를 막기 위해 지상으로 내려갔다. 테메레르가 날아 내려오자 병사들은 엎치락뒤치락하며 뒤로 물러났다. 레스터가 병사 한 명을 집어 올리려 하고 있었다. 잡고 흔들어대면 두르자크 어로 대답을 들을 수 있으리라 여기는 모양이었다.

테메레르가 얼른 레스터를 말렸다.

"변소 구멍을 내려고 땅을 파는 것뿐이야. 어리석은 짓 하지 마."

그러고는 머리를 뒤로 돌려 로렌스에게 말했다.

"땅 파는 일을 도울 수 있을 것 같아. 전에 단치히에서 리엔이 한 걸 나도 할 수 있어."

프랑스 군이 단치히 포위 공격을 위한 참호를 팔 때 리엔은 신의 바람을 써서 얼어붙은 땅을 부수어 군인들이 파내기 쉽게 해주었다. 테메레르는 신의 바람을 약하게 불어내며 몇 번 시도해보았다. 하지만 주변의 나무 쉰 그루가 쓰러졌을 뿐 땅은 꿈쩍도 하지 않았다. 테메레르는 숨을 헐떡이며 말했다.

"잘 안되네. 보기보다 쉽지 않은가 봐. 신의 바람을 한꺼번에 내뱉는 것보다 조금씩 뱉는 게 더 쉬울 줄 알았는데 그게 아니야. 이유를 모르겠어. 그렇다고 내가 완벽하게 해내지 못할 거란 뜻은 아니야. 리엔이 할 수 있으면 나도 할 수 있어."

그때 이스키에르카가 그들 옆으로 내려서며 말했다.

"네가 잘 못하는 것 같으니 내가 도와줄게."

그러고는 말릴 새도 없이 머리를 숙이고 얼음이 꽁꽁 언 땅에 불을 확 뿜었다.

치지익 소리와 함께 엄청난 증기 구름이 솟아올랐고 얼어붙은 지표면 위로 불길이 크게 굽이치며 양옆으로 확 퍼져나갔다. 다행히 도랑을 파던 병사들은 일찌감치 안전한 곳으로 물러나 장교들과 함께 초조한 눈빛으로 쳐다보고 있었다. 테메레르가 신의 바람으로 쓰러뜨린 나무 더미에 불이 붙어 활활 타올랐다.

테메레르가 말했다.

"네가 하는 짓이 그렇지. 어서 흙을 퍼서 불 위에 덮어 꺼."

페르사이티아가 지상으로 내려오며 말했다.

"잠깐. 불붙은 나무들을 도랑을 팔 자리에 가져다놓으면 그 부분의 땅이 녹을 거야. 육군들에게 몸을 덥히면서 기다리다가 땅이 녹은 뒤에 삽으로 파라고 해."

그러자 이스키에르카는 거들먹거리며 테메레르에게 말했다.

"거봐, 결국 내가 잘한 거잖아. 나도 막 그런 생각을 하던 참이었어."

테메레르는 맥이 빠져 얼굴 주변의 막을 늘어뜨렸다.

"그럼 네가 저 나무들을 도랑 팔 자리에 가져다놓든지. 나무를 미리 배열한 뒤에 불을 붙였으면 좋았을 텐데 똑똑한 네가 그전에 미리 불을 다 붙여놨으니까."

용들이 일을 하는 동안 로렌스는 테메레르의 등에서 내려와 육군 하사관과 그 부하들에게 어떤 식으로 작업을 해야 하는지 설명했다.

"저 용들이 이쪽으로 가까이 오지 않을까요?"

하사관은 이렇게 물으며 흙투성이 손으로 금발의 콧수염을 문질렀다. 그 바람에 콧수염이 시커멓게 더러워졌다.

로렌스는 자꾸만 겁을 내는 육군들에게 인내심이 바닥나고 있었다.

"가까이 오더라도 아무런 해도 끼치지 않아. 용들이 도와주면 제군들은 오후 내내 힘든 노동을 하지 않아도 된다. 나무에 붙은 불이 꺼질 때쯤엔 땅이 녹아서 파내기도 쉬울 거다. 타고 남은 나무들은 잘게 쪼개서 모닥불을 지필 때 쓰도록. 그럼 오늘 밤엔 제군들이 예상한 것보다 훨씬 따뜻하게 잘 수 있을 것이다."

검은 말을 타고 야영지를 살피러 나온 웰즐리 장군은 말이 불과 용을 보고 겁을 먹자 달래느라 애를 먹었다.

"대체 뭣들 하는 거냐?"

웰즐리는 작업 현장을 쓱 살피고는 대답을 들을 것도 없이 피식 웃었다.

"여우처럼 영리하구먼. 흐흠."

그러고는 하사관에게 지시했다.

"고렌, 거기 멍하니 서 있지 말고 가서 곁가지들을 모아 치워. 그리고 부상자들을 불에서 제일 가까운 곳에 데려다놔. 그들 중 절반은 다리가 없으니 용을 봐도 멍청하게 일어나서 도망치지 못할 테니까."

이어서 웰즐리는 굳은 표정으로 로렌스를 돌아보며 말했다.

"자네와 자네 용은 여기 일을 한 시간 내에 끝마치고 공터에 가 있게. 자네들에게 따로 할 말이 있어."

웰즐리가 고삐를 잡고 말의 방향을 돌리자 부관들이 뒤에 줄줄이 따라갔다. 로렌스는 테메레르 쪽으로 돌아섰다. 테메레르는 작열하는 불에 발톱이 타지 않게 부러진 나뭇가지를 이용해 마지막으로 남은 나무 몇 개를 도랑 팔 자리로 밀어놓고 있었다. 디마니는 언제 테메레르의 등에서 내려왔는지 보이지 않았다. 디마니는 지상에 5분만 머물 기회가 있어도 늘 그런 식이었다.

"롤랜드, 가서 디마니 데려와."

로렌스는 에밀리에게 지시를 내린 뒤 허벅지를 손으로 탁탁 치며 기다렸다. 십여 분 뒤 에밀리는 숲에서 디마니를 반쯤 질질 끌며 데리고 나왔다. 디마니는 용들이 뽑아놓은 나무에서 떨어진 다람쥐들과 그 주변의 토끼들을 줄에 꿰어 들고 있었다. 사냥 중인데 왜 방해하느냐는 듯 뿌루퉁한 눈빛이었다.

로렌스가 디마니에게 지시했다.

"먼저 공터에 가서 천막을 세운 다음, 용들에게 먹일 고기가 있는지 찾아봐. 야누스, 자넨 펠로우스나 도싯을 보조하게."

"예, 대령님."

한편 테메레르는 이스키에르카에게 말했다.

"다 네가 낸 아이디어라니까 이제 네가 작업을 마무리하면 되겠구나."

그러고는 로렌스를 데리고 공터로 날아갔다. 공터에서는 발리스타가 가시돌기가 난 꼬리로 관목과 가시덤불을 휩쓸어 다른 용들이 편하게 쉴 수 있게 만들고 있었다. 페르사이티아는 쓰러진 나무 몇 그루를 모아 천막 말뚝 모양으로 비스듬히 세우고 불붙은 나무 파편들을 던져 거대한 횃불 하나를 만들어놓았는데, 그 높이가 자기 머리보다 훨씬 높아서 약간 불안한 눈빛으로 활활 타오르는 횃불을 바라보는 중이었다.

공터를 찾아온 웰즐리가 횃불을 보고 빈정댔다.

"아주 적군에게 신호를 보낼 작정이로구나. 나폴레옹이 어둠 속에서 우리 위치를 못 찾을까 봐 대형 횃불까지 세워놨구먼."

페르사이티아는 조심스럽게 항변했다.

"언덕 너머 야영지 저쪽에 육군들은 모닥불을 열 개 이상 피워놓았잖습니까."

그리고 내친김에 마침 떠오른 생각을 말했다.

"게다가 이렇게 큰 횃불을 세워놓으면 플레르 드 뉘가 가까이 오지 못합니다. 야행성이라 이 정도 불빛을 보면 눈이 아파서 주변의 다른 건 보지 못할 테고요."

웰즐리는 코웃음을 치고는 로렌스에게 말했다.

"내게 따로 설명해야 할 일이 있는 걸로 아는데……."

옆에 있던 그랜비가 끼어들었다.

"장군님, 전부 제 잘못입니다. 제가 이스키에르카의 탈영을 막지 못해서……."

웰즐리는 날카롭게 그의 말허리를 잘랐다.

"자네 잘못이 전혀 없다는 말은 안 했네!"

그러자 언제 들었는지 이스키에르카가 소리쳤다.

"그랜비 잘못이 아니에요! 그랜비는 우리가 무리에서 떨어져 나가는 걸 반대했어요. 지금은 저도 그랜비의 명령에 불복종한 게 잘못이라는 걸 알았다고요. 하지만 왜 우리가 병아리 떼처럼 날개를 퍼덕이며 제대로 된 전투 한번 못 해보고 육군 뒤나 졸졸 따라다녀야 하는지는 아직도 모르겠거든요. 어차피 우리가 할 일은 육군을 보호하는 거니까 아군을 공격하려 하는 적을 찾아내서 미리 죽여버리는 게 낫잖아요. 그래서 나는 나름으로 현명하게 판단해서 프랑스군을 치러 간 거예요. 운이 나빠서 포로가 되긴 했지만, 뭐 결국은 다 잘 해결됐으니까 우리한테 소리칠 필요 없잖아요."

"그래, 네 비행사가 아무 잘못이 없다는 걸 이제 알겠구나."

웰즐리는 이스키에르카에게 시선을 고정한 채 말을 이었다.

"그렇지, 그랜비?"

그랜비는 풀이 죽은 채 대답했다.

"예, 장군님."

"다음에 또 저 용이 자네 명령에 불복종하면, 풀어줘 버려. 자네와 자네 승무원들은 다른 용들 쪽으로 재배치해주겠네. 저 용은 사육장으로 들어가든 바다 건너 다른 나라로 가든 마음대로 하라고 해. 어차피 명령에 따르지 않는 용은 아무짝에도 쓸모가 없으니까. 다른 착한 용들까지 꼬드겨 위험에 처하게 만드니 더더욱 쓸모가 없는 용이지."

이스키에르카는 증기를 팍팍 뿜어대며 외쳤다.

"아! 난 쓸모없지 않아요! 어느 누구보다 전리품을 많이 획득했고, 누구랑 싸워도 이길 수 있다고요!"

"그렇게 악써봤자 별로 대단하게 보이지는 않는구나. 우린 단순한 전투나 사사롭게 치고받는 싸움이나 하자고 여기 와 있는 게 아니야. 전쟁을 하기 위해 모인 거다. 우린 셀레스티얼이나 불을 뿜는 용 없이도 오랜 세월 이 나라를 지켜왔어. 상황이 여의치 않으면 너 없이도 우리끼리 해낼 수 있단 말이다. 네가 전투에 나가서도 이런 식으로 멋대로 굴면, 너 때문에 우린 프랑스 군에 패배하고 말겠지. 군율을 잘 지키든가 아니면 네 비행사를 포기하고 꺼져버려. 네 비행사는 다른 용에게 보내면 된다."

"그랜비, 다른 용한테 가지 마."

이스키에르카가 애원하자 불쌍한 그랜비는 얼굴이 창백해져서는 비참한 표정으로 웰즐리 장군을 쳐다보았다. 그러고는 목소리를 낮추며 답했다.

"예쁜아, 난 국왕 폐하의 장교야."

로렌스는 시선을 돌렸다. 자신이 이런 시험을 받게 된다면 과연 통과할 수 있을지 확신이 서지 않았다. 테메레르는 이스키에르카처럼 막무가내로 명령을 어기는 게 아니라 피치 못할 경우 훨씬 계획적이고 심각하게 생각한 끝에 불복종을 감행하는 용이었다. 하지만 그것도 변명일 뿐이다. 웰즐리 장군이든 누구든 로렌스에게 테메레르를 버리고 다른 일을 하라고 명령한다면, 그 명령이 단순히 그와 테메레르를 괴롭히기 위한 것이 아니라면, 과연 자신도 그랜비처럼 복종할 수 있을까…….

이스키에르카는 목구멍 안쪽에서 무시무시하게 그릉그릉 소리를 내더니 쌔액— 하고 발아래 자욱한 증기를 뿜어냈다. 그러고는 공터를 가로질러 저 끝으로 가서 웅크리고 앉았다. 아르카디가 얼른 그 옆으로 달려가 두르자크 어로 무슨 말인가를 주절거렸다.

테메레르가 말했다.

"이스키에르카가 아르카디 일당이랑 어디로 꺼지든지 말든지 난 상관 안 해. 저 애는 저런 꼴을 당해도 싸. 그랜비, 다시 나한테 돌아오면 정말 좋겠다."

그러나 축 처져 있던 그랜비는 "잠시 실례할게"라고 말하며 공터를 가로질러 이스키에르카에게 뛰어갔다.

웰즐리가 테메레르에게 말했다.

"너도 남 말 할 처지는 아닌 걸로 아는데."

"나는 내 욕심이나 챙기려고 탈영을 하진 않습니다. 누가 와서 내게서 로렌스를 빼앗아가려고 했을 때랑 영국 정부가 전 세계의 용들을 몰살하려 했을 때를 제외하곤 명령에 불복종한 적도 없습니다."

웰즐리가 싸늘하게 받아쳤다.

"그러니까 넌 지금까지 겨우 열몇 번 정도 항명하고 반역죄를 저질렀을 뿐이다, 이건가? 변명 따윈 집어치워. 내 지휘하에서 앞으로 다시는 이런 일이 발생하게 하지 마. 앞으로 네가 연대장으로서 의무를 어떻게 수행하느냐에 따라 내가 너에게 기사답게 한 약속을 지킬지 말지 결정하겠다. 무슨 말인지 알아듣겠나? 너와 네 비행사 둘 다 똑똑히 들어둬. 어떤 일이 발생하든 그게 네 비행사의 잘못만은 아닐 거다. 하지만 난 너와 네 비행사 중 누구 잘못이 더 크냐를 놓고 넌덜머리나게 따지고 싶지 않으니까, 알아서 연대장 노릇을 제대로 수행해."

"예, 장군님."

로렌스는 조용히 대답했으나 테메레르는 이의를 제기했다.

"하지만 오늘 우린 잘못한 게 없습니다. 이스키에르카가 탈영을 저지르는 바람에 일이 꼬인 것이지, 나나 내 비행사는 아무 잘못도 없단 말입니다."

"이스키에르카는 네 연대 소속이니 네 잘못이기도 한 거다. 다시는 내 앞에서 부하에게 잘못을 떠넘기는 짓은 하지 말도록."

그제야 테메레르는 자신의 태도를 부끄럽게 여기며 수긍했다.

"예."

"이제 말대답을 끝마친 모양이군. 어쨌거나 반나절을 남쪽으로 왔다갔다했을 테니 아무 수확이 없진 않았겠지. 다부의 군단은 어디서 야영을 하고 있나? 우리 야영지 주변에서 행군 중인 프랑스 군은 병력이 얼마나 되지?"

테메레르가 답했다.

"홀린을 통해 미리 보고드렸을 텐데요. 프랑스 군은 모두 런던으로 돌아갔습니다."

"어제 아침에 우리 군 뒤에 프랑스 군 삼만 명이 있었는데 무슨 소리야. 나폴레옹이 아무리 아침부터 밤까지 군인들을 채찍으로 후려치고 용들에게 군수품을 실어 나르게 했더라도 하루 만에 런던까지 가는 건 불가능하다. 이 근처에서 분명 어떤 표시나 보초, 아니면 모닥불이 보였을 텐데……."

로렌스가 나섰다.

"장군님, 저희는 아무것도 보지 못했습니다. 탈영해서 런던 쪽으로 향한 용들은 물론이고 그 뒤를 따라간 나머지 용들도 도중에 행군 중인 프랑스 군은 보지 못했습니다. 제가 본 바로는 다부 원수 휘하의 연대들이 런던 근처에서 야영하고 있었고 뮈라 원수는 런던 안에 들어가 있었습니다."

테메레르도 말했다.

"전에도 말씀드렸다시피, 프랑스 육군은 하루에 팔십 킬로미터 이상 이동할 수 있습니다. 우리가 직접 보기도 했고……."

웰즐리가 말을 잘랐다.

"한두 개 여단을 용의 등에 싣고 이동시키는 것과 군단 전체를 그런 식으로 이동시키는 건 전혀 다른 문제지. 아무리 큰 용이라 해도 군인 이백 명 이상을 몸에 태우고 장거리를 날진 못할 거다."

용들은 나중에 화젯거리 삼아 수다를 떨려고 그들 주변에 모여 웰즐리의 일장연설을 듣고 있었는데, 갑자기 페르사이티아가 머리를 앞으로 내밀며 불쑥 끼어들었다.

"그런 식으로 이동하는 게 아닙니다. 몸에 군인 백여 명을 태우고 온종일 쭉 날아가는 게 아니라, 일단 백 명을 태우고 한 시간 정도 날다가 지상에 내려놓습니다. 그럼 그 군인들은 거기서부터 행군을 재개하지요. 용은 다시 그다음 백 명을 태우러 뒤로 돌아가고요. 어제 보셨다는 프랑스 군은 아마도 용을 타고 이동하기 전에 행군 중인 자들이었을 겁니다. 얼마 후 용들이 날아와 그 군인들을 태우고 런던 쪽으로 이동시켰을 것이고……."

"잠깐, 군인들을 태우러 도로 뒤로 간다고?"

설명 도중 레퀴에스캇이 질문하자 페르사이티아는 짜증이 났다. 하지만 곧 흙바닥에 발톱으로 그림을 그려가며 프랑스 군의 병력 수송 방식을 보여주었다. 먼저 이동시킨 군인들 머리 위로 휙 날아서 그다음 군인들을 한참 앞에 내려놓는 식으로, 한 번에 두 시간 정도를 소요하며 수송하는 방식이었다.

"그러니까 군인들은 용을 타고 가는 잠깐 동안 휴식을 취하고 다시 지상에 내려서 행군을 재개하기 때문에 영국 육군과는 달리 하루에 삼십 킬로미터가 아니라 오십 킬로미터는 거뜬히 행군할 수 있는 겁니다. 용들이 군인들을 몸에 태워 이동시키는 거리가 하루에 삼십 킬로미터니까, 프랑스 군은 아무리 천천히 가도 하루에 팔십 킬로미터 정도를 이동하는 셈이죠."

페르사이티아가 의기양양하게 설명을 마치자 레퀴에스캇이 말했다.

"겨우 삼십 킬로미터 더 가자고 앞으로 갔다 뒤로 갔다 번거롭게 날아다녀야 하다니. 내 비행 속도로 그 정도 거리는 한두 시간이면 거뜬하겠네."

말귀를 못 알아듣는다며 페르사이티아는 왈칵 화를 냈다. 하지만 웰즐리는 설명 내용을 확실히 이해하고는 매처럼 매서운 눈빛으로 바닥에 그려진 그림을 내려다보았다. 그리고 로렌스에게 물었다.

"전에 롤랜드 대장이 얘기한, 용을 이용한 육군 수송 방식이 바로 이건가? 자네 용들도 똑같이 할 수 있는 건가?"

"육군들이 용에 탑승만 해주면 가능합니다."

"항명하면 총살이니 탑승하겠지."

말은 이렇게 사납게 했지만 다음 날 아침 웰즐리는 콜드스트림 근위연대를 따로 모아놓고 무조건적인 명령이 아닌 설득 연설을 했다. 그의 뒤에는 옐로 리퍼 일곱 마리와 그레이 코퍼 세 마리가 날카로운 이빨이 보이지 않게 뒤로 돌아 도열해 있었다. 용들은 밧줄과 대형 삼베 자루를 착용한 상태였는데 웰즐리의 부관들이 용에 탑승해 고리가 벗겨진 부분은 없는지 이리저리 살피고 있었다. 사실 그럴 필요도 없었다. 용들이 알아서 수송 기구를 이리저리 당겨보며 단단히 고정되었는지 확인했기 때문이다.

웰즐리가 말했다.

"제군들, 우린 아주 유감스러운 지경에 처해 있다. 벼락출세한 코르시카 놈이 국왕 폐하의 침실에서 잠을 자고, 그가 부리는 깡패 놈들이 우리 영국의 소와 농작물을 약탈하고 있다. 붉은 피가 흐르는 영국인이 인내할 수 있는 한계를 넘어선 상황인 것이다. 이제 우린 더는 참을 수 없게 되었다."

"맞는 말씀입니다!"

어떤 병사 두 명이 맞장구를 치자 여기저기서 "옳습니다! 그렇습니다!"라는 소리가 터져 나왔다.

"제군들 중에 프랑스 군이 우리와 싸워 이길 수 없다는 것, 우리보다 더 빠르게 오래 걸을 수 없다는 것을 모르는 자는 없을 것이다. 지금까지 프랑스 군이 우리보다 빨리 이동한 것은 나폴레옹이 꾀를 썼기 때문이다. 게을러터진 프랑스 놈들은 하루의 반을 용을 타고 이동했다."

웰즐리는 자신의 등 뒤에 도열한 용들을 고갯짓으로 가리키며 말을 이었다.

"이제 우린 더 이상 그들에게 농락당하지 않을 것이다. 제군들의 연대장이 내게 와서 제일 먼저 용에 탑승하는 영광을 달라고 청해왔다. 육군으로서 용을 타는 일이 쉽지 않기 때문에 나는 제군들이라면 타 연대에 모범을 보여줄 수 있으리라 기대하고 있다. 하사관의 지시에 따라 용 한 마리에 일 중대씩 탑승하도록. 옆구리의 밧줄을 타고 일렬 중대로 탑승해 용의 앞쪽부터 뒤쪽으로 차례로 자리를 메운다. 제일 먼저 질서정연하게 탑승을 완료한 중대는 우리가 나폴레옹의 군대에 본때를 보여줄 적에 명예롭게 군기를 들게 해주겠다. 아울러 오늘 밤 야영 시 럼주를 추가로 배급하겠다. 이 자리에 프랑스 놈보다 베짱이 약한 자는 없으리라 믿는다. 혹시 한 시간씩밖에 안 되는 비행이 겁나서 못 하겠다면 지금 앞으로 나와 말하도록. 열외로 빼주겠다."

웰즐리는 연대장에게 고개를 끄덕여 보인 뒤 돌아서서 용들 쪽으로 걸어가 로울리와 얘기를 나누는 척했다. 근위연대는 아무 말 없이 완벽하게 줄을 맞춰, 오히려 서두르기까지 하며 용의 몸에 탑승하기 시작했다. 다른 연대들도 그 모습을 보고 용기를 내는 모습이었다. 근위연대를 태운 용들은 몸을 일으켜 세우고 땅을 박차며 날아올랐다. 하사관들은 별다른 말을 하지 않았지만 비행을 시작한 근위연대 소속 군인들은 이제 막 탑승을 시작하는 다른 연대들을 신나게 놀리며 자극했다.

처음 며칠간은 이동을 끝내고 야영을 시작하는 군인들에게 군수품이 제때 조달되지 않고 식량 자루가 하나 이상 분실되기도 하는 등 혼란이 야기되었다. 하루에 16킬로미터 이상 이동하기도 힘들 정도였다. 앞서 지상에 내려놓은 연대가 앞뒤에서 다른 연대들과 부딪치기도 하고 어떤 연대는 뒤로 수 킬로미터쯤 처지기도 했다. 용들도 그리 만족스러운 표정들이 아니었다.

한번은 칼세도니가 성질을 내며 불만을 터뜨렸다.

"군인 한 명이 총검으로 날 찔렀어. 돌아보면서 그러지 말라고 하니까 비명을 지르더라고. 내가 집어던지지 않은 걸 다행으로 여겨야 할걸."

그렇지만 날이 갈수록 차츰 질서가 잡혀갔다. 결과적으로, 도보로 갔으면 한 달은 걸렸을 거리를 용을 이용해 2주 만에 갈 수 있었다. 공중 수송의 장점은 산맥을 넘어갈 때 극명하게 드러났다. 용들은 눈과 얼음이 쌓여 도보로는 행군이 불가능한 제일 험준한 산을 육군을 태우고 날아서 넘어갔다. 이제 본격적인 겨울철이라 북쪽으로 갈수록 더욱 맹렬한 추위를 느낄 수 있었다. 마침내 어느 맑게 갠 날 아침, 케언곰 산과 검게 얼어붙은 라간 호수, 고지에서 그 호수를 내려다보는 성의 모습이 차례로 모습을 드러냈다. 스코틀랜드의 라간 호수 기지에 도착한 것이다.

"아, 드디어 다 왔다."

한시름 놓은 테메레르는 이렇게 말하며 뜨끈한 바위가 깔린 연병장을 내려다보았다. 시커먼 바위는 밑에서 올라오는 열기에 달아올라, 눈이 내리자마자 녹아 없어졌다.

하지만 로렌스는 연병장의 어떤 용에게 시선이 쏠렸다. 몸통에 푸른색과 초록색 줄무늬가 있는 프랑스 용 파피용 누아였다. 그 용은 어깨에 협상 깃발과 삼색기를 달고 바위에 편안히 엎드려 있었다.

12

마지막으로 수송해 온 군인들과 군수품을 내려놓으니 이제야 살 것 같았다. 영국군도 나폴레옹이 하듯 신속하게 수송할 필요가 있음은 테메레르도 진작부터 생각하고 있었으나 페르사이티아가 그림을 그려가며 시간 계산을 해서 보여 준 덕분에 일반 행군과의 시간차를 더 확연히 알 수 있었다. 용은 몇 시간만 비행하면 50킬로미터쯤은 금방이지만 군인들에게 그 정도 거리를 쉴새없이 걷게 하는 것은 무리였다. 공중 수송으로 지원하여 군인들을 하루에 50킬로미터씩 쉬엄쉬엄 행군하게 한 덕분에 하루하루 시간이 갈수록 일반 행군과는 이동 거리가 크게 벌어졌다. 그래도 한 시간씩 짧게 날아 군인들과 물자를 수송하고 다시 뒤로 날아와 그다음 물량을 태우고 이동하는 것은 무척이나 지루한 일이었다. 임시 수송 기구에 군인들을 잔뜩 태우고 있어서 마음대로 빠르게 비행할 수가 없었다. 게다가 군인들의 토사물까지 몸에 덮어써야 하니 죽을 맛이었다. 테메레르의 승무원들은 어린 에밀리조차 용의 몸을 더럽히지 않고 그런 문제를 잘 처리할 줄 알았는데 육군들은 아니었다. 참다 못한 테메레르는 몸에 태운 육군들에게 길어봐야 한 번에 한두 시간씩 비행을 하는 것이니 자리가 비좁고 속이 울렁거려도 좀 참으라고 말했다. 그래도 여전히 육군들 중 일부는 참아내지 못했다. 테메레르가 좀더 나은 기류를 타기 위해 고도를 약간 낮추거나 상승 기류를 타려고 몸을 살짝 틀기만 해도 그들은 테메레르의 몸에 대고 속을 게워냈다. 비늘이 있어 다행이긴 했지만 그래도 몸 전체가 다시 깨끗해지려면 일주일 내내 목욕을 해야 할 듯했다.

하지만 라간 호수는 꽁꽁 얼어붙은 터라 당분간은 호수 부근 언덕의 두꺼운 눈밭에 몸을 굴려 적신 뒤 오물을 대강 닦아내는 것으로 만족해야 했다. 나머지 군인들을 실어 나르는 동안 먼저 도착한 군인들은 야영지 구축에 한창이었다. 육군 장교들은 언덕 아래 마구간에 말을 넣어두고, 식사를 하기 위해 몇 명씩 무리를 지어 라간 호수 기지의 본부로 사용되는 성으로 올라가고 있었다. 라간 호수 기지에는 가축이 충분해서 용들은 배불리 먹을 수 있었다. 안장을 차지 않은 용들은 공중에서 복잡하게 맴돌다가 언덕 위에 내려선 뒤 각자의 거처를 어디로 정할지 협의했다. 뜨끈뜨끈한 연병장 안이 제일 좋은 자리고 그다음은 연병장 주변, 연병장에서 한참 떨어진 공터가 제일 별로인 자리였다.

테메레르는 기분 좋을 정도로 절절 끓는 연병장의 뜨끈한 바위에 내려앉아 주변에 잔뜩 모여 누운 용들 틈으로 머리를 쭉 내밀었다. 그리고 로렌스에게 나지막하게 물었다.

"셀레리타스 교관이 전에 내가 거짓말한 일을 용서해줄까?"

테메레르 옆에는 레퀴에스캇과 발리스타, 아르마티우스가 누워 있었다. 아르마티우스는 헤비급이긴 하나 그리 강한 용이 아니어서 원래는 그 정도 좋은 자리를 잡을 수 없었는데 여전히 그의 등에 업힌 채 졸고 있는 젠티우스 덕분에 테메레르 옆에 거처를 마련할 수 있었다. 라이트급과 우편배달 체급의 용들은 연병장 벽과 총안이 있는 흉벽에 주로 자리를 잡았는데, 자기네보다 체급이 높은 미들급 용들이 포기해서 빈자리가 생기면 누가 그곳을 사용할지를 놓고 자기네끼리 승강이를 벌였다.

자리다툼에 관심이 없는 마제스타티스는 연병장 벽 너머 남쪽 방향을 바라보는 곳에 몸을 뉘었다. 화가 난 페르사이티아가 마제스타티스에게 목소리를 높여 말하는 소리가 테메레르의 귀에 들려왔다.

"연병장 안에 들어가서 자리를 잡으라니까요."

마제스타티스는 차분하게 대꾸했다.

"난 여기가 제일 편해."

"연병장 안이 더 편할 거예요. 다른 용을 옆으로 좀 밀어내면 자리를 잡을 수 있어요. 여기 있을 필요 없다고요."

"난 여기가 좋다니까. 다른 용을 밀어내고 싶지도 않아. 여기도 따뜻해."

페르사이티아가 쉭쉭거리며 말했다.

"왜 따뜻한지 이유도 모르면서."

"산허리 아래쪽에 있는 목욕탕을 향해 뜨거운 물이 흐르기 때문이잖아."

잠시 침묵이 흘렀다.

"맞아요. 그럴 거예요. 여기가 산비탈 아래쪽이니, 뜨거운 물이 어딘가로 배수되고 있겠죠. 어떻게 알았어요?"

"저쪽 땅바닥에 쪼개진 틈으로 증기가 나오잖아."

"아."

"난 이제 잠이나 자야겠어. 내 옆에 자리를 잡아도 뭐라고 안 할게."

"그러고 싶진 않네요."

페르사이티아가 쏘아붙였지만 마제스타티스는 나지막하게 우르르 소리를 내며 숨을 내쉴 뿐 대꾸하지 않았다. 페르사이티아는 잠시 투덜거리더니 체념하고는 그 옆에 누웠다. 곧 두 용은 코를 골며 잠들었고 연병장 안에서도 승강이가 거의 마무리되고 질서가 잡혀가고 있었다.

그런데 셀레리타스 훈련 교관의 모습이 어디에도 보이지 않았다. 그 늙은 용은 연병장 안이 아니라 산중턱의 동굴에서 따로 잠을 잤었다. 이렇게 연병장이 시끄러우면 한번쯤 나와봤을 법도 한데 전혀 모습을 보이지 않았다. 테메레르는 걱정이 되고 마음도 편치 않았다. 전에 치료약인 버섯을 훔치러 왔을 때 셀레리타스에게 거짓말을 했는데 그 뒤로 제대로 사과할 기회가 없었다. 누구나 피치 못할 사정이 있는 법이니 셀레리타스에게 그간의 사정 얘기를 하면 이해하고 지지해주리라는 확신이 들었다. 그러나 셀레리타스로선 결투도 없이 속임수에 넘어가 테메레르와 로렌스의 도둑질을 용인한 꼴이 되고 말았으니 여전히 분을 풀지 못하고 있을 수도 있었다.

테메레르의 물음에 처음 보는 윈체스터가 답했다.

"교관님은 이제 여기 안 계셔. 아일랜드에 있는 사육장으로 가신 것 같아."

밝은 빛깔의 작은 눈을 가진 우편배달 체급의 용이었다. 안장을 착용한 그 용은 새로 들어온 용들의 자리다툼에서 한발 물러나 연병장 벽에 걸터앉아 있었다.

"왜 사육장으로 가셨는데?"

작은 윈체스터는 자기도 잘 모르겠다는 듯 날개를 으쓱하며 퍼덕였다.

테메레르는 로렌스에게 말했다.

"사육장처럼 지긋지긋한 곳도 없잖아. 왜 셀레리타스 교관이 여기 일을 그만두었는지 이해가 안 돼."

로렌스는 잠시 뜸을 들이다가 확신이 없는 목소리로 답했다.

"교관 일이 지겨워졌나 보지."

그 외엔 아무 말도 하지 않았다. 안심시키기 위한 말도 해주지 않았다. 테메레르는 이상해서 로렌스를 흘끗 쳐다보았다. 로렌스는 연병장 벽 가까이에 놓인 야트막하고 긴 의자에 앉아 런던에서 돌아올 때 가져온 금반지를 내려다보고 있었다. 반지가 어디서 났는지 로렌스는 말해주지 않았다. 왠지 캐물으면 안 될 것 같은 분위기였다. 로렌스가 왜 이렇게 울적해하는지 테메레르는 이유를 알 수 없어 답답했다. 따로따로 갇혀 사는 것도 아니고 이젠 같이 지내는데, 게다가 곧 멋지게 전투를 치러내고 영토를 회복할 텐데 왜 저럴까. 전투를 승리로 이끌면 정부에서 포상금도 지급할 것이고, 일단 후퇴한 상태긴 하지만 이제 다시 이런 모욕은 없을 테니 더는 걱정할 일도 없지 않은가.

테메레르는 한숨을 푹 쉬고는 툭탁거리며 싸우는 리퍼들에게 말했다.

"자리를 좀 내줬으면 좋겠다. 막시무스랑 나머지 공군들이 곧 여기 도착할 거야. 릴리는 여기 와 있지 않나?"

그러자 로렌스가 고개를 들며 말했다.

"모두 이미 여기 있어. 우리보다 먼저 도착했거든."

로렌스는 막시무스와 릴리 등이 어디 있는지 다른 장교들에게 물어본다며 성으로 올라갔다. 그동안 칼세도니와 글라디우스, 칸타렐라는 다른 리퍼들을 밀어내고 원하는 곳에 자리를 잡았다. 그레이코퍼들과 윈체스터들, 그 밖의 야생용들은 그 세 용 사이를 비집고 들어가 따뜻하고 아늑한 돌 위에 드러누웠다. 몬시와 민노우는 테메레르의 등을 자기네 자리로 삼았다. 테메레르가 편안하고 기분 좋게 좀 졸아보려는데 파피용 누아가 고개를 들며 말했다.

"여기 참 괜찮구나! 나폴레옹 황제께서 우릴 위해 파리에 지어주신 용 누각만큼 멋져!"

억양이 약간 특이했지만 영어로 말을 했다. 주변에 있던 영국 용들이 흥미를 보이며 귀를 쫑긋 세웠다. 파피용 누아가 계속해서 말했다.

"물론 그 누각이 훨씬 크기는 하지. 우린 굳이 이렇게 야외에서 잠을 자지 않아도 돼. 게다가 누각 옆으로 작고 예쁜 개울이 흘러서 갈증이 나면 목을 쭉 뻗어 물을 마시면 되고. 뭐, 여기도 누각만큼 따뜻하긴 하네. 비나 눈이 오면 또 어떨지 모르겠지만."

이미 눈보라가 약간 치면서 눈이 바위 표면을 매끄럽게 적시고 있었다.

테메레르는 태연히 대꾸했다.

"나폴레옹이 중국의 용 누각을 모방해서 지었나 보네. 중국의 용 누각은 아주 멋지지."

그러자 파피용 누아는 신이 나서 떠들었다.

"맞아. 그래도 마담 리엔은 나폴레옹 황제께서 지어주신 용 누각이 훨씬 낫다고 하셨어. 그리고 우린 누각에 상자를 하나씩 보관해 두고 있어. 그 안에 각자의 보물을 넣어두는데 우리가 없을 땐 궁전 경비원들이 잘 지켜줘."

젠티우스가 무시무시한 오렌지색 눈을 살짝 뜨며 못 믿겠다는 듯 말했다.

"흠, 경비병들이 쓱싹할 것 같은데."

파피용 누아는 용들을 쭉 돌아보며 말했다.

"아뇨, 그런 일은 전혀 없어요. 나도 금 사슬 세 개랑 루비 하나를 상자에 넣어놨어요. 도로 건설을 도와주고 전투에 참여한 대가로 받은 거예요. 그리고 대령으로 진급도 했답니다."

그 말을 하며 파피용 누아는 안장에 부착된 멋진 계급장을 보여주었다. 빛나는 금속으로 만든 원반 모양의 계급장이었다. 그러고는 의미심장하게 덧붙였다.

"나폴레옹 황제를 위해 복무하고자 하는 용은 누구나 이런 계급장을 받을 수 있어요."

테메레르는 얼굴 주변의 막을 뒤로 젖히며 냉랭하게 말했다.

"특별히 부족한 것도 없으면서 남의 영토에 쳐들어와 노략질을 일삼고 사람과 용을 셀 수도 없이 죽이는 자를 돕겠다고 나설 용이 우리 중에 있을까? 게다가 우리도 곧 봉급을 받을 것이고, 난 연대장으로서 대령 계급을 지니고 있어."

"축하해! 지금까지 봉급으로 얼마를 받았는데?"

테메레르가 변명하듯 설명을 늘어놓다 어색하게 마무리하자 파피용 누아가 말했다.

"흠, 나폴레옹 황제라면 네게 당장 봉급을 지급하고 더 높은 계급으로 진급도 시키실걸."

용들이 나지막하게 웅성거렸다. 테메레르는 근처에 있던 에밀리를 툭 치며 가까이 오게 했다. 에밀리는 지금 마지못해 디마니와 시포의 공부를 봐주고 있었다. 가르치고 싶어서 하는 게 아니라 시포가 봐달라고 고집을 부렸기 때문이다. 시포의 공부 수준은 이미 에밀리와 디마니를 넘어섰고, 에밀리는 원래 공부에 관심이 별로 없어서 가르치는 게 고역이었다.

테메레르가 에밀리에게 말했다.

"당장 가서 로렌스에게 전해. 여기 있는 프랑스 용이 온갖 감언이설과 거짓말로 나폴레옹 쪽에 붙으라며 우리 용들을 꼬드기고 있으니, 와서 저런 소리 못 하게 만들라고."

파피용 누아가 내세우는 조건들은 테메레르가 애초에 영국 정부 측에 요구한 것들이었다. 그래서 테메레르로서는 반박할 말을 찾기가 쉽지 않았다. 영국으로 쳐들어와 모든 이에게 고통을 주고 리엔이 하고 싶은 대로 하게 해주는 나폴레옹에게 그런 혜택을 받아내고 싶지도 않았다.

"아, 알았어. 지금 바로 전할게."

에밀리는 기뻐하며 곧장 성으로 향했다. 디마니도 "나도 같이 가"라며 에밀리를 쫓아갔다. 그들 뒤에서 시포가 애처롭게 소리쳤다.

"둘 다 가면 내 공부는 누가 봐줘!"

로렌스는 성의 홀 안으로 들어가지 못하고 있었다. 홀 안에는 많은 장교가 삼삼오오 모여 서서 낮은 목소리로 얘기를 나누고 있었다. 그 소리는 둥근 천장에서 뒤섞여 메아리치며 의미를 알 수 없는 공허한 웅성거림으로 변했다. 로렌스는 홀 입구의 통로에서 잠시 망설였다. 아는 얼굴은 거의 없었고 굳이 마주치고 싶지 않은 이의 얼굴도 보이지 않았다. 그러다가 홀 한쪽 구석에서 라일리를 보았다.

피곤에 지친 모습의 라일리는 로렌스가 다가가자 무뚝뚝하게 인사했다.

"안녕하십니까, 로렌스. 감옥에 계신 줄 알았는데요."

비난조라기보다는 의외라는 말투였다. 그러고는 덧붙였다.

"얼마 전 아들을 얻었습니다."

"축하하네."

로렌스는 이렇게 말하며 손을 내밀었다. 라일리가 앞서 언급한 말에는 별다른 말을 하고 싶지 않았다. 라일리도 별말 없이 흔쾌히 그의 손을 잡고 악수를 나눴다.

"캐서린은 건강한가?"

"저도 잘 모릅니다. 사흘 전에 캐서린은 릴리를 타고 총알처럼 해안으로 날아갔거든요. 지금이 어느 땐데 쉴 수 있겠느냐고 하더군요. 마을에서 유모를 구했기에 망정이지 안 그랬으면 캐서린이 떠난 뒤 아기가 굶어 죽었을 겁니다. 아기는 두 시간에 한 번 젖을 먹어야 한다는 거, 아십니까?"

라일리는 릴리를 비롯한 용들이 무슨 이유로 급하게 떠나야 했는지 어디로 갔는지 전혀 몰랐다. 그의 신경은 온통 갓 태어난 아들에게 쏠려 있었고 남은 신경은 얼리전스 호에 가 있기 때문이었다. 아프리카 여행에서 돌아온 뒤 라일리는 플리머스 항구의 건선거에서 캐서린과 헤어져야 했다. 그리고 지금 라일리가 있는 이곳과 플리머스 항구 사이에는 나폴레옹의 군대가 쫙 깔린 상황이었다.

"나폴레옹의 군대가 플리머스 쪽으로 오지 못하게 우리 해군이 잘 막아줄 거라고 확신합니다. 확신하다마다요. 다만 프랑스 군이 영국의 남부 지역 전체를 차지한다면 어떻게 될지······."

그때 에밀리가 다가왔다.

"로렌스 대령님."

로렌스가 내려다보니 에밀리는 디마니와 함께 로렌스의 팔꿈치 쪽에서 숨을 헐떡이고 있었다.

"테메레르가 저한테······ 그러니까 우리한테······ 대령님께 말을 전해달라고 했어요. 연병장에 있는 프랑스 용이 영국 용들에게 나폴레옹 쪽에 붙으면 온갖 보상을 받을 거라면서 회유한대요. 용 누각이랑 보석 같은 걸 받을 거라고요. 그리고 그 프랑스 용은 영어를 할 줄 알더라고요."

로렌스가 라일리에게 물었다.

"협상 사절은 어디 있지? 사절로 누가 와 있는지 아나?"

"탈레랑입니다."

협상 회의는 성 위층의 거의 사용되는 일이 없는 서재에서 열리고 있었다. 웰즐리는 이곳에 도착하자마자 협상 회의에 참석하러 위층으로 올라갔다. 로렌스의 생각에 간악한 프랑스 용이 영국 용들에게 하는 말이 얼마나 위험한지를 제대로 파악하고 중단해줄 사람은 웰즐리 장군뿐이었다. 하지만 서재 문 앞은 경비병과 부관 들이 가로막고 있었다. 그들 중 프랑스 군인 열 명이 보였는데, 가만 보니 기병대 장교복을 변형한 제복을 입고 있었다. 비행에 적합한 기다란 가죽 외투와 허리띠에 찬 두꺼운 장갑이 그러했다. 로렌스는 무슨 말을 해야 서재 안으로 들어갈 수 있을지 고민하다가 로울리를 발견하고 그를 불렀다.

로울리는 여전히 로렌스에 대한 개인적 혐오감을 걷어내지 않고 있었지만, 로렌스와 그 용들이 군인과 군수품 이송 기간을 한 달에서 2주로 줄인 것을 직접 본 뒤로 태도가 약간 변하고 있었다. 로울리는 여전히 웃음기 없는 표정으로 로렌스의 말을 듣고는 대답했다.

"알겠습니다. 따라오세요."

그는 옆문을 통해 로렌스를 서재 안으로 들여보내 주었다.

안에 들어가서 보니 탈레랑은 혼자 온 게 아니었다. 임시로 들여놓은 기다란 탁자 한쪽 면에 뮈라 원수 및 여러 프랑스 인과 나란히 앉아 있었다. 탈레랑과 뮈라 원수는 왠지 어울리지 않는 조합 같았다. 탈레랑이 길고 귀족적인 얼굴에 허옇게 바랜 성긴 금발 머리, 창백한 낯빛을 지녔다면 바로 옆에 앉은 뮈라는 숱이 많은 곱슬머리와 연푸른색 눈동자, 야외 활동이 많아 보이는 불그스레한 얼굴이었고 몸집도 다부진 것이 한눈에 봐도 군인임을 알 수 있었다. 그런데 뮈라의 옷차림은 터무니없을 정도로 화려했다. 그는 금실로 자수를 놓고 금단추를 붙인 검은 가죽 외투에 눈처럼 하얀 목도리와 셔츠를 입었고, 탁자 위에 올려놓은 장갑은 검은 가죽에 금실로 장식한 것이었다. 반면 탈레랑의 옷차림은 우아하고 차분하며 자리에 알맞은 편이었다.

맞은편에 앉은 영국 장관 여섯 명은 차분하고 당당한 프랑스 협상 사절들과 달리 런던에서 서둘러 도망쳐 오랜 기간 피난 생활을 해온 티가 확연했다. 군사기지에 들어와 앉아 있다는 사실도 그 장관들을 불편하게 만드는 듯했다. 현 영국 수상인 퍼시벌은 특히 표정이 어둡고 우울해 보였다. 그의 내각은 시작부터 삐걱거리고 위태로웠다. 온갖 사건이 다 일어나면서 장관 자리에 사람을 앉히는 일도 쉽지 않았었다. 그의 전임자인 포틀랜드 경의 내각은 아프리카에서 일어난 재앙의 여파로 무너져버렸다. 포틀랜드 경은 나이가 많아 또 다른 내각을 구성하기에 무리라는 이유로 사임했다. 당시 외무장관이던 캐닝은 수상 자리에 도전했다가 실패한 뒤로 현 내각에서 제안한 장관 자리를 거부했고, 전쟁 장관이던 캐슬레이 경이 현 내각에 합류하는 것마저 틀어막았다. 결국 퍼시벌은 바스스트 경, 리버풀 경과 함께 내각을 이끌어야 했다. 둘 다 좋은 사람들이지만 로렌스가 보기엔 뛰어난 두뇌가 필요한 이 협상 자리에 참석시키기에는 적합하지 않은 인물들이었다. 특히 바스스트 경은 노예무역 폐지론의 취지에 공감하는 양심적인 사람이긴 하지만 협상 탁자에서 탈레랑의 상대가 되기에는 역부족이었다.

멀그레이브 경은 해군본부 위원회 수석위원 자리를 고수한 채 그 자리에 참석했고 바로 옆에는 뚱뚱하고 늙은 달림플 장군이 앉아 있었다. 둘 다 뮈라와 상대도 되지 않아 보였다. 뮈라와 탈레랑은 강력한 기력이 있고 마음의 여유로움을 유지하고 있었다. 앙시앵 레짐(프랑스혁명 이전 절대왕정의 사회체제—옮긴이주)의 세련미와 교양미가 현 나폴레옹 제국의 난폭한 힘과 결합된 듯한 모습이었다. 영국 측 인사들 중 패배감이 짙은 표정이 아닌 이는 맞은편 끝자리, 리버풀 경 옆에 앉은 웰즐리 장군뿐이었다. 웰즐리는 입을 굳게 다문 채 침착함을 유지했다.

로울리가 다가가 귓속말로 전하자 웰즐리는 로렌스를 한 번 쳐다보고는 몸을 앞으로 기울이며 프랑스 어로 진행 중이던 대화를 중단했다.

"이게 대체 무슨 짓입니까? 협상 깃발을 앞세우고 이 안에 들어와서는, 연병장에 있는 용을 시켜 하찮은 뇌물로 우리 용들을 매수하게 하다니!"

그의 비난에 뮈라가 반발했다.

"오해일 거요! 리베르테는 의욕이 넘치는 용이긴 하지만 그런 무례를 범할 리 없소······."

엘든 경이 얼른 일어나 뮈라에게 사과했다.

"웰즐리 장군이 모욕을 가하려고 한 말은 아닐 것이라 생각합니다, 전하. 군인이라 말투가 워낙 직설적이어서 그럴 겁니다."

나폴레옹은 황제가 되면서 자신의 가족을 왕자 신분으로 만들었다. 그래서 지금 엘든 경이 뮈라에게 '전하'라 칭한 것이다.

반쯤 눈을 감은 채 오가는 말을 듣던 탈레랑은 로렌스를 흘끗 쳐다보더니 손가락 끝을 까딱하며 뒤에 있는 부관을 불러 소곤소곤 얘기를 나눴다. 그리고 영국 측 인사들을 향해 입을 열었다.

"더는 혼란이 야기되지 않게 제가 뮈라 원수와 함께 밖으로 나가 리베르테와 얘기를 해봐야겠습니다. 지금까지 오랫동안 대화했으니 잠시 휴식을 취하는 것도 우리 모두에게 좋을 것 같군요."

그리고 탈레랑이 어색하게 자리에서 일어나자 나머지 프랑스 인들도 의자에서 일어났다. 탈레랑은 퍼시벌 쪽으로 몸을 기울이며 말했다.

"저녁에 다시 얘기를 나눌 수 있으면 좋겠군요."

뮈라에게 고개를 숙여 먼저 서재를 나가게 한 뒤 탈레랑은 절름거리며 그 뒤를 따라가다가 문간에서 로렌스를 돌아보았다. 그리고 일부러 모두 들으라는 듯 큰 소리로 말했다.

"국왕 폐하의 내각에 다시 한 번 감사의 말씀을 드리고 싶군요. 그리고 무슈 로렌스, 우리 황제께서는 당신이 프랑스를 위해 해준 일에 여전히 고마워하고 계십니다."

칼보다 날카롭게 로렌스의 가슴을 후벼 파는 말이었다. 하지만 로렌스는 그 말이 자신을 겨냥한 것이 아님을 잘 알았다. 협상 탁자에 앉은 영국 장관들에게 로렌스가 가져온 정보 따윈 믿을 게 못 된다고 에둘러 말한 것이었다.

로렌스가 답했다.

"프랑스에서는 저에게 고마워할 이유가 전혀 없습니다, 무슈. 저는 프랑스를 위해 그 일을 한 게 아니니까요."

탈레랑은 온화하게 미소를 짓고는 고개를 살짝 숙인 뒤 서재를 나갔다.

문이 채 닫히기도 전에 웰즐리는 사납게 욕설을 내뱉었다.

"빌어먹을, 뻔뻔스러운 것들! 여관 주인과 창녀 사이에서 태어나 또 다른 창녀랑 붙어먹을 놈! 거만한 돼지 주제에 감히 영국의 국왕 자리를 노려!"

그러자 엘든이 말했다.

"저들은 그런 말을 하지 않았습니다."

현 대법관인 엘든 경은 변호사로 쌓은 명성 덕에 귀족 신분을 얻은 뒤 가톨릭교도 해방에 꾸준히 반대하면서 토리 당 정부에서 한자리를 꿰찬 자였다.

다시 웰즐리가 말했다.

"그런 애길 자기네 입으로 하겠습니까? 벼락출세한 나폴레옹의 똘마니들이 우리가 내주는 장관 자리 정도로 만족할 줄 아시나 본데 그들에게 장관 자리를 주고 육 개월만 지켜보세요. 이 나라의 육군과 해군을 산산조각 내자마자 영국의 뮈라 왕으로 등극할 테니까."

퍼시벌은 그다지 확신이 없는 목소리로 말했다.

"우린 그런 협상 조건을 수락할 생각 없네. 그렇지만 이제 겨우 협상 시작인데……."

"저들은 시종일관 우릴 모욕하려고 온 겁니다. 협상 따윈 즉시 거절해야 했습니다."

그러자 또 다른 장관이 끼어들었다.

"뮈라의 제안 중 하나는 분명 모욕적인 것이긴 했지요. 여러분, 일단 급한 문제부터 해결하고 봅시다. 왕족 분들을 핼리팩스로 안전하게 피신시키는 안에 대해 최대한 서둘러 필요한 사안을 고려한 뒤 결정을 내려야 한다고 봅니다."

웰즐리가 내뱉었다.

"그 말이야말로 패배주의자의 헛소리로군요. 우리가 어떤 조치를 취하든 나폴레옹은 내년 봄까지 스코틀랜드 가까이 오지도 못할 겁니다."

"정찰병들의 보고에 따르면 프랑스 군인들이 이미 영국 북부 곳곳에 깔렸다고 하던데요."

"소규모 약탈부대에 불과합니다. 런던에서 에든버러 사이에는 스물네 개의 군 주둔 기지와 수비대가 주둔한 성들이 있습니다. 나폴레옹이 북부로 군대를 진군시키려면 먼저 그곳을 차례로 뚫어야 할 겁니다."

"아주 작은 위험이라도 간과해서는 안 되죠. 전에도 나폴레옹은 한겨울 밤에 베를린에서 바르샤바까지……."

"그곳 수비대 지휘관들이 프랑스 군의 나팔 소리를 듣자마자 무기를 던지고 항복을 해버렸으니 그런 것 아닙니까. 우리 영국군 장교들은 그런 짓을 하지 않을 겁니다."

웰즐리와 그 장관의 열띤 논쟁을 듣고 있던 퍼시벌 경이 말했다.

"국왕 폐하께서는 젊지도 않으시고 건강 상태도 그리 좋지 않으신데……."

웰즐리가 말허리를 잘랐다.

"국왕 폐하께 전장에 직접 나가시라고 종용하는 사람은 아무도 없습니다. 그저 우리 군에 사기를 북돋워주는 연설 정도는 하실 수 있지 않습니까?"

퍼시벌 경은 잠시 뜸을 들이다가 무겁고 나지막한 목소리로 대답했다.

"건강이 좋지 않으시네."

침묵이 흘렀다. 그러다가 누군가 진정하라는 투로 웰즐리에게 말했다.

"황태자 전하나 윌리엄 왕자께 여기 남으시라고 하고, 국왕 폐하는 핼리팩스로 피신하시는 게……."

웰즐리는 어깨를 으쓱하며 그 제안을 받아들일 뜻이 없음을 분명히 했다.

"국왕 폐하를 피신시키고 싶으면 그렇게 하십시오. 왕관마저 버리게 만들고 싶으시면, 저 뱀 같은 프랑스 놈들이 요구하는 바를 다 수락하고 왕관까지도 싸서 주시든가요. 용들뿐 아니라 우리 군인들에게도 회유 연설을 하라고 하십시오."

"이봐, 웰즐리 장군. 그건 과민반응……."

"저 프랑스 놈들이 정말로 자기네 용이 연병장에서 무슨 말을 지껄이는지 모를 거라고 보십니까?"

엘든이 말했다.

"나폴레옹도 아니고 탈레랑이 용을 시켜 우리 용들을 포섭하는 음모를 꾸몄을 것 같지는 않군요. 그런 식의 억측까지 할 필요는 없을 겁니다. 나도 용들이 수다 떠는 걸 들은 적 있습니다. 고의적으로 우리 용들을 회유하려고 한 얘긴 아닐 텐데……."

그 말에 로렌스가 입을 열자 싸늘한 시선들이 일제히 그의 얼굴에 와 꽂혔다.

"엘든 경, 용은 알 속에서 언어를 배우는데 한 가지 이상의 언어를 구사할 줄 아는 용은 흔치 않습니다. 이번에 저들이 영어를 할 줄 아는 용을 데려와 우리 용들과 얘기를 나누게 한 것은 우연일 리 없습니다."

"그럼 우리 용들한테 먹이를 한 차례씩 더 제공하면 될 걸세. 혹시 선동에 흔들렸더라도 먹이만 더 주면 허튼 생각 따윈 머릿속에서 지워질 테니까. 나폴레옹이라고 용들한테 뭐 별다른 걸 해줬겠나?"

"그는 용들을 존중해주고 있습니다. 우리 용들은 이 나라에서 권리를 무시당하고 짓밟히며 살아왔기 때문에 제대로 된 대우와 보상을 해주겠다는 별것 아닌 제안에도 마음이 흔들릴 여지가 충분하고……."

멀그레이브 경이 싸늘한 목소리로 말허리를 잘랐다.

"그 정도면 충분해, 로렌스. 지금 여기서 탈레랑이나 뭐라, 수다쟁이 용 열 마리가 우리의 빈틈을 노려 하려는 것보다 훨씬 대단한 일을 자네가 이미 나폴레옹을 위해 해줬어."

로렌스는 흠칫했다. 그는 자신의 속내가 겉으로 표시나지 않길 바랐다. 멀그레이브는 전염병에 걸린 용을 프랑스로 보내자는 계획에 찬성한 자였다. 나중에 우연히 안 사실이지만, 멀그레이브는 로렌스의 반역죄를 심문하는 일을 이끌었고 군사법원의 배심원들을 손수 선발했으며 배심원들을 총감독하는 일까지 맡았다고 했다. 로렌스 때문에 일을 망쳤다고 여겨 그에게 깊은 원한을 품은 듯했다.

멀그레이브가 말했다.

"반역자는 아니지만 나폴레옹에 열광하는 자들이 있지. 내가 보기에 자넨 그 두 가지에 모두 해당하는 것 같더군. 내가 관여하지 않은 다른 협의회에서 자네 생명을 조금 더 연장해준 모양인데, 자네야말로 분별 있는 사람이라면 절대 믿지 못할 족속이야."

웰즐리가 날카로운 어조로 말했다.

"얘기가 자꾸 옆길로 새는군요. 탈레랑이 문밖에서 엿듣고 있다면 내분 계획이 성공했다고 기뻐하겠습니다."

그리고 그는 퍼시벌에게 제안했다.

"수상 각하, 탈레랑과 뮈라를 여기서 내쫓아주십시오. 이 기지에 협상 깃발이 걸린 시간이 길어질수록 우리 군은 사기가 떨어지고 전의를 점점 상실할 겁니다. 지금은 항복 조건을 따질 때가 아니라 적의 역습에 대한 대비책을 논해야 할 때란 말입니다. 어떤 말로 그럴듯하게 포장해도 결국 이 회의의 목적은 항복 조건을 논의하자는 것에 불과합니다."

리버풀 경이 나섰다.

"웰즐리 장군, 달림플 장군. 이렇게 불쑥 나서서 육군에 관해 언급하는 것을 용서해주시기 바랍니다. 현재 저들이 내세운 조건이 불쾌하기 짝이 없는 수준이긴 합니다만 그래도 지난 삼월에 나폴레옹이 제시한 조건보다는 낫습니다. 우리 영국 육군을 폄하하려는 의도는 전혀 없으니 오해 말고 들어주세요. 나폴레옹은 전장에서 맞닥뜨린 모든 육군을 무찔렀습니다. 러시아 군과 오스트리아 군, 프러시아 군, 투르크 군, 그리고 우리 영국군까지 말입니다. 그러니 우리 육군과 해군을 현 상태대로 보유하고 국왕 폐하를 안전하게 지킬 수만 있다면, 저들이 내세운 조건에 동의하는 게 어떨까요? 그럼 나폴레옹은 런던에 더 머물 필요가 없으니 파리로 돌아갈 것이고, 여기 남은 뭐라는 나중에 어떻게든 처리하면······."

"어떻게 그런 말을······."

웰즐리는 벌컥 성질을 냈다가 숨을 고르고는 단호하게 말을 이었다.

"나폴레옹이 영국 내에 있는 한 우리는 단 한 번의 빛나는 승리로 이 지긋지긋한 전쟁을 끝낼 수 있습니다. 영국 침략뿐만 아니라 십 년 동안 이어진 나폴레옹 전쟁 자체에 종지부를 찍을 수 있단 말입니다. 우린 나폴레옹과 싸워 그를 이 땅에서 몰아내야 합니다. 그런 의미에서 현재 나폴레옹이 런던에 있다는 것은 우리에게 차라리 잘된 일입니다. 한 달 뒤에 우리는 이곳에 오만 명, 에든버러에 육만 명의 병력을 모을 수 있고, 전투에 투입 가능한 용 백오십 마리를 확보할 수 있습니다."

엘든이 반박했다.

"프랑스 육군 그랑 다르메의 절반이 기회를 봐서 넘어오려고 프랑스 쪽 해안에서 대기 중이에요. 한 달 내에 나폴레옹은 이십만 명 이상의 병력을 확보하겠죠."

갑자기 문이 벌컥 열리고 제인 롤랜드 대장이 성큼성큼 걸어 들어오며 말했다.

"아뇨, 그렇게는 못 할 겁니다."

제인은 피 묻은 긴 장갑을 벗으며 탁자 쪽으로 다가왔다. 얼굴과 머리카락, 외투가 온통 피투성이였다.

사람들이 놀란 눈으로 쳐다보자 제인은 "왜요?"라고 물으며 벽의 유리에 자신의 모습을 비춰보았다.

"아, 내가 봐도 경악스럽군요. 내 피가 아니라 어떤 불쌍한 프랑스 놈의 핍니다. 놈을 찌르다가 칼이 부러지고 말았습니다."

누군가 브랜디를 건네자 제인은 잔을 받아 단숨에 들이켠 뒤 탁자 위에 내려놓으며 말했다.

"고맙습니다. 이제 가슴속이 좀 뚫리는군요. 여러분, 이런 몰골로 들어온 저를 용서해주셨으면 합니다. 해안에서 막 오는 길입니다. 나폴레옹이 포크스턴에서 또다시 상륙 작전을 시도했습니다만 이번에는 지난번 같은 운이 따라주지 않았죠. 우린 작살을 이용해 우리 군함을 무력화시키는 놈들의 수법을 간파하고 대장장이들에게 밧줄을 자르는 날카로운 철사를 만들어두게 했습니다. 그리고 우편 배달 체급의 용 두 마리씩 조를 이루게 하여 그 비행사들에게 철사 양끝을 잡고 순식간에 작살의 밧줄을 자르게 했지요. 여기 급보가 있습니다."

총총걸음으로 뒤따라 들어온 프레트가 퍼시벌 수상 앞에 급보 더미를 내려놓았다. 제인이 계속해서 말했다.

"콜링우드 제독이 보낸 겁니다. 우린 프랑스 전열함 여섯 척을 포획했고 네 척을 침몰시켰으며 두 척을 불태웠습니다. 전열함을 타고 온 프랑스 군인 육만 명 중 우리 땅에 상륙한 자는 천 명에 불과합니다."

제인이 쩌렁쩌렁 울리는 밝은 목소리로 정보를 전하자 서재 안의 분위기는 순식간에 바뀌었다. 예전 같으면 이 정도 승리는 그리 대단한 축에 끼지 못했겠지만 나폴레옹의 영국 상륙 이후 줄곧 패배감에 젖어 있던 이들에게는 너무나 달콤한 소식이었다. 엘든은 입이 딱 붙었고 웰즐리는 벌떡 일어나 제인과 악수를 나눴다. 순간 제인이 여자라는 것도 잊은 듯했다.

퍼시벌이 다급히 제인에게 물었다.

"나폴레옹이 추가 병력을 들여올 수 없다 치고, 현재 그가 보유한 병력은 얼마나 되지?"

"밤에 공중으로 병력을 수송할 가능성이 있습니다. 우리 공군에서 순찰 비행을 하고 있고 해군에서도 지속적으로 감시하고 있기는 합니다만, 플레르 드 뉘가 영국 해협을 소리 없이 건너온다면 잡아낼 수 없습니다. 플레르 드 뉘는 한 번에 이백 명의 군인들을 몸에 싣고 이동할 수 있습니다."

웰즐리가 말했다.

"매일 밤 플레르 드 뉘 열 마리에 군인들을 실어 영국 해협을 건너오게 한다 해도, 한 달 내에 나폴레옹이 우리보다 병력을 많이 확보하진 못할 겁니다."

그리고 그는 탁자 앞에 앉은 이들을 쭉 돌아보며 말을 이었다.

"탁상공론만 거듭해서는 전쟁에서 이길 수 없습니다. 패배만이 있을 뿐이죠. 저는 이 방 안에 있는 분들이 겁쟁이들이 아니라 참된 영국인들이라 믿습니다. 저를 믿고 십만 병력을 내주십시오. 나폴레옹 따윈 두렵지 않습니다."

그 말에 몇몇 사람은 달림플을 쳐다보았고 그중 한 명이 입을 뗐다.

"그럼 달림플 장군과 공동 총사령관 체제로……."

웰즐리가 말을 잘랐다.

"아뇨. 나를 믿고 총사령관 직을 맡기시든가 다른 사람을 쓰든가 하십시오."

방 안에 침묵이 흘렀다. 하지만 웰즐리는 때를 절묘하게 선택했다. 전승 가능성이 조금이라도 보이는 듯하자 분위기는 전투 쪽으로 기울었다. 퍼시벌이 자리에서 일어나 양 손바닥으로 탁자를 짚으며 입을 열었다.

"좋아. 바서스트 경, 손님들께 협상은 결렬됐다고 전하게. 웰즐리 장군, 자네를 총사령관으로 임명하겠네. 신의 가호가 함께하길."

잠시 후 웰즐리는 복도로 성큼성큼 걸어 나오며 말했다.

"쓸데없이 협상을 한다고 시간과 정력만 낭비하게 하는군. 그래도 돌이킬 수 없는 손해를 입지 않고 결렬됐으니 다행이지. 롤랜드 대장, 육군 수송에 쓰려고 하니 용 백 마리를 내주게."

걸음이 빠른 제인은 그의 옆에서 나란히 걸으며 대답했다.

"팔백 킬로미터에 달하는 해안을 감시해야 하는 지금 용 백 마리를 보내드릴 수는 없습니다."

"군인 삼만 명을 이리로 데려와야 하고, 사만 명을 에든버러로 보내야 해."

"어디에서 그 군인들을 실어서 어디에 내려놔야 하는지 말씀해주시면 해안 순찰 중인 용들을 이용해 방법을 찾아보겠습니다."

"알았네."

웰즐리는 제인에게 짧게 고개를 끄덕여 보인 뒤 어깨 너머를 향해 지시했다.

"로울리, 수비대 목록을 롤랜드 대장에게 내드려."

그리고 다시 제인에게 물었다.

"나폴레옹에게 필요한 군수품이 주로 무엇이겠나?"

"용들에게 공급할 먹이겠지요. 하루에 어린 수소 백 마리 정도일 겁니다. 전투에 내보낼 용들이 우리 생각보다 많다면 더 많은 소가 필요할 테고요. 프랑스 군이 여기저기 돌아다니며 저녁거릴 찾는 모양이더군요. 나폴레옹이 약탈자들을 영국 곳곳에 풀었습니다. 이 산 남쪽에는 우리 용들이 별로 없어서 그들이 확보한 먹이를 먹어치울 수도 없는 형편입니다."

웰즐리는 고개를 끄덕였다.

"좋아. 그럼 난 에든버러로 가야겠네. 나머지 육군을 잘 정비해서……"

"웰즐리 장군, 그리로 가시기 전에 미리 말씀드리겠습니다. 군인들을 원하시는 곳으로 수송해드릴 수는 있지만 나폴레옹이 우리 쪽으로 와서 전투를 시작하게 해드릴 수는 없습니다. 현재 나폴레옹은 런던에 진지를 확실히 구축한 상태입니다. 봄이 오면 우리 쪽은 식량 공급에 차질이 생기기 시작할 겁니다. 스코틀랜드의 가축들만으로 언제까지고 용들의 먹이를 대줄 수는 없으니, 번식용으로 따로 키우는 종축들까지 잡아야겠지요."

웰즐리는 날카로운 눈빛으로 제인을 쳐다보았다.

"앞으로 그런 문제점이 있더라도 장관들 앞에서 언급하지 않는 게 좋겠네. 빌어먹을, 캐슬레이 경이 있었으면 좋았을 것을!"

제인이 코웃음을 쳤다.

"제가 하는 일에 대해 쥐뿔도 모르는 정치꾼들을 어떻게 다뤄야 하는지는 저도 잘 압니다."

웰즐리는 마지못해 수긍했다.

"그래, 그렇겠지. 어쨌든 내가 있는 곳으로 육군을 수송해주게. 코르시카 놈을 런던에서 끌어내는 방법은 내가 연구해볼 테니까."

로렌스가 연병장으로 걸어 나오며 보니 테메레르가 막시무스, 릴리와 즐겁게 얘기를 나누고 있었다. 제인과 함께 해안에서 막 돌아온 두 용은 테메레르 옆의 따뜻한 자리가 원래 자기네 것이라 주장하며 옐로 리퍼들과 발리스타를 밀어내고 들어와 앉았다. 옐로 리퍼들은 불만을 터뜨렸고 발리스타는 크게 화를 냈으나 어쩔 수 없음을 알고는 뒤로 물러났다.

릴리가 말했다.

"응, 캐서린의 알이 깨어났어. 그런데 아무한테도 도움이 안 돼. 그냥 누워서 종일 울기만 해. 냄새는 또 얼마나 나는지 몰라. 캐서린 탓은 아닐 거고, 그 지독한 냄새가 나는 해군을 닮아서일 거야. 처음부터 캐서린이 그 해군과 결혼을 못 하게 말렸어야 했는데. 이젠 이혼도 할 수 없나 보더라고."

그들 옆에는 캐서린 하코트와 버클리가 서 있었다. 로렌스는 망설임 없이 두 비행사에게 다가갔다. 피곤에 지치고 실컷 모욕을 당한 뒤라 그들에게 무슨 소리를 들어도 더는 마음이 괴로울 것도 없기 때문이었다. 하지만 캐서린은 별다른 말을 하지 않고 손을 내밀어 악수를 청했다. 그녀는 몸이 많이 약해진 것 같았는데 그럼에도 따뜻한 진심이 느껴지도록 로렌스의 손을 꼭 잡아주었다. 캐서린은 알 껍데기처럼 창백했고 금방이라도 부서질 것 같았다. 핏기 하나 없는 피부에 눈가에만 푸른 기가 돌았다. 해쓱한 얼굴에 붉은색 머리카락이 대조되어 불이라도 붙은 듯 진해 보였다. 임신 중에 찐 살이 여전히 붙어 있었지만 팔 근육은 많이 얇아지고 약해진 것 같았다. 이렇게 돌아다닐 게 아니라 충분히 휴식을 취해야 하는 상태였다.

캐서린이 로렌스의 눈빛을 보고 지레 말했다.

"잔소리하지 마세요. 요즘 같은 때 릴리를 전투에서 빠지게 할 수 없었어요. 나폴레옹이 군인 육만 명을 영국으로 상륙시키려고 했다는 얘기 들으셨죠?"

"들었습니다. 전투에서 승리를 거둔 것과 아들을 낳은 것 모두 축하드립니다."

라일리라면 몰라도 로렌스는 그녀에게 왜 몸조리를 하지 않고 전장에 나갔느냐고 따져 물을 권리가 없었다.

캐서린은 의기소침한 표정으로 대답했다.

"아, 예. 고맙습니다."

프랑스 측 협상 사절이 기지를 떠날 준비를 하고 있었다. 프랑스 군인들이 바람을 막기 위한 돔 모양의 작은 천막을 파피용 누아의 등에 설치하자, 탈레랑이 천천히 조심스럽게 용의 옆구리를 타고 천막 안으로 들어가 자리를 잡았다. 뮈라는 타고난 비행사처럼 민첩하게 용의 몸에 오르더니 목 부분에 카라비너를 걸고 앉았다. 파피용 누아는 무지개 빛깔 무늬가 들어간 양 날개를 펼치고 가슴을 쭉 내밀어 가슴께에 단 화려한 대형 훈장을 영국 용들에게 자랑했다. 프랑스 인들이 탑승을 완료하자 파피용 누아는 명랑하게 외쳤다.

"모두 안녕! 런던이나 파리에 있을 거니까 언제든지 날 보러 놀러 와요!"

그러고는 날개를 치며 날아갔다.

아르카디는 파피용 누아의 뒤에 대고 무례한 투로 한바탕 무슨 말인가를 쏟아내고는 자기 목에 걸린 만찬용 접시로 만든 훈장을 주둥이로 문질렀다. 1년 전 제인이 순찰 업무의 동기 부여를 위해 수여한 메달 모양의 훈장이었다.

멀리 사라져가는 프랑스 용의 뒷모습을 냉랭한 눈빛으로 쳐다보던 테메레르가 입을 열었다.

"드디어 꺼졌군. 저놈이 한 말은 죄다 허풍일걸. 루비랑 금 사슬 자랑만 실컷 늘어놓았지 몸엔 착용하고 있지도 않았잖아."

로렌스도 프랑스 인들이 기지를 떠나자 기뻤다. 그러나 그들은 영국 측에 이미 길고 암울한 그림자를 드리운 뒤였다. 육상 전투에서 승리를 해야 그 그림자를 걷어낼 수 있을 텐데 앞으로 한참 뒤에나 전투를 할 수 있을 것이고 영국군이 승리할 가능성도 그리 높지 않았다. 봄까지 영국을 점령하고 있을 생각이라면 이번 협상에서 나폴레옹이 제안한 조건은 비교적 관대한 편이었다. 이대로라면 영국 전역의 군 주둔 기지는 식량 부족으로 하나씩 무너질 것이고 프랑스군의 공격에 맥없이 항복하고 만다. 그렇게 되면 나폴레옹은 포위군을 각 항구 도시에 배치해 영국 해군의 물자 공급을 차단할 것이다. 프랑스 용들이 내륙 곳곳을 돌아다니며 소를 잡아먹을 때 영국 용들은 배를 주릴 것이고, 봄이 되어 산맥에 눈이 녹기 시작하면 프랑스 군 보병대는 산맥을 넘어 스코틀랜드를 치러 오고 말 것이다. 나폴레옹으로선 서두를 필요 없이 느긋하게 런던에 머물며 기다리면 되는 일이었다.

막시무스가 말했다.

"오늘 밤 우린 북해를 따라 또 순찰하러 가야 하는데, 너도 같이 갈래?"

테메레르는 한숨을 푹 쉬며 대답했다.

"순찰이라. 뭐, 그러자. 우린 같이 다녀야 하니까. 그렇지, 로렌스? 군인 수송보다는 순찰이 낫지."

"넌 네 연대를 지휘해야 할 의무가 있잖아."

안장을 차지 않은 연대원들을 순찰 임무에 배정하는 일은 쉽지 않았다. 일반적으로 옐로 리퍼는 기본 편대를 구성한 뒤 체급의 균형을 맞추기 위해 여기저기 배치되는 게 보통이었지만, 테메레르는 옐로 리퍼들의 뜻을 받아들여 그들이 한데 뭉쳐 다닐 수 있게 해주었다. 대신 아르카디와 그 부하들은 여러 편대에 나눠 배치했다. 다른 편대원들과 말이 통하지 않아도 상관없었다. 테메레르는 이런 말로 자신의 결정을 정당화했다.

"말은 안 통하겠지만 순찰 임무를 수행하면서 굳이 다른 용들과 큰 소리로 얘기를 나눌 일도 없으니 괜찮아. 저희끼리 모여 다니게 두면 멋대로 이리저리 모험을 하고 돌아다닐 테니까. 이스키에르카가 근처에 보이기라도 하면 더더욱 그럴 테고."

테메레르는 연대원들을 이끌고 순찰을 시작했다. 그러던 어느 날 밤 그들은 순찰 중에 뉴캐슬 근처에 착륙하여 야영을 위해 모닥불을 피우고 식사를 했다. 그랜비가 로렌스와 타르케에게 말했다.

"이스키에르카의 태도가 아주 많이 좋아졌습니다."

그때 모닥불에서 약간 떨어진 곳에서 테메레르와 이스키에르카가 큰 소리로 말다툼하는 소리가 들렸다. 아르카디는 그 옆에서 한마디씩 거들고 있었다. 그쪽을 흘끗 쳐다본 그랜비가 얼른 덧붙였다.

"지금도 여전히 시끄럽게 굴기는 합니다만 완벽하게 협조적이에요. 순찰도 정해진 대로 깔끔하게 잘해내고 전리품을 획득해야 한다며 멋대로 이탈하지도 않습니다. 불만을 터뜨리지도 않고요. 이런 식이라면 다섯 번은 더 포로가 되어도 좋을 정돕니다."

로렌스는 모닥불을 내려다보며 말이 없었다. 마음이 돌덩이라도 얹어놓은 듯 무거웠다. 그랜비가 포로로 잡힌 일로 너무나도 큰 피해가 초래되었다. 창피함을 무릅쓰고 제인에게 정보 장교를 통해 에디스 소식을 알아봐 달라고 부탁해놓았지만 아직까지 아무런 얘기도 듣지 못했다. 런던에서 하루에도 수십 가지 첩보가 라간 호수 기지에 도착했지만 신사 계급의 영국 여인이 체포되었다거나 처형되었다는 정보는 담겨 있지 않았다. 그들로서는 너무 사소한 일이라 정보로서 가치가 없다고 판단해 누락했는지도 모를 일이었다.

타르케가 그랜비에게 말했다.

"만족스러워하는 그 기분을 망쳐놓고 싶진 않지만, '완벽하게 협조적'이라는 말은 주의 깊게 사용해야 한다고 봅니다. 정확히는 '약간 태도가 개선되었다'고 말해야겠죠. 자유가 몸에 밴 용에게 군율을 받아들이게 설득하는 일은 그리 쉽지 않습니다."

황조롱이가 사람들이 불에 굽는 토끼 고기를 매섭게 노려보고 있었다. 타르케는 고기 한 점을 떼어 황조롱이에게 주었다.

그들의 대화를 듣고 이스키에르카가 끼어들었다.

"난 군기가 바짝 들었어요. 탈영도 안 해요. 소 운반도 재미있고요."

요즘 테메레르와 용들은 순찰을 돌면서 몸에 군인들과 군수품을 싣고 정해진 지점으로 운반하는 일을 동시에 수행했다. 제인이 웰즐리에게 말한, 용을 이용한 순찰과 수송 임무의 동시 수행이 바로 이것이었다. 몸에 싣는 병력과 군수품은 최대량이 아니라 절반으로 정했다. 그런 식으로 하면 미들급 용 몇 마리로 장교들을 비롯한 1개 중대를 수송할 수 있었고 같은 무게의 군수품도 수송 가능했다. 몸에 절반 분량만 실어야 순찰 중 적을 만나더라도 전투에 지장을 받지 않았다. 지금 테메레르와 용들은 북해 해안을 따라 북상하며 가축을 징발하는 중이었다. 이스키에르카가 싣고 온 큰 흑돼지 열두 마리는 야영지 바깥에 만들어놓은 울타리 안에 갇혀 있었다. 그 돼지들은 술에 취해 해롱거리며 간간이 꾸엑꾸에액 하고 울어댔다. 수송의 편의를 위해 독한 술을 먹였기 때문이었다. 그래선지 돼지들 몸에서 술 냄새가 팍팍 풍겼다.

테메레르는 무시하는 투로 이스키에르카에게 말했다.

"내가 보기엔 순전히 쇼하는 것 같은데. 그랜비가 널 떠나지 못하게 잘 보이려고 그러는 거잖아. 요즘 먹이 구하는 게 쉽지 않은 걸 알면서, 무슨 소 운반이 재미있다는 거야."

사슴은 잡히자마자 겁에 질려 죽어버려 운송 중에 부패하므로 기지로 운반해 가기엔 적합하지 않았다. 물고기도 마찬가지였다. 그러므로 사슴이나 물고기는 비행 중에 끼니를 때울 때나 필요하지 별로 쓸모가 없었다. 해안을 따라 날며 샅샅이 살폈지만 소는 갈수록 찾아보기 어려웠다. 그렇다고 내륙으로 날아 들어가 찾아보자니 순찰에 구멍이 나게 되어 그럴 수도 없었다. 나폴레옹의 용들은 영국 해협을 마주보는 프랑스 쪽 해안에 군인들을 잔뜩 실어다놓고 영국 해협의 순찰에 빈틈이 생기기만 기다리고 있었다.

타르케가 말했다.

"내일은 꽤 많이 찾을 수 있을 겁니다."

그 말에는 이유를 알 수 없는 자신감이 깃들어 있었다. 그리고 다음 날 저녁 타르케는 아르카디를 앞세우고 번듯한 규모의 낙농장이 딸린 어느 사유지로 곧장 날아 들어가 어린 수소 스물네 마리를 찾아냈다. 승무원들이 충격으로 멍해진 소들을 용의 몸에 싣는 동안 타르케는 묘하게 삐딱한 표정을 지으며 그 과정을 지켜보았다. 로렌스는 타르케가 어떻게 이곳에 낙농장이 있다는 것을 정확히 알았는지 묻고 싶었지만 그의 표정 때문에 물을 수가 없었다. 이 사유지는 스코틀랜드로 넘어가는 경계선에 있었다. 로렌스는 타르케가 전에 여기서 어떤 소송에 휘말렸다는 건 알지만 자세한 내막은 몰랐다. 타르케가 앞장서서 이리로 향하지 않았으면, 그가 아무리 위치를 자세히 설명해줘도 다른 이들이 찾아 들어오기 힘든 곳이었다.

소들을 싣고 그들은 비행을 재개했다. 하지만 나머지 순찰 시간 동안에도 그렇고 라간 호수 기지로 그간 모은 가축들을 가지고 돌아가는 동안에도 더는 소득을 올릴 수 없었다. 농부들은 계속 줄어드는 가축들을 점점 교묘한 방법으로 숨기고 있었다.

라간 호수 기지로 돌아온 로렌스가 보고를 올리자 제인이 내뱉듯이 말했다.

"빌어먹을 코르시카 놈 떼거지들 같으니!"

제인은 손등으로 이마를 비비더니, 책상 앞에 서 있는 젊은 부관에게 지시했다. 육군 장교인 그 부관은 초조한 속내를 달래려고 몸의 중심을 오른쪽 왼쪽으로 번갈아 옮기며 서 있었다.

"웰즐리 장군에게 먹이 부족으로 일주일도 채 버틸 수 없겠다고 전해. 그리고 여기서는 용 스무 마리가 아니라 열 마리밖에 못 내드릴 것 같고 그나마도 전부 헤비급은 아니라고 말씀드려."

제인은 로렌스를 돌아보며 말을 이었다.

"웰즐리 장군이 자넬 소환했어. 최대한 많은 용을 뽑아서 데리고 에든버러로 오라고 하셨네."

그리고 책상 위에 놓인 서류 더미에서 밀랍으로 봉한 소환 명령서를 찾아 로렌스에게 던졌다.

로렌스는 밀랍을 깨고 명령서를 펼쳤다. 한 장으로 된 명령서에는 급하게 약식으로 쓴 글이 몇 줄 적혀 있고 서명은 없었다.

'불을 뿜는 괴물을 비롯해 롤랜드 대장이 내줄 수 있는 최대 수의 용들을 이끌고 에든버러로 오도록. 자네가 데리고 있는 용들 중 제일 호전적인 용들로 골라 데려와. 부도덕한 용일수록 더욱 좋네.'

로렌스는 천천히 그 내용을 읽은 뒤 종이를 반으로 접었다. 부도덕한 용이라는 단어는 도저히 좋게 받아들여지지 않았다. 제인은 명령서의 내용을 자세히 알지 못하는 듯했다. 만일 이런 단어가 적힌 줄 알았으면 강력하게 반발했을 것이다. 로렌스는 고개를 들고 그녀를 쳐다보았다.

제인은 직무를 수행하느라 여념이 없었다.

"프레트, 라이틀리한테 채비를 하고 미들급 용 다섯 마리와 함께 인버네스로 가라고 해. 그곳 육군 연대장에게 내일 우리 용들이 착륙했을 때 그의 부하들이 곱게 용들 몸에 탑승하지 않으면 다음 날

아침 그를 군사법원에 회부할 것이란 내용이 담긴 쪽지를 전하게
해. 헛짓거리할 시간 없어."

그리고 로렌스에게 명령서 세 부를 한꺼번에 넘겨주며 말했다.

"로렌스, 에든버러로 데리고 갈 용을 뽑아. 편대 구성은 신경 쓰지
말고."

로렌스는 제인에게 부담을 지우고 싶지 않아 이렇게 물었다.

"열 마리나 데려가도 됩니까? 웰즐리 장군이 이스키에르카는 꼭
데려오길 원하십니다."

제인은 대충대충 대답했다.

"그래. 데리고 가. 접전에 강한 용을 순찰에나 쓰는 건 자원 낭비
니까. 아, 그리고……."

그녀는 책상 위 서류 더미에서 편지 한 장을 꺼내 내밀며 덧붙였다.

"이건 갖고 나갈 수 없는 거니까 이 자리에서 읽고 돌려주게."

대충 훑어보니 맞춤법도 여기저기 틀리고 띄어쓰기도 엉망이며
문투도 고상함과는 거리가 멀었다.

말씀하신 그 숙녀 분에대해 아라봤는데 아직 괴롭힘을 당하고 있찐
않고있구요. 몇 사람을 거처 캐낸 정보에 따르면 남편이 나폴레옹에
열광하는자였고 그 숙녀 분이 죽지못해 그자와 결혼을 한거라는 소
문이 있었다고 하네요. 실은 이나라를 위해 목숨을 바친 영웅인데 말
이죠. 언젠가 그 숙녀 분이 자신과 남편에게 가해진 이런 중상을 용
서해주길 바랄뿐입니다! 그리고 그 숙녀분이 체포되지 안킬 저도 바
라고있습니다. 그분이 제 방문을 거부하고 있어서 지금까지 알아낸
정보는 이게 답니다. 소문에 드짜니 그분은 큰슬픔에 빠져있고 아기

는 계속 아프다네요.

내일 저는 다부원수와의 저녁식사에 초대를 받앗습니다. 다부는 뮈라 원수와는 달리 입이무거워서 그리 큰기대는 안하고있습니다…….

편지에는 서명이 적혀 있지 않았다. 로렌스는 에디스에 대한 부분을 한 번 더 읽고 제인에게 편지를 돌려주었다.

"감사합니다."

그는 간단히 말하고는 고개 숙여 인사한 뒤 밖으로 나왔다. 그 이상 무슨 말도 할 수가 없었다.

테메레르는 특수 임무를 맡게 되어 마음이 흡족했다. 순찰을 돌고 군인들을 실어 나르는 일도 물론 중요하지만 지루하고 재미없었는데 다른 일을 할 기회가 생기니 무척 기뻤다. 다만 누구를 뽑아서 데려가느냐가 문제였다.

로렌스는 "웰즐리 장군이 네가 데리고 있는 용들 중 제일 싸움을 잘하고 열정적인 용으로 데려오라고 하셨어"라고 말했다. 테메레르의 연대는 보병대를 수송하는 일보다 더욱 신나는 일을 할 자격이 있으니 웰즐리 장군의 명령은 공정한 것이었다. 그런데 여기에 그런 자격을 갖춘 용은 열 마리를 훨씬 상회하는데, 그중에서 여덟 마리를 고르자니 고민이었다. 테메레르 자신은 물론 포함해야 했고, 웰즐리 장군이 불 뿜는 용을 데려오라 했으니 이스키에르카도 포함해야 했다. 이스키에르카는 그런 특권을 받아도 될 만큼 군기가 바짝 든 용이 아니었지만 어쩔 수 없었다.

테메레르가 보기에 불을 뿜는 건 사실 그리 특별할 것도 없는 능력이었다. 누구나 재료만 있으면 불을 놓을 수 있으니 말이다. 테메레르는 한숨을 푹 쉬었다. 이스키에르카는 여기서도 별로 쓸모가 없었다. 가시돌기에서 뜨거운 증기를 푹푹 뿜어대니 몸에 군인들을 많이 태울 수가 없어서 군인 수송 업무에서 이미 면제된 상태였다. 그러니 할 수 없이 데리고 가야 했다. 그리고 막시무스와 릴리도 당연히 포함되어야 했다. 그런데 그 말을 하자 로렌스는 놀랍게도 반대를 했다.

테메레르는 막시무스와 릴리가 듣고 기분 나빠 할까 봐 어깨 너머를 슬쩍 살피며 조그맣게 항변했다.

"내게 선발권이 있는데 그들을 진짜 전투에 참여시키지 않으면 너무 인색하게 구는 거잖아."

다행히 막시무스는 코까지 골며 곤히 잠들어 있었다. 윈체스터 아홉 마리와 작은 야생용들이 막시무스의 등에 잔뜩 올라타서 마치 담요를 덮은 것 같았다. 릴리는 성을 둘러싼 벽의 바깥쪽, 즉 캐서린의 창문 바로 아래서 질투를 하며 앉아 있었다. 캐서린이 아기를 돌보러 성안으로 들어간 것이다.

로렌스는 테메레르에게 말했다.

"캐서린은 건강이 좋지 않아."

"나도 알아. 릴리도 그렇게 생각하더라고. 그래서 더더욱 릴리를 데려가자는 거야. 릴리는 캐서린을 여기보다 따뜻한 남쪽으로 데려가는 게 좋겠다고, 지금처럼 차가운 눈비를 맞으면서 계속 왔다갔다 날아다니기보다 진짜 전투에 참여하는 게 낫겠다고 했어. 요즘 캐서린은 툭하면 감기에 걸리니까 가급적이면 오랫동안 비행을 하지 않게 하는 게 좋겠다는 거지."

막시무스가 한쪽 눈을 살짝 뜨고 졸음 가득한 목소리로 말했다.

"버클리는 뚱뚱해서 웬만하면 감기에 안 걸려. 그렇지만 나도 같이 가서 싸우고 싶어."

그것으로 막시무스와 릴리는 데려가기로 결정이 났다. 테메레르는 머리를 긁적이며 나머지 여섯 마리를 누구로 할지 고민했다.

"젠티우스는 열 마리에 넣지 않고 가외로 데려가도 될 거야. 여기 뒤봤자 기지에 누워 계속 잠만 자니까. 젠티우스를 업고 다녀야 하니 아르마티우스도 같이 데려가는 걸로 할게. 여기 일엔 지장을 주지 않을 거야. 마제스타티스랑 발리스타는 다른 용들을 관리하는 일을 잘 하니까 여기 둬야겠어. 그 둘을 내가 데리고 가버리면 다른 용들은 군인들을 수송하는 일을 제대로 하지 않을 테니까. 그리고 레퀴에스캇도 데려갈래. 몸집이 워낙 커서 헤비급 용이 아니면 감히 싸우자고 덤비지도 못할 테니 어떤 명령을 수행하더라도 유용할 거야."

어떤 식으로 말해야 이번 임무에 따라나서지 못하는 다른 용들이 반발하지 않을까를 거듭 생각하던 테메레르는 계급을 부여하는 방안을 떠올렸다. 일단은 로렌스에게 먼저 물어보았다.

"웰즐리 장군이 내 아이디어에 반대하진 않겠지?"

로렌스가 의견을 구하자 제인은 괜찮은 생각이라며 찬성했다.

"멋진 계획이구나. 네 민병대도 이제 정식으로 공군에 소속되는 편이 낫지. 그럼 우리도 널 대령에서 준장으로 진급시킬 수 있고, 네 밑의 지휘관 급 용들을 대령으로 삼을 수 있으니 좋지. 용들 몸에 맞는 견장을 만드는 게 어려운 일이긴 하지만."

테메레르는 눈을 빛내며 말했다.

"아, 견장 좋죠."

그 무렵 라간 호수 기지 근처의 마을에서 징발된 침모들이 육군 수송에 사용되는 수송용 안장을 계속해서 만드는 중이었다. 제인은 침모들에게 남은 비단과 가죽으로 장미 매듭을 만들게 했다. 매듭 가운데 부분에 장식으로 금색 천 약간을 대고 안장에 고정하기 위해 큰 끈을 여러 개 달아서 그런지, 다 만들고 보니 진짜 견장이라기보다는 화려한 색깔의 거대한 대걸레 같았다. 그러나 용들은 전혀 개의치 않았다.

레퀴에스캇은 머리를 거의 거꾸로 돌리다시피 하면서 어깨에 단 밝은 초록색 견장을 바라보며 감탄해 마지않았다.

"정말 멋지군."

평소 좋아도 별로인 척하는 마제스타티스까지도 곁눈질로 자신의 견장을 흘끗흘끗 돌아보며 흡족해했다. 마제스타티스의 견장은 붉은색이라서 흰색에 검은색이 섞인 몸통과 잘 어울렸고 테메레르의 연푸른색 견장만큼이나 멋져 보였다. 준장이 된 테메레르는 다른 용들과 달리 견장 두 개를 착용했다.

"그래, 관리를 도와줄 수 있을 정도로 영리한 용에겐 너희가 알아서 대위 계급을 부여하고 작은 견장을 달아주면 돼."

테메레르는 이렇게 말하고는 로렌스에게 덧붙였다.

"자, 정리 다 됐다. 생각해봤는데 옐로 리퍼도 몇 마리 데려가야겠어. 편대비행 동료인 메소리아랑 임모르탈리스는 당연히 같이 가는 거고, 안장을 차지 않은 리퍼들 중 제일 뛰어난 용 두 마리를 추려서 데려가려고. 페르사이티아도 데려갈래. 아주 똑똑한 용이기도 하고…… 사실 여기 남겨두려니 다른 용들을 화나게 하는 소리를 자꾸 해서 걱정되거든. 포병대 관리 때문에라도 데려가는 편이 나아."

옐로 리퍼들은 누가 테메레르를 따라갈지를 놓고 언쟁을 벌였고 결국 칼세도니와 글라디우스가 가는 것으로 결정되었다. 칸타렐라는 여기 남은 나머지 옐로 리퍼들을 지휘하기로 하고 견장을 수여받았다. 우편배달 체급 용들의 지휘를 맡기로 한 몬시도 견장을 받았다. 견장이 너무 커서 거의 머리통만 했지만 몬시는 무척 만족스러워했다. 민노우도 지휘관 급으로 견장을 받았다.

쓸데없는 다툼이나 불편한 감정 없이 대원 선발이 끝나자 테메레르는 자신이 일처리를 깔끔하게 했다는 생각에 자부심을 느꼈다. 로렌스도 말은 하지 않아도 분명 기뻐할 것 같았다.

"로렌스, 우리 연대 참 멋지지 않아? 이스키에르카를 데려가야 하는 건 유감이지만 할 수 없지. 그 외에 내가 선발한 대원들에 대해선 어느 누구도 뭐라고 할 수 없을 거야."

"그래."

테메레르는 로렌스를 흘끗 쳐다보았다. 속으로 자신의 말이 이기적인 발상으로 들리지 않기를 바라며 조심스럽게 물었다.

"그리고 또 생각해봤는데, 원래 우리 승무원들을 도로 데려오는 게 어떨까 싶어. 지금 데리고 있는 승무원들로도 딱히 불편할 건 없지만 배 쪽 승무원을 몇 명 더 두면 폭탄 투척하기에도 좋을 테니까. 윈스턴을 도로 데려와 펠로우스를 보조하게 하면 좋겠는데……."

"돌아올 생각이 있는 승무원들은 이미 다 왔어. 다른 데서 자리 잡은 이들에게 반역자인 나와 같이 복무하자고 요구할 순 없어."

"아, 그렇지만……."

테메레르는 입이 딱 붙었다. 승무원들이 자신의 의지로 돌아오지 않는 것이라고는 생각을 해보지 않았다. 그 승무원들은 지금 다른 곳에서 다른 용을 위해, 다른 비행사와 함께 복무하는 것이다. 기분이 이상했다. 준장 계급까지 오른 자신을 위해 일하는 게 더 기쁠 텐데 왜 오지 않으려 한다는 걸까. 로렌스가 잘못 알았거나 조심스러워서 오라는 말조차 꺼내지 않은 게 아닐까. 어쩌면 그 승무원들은 자신과 로렌스가 각각 사육장과 감옥에서 풀려났다는 걸 모르고 있지 않을까.

"다른 승무원들은 몰라도 마틴이나 페리스라면 오겠다고 할 텐데."

로렌스는 한참 동안 말이 없다가 대꾸했다.

"페리스는 강제 퇴역 당했어."

페리스는 테메레르와 로렌스의 반역 행위를 도왔을 것이라는 해군본부 측의 억측 때문에 강제 퇴역을 당했다고 했다. 사실 그는 아무것도 몰랐는데 말이다.

테메레르가 물었다.

"그럼 지금 어디 있는데?"

페리스가 다른 용을 위해 일하는 게 아니라면 다시 자신의 승무원으로 복귀시킬 수 있을 것 같았다. 그러나 로렌스는 단호하게 말했다.

"그는 우리 쪽에서 연락하는 걸 전혀 달가워하지 않을 거다."

테메레르는 더 이상 로렌스를 조를 수 없었다. 하지만 속으로는 페리스에게 편지라도 써 보내야겠다고 생각했다. 에밀리나 시포에게 편지를 받아쓰게 하고 페리스의 소재를 파악해서 그리로 편지를 보내면 될 것 같았다. 그때 도버 기지에 있을 때 안면을 튼 용 한 마리가 연병장에 착륙했다. 오르케스티아라는 이름의 용으로 순찰 업무를 마치고 돌아온 것이다. 초록색 외투를 입은 승무원들 틈으로 밝은 노란색 머리카락의 마틴 중위가 눈에 확 띄었다.

테메레르는 지나가는 그를 소리쳐 불렀다.

"마틴!"

잠깐 와보라고 할 참이었다. 자신이 준장이 되었다는 사실을 아는지, 다시 자신의 승무원이 되어 이번 임무 수행에 함께하지 않겠는지 물어보려고 했다.

이름을 부르자 마틴은 약간 움찔하며 돌아보았다. 하지만 곧 뒤로 돌아 오르케스티아의 승무원들과 함께 성 쪽으로 향했다. 한마디 말도 없이, 손 한 번 흔들어주지 않았다. 언제나 다정한 사람이었는데…….

"테메레르, 다시는 그러지 않았으면 좋겠구나."

로렌스의 말에 테메레르는 착 가라앉은 목소리로 답했다.

"안 해, 절대로 안 할 거야."

마틴은 단순히 테메레르 일행을 무시한 게 아니었다. 남들 앞에서 보란 듯이 외면했다. 모든 이에게 자신의 입장을 분명히 밝히려는 듯이. 몹시 불쾌한 행동이었다. 누구나 다른 사람과 대화를 하고 싶지 않을 때가 있지만 이런 식으로 외면하는 건 다시는 테메레르 일행과 상종하고 싶지 않다는 뜻일 터였다.

테메레르는 머뭇거리며 말했다.

"그래도 마틴이 우리가 프랑스에 치료약을 넘긴 일 자체를 반대해서 저러는 건 아니겠지? 마틴도 다른 나라 용들이 모두 죽는 건 바라지 않을 거 아냐……."

로렌스는 읽던 책에서 시선을 떼지 않은 채 답했다.

"반역과 용들을 죽게 만드는 것 중에 반역이 더 악한 행위라고 생각한 모양이지."

"아! 그렇다면 전혀 유감스러워할 것도 없겠네. 오르케스티아랑 잘 먹고 잘 살라고 해. 이제 내 알 바 아니니까."

허세를 부렸지만 테메레르는 속으로 상처를 받았다. 그러나 아직 최악의 상황이 무엇인지, 해군본부가 불쌍한 페리스에게 한 짓이 어떤 의미인지 깨닫지 못했다. 그날 오후, 에든버러로 떠나기로 한 용들은 한곳에서 비행 준비를 하고 있었다. 테메레르가 안장을 착용하고 옅은 겨울 햇살에 빛나는 견장까지 착용했을 때 훈련생 한 명이 이제 출발해도 좋다는 말을 전하러 뛰어왔다. 훈련생은 로렌스에게 서류 묶음을 건네며 말했다.

"로렌스 씨, 대장님이 주신 명령서입니다."

"그래."

로렌스는 이렇게 말했을 뿐, 훈련생이 대령님이라는 호칭을 붙이지 않은 것을 나무라지 않았다. 로렌스는 서류 묶음을 받아 외투 주머니에 집어넣었다. 그제야 테메레르는 로렌스의 양어깨에 금색 줄로 된 견장이 붙어 있지 않다는 것을 깨달았다. 다른 비행사들은 모두 견장을 차고 있는데 말이다.

테메레르는 대답을 듣기가 겁나서 곧장 물어볼 수 없었다. 하지만 묻지 않을 수 없었다.

"그래. 난 정식으로 공군에 복무하고 있지 않아. 하지만 지금 그게 뭐가 중요하겠냐."

그러나 테메레르에겐 중요한 문제였다. 다른 무엇보다도 중요했다.

로렌스는 잠시 입을 다물었다가 덧붙였다.
"출발하자."

로렌스는 에든버러 성의 위쪽 안마당에서 흉벽에 가까이 붙어 선 채 바다를 내려다보았다. 테메레르는 성 아래쪽 컴컴한 공군 기지에 누워 있을 터였다. 불빛이 반짝이는 에든버러 시의 한옆으로 입을 쩍 벌린 어둠이 성을 감싸며 포스 강으로 이어졌다. 강물에 떠 있는 배들이 불안하게 근들거렸다. 바람에 얼어붙은 비가 바늘처럼 날카롭게 로렌스의 얼굴을 때렸다. 저 멀리 불빛 몇 개가 움직였다. 배라고 하기엔 너무 높고 별이라고 하기엔 너무 밝았다. 용 몇 마리가 횃불을 들고 순찰을 도는 것이었다.

해병대원 두 명이 흉벽 쪽을 서성이며 보초를 서고 있었다. 그중 하사관이 동료에게 말했다.

"칼레에서 불로뉴까지의 해안에 프랑스 군 병력 삼십만이 모여서 영국 해협을 건너올 기회만 노린다더군."

이 말을 하며 하사관은 멀리 있는 적에게 맞히기라도 하려는 듯 흉벽 너머로 세차게 침을 뱉었다.

해병대원들은 로렌스가 자기네 근처에 있다는 것을 아직 모르고 있었다. 웰즐리와 그의 부하들은 탑 안에 있는 방에 들어가 있었다. 곁방에서 대기하게 해도 되었을 텐데 그들은 굳이 로렌스를 밖으로 내보내 밤의 한기와 습기 속에서 기다리게 했다. 날씨가 어찌나 추운지 비에 젖어 얼어붙은 돌들이 미끈거렸다. 빗물이 망토와 가죽 외투 안쪽까지 스며들었지만 로렌스는 랜턴 빛이 비치지 않는 흉벽의 끄트머리에서 자리를 옮기지 않았다. 그곳에 서 있으면 아주 먼

곳까지 훤히 보이는 듯했다. 낭만적 충동이 일어 그런 생각이 들었는지도 몰랐다. 사실 이 시간에는 어둠이 깔려 보이는 게 거의 없었으니까.

하사관이 계속해서 말했다.

"어떻게든 천 명 정도는 영국에 상륙시키려고 안간힘을 쓰겠지. 어둠이 짙게 깔린 밤마다 빌어먹을 플레르 드 뉘들이 군인들을 싣고 영국 해협을 건너와. 이틀 전에 해군에서 그중 한 마리를 대포로 쏴서 떨어뜨렸다더라고."

하사관은 프랑스 측에 복수를 했다는 사실에 뿌듯해하며 말을 이었다.

"그 플레르 드 뉘는 돌덩이처럼 바다로 떨어졌고, 등에 탄 프랑스 개구리 놈들 이백 명도 같이 떨어졌대. 그런데 밤에는 어두워서 잘 안 보이기 때문에 대포로 쏘아 맞히기가 쉽지 않다더군."

어린 해병대원이 말했다.

"나폴레옹이 위던을 깡그리 태워버렸단 얘길 들었어요. 용들을 보내서 도시 전체를 아주 뭉개놨다더라고요."

"빌어먹을 자코뱅 놈들!"

하사관은 우울한 목소리로 이렇게 내뱉다가 로렌스를 발견하고는 모자에 손을 대며 경례를 붙였다.

"죄송합니다."

로렌스는 고개를 끄덕여 보였다. 해병대원들은 입을 다물고 다시 보초 임무에 열중했다. 그때 탑 옆에 난 문이 열리며 격앙된 목소리가 흘러나왔다. 그리고 곧 문이 천천히 도로 닫히는 소리가 났다. 누군가와 열띤 논쟁이라도 하는 듯 전략이니 희생이니 하는 말을 하고 있었다. 로렌스는 소리가 나는 쪽을 바라보았으나 웰즐리나 그의 부관들 중 하나는 아니었다. 잠옷을 입고 실내화를 신은 어떤 노인이 혼잣말을 중얼거리며 빗속으로 걸어 나왔다. 성긴 머리카락은 잿빛이었고 가발을 쓰지 않아 마구 헝클어져 있었다. 노인은 류머티즘을 앓는지 다리를 절며 안마당을 가로질러 교회를 향해 나아갔다.

어린 해병대원이 속삭였다.

"목사님인가요?"

하사관은 미심쩍은 투로 대답했다.

"이 시간에?"

그리고 그들 둘은 로렌스를 쳐다보았다. 로렌스는 그 노인 곁으로 다가갔다. 노인은 빗물이 얼어붙은 미끄러운 석판 위를 비틀비틀 걷고 있었다. 노인이 내뱉는 나지막한 혼잣말은 가까이 다가가 귀를 대봐도 의미를 이해하기 어려웠다.

"말…… 말과 노새…… 삼 주치 곡물과 코펜하겐…… 코펜하겐의 함대. 삼십삼 파운드 포들."

로렌스가 옆에 다가온 것도 인식하지 못하는 듯했다.

"안으로 모셔다드릴까요?"

로렌스가 묻자 노인은 갑자기 돌아서며 그의 얼굴을 응시했다.

"아니. 너 뭐라냐? 뭐라 맞지?"

그리고 로렌스의 외투를 만져보고는 만족스러운 표정으로 고개를 끄덕였다.

"넌 나폴레옹이 아니라 뭐라구나. 날 죽이러 왔느냐? 팔 이리 내라."

노인은 갑자기 로렌스의 팔을 잡더니 무겁게 몸을 기댔다. 그는 교회에 시선을 고정한 채 다리를 절름거리며 결연히 그리로 걸어갔다. 그리고 비밀 얘기라도 하듯 속삭였다.

"놈들이 나를 죽이려 해. 저 탑 안에서 지금 그 얘기를 하는데 내 아들도 그들과 함께 있더구나."

분노한 목소리도 두려움에 떠는 목소리도 아니었다. 마치 재미있는 소문을 듣고 그 얘기를 해주는 듯한 분위기였다.

로렌스는 탑을 돌아보았다. 다시 노인의 옆얼굴을 바라본 그는 그가 누구인지 알아보았다. 로렌스는 처참한 마음을 억누르지 못한 채 나지막하게 말했다.

"폐하, 안으로 모셔다드릴까요? 이런 날씨에 밖에 나와 계시면 안 됩니다."

그리고 망토를 벗어 조지 왕의 어깨에 걸쳐주었다.

"난 윈저로 가야 한다. 나폴레옹이 그곳에 없으니 그리 가야지. 왜 나를 윈저로 못 가게 막는 것이냐?"

왕은 불안하게 비틀거리며 교회를 향해 계속 나아갔다. 로렌스는 옆에서 보조를 맞춰 걷든지 왕을 혼자 걷게 하든지 해야 했다.

"놈은 런던에 있다. 런던에 있어. 윈저에 있지 않아. 난 핼리팩스로 갈 필요가 없다. 그리로 가는 건 비겁한 짓이지. 넌 내가 핼리팩스로 가길 바라느냐? 내 아들은 내가 그리로 가길 바란다. 바다를 건너다가 죽어버리길 바라지."

"저는 폐하의 안전을 바라고 있습니다. 안전하실 겁니다."

"난 핼리팩스로 가지 않겠다. 절대 안 가겠다. 난 영국에서 죽을 것이다."

탑 옆의 문이 다시 열리고 망토와 우산을 든 하인들이 놀란 얼굴로 뛰어나와 탑으로 돌아가자며 왕을 달랬다. 그들이 흘끗 쳐다보자 로렌스는 뒤로 물러났다. 하인들의 손에 붙잡힌 왕이 목소리를 높여 저항했으나 그의 말은 혼란스러운 중얼거림으로 잦아들었다. 곧 왕은 하인들의 손에 이끌려 탑 안쪽으로 사라졌고 문이 닫혔다.

어느새 가까이 다가선 하사관이 탑 안쪽을 슬쩍 살피며 말했다.

"불쌍한 늙은이로군. 돌았나 보네. 그런데 누구지?"

로렌스는 닫힌 문을 앞에 두고 그 자리에 서 있었다. 차가운 빗물이 소매와 얼굴로 피처럼 흘러내렸다. 로렌스는 절규했다.

"아, 그 일을 해서는 안 되는 거였어!"

제3부

13

 테메레르는 꼬리를 몸통에 붙이고 몸을 잔뜩 웅크렸다. 억지로라도 잠을 청해 볼 작정이었다. 생각하고 싶지 않은 일이 너무 많은데 깨어 있으면 그런 일들이 자꾸만 머릿속을 어지럽혔다.
 날이 어두워진 직후, 테메레르의 정예부대는 에든버러 공군 기지에 착륙했다. 그곳은 온통 축축한 진흙투성이였고 황량하기 그지없었다. 최근에 죽음을 맞은 수많은 용이 그곳에 묻혀서 연못물은 도저히 마실 수가 없었다. 그래서 테메레르와 용들은 번갈아가며 에든버러 성의 벽면에 입을 대고 흘러내리는 빗물을 마셨다. 비릿한 이끼 맛이 났다. 그리고 모두 큰 무덤 두 개 사이의 널찍한 공간에 누웠다. 무덤 사이사이에 빈자리가 많으니 각자 흩어져서 자도 되지만 무리에서 떨어져 따로 자고 싶어하는 용은 아무도 없었다. 그들은 다른 때보다 더 몸을 움츠리고 서로에게 바짝 붙어 누웠다. 도착하자마자 로렌스는 웰즐리 장군과 얘기를 해야 한다며 성안으로 들어갔는데 시간이 한참 지나도록 나오지 않았다. 결국 로렌스가 돌아오기 전에 용과 승무원 들은 식사를 끝마쳤다. 꿍쑤는 승무원들에게 토마토를 구해 오게 했다. 그리고 늙어서 육질이 질긴 암소 두 마리와 양 세 마리를 잘게 잘라 꼬챙이에 꿰어 엄청난 양의 토마토와 함께 구운 요리를 선보였다. 조리 중에 토마토가 고기의 향미를 더해주어 함께 먹으니 그럭저럭 괜찮았다.

막시무스는 입가를 혀로 핥고 껍질째 구운 토마토를 천천히 신중하게 쪼개며 말했다.

"이런 요리를 계속 먹고 싶지는 않지만 신선하고 맛 좋은 소를 먹을 수 없을 땐 이렇게 먹는 것도 나쁘지 않네."

테메레르는 천천히 식사를 했고, 마지막엔 고기를 있는 대로 길게 늘인 뒤 조금씩 뜯어 먹었다. 그런데 막시무스가 마지막으로 남은 양 창자 더미에 눈독을 들인다 싶은 느낌이 들자 테메레르는 나중에 자기 것을 달라고 할까 봐 쥐고 있던 고기를 얼른 먹어치웠다. 식사를 마친 뒤 테메레르는 진흙 위에 누워 조금이라도 몸을 따뜻하게 하려고 몸을 잔뜩 움츠렸다. 머릿속에서 로렌스에 대한 걱정이 떠나지 않았다.

젠티우스가 졸음이 묻어나는 목소리로 말했다.

"네 비행사도 심란하겠지. 프랑스 개구리 놈들이 나라를 쑥대밭으로 만드는데 기분이 좋을 리 있겠어? 이런 때 네 비행사가 지그춤이라도 춘다면 제정신이 아닌 게지."

"그래도 우울해할 필요는 없잖아요. 프랑스 놈들을 여기서 몰아내면 되는 건데요. 조만간 그들과 전투를 치를 것이고요."

젠티우스는 과거를 회상했다.

"사람들은 가끔 우울한 기분에 젖고 싶어해. 내 두 번째 비행사도 거의 매번 저녁때마다 내 날개 밑에서 책을 펴들고 앉아 읽으며 울었어. 처음엔 어딜 다친 줄 알고 걱정했는데, 그냥 책을 읽으며 울고 싶었다며 걱정 말라고 하더라고. 그리고 다음 날 아침이면 아주 멀쩡하게 밝은 모습이었어."

테메레르는 로렌스의 상태가 정말 괜찮은지 확신할 수 없었다. 로렌스는 가끔 책 읽는 걸 지겨워하긴 했지만 책을 읽으면서 눈물 흘린 적은 없었다.

그렇지만 로렌스에게 왜 그러냐고 캐물을 수가 없었다. 솔직히 말해 테메레르는 로렌스가 단순히 우울해하는 게 아니라 화가 난 것일까 봐…… 특히 자기한테 화가 난 것일까 봐 걱정되고…… 불안하고…… 겁이 났다.

테메레르는 로렌스가 반역자 취급을 받는 것이 어떤 의미인지 완전하게 이해하지 못하고 있었다. 영국 정부는 로렌스를 교수형에 처하려 했고, 로렌스와 자신을 서로에게서 멀리 떨어진 곳에 감금했다. 이제 그 두 가지 운명을 모두 피했으니 생활도 예전으로 돌아가야 마땅했다. 처음엔 같이 비행을 하고 상부의 명령을 받으면서 모든 것이 예전처럼 느껴졌으나 실상은 그렇지 않았다. 사실 프랑스에 치료약을 건네주는 것 외에는 전염병의 확산을 막을 다른 방법이 없었다. 그렇지만 프랑스로 떠나기 전에 테메레르는 반역 행위를 저지른 죄로 로렌스가 목숨의 위협을 받고 승무원들과 계급까지 박탈당하리라고는 생각하지 못했다.

테메레르는 혼자 중얼거렸다.

"그래도…… 그래도 당신은 아직 내 비행사잖아. 많은 비행사가 용을 파트너로 삼고 있지만, 준장 계급을 가진 용은 나밖에 없으니까……."

막상 혼잣말로 이렇게 중얼거려보니 이런 말은 로렌스에게 전혀 위로가 될 것 같지 않았다. 그저 잘난 척하는 것 같았다. 마치 로렌스에게 그가 겪은 고초 따윈 접어두고 테메레르의 출세에 만족해야 한다는 듯 들렸다. 로렌스가 받은 마음의 상처에 모욕까지 가하는 말이 될 터였다. 게다가 로렌스는 황금 줄로 된 견장까지 박탈당하지 않았는가.

테메레르는 진흙에 대고 있던 머리를 들고 물었다.

"에밀리, 펜터 대령이 갖고 있는 목에 거는 사슬 말이야. 에메랄드가 박힌 금 사슬. 그거 공군에서 훈장처럼 지급하는 물품은 아니지? 누구나 그런 물건을 착용할 수 있는 거지? 로렌스도 이 근처 마을에서 그런 물건을 살 수 있지 않아?"

펜터 대령은 새치름한 앵글윙 오르케스티아의 비행사였다. 라간 호수 기지에서 테메레르뿐만 아니라 모든 용이 펜터 대령의 목에 걸린 작은 금 사슬을 보고 감탄해 마지않았다. 테메레르는 저런 금 사슬은 높은 계급의 용을 보유한 로렌스 같은 비행사가 착용해야 어울리는 것이라 생각했었다. 비록 공군에서 로렌스가 무시를 받기는 하지만 말이다.

장화에 약을 발라 광을 내던 에밀리는 고개를 들고 신중하게 대답했다.

"알다시피 소송 때문에 그걸 살 돈이 없으실 거야."

"무슨 소송?"

"우리가 아프리카에서 풀어준 노예들에 대한 소송. 우리가 구해준 그 노예 상인들이 자기네 재산인 노예들을 대령님이 멋대로 풀어주었다며 고소했어. 그런데 대령님은 수감 중이셔서 제대로 소송에 응하실 수 없었고 결국 그들이 대령님의 재산을 몰수해버렸어."

테메레르는 꼬리를 부들부들 떨며 땅바닥을 내리쳤다. 그리고 떨리는 목소리로 물었다.

"몰수해? 설마 전 재산을?"

"몰수된 금액이 만 파운드 정도라고 들었어."

갑자기 젠티우스가 진흙을 철벅이며 머리를 치켜들고는 충격받은 목소리로 외쳤다.

"뭐, 만 파운드! 만 파운드! 만 파운드나 되는 재산을 잃었단 말이냐! 세상에, 그 정도면 독수리 깃발을 열 개도 넘게 모아야 받을 수 있는 포상금인데."

다른 용들도 놀라서 웅성거렸다. 막시무스와 릴리는 움찔하면서 왠지 미안한 마음이 들어 테메레르를 똑바로 쳐다보지 못했다.

망연자실한 테메레르는 순간적으로 몸이 휘청거렸고 속까지 울렁거렸다.

'로렌스는 그런 말을 해주지 않았어. 자신의 전 재산을 빼앗겼다는 말을 한 번도 입 밖에 내지 않았단 말이야.'

테메레르는 그 자리에서 이렇게 자신을 변호하려 했으나 차마 그 말을 할 수 없었다. 속이 들여다보이는 천박한 변명처럼 들릴 게 분명했다. 자신은 준장으로 진급하고 보석과 견장 두 개로 몸치장을 했는데 로렌스는 날이 갈수록 초라해지는 평범한 외투 한 벌밖에 가진 게 없으니까.

젠티우스는 고개를 좌우로 저으며 탄식했다.

"만 파운드라니, 너 정말 엄청난 짓을 저지른 게로구나."

테메레르는 비난을 받아도 싸다는 생각에 머리를 푹 숙였다. 그러다가 조그맣게 말했다.

"그래도 만약 우리가 프랑스에 치료약을 전해주지 않았으면 전 세계의 수많은 용이 목숨을 잃었을 겁니다. 전쟁이나 프랑스와 아무런 관련 없는 용들까지 다 죽었을 거라고요. 달리 선택의 여지가 없었어요."

잠시 후 페르사이티아가 말했다.

"내 생각엔, 너와 네 비행사가 프랑스에 치료약을 준 행동이 정확히 말해 프랑스를 위한 것은 아니었다 해도 결과적으로 그들에게 도움이 됐잖아. 그러니 프랑스 인들은 너희에게 보물을 줬어야 마땅해. 너희가 쓸데없는 짓을 한 것도 아니고 분명 자기네한테 도움을 줬으니까. 그런데 땡전 한 푼 주지 않고 영국으로 돌려보냈다면 프랑스 인들은 정말이지 형편없는 것들이야."

테메레르는 아주 후한 제안을 받았었다는 얘기를 털어놓지 않을 수 없었다.

"그런데 로렌스가 거절했어. 보물을 받으면 그야말로 제대로 된 반역을 저지른 게 된다면서."

칼세도니가 말했다.

"어차피 반역을 저지른 건데 그들에게 보물을 받는 게 뭐가 그렇게 잘못됐다는 건지 이해가 잘 안 되네. 프랑스는 우리의 적이니까. 그들이 너희에게 보물을 주었으면 그들은 그만큼 재산이 축나는 거니까. 내가 보기엔 반역에 대한 보상이든 뭐든 그들의 보물을 받아 왔어야 해."

그 논리는 꽤 그럴듯하게 들렸다. 테메레르는 프랑스에 있을 때 그런 생각을 했으면 좋았을걸 싶었다.

"난 로렌스가 여기 와서 재산을 잃게 될 줄은 생각도 못 했어. 그래서 그들의 제안을 그리 중요하게 여기지도 않았어."

테메레르가 울적하게 말하자 젠티우스는 한층 누그러진 목소리로 위로했다.

"흐흠, 네가 아직 어려서 세상 물정을 몰라 그런 거야. 이제부터 벌충하면 돼. 전투에서 이기고 그때마다 전리품을 획득하면 결국 모든 게 잘 풀릴 게다. 네가 영웅적인 성과를 올리기만 하면 정부에서는 그에 상응하는 대가를 지급하게 되어 있어."

"전에도 난 전투에서 영웅적인 성과를 올렸는데 정부에선 정당한 보상을 해주지 않았어요. 오히려 로렌스를 내게서 떼어놓으려고 했다고요."

"제대로 된 성과가 아니었으니 그랬겠지. 어쨌든 전투에서 이기는 게 문제를 해결하는 지름길이라는 것만 알아둬. 내 첫 번째 비행사도 전투에서 이긴 덕분에 대령 계급을 얻었거든. 그 당시 롱윙을 타는 여성 비행사들은 대령 계급이 아니었어. 사람들은 내 비행사를 '아무개 양'이라고 불렀지. 그리고 내 비행사를 비롯해 승무원들은 함께 탑승한 어떤 남성 대령의 지시를 따라야 했는데, 그 대령은 멍청한 데다가 툭하면 술이 떡이 돼서 우리 편대는 제대로 전투에도 못 나가고 뒤에서 대기해야 했어."

젠티우스는 콧방귀를 뀌며 말을 이었다.

"어느 날 내 비행사가 승무원들에게 말했지. '여러분'……."

그런데 젠티우스는 얘기를 하다 말고 인상을 찡그리며 두 앞다리를 마주 대고 문질렀다.

모두 기다리고 기다리고 또 기다렸다. 테메레르 역시 다음 얘기가 궁금해서 몸이 떨릴 지경이었다. 만약 젠티우스의 첫 번째 비행사가 아무개 양에서 아무개 대령으로 신분 상승을 했다면, 로렌스도 같은 방법을 통해 대령으로 복귀할 수 있을 터였다.

젠티우스는 변명조로 중얼거렸다.

"오래돼서 정확히 뭐라고 했는지 기억이 잘 안 나는구나. 그래도 내 기억에 의지해 얘기하자면, 내 비행사는 이렇게 말했어. '여러분, 우리의 의무는 전투에 나가 싸우는 것입니다. 이런 말을 하는 것이 변명처럼 들리겠지만 우리를 지휘하는 그 뭐냐 아무개…… 아무개 대령……' 제기랄, 그자의 이름이 기억이 안 나네. 아무튼 내 비행사가 말한 내용은 이랬어. '차라리 그 대령 없이 우리끼리 전투에 나간다면 더 나은 성과를 올릴 수 있으리라 생각됩니다. 이렇게 늘 뒤에서 대기하는 것보다는 나을 것이라 확신합니다. 그래서 나는 이대로 참전하고자 합니다. 내 지휘하에 전투에 나가는 것이 내키지 않는 승무원은 기지에 남아도 좋습니다.'"

뒷부분에서 거침없이 기억을 끄집어내 얘기한 뒤 젠티우스는 박수를 기대하며 조용히 그들을 둘러보았다. 듣고 있던 용들은 젠티우스가 말한 내용을 이해하느라 자기네끼리 두런거리고 있었다.

메소리아가 의아해하며 물었다.

"그래서 그 전투에 나가 이겼다는 겁니까?"

젠티우스는 살짝 짜증을 내며 답했다.

"당연히 이겼지. 홀딩 대령 없이…… 아, 이제야 그자의 이름이 기억나는구나……. 홀딩 대령 없이 우리끼리 나가서 아주 잘 싸웠어. 나에 대한 기사가 신문에 실렸고 정부 측 인사가 나와서 내 비행사를 공식적인 대령으로 만들어주었지. 다 우리가 잘 싸운 덕분이었어."

젠티우스는 의미심장하게 테메레르의 어깨를 툭 치며 덧붙였다.

"바로 이렇게 하는 거다. 정부를 위해 전투에서 승리를 거두면, 정부에서 그에 따른 보상을 해주는 것이야. 내 말이 맞는지 틀린지 두고 봐라."

이스키에르카가 끼어들었다.

"다 좋은데, 우리가 전투에 참여할 기회가 있어야 가능한 얘기겠죠. 아, 저기 네 비행사가 온다. 언제 싸우러 나가는지 물어봐."

그러면서 이스키에르카는 테메레르를 쿡 찔렀다. 로렌스가 에든버러 성을 나와 길을 따라 걸어오고 있었다.

테메레르는 로렌스의 얼굴을 차마 똑바로 쳐다볼 수 없었다. 죄책감 때문인지는 몰라도 로렌스가 와서 곧장 자신을 비난할 것만 같았다. 그런데 로렌스는 별말 없이 에밀리와 디마니, 시포를 불러 지시했다.

"가서 다른 비행사들을 깨워. 당장."

그리고 조용히 서서 기다리다가 다른 비행사들이 옹색한 천막 밖으로 기어 나오자 다시 입을 열었다.

"여러분, 이번 임무와 관련하여 내가 임시로 이 부대의 지휘를 맡게 되었습니다. 여러분에게 각각 명령서를 나눠드릴 테니 확인해보세요. 내용에는 모호한 부분이 없을 겁니다."

로렌스는 손에 들고 있던 명령서 다발을 시포에게 주며 비행사들에게 나눠주게 했다. 각 명령서는 밀랍으로 봉인되어 있고 겉에 비행사들의 이름이 적혀 있었다.

"나폴레옹이 코앞에 와 있는데 지금 명령서 따위나 주게 생겼나. 이런 건 육군들한테나 필요한 거지……."

버클리가 이렇게 중얼거리며 명령서를 구겨버리려고 하자 로렌스가 말했다.

"그 명령서가 찢어지거나 망가지지 않게 어디 안전한 곳에 보관해주면 고맙겠습니다, 버클리 대령. 나중에 누가 물어보더라도 이 부대를 지휘한 사람이 누구인지 명확히 해야 할 필요가 있습니다."

그 말에 비행사들은 모두 로렌스를 쳐다보았다. 테메레르는 왜 하필 지금 로렌스가 그런 얘길 하는지 이해가 되지 않았다. 붉은 밀랍으로 봉인된 명령서는 멋있긴 했지만 나중에 언제든 하나 받아 챙겨놓을 수도 있었다. 하지만 지금 다른 비행사들은 모두 명령서를 받았는데 로렌스는 하나도 소지하지 않고 있다는 게 테메레르는 마음에 걸렸다.

로렌스는 자세한 이유는 말하지 않고 본론으로 들어갔다.

"프랑스 군은 약탈부대를 내보내 우리 농부들의 재산을 빼앗아 자기네 군부대의 물자 부족을 메우고 있습니다. 우리 임무는 그런 약탈을 중단시키는 것입니다. 따라서 우리 부대의 용들이 과도한 위험에 노출되지 않는 선에서 프랑스 측 약탈부대를 공격해 그 수를 줄여나갈 것입니다."

아무도 말이 없는 가운데 그랜비가 물었다.

"……그 말씀은…… 비정규군을 공격하자는 겁니까?"

"그래."

버클리도 물었다.

"우리가 포로들을 정당하게 대우하지 않고 배 쪽 그물에 집어넣고 돌아다니면 나폴레옹이 뭐라고 생각하겠습니까?"

"우린 포로를 남기지 않을 겁니다."

그의 단호한 어조에 모두 말문이 막혔고 더는 어떤 질문도 할 수 없었다.

로렌스가 말을 이었다.

"내일부터 우리는 노섬벌랜드에서 시작해 남하하며 임무를 수행할 것입니다. 새벽에 출발합니다. 이상."

비행사들은 말없이 서서 자신들의 명령서와 로렌스를 번갈아 쳐다보았다. 확신이 서지 않는 표정들이었으나 잠시 후 그들은 조용히 각자의 천막으로 돌아갔다. 테메레르는 어안이 벙벙했다. 로렌스가 왜 새삼스럽게 이 부대의 지휘를 맡은 것인지 이해되지 않았다. 지금 이 부대의 지휘관은 테메레르였다. 로렌스는 용이 그런 지위를 갖는 게 중요하다고 늘 말해오지 않았던가. 테메레르는 자신이 지금까지 이기적으로 굴어왔음을 알기에 더는 그러고 싶지 않았다. 로렌스가 지휘권을 원한다면 얼마든지 내줄 수 있었다. 다만 모든 용의 권익 신장을 위해 정치적인 입지를 세우려면 자신이 이 부대를 지휘하는 것이 타당할 것인데…….

테메레르는 한참 갈등한 끝에 조심스럽게 그 얘기를 꺼냈다. 그리고 서둘러 덧붙였다.

"개인적으로 나는 상관없어. 당신이 대령으로 복직돼서 정말 기뻐. 그저 용들의 권익 신장 문제가 좀 걸려서……."

테메레르는 다른 용들과 바싹 붙어 누워 있었으나 지금은 전부 잠든 상태였다. 승무원들도 천막에 들어가서 자고 있었다. 로렌스는 에밀리와 디마니, 시포를 자신의 천막에 들여보내 자게 한 뒤 외투와 망토를 걸친 채 밖으로 나왔다. 그리고 야영용 소형 탁자 위에 지도 여러 장을 펼쳐놓고 작은 색연필로 여기저기 표시를 했다.

로렌스가 대답했다.

"지금은 네가 지휘를 맡아서는 안 돼. 나밖에 지휘할 사람이 없어."

기묘할 정도로 메마른 목소리였다. 마치 그리 중요한 말이 아니라는 듯, 로렌스는 지도에서 시선을 떼지도 않았다. 테메레르는 지금 상황이 특별히 심각한 것이 아니길 바랐다. 로렌스의 얼굴을 마주 쳐다보며 얘기하고 싶었다.

로렌스가 덧붙였다.

"용이 부대를 지휘한 전례가 없으니 나중에 군사법원에서 이 부대의 지휘관이 너라는 걸 믿어줄지 확실하지가 않아. 그리고 네가 지휘관으로서 우위를 주장하며 다른 비행사들의 목숨과 경력을 위험에 빠뜨리게 만들고 싶지도 않고."

"하지만 저 비행사들은 이미 목숨을 내놓고 복무하는 거 아냐?"

"전투 시엔 그렇지. 하지만 그 후에도 저들의 목숨이 위태로워지게 할 수는 없어."

테메레르는 더 이상 따져 물을 수 없었다. 로렌스가 자기 때문에 화가 난 것 같아 겁이 났지만, 막상 로렌스의 입으로 그렇다는 얘길 들으면 못 견딜 것 같았다. 그래도 용기를 내어 한마디 해보았다.

"로렌스, 설명을 좀 해줘. 아무래도 내가 당신을 이해하려는 노력이 부족한가 봐. 나 때문에 당신 기분이 많이 상한 건 알아. 다시는 그런 일이 일어나게 하고 싶지 않은데 방법을 모르겠어. 내가 어떻게 당신을 도와줘야 하는지 말해줘."

그제야 로렌스는 고개를 들었다. 에든버러 성에서 언덕으로 드리운 그림자가 그의 눈동자에 언뜻 비쳤다.
"달리 도와줄 일은 없어. 난 위험에 처해 있지도 않고."
"다른 비행사들이 위험한 상황이면 당신도 마찬가지잖아."
"한 사람한테 두 번 사형선고가 내려지진 않으니 난 괜찮아. 내일 아침에 백육십 킬로미터를 비행해야 하니까 푹 쉬기나 해."

조금 전 로렌스는 에든버러 성의 탑에 있는 어느 방에서 웰즐리 장군을 만났다. 얼음처럼 차가운 비가 창문을 후려치는 가운데, 홀 저 아래서 조지 왕의 웅얼거리는 푸념 소리가 들려왔다. 로렌스에겐 그 소리가 무엇보다 크게 들렸다.

웰즐리는 푸른색 표시기가 잔뜩 놓인 영국 지도를 내려다보며 말했다.

"나폴레옹의 병참선에 타격을 줘야겠어. 나폴레옹의 군인 한 명은 우리 군인 다섯 명만큼의 가치가 있지. 그자가 막대한 비용을 들여가며 용을 이용해 영국에 상륙시킨 자들이니까. 그가 이 나라에 뿌려놓은 군인들이 곳곳을 돌아다니며 약탈을 일삼고 있네. 소 떼를 훔쳐 자기네도 먹고 프랑스 군부대의 용들에게 몰아다주기도 하지. 그런 약탈부대 덕분에 나폴레옹의 부대는 빈약하나마 병참선을 꾸준히 확보하고 있어."

빙빙 돌려 말하는 것을 듣다못해 로렌스가 정곡을 찔렀다.
"저희더러 나폴레옹의 비정규군 약탈부대를 공격하란 말씀이시군요."

웰즐리는 지도를 손으로 탁 내려치며 답했다.

"나폴레옹의 병참선과 약탈부대, 정찰병을 공격하게. 놈은 런던 북쪽 지역에 수백 개의 소규모 약탈부대를 뿌려놓았어. 약탈부대가 없으면 정규군을 장기간 유지할 수 없지. 게다가 약탈부대는 위치 파악도 어렵지 않으니 발견하는 족족 죽여 없애게. 다만 자네 용들은 상당한 규모의 프랑스 용들이나 포병대와는 절대 교전을 해서는 안 돼. 우리로선 용을 한 마리도 잃어서는 안 되니까."

라간 호수 기지에서 웰즐리의 소환 명령서를 받았을 때 로렌스는 이런 임무를 부여받으리라 짐작했었다. 그래서 놀라지 않고 담담히 임무를 받아들였다. 웰즐리의 전략은 효과가 확실한 터였다. 로렌스의 부대가 약탈부대를 섬멸하는 속도가 나폴레옹이 프랑스에서 추가 병력을 실어 오는 속도보다 빠르다면, 군수품이 부족해진 나폴레옹은 충분한 병력을 확보하지 못한 채 어쩔 수 없이 전투를 치르러 나오거나 이 땅에서 완전히 철수할 수밖에 없을 것이다.

그러나 용들을 이런 식의 전투에 투입하는 것은 상식적으로 있을 수 없는 일이었다. 웰즐리도 로렌스도 그 점을 잘 알았다. 실리주의적인 면에서 따져보더라도 용 부대는 전략적으로 중요한 대규모 적을 상대하게 하는 게 마땅했다. 머스켓 소총을 지닌 채 빠른 걸음으로 돌아다니는 소규모 약탈부대 따위를 죽이는 데 사용하기엔 너무 아까운 자원이었다. 그러나 실리적인 면보다 정서적 거부감이 더 문제였다. 용 부대가 같은 용이 아니라 인간을 직접 사냥하게 하는 것은 비윤리적이고 잔인한 처사로서 공포와 비난을 동시에 불러일으킬 여지가 높았다. 용을 이용해 그런 짓을 저지르는 자는 아군 적군을 막론하고 군사법원에 회부되어 교수형에 처해졌다.

잠시 후 웰즐리가 덧붙였다.

"자네 부대원들의 약탈 행위도 용납할 수 없네."

"우린 용들을 먹이기 위해 필요한 자원을 제외하고 불필요한 징발을 하진 않을 겁니다. 더 지시하실 사항 있으십니까?"

웰즐리는 눈을 가늘게 뜨고 그를 쳐다보며 물었다.

"할 수 있겠나?"

로렌스가 이 나라에 보상할 길은 이번 임무 수행뿐이었다. 프랑스군에 살해당한 이들을 살려낼 수도, 영국 해협에 가라앉은 영국 군함들을 끌어올릴 수도, 침략군에게 가축과 재산을 약탈당한 평범한 시골 사람들에게 변상을 해줄 수도 없었다. 아버지와 국왕 폐하의 건강을 회복시킬 수도, 에디스의 무너진 행복을 복구할 수도 없는 일이었다. 적국의 이익과 전제군주 나폴레옹의 탐욕을 위해 반역을 저지른 혐의로 로렌스의 명예는 이미 돌이킬 수 없을 정도로 더럽혀졌다. 이미 바닥에 떨어진 평판이니 조국을 위해 더 추악해진다 해도 아무 상관 없었다.

"저한테는 명령서를 써주실 필요 없습니다만, 제 지휘하의 다른 비행사들에겐 따로 명령서를 써주십시오. 무조건 제 지시를 따라야 한다는 내용으로 말입니다."

웰즐리는 로렌스의 말뜻을 알아들었다. 그는 바로 명령서를 써서 로렌스에게 주었다. 탑을 나선 로렌스는 언덕을 한참 걸어 내려와 일행이 기다리는 기지로 돌아왔다.

다음 날 아침, 야영지에는 정적 속에 긴장이 감돌았다. 비행사와 승무원 들은 용들에게 안장을 채우고 탑승을 시작했다. 캐서린은 한두 차례 로렌스에게 무슨 말을 하려다가 그만두었다. 그들은 탑승을 완료한 후 말없이 이륙했다. 로렌스는 얼굴로 불어오는 차가운 바람과 테메레르의 꾸준한 날갯짓, 침묵이 새삼 반가웠다. 몇 안 되는 승무원들은 로렌스에게 말을 걸지 않고 있었다. 테메레르의 목 뒷덜미 앞쪽에 홀로 앉아 훤히 트인 하늘을 날아가자니 이 세상에 그들뿐인 듯 느껴졌다. 완만하게 기복이 진 황무지에는 전쟁의 흔적도 경계선도 보이지 않았다.

웰즐리의 첩자들이 보고한 바에 따르면, 십여 개의 프랑스 약탈부대가 농가로 쳐들어가 소 떼를 잡아끌고 북부 지역으로 이동 중이라고 했다. 로렌스는 약탈당한 곳을 모두 지도에 표시해놓았다. 그런데 따로 지도를 참조할 것도 없이, 약탈부대가 휩쓸고 간 곳에서 화재로 인한 시커먼 연기가 뿜어져 나와 16킬로미터 밖에서도 쉽게 위치를 파악할 수 있었다. 그곳에 도착해서 보니 커다란 농가의 지붕에서 가늘고 검은 연기가 천천히 굽이치며 올라가고 있었다. 용들을 착륙시키며 주위를 둘러보았다. 마을 전체가 텅 비었고 길에 마을 사람인 듯한 소박한 차림의 두 남자가 총검에 배를 찔린 채 죽어 있었다. 그들의 배에 붉은 피가 꽃처럼 피어 있었다.

캐서린이 말했다.

"우리 용들 때문에 마을 사람들이 밖으로 나오지 못하고 있을 겁니다. 용들을 마을 밖에 두고 다시 와서……."

"아뇨."

로렌스는 그런 식으로 시간 낭비를 할 생각이 전혀 없었다. 그는 입가에 두 손을 모으고 소리쳤다.

"우린 국왕 폐하의 장교들입니다! 당장 밖으로 나오십시오! 여러분이 나올 때까지 용들을 시켜 마을의 집들을 하나씩 부수게 하겠습니다!"

아무런 대답도 움직임도 없었다.

로렌스는 마을의 길 끄트머리에 있는 작고 깔끔한 집을 가리키며 지시했다.

"테메레르, 저 집을 무너뜨려."

테메레르는 그 집을 쳐다보고는 물었다.

"고함을 질러서?"

"하고 싶은 대로 해."

테메레르는 작은 집을 다시 한 번 바라보았다. 그리고 그런 지시를 내리는 진짜 의도가 무엇인지 알 수 없어서 로렌스를 돌아보며 물었다.

"단번에 무너뜨려? 내 생각엔 일단 이 굴뚝만 무너뜨리고……."

"아, 왜 이렇게 꾸물거려!"

이스키에르카가 이렇게 외치며 앞으로 나가 그 집에 불을 확 뿜었다. 이엉으로 이은 지붕에 불이 붙어 순식간에 활활 타올랐.

지붕이 날카로운 검은 연기를 뿜으며 맹렬히 탔고, 날름거리는 불길은 이웃집을 향해 나아갔다. 로렌스는 꿈쩍도 않고 기다렸다. 잠시 후 그 집 지하실 문이 삐걱 열리더니 사람들이 몇 명 기어 나왔다. 그중 한 명이 숨을 헐떡이며 애원했다.

"불을 꺼주십시오. 제발 부탁입니다. 꺼주세요. 이러다간 마을이 다 타겠습니다."

로렌스가 말했다.

"버클리, 수고 좀 해주십시오."

버클리의 지시로 막시무스는 불붙은 지붕을 쳐서 바닥에 떨어뜨린 뒤 흙을 퍼 끼얹었다. 그 집의 절반은 이미 타버린 뒤였다. 로렌스는 창백한 얼굴로 식은땀을 흘리며 자신을 쳐다보는 마을 사람들에게 물었다.

"프랑스 인들은 어디로 갔습니까?"

조금 전 불을 꺼달라고 한 남자가 떨리는 목소리로 대답했다.

"스캐로 언덕 쪽으로요. 우리 소들을 한 마리도 안 남기고 죄다 가져가서······."

그때 숲에서 소 울음소리가 조그맣게 들려왔다. 소를 전부 가져갔다는 말은 거짓말이었다. 하지만 로렌스는 신경 쓰지 않았다. 남자가 계속 말했다.

"······그들이 여길 떠난 지 한 시간쯤 되었습니다."

로렌스는 곧장 다른 비행사들을 돌아보며 지시했다.

"자, 모두 위치로. 각 소총병들에게 사격 준비를 하게 하십시오."

그리고 테메레르에게 말했다.

"테메레르, 당장 이륙해서 길을 따라 이동해."

15분쯤 뒤, 그들은 마을을 약탈한 프랑스 인들을 찾아냈다. 그자들이 숲으로 들어가며 큰 소리로 음탕한 노래를 부르고 있어 금방 찾을 수 있었다.

"Auprés de ma blonde, qu'il fait bon, fait bon, fait bon······.(나의 금발 여인 옆에만 있으면 정말이지 기분이 좋구나, 좋다, 좋아······.)"

숲으로 들어간 프랑스 인들은 잠시 후 다시 길에 모습을 드러냈다. 줄에 묶인 소들이 용 냄새를 맡고 불안하게 울부짖으며 머리를 휘저었다. 프랑스 인들은 하늘을 올려다볼 생각은 않고 짜증을 내며 소들을 잡아끌었다.

테메레르는 머리를 뒤로 돌려 로렌스를 바라보았다. 이스키에르카를 비롯한 용 열한 마리가 뒤에서 따라오고 있었다.

로렌스가 말했다.

"앨런, 공격 깃발을 올려."

14

이스키에르카는 불에 시커멓게 탄 소뼈를 조금씩 물어뜯으며 말했다.

"뭐가 잘못됐다는 건지 난 잘 모르겠는데. 그 약탈부대는 자기네 용들을 먹일 소를 훔친 거잖아. 프랑스 용들이 약탈부대와 함께였으면 우리도 정정당당히 싸웠겠지만, 그 용들이 게을러터져서 직접 소를 얻으러 나오지 않았으니 우리로선 약탈부대만 해치울 수밖에 없었어. 난 우린 잘못이 없다고 봐."

테메레르는 불만스러운 목소리로 말했다.

"엄밀히 말해 잘못된 건 아니지."

"하지만 정정당당한 싸움은 아니었어. 약탈부대는 대포조차 보유하고 있지 않았잖아."

젠티우스의 말에 릴리가 반박했다.

"약탈부대도 대포는커녕 머스켓 소총 하나 없는 마을 사람들을 공격하고 소를 빼앗았어요. 그렇게 따지면 약탈부대도 정정당당하지 못한 거죠."

그러자 이스키에르카가 잘난 체하며 말했다.

"아무튼 우린 명령에 복종하면 되는

거야."

테메레르는 더 이상 논쟁을 이어가지 않았다. 흥미롭지 않은 싸움이었다. 자신뿐 아니라 다른 용들도 그 싸움을 꺼림칙하게 여겼다. 그들이 강하하자 약탈부대는 총 몇 발을 쏘았다. 용들에게 목숨을 잃지 않은 자들은 숲으로 흩어져 도망쳤다. 공격엔 5분이 채 걸리지 않았고 아무런 성취감도 느껴지지 않았다. 소 떼를 확보하긴 했지만 대부분 마을 사람들에게 돌려줘야 했다.

테메레르도 이스키에르카의 말이 옳다는 생각은 하고 있었다. 그 약탈부대가 애초에 남의 땅에 들어와 자기네 배를 채우기 위한 것 이상으로 식량을 과도하게 훔치지 않았으면 테메레르 등에게 공격 당할 일도 없었을 것이다. 다만 예전 같으면 이런 식의 공격을 꺼렸을 로렌스가 아무렇지 않게 공격 지시를 내린 것이 이상했다. 테메레르는 본능적으로 뭔가 잘못되었다는 느낌을 받았다.

마을 사람들은 몹시 고마워했다. 반쯤 불타버린 집에 대해서도 깨끗이 용서해주었다. 마을 촌장이 말했다.

"봄까지 두 달 남았는데, 그동안 굶어 죽겠구나 했습니다. 정말 감사드립니다."

다른 사람들도 조심스럽게 다가와 잃어버린 소와 물건이 회수된 물품 사이에 있는지 살펴보았다. 그들은 여전히 불안해하면서도 로렌스의 부대를 호의적으로 대하기 시작했다.

막시무스의 지상요원 몇 명이 공습 중에 죽거나 충격으로 죽어버린 소들을 제외하고 살아남은 소들을 추려 마을로 데리고 왔다. 글라디우스와 칼세도니는 약탈부대가 끌고 가던 곡물이 담긴 큰 수레 두 개를 도로 마을에 가져다놓았다. 마을 사람들은 길을 따라 이어진 다른 마을로 이 소식을 전하면서 먹을 것이 부족한 이들은 와서 남은 식량을 같이 먹자고 했다.

수없이 감사 인사를 받으면서도 로렌스는 전혀 기뻐하는 얼굴이 아니었다. 그는 고개만 살짝 끄덕이고는 마을 사람들에게 말했다.

"프랑스 인들이 이동하는 모습을 보거나 소리를 들으면 낮에는 봉화나 연기로 밤에는 횃불로 우리에게 신호를 보내십시오. 신호를 보자마자 즉시 그리로 날아가겠습니다."

꿍쑤는 죽은 소들을 모아다가 음식을 준비했다. 용들은 양은 적지만 오랜만에 신선한 쇠고기 구이를 먹을 수 있었다. 비행사와 승무원들, 그 밖의 마을 사람들은 육즙에 뼈와 고기, 채소, 곡물을 섞어 만든 죽으로 배를 채웠다. 축하 분위기가 무르익어가자 마을 사람들은 숨겨둔 벌꿀술을 내왔다. 테메레르도 한 잔 받았는데 벌꿀술을 한 모금 머금자 달콤한 향기가 혀 위로 사악 퍼져나갔다.

로렌스는 배불리 먹지도 않고 축하연 자리에서 일찌감치 빠져나와 테메레르 곁으로 돌아왔다. 그러고는 곧장 지도를 꺼내 펼치고 지도에 표시된 길을 살폈다.

테메레르는 그런 로렌스를 보며 깊은 한숨을 쉬었다. 그리고 결심을 굳힌 뒤 입을 열었다.

"로렌스…… 로렌스, 내가 생각해봤는데, 내 발톱씌우개를 줄 테니까 팔아서 써. 지금 당장 그러라는 건 아니고 이 전쟁이 끝나면……."

로렌스는 예상 외로 별 감흥이 없는 표정이었다.

"왜? 싫증났니?"

"아니, 물론 아니야. 누가 그런 장신구에 싫증을 낼 수 있겠어?"

테메레르는 잠시 입을 다물고 고민했다. 로렌스가 재산을 몰수당한 일에 대해 아는 티를 내지 않고 돌려 말할 방법이 없을까 싶어서였다. 그가 굳이 숨겨온 일인데 테메레르가 이미 안다고 하면 로렌스가 마음을 크게 다칠 것 같았다.

"나한테 펜던트를 사주느라고 재산이 많이 축났을 것 같아서. 발톱쐬우개를 팔면 돈이 꽤 될 거야."

"재산은 필요 없어. 혹시 나중에 쓸 일이 있을지도 모르니까 발톱쐬우개는 네가 잘 갖고 있어. 어쨌든 그런 제안을 해줘서 고맙다. 친절하구나."

테메레르는 발톱쐬우개를 갖고 있으라는 로렌스의 말에 안심되면서도 한편으론 기분이 더 울적해졌다. 힘들게 결심하고 꺼낸 이야기인데 로렌스가 별로 감동을 받지 않은 것 같아서였다. 발톱쐬우개 같은 훌륭한 보물을 주겠다는데 그저 형식적인 감사의 말뿐이라니.

테메레르는 앞발 위에 머리를 대고 엎드린 채 로렌스를 한참 동안 바라보았다. 로렌스는 램프를 켠 채 지도를 들여다보고 있었다. 램프에 비친 로렌스의 얼굴이 예전 같지 않았다. 면도를 하지 않았고, 피가 묻은 줄도 몰랐는지 턱에는 핏자국이 말라붙어 있었다. 아무렇게나 묶은 머리는 길게 자라 있었다. 하지만 로렌스는 그런 것엔 전혀 신경 쓰지 않았다. 온 정신이 지도와 서류 더미에 적힌 숫자에 가 있었다.

좋은 생각이 떠오르지 않자 테메레르는 포기하며 물었다.

"뭐 도와줄 거 없어, 로렌스?"

서류를 읽던 로렌스는 그중 한 장을 빼서 내주며 말했다.

"작아서 읽을 수 있겠어? 작년 납세 대장인데, 약탈부대가 부유한 사유지와 마을 들을 골라 쳐들어갈 것 같으니 약탈 가능성이 있는 곳을 짚어보는 중이야."
테메레르는 두 눈을 가늘게 뜨고 서류를 들여다보았다.
"알았어. 읽어볼게. 제일 부유한 곳 순서대로 말해주면 되지?"

로렌스의 부대가 남쪽으로 내려갈수록 약탈부대는 점점 규모가 커지고 흉포해지는 양상을 보였다. 자기네도 먹고 근처의 프랑스 용 몇 마리에게도 먹일 정도의 사소한 노략질이 아니라, 영국 중심부 전반에 걸쳐 형성된 프랑스 군 기지와 야영지의 용들에게 고루 조달하기 위한 대규모의 약탈이 자행되었다. 하루라도 소 떼를 잡아들이지 못하면 프랑스 용들은 배를 주려야 했기에 그중 몇 마리는 남쪽으로 자리를 옮기거나 프랑스로 돌아갔다.

약탈부대 섬멸의 효과가 서서히 나타나고 있었다. 정기적으로 식량을 조달하던 약탈부대가 점점 줄어들자 프랑스 정규군과 용들은 스스로 먹을 것을 찾아 나서야 했다. 약탈은 점점 더 무자비하고 악랄하게 진행되었다. 프랑스 군인들은 마을과 농장, 사유지를 샅샅이 뒤지는 것으로 모자라 혹시라도 숨겨진 식량이 있는지 찾기 위해 이곳저곳을 파괴했고 때로는 아무 목적 없이 순전히 분풀이로 건물을 불태우고 부쉈다. 그들은 광포한 폭력을 행사하며 점령지를 마음껏 유린했다. 자신의 집과 식량을 지키려고 반항하던 주민들은 죽거나 잔인하게 폭행을 당했고, 어떤 이는 불타는 집 앞에서 먹을 것 하나 없이 굶어 죽어갔다.

프랑스 군의 잔학무도함에 분노한 영국 주민들은 조금씩 저항하기 시작했다. 주로 술집에서 잘난 척하며 떠드는 프랑스 군 병사들을 흠씬 두들겨 패거나 프랑스 군에 관한 정보를 영국군 쪽에 전하거나 먹을 것을 꽁꽁 숨기거나 하는 식이었다. 로렌스의 부대가 마을에 착륙하면 주민들은 용을 피해 도망가는 대신 숨겨둔 소들을 끌고 나와 먹이로 쓰라고 내주었다. 그리고 매일같이 프랑스 군의 습격을 알리는 봉화가 올랐다. 페나인 산맥에 본거지를 두고 농가를 습격해 먹고 살던 몸집 작은 야생용들은 먹을 것이 궁해지자 테메레르의 설득에 넘어가 정찰병이 되었다. 그리고 이곳저곳을 돌아다니며 광범위한 정보를 모아 오는 역할을 담당했다. 그 야생용들은 봉화가 오르는 곳마다 돌아다니며 확인한 뒤 로렌스 등이 모인 야영지로 돌아와 봉화 위치를 알려주었다. 야생용들이 봉화를 확인하러 올 때마다 마을 사람들은 양이나 염소 고기를 제공해 사기를 북돋워주었다. 로렌스의 부대는 점점 남쪽으로 내려갔다. 이제 장군들보다도 프랑스 군의 움직임을 더 자세히 파악한 로렌스는 매일 프랑스 군에 관한 정보가 담긴 장문의 편지를 제인과 웰즐리에게 써 보냈다.

컴브리아 주로 내려가 머물던 어느 날 저녁, 푸른 몸통의 작은 야생용이 로렌스 부대가 머무는 야영지로 찾아왔다. 부대원들은 작은 모닥불을 피워놓고 주변에 둘러앉아 조용히 총검을 갈거나 물 탄 위스키를 마시고 있었다. 야생용은 몸집에 어울리지 않는 낮고 굵은 목소리로 정찰 결과를 보고했다.

"대포를 보유하고 용 열두 마리를 거느린 프랑스 군이 지금 이쪽으로 오고 있습니다."

로렌스는 벌떡 일어나 칼로 손을 뻗으며 비행사들에게 지시했다.

"당장 이곳을 떠나야 합니다. 아니, 식량 챙길 것 없습니다. 지금은 보급품보다 도망칠 시간을 버는 게 더 중요하니 모닥불도 끄지 말고 그대로 두세요."

다른 이들이 곧장 움직이지 않고 머뭇거리자 로렌스는 날카롭게 재촉했다. 로렌스가 등으로 올라가는 동안 테메레르가 중얼거리며 물었다.

"하지만 로렌스, 그냥 여기 남아서 싸우면 안 돼? 라간 호수를 떠나온 뒤로 처음 제대로 된 전투를 해볼 것 같은데. 어쩌면 그 부대는 독수리 깃발을 갖고 있을 수도……."

"도둑들을 섬멸하는 싸움을 하는 중에 무슨 명예를 바라자는 거냐."

로렌스는 메마른 목소리로 이렇게 말하며 디마니가 내민 지도를 받아 들었다. 그리고 지도를 펼쳐 훑어보며 비행사들에게 말했다.

"우리 부대를 삼 개 조로 나누겠습니다. 각기 다른 경로로 비행을 한 뒤 크로스 펠 고지에서 재집결하기로 하죠."

곧 그들 부대는 하늘로 날아올라 세 방향으로 흩어졌다.

사방에서 천 개의 눈이 위험 요소가 있는지 여부를 알려주었고 문제가 생기면 민첩하게 피했기 때문에 로렌스의 부대는 프랑스 군에게 위치를 파악당하거나 붙잡히지 않았다. 프랑스 군 쪽에서 세 번 정도 끈질기게 쫓아온 적 있지만 결국 그들이 발견한 것은 버려진 모닥불과 요리용으로 파놓은 구덩이뿐이었다. 프랑스 군은 주민들에게 상당한 액수의 뇌물을 주며 로렌스 부대의 위치를 알아내려 했으나 주민들은 코웃음을 치며 무시했다. 거절당한 프랑스 군은 한층 난폭하게 굴면서 로렌스의 부대에 정보나 편의를 제공한 혐의가 있는 주민들을 대상으로 보복을 가하기 시작했다. 사실 주민 대부분이 혐의 대상이었다.

약탈부대 섬멸 임무를 맡은 지 2주째 되던 날, 로렌스 일행은 호윅 홀의 사유지에서 프랑스 군인 수십 명이 소 떼와 식료품을 약탈하고 그림과 도자기 접시, 가지 달린 은 촛대까지 훔치는 것을 보았다. 호윅 홀 저택이 서서히 불타는 동안 군인들은 안뜰의 지하실에서 꺼낸 포도주를 마시며 웃고 떠들었다.

흥청망청 먹고 마시던 프랑스 군인들은 머리 위로 용들의 그림자가 비치자 얼른 스무 자루가량의 머스켓 소총을 치켜들었다. 테메레르는 정지 비행을 하며 군인들의 머리 위로 호윅 홀 저택을 향해 신의 바람을 내뿜었다. 불붙은 저택 앞면이 무너져 내리며 군인들의 절반 정도가 파묻혔다. 앞면이 무너진 저택은 마치 인형의 집처럼 안이 훤히 들여다보였다. 저택 안에 들어가 있던 약탈부대원들이 놀란 눈으로 용들을 바라보았다. 지붕이 삐거억 소리를 내며 무너졌고 이어서 집 전체가 포개지듯 내려앉았다. 작은 조각으로 부서진 벽과 슬레이트가 요란한 소리를 내며 잔디밭으로 쏟아졌다. 무너진 뒤에도 불길은 여전해서 계속 연기가 났다. 말과 소 들은 이리 뛰고 저리 뛰며 미친 듯이 달아났고 살아남은 군인들도 줄행랑을 쳤다. 연기가 피어오르는 폐허 옆에는 그들이 약탈한 물건들이 소가 끄는 짐수레에 한가득 담겨 있었다.

저택 주변의 마을도 마찬가지 피해를 입었다. 저항하던 마을 남자들은 하나같이 도륙을 당했다. 여자들과 어린아이들은 교회로 피신했으나 그곳도 그들의 안전을 보장해주지 못했다. 프랑스 군인들은 교회 안으로 쳐들어와 젊은 여자 몇 명을 강간했고 그들을 막으려

나선 여든 살의 교구 목사를 살해했다.

로렌스의 부대에 소속된 어린 중위가 말했다.

"도망치는 저놈들도 모두 잡아 죽여야 합니다."

그 말에 반대하는 이는 아무도 없었다. 로렌스는 피곤함을 느낄 뿐이었다.

"버클리 대령, 부하들에게 마을 청소를 지시하고 용들에게 죽은 자들을 매장하게 하세요. 서튼 대령, 리틀 대령은 리퍼들을 모두 동원해서 호윅 홀에 남아 있는 식료품을 찾아서 가져오시고요."

그리고 로렌스는 생존자들을 모아 폐허가 된 마을의 질서를 잡아가는 어떤 부인에게 말했다.

"저들이 남은 식료품이 있으면 가져올 겁니다. 아니면 우리가 여러분을 크래스터 마을로 모셔다드릴 수도 있습니다."

그 부인이 답했다.

"그 마을도 약탈을 당해서 우리가 머물 만한 집이 없을 거예요. 저희에게 주시는 식료품은 감사히 받겠습니다. 약탈부대가 우리가 숨겨놓은 식량을 전부 찾아낸 건 아니니 그럭저럭 버텨낼 수 있을 겁니다."

말은 하지 않았지만 사실은 마을 사람들이 많이 죽었기 때문에 생존자들이 남은 식량으로 봄까지 버틸 수 있는 것이었다.

잠시 후 옐로 리퍼들은 남은 식량은 물론 죽은 소와 사슴 들까지 가지고 돌아왔다. 몸에는 죽은 짐승들의 피가 여기저기 묻어 있었지만 흡족한 표정들이었다.

용들도 다 같이 들을 수 있게 로렌스는 공중에서 회의를 진행했다.

"여기서 조금 더 남쪽으로 내려갈 겁니다. 야영 없이 하루 동안 최대한 깊숙이 남쪽으로 침투했다가 빠져나오는 식으로 작전을 진행하겠습니다."

로렌스의 말에 리틀이 낮은 목소리로 답했다.

"좋습니다. 놈들이 영국 전역에서 우리 때문에 겁을 집어먹게 만들어봅시다."

모두 동의했다. 프랑스 군의 잔인한 짓거리를 직접 목격하면서 부대원들은 점점 뜻을 하나로 모았다. 이제는 약탈부대를 사정없이 공격하는 일에 전혀 주저함이 없었다. 그러나 로렌스는 만족스러워하는 기색 하나 없이 무표정한 얼굴로 그들의 말을 듣고 있었다.

막시무스도 한마디 거들었다.

"나도 조금 더 빨리 날 수 있을 것 같습니다."

그리고 사흘 뒤, 연기가 피어오르는 것을 보고 날아간 로렌스의 부대는 왈라톤 마을을 습격한 약탈부대를 찾아내 섬멸했다. 눈밭에 진홍색 피를 흘리며 쓰러진 적의 시체들을 뒤로하고 전장을 떠나 날아가던 로렌스는 어렸을 때부터 보아온 익숙한 집들이 시커멓게 타 버린 것을 보았다. 포도주와 브랜디가 가득한 지하실과 겨울에 대비한 식료품 저장실을 갖춘 대저택들은 하나같이 주요 약탈 대상이 되어 불에 타고 있었다. 갈맨 가문의 저택은 무너지지 않고 서 있었으나 더 이상 사람이 살지 않는 듯 황량하게 버려진 채였다. 찢어지고 짓밟힌 채 안뜰의 진흙 위에 뒹구는 커튼과 카펫은 넝마주이들이나 주워 가게 생겼고, 유리가 모조리 깨진 창문 밖으로 이리저리 잘린 천이 펄럭였다. 마구간은 불에 타 무너져 내렸고 로렌스가 에디스와 함께 주변을 산책하던 백합꽃 연못에는 죽은 말의 시체가 썩어 부푼 채 처박혀 있었다. 말의 궁둥이 부분은 개들이 먹었는지 뜯겨나가 있었다.

부모님이 사시는 왈라톤 홀도 불에 탔으리라는 생각이 들었다. 가족들이 험한 꼴을 당하지 않고 미리 피신했기만을 바랄 뿐이었다. 로렌스는 왈라톤 홀 쪽으로 가기 전에 미리 마음을 단단히 먹었다. 후회를 하더라도 결코 침착함을 잃지 않으리라 다짐했다. 그리고 마침내 호수를 넘어갔다. 뜻밖에도 왈라톤 홀은 언덕 꼭대기에 멀쩡하게 서 있었다. 창문에 불이 환하게 밝혀져 있고 굴뚝에서 가느다란 연기가 깔끔하게 흘러나왔다. 황금색을 띠는 집의 장식물도 그대로였다. 용들이 접근하자 사슴들이 놀라 이리저리 달아났다.

로렌스의 부대는 사슴 정원에 착륙했다. 용들이 사슴 사냥을 하러 간 동안 로렌스는 언덕 위로 올라가 경이로운 눈으로 집을 쳐다보았다. 황혼이 짙어지며 집 가장자리가 뿌연 빛으로 흐려졌다. 옆으로 다가온 캐서린이 놀라워하며 말했다.

"운이 좋았나 보네요."

"잠시 실례하겠습니다. 오래 걸리진 않을 겁니다."

로렌스는 잔디밭을 가로질러 집으로 향했다. 울타리의 관목이 깨끗이 손질되어 있었고 산책길의 눈도 누군가 쓸어놓았다. 집으로 가까이 갈수록 사람들의 목소리가 점점 크게 들려왔다. 정형식 정원에 선 채 창문을 통해 촛불 켜진 무도회실 안을 들여다보았다. 그곳은 서 있거나 앉아 있거나 누워 있는 사람들로 가득했다. 짚 요와 야외용 침대가 곳곳에 깔려 있었다. 로렌스가 아는 소농들도 보였고 마을 사람들도 섞여 있었다.

"거기 누구요? 필요한 게 있어서 왔으면 현관 쪽으로 가보쇼."

누군가 이렇게 소리를 치는 바람에 로렌스는 깜짝 놀라 돌아보았다. 젊은 정원사였다. 정원사는 험악한 표정으로 로렌스를 노려보며 여차하면 휘두를 것처럼 갈퀴를 손에 꽉 쥐고 있었다.

로렌스가 말했다.

"난 윌리엄 로렌스라고 하네. 앨런데일 부인은 집에 계신가?"

정원사는 곧장 집 안으로 들어갔다. 잠시 후 추위를 막으려 망토를 덮어쓴 어머니가 현관문 밖으로 나왔다.

"윌, 내 아들. 건강한 게냐? 너 혼자 여길 어떻게……."

"부대원들과 사슴 정원에 야영 중이에요. 먹이 사냥을 하러 온 거라서 용들이 배를 채우자마자 떠나려고요. 어머니는 건강하시죠? 아버지는요?"

"이 난리 중에도 이만하면 건강하지. 아버지는 바깥 상황을 거의 모르셔. 그래도 네가 다시 공군에서 일하는 건 알고 계신다."

로렌스는 공군 복귀에 대해 달리 할 말이 없었다. 지금 수행 중인 임무도 딱히 자랑스럽게 내세울 일은 아니었다. 로렌스는 잠시 머뭇거리다가 말을 꺼냈다.

"무사하시니 다행이에요……. 마을을 지나오다가 갈맨 저택을 봤는데…… 갈맨 경과 부인은 별고 없으신지 걱정이네요."

앨런데일 부인은 망설이다가 답했다.

"우리 집에 와 계셔."

로렌스는 외투 안에 손을 넣어 반지가 든 작은 종이봉투를 꺼냈다.

"지금 같은 때 이런 소식을 전해서 유감이에요……. 울비 씨가 런던에서 목숨을 잃어서…… 혹시 기회가 오면 에디스에게 전해주려고 갖고 있었어요. 마침 에디스의 부모님이 우리 집에 계신다니까……."

"그래, 우리도 들었다."

나지막하고 슬픈 어조로 이렇게 말하며 봉투를 받아 드는 어머니의 표정이 한층 어두워졌다.

"이렇게 표현해도 될지 모르겠지만 훌륭한 죽음이었어요. 국왕 폐하를 위해 일하다가 용감하게 세상을 떠났으니까요."

앨런데일 부인은 고개를 끄덕였고 두 사람은 잠시 말없이 그 자리에 서 있었다. 어머니의 어두운 색 망토에 하얀 눈 조각이 내리고 있었다. 마침내 로렌스가 말했다.

"어떻게 된 일인지 말씀해주세요."

"프랑스 장교가 와서 나폴레옹 황제가 안부를 전해달라 했다면서 이 집은 황제의 명에 의해 전쟁 중에도 아무런 피해를 입지 않을 거라더구나. 사방을 휩쓸고 다니는 약탈부대도 이쪽으로는 한 번도 오지 않았고……."

로렌스는 어머니의 말을 잘랐다.

"예. 어떻게 된 일인지 알겠네요."

두려워하던 일이 실제로 일어나고 말았다. 나폴레옹은 로렌스의 반역에 대한 대가를 이런 식으로 보상한 것이다.

앨런데일 부인이 차분하게 말했다.

"여기에 더 많은 사람을 데리고 있을 수 있어. 저장해둔 식료품도 거의 그대로 남아 있으니까 힘든 사람들 있으면 우리 쪽으로 오라고 해."

"왈라톤 마을로 먹을 것을 한 수레 실어서 보내주세요. 오늘 아침

습격을 당해서 부상자가 많아요."

"그래, 알았다. 집에서 자고 갈 거지?"

그 순간 로렌스는 뒷걸음질을 치고 싶었지만 꾹 눌러 참고 모자에 손을 대며 경례했다.

"죄송해요. 오늘 밤 몇 시간 더 비행을 해야 해요."

그리고 고개 숙여 인사한 뒤 돌아섰다. 로렌스가 걸어가는 동안 집에서 새어나오는 불빛이 눈 위에 비치며 반짝거렸다.

테메레르는 사슴 세 마리를 먹어치웠다. 육질이 단단하긴 했지만 그럭저럭 배를 채우고 나니 왠지 흡족한 느낌이었다. 그런데 집에 갔다가 돌아온 로렌스가 창백한 표정으로 저녁도 먹지 않겠다고 하자 테메레르의 마음도 어두워졌다. 혹시 집에서 무슨 일이 있었는지, 겉으로 보이지 않는 어딘가에 상처라도 입은 것은 아닌지 걱정되었다.

이륙 준비를 하는 동안 테메레르는 로렌스에게 말을 붙여보았다.

"이 집이 불에 타지 않아서 정말 기뻐."

로렌스는 하던 일을 멈추고 고개를 돌려 집 쪽을 바라보았다. 테메레르의 눈에 그 집은 보석 같았다. 따뜻하고 호의적인 빛을 뿜어내는 연노란 보석. 다양한 모양의 수많은 창문에서 불빛들이 쏟아져 나오는 그 집은 복잡한 모양의 탑 수십 개 및 완벽한 조화를 이루는 장식품들로 꾸며져 있었다.

로렌스는 안장 위로 올라가며 말했다.

"다시는 여기 오지 않을 거다. 출발하자."

요즘 늘 이런 식이었다. 로렌스는 어딘지 모르게 변했다. 게다가 테메레르가 보기에 적과 계속 이런 식으로 싸움을 하는 것은 온당하지도 않았다. 몇 주째 약탈부대를 치며 돌아다녔지만 전리품 하나 챙기지 못했다. 프랑스 군인들이 가진 거라곤 훔친 먹을거리뿐이었고 대포나 깃발 같은 건 없었다. 운이 좋아 제대로 된 전투를 해볼라치면 로렌스는 당장 그곳을 떠나 숨어야 한다고 고집을 부렸다.

약탈부대와의 싸움은 늘 짧고 싱거웠다. 페르사이티아는 주목나무를 뿌리째 뽑아 쓰는 방법을 고안했는데, 용들이 매끈하고 기다란 나무줄기를 발로 잡고 가지가 많은 윗부분을 땅에 끌며 돌진해 적을 쓸어버리는 식이었다. 그 방법을 쓰면 아주 편리했다. 비질을 하듯 나무로 확확 쓸면 프랑스 군인들은 수십 명씩 죽어 나자빠졌다. 나뭇가지가 시야를 방해해서 적들은 머스킷 소총이 있으면서도 제대로 용들을 맞히지 못했다. 어려운 점이 있다면 적들이 흩어지지 않게 한데 모으는 일이었다. 그런데 군인들은 크기가 너무 작아서 모았다 싶으면 가지 사이로 빠져나가 도망을 치니 짜증이 치솟았다. 메소리아의 말처럼, 도망친 자들이 재집결해서 또다시 약탈을 하고 돌아다닐지도 모르는 일이었다. 이런 싸움은 테메레르가 바라던 것이 아니었다. 얘기를 나눠보면 다른 이들도 같은 생각인 것 같았다.

그러던 어느 날 로렌스의 부대는 더비셔 주의 어느 마을 외곽에서 약탈부대를 저지했다. 뚱뚱하고 나이 지긋한 마을의 한 신사가 지팡이로 바닥을 탁 내리쳐 시선을 끌며 말했다.

"나머지 프랑스 군은 죄다 어디로 숨은 거냐! 여러분은 프랑스의 개구리 놈들에게 제대로 본때를 보여주고 있군요!"

마을 아이들은 테메레르를 비롯한 용들을 구경하러 집 밖에 나와 있었다. 그중 나이가 좀 많아 보이는 소년 몇 명이 대담하게 뛰어와 용들을 만져보았다. 한 명은 테메레르의 앞발에 손을 가져다댔다. 테메레르가 흥미로운 눈빛으로 바라보며 "안녕" 하고 말하자 소년은 눈이 휘둥그레지며 올려다보았다. 그 소년을 비롯한 아이들은 재빨리 달아났다.

테메레르는 로렌스에게 말했다.

"중국 애들이 쟤네보다는 용감하지. 그래도 영국 애들도 용에 대한 두려움이 조금씩 없어지는 것 같아서 기분이 좋네. 우릴 보러 가까이 오기도 하니까 말이야."

그러고는 미심쩍은 투로 덧붙였다.

"이게 다 지금 우리가 영웅적인 행동을 하고 있기 때문이야?"

로렌스는 메마른 목소리로 답했다.

"부모들이 과잉보호하며 키우지 않는 모양이지. 나랑 같이 지도 좀 봐줄래?"

이 임무가 로렌스를 행복하게 해주지 않는 게 분명했다. 로렌스가 왜 좋아하지도 않는 임무를 죽기 살기로 고집하는지 테메레르는 이해가 되지 않았다. 왈라톤 홀에 다녀온 뒤로 로렌스는 한층 임무 수행에 몰두했다.

꿍쑤가 옆에서 구시렁거렸다.

"이 나라의 기후와 식단은 건강에 참 좋지 않은 것 같습니다. 이런 식으로 균형이 잡히지 않은 식사를 계속하다간 몸 다 버리겠어요."

"전쟁 중엔 먹을거리가 한정돼 있으니까 그럴 거야. 기후야 나도 어쩔 수 없는 것이고."

테메레르의 말에 디마니가 중얼거리듯 한마디 했다.

"기후는 진짜 안 좋아."

디마니는 영국에서 맞는 첫 번째 겨울이 전혀 반갑지 않았다. 그는 흘러내리는 콧물을 연신 소매에 닦았다. 시포는 형처럼 감기에 시달리지는 않았지만 편한 것도 아니었다. 디마니가 여분의 옷을 잔뜩 입혀놓아서 한번 불가에 앉으면 일어서서 돌아다니지도 못했다. 시포는 지금 셔츠 세 벌, 뜨개 조끼 한 벌, 외투 두 벌, 망토 한 벌을 입었고 두건을 썼으며 그 위에 모자까지 푹 눌러쓴 상태였다.

두 팔로 무릎을 감싸고 앉은 에밀리가 말했다.

"이건 아니야. 약탈부대를 저지하는 게 잘못된 일은 아니지만, 그들을 항복하게 해서 포로로 삼는 편이 나아. 그 포로들을 어떻게 처리해야 하는지는 잘 모르겠지만."

그리고 에밀리는 쓸쓸하게 덧붙였다.

"이럴 때 어머니가 옆에 계시면 좋을 텐데."

다른 비행사들도 대부분 마음이 편치 않은 듯했다. 다음 날, 테메레르는 그랜비가 로렌스와 목소리를 낮추며 얘기하는 소리를 들었다. 그랜비의 말에 로렌스가 차분하게 답했다.

"그랜비 대령, 원한다면 언제든 다른 기지로 가서 근무해도 좋아. 누구에게든 억지로 이 임무를 맡게 할 생각은 없네."

"제길, 말이 안 통하는군요, 로렌스."

그랜비는 이렇게 말하며 휙 돌아서서 걸어갔다. 테메레르가 다가가 무슨 일이냐고 물어보자 이스키에르카가 말했다.

"그랜비도 기분이 좋지 않아서 그래. 나도 마찬가지고. 이건 너무 지루하잖아. 보물도 하나 못 건졌으니 말 다 했지. 그래도 군인들을 수송하거나 순찰 도는 것보다는 이 일이 나아. 적어도 무슨 일을 하고 있다는 느낌은 드니까. 어쨌든 우린 명령을 수행하고 있어. 명령에는 의문을 제기하면 안 돼."

테메레르의 얼굴 주변 막이 축 처졌다.

프랑스 군이 오고 있다는 소식을 들으면 농부들은 자기네 소를 도살하고 곡물에 독을 뿌렸다. 마을 사람들은 임시 무장 방범단을 구성해 잠든 프랑스 군인들을 습격했다. 그래서 약탈부대는 마을로 들어갔다가도 거의 매번 빈손으로 자기네 진영으로 돌아왔다. 식량 부족에 시달리던 프랑스 전초부대의 지휘관은 어리석게도 용들을 들판으로 내보내 사냥을 하게 하는 실수를 저질렀다. 진영 근처의 농장들은 가축이 이미 고갈된 상태라 프랑스 용들은 진영에서 멀리 떨어진 곳까지 날아가야 했다. 로렌스는 프랑스 측이 그런 실수를 저지르기만 기다리던 중이었다.

정찰병으로 일하는 작은 야생용 한 마리가 곧장 날아와 보고했다.

"모두 아홉 마리인데 두 마리는 덩치가 아주 큰 회색 용이고 나머지는 다 작습니다. 작은 용 가운데 세 마리는 나보다 약간 큰 정돕니다. 큰 용 두 마리는 남쪽으로 갔고 나머지는 북북동 방향의 붉은 첨탑이 있는 마을로 날아갔습니다."

로렌스는 고개를 끄덕였다. 꿍쑤는 그 야생용에게 정보를 가져온 대가로 양고기에 토끼 고기를 넣어 끓인 스튜 요리를 내주었다. 작은 용은 게걸스럽게 요리를 먹어치웠다. 요즘 시골 지역 전반에 걸쳐 가축의 수가 급속도로 줄어들고 있었다.

옆에서 듣고 있던 테메레르는 흥분해서 얼굴 주변의 막을 부르르 떨며 꼬리를 허공에 휘저었다.

"용 일곱 마리 정도는 충분히 해치울 수 있어."

하지만 로렌스는 생각이 달랐다.

"우린 용 일곱 마리 쪽으로 가지 않을 거다. 슈발리에 두 마리의 뒤를 쫓는다."

그러고는 지도를 펼쳐 슈발리에들이 갔음직한 곳이 어디인지 모두에게 보여주었다. 프랑스 군 전초부대에서 남쪽으로 5킬로미터쯤 떨어진 곳에 있는 낙농장이 딸린 대규모 사유지였다.

로렌스의 부대는 높은 고도를 유지하며 구름 위로 모습을 감추고 날다가 사유지 바로 위에 이른 뒤에야 고도를 낮추며 내려왔다. 프티 슈발리에 두 마리가 땅바닥에서 무언가를 먹고 있었다. 며칠은 굶었는지 그동안의 허기를 보상하느라 정신이 없었다. 살을 싹 발라 먹은 가축 두 마리의 뼈를 남겨둔 채 슈발리에들은 세 번째 가축으로 덤벼들었다. 그들의 승무원들도 낙농장에 딸린 집으로 들어가 먹을 것을 찾아 샅샅이 뒤지는 중이었다.

디마니는 용들이 먹는 고기를 내려다보며 분노에 찬 목소리로 말했다.

"저건 젖소잖아."

디마니의 부족은 낙농업에 쓰이는 젖소를 굉장히 소중하게 생각하는 위대한 목동들이었다.

"공격 신호를 보내."

로렌스가 말하자 테메레르는 고함을 지르며 부대원들과 함께 곧장 하강했다. 깜짝 놀란 슈발리에들은 본능적으로 날개를 치며 지상에서 몸을 띄웠다. 한 마리는 암컷, 또 한 마리는 수컷이었다. 막시무스는 그중 암컷의 등에 내려서며 온몸으로 상대를 찍어 눌렀다. 그러자 슈발리에는 무시무시한 비명을 지르며 지상에 쑤셔 박혔고 막시무스의 체중에 짓눌리면서 따닥 소리와 함께 비명도 잦아들었다. 막시무스는 충격 때문에 멍해진 표정으로 비틀거리며 물러섰다. 암컷 슈발리에는 죽었는지 꼼짝하지 않았다. 그 용의 비행사가 도망치다 말고 자기 용의 이름을 부르며 미친 듯이 뛰어왔다.

또 다른 슈발리에는 좀더 고도를 높이며 날아올랐다. 칼세도니가 막시무스 흉내를 내며 찍어 눌러보려 했지만 슈발리에는 칼세도니를 어깨로 가볍게 밀쳐냈다. 하지만 곧 이스키에르카가 사납게 뿜어낸 불이 슈발리에의 날개와 목을 사로잡았다.

"뭐야! 나까지 태울 뻔했잖아!"

칼세도니가 불길을 겨우 피하며 외쳤다.

"알아서 잘 보고 피해!"

이스키에르카는 어깨 너머로 이렇게 외치고는 울부짖는 슈발리에를 쫓아갔다. 슈발리에의 가죽과 부드러운 막이 불에 시커멓게 그슬려 있었다. 슈발리에는 한 바퀴 돌아 다시 낙농장으로 돌아왔다. 지상에 자기 비행사가 있었기 때문이다. 부상이 심한데도 슈발리에는 비행사를 버릴 생각이 전혀 없어 보였다.

지상에서 그 용의 비행사가 한 손으로 하얀 손수건을 세차게 흔들며 확성기에 입을 대고 소리쳤다.

"Je me rends! Je me rends!(항복! 항복!)"

릴리가 슈발리에 맞은편에서 날아오고 테메레르가 위에서 정지비행으로 막고 있으며 리퍼들이 사방을 둘러쌌으니 비행사로선 자기 용을 구하기 위해 항복할 수밖에 없을 터였다. 곧 테메레르 등은 슈발리에를 아래로 끌어내렸다.

잠시 동안 로렌스는 가만히 서 있었다. 헤비급 용은 관리하기가 쉽지 않았고 이런 상황에 웰즐리의 명령서를 어떻게 적용해야 할지도 고민스러웠다. 결단을 내린 로렌스가 말했다.

"앨런, 버클리 대령에게 포로를 맡으라는 신호를 보내. 테메레르, 그 용을 저쪽 나무들 옆에 착륙시키고 자기 비행사 쪽으로 오지 못하게 해."

용들이 착륙하는 동안 나머지 프랑스 공군들은 뒤로 물러나 낙농장에 딸린 집 혹은 그 뒤의 숲으로 달아났다. 죽은 용의 승무원들은 어린아이처럼 엉엉 우는 비행사를 질질 끌고 뒤로 물러나고 있었다. 로렌스를 쳐다보는 그자들의 얼굴에 비탄과 증오가 어려 있었다.

포로가 된 프랑스 비행사는 슈발리에가 걱정스럽게 그의 이름을 부르는 소리를 들으며 순순히 끈에 묶였고 막시무스의 등에 실렸다.

로렌스가 물었다.

"막시무스가 지금 상태로 비행을 할 수 있겠습니까, 버클리?"

가슴 쪽에 코를 대보려고 머리를 숙이던 막시무스가 대신 대답했다.

"약간 부딪친 것뿐이에요."

용 의사 게이터스는 막시무스의 거대한 갈비뼈를 조심스럽게 만져본 뒤 진단을 내렸다.

"뼈에 금이 가진 않은 것 같지만 며칠 쉬어줘야……."

버클리가 콧방귀를 뀌며 말을 막았다.

"지금 어떻게 쉬어? 스코틀랜드에 가서나 쉬든가 해야 하는데 우리가 여길 뜨면 숨어 있던 약탈부대가 일제히 기어 나올 테니 참 난감하군."

로렌스는 냉정한 목소리로 말했다.

"아뇨, 그러지 못할 겁니다. 그들은 이제 더 이상 내보낼 인력이 없을 테니까요."

아침에 야생용 정찰병들에게서 첫 번째 보고가 도착했다. 프랑스의 헤비급 용들이 프랑스 군이 확실하게 장악한 런던을 향해 남쪽으로 후퇴한다는 내용이었다. 날이 갈수록 식량이 고갈되면서 전투에 투입 가능한 체급을 지닌 프랑스 용들마저도 서서히 런던 쪽으로 물러갔고 우편배달 체급의 소형 용들만 남았다. 결국 굶어 죽을 위기에 처한 프랑스 보병대는 먹을 것을 구하러 진영에서 빠져나오기 시작했다. 하지만 식량을 찾는 일이 여의치 않자 그들은 소규모로 나뉘어 마을을 약탈하기 시작했고 곧 로렌스 부대의 공격 대상이 되었다.

로렌스가 프랑스의 보병중대 위치를 나타내기 위해 지도에 꽂아놓은 파란색 핀들은 프랑스 군 진영 주변을 왔다갔다하다가 하나하나 뽑혀나가 주석깡통 속으로 들어갔다. 매일 임무를 마치고 돌아온 로렌스는 세숫대야에 물을 받아 무덤덤하게 손에 묻은 피를 닦아냈다. 아무 생각도 할 필요 없는 단순한 임무라 로렌스는 기쁘기까지 했다. 로렌스의 부대는 먹을 것이 없어 고생하지는 않았다. 그들이 크고 작은 마을에 착륙할 때마다 마을 사람들은 어떻게든 소나 돼지, 양을 조달해 가져다주었다. 자기네가 굶는 한이 있어도 로렌스의 부대에는 먹을 것을 내주는 식이었다. 가끔 남쪽에서 조직적으로 올라온 프랑스 군의 추격을 받을 때도 있었지만 로렌스의 부대는 대개 사전 경고를 받고 일찌감치 뒤로 물러나 위험을 피했다. 로렌스는 필요에 따라 작은 야생용들을 보초로 세워두고 용들을 재우기도

했다.

로렌스가 약탈부대 공격 임무를 맡아 수행한 지 두 달째에 접어든 1808년 3월 첫째 주의 어느 날, 타르케를 몸에 태우고 부하 용 세 마리를 호위병으로 거느린 아르카디가 시끌벅적한 소리를 내며 도착했다. 아르카디는 착륙하자마자 테메레르와 용들 앞에서 뽐내듯 왔다갔다 걸으며 그동안 자신이 겪은 모험 얘기를 들려주었다. 실상은 지금까지 계속 다른 용들과 순찰을 돌았을 뿐이지만, 신나게 읊어대는 얘기 속에서 아르카디는 떼로 몰려온 프랑스 용들과 싸운 끝에 수많은 전리품을 획득한 용으로 둔갑했다. 아르카디는 이제 자기가 합류했으니 이 부대도 앞으로 일이 술술 풀릴 것이라 호언장담했다. 테메레르는 짜증이 나서 얼굴 주변의 막을 뒤로 휙 젖혔다.

타르케는 오두막 안으로 따라 들어오며 로렌스에게 말했다.

"웰즐리 장군의 편지를 가져왔습니다."

로렌스가 밤을 보낸 오두막 안에는 버팀대 위에 문짝을 올려놓아 만든 임시 탁자가 있고 그 위에 지도가 펼쳐져 있었다. 로렌스가 편지를 읽는 동안 타르케는 문간에 서서 오두막 바깥을 내다보았다. 타르케가 보기에 이 야영장은 이상할 정도로 조용했다. 포로라곤 프랑스 인 비행사 한 명밖에 없었다. 그 포로는 말뚝에 양손이 느슨하게 묶인 채 오두막 바깥에 혼자 앉아 있었고 그랜비의 배 쪽 승무원 두 명이 그를 감시했다. 야영장 가장자리에는 프랑스 군의 약탈부대를 이리저리 쓸어 죽일 때 사용하는 대량 학살용 나무들이 쌓여 있었다. 그 나무들의 진갈색 나뭇가지는 잔뜩 말라붙은 피 때문에 거의 시커멓게 보였다. 이 야영장은 마치 숲의 묘지 같았다. 부대원들은 입을 굳게 다문 채 일을 했고 큰 소리로 떠들거나 흡족한 표정을 짓는 이는 아무도 없었다. 그날 아침 로렌스의 부대는 프랑스 군의 약탈부대원 쉰 명을 죽이고 왔다.

웰즐리의 명령서에는 별로 새로운 내용이 없었다. 동쪽 해안 쪽으로 좀더 신경을 쓰라는 말만 적혀 있고 어떤 식으로 신경 쓰라는 것인지는 언급을 회피했다. 모든 말은 행간에 숨어 있었다. 웰즐리는 '그리고 자네라면 지금 그곳에 도착한 수다스러운 용과 그 부하들을 잘 활용할 수 있으리라 보네'라는 말로 편지를 끝맺었다.

로렌스는 "좋아"라고 중얼거리며 편지를 옆으로 치우고 북해의 해안이 표시된 지도를 꺼내 펼쳤다. 지난주에 스티크니 근처에서 프랑스 군의 약탈 사건이 몇 건 있었다. 또한 크로머 근처에는 프랑스 군 전초부대가 있는데, 군인들을 잔뜩 실은 플레르 드 뉘가 영국 해협을 건너와 착륙할 만한 장소 중 하나였다.

로렌스는 타르케에게 말했다.

"일주일에 두 번은 크로머로 약탈자들을 실어 오겠군요. 버클리와 함께 크로머의 전초부대로 가세요. 나는 나머지 용들을 데리고 스티크니 부근의 약탈부대를 공격하겠습니다. 전초부대를 중심으로 바깥쪽으로 원을 그리며 돌다 보면 약탈부대가 보일 건데, 대개 오십 명 미만으로 구성되어 있습니다. 요즘 프랑스 군은 약탈부대를 대규모로 내보내지 않거든요. 버클리에게 적의 앞쪽에서 접근하라고 하고, 당신이 후방 퇴로를 차단하면……."

"죄송합니다만, 그런 일은 하고 싶지 않습니다."

로렌스는 지도를 짚다 말고 손을 허공에 든 채 그를 바라보았다. 타르케가 빈정거리며 말했다.

"아르카디에게 그 일을 하게 시킬 수는 있겠지만 누군가 그 용의 비행사 노릇을 해야 합니다. 나는 당분간 겉치레일망정 문명인의 모습을 버리고 싶지 않으니 그런 일은 하지 않을 겁니다. 신사라면 일시적인 잔인함을 용서받을 수 있고 칭송까지 받을 수도 있겠지만, 내가 그랬다간 영원히 야만인이라는 낙인이 찍히고 맙니다. 로렌스, 도대체 지금 무슨 짓을 하는 겁니까?"

간단한 질문이었지만 열 가지 이상의 답이 머릿속에서 흘러나와 어떻게 대답해야 할지 난감했다. 망설인 끝에 로렌스가 대답했다.

"병사들을 죽이고 있습니다. 대부분은 배를 주린 끝에 잔인하게 마을을 약탈했고, 우린 그걸 구실로 그들을 죽였지요."

자신의 입에서 나온 진실은 소름 끼치게 추악했다. 로렌스는 주저앉으며 한 손으로 입을 가렸다. 얼굴 전체에 식은땀이 배어나왔다. 잠깐 동안은 아무 말도 할 수가 없어서 마음을 추스르고 목소리를 제대로 내려 애써야 했다. 마침내 로렌스는 갈라진 목소리로 말했다.

"명령을 따르지 않겠다니, 어떻게 할 생각입니까?"

로렌스의 질문은 즉답을 원한 것이 아니었고 타르케 역시 그런 질문으로 받아들이지 않았다. 타르케는 잘 모르겠다는 뜻으로 절도 있게 한 손을 살짝 들었다 놓으며 대답했다.

"세상엔 할 일도 많고 시간도 많은 법입니다."

"남에게 휘둘리지 않고 스스로 결정을 내리며 사는군요. 정부의 뜻이 아닌 자신의 양심에 따라서 말입니다."

"정부 역시 선택할 수 있습니다. 나는 그 선택을 중요시할 뿐입니다."

로렌스가 보기엔 심하게 고독한 생활 방식이었다. 타인과의 거리나 경멸에 찬 시선 이상의 무언가로 인해 격리되어버린 삶.
"어떻게 그런 삶을 참아낼 수 있는 겁니까? 선택과 그에 따른 모든 결과는……."
타르케는 무미건조한 목소리로 답했다.
"살다 보니 스스로 만족하고 체념하게 되더군요. 어쩌면 나 자신의 죄악 외에 세상의 죄악까지 떠맡아 짊어지려는 성향을 타고나지 못했기 때문일 수도 있겠지요."
로렌스는 두 손으로 얼굴을 감싼 채 눈을 감았다. 손가락 사이로 들어오는 붉은 빛에 새삼 눈이 부셨다. 마구간 위층의 건초 냄새, 사라진 말들의 따뜻하고 익숙한 냄새, 오두막 밖에 있는 용들에게서 나는 유황 냄새, 숲에서 피어오르는 연기 냄새가 코에 와닿았고, 아르카디가 잘난 척하며 떠드는 소리, 그 중간 중간에 끼어들어 이의를 제기하는 테메레르의 깊게 울려 퍼지는 목소리가 귓가에 들려왔다.

"좋습니다."
로렌스는 이렇게 말하며 명령서를 탁자 위에 둔 채 오두막 밖으로 나갔다.

15

로렌스가 말했다.

"용서해다오."

지금 테메레르는 쟁기질을 잘 해놓은 오래된 들판에서 잠을 자기 위해 편안하게 몸을 응크리고 누워 있었다. 놀리는 중인 그 들판은 눈 아래 바짝 마른 부드러운 풀이 가득했고 테메레르가 누운 자리 뒤에 헛간이 하나 있었다. 이 시간, 로렌스와 테메레르는 거의 둘만 있다고 보아도 좋았다.

디마니와 에밀리는 막대기 몇 개와 밧줄을 이용해 테메레르의 궁둥이에 천막을 딱 붙여놓은 뒤 시포와 앨런을 데리고 그 안에 들어가 깊이 잠들어 있었다. 그렇게 하면 천막을 단독으로 세우는 것보다 따뜻하게 잘 수 있었다. 자기 자랑이나 다름없는 장황한 이야기를 끝마친 아르카디는 뜨거운 열기 옆에서 자기 위해 이스키에르카에게 아첨하느라 바빴다. 테메레르는 그런 모습을 보고 콧방귀를 뀌고는 궁둥이에 붙은 천막을 꼬리로 조심스럽게 감쌌다. 어린 승무원들이 따뜻하고 건조한 공기 속에서 잠을 자게 하기 위해서였다.

로렌스가 느닷없이 사과를 하자 테메레르는 상황이 얼른 파악되지 않았다. 로렌스는 조금 더 설명을 해주었다.

"용서해다오. 나 자신이 부도덕한 짓을 하는 것으로 모자라 너까지 용서받을 수 없는 이 추악한 임무에 끌어들이고 말았어……."

테메레르는 기쁘기도 하고 당황스럽기도 했다.

"하지만 로렌스, 엄밀히 말하면 내 잘못이잖아. 처음부터 프랑스에 치료약을 가져다줘야 한다고 주장한 건 나였으니까. 난 그 일로 사람들이 당신 재산이랑 계급까지 빼앗아갈 줄은 몰랐어. 나야말로 정말 미안해……."

"미안해할 것 없어. 내 양심을 지키는 대가로 그 이상을 내놨어도 부족한 거였어. 절망에 빠진 나머지 판단력이 흐려지고 악에 휘둘린 나 자신이 부끄럽구나."

테메레르는 더 이상 논쟁을 하고 싶지 않았다. 로렌스는 여전히 긴장과 우울함이 깃든 표정이었지만 그래도 제정신으로 돌아온 것 같으니 그것으로 충분했다. 한편으론 그토록 소중한 양심이라는 것이 형태가 없어서 남들 앞에 꺼내 보여줄 수 없다는 사실에 화가 나기도 했다.

테메레르는 씩씩하게 말했다.

"발톱씌우개를 줄 테니 팔라고 한 말은 진심이었어, 소중한 로렌스. 난 당신이 그걸 팔아서 새 옷이랑 물건으로 치장했으면 좋겠어. 그럼 내 양심도 깨끗해질 것 같아."

로렌스는 살짝 웃음기를 머금었다.

"내가 외투에 신경을 안 썼더니 재정 상태가 엉망인 것 같아 걱정했구나. 난 그 정도로 가난하지는 않아. 누각을 지어주진 못할망정 초라한 옷차림으로 널 무안하게 만들지는 않을게."

"그래, 신경 좀 써."

테메레르는 이렇게 말하며 코끝을 로렌스에게 갖다 댔다.

로렌스는 테메레르의 주둥이를 쓰다듬으며 말했다.

"이제부터 우리가 어떻게 해야 할지 아직 잘 모르겠어. 다른 이들에게도 사과를 해야겠지. 그리고 웰즐리 장군에게 편지를 쓸 거야……. 이런 식으로는 임무 수행을 계속할 수 없다는 뜻을 어떻게든 전해야 해. 약탈부대에 대한 무자비한 살육은 더 이상 없을 거야. 그들을 잡아 포로로 관리하는 방법을 써야겠어. 그리고 대포나 용을 거느린 적을 만나도 도망치지 않고 싸우는 식으로 해나가야겠지."

마음을 무겁게 짓누르던 고민이 사라지자 테메레르는 그동안 자신이 얼마나 걱정을 해왔는지 알 수 있었다. 그리고 제대로 된 전투를 해나갈 것이라는 말에 흥분을 감추지 못했다.

"그 말을 들으니까 정말 좋다. 우린 전리품을 잔뜩 획득할 거야."

전투를 할 때 로렌스가 얼마나 용감한 얼굴인지 테메레르는 너무나 잘 알았다. 참으로 고무적인 일이었다.

"웰즐리 장군이 당장 날 소환해서 목을 매달지 않을까 모르겠다."

그 말에 테메레르는 얼굴 주변의 막을 세웠다.

"오라고 해도 가지 마. 못 가."

"그래……. 안 갈게."

장군님,

우리 부대의 임무 수행 방식을 변경하기로 하여 알려드리는 바입니다. 장군님께서도 인류애적인 관점에서 제 뜻에 반대하지 않으시리라 생각합니다. 제 휘하의 장교들과 용들이 국왕 폐하를 위해 기꺼이 양심에 거리끼는 일조차 수행하고 있으나, 현재와 같은 임무 방식을 점점 힘들어하고 있으며 임무의 위험성도 날이 갈수록 커져가기 때문입니다……'

 로렌스는 어렵게 한 줄 한 줄 써 내려간 편지를 게르니를 통해 웰즐리 장군에게 발송했다. 로렌스의 부대는 노스 시턴과 뉴비긴바이더씨 마을 사이에 도착해 야영지를 만든 뒤 지역 주민들 중 지원자들을 동원해 방책을 구축하기 시작했다. 대포는 없지만 적의 침입을 막기 위한 울타리는 세워야 했다.
 용들이 신나게 나무를 뽑는 동안 서튼이 로렌스에게 말했다.
 "우리가 여기 포로들을 잡아두면 프랑스 놈들이 그들을 구하러 오려고 안달을 하겠군요."

 "적어도 그들의 시간과 노력을 낭비하게 할 수는 있을 겁니다. 프랑스에서 새로운 병력을 들여오는 데 쓰이는 용들 중 일부를 포로 구출에 사용해야 할 테니까요."
 이의를 제기하는 이는 아무도 없었다. 다른 비행사들과 용들이 새로이 바뀐 임무 수행 방식에 크게 안도하는 모습을 보이자 로렌스는 새삼 자신이 저지른 잔인한 짓이 부끄러웠다. 그는 웰즐리의 답장이 오기를 매일 기다렸다. 아마도 로렌스의 부대 지휘권을 박탈하겠다는 내용이 담겨 있을 것이다. 그런 답장을 받으면 다른 비행사들에게 뭐라고 해야 할지 고민스러웠다. 어쩌면 웰즐리가 새로운 장교를 보내 이 부대를 이끌게 할지도 몰랐다.
 그러나 답장은 오지 않았다. 사흘 후, 아침부터 야영장 주변이 온통 시끄러워 나가보니 정찰을 나간 수많은 야생용들이 정보를 갖고 날아 들어오고 있었다. 로렌스가 시끌벅적한 보고를 받을 준비를 하는데, 영국 공군 소속의 용들이 군인들을 잔뜩 태우고 야영지 곳곳에 착륙하기 시작했다. 용들에게 탑승한 육군 중대들이 차례차례 지상으로 내려왔다. 보급품과 대포까지 모두 내려놓은 용들은 간단한 인사 한마디만 하고 도로 날아올랐다. 그들 머리 위로 더 많은 영국 용이 육군을 몸에 태우고 이동 중이었다.

정오가 조금 지나 야영지에 도착한 웰즐리는 한옆의 낡은 헛간을 징발해 본부로 삼겠다고 선언했다. 웰즐리는 그 안에서 자고 있던 로렌스의 부대 소속 승무원들에게 고갯짓을 하며 말했다.

"모두 나가."

뒤따라 들어온 부관들이 바닥 청소를 하는 동안 웰즐리는 로렌스를 냉랭한 시선으로 노려보았다. 잠시 후 둘만 남자 웰즐리가 말했다.

"영리하게 처신했더군, 로렌스. 하지만 그리 간단하진 않아, 그렇지 않은가?"

로렌스는 뭐라고 말해야 할지 확신이 서지 않아 대답하지 않았다. 웰즐리가 계속해서 말했다.

"내 부하들 중 누가 자네한테 남하 일자를 누설했는지 모르겠지만 그자가 누구인지 알아내기 위해 시간을 낭비하고 싶진 않네. 내 쪽으로 책임을 넘기려고 수작부리는 거라면 지금 당장 자네를 내 손으로 쏘아 죽이겠어."

그제야 로렌스는 상황 파악이 되었다. 웰즐리는 영국 육군을 남쪽으로 진군시키기로 한 바로 전날 밤 로렌스의 편지를 받은 것이다.

그는 로렌스가 고의적으로 그 시기를 노려 편지를 보냈으며, 프랑스의 비정규 약탈부대를 살육한 일에 대한 책임을 총사령관인 자신에게 떠넘기려는 것으로 오해하고 있었다.

"용서를 구하는 말 따윈 듣고 싶지도 않아. 사흘 내에 우린 나폴레옹의 군대와 맞붙어 싸울 거다. 우리가 이기면 아무도 약탈부대 살육에 대한 책임 추궁 따윈 하지 않아. 자넨 지금 그 일을 놓고 나를 비난하고 싶겠지만 말이지. 그리고 만일 우리가 패배하면 자넨 그야말로 쓴맛을 보게 될 줄 알게. 로울리! 내 책상 가지고 들어와. 참모장교들도 다 들어오라고 해."

장교들이 헛간 안으로 들어와 탁자와 지도, 의자를 둘러싸고 비좁게 늘어섰다. 로렌스는 순식간에 구석으로 밀려나는 바람에 웰즐리에게 대답조차 할 수 없었다.

장교들 틈을 비집고 들어가 웰즐리를 붙잡고 할 말을 하고 싶었지만 로렌스는 꾹 참았다. 지금은 어떤 얘기를 해도 소용없을 테니까. 로렌스가 아무리 아니라고 해도 웰즐리는 믿지 않을 것이다. 애초에 그런 잔인한 임무를 맡아 수행한 게 잘못이니, 오해를 받더라도 감수해야 할 것이었다.

옆으로 몸을 돌린 로렌스는 문간에 서서 헛간을 들여다보던 에밀리를 불렀다.

"에밀리! 테메레르랑 다른 용들이 작전 내용을 들을 수 있게 디마니를 데리고 헛간 위층으로 올라가서 문을 열어놔."

그리고 그는 밖으로 나갔다. 야영장 주변은 나무를 많이 뽑아놓았고 기존 도로까지 큰길이 뚫려 있었지만 공군 소속 용들까지 착륙해 있어 비좁았다. 군인들을 내려놓은 용들은 헛간 주변으로 잔뜩 모여

들었다. 엑시디움도 그 사이에 끼어 쉭쉭 소리를 내며 다른 용들을 밀어내고 있었다.

보다 못한 제인이 용들에게 지시했다.

"이런 식으론 안 되겠어. 대위급 이상의 용들만 헛간 주변에 남고 나머지는 육군 수송을 계속해. 작전 내용은 나중에 대위나 대령 용들에게 듣도록."

그리고 제인은 메마른 목소리로 로렌스에게 말했다.

"테메레르의 아이디어 덕분에 다른 용들한테도 전부 계급을 달아 줘야 했어. 계급을 받지 못한 용들이 뿌루퉁하게 삐쳐서는 자기네도 견장을 달라고 요구했거든. 경박한 녀석들이야."

제인은 이 말을 하며 엑시디움을 쓰다듬었다. 거대한 날개의 가장자리 색깔에 맞춰 진한 오렌지색 견장 두 개를 양어깨에 착용한 엑시디움은 꽤 멋져 보였다.

대위급 이상의 용들은 헛간을 둘러싸고 비좁게 늘어서서 귀를 기울였다. 웰즐리의 부관들이 채텀 시의 각 도로, 영국 해협으로 흘러드는 템스 강 어귀, 그 주변의 크고 작은 마을들이 그려진 지도를 모두가 볼 수 있게 들고 서 있었다. 영국군이 어떤 식으로 배치될 것인지 지도에 표시되어 있었다. 지도를 보며 모두 나지막하게 웅성거렸다. 슈베리니스 지역에서 바다를 등지고 싸우게 되어 있었다. 배수진을 치는 작전인 것이다.

웰즐리가 입을 열었다.

"자, 제군들. 우리 친구 나폴레옹만큼이나 여러분도 이 병력 배치도를 마음에 들어 하리라 생각한다. 우리 해군과 공군은 현재 나폴레옹과 유럽 대륙의 연결선을 거의 끊어놓았고, 시골 지역에서는 민병대들이 봉기하여 프랑스 군에 저항하고 있다. 나폴레옹은 식량 부족으로 매일 백 명의 군인을, 그리고 매주 용 두 마리씩을 잃고 있다. 더는 우리와의 일전을 미루지 못할 정도가 된 것이다. 우리가 제시하는 전투 조건에 기꺼이 응하리라 예상된다."

로렌스가 보기에도 프랑스 측은 배수진을 치는 영국군과의 전투를 해볼 만하게 여길 터였다.

웰즐리는 영국군에게 퇴로를 주지 않음으로써 프랑스 군을 향해 나아갈 수밖에 없게 만들려는 듯했다.

"페더스톤 대령과 브리 대령은 육군 진영의 중앙을 맡는다. 그곳을 지키는 일이 무엇보다 중요하니 퇴각 신호를 받을 때까지 위치를 고수하도록. 때가 무르익기 전에 진영 중앙이 무너지면 나폴레옹은 우리 병력을 분열시켜 짓밟고 말 것이다. 그러니 무슨 일이 있어도 전진하지 말고 사각형 방진(方陣)을 유지하며 위치를 고수해야 한다. 레스로우 대령, 자네는 포병대를 거느리고 중앙 진영의 아군을 지원한다."

웰즐리는 지도를 짚어가며 작전 설명을 계속했다.

"기병대는 중앙 진영 양옆에 있고, 나머지 보병대는 여기 그리고 여기에 자리를 잡는다. 공군은 프랑스 군이 공중에서 우리 진영 중앙을 공격하지 못하게 막아야 한다. 이제 대충 이해되겠지만, 우리는 적군이 힘을 잔뜩 소모할 때까지 굳건히 버티면서 퇴각 신호가 오를 때까지 진영 중앙을 고수해야 한다. 그리고 퇴각 시 나팔 소리에 맞춰 진영 양옆을 따라 철수하되……."

웰즐리의 손짓에 부관 두 명이 새로운 지도를 펼쳐 들었다. 퇴각 후 병력의 이동 위치가 표시되어 있었는데, 죽어라고 지키던 진영 중앙을 프랑스 군에 내주게 되어 있었다.

"……나폴레옹의 친위대와 예비부대 사이로 침투하여 프랑스 용들의 지원을 받지 못하게 만들고 후방을 공격한다. 패짓 장군, 나폴레옹을 반드시 우리 군에 둘러싸이게 만드시오. 그리고 올렌 장군, 휘하의 포병대를 나폴레옹의 예비부대 쪽으로 진군시켜 예비부대가 본부대에 합류하지 못하게 막으시오. 제군들, 우리의 목표는 폭군 나폴레옹을 붙잡아 그의 지긋지긋한 정복전쟁을 끝장내는 것이다. 그 목표만 달성되면 아무것도 바랄 게 없다. 내각에서도 내 판단을 믿고 따르기로 동의했다."

간단히 전투 계획을 설명한 후 웰즐리는 모두에게 해산을 명한 뒤 덧붙였다.

"페더스톤 대령, 잠깐 얘기 좀 합시다."

그는 그 장교를 한옆으로 데려가 소곤소곤 얘기를 나눴다. 다른 참모 장교들도 무슨 얘기인지 듣고 싶었지만 해산할 수밖에 없었다.

로렌스는 테메레르 곁으로 걸어갔다. 우울한 표정으로 수송용 안장을 착용하던 테메레르가 말했다.

"저 장교가 우리더러 이 보병중대를 슈베리니스로 수송하래."

옆에 있던 보병대 장교가 로렌스를 보고 어색하게 고개를 끄덕이더니 모자에 손끝을 대고 경례를 붙였다. 로렌스가 답했다.

"그래."

로렌스는 의심을 억누르려 애썼다. 중앙의 군 병력을 분리해서 양 옆으로 빠지게 하고 나폴레옹에게 진영 중앙을 내준 뒤 나폴레옹과 그 예비 병력 사이로 파고드는 작전이라. 자칫하다간 프랑스 본부대와 예비 병력의 맹공격으로 끔찍한 결과가 초래될 수도 있었다. 그 작전으로 나폴레옹을 포로로 잡을 수도 있겠지만 프랑스 군에 무자비하게 짓밟힐 가능성도 있었다. 그러나 웰즐리는 바보가 아니었다. 온갖 약점과 위험성을 감수하면서까지 그 작전을 밀어붙이는 이유가 있을 것이다. 군 병력 배치가 시작된 지금에야 작전 회의를 하는 것도 내각의 온갖 의심과 반대를 피하기 위해서인 듯했다. 이제 그를 믿는 수밖에 도리가 없었다.

테메레르는 흥분을 억지로 가라앉히려니 고통스러울 지경이었다. 그러지 않으려 해도 자꾸만 얼굴 주변의 막이 빳빳이 섰고 목덜미를 따라 짜릿한 긴장감이 흘렀다. 마음을 가라앉히려고 한번씩 몸을 말고 웅크려보았지만 소용없었다. 약탈부대를 살육하거나 적을 피해 숨거나 군인들을 수송하는 일 말고, 이제 드디어 진짜 전투를 하게 되었기 때문이다.

영국군 병력은 전장의 측면에 해당하는 슈베리니스 해변에 남북 방향으로 빈틈없이 배치되었다. 테메레르는 영국군 진영 여기저기 흩어진 어업용 오두막들을 바라보았다. 창밖으로 희미하게 노란 촛불의 빛이 흘러나왔다. 어두운 하늘 아래 시커먼 바위들이 해변 여기저기에 덩어리져 누워 있었다. 그 뒤로 파도가 줄기차게 밀려들었다. 아직 어둠이 걷히지 않은 시각이었다. 영국군 진영을 정찰하러 온 플레르 드 뉘들의 목소리가 상공에서 들려왔다. 영국군은 조명탄을 쏘아 올려 야행성 용들의 시야를 방해했고 용 몇 마리를 올려 보내 그들을 쫓아버리기도 했다.

새벽이 밝아오기 직전에 잠이 깬 로렌스는 테메레르의 등에서 내려와 전장을 바라보았다. 테메레르가 물었다.

"나폴레옹이 저기 있어? 도착한 거야?"

"그래. 저들이 경계병을 세워놓았어. 머리를 바닥에 붙이고 보면 보일 거야."

테메레르는 머리를 낮추고 옆으로 기울여 한쪽 눈으로 프랑스 군 진영을 바라보았다. 조금씩 밝아오는 진회색 하늘을 배경으로 언덕 위에 서 있는 말뚝들이 보였다. 멀어서 막대기보다도 가늘고 작아 보였다. 말뚝 사이로 초소들이 이쪽저쪽으로 약간 기울어진 채 비스듬히 세워져 있었다. 그 아래 울퉁불퉁한 덩어리들은 자세히 보니 대열을 유지한 채 자고 있는 프랑스 군인들이었다. 머리 위로 별들이 흐릿하게 사라져가고 있었다. 하늘이 조금씩 밝아지면서 바다에서 짙은 잿빛 안개가 밀려 들어왔다.

"이제 때가 됐다."

로렌스의 말에 테메레르의 다리 뒤에서 자던 펠로우스가 부스럭거리며 일어나 하품을 하며 안장을 살펴보러 갔다.

테메레르는 목구멍 깊숙한 곳에서 우르르 소리를 내며 입을 열었다.

"마제스타티스, 발리스타, 전부 깨워요!"

오늘 아침을 위해 특별히 준비한 신선한 소들이 용들에게 지급되었다. 거의 모든 용이 양껏 배를 채울 수 있었다. 먹이를 먹는 동안 페르사이티아가 초조해하며 테메레르에게 말했다.

"난 이 작전이 정말 마음에 안 들어. 진영 중앙을 지키려고 안간힘을 쓰며 싸우다가 갑자기 포기하고 양옆으로 물러나라니. 그럴 바엔 처음부터 적에게 중앙 진영을 내주든가. 그런데 프랑스 군이 정말 저쪽에 있는 것 같아?"

그런 질문을 할 만한 것이, 안개가 아주 짙게 깔려서 공터 주변의 나무들 외엔 아무것도 보이지 않았다. 약간 떨어진 곳에 배치된 아군도 잘 보이지 않을 정도니 적군 진영은 말할 것도 없었다.

"저기 있어. 확실해. 새벽이 되기 전에 로렌스가 알려줘서 내 눈으로 직접 확인했어. 이따가 이륙해서 보면 보일 거야."

제인 롤랜드 대장이 용들에게 한꺼번에 나가서 싸우지 말고 교대로 휴식을 취하며 싸워야 한다고 주장하자 용들은 누가 먼저 나갈 것인지를 놓고 제비뽑기를 했다. 테메레르도 장기전에 대비해 예비 병력을 따로 남겨놓는 것이 옳다는 것을 잘 알았다. 그래도 선두를 이끌며 전장으로 나가게 되어 기분이 좋았다. 이대로 안개가 계속 깔려 있길 바라는 마음도 있었다. 그래야 로렌스가 정오가 되어도 모르고 휴식을 취하라는 소리를 하지 않을 테니까. 용들이 이륙하는 동안 가느다란 이슬비가 내리기 시작했다. 얼음처럼 차가운 비였다.

예상과 달리 이륙한 뒤에도 적군의 모습은 잘 보이지 않았다. 골짜기마다 펄펄 끓는 대형 솥이라도 가져다놓은 것처럼 안개가 짙게 깔렸고 바다에서는 높이 치솟은 거대한 구름이 밀려 들어와 테메레르를 집어삼킬 정도였다. 날카로운 빗방울이 날개에 와닿으며 요란하게 타닥타닥 튀었다. 용들을 이끌고 전장을 향해 날아가는 동안 내려다보니 아군이 이동하는 모습이 보였다. 마치 다양한 크기의 천을 이어 붙여놓은 듯했다. 대규모의 대대들이 행군하는 가운데, 그중 일부는 기다란 리본처럼 5열 횡대를 유지하며 앞으로 나아가고 있었다.

흰색, 검정색, 파란색, 붉은색 외투를 입은 대대들은 진영 양옆을 따라 미끄러지듯 언덕을 올라갔다가 골짜기 아래 안개 속으로 모습을 감췄다. 안개 속에서도 행군하는 군인들이 내는 특이한 소음은 여전했다. 여럿이 발을 구르며 쿵쿵 걷는 소리, 군복과 장화가 서로 스치며 나는 사각사각 소리. 땅이 축축하게 젖어 걸음들이 둔했다. 사기를 진작시키는 나팔 소리가 연이어 들려왔다. 그리고 저 아래 어딘가에서 대포가 오렌지색 포화를 뿜어냈다. 전투가 시작된 것이다.

프랑스 용들이 뒤쪽 어딘가에 있을 것 같아 테메레르는 눈에 힘을 주고 쳐다보았지만 층운 모양으로 낀 짙은 안개 때문에 프랑스 군 후방 쪽이 보이지 않았다.

"저기 봐."

로렌스의 말에 테메레르는 머리를 뒤로 돌려 그가 가리키는 방향을 따라 시선을 옮겼다. 영국군 진영 중앙에 대열이 정비되고 있었다.

프랑스 군에 비해 아군의 모습이 훨씬 멋져서 테메레르는 기분이 좋았다. 언뜻언뜻 보이는 프랑스 군인들은 대부분 길고 칙칙한 외투를 입었는데 색깔이 거의 바래 있었다. 그중 일부는 원래 진청색이었을 것 같은 푸르스름한 외투에 지저분한 흰 바지와 셔츠를 입었다. 그에 반해 영국 육군들은 선명한 붉은 외투 차림이었다. 아군 진영 중앙에는 군복바지가 아니라 화려한 색깔의 무늬가 들어간 치마를 입은 군인들이 모여 있었는데 그들의 깃발은 다른 부대와는 사뭇 달랐다.

"프랑스 군이 갖고 있는 독수리 깃발들을 싹 뺏어버리면 우리 쪽이 훨씬 멋있게 보이겠다. 로렌스, 저쪽 우리 진영에 치마 입은 부대 말이야, 멋지지 않아?"

테메레르가 묻자 로렌스는 망원경으로 지상을 내려다보며 답했다.

"스코츠 그레이스 기병대 말이구나. 그 옆에 있는 건 콜드스트림 근위대로군. 진영 중앙을 지키기에 저만한 이들이 없지. 하지만 나폴레옹이 저들을 박살내고 말 텐데 걱정이다."

"우리가 프랑스 용들의 공격을 막아내면 돼. 그런데 불안한 게, 마지막에 우린 프랑스 용들이 아니라 나폴레옹을 포위해야 하잖아. 그 틈에 리엔이 도망치면 어떻게 하지?"

테메레르는 영국군이 엄청난 노력을 들여 이 작전을 수행하면서 왜 리엔이 아닌 나폴레옹을 잡으려는 것인지 잘 이해되지 않았다. 덩치도 크고 신의 바람이라는 능력도 있는 리엔이 훨씬 위험한 존재이지 않은가.

"나폴레옹을 포위할 수 있을지도 잘 모르는 판에 벌써 그런 걱정이냐? 나폴레옹이 우리 손에 들어오면 리엔은 항복하겠지. 우리가 나폴레옹을 포로로 잡은 게 자기를 고분고분하게 만들려는 의도가 아니라는 건 리엔도 잘 알겠지만."

그때 마제스타티스가 뒤를 돌아보며 외쳤다.

"적들이 온다!"

반짝이는 빗줄기 사이로 날아오는 프랑스 용들의 시커먼 윤곽이 보였다. 그들 아래로 최전방에 선 영국 보병대가 적의 공격을 막아내기 위해 대형 사각형 모양의 방어진지를 치고 있었다. 병사들은 방진 바깥쪽을 향해 서로 바짝 붙어 있었다. 제1열은 무릎을 꿇은 채 방진 바깥쪽으로 총검을 겨누었고 제2열은 그 뒤에 서서 수평으로 총검을 들었으며 제3열은 수직으로 총검을 세웠다. 그들 바로 뒤에는 창병들이 기다란 도끼날 창을 땅에 단단히 박은 채 쥐고 서 있었다. 창병들은 부채꼴의 넓은 도끼날을 위로 향하게 하고 날카로운 창끝은 뒤로 기울어지게 해서 쥐었는데 후방에서 방진을 공격해 오려는 적을 막기 위해서였다.

그러나 프랑스 용들은 방진을 이룬 영국 보병과 창병 들의 방어 기술을 무력화하기 위해 폭탄과 그물을 몸에 지닌 채 날아왔다. 게다가 그들은 발톱에 나무를 한 그루씩 쥐었는데, 페르사이티아가 개발한 방법―뿌리째 뽑은 나무로 땅을 마구 휘저어 군인들을 죽이는 방법―을 도용한 것이었다. 방진에 빈틈이 보이면 그 나무를 들이밀고 군인들을 휩쓸어버릴 계획인 듯했다.

"지금이야, 테메레르!"

로렌스의 신호에 테메레르는 기쁨의 함성을 지르며 프랑스의 선발공격대를 향해 돌진했다. 안개를 뚫고 나오는 프랑스 용 루아 드 비테스가 보였다. 그 수컷 용은 나뭇잎이 다 떨어진 허연 색깔의 기다란 박달나무를 발톱으로 어설프게 쥐고 있었다. 테메레르의 공격을 피해 급강하한 루아 드 비테스는 영국군의 방진을 향해 날아갔다. 그 용의 승무원들은 밑으로 지나가면서 테메레르의 배에 대고 일제히 소총 사격을 퍼부었다. 따끔따끔한 느낌과 함께 총알이 배에 박혔다. 로렌스가 총에 맞았느냐고 묻자 테메레르는 콧방귀를 뀌며 괜찮다고 했다. 이까짓 총알쯤은 아무것도 아니었다.

테메레르는 우아하게 몸을 비틀며 회전하여 강하 속도를 높이며 루아 드 비테스를 쫓아갔다. 안개가 소용돌이치듯 물러나면서 은색으로 반짝이는 방진의 총검이 흐릿하게 드러났다. 로렌스는 디마니에게 폭탄 투하를 준비하게 했다. 루아 드 비테스는 굉장히 빨랐다. 테메레르는 날개를 펴고 최대한 많은 공기를 날개 안쪽에 담으며 강하 속도를 높였다. 그 용이 방진에 접근하지 못하게 막아야 했다. 테메레르는 힘껏 속도를 높인 끝에 루아 드 비테스의 꼬리에 발톱을 박아 넣을 수 있었다.

루아 드 비테스는 비명을 지르며 몸을 빼내려 안간힘을 썼다. 테메레르가 발톱에 단단히 힘을 주고 날개를 뒤로 치며 놈을 끌어당기는 동안 어깨에 앉은 디마니가 소총 사격을 가하려는 프랑스 공군들을 향해 작은 폭탄 두 개를 투척했다.

"Tenez bon. (꽉 잡아.)"

프랑스 용은 자기 승무원들에게 이렇게 외치며 몸부림을 쳐 폭탄을 피했고 쥐고 있던 박달나무를 위쪽으로 세차게 휘저었다.

박달나무의 날카로운 가지가 목과 배를 할퀴자 테메레르는 깜짝 놀란 나머지 품위 없이 악을 쓰려다 간신히 눌러 참았다. 나뭇가지가 탄력 있고 단단해서 긁힌 자리가 따끔거렸다. 테메레르는 머리를 이리저리 움직여 놈이 휘두르는 박달나무를 입으로 문 뒤 홱 잡아 뺏었다. 무기를 빼앗긴 용은 저항을 포기했고 테메레르에게서 놓여나자마자 꼬리에서 피를 뚝뚝 흘리며 자기네 진영으로 허둥지둥 도망쳤다.

테메레르는 도망치는 적에게 외쳤다.

"하!"

그리고 빼앗은 박달나무를 발톱에 쥐고 시험 삼아 몇 번 휘저어보더니 뒤를 돌아보며 물었다.

"로렌스, 이걸 갖고 적진으로 가서 공격하면 어떨까?"

프랑스의 보병중대가 안개 속에서 천천히 진군해 오고 있었다. 이 나무를 쓰면 저들을 깔끔하게 해치울 수 있을 것 같았다. 하지만 로렌스는 반대했다.

"우린 방진 근처에 머물러야지 멋대로 전진하면 안 돼. 저 리퍼들을 불러 네 왼편에 있게 해. 저들은 너무 멀리까지 유인당했어."

테메레르는 조그맣게 한숨을 내쉬며 박달나무를 바다에 던져 넣었다. 그리고 칼세도니를 비롯한 리퍼들을 불러들이려고 방향을 돌렸다. 리퍼들은 그랑 슈발리에 한 마리를 쫓아가며 옆구리를 물어뜯고 있었다. 그랑 슈발리에는 그들을 제대로 상대하지도 도망을 치지도 않으면서 교활하게 조금씩 뒤로 물러났다. 프랑스 진영 쪽으로 유인하는 것이었다. 그동안 프랑스의 소형 용들이 옆으로 휙휙 지나가며 영국군 방진을 향해 날아갔다.

리퍼들을 도로 불러들여 방진 쪽으로 날아가면서 테메레르가 칼세도니에게 엄격하게 말했다.

"넌 장교니까 부하들이 정해진 위치에서 너무 멀리 가지 않게 했어야지."

칼세도니는 다소 비겁한 변명을 늘어놓았다.

"우리 중에 견장을 받은 건 칸타렐라지 내가 아니잖아. 내 책임이 아니라고."

화가 난 칸타렐라가 날개 가장자리를 꽉 물자 칼세도니는 비명을 지르며 휙 물러났다. 칸타렐라가 리퍼들에게 말했다.

"흥! 좋아. 너희 모두 칼세도니가 하는 말 들었지? 이제부터 내가 너희를 지휘하겠어. 아무렇게나 전진해서 싸울 생각 마."

칸타렐라는 어깨에 찬 견장을 살짝 앞으로 당겼다. 비에 젖은 견장은 연노랑과 흰색이 섞인 칸타렐라의 몸통에 아주 잘 어울렸다.

리퍼들은 굳이 전진할 필요가 없었다. 프랑스 용들이 쫓아와 공격을 시작한 것이다. 테메레르는 적들을 상대하기 위해 결연히 돌아섰다.

정오경, 영국 용들은 한껏 고도를 높여야 했다. 프랑스 군이 자기네 진영 한가운데 포병대를 위치시킨 것이다. 영국군 포병대가 상대하고 있기는 했지만, 프랑스 포병대가 후추탄으로 무장하고 대포를 용들 쪽으로 겨냥해서 영국 용들은 지상을 공격하기가 쉽지 않았다.

대포 사정거리에서 벗어나 높이 날아오르자 공기가 더욱 차갑고 깨끗해졌다. 짙은 구름층이 지상의 광포한 소음을 막아주어 공중전은 조용히 진행되었다. 공기와 구름이 거의 모든 소리를 흡수하여 단편적인 포격음과 소총 발사음만 간간이 들려올 뿐이었다. 프랑스 용들은 공중전에서 방어용으로 쓰기엔 성가시기만 할 뿐이라는 판단을 내렸는지 쥐고 있던 나무와 그물을 모두 던져버렸다. 새로운 방법을 채택하고 시도하고 버리는 일련의 과정이 매우 신속하게 진행되는 것을 보고 로렌스는 오히려 불안해졌다.

테메레르의 날갯짓은 점차 힘이 빠지고 있었다. 그들은 잠시 움직임을 멈추거나 지상으로 내려가 휴식을 취할 새도 없이 여섯 시간째 전투를 수행 중이었다. 지상에서는 많은 영국군이 포탄을 맞지 않을 만한 곳에서 드러누워 쉬고 있었다. 전투 중 그런 식으로 휴식을 취해도 좋다고 웰즐리가 허용했다. 그러나 용들은 밤에 잠을 잔 야영지가 아니면 내려가 쉴 곳이 없었다. 그런데 야영지는 1.6킬로미터나 떨어져 있어 잠깐씩 내려 쉬기엔 적합하지 않았다. 영국군 전열 뒤쪽에는 짙은 안개가 깔려 보이지 않지만 성난 바다가 있고, 양옆에는 기병대 말들이 발굽으로 땅을 파며 불안하게 서 있었다.

프랑스 군은 기병대를 쓰지 않았다. 기병대 없이 용들을 먼저 적진으로 내보내는 것은 큰 손해를 야기할 수 있기 때문에 말 한 마리라도 먼저 내보내는 것이 전쟁 상식이었다. 그러니 한 가지 이점을 포기한 것이라 볼 수 있었다. 반면 영국군은 기병대를 제대로 갖춘 상태였다. 영국군은 말들에게 두건과 곁눈가리개를 씌워 전방만 바라보게 했고 콧구멍 위에 향낭을 달아 용 냄새도 맡지 못하게 했다. 용의 존재를 감지하고 겁을 먹지 않게 하기 위해서였다. 정오가 약간 지난 시각, 기병대에 진군을 명하는 북소리가 들려왔다.

영국 기병대는 사납게 고함을 지르며 적진을 향해 멋지게 돌진했다. 그들 뒤로 군기가 힘차게 휘날렸다. 그들은 아군의 여유 공간 확보를 위해 프랑스 보병대대를 향해 나아갔다. 현재 프랑스 군은 콜드스트림 근위대를 집중 공격하고 있었다. 콜드스트림 근위대가 영국군 진영의 중심축임을 나폴레옹이 간파한 것이다. 프랑스 보병대대는 기병대의 공격에 무너지는 대신 방진을 구축하기 시작했다. 그런데 그 모양이 이상했다. 일반적인 방진의 두 배나 되는 크기였고 가운데는 텅 비어 있었다.

빈틈을 찾아 돌진하는 영국 기병대를 향해 프랑스 보병대대는 머스켓 소총을 쏘아댔다. 끔찍한 비명과 함께 기병대원들이 바닥으로 떨어지고 말발굽에 짓밟혔다.

테메레르가 다급하게 방향을 가리키며 외쳤다.

"로렌스, 저 포 드 시엘이 어디로 가는 거지?"

칙칙한 색깔의 프랑스 소형 용 한 마리가 갑자기 선발공격대에서 떨어져 나와 자기네 진영으로 빠르게 내려가고 있었다.

포 드 시엘은 프랑스 보병대대가 구축한 방진 한가운데에 착륙했다. 군인들 사이에 있으니 작은 용이지만 상당한 위협감을 주었다. 겨우 전투용으로 쓸 만한 라이트급 품종이고 체중도 6, 7톤에 불과한데도, 군인들에게 둘러싸이자 굉장히 거대해 보였다. 포 드 시엘은 은빛 총검들 뒤에서 커다란 발톱을 세우고는 날카로운 이빨이 가득한 붉은 입을 벌리며 고함을 질렀다.

두건을 씌우고 코에 향낭까지 달았지만 바로 앞에 용이 보이자 기병대 말들은 더 이상 앞으로 나아가려 하지 않았다. 돌격 대열이 마구 흔들리며 무너지기 시작했다. 기병대원들이 고삐를 잡고 박차를 가했지만 말들은 머리를 구부리고 미친 듯이 좌우로 휘저으며 전진을 거부했다. 포 드 시엘이 앞으로 몸을 기울이자 맨 앞에 있던 말 한 마리가 도망치기엔 늦었음을 감지했는지 뒷다리를 접고 주저앉았다. 포 드 시엘은 그 말을 앞발로 집어 올리고 마구 흔들어 기병대원을 바닥으로 떨어뜨렸다. 그리고 입을 쩍 벌리며 도리깨질하는 말의 머리를 물어뜯었다. 그때까지도 식량 부족으로 배를 주렸는지 용은 게걸스럽게 말을 먹어치웠다.

그 끔찍한 광경은 나머지 기병대 말들에게 공포를 불러일으켰다. 겁을 집어먹은 말들은 전열을 마구 무너뜨렸고 프랑스 보병대대의 방진에서 10미터 내의 거리로는 들어가려고 하지 않았다. 기병대가 이리저리 흩어지고 영국 포병대가 대포 공격을 시작하려는 찰나 포 드 시엘은 방진에서 휙 날아올랐다. 지상에 내려와 휴식도 취하고 말고기까지 먹었으니 더욱 기운이 날 터였다.

로렌스는 적진 후방을 살펴보았다. 프랑스 용 여러 마리가 조금 전 포 드 시엘이 한 것처럼 보병대가 만든 방진들 한가운데로 내려와 영국 포병대의 사정거리 밖에서 휴식을 취하고 있었다. 프랑스 보병대는 용을 둘러싸고 서 있으면서도 움찔하는 기색이 전혀 없었다.

테메레르가 씩씩하게 말했다.

"흠, 난 당장은 휴식이 필요 없어. 발리스타랑 레퀴에스캇이 우리와 교대할 용들을 데리고 오면 그때 쉬면 돼. 물론 잠깐 지상에 내려가서 뭘 좀 먹는 것도 나쁘지 않겠지만……."

로렌스는 굳은 표정으로 답했다.

"그건 힘들겠어. 나폴레옹이 예비 병력을 투입 중이야."

안개가 약간 걷히면서 프랑스 군 진영 후방 끝부분이 보이기 시작했다. 후방에 있던 용들이 차례로 날아오르고 있었다. 전투 중인 프랑스 용들도 짧게 자주 쉬어가며 싸웠기 때문에 많이 지치지 않은 모습이었다. 반면 테메레르를 비롯한 영국 용들은 동틀 무렵부터 지금까지 지상에 발 한 번 붙여보지 못했다.

갑자기 테메레르가 고도를 확 높이는 바람에 로렌스는 안장의 가죽 끈에 몸을 부딪쳤다. 후방에 있다가 전장에 새로이 투입된 소형용 가르드 드 리옹 여섯 마리가 테메레르에게 떼로 몰려들었다. 그 용들은 찢어지는 소리로 악을 쓰며 날개와 발톱으로 테메레르의 머리와 목을 때리고 할퀴었다.

테메레르는 두 번 크게 뒤로 날개를 치며 신의 바람을 내질러 용들을 흩어놓았다. 그 위력에 가르드 드 리옹들은 물러났으나, 그 순간 거대한 그랑 슈발리에 암컷 한 마리가 방어선을 뚫고 콜드스트림 근위대의 방진을 향해 몸을 날렸다.

그랑 슈발리에는 창과 총검을 꼿꼿이 세우고 있는 방진 위로 곧장 내리 덮치는 대신, 방진 바로 앞의 땅에 힘차게 내려섰다. 그 진동으로 방진을 구성한 영국 군인 다수를 쓰러뜨린 뒤 입을 벌리고는 크게 고함을 질렀다. 별것 아닌 고함이었으나 대형 헛간만 한 크기의 용이 열 걸음도 채 떨어지지 않은 곳에서 입을 벌리고 악을 쓰면 아무리 용감한 자라도 얼굴에 핏기가 가시게 마련이었다. 영국군의 총검이 와들와들 떨며 기울어지자, 그랑 슈발리에의 등에 엎드려 있던 소총병 스무 명이 벌떡 일어나 얼어붙은 영국군을 향해 일제사격을 퍼부었다.

소총 사격에 군인들이 쓰러지면서 방진에 빈틈이 생기자 그랑 슈발리에는 그 안으로 커다란 앞발을 쑥 집어넣고 안쪽에 선 군인들과 풀숲처럼 빽빽하게 꽂힌 창들을 마구 휘저었다. 테메레르가 사납게 고함을 지르며 그 용을 향해 돌진하는 순간, 가르드 드 리옹 한 마리가 몸을 던져 앞을 가로막았다.

"더는 못 봐주겠다. 너희보다 훨씬 작은 군인들을 그런 식으로 공격하다니!"

테메레르는 이렇게 내뱉으며 가르드 드 리옹의 목을 입으로 물고 크게 흔들어 부러뜨렸다. 따닥! 하고 뼈 부러지는 소리가 무시무시하게 났다. 테메레르에게서 놓여난 가르드 드 리옹은 주홍색과 파랑색이 섞인 작은 천 조각처럼 힘없이 지상으로 떨어졌고 그 용에 탄 프랑스 공군들도 잎사귀처럼 사방으로 흩어졌다.

가르드 드 리옹이 목숨을 바쳐 시간을 벌어준 덕분에 영국군 방진을 흐트러뜨린 그랑 슈발리에는 늦지 않게 지상에서 떠오를 수 있었다. 그랑 슈발리에는 환호성을 지르는 페셰르와 포 드 시엘 들을 호위로 거느리고 자기네 진영 후방으로 육중하게 날아갔다. 프랑스 포병대 쪽으로 몸을 피하는 그랑 슈발리에를 보며 테메레르가 씁쓸하게 내뱉었다.

"저런 겁쟁이 같으니라고!"

영국 군인들은 죽을힘을 다해 방진을 복구했다. 정신이 혼미해진 일부 군인들은 일어서지도 못한 채 머스켓 소총을 질질 끌고 네발로 기어서 자신의 위치를 찾아갔다.

프랑스 군 진영에서 가늘고 약한 뿔나팔 소리가 들리는가 싶더니 프랑스 군이 갑자기 전진해 오기 시작했다. 지금까지 굳건히 버텨온 전장 왼쪽 측면의 어업용 오두막 쪽으로 프랑스 군의 사나운 포화가 쏟아졌다. 새로 투입된 프랑스 용들이 그 위로 날아 내려가 탄약 상자들을 내려놓자마자 프랑스 보병대가 야트막한 울타리를 넘어 각 오두막으로 쳐들어갔다. 곧이어 오두막에 걸린 영국기가 바닥으로 떨어지고 창밖으로 시커먼 연기가 흘러나왔다.

작전에 따라 중앙 진영을 포기할 작정이라면 당장 명령을 내려야 할 듯했다. 그러나 웰즐리는 아무런 신호도 보내지 않았다. 전장 오른쪽 측면의 산등성이에는 천막 몇 개로 영국군 진영 본부가 구축되어 있었다. 웰즐리는 본부에서 망원경을 꺼내 들고 날씨를 가늠하듯 안개가 걷히기 시작한 바다를 바라보더니 곧 망원경의 방향을 돌려 프랑스 군 후방 쪽을 살폈다. 로렌스는 망원경으로 웰즐리의 시선을 좇았다. 흐릿한 안개 속에서 나폴레옹의 깃발이 드러나 있었다. 수수한 회색 외투에 검은 모자를 쓰고 하얀 말에 올라탄 나폴레옹도 보였고, 반짝반짝 윤이 나는 옷차림의 친위대가 그 뒤에 늘어선 모습도 보였다.

로렌스가 쳐다보는 동안 나폴레옹은 한 손을 들어 올려 간단한 손동작 한 번으로 1만 병력을 향해 이동 명령을 내렸다. 그의 명령은 지휘 체계를 타고 곧 군단 전체로 퍼져나갔고 깔끔하게 정렬한 중대들은 영국군 중앙 진영을 향해 굳건히 진격하기 시작했다. 나폴레옹은 지금 막 손에 넣은 어업용 오두막 쪽으로 말을 돌렸고 친위대가 그 뒤를 따랐다.

진격하는 프랑스 군을 막아내려 영국 용들이 양옆에서 안간힘을 썼지만 너무 지쳐서 제대로 공격력을 발휘하지 못하고 있었다. 오른쪽에서 플람므 드 글로와 품종의 아첸다레가 릴리의 편대를 향해 화염을 뿜었다. 날개가 시커멓게 그을고 연기가 나면서 메소리아가 몸을 움츠렸다. 그 광경에 로렌스는 소름이 끼쳤다. 메소리아는 추락하진 않았지만 옆에 있던 니티두스 쪽으로 몸을 세게 부딪쳤다. 시커멓게 불에 탄 메소리아의 승무원 몇 명이 지상으로 굴러 떨어졌다.

이어서 아첸다레의 승무원 두 명이 릴리의 등으로 뛰어내렸다. 릴리는 적들을 떨어뜨리기 위해 몸을 홱 뒤틀어 흔들었고 그 틈을 타 황금색에 파랑, 빨강이 섞인 오뇌르 도르 수컷이 방어선을 뚫고 영국 기병대 대열로 강하했다. 오뇌르 도르는 고함을 힘껏 지르며 날개를 활짝 폈고 그의 어깨에서 프랑스 공군들이 소총 사격을 가했다.

기병대 말들은 크게 놀라 비명을 지르고 껑충 뛰면서 빈 들판을 향해 미친 듯이 내달렸다. 그 결과 영국 포병대와 곧장 대치하게 된 프랑스 보병대는 총검을 낮게 잡고 영국군 진영으로 끈질기게 밀고 들어왔다. 프랑스 군 진영에서는 헤비급과 미들급 용들이 라이트급, 우편배달 체급 용들을 앞에 잔뜩 내세우고 천천히 질서 정연하게 영국군 쪽으로 날아왔다. 그 용들은 날갯짓 하나 흐트러지지 않았다.

"로렌스, 우리가 중앙 지역을 내주지 않으면 저들이 쳐들어와 뺏을 것 같은데."

테메레르는 걱정스러워하며 말했다. 그러나 웰즐리는 여전히 명령을 내리지 않았다. 테메레르가 안개 너머로 살펴보았으나 언덕에는 여전히 '현 위치를 고수하라'는 신호용 깃발이 걸려 있었다.

로렌스가 대답했다.

"내 생각도 그래. 그래도 우린 최대한 전진해 오는 적들을 막아야 해. 네가 저들의 전열을 군데군데 무너뜨리고 헤비급 용들과 맞붙으면······."

그때 멀리서 페르사이티아의 날카로운 목소리가 들렸다.

"잠깐! 기다려!"

테메레르가 놀라서 돌아보니 페르사이티아가 미친 듯이 날개를 퍼덕이며 그들 쪽으로 날아오고 있었다. 그런데 그 모습이 희한했다. 페르사이티아의 등에는 육군 수송에 사용한 수송용 안장이 잔뜩 실려 있고, 밧줄로 몸을 고정한 민병대 출신의 포병대원들이 그 안장을 번갈아가며 붙잡아 떨어지지 않게 하고 있었다. 인근 지역에서 비단과 리넨 소재의 드레스와 커튼, 식탁보를 징발해 서둘러 만든 그 수송용 안장들은 색깔이 아주 화려했다. 날개를 제외하고 옆구리와 다리까지 늘어진 안장들 때문에 페르사이티아는 마치 장식용 술이 달린 치마를 입고 날아오는 듯 보였다.

지레짐작을 한 테메레르가 성을 내며 결연히 외쳤다.

"우린 후퇴 안 해! 아직 전투에 진 것도 아니고 지지도 않을 거야."

가까이 날아온 페르사이티아는 숨을 헐떡이며 대꾸했다.

"그런 뜻이 아니야······."

테메레르가 보기에 그 수송용 안장들은 이리저리 뭉쳐 있어서 제대로 펼쳐서 쓰려면 한 시간 이상 걸릴 것 같았다. 페르사이티아는 숨을 들이켜며 그중 하나를 테메레르의 눈앞에 흔들어댔다.

"일단 이거 받아."

테메레르는 미심쩍은 표정으로 안장 한 더미를 발톱으로 받아 들었다. 그것은 축축하게 젖어 있고 향기가 아주 좋았다. 군함에서 해군들이 마시던 그로그 주 냄새가 났다.

"여기다 뭘 한 거야?"

테메레르는 이렇게 물으며 코를 가까이 댔다가 질겁하며 물러났다.

"윽!"

술 냄새 외에 날카롭게 톡 쏘는 향이 배어 있었다.

다른 용들이 다가와 젖은 안장을 하나씩 받는 동안 페르사이티아는 조금씩 숨을 고르며 대답했다.

"술을 부어 적신 거야. 타르도 좀 붓고 후추도 뿌렸어. 그러니까 가까이 대고 냄새 맡지 마. 이스키에르카는 어디 있어? 그 애가 있어야…… 아, 왔구나. 아니, 안 돼!"

이스키에르카가 젖은 안장으로 앞발을 뻗자 페르사이티아가 저지했다.

"넌 받으면 안 돼. 다른 용들이 이걸 떨어뜨리면 넌 불을 붙여."

"아, 그거야 쉽지."

앵글윙과 그레이 코퍼, 그 외에 정찰병 역할을 하던 야생용들이 안장을 하나씩 받아 들었다. 모두 비행 속도가 빠르고 덩치가 작은 용들이었다.

테메레르가 외쳤다.

"빨리빨리! 서둘러!"

프랑스 용들이 천천히 날아오고 있었다. 그 아래에서는 양국의 보병대가 끔찍한 싸움을 벌이는 중이었다. 총검이 맞부딪치며 들판에 피가 흩뿌려지고 영국군 방진이 점차 약화되었다. 보병대를 통해 영국군 방진을 취약하게 한 뒤 뒤따라오는 용들의 공격으로 마무리할 계획인 듯했다.

테메레르는 용들을 이끌고 높이, 아주 높이 날아올랐다. 그리고 천천히 다가오는 프랑스 용들의 머리 위에 자리를 잡은 뒤 젖은 안장을 일제히 떨어뜨렸다. 이스키에르카가 열심히 불을 붙여댔다. 공중에서 확 풀어진 안장들은 푸른색과 노란색 불꽃을 뿜으며 떨어졌다.

프랑스 용들은 머리 위로 떨어지는 불덩어리를 피해 몸을 뒤틀었고 그 바람에 질서 정연하던 대열이 흐트러졌다.

로렌스는 대열의 빈틈을 포착하고 다급히 소리쳤다.

"지금이다! 저쪽 샹송 드 게르와 저쪽 드팡되르 브라브……."

"발리스타, 샹송 드 게르 쪽으로!"

테메레르가 지시하자 발리스타는 알았다는 표시로 꼬리를 깃발처럼 휘두른 뒤 옐로 리퍼들을 거느리고 노란색에 갈색 무늬가 섞인 샹송 드 게르를 향해 돌진했다.

"너희는 날 따라와!"

테메레르는 라이트급 용들에게 지시한 뒤 페르사이티아에게 물었다.

"너도 우리랑 같이 갈래?"

페르사이티아는 얼른 뒤로 물러나 어깨 너머를 흘끗 살피며 답했다.

"아니, 난 됐어. 수송용 안장을 더 적셔 올 수 있는지 가서 살펴볼 게. 보급품 수레에서 술을 다 꺼내 써도 더 만들 수 있을지 모르겠지만……."

테메레르는 더 듣고 있을 시간이 없어 곧장 드팡되르 브라브를 향해 날아갔다. 그 용은 특별히 큰 불덩어리를 피해 대열 뒤로 물러난 상태였다. 불덩어리가 떨어진 자리에 연기가 피어올랐다. 대열을 벗어났기 때문에 그 용은 측면에 취약점을 드러내게 되었다. 그레이 코퍼 릭투스가 그 틈을 놓치지 않고 세차게 날아가 어깨를 발톱으로 찢었다. 그 바람에 드팡되르 브라브가 차고 있던 안장 끈의 어깨 부분이 거의 다 잘려나갔다.

드팡되르 브라브는 고통에 찬 울음을 내뱉으며 몸을 웅크렸다. 상처가 쫙 벌어지면서 금색, 갈색, 초록색이 섞인 가죽에 피가 번져나갔다.

"하!"

릭투스는 이렇게 기합을 넣다가 갑자기 비명을 질렀다. 드팡되르 브라브가 끝이 갈고리처럼 구부러진 꼬리를 휘둘러 릭투스의 배를 강타한 것이다. 작은 용이기 때문에 그 정도 타격도 치명적일 수 있었다. 릭투스는 울면서 앵글윙 한 마리의 부축을 받아 영국군 진영 후방으로 실려 나갔다.

릭투스가 선수를 친 덕분에 다른 용들은 좀더 수월하게 드팡되르 브라브를 공격할 수 있었다. 벨로시타스가 몸을 날려 드팡되르 브라브의 등 뒤로 날아간 뒤 그의 꼬리를 자기 쪽으로 유인하는 동안, 다른 앵글윙과 그레이 코퍼 들이 머리로 달려들었다. 드팡되르 브라브의 몸에 탄 소총병들이 공격의 진동 때문에 제대로 서 있지 못하는 틈을 타 민노우가 갑자기 난투 속으로 뛰어들었다. 민노우는 그 용의 등에 내려서더니 발톱으로 프랑스 공군 중 한 명을 홱 낚아채 들어 올렸고, 그자를 흔들어대며 소리쳤다.

"이것 봐라! 내가 네 비행사를 잡았다!"

드팡되르 브라브는 사납게 악을 쓰며 앵글윙 한 마리를 확 밀쳐내고는 전속력으로 민노우를 추격했다. 그러자 프랑스 용들의 대열에 구멍이 생겨버렸다. 민노우는 드팡되르 브라브의 비행사를 움켜쥔 채 영국군 진영의 공터로 재빨리 달아났다.

테메레르는 드팡되르 브라브가 안됐다는 생각이 들었다.

"저건 좀……."

난투 속에서 비행사를 잡아채 빼앗는 것은 파렴치한 짓이었다. 테메레르는 로렌스를 태우고 있을 때는 민노우가 자기 등에 내려서지 못하게 해야겠다고 결심했다. 그래도 그 큰 용을 전장에서 치워버렸으니 민노우의 방법이 유용했음을 부정할 수 없었다. 테메레르는 헤비급 용 드팡되르 브라브가 빠진 자리 양옆으로 신의 바람을 내질러 미들급 프랑스 용들을 확 흩어놓았다.

그 대열의 옆 부분에서는 레퀴에스캇이 그랑 슈발리에 암컷과 맞붙어 싸우는 중이었다. 레퀴에스캇이 체중 면에서 우위이긴 했지만 그랑 슈발리에는 자기 승무원들의 덕을 보고 있었다. 그 프랑스 용의 승무원들은 레퀴에스캇의 거대한 옆구리를 향해 일제사격을 퍼부어 날개에 수많은 작은 구멍을 뚫어놓았다. 그리고 그랑 슈발리에는 영리하게도 틈날 때마다 어떻게든 고도를 높여 배 쪽 승무원들이 레퀴에스캇을 향해 폭탄을 던지게 만들었다. 레퀴에스캇은 폭탄을 피하느라 이리저리 움직이고 있었다. 테메레르가 옆을 돌아보니 영국 공군 소속 용들이 꾸준히 진격해 오는 프랑스 공군의 오른쪽 측면을 죽기 살기로 막아내고 있었다. 하지만 곧 방어선이 무너지고 뒤엉키기 직전이었다.

근처에서 공중제비를 돌며 적을 피하던 마제스타티스가 테메레르에게 알려주었다.

"저기 군함들이 오고 있어."

"뭐라고요?"

"군함! 바다 쪽을 봐. 저 구름을 넘어가면 보일 거다."

그때 중앙 진영을 내주고 물러나라는 뜻의 날카로운 나팔 소리가 울려 퍼졌다. 영국군 방진은 줄을 맞춰 양옆으로 갈라지며 이동하기 시작했다. 테메레르는 육군들이 작전대로 잘 움직이는지 확인했.

테메레르가 부하들에게 외쳤다.

"모두 명심해! 적군의 전열 뒤로 이동해 재집결한다!"

그러고는 지나치게 흥분한 나머지 방향도 분간 못 하고 날아가려는 앵글윙 한 마리를 잡아당겼다.

프랑스 군인들은 걸음을 빨리하며 진군해 나갔고 프랑스 용들은 급강하하기 시작했다. 그 모습을 보며 테메레르가 어깨 너머 로렌스에게 다급히 말했다.

"우리가 이대로 적의 후방으로 가면 안 될 것 같아. 우리 육군이 저들에게 붙잡히고 말겠어."

그러나 로렌스는 망원경으로 바다를 살피며 소리쳤다.

"적의 후방으로 가! 당장! 중앙 지역에서 벗어나 높이 날아오르라고!"

테메레르는 한 번 더 어깨 너머를 살피기는 했지만 곧장 지시를 따랐다. 뒤를 살핀 테메레르는 마지막까지 중앙 진영에 남아 있던 콜드스트림 근위대가 옆으로 빠지지 않고 그 자리에 납작 엎드리는 것을 보고 깜짝 놀랐다. 곧이어 안개 속에서 오렌지색 불꽃과 함께 우렁찬 포격음이 터져 나왔다.

구름 덩어리를 넘어간 뒤에야 테메레르는 바다 쪽 상황을 볼 수 있었다. 금색으로 크게 '빅토리 호'라고 적힌 군함을 선두로 영국 전열함 열여섯 척이 해변으로 다가오고 있었다. 영국 함대의 기함 빅토리 호의 돛대에는 넬슨 제독의 깃발이 바람에 휘날리고 있었다. 그 전열함들은 영국군 중앙 진영을 차지하고 들어온 프랑스 육군과 용들을 향해 한쪽 현측의 대포를 펑펑 쏘아댔다. 돛과 뱃머리에 걸린 안개가 걷히자 포격으로 인한 검은 연기가 곧 전열함들 주변을 에워쌌다.

프랑스 용들 중 꽤 많은 수가 포탄에 맞아 지상으로 추락했다. 전열함의 주요 목표물인 헤비급 용들이 한 마리씩 포탄을 맞고 날개가 찢어지거나 뼈가 부러지며 바로 밑의 자기네 보병대 위로 떨어졌다. 포탄을 피한 몇 마리는 비틀거리며 날아가, 중앙 지역을 막 벗어나며 느리게 이동 중인 영국 보병대 끝자락을 덮쳤다. 포탄을 맞고 대열에서 벗어난 그랑 슈발리에 암컷 한 마리는 그 충격에 바다 쪽으로 밀려나며 파도 위로 떨어졌다. 그 용은 머리를 바닷물 위로 살짝 들어 올렸다가 이내 힘없이 떨어뜨리며 숨을 거뒀다. 거친 파도가 용의 양어깨를 타고 오르며 하얀 거품을 만들어냈다.

테메레르는 기분이 이상했다. 그 암컷 용이 너무 안돼 보여서 동료라도 되는 듯 날아가 살펴주고 싶었다. 나팔 소리가 또다시 울려 퍼졌다. 진영 양옆으로 물러난 영국 포병대가 지금까지 아껴둔 대포를 마음껏 발사하기 시작했다. 그들은 프랑스 보병대의 후방과 측면을 향해 치명적인 산탄을 우박처럼 쏟아 부어, 전열함에서 쏜 포탄들이 비처럼 떨어지는 구역으로 적들을 몰아갔다.

"테메레르!"

로렌스의 외침에 테메레르는 깜짝 놀라 정신을 차렸다. 멀리서 엑시디움이 용들에게 고함을 질러 신호를 보내고 있었는데, 테메레르는 아직 제 위치로 돌아가지 못하고 있었다! 테메레르는 더 이상 피곤함을 느끼지 않았다. 급박한 상황이라 날개를 타고 긴장감이 흘렀다. 그는 무시무시한 포격에 정신이 팔린 부하들을 불러 모은 뒤, 공군 소속 용들 쪽으로 날아가 합류했다. 거의 백 마리에 달하는 영국 용들은 다 같이 고함을 지르며 프랑스의 예비 병력을 향해 돌진했다.

프랑스 군인들은 갑자기 닥친 재앙에 놀라 크게 동요했다. 멀리서도 포탄에 맞아 뚝뚝 떨어지는 프랑스 용들이 한눈에 보였다. 바람이 강해지면서 구름과 안개가 한꺼번에 걷히자 앞바다에 떠 있는 넬슨의 기함이 보였다. 흰색 바탕에 붉은 십자가 무늬가 들어간 넬슨 제독의 깃발이 바람에 나부꼈다. 빅토리 호 옆으로 나란히 늘어선 전열함들 중에 미노타우로스 호와 프린스 오브 웨일스 호가 눈에 띄었고 나머지는 넬슨과 함께 코펜하겐에서 돌아온 전열함들이었다. 그 옆으로 적에게서 포획한 군함 여섯 척이 함께 떠 있었다. 그 배들은 하나같이 해변 안쪽을 향해 맹포격 중이었다.

후방에서 영국 공군들의 공격을 받은 프랑스 군대는 대열이 무너지면서 뿔뿔이 달아났다. 그러나 그들이 도망칠 곳은 넬슨의 함대가 무시무시한 포격을 가하는 구역뿐이었다. 영국 보병대는 걸음을 빨리하여 프랑스 군이 빠져나간 빈자리로 파고들었다. 마침내 테메레르는 리엔의 목소리를 들을 수 있었다. 리엔은 자신과 공군 예비 병력이 머무는 곳, 그리고 나폴레옹과 친위대가 머무는 곳 사이로 영국 보병대가 치고 들어오자 다급히 소리쳤다.

영국의 덫에 걸려들었음을 알게 된 나폴레옹은 곧장 후퇴 명령을 내렸다. 이리저리 흩어진 프랑스 군 진영 곳곳에서 후퇴를 알리는 나팔 소리가 날카롭게 울려 퍼졌다. 프랑스 군 대열의 질서는 완전히 무너졌고 혼란 속에서 자기네끼리 마구 뒤엉켰다. 점점 더 많은 프랑스 용들이 대포에 맞아 추락하고 있었다. 웰즐리는 예비 병력을 총동원하며 집중 공격을 지시했다. 전장 양옆의 숲과 안개 속에 숨어 있던 영국군 예비 병력은 곧장 뛰어나와 대포를 설치하고 프랑스 군을 향해 포격을 가함으로써 퇴로를 막고 재집결을 무산시켰다.

나폴레옹을 향한 영국군의 올가미가 서서히 조여들고 있었다.

로렌스가 외쳤다.

"테메레르, 공군들과 함께 아군의 보병대가 대열을 유지할 수 있게 지원해! 방어선을 뚫으려는 적을 막아!"

테메레르의 눈앞에 리엔의 모습이 뚜렷이 드러났다. 리엔은 여전히 지상에 발을 붙인 채 프랑스 용들에게 이런저런 지시를 내리고 있었다. 그 용들을 보내 영국군에게 포위된 나폴레옹과 살아남은 친위대원들을 구해내려는 의도일 터였다.

우편배달 체급의 용까지 포함된 프랑스 소형 용들이 구름떼처럼 날아오자 테메레르는 경멸에 찬 어조로 내뱉었다.

"끝까지 자기가 직접 나서질 않는군. 벨로시타스, 앵글윙들을 모두 데리고 나가 저 소형 용들과 싸워! 몬시 너도! 칸타렐라, 저 소형 용들이 우리 쪽 공격으로 혼란에 빠지면 그들을 몰아 전열함의 대포 사정거리 내에 들게 해!"

영국의 헤비급 용들 사이를 비집고 빠른 속도로 빠져나온 프랑스의 소형 용들은 앵글윙들과 맞붙게 되었다. 앵글윙 역시 동작이 민첩한 용이라 그 사이를 빠져나가는 일은 결코 수월하지 않을 터였다. 벨로시타스 일행은 그 소형 용들을 발톱으로 할퀴고 잡아 뜯으며 대열을 흐트러뜨렸고, 이리저리 흩어진 프랑스의 소형 용들은 곧 칸타렐라가 이끄는 옐로 리퍼들의 맹공격에 떠밀려 영국 해군의 대포 사정거리 안으로 들어갔다.

로렌스가 소리쳤다.

"테메레르! 칼세도니를 어서 불러들여!"

"어디 있는데?"

테메레르는 이렇게 물으며 주변을 둘러보았으나 이미 늦고 말았다. 칼세도니는 포 드 시엘을 쫓아 너무 멀리까지 갔다. 곧 쿵 하는 소름끼치는 공명과 함께 포탄 중 하나가 칼세도니의 가슴에 명중하고 말았다.

칼세도니는 포탄을 감싸듯 날개를 접으며 소리 없이 추락했다. 포 드 시엘은 힘겹게 날개를 퍼덕이며 비처럼 퍼붓는 포화를 피해 하늘 높이 달아났다. 그 용은 반격하러 돌아올 생각은 전혀 하지 않고 아예 프랑스를 향해 바다로 날아가기 시작했다.

프랑스 용 몇 마리가 그 뒤를 따라 달아났다. 그중 일부는 지상을 스치면서 프랑스 군인들을 발에 잡히는 대로 몇 명 붙잡아 태우고 영국 해협을 건너갔다. 하지만 나폴레옹을 구하러 오는 용은 없었다. 영국 보병대가 나폴레옹이 있는 곳을 향해 진격 중이었기 때문이다. 친위대는 목숨을 걸고 나폴레옹을 지키고자 그를 둘러싸고 방진을 쳤다.

구출 작전이 실패로 돌아가고 나폴레옹이 위험에 처하자 리엔은 갑자기 날카롭게 소리를 치며 이륙했다.

테메레르가 흥분하여 외쳤다.

"드디어!"

그런데 리엔은 나폴레옹이 있는 쪽으로 오지 않았다. 방향을 돌려 들판을 지나 바다 쪽으로 가고 있었다. 의장병 프티 슈발리에들과 낮이라 앞을 거의 보지 못하고 눈 보호용 햇빛가리개를 착용한 플레 드 뉘들이 리엔의 뒤를 따랐다.

테메레르는 화가 나서 몸을 들썩이며 말했다.

"저런, 저런! 뭐야! 비겁하게! 제 비행사인 나폴레옹을 버리고 달아나다니!"

로렌스가 말했다.

"리엔이 우리 함대 쪽으로 가고 있어. 테메레르, 함대에서 네 깃발 신호를 볼 수 있게 몸을 돌려. 앨런, '북동쪽에 용의 공격 예상'이란 뜻의 깃발 신호를 올리고…… '셀레스티얼'이라는 뜻으로 한 글자씩 신호를 보내. 넬슨 제독은 무슨 뜻인지 알 거다."

앨런이 다급히 깃발 신호를 올리는 동안 테메레르는 희망에 부푼 목소리로 물었다.

"그럼 우리가 가서 해군들을 도우면 되는 건가?"

테메레르가 보기에 리엔은 영국 함대를 공격하는 게 아니라 프랑스 쪽으로 달아나고 말 것 같았다. 함대 쪽을 공격하는 흉내만 내다가 전장에서 벗어나 도망칠 게 뻔했다. 그런 공격 시도도 체면 유지를 위한 구실에 불과할 것이다.

"도망갈 것 같으면 막아야 해. 저럴 줄 알고 걱정했는데."

테메레르의 말에 로렌스가 답했다.

"우리가 지금 날아가 저들을 공격하면 영국 함대에서 리엔 쪽으로 대포를 쏠 수 없어. 저기 봐봐. 우리가 보낸 경고를 받고 넬슨 제독이 전열함 중 일부의 대포를 리엔 쪽으로 겨누고 있잖아. 우린 그 맞은편 바다 쪽으로 가자. 리엔이 프랑스 쪽으로 달아나려 하면 그 앞을 가로막아야 해."

영국 전열함들이 차례로 우아하게 방향을 돌리며 현측을 조절해 그들 쪽으로 날아오는 프랑스 용들을 조준하는 모습은 가히 장관이었다. 하지만 리엔은 전열함의 대포 사정거리 내에 들어가지 않고 멀찌감치 물러서서 정지 비행을 했다. 고도가 높아서 잿빛 하늘에 떠 있는 작고 하얀 점으로 보였.  뒤따라온 프랑스 용들이 리엔 주변에서 좁은 원을 그리며 맴돌았다. 이윽고 리엔은 고함을 지르기 시작했다. 그 먼 거리에서도 신의 바람은 파도를 일으켰고 미세한 포말이 흰 구름처럼 피어올랐다.

망원경으로 리엔을 살피며 로렌스가 물었다.

"지금 저게 뭐 하는 건지 알겠어?"

"글쎄. 또다시 비행사를 잃고 정신이 나갔나 보지."

테메레르는 진심으로 그렇게 생각하진 않았지만, 리엔이 쓸데없이 바닷물에 대고 신의 바람을 쓰는 이유를 알 수가 없어서 아무렇게나 말했다. 그러다가 살짝 불안해하면서 꼬리를 휘저으며 말을 이었다.

"물은 고체가 아니니 신의 바람으로 부술 수도 없고 흩어놔도 금방 다시 모일 텐데……. 리엔은 전열함 쪽으로 가까이 접근하면서 공격할 수밖에 없을 거야. 사정거리 내에 들어오면 전열함에서 포탄을 쏴 떨어뜨리겠지."

테메레르의 말처럼 리엔은 바다에 대고 맹렬히 신의 바람을 뿜어내며 점점 함대를 향해 접근했다. 비행 고도가 크게 낮아지자 신의 바람을 내지를 때마다 높은 파도가 리엔의 배에 철썩철썩 부딪쳤다.

로렌스가 말했다.

"다른 파도보다 리엔이 만든 파도가 삼 미터는 더 높아. 앨런, 함대 쪽으로 '폭풍우용 닻'을 뜻하는 신호를 보내. 공군용 말고 해군용 신호로. 그래. 빨강, 하양, 초록, 그다음에 빨간 원. 테메레르, 리엔이 지금 뭘 하려는 건지 모르겠지만 저대로 뒀다간 우리 함대가 위험해질 거야. 리엔을 공격해."

그 말이 떨어지기 무섭게 테메레르는 신나게 앞으로 돌진했다. 파도는 그리 높지 않았다. 전열함의 선체를 넘어 갑판을 휩쓸지는 않을 듯했다. 바다에서 생활해본 테메레르는 군함이 저것보다 높은 파도도 거뜬히 이겨낸다는 것을 알고 있었다. 그렇지만 저런 파도가 수십 개 연달아 몰려와 선체를 후려친다면 대포를 제대로 조준해서 쏠 수 없을 것이고, 그 틈에 리엔이 접근하여 전열함 바로 위에서 신의 바람을 내지를 가능성이 있었다.

어쨌든 테메레르는 마침내 리엔을 공격할 기회가 생겨 속으로 기뻐하고 있었다. 리엔은 다른 용들이 전장에서 다치고 죽어나갈 때 후방에 가만히 앉아 있었다. 테메레르가 접근하자 리엔은 갑자기 파도를 불러일으키는 짓을 그만두고 열두 번 정도 뒤로 날개를 치며 물러났다. 가까이 다가간 테메레르는 리엔의 가슴과 양 날개가 부르르 떨리고 있음을 알 수 있었다. 파도를 만드느라 무척 지친 듯했다. 테메레르는 다시 다급해졌다. 리엔이 멀리 달아나지 못하게 하려면 지금 붙잡고 싸워야 하는데…….

잠시 정지 비행을 하던 리엔은 또다시 숨을 후욱 들이마시며 자신이 만들어놓은 파도 쪽으로 날아갔다. 그리고 고도를 낮추며 바다와 평행하게 비행하면서 작렬하는 대포 소리마저 묻힐 정도로 엄청나게 큰 고함과 함께 신의 바람을 뿜어냈다. 리엔 앞에 새로이 거대한 파도가 만들어졌다. 이미 만들어놓은 파도만큼 높지는 않고 완만한 것이었는데 움직임이 아주 빨랐다. 숨을 전부 내뿜은 리엔은 부들부들 떨며 공중에 떠 있다가 힘에 부치는지 머리를 축 늘어뜨렸다. 그런데 방금 만든 커다란 파도가 계속해서 빠른 속도로 앞으로 나아가 기존의 높은 파도들과 합류했다. 그 파도들은 차례로 합쳐지며 무너질 듯하다가 갑자기 엄청나게 높은 물벽을 이루었다.

깜짝 놀란 테메레르는 뒤로 물러났다. 갑자기 높아진 파도는 그 너머에 있는 리엔의 모습마저 가릴 정도였다. 물벽은 그대로 곧장 테메레르 쪽으로 돌진했다. 테메레르는 물마루에 붙잡히지 않게 재빨리 몸을 돌려 피했다. 날개 끝이 아슬아슬하게 포말에 스쳤다. 당장 고도를 높여 파도 벽을 넘어가 리엔을 공격해야 한다는 생각뿐이었다. 그런데 그럴 시간이 없었다. 진한 초록색으로 빛나는 엄청난 물벽이 전열함 쪽으로 도망치는 테메레르를 따라왔다. 앞서 이동하던 파도의 하얀 거품이 물마루와 물벽에 부딪치며 부서졌다.

로렌스가 소리쳤다.

"테메레르! 테메레르! 저 물벽을 부숴봐!"

테메레르는 어깨 너머를 흘끗 돌아보았다. 함대 쪽으로 다가오는 동안 물벽은 점점 높아지고 있었다. 그처럼 큰 파도를 본 적 없는 테메레르는 꼬리 끝을 따라 소름이 끼쳤다. 예전에 로렌스와 함께 용 수송선을 타고 가다가 인도양에서 태풍을 만난 적 있었다. 머리 위에는 온통 먹구름이 소용돌이치고 있어서 당시 테메레르는 하늘로 날아올라 태풍을 피할 수도 없었다. 용 수송선 얼리전스 호는 무시무시하게 높은 파도를 타고 쭉 올라갔다가 물마루 아래로 내리꽂히기를 반복했었다. 하지만 지금 리엔이 만들어낸 파도는 그 정도가 아니었다. 도저히 이 세상의 것이라 할 수 없는 괴물 같은 파도였다. 리엔이 신의 바람으로 저걸 만들었으니 마찬가지로 신의 바람을 통해 그걸 깨뜨릴 수 있을 것 같기도 했다.

물벽은 그 거대한 크기에 어울리지 않게 신속하고 소리 없이 테메레르를 쫓아왔다. 그 앞에서 다른 파도들은 마치 조신들이 군주에게 길을 내주듯 부드럽게 잦아들었다. 방향을 돌려 물벽을 향하려면 충분히 거리를 벌려놔야 하므로 테메레르는 필사적으로 날갯짓을 했다. 이미 전열함 가까이까지 다가갔기 때문에 각 선박의 뱃머리에 적힌 배의 이름까지 볼 수 있을 정도였다. 삭구에 매달리거나 갑판을 뛰어다니는 선원들의 모습이 마치 허둥지둥 움직이는 작은 점들 같았다. 테메레르는 몸에서 물을 뚝뚝 떨어뜨리며 계속해서 날았다. 하지만 고도를 높일 수가 없었다. 많은 공기를 들이마셔 내뱉기엔 시간이 모자랐다. 그래도 최선을 다해 숨을 들이켠 뒤 방향을 돌려 빠르게 다가오는 물벽을 향해 있는 힘껏 신의 바람을 내질렀다.

로렌스는 눈가를 문질러 소금기를 닦아내며 뒤를 돌아보았다.

"맙소사."

그는 자기가 이 말을 실제로 했는지 머릿속으로 생각만 한 것인지 알 수 없었다. 물벽에는 커다란 구멍이 나 있었다. 지금 테메레르는 마치 창문처럼 뚫린 그 구멍을 통해 물벽을 넘어가 있었다. 구멍 너머로 영국 함대의 모습이 보였다. 작은 깃발들을 돛대에 단 빅토리 호와 전열함들, 폭풍우 칠 때처럼 어두운 바다 위에 하얀 진주처럼 빛나는 돛들이 보이는가 싶더니 곧 괴물 같은 물벽이 함대를 덮쳤다.

거대한 넵튠 호는 물벽에 맞기 직전에 황금색 불꽃을 뿜으며 리엔을 향해 대포를 쏘았다. 마지막 공격이었다. 전열함들은 물벽 앞에서 다가오던 파도를 타고 솟아올라 하얀 거품과 함께 뱃머리를 물벽 쪽으로 향하며 나아갔다. 마치 바늘로 괴물을 찌르려는 듯 보였다. 그렇게 용감하게 나아가던 전열함들은 물벽에 부딪치자마자 뒤집히며 초록색 바다 속으로 침몰했다. 바다 위엔 폭포라도 쏟아져 내린 듯 하얀 거품이 잔뜩 일었다.

물벽은 영국 해협을 향해 쭉 밀려가다가 점차 잦아들었다. 거인이 한바탕 화를 낸 뒤 어깨를 으쓱하고 돌아서는 것 같았다. 물 위로 보이는 배들 중 전열함은 수퍼브 호 한 대뿐이었다. 돛이 모조리 떨어져 나가고 흔들거리는 난간 너머로 파도가 밀려 들어가고 있었다. 적시에 닻을 내린 소형 범선 두 척은 전복되기 직전까지 크게 기울어졌다가 다시 균형을 잡았는데 잠시 후 맥없이 침몰하고 말았다. 살아남은 해군과 선원 들은 부서진 배의 잔해를 붙잡고 물 위에 떠 있었다. 총 열여섯 척 중 온전하게 남은 전열함은 한 척도 없었다. 파도에 휩쓸린 모래성들처럼 사라져버렸다.

그 순간만큼은 대포도 소총도 발사되지 않았다. 백병전도 잠시 중단되었다. 정적 속에 남아 있던 프랑스 용들은 포화가 멈춘 틈을 노려 화살촉 모양의 대열을 이루며 나폴레옹 쪽으로 날아갔다. 친위대는 나폴레옹을 둘러싼 채 그 용들을 향해 달려갔다.

로렌스가 소리쳤다.

"테메레르!"

영국군도 다급히 나팔을 불어 위급 상황을 알렸다. 테메레르는 지친 날개를 퍼덕이며 다른 용들을 불러 모았으나, 움직임이 유연한 샤슈르 보시페르 암컷이 이미 나폴레옹을 등에 태우고 땅을 박차며 날아오르고 있었다.

테메레르는 곧장 그들을 추격했다. 그러나 샤슈르 보시페르를 호위하던 페셰르 라예 네 마리가 돌아서며 테메레르를 가로막았다. 작은 몸집의 페셰르 라예들은 자기네 몸에 나는 상처는 아랑곳 않고 악을 쓰며 테메레르에게 달려들어 발톱으로 할퀴었다. 발리스타가 곧 난투 속에 뛰어들어 페셰르 라예 두 마리의 머리를 꼬리로 후려쳤다. 레퀴에스캇이 도망치는 프랑스 용들을 쫓아갔지만 속도가 빠른 샤슈르 보시페르는 이미 영국 해협을 건너고 있었다. 친위대원 수십 명을 실은 다른 프랑스 용 다섯 마리도 샤슈르 보시페르 뒤를 따라 날아갔다. 친위대원들이 쏘아대는 머스켓 소총에서 연기가 구름처럼 피어나고 있었다. 그들은 곧 영국 용들의 추격에서 완전히 벗어났다. 기운이 빠져 축 늘어진 리엔도 프티 슈발리에 두 마리의 부축을 받으며 영국 해협을 건너고 있었다.

전장에 남아 있던 프랑스 용들은 이리저리 흩어지며 달아났고 프랑스 군 패잔병들은 무기를 내던지며 기진맥진하여 무릎을 꿇거나 바닥에 쓰러져 누웠다. 시체 2만여 구가 나뒹구는 가운데 장화에 짓밟힌 독수리 깃발 열아홉 개가 핏물 섞인 진창에 처박혀 있었다.

  마침내 그날 영국은 승리했다.

16

"로렌스, 단언하는데 내가 살면서 자네만큼 교수형에 처하고 싶어도 뜻대로 되지 않는 사람은 처음 보네."

웰즐리의 말에 테메레르가 벌컥 화를 냈다.

"아, 우리가 얼마나 수고를 했는데 그런 말씀을 하십니까?"

웰즐리가 받아쳤다.

"자네들만큼 수고하지 않은 자가 어디 있다고 그래? 어쨌든 자네들이 전장에서 깔끔하게 죽어주지 않아서 더럽게 유감이란 말이지. 살아남는 것보다 그 편이 좋았을 텐데."

로렌스는 테메레르를 진정시키기 위해 앞발에 손을 얹으며 말했다.

"예, 장군님. 다들 고생 많았죠."

웰즐리—아니, 이제 웰링턴 공작이라고 해야 될 터였다. 그는 최근 전투를 전승으로 이끈 공로로 공작 작위를 부여받았다—는 코웃음을 쳤다. 그들은 지금 테메레르 소유의 누각에 딸린 주랑 현관에 앉아 있었다. 로렌스가 수개월 전 지어준 것이지만 테메레르는 지금 그 안에 처음 들어가 누워보았다. 그들이 아프리카에 갔다 와서 각각 감옥과 사육장에 갇혀 있는 동안 이 누각은 용들의 공동 숙소로 사용되었다. 지금도 용 몇 마리가 누각 한구석에서 꾸벅꾸벅 졸고 있었다. 누각 근처에서는 페르사이티아가 민병대 출신의 군인들에게 회반죽 섞는 법에 대해 큰 소리로 설명하고 있었다. 전투가 끝난 뒤 페르사이티아는 자기 몫의 보물을 나눠주겠다는 말로 그 군인들을 설득해 이곳으로 데려왔다. 지금 용들은 또 다른 누각을 짓는 중이었다.

쿵 하는 소리와 함께 벽돌 한 무더기가 바닥에 부려졌다. 누각 건축을 열심히 돕고 있는 레퀴에스캇이 거의 5톤에 달하는 벽돌들을 혼자 들고 온 것이다.

웰링턴은 어두운 표정으로 벽돌 더미와 새 누각을 위한 토대를 바라보았다. 민노우를 비롯한 여섯 마리의 용들이 엄청난 먼지를 일으켜가며 토대를 만들고 있었다.

"저 벽돌은 어디서 가져오는 거지?"

웰링턴의 물음을 들은 페르사이티아가 얼른 나섰다.

"구입한 겁니다. 우리가 어디서 훔쳐왔을 거라 지레짐작하고 뭐라 하지 마세요. 독수리 깃발을 팔아서 확보한 재산으로 산 거니까요."

웰링턴은 손가락으로 자기 허벅지를 툭툭 치며 말했다.

"이런, 어이가 없군. 그 재산으로 손해 배상을 했어야지. 전투가 끝난 다음 날 거의 반란이 일어날 뻔한 걸 진압했단 말이다. 십만 명의 군인들과 만 명의 부상병들에게 나눠줘야 되는데 맥주나 럼주가 한 방울도 남아 있질 않더군."

페르사이티아가 반박했다.

"그게 그렇게 아쉬웠으면 전투를 좀더 깔끔하게 이끌었어야죠.

그랬으면 내가 따로 프랑스 용들을 저지할 방법을 찾아낼 필요도 없었을 테고요."

웰링턴은 적군과 아군을 모두 포함해 총 20만 명의 군인과 3백 마리의 용, 20여 척의 군함이 동원된 슈베리니스 전투에서 영국군보다 훈련이 잘되어 있고 무기도 잘 갖춘 프랑스 군을 상대로, 넬슨의 함대가 안개 속에서 해안 가까이 접근하여 포격을 시작할 때까지 계획했던 것보다 세 시간 넘게 잘 버텨냈다. 그런 점을 생각하면 페르사이티아의 발언은 이만저만한 모욕이 아니었다.

"빌어먹을 건방진 것."

웰링턴의 말에 페르사이티아는 날개를 살짝 퍼덕여 어깨를 으쓱하는 시늉을 하고는 잘난 체를 하며 다시 누각 공사에 전념했다.

1808년 3월 17일 아침나절이었다. 나폴레옹과의 전투가 끝난 날로부터 2주일째에 접어들고 있었다. 전투가 끝난 순간, 승리를 만끽하거나 차마 눈 뜨고 바라볼 수 없는 참상에 슬퍼할 겨를도 없이 군인들과 용들은 피로와 혼란에 휩싸였다. 살아남은 군인과 용 들은 전장에서 죽어가는 이들의 나지막한 한숨 소리와 큰 파도가 칠 때마다 바위투성이 해안으로 밀려 올라오는 해군들의 외침을 들으며 그 자리에 쓰러져 잠이 들었다.

그리고 전투가 있은 다음 날, 특별히 지시를 받지도 않았는데 군인들은 전장에서 시신을 수습하기 시작했고 테메레르와 동료들도 다른 용들을 돌보았다. 전장에 남은 프랑스 용들이 다 죽은 것은 아니었다. 그들은 뼈가 부러지거나 출혈로 죽어가고 있었고, 죽은 승무원들에게 둘러싸여 멍한 표정으로 앉아 있기도 했다. 영국 용들은 그런 용들을 달래고 부축하여 용 의사들이 있는 공터로 데려갔다.

부상 정도가 너무 심한 용들은 안락사 처리되었다. 자기 용의 사체 덕분에 대포에 맞지 않고 살아남은 프랑스 공군들도 나머지 포로들이 있는 곳으로 데려다놓았다.

칼세도니의 사체는 푸른 언덕 위에 널브러져 있었다. 하얗고 누런 속살이 드러나도록 여기저기 베이고 찢겨 있었다. 사체를 뒤집어 바로 놓자 파이고 터져 나간 가슴께의 상처가 시뻘겋게 드러났다. 옐로 리퍼들은 사체를 옮기기 위해 양쪽에서 들어 올렸다.

글라디우스가 차분한 목소리로 테메레르에게 물었다.

"어디로 데려가야 하지?"

"도버 근처의 격리 구역으로 데려가. 그곳에 전염병으로 죽은 용들의 무덤이 있어."

그들은 칼세도니를 비롯해 전투 중 사망한 영국 용들을 격리 구역 골짜기에 묻었다. 부드러운 눈으로 덮인 땅에는 벌써 푸른 싹이 돋아나 있었다. 용들이 봉분을 만들기 위해 흙을 파내자 땅에서 축축하고 향긋한 냄새가 났다.

그들은 특별히 의식해서라기보다는 습관에 의해 먹이를 먹으러 도버 공군 기지로 날아갔다. 덕분에 어렵지 않게 허기를 면할 수 있었다. 공군 소속의 용들은 벌써 돌아와 각자의 공터에 자리를 잡았고 지상요원들과 가축 담당자들이 소 떼를 있는 대로 몰아들여 용들에게 나눠주고 있었다. 일주일 후, 웨일스의 펜이팬 사육장 지휘관 로이드가 테메레르의 누각 앞에 나타났다. 그는 끈에 줄줄이 묶인 소 떼를 힘 있게 끌면서 땀에 흠뻑 젖은 채 걸어오고 있었다.

"로이드, 이 소들은 대체 어디서 찾아 끌고 오는 거야?"

테메레르는 이렇게 묻고는 대답을 듣기도 전에 소부터 잡아먹었다. 술을 찾던 로이드는 승무원이 내민 차 한 잔을 고맙게 받아들며 대답했다.

"런던의 가축우리에서. 프랑스 놈들이 모아뒀던 건데 원래 우리 것이었으니 가져왔지."

그 정도 대답이면 이 소들의 출처가 어디인지는 자세히 물을 필요도 없었다.

도버 기지의 용들은 자주 놀러 와 누각 공사가 진행되는 모습을 부러운 눈으로 바라보았다. 막시무스가 불만스러운 목소리로 버클리에게 투덜거렸다.

"기지 안에 왜 누각을 지으면 안 된다는 것인지 모르겠어."

"내 재산이 수천 파운드나 되면 너한테 사원이라도 지어주겠다만, 사정이 그렇질 못하니 불평 그만 해. 평생 야외에서 잠을 잤지만 아무 문제 없었잖아."

하지만 이미 장교들 사이에서는 용들에게 누각을 지어주기 위한 모금 운동이 시작되었다. 그리고 얼마 후 용들은 누구의 누각이 먼저 완성되는가를 놓고 선의의 경쟁을 벌였다.

테메레르의 누각을 찾아오는 이들을 통해 로렌스는 런던의 상황을 전해 들을 수 있었다. 여러 사람에게 잘 알려진 소식이 대부분이었다. 조지 왕이 켄싱턴 궁으로 돌아갔고 황태자가 섭정을 시작했다더라, 나폴레옹은 기가 팍 죽은 채 파리로 도망쳤다더라 등등. 신문에는 넬슨 제독을 비롯해 전투 중에 사망한 해군들의 애국심을 기리고 그들을 애도하는 기사가 연이어 실렸고 하나같이 조국을 위해 목숨을 바친 순교자로 그들을 묘사하고 있었다.

그동안은 로렌스와 테메레르가 어디를 돌아다니든 막는 이가 없었고 공식적인 통고도 내려오지 않았다. 하지만 로렌스는 이런 상황이 영원히 지속되지 않을 것임을 알고 있었다. 지독한 분열과 혼란을 겪은 영국 정부가 내각을 정비하고 문제를 처리하기 시작하면 로렌스와 테메레르는 다시 가시밭길을 걷게 될 터였다. 반역은 쉽게 간과할 수 없는 죄니까.

그래서 로렌스는 제인이나 그 밖에 계급이 낮은 장교를 보내지 않고 웰링턴이 직접 방문을 하자 깜짝 놀랐다. 그렇다고 일이 잘 풀릴 것이란 기대감이 들지도 않았다.

로렌스가 웰링턴에게 말했다.

"바쁘신 분께서 이런 누각 공사에 대해 물어보시려고 찾아오신 것은 아닐 테고, 제게 하실 말씀이 있으신 것 같은데 편하게 말씀하십시오."

테메레르가 끼어들었다.

"로렌스를 감옥으로 보내거나 교수형에 처하는 일은 절대 안 됩니다. 그런 말을 하려고 오신 거면 당장 돌아가세요. 육군을 끌고 와서 로렌스를 뺏어가려면 한번 해보시든가요."

웰링턴이 말했다.

"우린 너와 네 악당 친구들을 상대로 쓸데없는 싸움을 할 생각 없다. 그 롱윙이랑 리갈 코퍼가 도버를 돌아다니며 하도 떠들어대서 나도 네가 패거리들이랑 한 약속에 대해 들어 알고 있어. 우리가 네 비행사를 빼앗아가려고 하면 그 녀석들이 너를 도와 함께 싸울 것이라더군. 다른 용들도 다 동원할 것이고. 안 그러면 그들의 비행사도 언젠가는 그런 식으로 정부에 끌려가 처형을 당할지 모른다면서 말이지."

로렌스는 테메레르를 쳐다보았다. 테메레르는 약간은 부끄러워했지만 바로 응수했다.

"장군님을 믿지 않는다고 저를 비난할 권리는 없다고 보는데요. 장군님은 전에도 로렌스를 빼앗아가려고 했었지 않습니까. 게다가 약속했던 우리 봉급은 어떻게 된 거죠? 우리한테 개방하기로 했던 스무 개 지역은요?"

"내가 한 약속은 유효해. 너희는 자유 구역과 봉급을 받게 될 거다. 또 다른 악당이 들고일어나기 전에 그 문제를 처리해야겠지. 하지만 정부가 이런저런 잔금을 지불할 수 있게 되려면 반년은 있어야 돼. 그러니 그때까지는 참아. 그래도 너희가 지금 굶고 있는 건 아니잖아. 영국 사람들은 대부분 배를 주리고 있는데."

테메레르는 말투가 약간 누그러졌다.

"그렇다면 뭐. 약속을 지키실 거라고 하시니, 무례하게 말했던 점을 사과드리겠습니다. 그렇지만 로렌스를 감옥에 넣을 생각은 마세요. 원하시는 바가 뭡니까?"

"내가…… 아니, 영국 정부가 원하는 건 사형이지만, 국왕 폐하의 공명정대하신 판단에 의해 식민지 유배와 노역으로 형이 감형됐다."

테메레르는 공명정대라는 말에 코웃음을 쳤다. 그리고 매우 미심쩍어하며 유배형이 무엇인지에 대한 설명을 요구했다. 뉴사우스웨일스 식민지로 보내는 것이라고 하자 테메레르는 곧장 반발했다.

"지구 반대편에 있는 곳이잖아. 이건 당신을 감옥에 다시 넣는 것과 다를 게 없어. 절대 당신을 나한테서 멀리 떨어뜨려놓게 하지 않을 거야."

로렌스는 웰링턴을 바라보며 말했다.

"아니, 그런 뜻이 아니야. 장군님, 프랑스가 리엔을 보유하고 있는 지금 테메레르를 영국에서 멀리 떨어진 곳으로 보내는 것은 결코 현명한 판단이 아닙니다. 저를 처리하려고 테메레르까지 같이 내보내는 건 영국으로선 너무 큰 손실입니다."

"말귀를 잘 못 알아듣는군, 로렌스. 정부에선 자넬 살려주는 대신 저 용을 같이 치워버릴 수 있으니 싼값에 처리하는 것이라 여기고 있어. 마음만 먹으면 도버 항구의 배 절반을 침몰시킬 수 있는 용이니까."

테메레르는 얼굴 주변의 막을 빳빳이 세우며 반발했다.

"참 무례한 말씀이시네요. 저는 어선이나 상선에 그런 잔인한 짓을 할 생각이 전혀 없습니다. 왜 제가 그래야 되는데요?"

전투가 끝난 뒤 런던을 비롯해 각자의 고향으로 의기양양하게 돌아간 군인들은 승전 및 넬슨의 죽음에 대한 소식과 함께, 넬슨의 함대를 단번에 침몰시킨 리엔에 관한 얘기를 온 나라에 퍼뜨렸다. 그 얘기는 사람들 사이에 경악과 두려움을 불러일으켰다. 그로 인해 발생한 공포감이 로렌스 자신과 테메레르의 식민지 유배형이라는 결론으로 귀결되었음을 깨닫자 로렌스는 당황스러웠다.

"신의 바람이 무서운 무기인 것은 사실이지만, 프랑스도 셀레스티얼을 보유하고 있는 상태에서 우리가 그런 무기를 포기하는 것은 전혀 국익에 도움이 되지 않습니다. 프랑스가 쏜 대포를 맞았다는 이유로, 우리가 갖고 있는 같은 종류의 대포를 녹여 없애는 것과 다를 게 없습니다."

"그 대포가 언제든 방향을 돌려 자기네 얼굴을 겨냥할 수 있다는 걸 알면 프랑스 인들도 그 대포를 없애려 하겠지. 그건 물론 그들 사정이지만. 자네 덕분에 난 용들이 지혜로운 생물이라는 것을 알게 되었어. 그들에게 정치 활동을 하게 해선 안 된다는 것도 깨달았지. 휘그당원처럼 만 마리 이상의 용을 선동할 줄 아는 자네 용을 데리고 있으니 차라리 프랑스의 셀레스티얼을 막는 방법을 강구하는 게 나아."

테메레르가 말했다.

"우리가 지능이 있는 생물이라는 것을 알았다면서 정치에 참여할 권리를 주지 않겠다니, 그런 모순이 또 없군요."

"너는 물론이고 어느 누구에게도 이 나라의 토대를 뒤흔들 권리를 줄 생각은 없어. 참정권은 무슨……. 너희에게 그런 권리를 줬다간 누구나 다 달려들어 끝도 없이 권리 주장을 하려고 할 거다."

웰링턴이 떠난 후, 테메레르는 로렌스를 슬쩍 곁눈질하며 말했다.

"우리가 원치 않으면 아무도 우릴 강제로 내쫓을 수 없어. 웰즐리 장군인지 웰링턴 공작인지가 어떻게 생각하든 상관없어."

로렌스는 테메레르의 앞발에 손을 얹으며 골짜기를 바라보았다. 작년 여름에 비해 풍경이 많이 나아졌다. 용들의 무덤이 들어차 굽이치는 언덕 위로 푸른 잎이 돋아나고 있었고, 로이드가 모아온 소와 양 들이 푸른 언덕 위에 점점이 모여 풀을 뜯고 있었다. 평온한 영국의 모습이었다. 하지만 이제 그들은 영원히 멀고 척박한 나라로 가야만 한다.

로렌스가 말했다.

"우린 떠나야 해."

뭉우리돌 가장자리에 앉으며 제인이 말했다.

"자네들 편에 용알 몇 개도 같이 보낼 생각이야. 뉴사우스웨일스에서 식민지 개발과 안정을 위해 용을 보내달라고 했거든."

제인은 로렌스와 따로 조용히 얘기를 하기 위해 누각에서 일어나 산허리로 올라온 참이었다. 그들 앞에 바다가 훤히 내려다보였다. 바다 위에 깔린 잿빛 안개 가장자리로 반짝이는 햇빛과 하얀 돛들이 보였다.

로렌스가 물었다.

"가져가도 될 만큼 여유가 있는 겁니까?"

"여기 두는 것보다 나아. 자네가 전염병 치료약을 가져오기 전에 우린 영국 제도 전체의 용들이 다 죽게 될 줄 알고 집중적으로 용알을 만들어냈어. 온 나라가 약탈을 당하고 피폐해져서 그 알들이 깨어나면 앞으로 일 년간 뭘 먹여서 키울지 걱정이니 기회가 있을 때 식민지로라도 보내는 게 낫지."

그리고 그녀는 막연히 프랑스를 향해 자갈을 던지며 말을 이었다.

"우리 친구 나폴레옹은 영국 점령을 시도하면서 용 사십 마리를 잃었어. 당분간은 다시 쳐들어오지 못할 거야. 그가 재침략을 준비한다고 해도 그동안 우리도 준비를 하면 돼."

로렌스는 고개를 끄덕이고 제인 옆에 앉았다. 제인은 두 손을 비비며 입김을 불었다. 공기가 아직 차가웠다. 저 아래에는 엑시디움이 누각 토대를 흥미롭게 바라보고 있었다. 페르사이티아는 바위들 위로 독을 길게 뿌려 물이 좀더 쉽게 흐를 수 있게 하려고 엑시디움을 구워삶는 중이었다.

"이런 말을 해서 좀 그렇지만, 로렌스 자네는 공식적으로 죄수 신분이야. 테메레르가 싫어할 테니 뉴사우스웨일스에서도 자넬 감옥에 넣진 않겠지만 제대로 된 예우는……."

"그런 건 기대 안 합니다."

제인은 한숨을 푹 쉬었다.

"정부를 설득해 자네가 무례한 대접을 받지 않게 조치는 취해뒀어. 새로 태어날 용들을 돌봐줄 승무원들도 자네와 함께 가게 될 건데, 그중에 자네가 데리고 있던 승무원들을 몇 명 박아뒀어."

"설마 에밀리를 보내시는 건……."

"그 애를 보낼 수 없다면 다른 승무원들도 못 보내지. 에밀리는 강한 아이야. 나 역시 그 애가 고생을 하더라도 더욱 강인한 사람이 되길 원해. 내가 없는 곳에서도 그 애는 잘 해낼 거야. 그리고 아직 못 들었나 본데, 이번에 나는 공군 대원수로 임명받았어."

제인은 웃음을 터뜨리며 말을 이었다.

"못 말리는 고집불통 웰즐리…… 아니 웰링턴 공작이 정부 측에 압력을 넣어서 내게 상원의원 나부랭이 자리를 하나 내주게 만들었어. 지금 정부에선 어떻게든 나를 상원의원 석에 앉지 못하게 하려고 골치를 싸매고 있지."

로렌스는 제인의 손을 잡고 악수를 나눴다.

"진심으로 축하드립니다. 그런데 제인, 우린 이제 지구 반대편에 가 있게 될 텐데…… 거기서 무슨 일을 하라는 것인지……."

"그쪽에서 자네들한테 일거리를 찾아줄 거야. 내륙을 개발할 생각인 것 같더라고. 용들은 토지 개간 작업에 동원될 것이고, 자넨 그 일을 돕게 되겠지. 자네들을 그런 일에 종사하게 하는 것은 자원 낭비지만, 그래도 유감스러워할 필요는 없어. 솔직히 말하면 난 자네가 그리로 가게 돼서 마음이 놓이기도 해. 안 그랬으면 무슨 일이 일어날지 알 수 없으니까."

"제가 내란을 일으킬 리는 없는데요."

"자넨 안 그렇다 쳐도 테메레르는 그럴 가능성이 있어."

제인은 이렇게 말하며 언덕 아래에 있는 테메레르를 내려다보았다. 테메레르는 언쟁 중인 칸타렐라와 페르사이티아를 말리고 있었다. 언쟁이 벌어지자마자 옐로 리퍼들 중 절반이 즉시 칸타렐라의 편에 서서 거들었다.

제인이 계속해서 말했다.

"그리고 에밀리에 대해서 말인데, 난 어느 누구도 그 애를 특별 대우하는 걸 원치 않아. 그 애를 통해 좋은 일이든 나쁜 일이든 내게 영향을 미치려는 것도 원치 않고. 용 서너 마리를 거치며 경험을 쌓고 진급을 하다 보면 에밀리는 많이 성장하게 될 거야. 뉴사우스웨일스로 배가 자주 왔다갔다하니까 필요하면 영국에 다니러 오면 될 테고. 그보다는 캐서린이 걱정이지."

로렌스와 테메레르를 태우고 갈 용 수송선으로 또다시 라일리 함장의 얼리전스 호가 지정되었다. 캐서린은 같이 가고 싶어도 릴리를 영국 밖으로 내보낼 수 없기에 어쩔 수 없이 영국에 남아야 했다.

그날 저녁식사를 함께하며 캐서린이 로렌스에게 말했다.

"아기를 어떻게 해야 할지 모르겠어요. 내 품에서 떠나보내고 싶지 않은데……."

그 말에 릴리는 들으란 듯이 크게 중얼거렸다.

"왜 떠나보내면 안 된다는 건지 모르겠네."

캐서린이 계속해서 말했다.

"……어차피 해군이 되어야 한다고 해도 나중에 자신의 의지로 결정해서 정하게 하고 싶어요. 혹시 공군이 되고 싶어하면 그때쯤 용은 많을 테니까 비행사로 만들어줘도 되고요. 제 아버지랑 같은 길을 가려고 할지도 모르지만 말예요."

죄수 신분인 로렌스가 기지 안으로 들어와 저녁을 먹을 수 없기 때문에 캐서린과 버클리가 배웅차 밖으로 나와 식사 자리를 마련한 것이었다. 그들은 누각 안에 작은 카드용 탁자를 펼쳐놓고 둘러앉아 양고기 구이와 빵을 먹었다. 주변에 용들이 누워 졸고 있어서 찬바람은 들어오지 않았다.

로렌스가 머뭇거리며 입을 열었다.

"캐서린, 평범한 상황이라면 내가 그런 점에 대해 조언을 하지 않겠지만, 이번에 얼리전스 호는 죄수선 역할을 하는 것이라 죄수들을 싣고 가게 됩니다."

얼리전스 호는 일 년에 두 번 뉴사우스웨일스를 오가는 정기 수송선 외에 특별히 동원되는 것이었지만 워낙 규모가 큰 배이다 보니 갑판 사이마다 빼곡하게 죄수들을 싣고 떠나게 될 터였다.

캐서린이 놀라며 말했다.

"그래도 죄수들이 배 안을 마음대로 돌아다니지는 않을 거 아네요."

할 수 없이 로렌스는 죄수선의 무서운 점에 대해 설명을 해주어야 했다. 죄수선에서는 끔찍할 정도로 자주 괴혈병과 열병, 이질이 발생하고 반란이 일어날 위험성도 매우 높았다.

다음 날 아침, 시어니스 조선소로 얼리전스 호를 보러 갔을 때 로렌스는 자신이 말한 그대로의 죄수선을 보게 될 듯하여 마음이 심란

했다. 수차례 로렌스 일행을 태워준 익숙하고 충실한 용 수송선 얼리전스 호. 그 배에 탑승할 선원들 대부분이 우울하고 뿌루퉁한 표정의 풋내기 선원들이었던 것이다. 그 선원들은 갑판 아래 어딘가에서 쇠사슬을 덜그럭거리며 악을 쓰는, 고약한 악취를 풍기는 죄수들의 모습과 별반 달라 보이지 않았다. 해안이 가까워 탈옥할 우려가 있으니 죄수들에게 쇠사슬까지 채워놓은 것이었다.

유능한 선원들은 다른 고상한 의무를 수행하는 배에서 라일리보다 입김이 센 함장들이 다 끌어가 버린 모양이었다. 라일리는 예전에 로렌스 밑에서 복무했고 친분이 있다는 이유로 명예에 손상을 입었기에 제대로 된 선원을 모집하지 못한 듯했다. 갑판에는 쇠살대가 갖추어져 있고 그 아래 핏자국이 묻어 있었다. 얼마 전에 그 쇠살대로 선원 중 누군가 벌을 받은 모양이었다. 갑판장과 그의 부하들은 선원들을 이리저리 밀치며 일을 시키고 있었다.

항구 건너편에 배 한 척이 보였다. 그 배는 얼리전스 호를 잠시 항구에 잡아두고 있는 바람을 타고 대기 중이었다. 곧 템스 강을 따라 바다로 내려가려는 듯했다. 그 배는 주변의 다른 배들과는 확연히 달랐다. 바닥이 판판한 바지선이었는데 거대한 얼리전스 호 부근에 있어서 한층 작아 보였다. 그 배에 탄 몇 안 되는 선원들은 깔끔한 검은 옷을 입었고, 돛도 검은색이었다. 선체 양옆에는 새로 도료를 발라 흘수선 흔적이 남지 않게 해놓았다. 해군 장교들이 차렷 자세로 서 있는 가운데 검정색과 금색으로 칠이 된 큰 상자가 천천히 그 배에 올랐다.

테메레르가 저게 뭐냐고 묻자 로렌스가 답했다.

"넬슨 제독의 관이야."

그 배에 관이 실리는 동안 얼리전스 호도 조용해졌다. 알아서 예의를 차린 선원들도 있고 동료들의 주먹에 입이 붙은 이들도 있었다. 투박한 선원들의 얼굴에 눈물이 어렸다. 로렌스는 삭구에 매달려 일하던 선원이 어린아이처럼 흐느껴 우는 소리를 들었다. 혼란스러운 감정이 교차하며 로렌스의 눈에도 눈물이 맺혔다.

넬슨은 트라팔가르 전투를 승리로 이끌며 영국이 제해권을 차지하게 해주었다. 그는 코펜하겐에서 18척의 군함을 포획하여 영국으로 가져왔고 발트 해 통행권을 확보했다. 슈베리니스 전투에 합류하기 전, 한 달간 넬슨의 함대는 영국 해협에서 프랑스 배를 모조리 몰아내고 정기적으로 날아오는 프랑스 용들을 퇴치하여 나폴레옹의 증원부대가 영국에 상륙하지 못하게 막았다. 그 기간 동안 넬슨 함대의 배들은 깃발을 숨기고 배의 이름이 적힌 부분을 도료로 칠해 어느 누구도 넬슨이 영국 해협에 돌아와 있다는 사실을 알지 못하게 했다. 그 배들이 영국의 각 항구에 숨어 있는 동안 5천 명 이상의 영국 선원들 중 단 한 명도 그 사실을 누설하지 않았다. 넬슨에 대한 존경과 사랑 때문이었다.

넬슨이 해밀턴 부인과 공공연히 불륜을 저질러 아내를 모욕하고, 친구인 해밀턴 경을 천하의 못난이로 비난받게 만들었지만 사람들은 그의 개인적인 죄를 크게 문제 삼지 않았다. 게다가 해밀턴 부인은 전쟁 중 용감하게 첩자 노릇을 한 덕분에 명예를 지킬 수 있었다. 넬슨이 전쟁에서 수없이 승리를 거둔 전쟁 영웅이기 때문에 경미한 잘못이야 용납될 수 있을지 모르지만 더 큰 죄악을 저질렀음은 부정할 수 없는 사실이었다. 넬슨은 노예무역 제도를 옹호했고, 적국뿐만 아니라 동맹국과 중립국의 용 수천 마리를 죽음으로 몰아넣을 수 있는 전염병 확산 계획을 거리낌 없이 지지했다. 로렌스는 이 두 가지 죄만큼은 도저히 용서할 수 없었다. 특히 그 전염병 확산 계획 때문에 로렌스는 평생 반역 죄인의 굴레를 벗어날 수 없게 되었다.

하지만 지금 검은 돛을 단 바지선이 넘실거리며 부두를 빠져나가는 모습을 보며 로렌스는 깊은 애도와 비통함을 느꼈다. 넬슨이 그리 큰 죄악만 저지르지 않았다면 온 마음을 다해 더욱 슬퍼했을 것이다. 바지선은 강을 따라 바다로 흘러가며 예포를 쏘았다. 얼리전스 호의 초라한 선원들은 예를 갖추기 위해 서둘러 갑판을 내달려 배의 대포를 쏘았다. 이 배의 한쪽 현측에서 32문에 달하는 대포를 일제히 쏠 수는 없었지만 의미 있게 한두 번 절차에 맞게 쏠 수는 있었다.

바람과 조수에 밀려 바지선은 곧 수평선을 넘어갔다. 점점 잦아드는 폭풍우처럼 멀리서 예포 소리가 울려 퍼지더니 완전히 사라졌다. 얼리전스 호의 닻에서 들려오는 나지막한 신음 소리와 함께 선원들은 다시 우울한 표정으로 하던 일을 계속했다. 로렌스는 숨을 내쉬었다. 그의 눈물은 눈에 고였을 뿐 흘러내리지는 않았다.

그 과정을 흥미롭게 지켜보던 테메레르는 맞바람을 맞지 않으려고 조심스럽게 날개의 방향을 조절하며 물었다.

"이제 곧 출발하는 거야?"

"함장과 승객들이 승선해야지. 좋은 바람을 타고 나가려면 며칠 기다려야 될 거야."

테메레르와 로렌스는 승객이 아닌 죄수 신분이므로 다른 이들보다 먼저 이 배에 올라 있는 것이었다. 로렌스가 자신들의 공식적인 신분이 죄수임을 잊고 있을까 봐 퍼벡 대위는 미리 조치를 취해두었다. 간수 한 명—거의 쓸모가 없는 간수이긴 하지만 그래도 구색은 갖춰놓았다—과 머스켓 소총으로 무장한 해병대원 두 명을 용갑판 계단에 배치해둔 것이다. 테메레르는 몸을 움직이다가 실수로 그 해병대원들을 툭 쳐서 나가떨어지게 만들었다. 로렌스의 소지품은 갑판 두 개를 지나 고물 쪽 사다리 옆에 있는 작고 어두운 선실에 놓여 있었다. 그곳은 감옥은 아니었지만 감옥용 갑판 가까이에 있어서 악취가 진동했다. 로렌스는 간수 뒤를 따라 그 선실로 내려갔다. 간수와 해병대원들이 그를 선실 밖으로 나오지 못하게 하고 싶어하자 로렌스가 말했다.

"그럼 올라가서 테메레르에게 내가 용갑판에 접근할 수 없게 되었다고 말하시오."

도버 기지에서 온 공군들이 두세 명씩 얼리전스 호에 승선하기 시작했다. 그들은 현재 담당하는 용이 없는 자들로, 그중에는 전염병으로 용을 잃고 지상 근무를 하던 나이 많은 비행사 두 명도 섞여 있었다. 그 두 비행사는 제인의 지시로 이 배에 타게 된 것이었다. 노련한 비행사들이라 새로 용알을 배정받으면 앞으로 오랜 기간 비행사로 계속 일할 수 있을 터였다. 그리고 지브롤터에서 또 다른 비행사 한 명이 이 배에 승선할 예정이었다. 이 배에 실리기로 한 용알은 총 세 개였고, 그 세 비행사에게 하나씩 돌아가게 되어 있었다.

얼마 후 용 세 마리가 그 용알 세 개를 갖고 얼리전스 호로 날아왔다. 공군들은 솜에 싸인 알들을 받아 요리실 위에 특별히 만든 둥지에 넣어두었다. 사실 그리 대단한 품종의 알들은 아니었다. 하나는 옐로 리퍼 알이고, 또 다른 하나는 체커드 네틀과 파르나소스 사이에서 만들어진 잡종 알이었는데 그 잡종 알은 크기가 놀라울 정도로 작아서 헤비급 용이 아닌 윈체스터 급의 용이 태어날 듯했다. 그리고 아르카디가 직접 갖고 날아온 세 번째 알은 바로 아르카디의 자식이라고 했다. 아르카디는 최근에 린지가 자신의 피를 이어받은 그 알을 낳았다며 자랑스럽게 떠벌렸다. 아르카디는 그 알을 먼 곳으로 보내면서도 전혀 슬퍼하지 않았다. 오히려 주인 없는 광활한 영토로 자손을 보내게 된 것을 큰 영광으로 여기고 있었다. 아르카디는 한참 동안 용갑판에 머물며 테메레르에게 자신의 알을 잘 감독하라며 잔소리를 했고, 엄청난 부자가 아니면 자기 알의 비행사가 될 자격이 없으니 별볼일 없는 자들의 접근을 차단해달라고 신신당부를 했다.

로렌스는 아르카디와 함께 온 타르케에게 어색하게 말을 건넸다.

"떠나기 전에 다시 보게 돼서 반갑습니다."

오두막에서 타르케가 로렌스를 통렬하게 비꼰 그날 이후 두 사람은 서로 얘기를 나눈 적이 없었다. 로렌스는 그에게 사과를 해야 할지 고마움을 표시해야 할지 잘 알 수가 없었다.

타르케가 말했다.

"아직은 작별 인사를 하실 필요 없습니다. 나도 같이 갈 거니까요. 라일리 함장이 나를 손님으로 받아줬습니다."

로렌스는 머뭇거리며 물었다.

"라일리 함장과 친분이 있는 줄 몰랐는데요."

"친분은 없지만 캐서린 하코트 대령의 소개로 인사를 했습니다. 게다가 난 제인 대장의 호의로 주머니 사정이 좋아졌고……."

로렌스의 놀란 표정을 보며 타르케가 덧붙였다.

"……미지의 남쪽 대륙에 가본 적이 없기도 하고 그래서 이참에 가보기로 했습니다."

방랑벽이 있는 사람이니 대양을 가로지르거나 대륙 끄트머리까지 여행하는 걸 꺼려할 이유가 없겠지만, 굳이 자신이 경멸했던 자와 한 배를 타고 갈 이유는 없을 터였다. 그의 말대로 주머니 사정이 넉넉해졌다면 다른 배를 타고 갈 수도 있을 것이다.

로렌스는 감정을 드러내 자신은 물론 상대의 기분이 상하지 않도록 조심스럽게 말했다.

"같이 여행을 하게 돼서 기쁘군요."

한참 뒤에야 라일리는 굳은 표정으로 혼자 잔교를 지나 배에 올랐다. 조수가 밀려 들어와 선체 양옆을 요란하게 치고 있었다. 그는 로렌스에게는 물론이고 미리 승선해 있던 다른 두 비행사와 자신이 손님으로 초대한 타르케에게 인사를 하러 오지도 않았다. 그는 승선하자마자 곧장 함장실에 들어갔다 나온 뒤 닻과 돛을 올리라는 명령을 내렸다. 그리고 바로 다시 함장실로 들어갔다. 노련한 퍼벡 대위가 항구에 어색하게 남아 있던 선원들을 불러들여 간단한 말로 지시를 내렸다. 곧이어 영국 해협의 검은 물이 얼리전스 호를 바다로 띄워가기 시작했다.

난간 너머로 머리를 내밀고 파도를 바라보던 테메레르가 물었다.

"리엔이 어떤 방법을 써서 물벽을 일으켰는지 궁금해. 지금 연습해봐도 돼?"

배에서 멀리 파도를 불어내는 식으로 연습을 해보겠다고 했지만 로렌스는 극구 뜯어말렸다. 그런 연습을 했다가는 라일리나 선원들이 불쾌하게 여길 터였다.

테메레르는 한숨을 쉬며 도로 엎드렸다. 친구들은 누각을 짓고 있고 곧 봉급도 받게 될 텐데 자신은 또다시 장기간 바다 여행을 해야 하니 기분이 좋지 않았다. 용도 한 마리 없는 낯설고 썰렁한 대륙으로 가게 된 것도 마음에 안 들었다. 그 대륙이 괜찮은 곳이었으면 벌써 오래전에 용들이 그리로 이주해 갔을 것이다. 그러니 그곳은 아주 황량한 곳임이 분명했다. 테메레르는 알들이 걱정되었다. 그 알들에 무슨 일이 생기지 않게 잘 지켜야 한다고 생각하니 무거운 책임감이 느껴졌다. 그중 자기 알은 하나도 없다는 것도 테메레르의 마음을 우울하게 했다.

다음 날 아침, 수평선밖에 보이지 않는 단조로운 풍경에 벌써 염증이 난 테메레르가 물었다.

"얼마나 더 가야 돼?"

앞으로 7개월 이상 걸릴 것이라는 대답을 듣고 테메레르는 침울해할 뿐 놀라지는 않았다.

로렌스가 말했다.

"도중에 지브롤터와 세인트헬레나 섬에 들를 거야. 더 이상 케이프 식민지로는 입항할 수 없기 때문에 뉴암스테르담을 거쳐서 가게 되겠지."

"중국으로 가는 건 정말 싫어? 육로로 가면 거기까지 날아갈 수 있는데……."

하지만 로렌스는 그러고 싶어하지 않았다.

"순교자 노릇을 할 생각은 없지만, 누구나 법을 준수해야 돼. 영국 정부는 마지못해 한 것이긴 하지만 사실상 너랑 나한테 상당 부분 법적 예외를 허용했어. 우리가 프랑스에 전염병 치료약을 건넨 일이 아무리 정당한 것이었다고 해도, 그 일로 우리가 충성을 다 바쳐 섬겨야 할 영국인들이 고통을 당했고 우리의 적은 이득을 봤어. 전보다 안전하고 자유로워진 영국의 모습을 확인하고 떠날 수 있어서 얼마나 다행인지 몰라. 영국의 전승에 기여하기는 했지만 아직 내 마음의 빚을 다 갚진 못했어. 그래서 영국을 위해 내가 명예롭게 할 수 있는 일이 있다면, 간접적으로나마 빚을 갚을 수 있다면 뭐든 기꺼이 할 거야."

만일 누군가 로렌스에 대해 그가 영국에 아직 빚을 지고 있다고 말했으면 테메레르는 크게 반발했을 것이다. 그러나 자신도 로렌스에게 마음의 빚을 지고 있기 때문에 그런 주제로 언쟁을 하고 싶진 않았다. 그 얘기는 이쯤에서 접는 게 낫다는 생각이었다. 날이 갈수록 낮 시간은 점점 지루해지고 있었다.

"용이다! 왼쪽 뱃전에서 약 22도 방향!"

갑자기 망꾼이 소리치자 테메레르는 혹시나 하는 생각에 얼른 머리를 쳐들었다. 전투가 벌어진 것이거나 볼리가 날아와 그들에게 영국으로 돌아와도 된다는 소식을 전하거나 막시무스와 릴리가 이 여행을 같이하게 되었다며 날아오거나 하지 않을까.

하지만 그 용이 뒤로 옅은 증기를 뿌리며 날아오는 모습을 보고 테메레르는 툴툴거렸다.

"뭐야. 이스키에르카잖아."

장거리 비행으로 지쳤는지 느릿느릿 날개를 치며 날아온 이스키에르카는 용갑판에 고꾸라지듯 착륙했다. 제대로 된 안장도 차고 있지 않았고 승무원도 없었다. 탑승자는 목 끈에 카라비너를 걸고 앉은 그랜비뿐이었다. 곧 이스키에르카는 테메레르의 물통 두 개를 잡아 들고 벌컥벌컥 마셨다.

테메레르가 물었다.

"뭐 하러 왔어?"

이스키에르카는 몸을 느슨하게 말며 몸통 일부를 난간 너머에 아슬아슬하게 걸친 채 갑판에 드러누웠다. 테메레르는 이스키에르카의 몸길이가 자신보다 더 길어졌음을 인정하지 않을 수 없었다.

"너랑 같이 가려고."

"아니, 넌 안 돼. 우린 용 수송선을 타도록 허락을 받았지만 넌 아니잖아. 당장 돌아가."

"아, 그렇겐 못 하겠는데. 지금은 피곤해서 날아 돌아갈 수가 없어. 내일 아침쯤이면 영국하고 너무 멀어져서 더더욱 못 돌아가. 이대로 쭉 같이 가는 거야."

"도대체 왜 온 건지 이해가 안 된다."

"전투에서 이기면 네 알을 낳아주겠다고 내가 말했잖아. 약속을 지키려고 왔어."

"난 그러고 싶지 않아, 전혀! 네가 이 배에 타고 있는 것도 내키지 않아. 넌 공간을 엄청 많이 차지하는 데다가 습기를 계속 내뿜잖아."

기분이 상한 이스키에르카가 쏘아붙였다.

"너보다는 공간을 덜 차지해. 네 말처럼 엄청 많이 차지할 정도는 절대 아니야. 그리고 내 몸에서 열이 나오는 건 모두 좋아하지. 그러니 그만 딱딱거려."

"넌 또 명령에 불복종하고 있는 것 같구나. 그랜비가 네가 여기 오는 걸 허락했을 리 없어."

"아, 그만 해! 항상 명령에 복종할 수는 없는 거잖아. 그나저나 언제쯤 도착해?"

그랜비가 로렌스에게 말했다.
"그놈의 알 때문입니다. 불을 뿜고 신의 바람까지 쓸 줄 아는 새끼를 낳겠다고 저래요. 그게 마음대로 되진 않는다고 몇 번이나 말했는데 도무지 듣질 않습니다. 결국 고집을 피우며 여기까지 따라온 것이고요."
"지브롤터에 도착하면 데리고 내리게."
"아, 이스키에르카가 말을 들어야 말이죠."
그리고 그랜비는 빈 물통 위에 힘없이 주저앉았다.
돼지 한 마리를 먹어치운 이스키에르카는 흡족해하며 잠이 들었다. 이스키에르카의 몸에서 계속 뿜어져 나오는 수증기가 뱃머리 너머 용갑판 양옆으로 흘러내렸다. 배 뒤로 나부끼는 그 수증기를 보노라면 영국에서 아득히 멀어지고 있음을 느낄 수 있었다. 테메레르는 용갑판 중간 너머로 이스키에르카의 몸통을 밀어놓고는 얼굴 주변의 막을 축 늘어뜨린 채 뿌루퉁한 표정으로 몸을 웅크렸다.
"적도를 넘어가기 전에 같이 여행할 친구가 생겨 좋잖아."
로렌스가 달래자 테메레르는 시무룩하게 대꾸했다.
"지루하더라도 혼자인 편이 나았어. 차라리 태풍을 벗으로 삼는 게 낫지. 저 애는 알들한테도 악영향을 미칠 거야."
로렌스는 이스키에르카와 그랜비를 한 번씩 쳐다보았다. 그랜비는 울적한 마음을 달래느라 럼주를 마시고 있었다. 갑판에 있던 타르케가 훈련생 중 한 명을 불러 술병을 가져오게 해 따라준 것이었다.
"적어도 알들의 안전을 걱정할 필요는 없게 됐잖아."

"이 배에 화재나 내지 않으면 다행일걸."

테메레르가 그 말을 너무 크게 해서 갑판 두 곳 아래쪽과 고물 쪽에 있는 선원들을 제외하고는 다 들었을 것이었다.

로렌스가 말했다.

"넌 철학을 공부해서 역경을 참아내는 법을 배워야겠다. 사육장에서 생활하는 것보다는 지금이 낫잖니."

"아! 어디든 사육장보다는 낫겠지. 그렇지만 불쾌한 마음이 가시질 않네."

테메레르는 한숨을 훅 내쉬고 머리를 앞으로 내밀며 말을 이었다.

"로렌스, 달리 할 것도 없고 한데 《프린키피아 마테마티카》나 읽을까?"

"또?"

로렌스는 에밀리를 내려 보내 선실에 있는 그 책을 가져오게 했다. 에밀리는 로렌스의 숙소 상태를 보고는 화가 나서 얼굴을 찌푸리며 돌아왔다. 로렌스는 에밀리에게 아무 말도 하지 말라는 뜻으로 고개를 저어 보였다.

"어디서부터 읽을까?"

로렌스는 이렇게 물으며 그 책을 내려다보았다. 테메레르는 곧장 대답하지 않았다. 로렌스는 가만히 두 손을 책 위에 올려놓았다. 손가락에 섬세한 종이의 질감이 와닿았다. 금박을 입힌 두꺼운 가죽 표지의 오돌토돌한 선을 손끝으로 쓰다듬어보았다. 예전처럼 그의 손에는 이 책이 들려 있고 얼굴로 짭짤한 바람이 불어왔으며 옆에는 테메레르가 누워 있었다. 겉보기엔 과거와 다르지 않은 모습이었다. 그러나 로렌스의 내면은 마치 새로 태어난 것처럼 변화된 상태였다.

배의 갑판에 첫발을 디디며 해군 생활을 시작한 때의 그와 지금의 그는 전혀 다른 사람이었다. 높고 빠르게 밀려 들어온 조수가 갈등의 모래를 깨끗이 씻어낸 것처럼.

"로렌스? 다른 책을 읽고 싶은 거야?"

"아니, 테메레르. 이 책을 읽자."

지은이의 말

 본서의 베타 판을 읽고 훌륭한 조언을 해주신 사라 부스, 프란체스카 코퍼, 앨리슨 피니, 특히 조지아나 패터슨 씨에게 깊이 감사드립니다. 또한, 담당 작업을 공들여 해주셨고 내 형편없는 엑셀 워크시트 실력으로는 도저히 만들 수 없는 멋진 스케줄표까지 작성해주신 교열 편집자 로라 조스태드 씨에게도 감사의 말씀을 전합니다.

 내 에이전트 신시아 맨슨 씨와 인내심 많은 편집자 베시 미첼 씨에게도 특별히 고맙다는 말씀을 드리고 싶습니다. 특히 베시 미첼 씨는 마감일이 소리 없이 다가오는 동안에도 내게 압박을 가하지 않고 느긋하게 기다려주셨습니다. (하룻밤이 지나면 어느새 마감이란 놈이 성큼 앞에 와 있더군요. 참 교활한 놈이죠.) 그리고 마감을 코앞에 두고 인터넷이 연결된 우리 집 멋진 데스크톱 컴퓨터의 유혹에서 벗어나 원고를 넘기기 위해 찾아갔을 때 나를 받아준 여동생 소냐에게도 고마움을 표합니다.

그리고 이 자리를 빌려 전체 팬 동호회에도 감사드리고 싶습니다. 나는 십대 시절부터 이 동호회에 가입하여 팬픽을 써왔습니다. 동호회에서 쌓은 경험과 그 안에서 만난 훌륭한 분들이 아니었으면 오늘날 이 자리까지 오지 못했을 겁니다. 동호회 덕분에 수십 명의 다양한 베타 독자들의 도움을 얻었고 나 또한 다른 동료 작가들을 위해 베타 독자로 활동하기도 했습니다. 그런 일련의 과정들을 통해 굉장히 많은 것을 배울 수 있었습니다. 그분들과 거의 온라인상의 이름으로만 아는 터라 개인적으로 따로 인사를 드릴 수는 없지만 진심으로 감사드립니다. 또한 내가 작년부터 활동해온 '변형 작품 기구'의 모든 훌륭한 자원봉사자 분들께도 깊이 감사드립니다.

마지막으로, 내 남편이며 최고의 독자라 믿어 의심치 않는 찰스, 솔직한 비평으로 늘 큰 도움을 주고 나를 행복하게 해주는 그이에게 감사와 사랑을 보냅니다.

나오미 노빅

옮긴이의 말

손에 땀을 쥐게 하는 본격적인 나폴레옹과의 전투!

제1권부터 제4권까지 영국, 중국, 오스만투르크, 아프리카를 돌아다니며 모험을 하던 로렌스와 테메레르는 제5권에서 나폴레옹을 맞아 본격적인 전투를 하게 된다. 그동안 앞 권에서 전투 장면이 많지 않아 감질났던 분들은 이번 권에서 소규모 접전에서 대전투에 이르기까지 각종 전투와 전략, 전술을 볼 수 있을 것이다. 새로운 용과 인물이 대거 등장하여 참전하면서 작품에 활력을 불어넣고 읽는 재미를 배가시킨다. 작가 나오미 노빅은 당시 전투에서 사용했던 전략, 전술에 상상력을 더해 19세기 전쟁에 유인·무인 전투기가 투입된 것 같은 전혀 새로운 형태의 전투 장면을 만들어냈다. 신인으로서 이 정도 작품을 써낸다는 것은 정말 대단한 일이라 감탄하지 않을 수 없다.

대체역사소설의 재미는 작품 속의 가상 역사와 실제 역사를 비교해가며 읽는 것이 아닐까 싶다. 실제 역사에서 넬슨 제독은 트라팔가르 전투 시 전사했으나 테메레르 시리즈에서는 그 전투에서 살아남아 1808년 3월 슈베리니스 전투에서 전사한 것으로 되어 있다. 또한 '철의 공작', '영국의 아킬레우스'라는 별명을 지닌 아서 웰즐리, 즉 웰링턴 공작은 이 소설에서처럼 슈베리니스 전투가 아니라 나폴레옹의 마지막 전투가 된 워털루 전투에서 프러시아의 블뤼허 원수와 협력해 영국 연합군을 승리로 이끈 공적으로 유명하다. 사실 나폴레옹 전쟁에서 슈베리니스 전투는 존재하지 않는다. 작가가 만들어낸 상상의 전투인 것이다.

넬슨은 해상 전투를 매번 승리로 이끌고 영국의 제해권을 확립한 영웅이지만 개인적으로는 그리 모범적인 삶을 살지 못했다. 친구인 해밀턴 경의 부인 엠마와 사랑에 빠지면서 아내를 냉대했고 죽은 뒤에도 전 재산을 엠마 해밀턴에게 남겼다. 비비안 리 주연의 〈해밀턴 부인〉(1941년 작)이란 영화를 보면 엠마 해밀턴과 넬슨의 사랑이 어떤 식으로 진행되고 끝을 맺었는지 알 수 있다. 실화를 바탕으로 한 영화라 이 소설과 관련해서 한번 볼 만하다. 당시 대부분의 귀족과 부유한 남자들은 정부를 둔 것으로 알려져 있다. 넬슨처럼 아내를 차갑게 외면하고 내치진 않았지만, 유럽 평화의 잠정적 정착과 대영제국의 세계 지배 기간 연장이라는 대단한 업적을 세운 웰링턴 공작도 공식석상에 아내가 아닌 정부를 동반하고 나타난 바 있다고 한다. 부인들이 느꼈을 모욕감이 어느 정도였는지는 상상조차 되지 않는다. 그러나 개인적 악덕을 압도할 정도로 대단한 공적을 세운 까닭에 넬슨 제독과 웰링턴 공작은 오늘날 영국인들이 가장 사랑하는 영웅들로 기억되고 있다.

제5권에서 테메레르는 다른 용들에게 각성을 촉구하며 용권 신장을 위해 고군분투한다. 특히, 용들을 규합해 민병대를 만들고 영토를 지키는 의무를 수행하며 정부 측에 당당히 권리를 요구하는 모습이 무척 보기 좋았다. 아직 나이가 어려 철없는 구석이 있기는 하지만 테메레르가 훗날 유비 같은 덕장이 될 재목이라면, 천재기가 보일 정도로 똑똑하고 전략 개발에 능한 페르사이티아는 제갈공명 같은 뛰어난 전략가로 거듭날 것 같다. 제6권으로 이어지며 용들이 얼마나 더 발전된 모습을 보여줄지 무척 궁금하다.

작은 에피소드마다 용들의 대화가 무척 유쾌하고 재미있으며 용권 신장과 죽음으로 인한 이별을 논하는 부분, 전투 장면에서는 결연함과 비장미가 느껴진다. 간간이 진지함 속에 묻어나는 유머가 통통 튀어 울며 웃으며 행복하게 번역했다. 이 시리즈는 독자들뿐만 아니라 번역자까지도 강력하게 빨아들이는 힘이 있는지 이 작품을 번역하는 내내 용꿈을 꾸지 않은 날이 없었다. 테메레르가 되어 다른 용들과 얘기를 나누었고 하늘을 날며 참전을 하기도 했다. 제6권에서 또 어떤 내용으로 우리를 즐겁게 해줄지 작가에게 거는 기대가 크다.

공보경

연대표

1807년 가을 ············ 영국으로 돌아온 테메레르와 로렌스는 각각 펜이팬 사육장과 군함의 구금실에 갇혀 지내게 된다.

1807년 늦가을 ·········· 나폴레옹이 군대를 이끌고 영국에 상륙한다. 테메레르는 펜이팬 사육장의 용들을 설득해 용 민병대를 결성하고 프랑스 군을 영국에서 몰아내기 위한 전투를 해나간다.

1807년 겨울 ············ 영국군은 프랑스 군처럼 신속히 이동하기 위해 용을 이용한 육군 공중 수송을 시작한다.

1808년 1월~3월 초 ···· 총사령관 웰즐리 장군의 명령을 받은 특수부대는 나폴레옹의 병참선을 끊어놓고자 약탈부대 섬멸 작전을 진행한다. 영국 주민들에 대한 프랑스 군의 약탈과 살육이 점점 심해진다.

1808년 3월 초 ········· 웰즐리 장군이 이끄는 영국군은 런던에 주둔한 나폴레옹을 끌어내 슈베리니스에서 대전투를 벌인다.

테메레르 5 독수리의 승리

초판 1쇄 발행 2008년 10월 20일
초판 24쇄 발행 2022년 8월 31일

지은이 나오미 노빅 옮긴이 공보경

발행인 이재진 단행본사업본부장 신동해 편집장 김경림
표지디자인 석운디자인 본문디자인 최미영 교정교열 최미연
마케팅 최혜진 이은미 홍보 최새롬 반여진 정지연
국제업무 김은정 제작 정석훈

브랜드 노블마인
주소 경기도 파주시 회동길 20
문의전화 031-956-7066(편집) 02-3670-1123(마케팅)
홈페이지 www.wjbooks.co.kr
페이스북 www.facebook.com/wjbook
포스트 post.naver.com/wj_booking

발행처 ㈜웅진씽크빅
출판신고 1980년 3월 29일 제406-2007-000046호

한국어판 출판권 ⓒ 웅진씽크빅, 2008
ISBN 978-89-01-08865-5 (04800)
      978-89-01-10688-5 (세트)

노블마인은 ㈜웅진씽크빅 단행본사업본부의 브랜드입니다.
이 책의 한국어판 저작권은 Imprima Korea Agency를 통해 Del Rey, an imprint of Random House,
a division of Penguin Random House, LLC.와의 독점 계약으로 ㈜웅진씽크빅에 있습니다.
저작권법에 의해 한국 내에서 보호를 받는 저작물이므로 무단 전재와 무단 복제를 금합니다.
이 책 내용의 전부 또는 일부를 이용하려면 반드시 저작권자와 ㈜웅진씽크빅의 서면 동의를 받아야 합니다.

* 잘못 만들어진 책은 구입하신 곳에서 바꿔드립니다.
* 책값은 뒤표지에 있습니다.